PIEMME **BESTSELLER**

Patrick Fogli

L'ultima estate di innocenza

PIEMME **BESTSELLER**

I Edizione Piemme Bestseller, marzo 2008

15033 Casale Monferrato (AL) - Via Galeotto del Carretto, 10
info@edizpiemme.it - www.edizpiemme.it

A Liliana,
per la vita, la dolcezza e il sorriso

A Roberto
per la tenacia e la forza

Ad Alessandra,
che sa ancora ridere, piangere,
vivere con il cuore

E a Marina Quattrocchi

Era così che finivano davvero le guerre, rifletté Dieffenbaker, non ai tavoli della pace ma nelle corsie degli istituti dei tumori e nelle mense degli uffici e negli ingorghi stradali. Le guerre morivano un pezzettino per volta, ciascun pezzettino come un ricordo che si perde, ciascun ricordo perso come un'eco che svanisce nei saliscendi sinuosi delle colline. Alla fine anche la guerra alzava bandiera bianca. O così sperava. Sperava che alla fine anche la guerra si arrendesse.

STEPHEN KING, *Cuori in Atlantide*

Sarebbe piovuto, quella notte, anche su altri paesaggi. Sulle ultime tracce di Nikon. Sui campi di Waterloo, sul trisavolo Corso e sui suoi camerati. Sulla tomba rossa e nera di Julian Sorel, ghigliottinato per aver creduto che, una volta scomparso Bonaparte, avrebbero eliminato le statue di bronzo sulle vecchie strade dimenticate. Stupido errore. Lucas Corso sapeva, meglio di chiunque altro, che era ancora possibile scegliere un campo di battaglia e farsi arruolare come un soldato perduto ma lucido, montando la guardia fra fantasmi di carta e pelle, tra le risacche di migliaia di naufraghi.

ARTURO PEREZ REVERTE, *Il club Dumas*

Se potessi rimanere immobile, senza parlare né pensare, senza supplicare, piangere, ricordare o sperare, se potessi immergermi nel silenzio più completo, forse allora potrei sentirti, figlia mia.

ISABEL ALLENDE, *Paula*

L'acqua è un rumore cieco nella notte.

Il poliziotto la guarda confondersi in lontananza con il cielo senza luna.

Un unico specchio nero che assorbe tutto. Solo in basso, vicino alla calle, qualche scintilla di luce fa apparire un riflesso. A volte è talmente breve che sembra solo un'illusione. Come la storia che gli hanno appena raccontato. Perfetta per la fantasia del Carnevale che vede sfilare tre piani più in basso.

Solo che è successa davvero.

«Per favore, mi spieghi tutto di nuovo. Dall'inizio.»

Pantalone ha la maschera sollevata. L'ha tirata su quando è entrato lì dentro, quasi un'ora fa. Malgrado il freddo della sera ha la fronte sudata e gli occhi rossi.

«È la terza volta, ispettore» cerca di dire.

Il poliziotto si appoggia il palmo della mano sul petto, come fosse la sua coscienza.

«Per favore. Ripeta tutto un'altra volta.»

Pantalone si toglie la maschera. La appoggia sul tavolo senza rumore.

Guarda Colombina. Anche lei ha gli occhi rossi. I capelli che le escono dalla cuffia, le mani in grembo, aggrappate all'abito a strisce. Talmente forte che le nocche sono più bianche del tessuto.

Da qualche parte, fuori, scoppia un petardo. Ma nella stanza non si spaventa nessuno. Nella stanza hanno paura di cose più reali.

«Dai...» sussurra Colombina. Sembra che non abbia voce.

Pantalone continua a guardarla, come se non la riconoscesse. Poi tira su con il naso e racconta di nuovo.

Sono poche parole. Qualche centinaio in tutto. E sono sempre le stesse.

Alla fine si nasconde il volto fra le mani, i gomiti appoggiati alle cosce.

Colombina invece ha le spalle dritte, si sforza di tenere la testa alta, lo sguardo avanti.

«È così piccola, ispettore. Ritrovi la mia Paola.»

Il poliziotto guarda il suo vice e poi la folla di Venezia, per strada. Quando si volta di nuovo verso la stanza, spera di vedere in fondo al corridoio uno dei suoi uomini con la bambina per mano. Il vestito da damina sporco. Gli occhi imbottiti di lacrime.

Invece non c'è niente. Solo il neon che sta per rompersi e che lampeggia oltre la porta spalancata.

«Una bauta. È stata una bauta» ripete Pantalone.

E il poliziotto pensa che di quella maschera ha sempre avuto paura. Il tricorno, il mantello nero e quei lineamenti di velluto che coprono tutto.

Un'ombra nella notte.

«La troverete, vero?»

Colombina lo guarda e sembra sul punto di spezzarsi. Un ramo secco calpestato con troppa forza.

Il poliziotto sta per rispondere qualcosa.

Poi sul Canal Grande cominciano i fuochi d'artificio e il rumore ricopre tutto.

La stanza, i pensieri, le parole.

E le risposte impossibili.

Parte Prima

POLVERE E FANGO

«Mi sono lavato le mani in acque fangose, mi sono lavato le mani ma non si sono pulite.»

SALMAN RUSHDIE, *La terra sotto i suoi piedi*

Venerdì 20 agosto 2004

La strada è del colore della polvere.

Sono tutte così, le strade di Baghdad. Mi sono chiesto spesso se lo siano sempre state o se è un'altra delle cose portate qui dalla guerra.

Anche l'aria è dello stesso colore, resa opaca da una nebbia che sfuma rapidamente nell'azzurro troppo terso del cielo. Difficile vedere qualcosa che chiazza un cielo così. A meno che non siano elicotteri.

Abdel me li indica. A destra, sopra a un gruppo di case che si staccano dall'orizzonte. Visti da lontano sembrano tre piccole mosche grigie che galleggiano nel cielo d'agosto.

Mi alzo e, mentre li fotografo, mi chiedo cosa ci sia di tanto importante là sotto che attira la loro attenzione. Su quale tipo di merda stiano ronzando. Se l'abbiano fatta loro dal cielo o qualcun altro giù a terra. Me lo chiedo ogni volta che li vedo.

Torno a sedermi.

«Ormai è fatta» dice Abdel e non capisco a cosa si riferisce. Se ne accorge e sorride.

Mi appoggio la macchina fotografica al petto e lo guardo.

Siamo seduti in un ristorante, davanti a una birra che chissà come riescono a far diventare gelata. C'è il sole a picco, qualche macchina che passa, il casino del mercato che arriva da lontano. Mi strofino gli occhi e per un momento mi pare di essere in un posto normale, nella veranda di un ristorante qualunque a mangiare kebab e dire stronzate con qualcuno che conosco da oltre dieci anni, mentre tutto intorno la gente chiacchiera e la città mi si apre davanti e sembra non finire mai.

Poi riapro gli occhi e le prime cose che vedo sono un convoglio militare e un paio di poliziotti iracheni che si infilano verso il mercato. Da qualche parte si sente uno sparo, ma potrebbe essere qualunque cosa. Da un'esecuzione a un matrimonio.

Questo posto è assurdo.

«Non li reggo più quegli elicotteri» dico e bevo un sorso di birra. Non ne trovavo una gelata da più di dieci giorni. Abdel scuote la testa come se avessi detto qualcosa di divertente. E in fondo è proprio così. Beve anche lui.

È magro come un chiodo. Però ha quel sorriso che ti si attacca dentro e non ti molla più. Forse è anche per questo che Al-Jazeera l'ha messo davanti a una telecamera e l'ha spedito qui. Oltre al fatto che fa bene il suo mestiere, è un marocchino musulmano e parla senza pensarci troppo l'arabo, l'inglese e anche l'italiano. Ha studiato a Bologna per tre anni, prima di capire che medicina non era il suo mestiere. E magari che l'Italia gli stava stretta.

Gioca con l'orlo della camicia a scacchi e passa lo sguardo da me all'occhio dell'obiettivo.

«Quanti ne hai già fotografati di quei cosi che volano?»

«Troppi» rispondo e guardo avanti, oltre i marine che controllano qualcosa dentro un gruppo di case. Sono nervoso. «Cos'è che hai detto prima?»

«Che torni a casa» mi spiega e allunga la bottiglietta di Coca a cercare il mio bicchiere. La tocco e mentre la birra scivola in gola e una goccia di sudore mi disegna la tempia, penso che mi mancherà. Perché lui ne ha ancora per un po' e io invece dopo preparo la mia roba e sgommo via. Questa bevuta è la mia ultima gita da queste parti, almeno per un pezzo.

Qui non c'è più niente da raccontare. Niente che possa davvero diventare migliore. È stata seminata troppa erba cattiva perché basti tenere in ordine il giardino per non farne crescere più. E nessuno, in fondo, ha davvero voglia di fare il giardiniere.

«Ti ho preso un regalo.»

Me lo dice a bruciapelo, mentre l'aria si riempie del profumo della carne arrosto a cui non sono più abituato.

«Sei uno stronzo.»

«Attento. Guarda che le prime cose che noi stranieri impariamo della tua lingua sono le offese.»

«Resti uno stronzo.»

«Probabilmente hai ragione, visto che me lo sono dimenticato in macchina.»

Si alza e fa un cenno a Aji, il nostro autista. È vicino alla cassa e parla fitto con il proprietario del ristorante che è anche suo cugino. Qui sembrano tutti suoi parenti. Un giorno ha provato a raccontarci qualcosa della sua genealogia e ho dovuto chiedergli di smettere. Non so se fosse la traduzione di Abdel dall'arabo o il fatto che i nomi si assomigliavano tutti, ma sembrava parlasse sempre della stessa persona.

«Arrivo subito. Se portano la carne e non trovo il piatto intero, quando torno ti taglio le mani. Sai come fanno dalle mie parti con i ladri, vero?»

Si allontana di un passo e prende al volo le chiavi della macchina che Aji gli lancia. Il mazzo sorvola un tavolo dove sono seduti tre occidentali, uno più grosso dell'altro. Quando ho dato dello stronzo ad Abdel uno di loro si è voltato di scatto verso di me. Italiano, senza ombra di dubbio. Qui è pieno di occidentali che non dovrebbero esserci. Nessuno sa che sono qui né perché sono venuti. Così, nel dubbio, diventano tutti *uomini d'affari*.

Finisco la birra e lo guardo.

Cammina svelto verso il viale che corre parallelo alla strada del ristorante. Con il riverbero del sole, faccio fatica a vedere i suoi pantaloni kaki. Sembra un torso – magro e arancione come gli scacchi della sua camicia – che galleggia nell'aria piena di calore e di polvere. Si ferma davanti al fuoristrada che usiamo per spostarci e infila dentro il busto.

Una macchina sgomma da qualche parte, ma sul momento non ci faccio caso. Poi vedo il convoglio di automobili scure che attraversa il viale. Partono dal fondo, a sinistra. Sono quattro. In cima c'è un blindato dei marine. Due uomini sbucano fuori dalla torretta e un terzo è in piedi su una specie di pianale che corre lateralmente al mezzo come una pinna. I fucili mitragliatori spianati a cercare qualcosa.

Non so perché, ma devo guardarli.

In fondo alle quattro auto c'è un altro blindato. Altri quattro uomini, altri quattro fucili.

Abdel è sempre piegato dentro al fuoristrada. Adesso si è messo in ginocchio sul sedile e sembra frugare dentro al cruscotto. Non mi piace. Vorrei che lasciasse perdere tutto e tornasse qui.

Il convoglio è a metà del viale.

Mi sudano le mani. Mi alzo e faccio un passo in mezzo alla sala. L'italiano grosso di prima si volta a guardarmi, ma solo un momento.

"Su, me lo dai dopo il regalo, Abdel. Vieni via di lì."

Aji mi vede subito. Si volta e mi fissa. Devo avere una faccia molto strana perché mi fa un cenno. Gli indico il convoglio e lui si ferma. Si vive di sensazioni in un posto come questo. A volte fanno la differenza.

Ma Aji non ha la mia stessa sensazione, perché guarda in strada e sembra non notare niente.

Parcheggiata a cinquanta metri dal nostro fuoristrada c'è una macchina grigia. Una vecchia Mercedes degli anni Settanta. Ha un parafango ammaccato e un fanale rotto. Ce ne sono molte così da queste parti. E infatti quello che guardo non è la macchina.

Sono i due tizi che ci sono dentro. Seduti davanti. Immobili. Dalla veranda del ristorante, con il sole contro e la luce che esplode sulla carrozzeria, sembrano solo ombre, figure di cartone messe lì per assomigliare a qualcosa.

Vieni via, Abdel. Vieni via di corsa.

Aprono la portiera ed escono. Sono due uomini. Due come tanti. Hanno una maglietta e un paio di pantaloni normalissimi. Nessun giubbotto sotto cui nascondere qualcosa, niente in mano che possa sembrare un telecomando. Si scambiano qualche parola che non sento e si muovono verso il ristorante.

Il convoglio li supera e si avvicina al nostro fuoristrada. Accelera e lo sorpassa. Mentre lo fa, torno indietro con lo sguardo e vedo Abdel che chiude la portiera. Stringe un pacchetto blu.

Mi guarda e mi fa un cenno.

Forse sto diventando paranoico. Mi asciugo le mani sui jeans e ricambio il gesto. Poi, in piedi in mezzo alla veranda, prendo la macchina fotografica e lo fisso nell'obiettivo.

Ho appena fatto il primo scatto, quando nel viale esplode tutto.

L'unica cosa che riesco a vedere, prima che lo spostamento d'aria e l'istinto mi facciano volare sotto un tavolo, è una macchia dello stesso colore della sua camicia che vola via verso sinistra.

Si solleva e decolla rapida, come un foglio di carta nel vento.

C'è troppa luce.

Ha sempre la stessa sensazione da quando si è svegliato.

Una luce forte che gli esplode in testa e non gli permette di pensare.

E qualcuno che parla.

Non è più abituato alle parole. Al suono, al movimento della gente che le pronuncia. E alla luce. Nei momenti peggiori pensa che sia per questo che non si ricorda niente. La luce entra attraverso gli occhi e gli sbriciola i pensieri. Tutte quelle parole finiscono per fare un rumore in cui confonde le cose che dovrebbe sapere.

Così chiede sempre silenzio. A fatica, perché la voce non gli esce bene e in certi momenti la gola sembra piena di piccoli tagli che si riaprono dilatandosi a ogni respiro, a ogni minuscolo e faticoso tentativo di deglutire qualcosa.

La voce ha bisogno di tempo per tornare a essere voce, dopo quasi sei mesi di coma.

E lo stesso gli occhi. Per questo vuole la serranda abbassata e il sole d'agosto fuori dalla finestra. Al massimo che filtri dalle pieghe delle tapparelle della stanza. Che è bianca e con quella luce d'estate finisce per diventare un gigantesco neon.

Però quando è lì in silenzio e in penombra, le parole e la luce gli mancano. Perché ci sono tante cose che non si ricorda più, ma che il sole gli è sempre piaciuto lo sa anche troppo bene.

E oltre al sole, le parole. Ascoltare, sia chiaro. Perché cose da dire non è che ne abbia mai avute molte. Pensieri tanti, quello sì. Attaccati uno sull'altro, come i passeggeri di un aereo all'imbarco. Tutti con la loro bella valigia carica di frasi e di sentimenti da raccontare. Troppi.

E adesso gli tocca anche inseguire i ricordi e scavare alla ricerca di se stesso.

È un'ossessione che gli è capitata fra capo e collo subito dopo aver aperto gli occhi e visto il soffitto della stanza del reparto rianimazione dell'ospedale Maggiore di Bologna. Enorme, un oceano di bianco a cui non era abituato.

Ha sentito dire che durante il coma si fanno sogni strani, c'è addirittura chi vede una specie di tunnel con una luce in fondo. E quella luce è il Paradiso o qualcosa di simile. Lui non è mai stato religioso e ha avuto soltanto la sensazione di svegliarsi da un sonno lunghissimo, che lo ha riportato alla realtà stremato, con la voglia di riaddormentarsi di nuovo.

E durante quel sonno alcune cose della sua vita sono sparite, annegate in un nulla che lotta disperatamente per stanare.

È la cosa peggiore.

Non rimettere in moto le gambe e le braccia. Non tentare di riabituarsi a parlare e scoprire quanto sia difficile dire anche le cose più semplici.

Sì, no, ciao, luce, basta.

Non quelle cose lì.

Ricordare.

Gli hanno detto che ha fatto un incidente.

Si è schiantato con la macchina contro il cancello di una villa, su per via di Casaglia.

Sul momento non gli ha fatto nessun effetto. Mentre gli parlavano aveva appena scoperto che non riusciva a muovere braccia e gambe e tutta la sua attenzione era fossilizzata lì. Poi però ci aveva pensato e facendolo aveva scoperto che non si ricordava nulla.

Niente dell'incidente. Del giorno dell'incidente. Del motivo che lo aveva portato giù per Casaglia alle undici di sera mentre sua moglie era al cinema con un'amica.

E niente di niente di tante altre piccole cose. Schegge di uno specchio che non forma più nessuna immagine.

Prima fra tutte, la frenata.

Gli hanno raccontato che la sua macchina ha sterzato improvvisamente frenando di colpo, come per evitare un ostacolo. "Un animale" ha pensato. A volte ne sbucano fuori da chissà dove e te li ritrovi morti stecchiti sotto le ruote. Ma sull'asfalto non c'erano tracce. Solo i pneumatici incollati al manto stradale, come l'eco di qualcosa che è passato di lì e poi è svanito nel nulla.

«A cosa sta pensando, dottor Ferrari?» chiede una voce alla sua destra e lui si volta.

Ferrari, già. Michele Ferrari.

E dottore, perché è laureato in ingegneria. Valgono poco un nome e un titolo quando non ti ricordi quello che hai fatto, quello che sei. Però sono un inizio.

«Che mi piaceva prendere il sole» sussurra lentamente. Quando si ascolta parlare gli sembra ancora di essere un maniaco telefonico scappato fuori da qualche orrendo film americano.

L'infermiera lo guarda e sorride. Ha un sorriso buono, non di maniera.

«È ora della sua medicina e poi della terapia.»

Michele fa un gesto rotondo con la mano a indicare con ironia che è decisamente il suo programma ideale. Poi punta i gomiti e si solleva sul letto. Tre settimane fa non riusciva nemmeno a spostare il collo. Ora, a forza di fisioterapia, cammina e si muove. La voce sta tornando.

Il corpo ha cominciato a ricordare. E sembra farlo sempre più in fretta.

Spera che anche la mente segua l'esempio.

Manda giù la pillola rossa in un bicchiere di plastica pieno d'acqua. L'infermiera lo aiuta a sistemarsi. «C'è sua moglie di là, vuole che la chiami?»

«Sì, grazie» risponde e appoggia la testa al cuscino.

Sua moglie. Mirella. Capelli castani e sguardo dolce.
Mirella che appare quasi subito, sull'uscio.
Mirella che dopodomani lo riaccompagnerà a casa di nuovo.
E su cui pensa di dover ricordare qualcosa.
Che non gli piacerà per niente.

«Da quanto tempo è lì, secondo lei?» chiede una voce alla sua sinistra e il commissario Giovanni Marra si volta.

Il sostituto procuratore Antonio Terzi è di fianco a lui, sul bordo dello scavo. Non guarda sotto. Ha gli occhi persi da un'altra parte, quasi come tutti, in quell'angolo del parco Talon che scende fino al Reno. Solo Marra concentra l'attenzione su quello che contiene la fossa. Lui e i due addetti che stanno finendo di scavare. Ormai manca poco.

«Lo chieda al dottore, dovrebbe essere qui a momenti» risponde, riabbassa gli occhi sullo scavo e si asciuga la fronte dalla pioggia. Viene giù da almeno tre ore e il diluvio iniziale si è trasformato in un torrente di gocce piccole e veloci che sembra non voler finire mai. Ticchettano sul cappello da pescatore del dottor Terzi come un metronomo che non riesce a tenere il tempo.

«Lo chiedo a lei, invece. Immagino che un'idea ce l'abbia.»

È chiaro che ce l'ha. Però non gli va tanto di dirla. Forse perché si augura che non sia vera. Perché odia i cappelli e i cappucci ed è bagnato fradicio. Perché quello che vede riaffiorare dalla terra è troppo assurdo eppure talmente facile da capire, che pensa se la possa fare da solo, il dottor Terzi, un'idea.

«Molto tempo» spiega soltanto. E continua a guardare.

Uno degli addetti sta spostando un grosso cumulo di terra. Infila la pala nel fango con una lentezza esasperante. Quando il metallo incontra qualcosa, si ferma e solleva l'attrezzo per scaricarlo. Poi ricomincia. Lui e il suo collega vanno avanti così da quasi un'ora. Movimenti silenziosi e coordinati che sembrano un rito.

Poi, all'improvviso, si fermano.

«Abbiamo finito, commissario.»

Hanno la divisa fradicia di fango e di pioggia.

«Grazie» sussurra Marra, fa due passi avanti e si accuccia. Sul fondo, tra la terra, si muovono molti vermi.

Il corpo è dentro un grande sacco di nylon trasparente aperto da due lati. È disteso sul fianco sinistro, quasi di schiena.

Ha i capelli chiari, biondi probabilmente. Spuntano da un lato del sacco insieme a una mano. È allungata in alto e sembra indicare qualcosa. La carne è grigia, del colore del cielo durante un temporale. Il cielo di una giornata come questa. In molti punti si vede distintamente l'osso scoperto.

Tutto il resto è nascosto dal nylon macchiato di terra, trasformata presto in fango dalla pioggia pesante che si infila dappertutto.

È un bambino.

Marra se n'è accorto subito. Le dita piccole, il polso sottile. Quel minimo di larghezza di spalle che si riesce a percepire attraverso la pellicola opaca del sacco.

Un bambino. O forse una bambina. Lo scopriranno con l'autopsia.

O quando troveranno il pezzo che manca.

Anche di quello si è accorto subito. Man mano che la terra spariva, che la forma nascosta nel nylon tornava in superficie, si è reso conto che il corpo è troppo piccolo. La proporzione fra la mano e tutto il resto è terribilmente sbagliata.

Si volta verso Terzi. Adesso anche lui guarda nella fossa. Qualcuno si avvicina, sibila una bestemmia, si allontana tossendo. L'odore che sale dal buco copre ogni altra cosa. Anche il profumo della pioggia d'agosto.

Marra solleva la testa e cerca lo sguardo del procuratore. La pioggia gli cade dall'orlo del cappello in lame argentate.

«L'hanno tagliato a metà» dice. «Poco sopra il pube. È più semplice.»

«Dev'essere qui sotto da primavera.»

«Forse anche di più.» Fa una pausa e si alza in piedi. Gli occhi incollati al corpo. C'è un silenzio irreale. In lontananza si sente sussurrare il Reno. «Dovremo scavare.»

Terzi annuisce. Le parole gli escono attutite, come se parlasse dietro a un respiratore.

«È una bambina.»

Marra guarda il ciuffo di capelli che esce dal sacco, la mano distesa ad afferrare chissà che cosa.

«È una bambina» ripete, ma è solo istinto.

Poi si accorge di qualcosa. È infilato nel fango, appena sotto il polso.

Si sposta sul lato della fossa più vicino al corpo.

«Giusti!»

Arriva un agente della scientifica.

Gli indica un punto.

«Vedi qui?»

Giusti non dice niente. Si abbassa. Prende uno strumento fatto a pinza e un sacchetto di plastica. Infila la pinza nel fango e alla fine di tutto consegna il sacchetto a Marra.

Dentro c'è un braccialetto. Dalla terra che lo ricopre spuntano le lettere di un'incisione: *Pao Vi ni.*

«Cazzo» sospira Marra. Ha visto quel braccialetto per un mese intero, tutti i giorni. E con lui tutta la parte d'Italia che segue la cronaca nera, quella più morbosa che riempie le televisioni ogni pomeriggio.

Fa due passi verso Terzi.

«Paola Vigliani» dice, mostrandogli il braccialetto.

E si allontana verso la strada sterrata, per riuscire a respirare.

La telefonata arriva quasi alle quattro del mattino.

Rispondo senza guardare il nome sul display.

«Pronto» cerco di dire.

«Pronto» ripete lei, come un ottovolante. La prima *o* sollevata di un tono, l'ultima quasi scivolata via, solo una carezza che le è scappata di mano.

Giulia.

Mi sollevo sui gomiti e faccio spazio al telefono. Provo a schiarirmi la voce.

«Da dove salti fuori tu?»

«Stavi dormendo?»

Ignora la mia domanda. Come sempre quando non vuole o non sa rispondere. Quando le sue parole implicano qualcosa di se stessa da mettere in gioco.

Giulia. Sempre lei, sempre la stessa.

«Ma lo sai che ore sono?»

«Quasi le due» sussurra.

Due anni fa quel suo modo di parlare è stato uno dei motivi per cui mi sono innamorato di lei. Oggi che non siamo più nulla, è solo un chiodo che qualcuno mi pianta all'altezza della gola. Molto lentamente.

La mia vita è una puttana che ha dimenticato il buon senso.

«Qui sono le quattro.»

«Perché, dove sei?»

L'ha buttata lì, la domanda. L'incarto di una caramella che cacci per terra sperando che nessuno ti veda.

«A Kuwait City» rispondo.

Per esserne sicuro, accendo la luce sul comodino e respiro per un attimo l'odore di nuovo che hanno tutte le camere dei grandi alberghi, in qualunque parte del mondo.

«Però» dice soltanto.

Vorrei chiederle perché mi ha chiamato dopo sette mesi di silenzio e se sa che cosa sono venuto a fare qui. Se sa che è per scappare da lei che sono finito nella più grande discarica di merda del mondo, a vedere un amico morire come un fiammifero usato da buttare via.

E insieme vorrei chiederle tante cose che mi restano annegate in testa. Ma non faccio in tempo.

Sono le sue parole che rompono il silenzio.

«Come stai?»

«Abdel è morto.»

Le rispondo secco e senza preavviso. Lo faccio apposta, per farle male, perché Abdel lo conosce anche lei. Anche lei c'è uscita a cena, lo ha visto ridere, sparare cazzate e farsi serio quando si parlava della sua terra e del suo lavoro. E anche lei, adesso, deve prendere la dose di dolore che le spetta.

«Un'autobomba» continuo, picchiando le parole contro il suo silenzio e il mio. E pensando allo sguardo sempre duro e incazzato che ha quando ti guarda e condivide il tuo dolore, le racconto di Abdel.

Che l'autobomba è scoppiata mentre aspettavo che succedesse qualcosa.

Che erano giorni che aspettavo che succedesse qualcosa.

Che credevo fosse quella cazzo di Mercedes a saltare per aria e invece i due che c'erano sopra li hanno trovati a dieci metri di distanza, un pezzo alla volta.

Che stavo facendogli una foto mentre è successo e ho nella macchina l'attimo in cui tutto è saltato per aria, ma non ho ancora avuto il coraggio di guardarlo.

Che è diventato un coriandolo, come quelli che i bambini buttano per colorare il cielo grigio di un giorno di carnevale.

Che quando mi sono alzato da terra e ho attraversato la strada, con la macchina fotografica che mi picchiava lo sterno come un pugno, l'ho visto subito.

Che ho mandato a fare in culo un marine – *fachiuessole*, gli ho urlato in faccia – perché non voleva farmi passare, vedere, sentire.

Che c'era fumo dappertutto.

Che, quando mi sono abbassato su di lui, aveva un occhio chiuso, la pelle del viso sollevata come un libro sfogliato male e i capelli incredibilmente neri e lucidi.

Che non smettevo di guardarli quei capelli.

Che dopo, all'ospedale della Croce Rossa Italiana, che è l'unico che a Baghdad cura le grandi ustioni, l'ho visto portare dentro avvolto in un sacco di alluminio che gli lasciava scoperta solo la testa. E che sono convinto che mi abbia sorriso.

Che quando mi ha visto e ho capito che voleva dirmi qualcosa, ho sentito solo un filo di respiro intontito di morfina.

"Non farla questa fotografia, non farla."

Non l'ho fatta, quella fotografia, ma lui è morto lo stesso subito. Sono salito sull'aereo che mi portava a Kuwait City quattro ore dopo, senza dire una parola. E guardando la giornata che scendeva a nascondersi da qualche parte sotto all'orizzonte di sabbia e grattacieli, ho pensato che non fosse giusto che proprio quel giorno ci fosse un tramonto così.

Ecco cosa dico.

A lei o a me, a questo punto non ha più importanza.

«Tu come stai?» mi chiede ancora. E per un attimo la sua voce torna a riempire ogni spazio nel mio mondo.

Pensi di essere uscito dalla sua vita, che lei sia diventata solo un ricordo della tua e di nuovo salta fuori. Un messaggio, una cosa qualunque buttata lì, a riallacciare un discorso che sembra non essersi mai chiuso.

Parole a cui spesso rispondo trovando dall'altra parte solo nuovo silenzio. Messaggi nella bottiglia che sembrano testare il profumo dell'aria, il tono delle frasi in mezzo alle quali è così brava a sfogliare le emozioni, a scoprire cosa penso.

«Sto» le dico, dopo aver cercato qualcosa di giusto da mettere in fondo alla domanda. Ed è vero.

La verità è che quello che penso è difficile da capire anche per me.

Non so se mi fa piacere sentirla. Ma so che quella strana telefonata è come se l'avessi cercata anche se non ho fatto niente.

E pure se non la voglio più, so che di lei ogni tanto ho bisogno.

È triste, forse anche sbagliato, ma è così che funziona. È una delle poche cose che ho scoperto mettendo fra me e lei qualche migliaio di chilometri.

«Che cosa ci sei andato a fare a Baghdad?» mi chiede, ma non ho più voglia di dare risposte.

«Sono stanco» dico. «Scusami. Ciao.»

«Ciao, Nicola» la sento dire mentre riaggancio. E per un attimo mi ricordo anche di che effetto assurdo mi abbia sempre fatto sentire il mio nome pronunciato da lei.

Lo stesso che mi fa ora.

Ogni volta che salta fuori, le sue parole finiscono per farmi male. Per tagliare qualcosa in un posto che solo lei ha saputo raggiungere e bruciare.

Dura un momento, però. Il tempo che ci mette a tornarmi in mente quella fotografia – *Non farla* – che non ho fatto, ma che mi resterà davanti agli occhi per molto tempo, ogni volta che tenterò di chiuderli per lasciare riposare la vista.

Spengo la luce e il messaggio arriva subito.

Quando arrivi in Italia fatti sentire.

Non poteva dirmelo a voce, un secondo fa. Doveva scriverlo.

Non le rispondo.

Da qualche parte sento passare un aereo. Poi tutto torna in silenzio.

Spengo il telefono.

Di parole non ne ho davvero più.

Sabato 21 agosto 2004

«Comincia a ricordare qualcosa, dottor Ferrari?»

Il professor Righi, il primario, lo guarda e Michele si sforza di tirare fuori un'espressione cordiale.

«No, ancora niente.»

Ma non è la verità.

Superman, è la risposta giusta.

«Non si preoccupi, con il tempo si sistemerà tutto. Come per la sua mobilità.»

Stessa espressione di prima.

«Sì» dice, ma è sempre e solo Superman che ha in testa. Un ronzio infilato sotto i pensieri. Una lama di luce riemersa dai ricordi.

Mirella lo guarda e gli accarezza le dita. È in piedi di fianco al letto e ascolta le parole del professore come se fossero tavole della legge che le restituiscono la vita. Michele le sfiora il dorso della mano con il pollice, ma non perché ne ha voglia. Solo perché si senta tranquilla e se ne vada, subito dopo la visita del primario.

Deve restare solo. Ha bisogno di pensare.

Alla sua testa. Che sembra voler uscire di strada. E a Superman. Che non sa cosa sia, cosa voglia dire, ma è la prima scheggia riemersa dalla sabbia della memoria sepolta. Quella da tirare fuori, perché sa che dietro arriverà tutto il resto.

«Senti, ma io leggevo fumetti?» ha chiesto ieri a Mirella, mentre faceva i soliti esercizi. Quella domanda gli ronzava per la testa da un paio d'ore e non riusciva più a tenersela stretta.

«No» ha risposto, sgranando gli occhi con quell'espressione che lo fa sentire un perfetto idiota.

E adesso, mentre il professor Righi dice qualcosa a proposito del tono muscolare, si chiede se sappia cosa sia Superman. Perché da quando le ha fatto quella domanda è sempre un po' sulla difensiva. Le ha preso anche il vizio di avvicinarsi al letto e sfiorargli la mano. E gli sorride più spesso di prima.

Un sorriso che sembra quello che aveva a vent'anni, quando l'ha conosciuta. Il giorno in cui ha abbandonato la fottuta facoltà di Ingegneria dell'Università di Bologna con la sua bella laurea in tasca.

Sono passati ventidue anni e lei ogni tanto ha ancora quell'espressione. A lui piace. Assomiglia a tutte le cose per cui sa e si ricorda di aver voluto vivere con lei.

Prima che arrivasse Superman.

«Però deve continuare a fare gli esercizi di riabilitazione» spiega il professore, a metà di una frase che Michele non ha la più pallida idea di come sia iniziata.

«Sì, certo» risponde, ma gli vorrebbe urlare di andarsene.

Non si sentirà di nuovo vivo finché non saprà qualcosa di quello che è successo. E quella parola che gli ronza in testa è la prima cosa a cui può aggrapparsi per capire. Anche se non sa perché, è sicuro che abbia a che fare con la notte dell'incidente.

Forse addirittura con l'incidente stesso.

Devi stare calmo, continua a ripetersi.

Perché più di tutto ha paura di impazzire. Ha letto di persone che uscite dal coma non sono più state quelle di prima. Anche se non c'erano danni cerebrali. Anche se apparentemente erano normali.

Forse, mentre leggeva quegli articoli, si è anche chiesto che cosa possa esserci che ti fa uscire di testa, quando hai avuto la fortuna vergognosa di saltare fuori da mesi di nulla assoluto.

Adesso lo sa.

Per questo si tiene d'occhio, tenta di frenarsi. Però continua a cercare. E non vuole smettere.

Deve sapere.

Soprattutto adesso che Mirella lo guarda e cerca di leggergli dentro. Adesso che la sua parte razionale gli dice che è preoccupata perché ha paura che lui non stia bene. E l'altra, quella con i pensieri che non stanno mai fermi, sussurra che non è per sapere come sta che lo guarda.

Ma per capire se lui si è ricordato.

Di Superman, forse.

«Vengo a salutarla domani, prima che se ne vada» dice Righi e gli allunga la mano.

Adesso Michele sorride davvero, senza maschere. Il saluto del primario gli permette di non accarezzare più la mano di Mirella.

Di lì a poco sarà di nuovo solo.

Con la sua paura.

Quando mi sveglio, la prima cosa che sento è il profumo.

Dev'essere "Tommy", da uomo. Però sono sicuro che davanti a me, sul pendolino che mi riporta a Bologna, ci sia una donna. Forse perché mi pare di avvertire il sapore della sua pelle mescolato al profumo. Forse perché sono ancora mezzo rincoglionito dal sonno pesante che mi ha preso appena ho appoggiato il culo sulla poltroncina, con il treno ancora fermo a Termini e il volo Kuwait City-Roma fresco di atterraggio.

Ascolto il fruscio di un corpo che si muove nei vestiti e mi pare di sentirne il calore qualche centimetro oltre le mie gambe. Poi apro gli occhi e trattengo un mezzo sorriso.

La donna avrà più o meno la mia età. Trentacinque anni portati su un corpo snello e morbido.

Una camicia rossa da uomo le scivola lungo la linea delle spalle. Gli ultimi bottoni slacciati sulla pelle abbronzata. E una gonna scura, corta ma non troppo. Mi viene istintivo cercare di capire quanti centimetri di stoffa in meno dovrebbero esserci per riuscire a vedere che slip indossa.

Tiene lo sguardo abbassato su un libro di Giampaolo Simi, *Il corpo dell'inglese*. I capelli castani le ricadono sul viso.

Mi guarda. Occhi scuri che mi frugano fra i pensieri. Sembra spaventata e per un attimo, vedendomi, un'ombra di sollievo le distende i lineamenti.

Vorrei riuscire a capire qualcosa di più, ma non me ne dà il tempo. Senza dire nulla cerca di nuovo la pagina, scostandosi con un soffio una ciocca di capelli dagli occhi.

Allora, senza nemmeno rendermene conto, mi sento parlare.

«Mi dispiace se l'ho delusa.»

Deve essere abituata agli sconosciuti che cercano di attaccare bottone con discorsi senza senso, perché si limita a sollevare gli occhi dal romanzo e guardarmi di nuovo.

«Come, scusi?»

Ha una voce morbida, senza accento.

«Niente. Vedendomi mi è sembrata dispiaciuta.»

Sorride. Un'espressione piena di troppe cose. Sembra spaventata.

«No, per niente. E poi sono seduta davanti a lei da un pezzo. Comunque viaggio da sola.»

Lo dice come se fosse scontato. Adesso che sembra indecisa se chiudere il libro o perdersi definitivamente nella storia che sta leggendo, riesco anche a vedere meglio il suo sguardo. Quello che avevo scambiato per paura, in realtà potrebbe essere solitudine.

Resta appesa al silenzio ancora un po', l'indice infilato nel romanzo a tenere il segno. Sembra aspettare che dica qualcosa.

Invece non faccio niente.

Un cellulare suona da qualche parte, due file davanti alla nostra. Sposto per un istante l'attenzione e vedo un tizio piccolo e grassoccio che risponde guardandosi intorno. Quando mi volto, lei sta di nuovo leggendo.

Mi appoggio allo schienale e guardo fuori.

Abbiamo passato Firenze da un po' e sta per cominciare la

processione interminabile di gallerie. Guardo il paesaggio che cambia veloce.

Ho bisogno di fermarmi. Di far riposare i pensieri e provare a capire qualcosa. Di imparare come si fa a permettere a se stessi di superare un gradino dopo l'altro senza inciampare.

Mi sembra di cadere sempre. Quando la vita mi fa lo sgambetto e mi schiaccia la testa con un piede, come in Iraq. O quando sono io che non ho il coraggio di tagliare del tutto con quello che ormai è solo un ricordo. Come con Giulia.

Bevo una lunga sorsata d'aria e apro il giornale. Ho comprato «la Repubblica» all'edicola di Fiumicino, mentre dalla terrazza un poliziotto in tenuta blu mi teneva sotto tiro con un fucile mitragliatore. Non l'ho nemmeno sfogliato, prima di stramazzare sepolto dalla stanchezza. In quello che sto per leggere molte cose mi ricorderanno il posto da cui sono partito. E forse non è una buona idea infilare le dita in ricordi che sanno di sangue.

«Posso vederlo un attimo?»

Mi ero quasi dimenticato della ragazza. La guardo.

«Il giornale. Un secondo soltanto» mi spiega.

Lo chiudo e glielo passo.

Sfoglia le prime due pagine senza considerarle. Poi si ferma a studiare con attenzione qualcosa sulle due successive. Mentre legge, il treno entra in galleria e quando riemerge mi restituisce il giornale con un sorriso.

Lo riappoggio sul sedile di fianco.

«Trovato qualcosa?»

«No. Cercavo un annuncio per un lavoro. Mi avevano detto che era oggi, ma devono essersi sbagliati.»

«Che lavoro fa?»

«Interprete. Quando ci riesco.»

Mi sento terribilmente imbarazzato e finisco per sorridere di nuovo, senza smettere di guardarla. Sto facendo la figura del ragazzino idiota rimasto chiuso in ascensore con la più bella della scuola.

Alla fine ci pensa da sola a spezzare il mio rincoglionimento.

«E lei?»

«Il fotografo.»
«Matrimoni, cresime e comunioni?»
«Non proprio. Ultimamente posti lontani. Guerra per lo più.»
«Mi scusi, non volevo ess...»
«La scuso solo se mi dà del tu» la interrompo. E mi stupisco della mia improvvisa intraprendenza.
«Se basta così poco, nessun problema. Mi chiamo Sara.»
«Nicola» dico e le allungo la mano. La stringe senza pensarci.
Una volta mi hanno detto che il carattere di qualcuno si misura dalla stretta di mano. Se è vero, allora Sara è una persona decisa. Ha la pelle morbida e le dita lisce, curate. Scopro che mi dispiace lasciare quella stretta e che mi piacerebbe invece accarezzarle le dita. Solo per sentire qualcosa di vivo e di caldo sulla pelle.
Qualcosa che per un attimo sia soltanto mio.
«Come mai la guerra?»
Per la prima volta mi guarda con un'espressione diversa. Toccandomi, sembra aver scoperto all'improvviso che può fidarsi.
Non so cosa rispondere, senza raccontarle di Giulia. Così alla fine tiro fuori solo una parte della verità e non basta a far capire quello che mi scivola dentro.
«Credo che certe cose vadano raccontate come sono.»
Sistema un segnalibro fra le pagine del romanzo. Poi lo chiude e lo appoggia in grembo. Nel farlo, scavalla le gambe e vedo che ha un tatuaggio, poco sopra la caviglia. Uno strano disegno che assomiglia a un sole, tagliato a metà in senso longitudinale.
«E te l'hanno fatto fare?»
«Un po' sì e un po' no. Ci sono cose che la gente non vuole vedere. E qualcuno pensa sia giusto non fargliele vedere.»
«Tu no.»
Lo dice secca. Due sillabe sparate fuori come una raffica corta. Non è una domanda.
«No. Io no. Te l'ho detto. Certe cose bisogna raccontarle. Perché non puoi capire cosa significa quando viene giù una bomba vicino a un ospedale, se non fai vedere che cosa è rimasto dell'ospedale e di quelli che c'erano dentro. O cosa succede quan-

do qualcuno si mette in mezzo alla gente e si fa saltare per aria. Non lo puoi capire. Né cosa succede, né perché lo fanno. Se lo racconti soltanto, sembra un film. Uno di quelli brutti, però.»

Resta un lungo momento in silenzio a guardarmi. Si stringe fra le dita una ciocca di capelli e l'accarezza, facendo scivolare i polpastrelli.

«La gente ha paura e fa pagare agli altri la sua paura» dice poi. Lo ha quasi sussurrato. Sembra raccontarlo a qualcosa che tiene nascosto dentro.

Abbassa gli occhi e si lascia andare a un pensiero lontano. Qualcosa che le chiude il viso in un'espressione grigia. Vorrei fotografarla, quell'espressione. Forse riuscirei a capire da dove è arrivata. E che sapore deve sentire fra le labbra quando se la sente crescere dentro.

Dura pochissimo. E quando se n'è andata, Sara si passa le mani sul viso e tenta di sorridere.

«Non dev'essere uno scherzo.»

«Più che altro devi imparare a capire presto chi ti trovi di fronte.»

«E guardando me cos'hai capito?»

Rispondo subito, senza nemmeno sentire la frase che mi parte dai pensieri.

«Sembri triste.»

Tenta di fare l'indifferente, ma non ci riesce bene.

«Triste?»

«Sì.»

«E perché?»

«Forse a forza di fare fotografie si sviluppa qualcosa, dentro.»

«Un sesto senso?» chiede. E ha un tono di sfida.

«Può essere. O forse si impara a vedere il modo in cui la luce cade sullo sguardo. Che effetto fa quando il sole incontra gli occhi di qualcuno. Cose così.»

Si tormenta di nuovo un ciuffo di capelli, arrotolandoli su un dito.

«E che effetto fa?»

«Sui tuoi occhi?»

«Sì.»
«Come se ci fosse un filtro. Qualcosa che hai messo perché nessuno veda di che colore sono veramente.»
Stringe più forte i capelli intorno al dito.
«Di che colore sono?»
«Non lo so. Ma ho l'impressione che tu creda che potrebbero essere di un colore più bello.»
Non mi risponde e per un attimo mi sfiora lo sguardo, il volto appena inclinato a sinistra. Giulia faceva la stessa cosa, quando cercava di capire se ero serio o la stavo prendendo in giro. Vederlo fare a lei mi costringe a voltarmi verso il finestrino, il sole riflesso che mi taglia gli occhi bruciando ogni ricordo.
Le gallerie sono finite e lentamente il pendolino comincia a rallentare.
Mi alzo.
All'improvviso ho bisogno di muovermi, di prendere la mia roba e levarmi di lì. Aspettare davanti alla porta per vederla mentre si apre, come un detenuto che finalmente ha finito di scontare la pena.
«Devo andare» dico. E non so che tono uso. Però lei mi sorride. Questa volta non c'è tristezza.
«Buona fortuna, Nicola.»
Tiro giù le due borse senza guardare.
«Buona fortuna anche a te.»
«Spero. Ne ho tanto bisogno.»
Sto per dire qualcosa, poi ci ripenso. Mi scappa solo l'ennesima espressione idiota, prima di voltarmi e attraversare il corridoio fra le poltrone.
Mi gira la testa e mi appoggio alla parete, le due borse fra i piedi.
Poi scendo, attraverso veloce il sottopassaggio e sbuco fuori in un bagno di luce che mi sembra troppo forte e troppo bello per quello che mi porto a spasso.
Raccatto un taxi al volo e mi siedo dietro, senza guardare la strada. Senza dire niente tranne l'indirizzo.
Per un po' l'immagine di Sara mi attraversa i pensieri, mesco-

lata con Abdel, la sua morte, quello che so e che non dovrei sapere. E con la voce di Giulia, che si insinua dappertutto, una musica che non riesci a toglierti di testa.

Poi arrivo a casa, pago il taxi e mi infilo nel buio del mio appartamento.

Appoggio le due borse nell'ingresso, mi spoglio e mi lascio cadere sul letto.

Chiudo gli occhi e scivolo rapidamente in un sonno privo di tutto.

Il sole gli rimbalza addosso.

Filtra dalle tende dell'ufficio, tirate a lasciare fuori il caldo, l'estate e un altro di quei pomeriggi d'agosto in cui Bologna sembra essersi dimenticata di te.

Seduto alla sua scrivania, il commissario Giovanni Marra gioca con il pulsante di una biro, per non lasciare che il silenzio entri dovunque. Gli sembra di averlo addosso da ieri. Dal boschetto sommerso di pioggia e di fango. Gli accarezza i pensieri alla base della nuca e non lo lascia stare.

Pesante come gli occhi di Paola Vigliani.

Quelli sorridenti della foto che ha fatto il giro di tutti i giornali, con il sole di lato che le bagna i capelli di luce bianca.

E quelli spenti, sotterrati in un velo bianchiccio, che ha visto spuntare appena visibili quando hanno aperto il primo dei due sacchi di nylon.

Il secondo lo hanno trovato poco dopo. È bastato scavare qualche metro intorno alla prima fossa. Le gambe della bambina erano appoggiate su un lato. Spuntavano dalla terra come i germogli dalle patate vecchie, tagliate qualche centimetro sotto l'inguine. Il resto, il pube, l'osso pelvico, la parte iniziale degli arti inferiori non l'hanno trovata.

Non c'era nel primo sacco e nemmeno nel secondo. Non c'era in nessuna delle tante fosse uguali che hanno forato il boschetto come enormi punture. Non c'era in tutto il parco, rovesciato come un cassetto in cui pensi di aver affondato il tuo gioiello più prezioso.

Non lo troveranno.

Chiunque abbia fatto il lavoro e spezzato in tre il corpo di una bambina di undici anni, non ha voluto correre il rischio.

L'osso pelvico di un corpo di quell'età è largo poco più di venti centimetri e alto un paio di spanne.

Gliel'ha spiegato il dottor Giorgi, stamattina.

Dopo aver fatto l'autopsia, per quanto il corpo gli ha consentito. Forse l'hanno drogata prima di ucciderla. Ha una spalla lussata, il setto nasale fratturato e i tendini di una caviglia lesionati. Probabilmente era legata e devono averla sepolta più o meno a febbraio. Il freddo dell'inverno, la nevicata di marzo e l'estate che finirà per diventare autunno prima di essere scoppiata veramente, hanno fatto in modo che qualcosa rimanesse.

«Hanno usato un grosso coltello. Forse una piccola accetta» ha spiegato Giorgi. «Una lama diritta e liscia. Niente seghetti, niente coltelli da caccia.»

L'ha detto cercando di mantenere un distacco. Eppure si sentiva anche al telefono che faceva fatica. Perché certa merda ti entra talmente dentro che finisce per scorrerti nel sangue. E in qualche modo devi buttarla fuori.

Marra, immaginando una piccola accetta, ha visto sua nonna che nella cucina di casa tagliava a pezzi il coniglio. Carne pulita, in una rosa di frammenti d'osso. Quei frammenti che non c'erano nel sacco. Come non c'era sangue. Nemmeno una goccia. Nemmeno una macchia. Perché chiunque abbia fatto quel lavoro, lo ha fatto con calma. Ha aspettato che defluisse, ha lavato il corpo, lo ha pulito da ogni più piccola traccia.

Senza fretta.

Lasciando soltanto qualcosa che è saltato fuori dalla terra solo per caso.

Qualcosa da restituire a sua madre.

Se la ricorda bene, Daniela Vigliani. Una donna piccola, con la cadenza veneta che saltava fuori a metà di tutte le parole. Le soffiava in apnea mentre le telecamere la riprendevano, nel primo dei tre appelli che tutti i notiziari hanno trasmesso più volte.

«È la mia bambina» diceva continuamente. E le vocali sembravano gradini troppo alti in cui il respiro inciampava in un singhiozzo.

La vede come se fosse ora. Il marito silenzioso a circondarle le spalle. E lei, piccola, a lottare per riuscire a parlare. Occhi chiari, forse verdi. Esile e nervosa. Le mani che tentavano di muoversi, ricadendole sempre in grembo.

E la foto fra le dita.

La piccola Paola con il sole e quel sorriso.

La piccola Paola che lui invece si ricorderà per sempre come una forma grigia e morta che spunta dal terreno in due sacchetti di plastica.

Si alza. Appoggiato alla finestra guarda fuori.

Con tutto quel sole che spacca a metà la piazza, è difficile anche tenere gli occhi aperti. Da lontano sente passare un autobus, ma l'unico rumore reale è il silenzio. Ce n'è troppo per una giornata così.

Accende la radio. Una vecchia canzone degli Eagles che non serve allo scopo.

Si siede di nuovo, terribilmente stanco.

«Chissà se qualcuno si è mai accorto di come sei fatto dentro» gli aveva detto una volta Marzia. Si ricorda ancora il giorno. Una domenica di metà gennaio, fredda come un pensiero cattivo.

Non aveva risposto, però aveva pensato che quella città dove era arrivato da Rimini per studiare e che aveva finito per rimanergli dentro, in fondo era fatta come lui.

Fuori palazzi grandi, mattoni forti e rossi che sembrano non poter venire mai giù. Sotto, acqua che circonda le cose, che le attraversa senza farsi vedere né sentire. Qualcosa di cui nessuno si deve accorgere. Che in realtà è terribilmente sottile. E torna fuori ogni tanto, in una chiusa o in un canale dimenticato dietro a una finestra, per prendere aria e sparire di nuovo sotto. Come un pesce di cui tutti raccontano, ma che nessuno è mai riuscito a vedere davvero.

Chissà se Marzia l'aveva visto com'è fatto dentro. Se c'era davvero arrivata o aveva solo buttato lì quella frase. Se lo aveva mai tradito, se si era mai pentita di averlo sposato quasi senza conoscerlo. Se le piaceva la sua vita. E perché non gli aveva ancora detto che era incinta, il giorno che una macchina l'aveva investita sulla San Vitale.

Se l'avesse accompagnata lui a quella visita, non sarebbe successo.

Era una bambina anche lei. Avrebbe nove anni, oggi.

A volte cerca di immaginarsela. Ogni tanto la sogna, anche.

Non l'ha mai saputo nessuno che Marzia aspettava un bambino. E forse è meglio, perché solo così può provare a fare l'unica cosa che la vita gli ha permesso.

Dimenticare tutto.

Marzia, sua figlia, la voglia di essere di nuovo felice che gli attacca la gola, i pomeriggi della domenica, il senso di colpa che si sente addosso quando riesce ancora a ridere e a fingere che non sia successo. Quando abbraccia una donna e sente il sapore della pelle sulle labbra.

Dimenticare tutto, solo per un momento.

Anche Paola Vigliani dentro un sacco.

In fondo lo fa da nove anni senza che nessuno se ne accorga. È il compromesso che ha dovuto raggiungere con se stesso per non impazzire.

Ora invece tutto sembra spezzarsi di nuovo, attraversato dalle dita di una bambina spuntate dalla terra fradicia.

Il suo corpo dentro due sacchi di nylon.

E quel terzo sacco finito chissà dove.

A nascondere il motivo per cui, sotto quella terra, qualcuno l'ha nascosta agli occhi del mondo.

La strada è sottile come un foglio da disegno.

Michele Ferrari ci cammina sopra e la sente spezzarsi, un passo dopo l'altro. Le crepe si allungano sull'asfalto come le tracce di piccoli capillari ingrigiti dal passare degli anni.

Dovrebbe avere paura di quella superficie così fragile. Paura di sprofondare da qualche parte, in un buio più nero del cielo senza stelle e senza luna che ricopre ogni cosa sopra la sua testa.

Invece non ne ha.

Ha paura del mostro.

Spunterà dal buio proprio in cima alla salita, dove la strada fa una curva e si infila nella notte. Lo sa. Lo sta aspettando. Gli cammina incontro. Senza fretta.

Hanno un appuntamento.

Lo sa dall'inizio del sogno, anche se è la prima volta che lo fa.

E sa che non può spostarsi. Non può lasciarlo passare. Non può sdraiarsi sull'asfalto e diventare piccolo come una coccinella. Se lo facesse, la terra finirebbe per mangiarselo un pezzo alla volta.

La terra è lì per lui, per il mostro.

È lì per Superman.

Lo sente arrivare da lontano.

È una vibrazione sull'asfalto che gli fa il solletico alle piante dei piedi. Arriva e se ne va. Arriva e se ne va mentre il suo respiro diventa una vela in mezzo alla tempesta.

Prova a fermarsi. Dritto, sulla mezzeria.

Ormai è vicino. Lo sente proprio dietro alla curva, appena oltre quel muro finto che sembra sul punto di cadere. In fondo allo spicchio di notte in cui si nascondono gli alberi, la collina e più giù tutta la città.

Nessuno saprà che è lì. Fino a che quella luce che vede avvicinarsi non sarà davanti a lui. E poi oltre, da qualche parte. A raccogliere altri come lui.

«Siamo in tanti» sussurra.

E la macchina sbuca da dietro la curva.

Prova a muoversi, a sollevare i piedi da terra, ma non ci riesce. A spostare le ginocchia, a spingere, a scalciare, ma non può.

Si è dimenticato della strada.

E la strada si è presa tutto.

Si scioglie sotto il suo peso come un cioccolatino lasciato al sole e lo tiene prigioniero. Gli accarezza le caviglie, gli piomba i piedi.

E la macchina si avvicina. Grigia, lucida, chilometri lanciati di lamiera pesante che lo stanno aspettando.

Si sposta verso il centro della carreggiata, le ruote ai lati della mezzeria.

Sbanda, si assesta, lo punta, accelera.

Accelera.

Ancora.

E ancora.

E ancora.

E allora Michele urla.

Urla mentre la macchina frena e comincia a urlare a sua volta. Un grido che gli taglia il cervello da un orecchio all'altro.

Poi tutto, intorno, esplode in una nuvola di rumore.

E alla fine resta solo il buio.

Apri gli occhi.

Un buio sottile come la strada.

Non avere paura.

Un buio diverso dalla notte. Morbido. Salato.

«Apri gli occhi» dice qualcuno. E Michele li apre.

È seduto al volante. Una lunga striscia di metallo taglia il parabrezza distrutto e si infila dritta nella sua spalla destra, inchiodandola al sedile. L'airbag è esploso e l'abitacolo sa di carne e plastica bruciata insieme. Fusa.

C'è del sangue sulle sue dita.

Sulle sue labbra.

C'è del sangue dappertutto.

E ha gli occhi pesanti.

Apri gli occhi.

Tenta di muovere le dita, di spostare il collo e la testa, inutilmente appoggiata alla sbarra di ferro. Ma non ci riesce. Non può. Non sente le gambe. Non sente le braccia. Non sente nulla del suo corpo. Solo il metallo gelato dentro la carne.

E un bisogno disperato di dormire.

Chiude gli occhi.

Aprili.

Lui è lì. Lo sa.

Non ha faccia. Non ha volto. Non ha un corpo.

Come se la notte avesse preso forma.

La sua voce è troppo sottile per poter essere qualcosa di fisico.

«Non farmi male» dice.

E allora si sveglia.

Seduto sul letto.

La fine del pomeriggio che cerca di infilarsi dalla tapparella abbassata.

La fronte sudata.

La schiena che gli fa male.

Allunga una mano all'indietro e si tocca un punto a metà delle scapole. Il dolore quasi gli strappa un urlo.

Un dolore venuto da un sogno.

Un dolore che ne accompagna un altro molto più difficile da decifrare.

Roberta lascia cadere la pasta sulla bilancia e la pesa.

Un etto e venti grammi di rigatoni su cui cerca di rovesciare tutta la sua attenzione.

Nell'altra stanza, Lisa sta dormendo.

È andata a controllare l'ultima volta una decina di minuti fa e ha visto sua figlia con le mani strette alle ginocchia, il disperato tentativo di costruirsi una corazza contro tutto e tutti.

Controlla la pentola dell'acqua sul fornello, apre un vasetto di tonno e tira fuori due filetti con la forchetta.

A Lisa piace la pasta al tonno. È per questo che la cucina. Perché la sua bimba riesca ancora in qualche modo a sentirsi a casa. Perché il muro dietro al quale si è nascosta possa diventare ogni giorno un po' più debole. Granito che diventa mattone, sperando che un giorno possa trasformarsi in polvere.

E poi in aria.

Aria attraverso la quale sentire di nuovo scorrere la voce di sua figlia.

Sono sei mesi che Lisa non parla.

Era uno strano giorno di febbraio attraversato da un cielo bianco e grigio come i capelli di un vecchio.

«La mia mammona» le ha detto, strizzandole una guancia con un pizzicotto. Le dice sempre così, per prenderla in giro. Perché in realtà Roberta è magra, con le spalle strette e lo sguardo sottile che ogni tanto si spalanca sul mondo e sembra sul punto di spezzarsi.

«La mia mammona» sussurra. E quella voce le sembra di sentirla anche adesso. Come se stesse succedendo davanti ai suoi occhi.

Lisa aveva i capelli legati con un nastro rosso, un paio di jeans che le stiravano ancora di più le gambe lunghe e secche. Due braccialetti di cotone colorato al polso destro. Lo swatch per cui aveva fatto una lagna terribile, l'ultimo Natale.

E quel sorriso azzurro che sembra spalancarsi sul mondo e farti credere che sia ancora un posto bello dove poter vivere.

«Va là, scendi. Che fai tardi» le aveva detto Roberta. E aveva sorriso nello stesso modo di sua figlia, chiedendosi se anche sua madre, quando lei aveva tredici anni, si era vista riflessa in un modo così terribilmente uguale nei suoi occhi.

«Ciao mammona» aveva ripetuto Lisa. E le sue labbra si erano appoggiate alla fronte di Roberta con uno schiocco. Poi era scesa, aveva sbattuto forte la portiera della macchina e si era mossa veloce verso il portone della scuola, lo zaino stracolmo di libri trascinato dietro sul trolley.

Era rimasta lì a guardarla, finché non l'aveva vista sparire oltre la grande vetrata.

Era il 12 febbraio.

Era successo tutto lì, quel giorno.

Un giorno che adesso le sembra terribilmente lontano, con il sole che calando abbandona una macchia di malinconico arancione sui tetti di Bologna. Un giorno da cui, però, le sembra di non essersi staccata mai.

Il 12 febbraio.

Il buco nella vita di sua figlia, uscita con il sorriso e ritornata a casa con la paura, dopo dodici ore di attesa.

La vede ancora come l'ha vista quella sera.

Un animale ferito che cerca con gli occhi sgranati qualcosa che lo protegga. E che la guarda senza sapere più che è la sua mammona. Solo qualcuno che sa di dover riconoscere, ma che non riesce a ricordare perché.

L'importante è che non le sia successo niente, si è detta spesso da allora. L'importante è che non le abbiano fatto del male, ripete adesso con il pensiero, mentre si guarda davanti al grande specchio del bagno e i rigatoni galleggiano in cucina in mezzo all'acqua salata.

«Non le hanno fatto male» dice, guardandosi le labbra riflesse nel vetro.

E sa che non è vero.

Sa che raccontarsi ogni giorno che non le è successo niente serve solo a convincere se stessa che tutto possa continuare. Andare avanti e tornare, chissà quando, com'era prima.

Le ferite vere non sono quasi mai quelle che ti tagliano la pelle e la carne. Quelle che un sacco di dottori seri e contriti ha cercato senza trovarle sul corpo e dentro al corpo della sua bambina.

Restano annegate dentro di lei come un relitto sul fondo di un abisso. Nascoste nel buio, affossate in un angolo in cui non è permesso arrivare. Ferme a marcire fino a quando non risaliranno a galla tutte quante. O finiranno per portare a fondo lei.

Perciò continua a ripetersi quella frase, come un mantra.

Per ingannare la realtà e pensare che forse si può provare a tornare indietro. A vivere e crescere di nuovo senza il ricordo di quell'orrore che le ha tagliato i pensieri come carne viva non appena l'ha vista arrivare. Il naso incrostato di muco, i piedi scalzi, gli occhi cerchiati da lacrime seccate.

Quell'orrore che non c'è stato, perché nessuno le ha fatto del male.

Nessuno ha toccato la sua bambina.

Anche se quel 12 febbraio la sua infanzia è finita per sempre.

Si china sul lavandino e si sbatte la faccia di acqua fredda e cattiva, che ricaccia indietro le lacrime. Poi cammina piano verso la cucina e controlla la pasta. La scola con un gesto secco e maschile, la condisce e prepara i piatti.

Si infila in camera di Lisa.

Appeso al muro c'è un poster di Robbie Williams.

E sotto, sul lenzuolo azzurro tagliato a metà da una striscia di luce, c'è sua figlia, aggredita da un incubo che le toglie il respiro.

«Dio no. Dio, non di nuovo...» sussurra Roberta e si siede sul letto.

«Non la svegli. Almeno non di colpo» le ha detto qualche tempo fa uno psichiatra infantile. Uno da cui ha provato, senza riuscirci, a far cadere il muro di silenzio.

Così non la sveglia. La guarda cercare di resistere al passato che ritorna. Tremare come le bandiere sui pennoni delle spiagge, le dita chiuse ad artiglio, i muscoli del collo contratti, la testa che sobbalza come in un attacco epilettico.

Le accarezza piano i capelli. Sono morbidi e profumati di fresco.

Cerca di sussurrarle qualcosa all'orecchio.

Accovacciata sul corpo lungo e sottile di Lisa, prende per mano sua figlia e cerca di portarla via, lontano. Dove niente di brutto può più capitare.

«Ci sono io, qui. Ci sono io, amore mio» continua a ripetere. E piano piano la vede tornare. Le dita aprirsi, il respiro allungarsi, le gambe distendersi lentamente, uno specchio d'acqua che ritorna sereno dopo una mareggiata.

Rialzandosi a sedere, Roberta guarda sua figlia riemergere dal sonno.

E si chiede cosa ci sia di così terribile che si nutre del suo riposo.

E che cosa ci sia stato, quel giorno maledetto, che ha cercato di nutrirsi di lei e della sua vita.

Mi sveglio da un sogno che non ricordo e mi trovo affogato nel silenzio.

Sdraiato sul letto, guardo le ombre gialle e arancioni che la fine del pomeriggio disegna sul soffitto. Cerco di immaginarmi cosa sta succedendo fuori e scopro che non me ne importa niente.

Tutto quanto ha perso interesse. Me ne accorgo solo ora che finalmente sono di nuovo a casa, che non devo aver paura del passaggio di un elicottero o di uno che incontro per strada. Ora che posso finalmente sorprendermi se qualcuno porta a spasso una pistola o un fucile e che non ho problemi a infilarmi in bagno, aprire il rubinetto e godermi una doccia per tutto il tempo che voglio.

Insieme alla vita di Abdel, quell'autobomba ha spazzato via anche ogni piccola e stupida maschera che mi ero messo davanti agli occhi per far finta che tutto andasse bene.

Mi alzo e tiro su la tapparella. Appoggio i gomiti al davanzale e guardo fuori. Via Saragozza – una decina di metri sotto di me – è una striscia d'asfalto non più larga di un torrente su cui non passa nessuno.

Bologna d'estate si dimentica di tutto e ti abbandona, come un'amante che alla fine si è stufata di scoparti.

Fuori è quasi sera. Mi sposto dalla finestra, con un velo di sudore bollente che mi sfiora la pelle. Accendo la televisione, faccio il giro della casa, alzo le tapparelle, spalanco le finestre e faccio entrare un po' di luce.

Basta buio. Basta tristezza, cazzo.

Mi infilo sotto la doccia e resto fermo, ad ascoltare il rumore dell'acqua che mi massaggia la pelle. Quando esco, mi asciugo in fretta e mi infilo in salotto con un asciugamano allacciato in vita.

Il Tg regionale sta raccontando qualcosa che non capisco, ma che deve aver attirato la mia attenzione. Non riesco a staccare gli occhi dallo schermo.

C'è una strada della periferia di Bologna. Mi sembra nel quartiere Mazzini, dove abitavo da piccolo. La voce del giornalista sta parlando di qualcuno trovato da una vicina. Per tutto il giorno ha visto la porta dell'appartamento aperta, senza che arrivasse da dentro nessun rumore. Così si è decisa a entrare e ha trovato il corpo.

Ora lo mostrano anche.

È sopra il lettino dell'ambulanza e due barellieri lo stanno portando via. Ha una caviglia che scivola fuori dal lenzuolo e per un attimo mi pare di vedere qualcosa che non vorrei vedere.

Uno strano disegno che sembra un sole tagliato a metà, in senso longitudinale.

Poi la foto riempie lo schermo.

Sta sorridendo in un modo molto diverso da come ha fatto a me in treno. Meno triste, meno privo di speranza.

«Sara Parmeggiani è stata uccisa con un coltello da cucina, approssimativamente nel pomeriggio di oggi» spiega il giornalista e mi appoggio con la mano al tavolo.

«Buona fortuna, Nicola» mi ha detto. E quando le ho augurato la stessa cosa, ha risposto di averne bisogno, come se se lo sentisse.

Come se lo sapesse.

Spengo la televisione e non riesco a togliermi dalla testa il suo sguardo spaventato. Quell'occhiata che mi ha lanciato, squadrandomi da sopra il suo romanzo nel momento in cui ho riaperto gli occhi.

Ci sto pensando mentre senza vestirmi appoggio una delle due borse sul letto e la apro.

«Merda» sussurro e da qualche parte per strada un cane abbaia a qualcosa con ferocia.

«Merda» ripeto di nuovo. E dalla borsa tiro fuori una confezione di assorbenti e un perizoma di pizzo nero.

La sacca della Nike è esattamente identica alla mia. Stesso blu scuro che sembra nero. Lo sbaffo bianco del logo appoggiato su un fianco, come un segno di vernice.

La vuoto tutta e resto un istante fermo, a guardare il contenuto.

Vestiti, biancheria, qualche libro, un beauty azzurro pieno di creme e di profumi.

Non so nemmeno perché non telefono alla polizia. Prima o poi verranno da me comunque, anche se nella mia borsa non ci sono i documenti. Solo la roba che mi sono portato dall'Iraq e una parte non piccola della mia vita recente.

Prendo la sacca e ricomincio a sistemarla. Ci saranno le mie impronte dappertutto su quella roba. Bell'idiota che sono.

È a questo punto che vedo il carillon.

È poco più grande di un portafoglio da uomo. Rotondo. Sopra c'è la statuetta di una bambina con un hoola hop in mano. Giro il piccolo caricatore che c'è sulla base e aspetto la musica.

La bambina comincia a camminare lentamente, sollevando appena il suo cerchio rosa. Ma non si sente nessuna melodia.

Forzo la molla in modo che si scarichi e facendolo mi pare che qualcosa si muova, dentro.

Rovescio la scatola. La base è avvitata al resto e basta ruotarla piano perché si apra. Incastrata sotto al meccanismo c'è una memory card. Di quelle che si usano per le macchine fotografiche digitali. Ruoto ancora un po' la base del carillon e riesco a tirarla fuori.

La tengo qualche secondo fra le dita, poi mi avvicino al computer.

Accendo il Mac e mentre si avvia tiro fuori una scatoletta grigia, lunga come un'agendina. È un lettore di memory card.

Lo collego al computer e gli do da mangiare il contenuto del carillon.

Dopo qualche secondo riesco a vedere le foto.

Non appena succede, mi rendo conto che potrei essere in un enorme mare di merda.

Domenica 22 agosto 2004

«Non ho capito perché ha voluto vedermi.»

Aurelio Strazzari cerca di indurire il tono della voce. È il suo modo di rispondere al silenzio dell'uomo che gli siede accanto. E che non ha detto una sola parola da quando si sono incontrati.

Sono le nove di domenica mattina e il cantiere è deserto. Stanno iniziando i lavori di costruzione di un grosso ipermercato, l'ennesimo, a poche centinaia di metri dalla tangenziale. Ci sono ruspe, profilati di alluminio e piccoli prefabbricati sparsi intorno a un perimetro di terra bianca, sottile come polvere.

Dietro a una delle baracche, le loro auto.

«Non so cosa vuole da me» continua Aurelio. Ma finge.

Perché in realtà lo sa benissimo. Da un giorno e mezzo. E da allora ha cominciato a chiedersi quanto tempo avrebbe impiegato prima di venirlo a trovare. E che cosa fare quando se lo sarebbe ritrovato di fronte.

«Non mi faccia perdere tempo. Mi dia quello che è mio. Lei ha già fatto anche troppe fesserie.»

Quella voce sembra un coltello. Assomiglia allo sguardo fisso e senza emozioni che Aurelio si sente incollato addosso. Sembra volersi infilare sotto la pelle per rovesciarla come un guanto. È la stessa sensazione che ha provato la prima e unica volta in cui l'ha visto.

Quell'uomo potrebbe ucciderlo in ogni momento. Semplicemente perché ne ha voglia. E adesso ha una sola possibilità per venirne fuori. L'unica a cui ha pensato dall'inizio.

«È stata una cazzata» dice. E prende la catenina.

Laura, la sua donna, la usava come cavigliera. Ha dovuto frugare dappertutto per trovarla. Crederà di averla lasciata in palestra. E lui finirà per regalargliene un'altra.

L'uomo la guarda in controluce, con la stessa attenzione con cui potrebbe cercare di stimare un diamante. Eppure è solo argento e non vale niente.

«È stata una cazzata» dice di nuovo e questa volta la voce è più debole, più sottile.

Un brevissimo riflesso di sole attraversa l'argento e si pianta nello sguardo di Aurelio come uno spillo.

L'uomo infila la catenina nella tasca della giacca. Solo allora, si rende conto che indossa un paio di guanti di cotone.

È l'ultima cosa che riesce a vedere.

«Una cazzata» gli sembra di sentire, ma ormai non sa più cosa significa.

La pistola spara. Aurelio cade in avanti, contro il volante.

Nel silenzio del cantiere deserto, l'uomo scende. In lontananza sente il rombo di un camion che martella la tangenziale. Mette via la pistola e sale sulla sua auto.

Una virgola di sangue gli macchia una guancia.

Ci passa un dito e la spazza via. Poi ingrana la marcia e si allontana, in una nuvola di polvere.

«Nicola Zanardi, di anni trentasei.»

Il commissario Marra declama le mie generalità e mi guarda ridendo.

Ho chiamato la polizia ieri sera. L'unica cosa sensata da fare, alla fine. La sola alternativa possibile a fare finta di niente e aspettare che arrivassero da me, seguendo le foto dell'Iraq che sono nella borsa. O la prenotazione del pendolino pagata con la carta di credito. Ed essere costretto a trovare un modo convincente per spiegare che cos'è successo e perché non mi sono presentato a raccontarlo.

«Non me lo ricordavo che ti chiami Zanardi» dice e mi restituisce la carta d'identità.

La sistemo nel portafoglio e lo guardo con la coda dell'occhio.

«Perché hai la memoria corta. Sarà l'età.»

«Attento, sai? Solo perché hai firmato il verbale non vuol dire che ti lasci andare senza incriminarti.»

«E di cosa?»

«Oltraggio a pubblico ufficiale.»

«Perché ti ho detto che sei un babbione? Con il mestiere che fai dovresti gradire una testimonianza che si basa sui fatti.»

Si accende una sigaretta e si alza in piedi.

Non lo vedo da nove anni, una mattina di novembre con la Certosa piegata a metà dalla neve. Eppure appena fa due passi nella stanza, riconosco quella camminata un po' traballante che me lo ha sempre reso simpatico. È grande e grosso, Marra. Ma pare sempre sul punto di cadere per terra. Tradito dai piedi o da qualche crepa nello sguardo.

Era così anche quindici anni fa, la prima volta che l'ho visto. Quando ancora non era successo niente e non aveva dovuto chiudere i ponti con tutto, per tentare di sopravvivere.

A quei tempi non era ancora commissario e prendeva lezioni di tennis da un ragazzotto con i capelli lunghi, indeciso se finire l'università, insegnare dritto e rovescio o correre dietro all'unica cosa che davvero gli importasse nella vita. Fare fotografie.

Malgrado tutta la buona volontà che ci avevo messo, non aveva mai imparato a girare bene le spalle quando colpiva. Però c'erano solo cinque anni di differenza ed eravamo diventati amici.

Tira dalla sigaretta e si siede sulla scrivania.

«Sicuro che non ti abbia detto niente?»

È la seconda volta che me lo chiede. Gli ho raccontato tutto quello che è successo su quel treno. Parola per parola.

«Te l'ho spiegato, mi sembrava spaventata.»

«E quando l'hai salutata ti ha risposto con quella frase.»

«Già. Ma avevo troppo bisogno di andarmene per farci caso. Non ho nemmeno notato che fosse scesa a Bologna.»

«Però hai visto il tatuaggio.»

«Senti, non mi piace fare questi discorsi su una morta, ma l'hai vista bene?»

«Bella donna.»

«Bella donna, già. E ancora riesco a notare i particolari di una così.»

Soffia fuori una striscia di fumo da un lato delle labbra. Se non le guardi bene sembrano chiuse.

«Tu con i particolari sei sempre stato bravo» dice. «E anche a vedere cose che nessuno vedeva. E a capirle. È per questo che ti ho fatto la domanda. Credi che mi diverta a venire qui anche la domenica?»

Fa una pausa. Sembra riordinare le idee mentre passa lo sguardo su quello che resta della sigaretta, infilata fra due dita.

«Comunque è salita a Roma anche lei. Aveva prenotato da una settimana. Stiamo cercando di capire dove sia stata prima.»

Mi limito a guardarlo, cercando di fingere che non me ne freghi niente.

Anche lui fa la stessa cosa e avrebbe un'espressione rassicurante se non fosse per gli occhi. Li tiene appesi ai miei per pochissimi istanti, poi si sistema meglio sulla scrivania.

«Vuoi bere qualcosa?»

«Se hai un po' d'acqua volentieri. Sai com'è, quando si parla con la polizia viene la gola secca. E qui dentro si muore dal caldo.»

«Lo Stato non ci paga l'aria condizionata e nemmeno gli straordinari festivi. Come questo. Sono tutti in vacanza, beati loro. E a me tocca coprire tutti i casi più seri. Niente soldi per nessuno, caro Zanardi. Come vuoi l'acqua, gassata o naturale?»

«Naturale. Non vorrei che le bolle fossero fuori dal vostro budget.»

Sorride ed esce. Torna meno di un minuto dopo con una bottiglietta di plastica da mezzo litro, un bicchiere di vetro e la paglia ancora in bocca. Appoggia tutto sulla scrivania e si allontana, guardandomi mentre mi verso da bere. Quando ho finito, spegne la sigaretta e se ne accende subito un'altra. Con la stessa rapidità sposta il discorso da un'altra parte.

«Allora, com'è laggiù?»

«Laggiù?»

Si passa la lingua velocemente sulle labbra.

«In Iraq.»

«Hai preso informazioni su di me, Giovanni?»

«Sai come funzionano queste cose, no? E sai anche cos'avevi nella borsa.»

Si appoggia la sigaretta a un angolo della bocca. Tira di nuovo, tenendola stretta forte con le dita. Sembra che si stia facendo più una canna che una Marlboro.

Per un attimo sono sul punto di dirgli che non ho una risposta. E si fotta lui e tutti quelli come lui che non capiscono che non c'è niente da sapere. Niente da chiedere. Poi mi ricordo dove sono e cerco di farmi uscire di bocca una frase differente.

«Non è come sembra» dico e mentre lo faccio sento crescere dentro qualcosa di molto simile alla malinconia che si porta dietro una sbronza colossale.

Giovanni mi guarda e continua a tirare dalla sigaretta. Non riesco a fare a meno di provare a capire che tonalità di rosso si accenda sulla brace ogni volta che aspira.

«Non ho mai pensato che lo fosse» dice, dopo un tempo che mi sembra enorme.

«Tu, forse. Ma non puoi davvero capire come funziona se non lo vedi con i tuoi occhi. Nessuno dalle nostre parti ti racconta veramente com'è.»

Faccio una pausa. Incrocio le braccia al petto. Per un attimo rivedo il sorriso di Abdel che mi guarda dall'altra parte della strada. La carta blu del mio regalo che luccica sotto il sole d'estate. Il racconto che mi ha fatto qualche giorno prima di quella bomba. Il suo sguardo, il tono della voce mentre parlava.

E la foto, che stavo facendo e che non ho ancora avuto il coraggio di guardare.

«Davvero, non lo puoi capire» sussurro.

Giovanni si alza. Passandomi accanto mi dà una botta sulla spalla, con quelle sue mani tozze.

«La crociata contro il terrorismo, caro Nicola. E a noi tocca presidiare San Petronio e il collegio di Spagna perché sono obiettivi sensibili.»

Guarda un attimo fuori dalla finestra. La luce del mattino gli si apre a raggiera sul viso. Sono sicuro che se lo fotografassi sembrerebbe circondato da una specie di aura.

Mi alzo.

«Come c'è finito uno come te a fare il commissario?»

Si volta e appoggia le mani al davanzale. Tenta di sorridere.

«Il posto sicuro. Bisogno d'ordine, di sicurezza. Stronzate così.» Fa una pausa. «E uno come te, perché non è finito a insegnare ai bambini e alle loro belle mamme?»

«Ho la pelle chiara, Giovanni. Se sto al sole tutto il giorno mi ricoverano.»

«Ecco perché sei finito in Iraq.»

«Se hai preso informazioni su di me sai anche perché sono finito in un posto come quello. E se ti ricordi ancora che tipo sono, lo sai anche se non le hai prese.»

Gli allungo la mano. Voglio andare via da qui. Via da tutte queste domande. La stringe subito. Forse sta pensando anche lui che tutto sembra essersi fermato a dieci anni fa.

«Non ti sei trattenuto un paio di mutandine di pizzo, vero?» dice e all'improvviso tutto cambia.

Sara. La valigia. Per un attimo mi sono dimenticato del motivo per cui sono qui.

«No, uso solo le mie» rispondo e tento di sembrare disinvolto.

Però Giovanni mi squadra. Forse qualcosa si è mosso nella mia voce o, semplicemente, è abituato a farlo.

Dura poco.

«Per questa volta sei libero. Ma non sparire» dice sulla porta del suo ufficio. E non so se me lo chiede per il caso su cui sta indagando o perché ha voglia di nuovo della mia presenza nella sua vita.

Io non so quali presenze voglio nella mia. Forse solo quelle che non posso più avere, per un motivo o per l'altro.

Tento di sorridere, faccio un gesto con la testa e mi volto.

Sento il suo sguardo incollato alla nuca per tutto il corridoio e mi sforzo di non girarmi per controllare se è davvero ancora lì sulla soglia, che mi guarda andare via.

Fuori, tutto il sole che mi bagna gli occhi cancella per un attimo i pensieri. Salgo in macchina e per prima cosa controllo che l'iPod sia ancora al suo posto, nel cassetto portaoggetti.

Mentre giro a sinistra per tornare a casa, mi ricordo che nessuno ha ancora guardato con attenzione cosa contiene la borsa di Sara. E che quando succederà, è probabile che questa chiacchierata non rimanga l'unica che due vecchi amici fanno dopo tanto tempo.

«L'ho sognato» dice Michele Ferrari.

Sua moglie è seduta di fronte a lui e ferma a mezz'aria il movimento della forchetta. Sta consumando il primo piatto di pasta in famiglia da quando suo marito è tornato a casa. Una goccia di sugo di pomodoro scivola dai rebbi e ticchetta sul bordo della scodella.

«Che cosa?» gli chiede. Ma è solo per guadagnare tempo.

Michele finisce di mandare giù il boccone e la guarda.

Se la conosce ancora, sa che è paura quella che gli legge negli occhi. Talmente vicina al terrore da lasciarlo per un momento indeciso se rispondere o farla aspettare ancora.

Superman.

«L'incidente» dice alla fine e, mentre completa la parola, Mirella appoggia la posata sul piatto, in un tintinnio che sembra il suono di una resa.

Ed è proprio così che la vede Michele. Come un soldato che ha cercato di nascondersi nelle linee nemiche. E ha capito che ogni suo tentativo, alla fine, è stato inutile.

Non avrebbe mai immaginato di smettere di fidarsi di lei, di arrivare a guardare sua moglie cercando di interpretare quale segreto si nasconda dietro ai suoi occhi improvvisamente spenti.

Non avrebbe mai immaginato di poterla odiare.

Eppure è così. E, quando alla fine le spiega la verità, è quasi dispiaciuto di tirarla a riva da quella paura.

«Non c'è niente di reale in quello che sogno» dice, e ingoia l'ultimo rigatone.

Mirella sorride. Speranza mista a una strana forma di rassegnazione. Come se il momento fosse solo rinviato e non allontanato per sempre.

Anche lei sembra pensare che sono tutti e due in viaggio sulla stessa strada e che ciò che troveranno alla fine del percorso è solo un lungo e immenso burrone senza fondo.

Finirà per ingoiarli insieme, qualunque cosa sia.

«Prima o poi ti ricorderai tutto, vedrai» sussurra e beve un bicchiere d'acqua pieno fino all'orlo. Lo fa di corsa, il primo respiro con cui riempirsi i polmoni dopo un'apnea troppo lunga.

Mi siedo in silenzio e guardo le foto.

L'obiettivo inquadra una stanza in penombra. Sembra la camera di un grande albergo.

La fotocamera digitale è in un angolo, su un mobile.

Riesco a vederla riflessa nello specchio. Sembra nascosta fra una lampada da tavolo e il televisore che entra in ogni immagine, coprendo una parte dell'inquadratura.

Non l'ha mai cambiata.

Ha posizionato la macchina e l'ha lasciata lì. A scattare periodicamente quelle immagini, approssimativamente ogni venti secondi.

Mentre le guardo cerco di immaginarmi la disposizione della stanza.

Una porta si apre sulla parete dove è sistemata la macchina. La vedo attraverso lo specchio. Oltre la porta, la luce è accesa e riflette qualcosa di chiaro che non distinguo. Il bagno, forse. In un angolo c'è un armadio. Un'anta sembra socchiusa, ma forse è solo un effetto di luce.

Sono dettagli.

È il letto che riempie l'inquadratura.

E Sara Parmeggiani che scopa.

La prima volta che ho visto le foto ho pensato a un gioco, una di quelle orribili riprese amatoriali da rivedere nel salotto di casa per dimostrare a se stessi quanto si è trasgressivi.

Poi mi è venuto in mente il carillon, quella memory card nascosta tanto bene da bloccare la suoneria. L'espressione spaventata che le attraversava lo sguardo invocando un po' di fortuna. Il mezzo sole tatuato che scivolava fuori dalla barella nell'immagine del telegiornale.

Ed è stato facile cambiare idea. Facile capire che non c'è nessuno scherzo dietro questi scatti.

Ne sono ancora più convinto adesso, mentre il monitor del Mac me li restituisce nitidi ed enormi, invadendo il buio della stanza con colori lunghi e morbidi.

Ho lasciato il sole del pomeriggio fuori dalle tapparelle. Non voglio che la luce sporchi anche solo un frammento di quello che vedo. E adesso che le scorro una per una è banale pensare che è proprio per queste fotografie che Sara è stata uccisa. E che ce ne sono delle altre, da qualche parte, per cui è valsa la pena chiuderle la bocca per sempre.

In queste che sto guardando il volto dell'uomo non si vede.

Ed è lui quello che conta.

Non il corpo morbido e lucido di Sara che scivola sopra le lenzuola. Non la bocca socchiusa che in uno scatto sembra sussurrare, guardando dritta in camera.

L'uomo.

Solo lui.

Una figura da ricomporre attraverso frammenti e dettagli staccati, come in un puzzle di cui non conosci il disegno finale.

La prende da dietro, affondandole le mani nei fianchi e spingendo.

Non porta la fede. Le unghie molto corte, le dita curate. La pelle abbronzata. Ha appena un po' di pancia, i classici rotoli da birra e alcolici. Allunga una mano a stuzzicarle i capezzoli, a stringerle i seni. Li immaginavo meno gonfi, meno sodi.

Poi lei gli si siede sopra, le cosce tese, le braccia appoggiate all'indietro. Guarda un attimo verso la macchina. Solo uno scatto. Spinge. I muscoli e la luce le disegnano i fianchi, la curva del seno, la smorfia di voglia e di piacere che le porta via il viso.

Lui allarga le braccia. Potrebbe avere quaranta o cinquant'anni. O anche di più.

Pochi peli sul petto. La carnagione scura.

Un altro scatto. Forse ha i capelli neri.

Poi più niente.

Allora ricomincio da capo. Una foto alla volta, un fotogramma alla volta. Cercando di non pensare a quello che ho sotto gli occhi.

I dettagli si notano solo se non li vuoi vedere. Come se fossero timidi e la tua attenzione li facesse scappare.

Le guardo tutte quante di nuovo, poi mi appoggio allo schienale della sedia e clicco con il mouse su un pulsante grigio. La finestra si riempie veloce di tanti piccoli rettangoli colorati che compongono la successione degli scatti.

Li fisso, mi strofino il volto con le mani. Per un secondo sono anche convinto che quando riaprirò gli occhi saranno spariti. Rettangoli di luce e colore svaniti via come bolle di sapone in una giornata di vento.

E invece sono ancora lì, tutti quanti, terribilmente reali.

Non so perché ne ho fatto una copia. Forse perché per Sara sono convinto di poter ancora fare qualcosa. Quello che non ho potuto fare per Abdel. O per me e Giulia. Un gesto di coraggio che me la faccia ricordare con il sorriso con cui l'hanno fatta vedere in televisione. Senza spazio per nessuna ombra, per nessun dolore.

Per nessuna paura.

Sto pensando a quella paura e al motivo per cui non le ho chiesto niente e sono scappato, mettendo la testa sotto la sabbia come ho sempre fatto.

Poi lo sguardo mi cade su un particolare. Non so nemmeno perché ha attirato la mia attenzione.

Sembra solo un piccolo pallino di luce. Ingrandisco il dettaglio cinque volte. È una macchina fotografica.

Quanto basta perché abbia la certezza che la faccia dell'uomo che non si vede mai esiste, da qualche parte, su un'altra fotografia.

E che gli scatti che sto vedendo potrebbero nascondere molte più cose di quello che immagino.

Giovanni Marra infila il cd nel lettore.

Prima che la voce di George Michael riempia la stanza, si lascia andare sul divano, chiude gli occhi. E Paola Vigliani arriva subito, un profumo che ti aspetta in cucina quando torni a casa la sera. Da quando ha recuperato il corpo della bambina, non riesce a pensare ad altro. Disseppellirla ha riportato a galla ricordi con cui credeva di sapere convivere.

E adesso, dalla stessa profondità di quei pensieri, torna in superficie anche Nicola Zanardi, con il suo incontro casuale con la Parmeggiani e la sensazione che abbia cercato di nascondergli qualcosa.

Ripensando allo sguardo di Nicola, alla mano leggermente sudata che gli ha stretto salutandolo, al tono di voce con cui gli ha raccontato la sua storia, non può fare a meno di credere che sarà costretto a dubitare di un vecchio amico. Se ci pensa gli sembra di tradire se stesso e tutto il suo passato.

La sua vita diventa sempre più complicata, un nodo che si indurisce man mano che lo tiri per scioglierlo. Invece avrebbe bisogno solo di silenzio. Fuori e dentro la testa.

Apre gli occhi e incontrando una stampa di Dalì sulla parete si sente terribilmente inutile. Come la casa vuota e piena di musica. Come le mani che non hanno salvato sua moglie e sua figlia da una stupida macchina che andava troppo veloce nel posto sbagliato.

E inutile perché per Paola Vigliani pensa di non poter fare più niente.

È passato troppo tempo. E chiunque l'abbia scaricata in quel bosco come una lattina vuota, è abituato a non lasciarsi dietro tracce.

"Lo hai già fatto" pensa. "Non era la prima volta". E si chiede se non abbia ragione il magistrato, il dottor Terzi, a pensare che possa essere spuntato fuori l'ennesimo pazzo scatenato a caccia di un modo per soddisfare il suo sadismo.

Vorrebbe mettere le mani su uno così. Sentire fra le dita la trachea che si spezza come il cono di un gelato. Poterlo guardare mentre cerca di respirare e non sente più nulla. Solo il buio che gli riempie i polmoni e gli porta via la vita. Perché malgrado il lavoro che fa – o forse proprio per quello – è convinto che l'unica cosa che certa gente merita fino in fondo sia la morte. Lunga, assordante e dolorosa.

Magari parlando con il magistrato di Venezia che ha l'incarico delle indagini, gli verrà un'idea. Guardandolo in faccia e ascoltando le sue parole riuscirà a immaginare una strada possibile.

Per questo domani andrà al funerale di Paola. Per sperare che possa succedere ancora qualcosa. Anche soltanto riuscire a seppellire i suoi fantasmi insieme al corpo massacrato della bambina.

Si alza, accende una sigaretta.

Appoggiato al davanzale, guarda l'estate fuori dalla finestra.

Fa di nuovo troppo caldo.

Da qualche parte c'è una donna che ride. Una risata di pancia, grassa, che sembra non finire mai. Chissà che cosa le hanno raccontato per farla ridere così. Non ha tempo per pensarci. Si infila di nuovo in salotto, seguendo la suoneria del cellulare.

«Pronto.»

«Mi scusi se la disturbo anche quando non è di turno.»

La voce dell'ispettore Francesco Carta trema come al solito dall'altra parte della linea. È uno in gamba Francesco, solo che pare abbia sempre paura di dire le cose. Forse perché lo hanno appena promosso.

«Dimmi.»

«È che... vede commissario, abbiamo trovato una cosa.»

«Cosa?»

«Nella roba della Parmeggiani. C'era un carillon. Solamente che non suonava.»

«Vuoi raccontarmi anche quale tipo di musica avrebbe dovuto suonare e perché?»

«No, commissario. Dentro c'erano delle foto.»
«Nel carillon?»
«Non esattamente. Dentro al carillon c'era una memory card. Sa quelle delle macchine fotogr...»
«So che cos'è. E allora?»
«Be', le foto dovrebbe vederle. Subito, sarebbe meglio.»
«Senti, Carta. Se mi fai venire per una stronzata, giuro che trovo il sistema di farti fare una retata di puttane albanesi tutte le sere per tenere un registro dei loro cicli mensili, chiaro?»
«Nelle foto c'è la Parmeggiani. A letto con uno.»
«Con uno?»
«Sì. Solo che lui non si vede.»
«Mi stai dicendo che negli oggetti personali di Sara Parmeggiani c'è una serie di fotografie digitali in cui lei scopa con uno che non si vede mai?»
«Esatto, commissario.»
«E chi le ha fatte queste cazzo di foto?»
«Non lo so, ma la macchina sembra nascosta dietro a un mobile.»
«Ok, Carta. Il registro delle mestruazioni delle prostitute diventa valido se questa notizia esce dalla questura, chiaro?»
«Chiaro.»
«Tieni tutto in caldo. Arrivo.»
«Ci sarebbe un'altra cosa.»
Sbuffa. Odia il modo con cui Carta dice le cose a rate. Come se avesse paura che raccontandole tutte insieme potesse attribuirgliene la colpa. «Dimmi. E questa volta non lasciare niente indietro.»
«Aurelio Strazzari, quello che ha il negozio di abbigliamento in centro. L'hanno trovato morto dentro la sua macchina.»

È Paola strilla il titolo de «la Repubblica» e Roberta gira rapida la pagina, nascondendo la foto.
Se la ricorda bene quella bambina. E le lacrime della madre in televisione, dappertutto. Morbide, calde, così diverse dalle sue.
A lei sembra di piangere sassi. Schegge di vetro infilate sotto

pelle che le tagliano gli occhi e i pensieri. Minuscoli e impercettibili dolori che le attraversano la giornata senza abbandonarla mai.

Come il silenzio di Lisa, seduta sul divano a leggere l'ultimo Harry Potter. Anche Roberta ha passato la sua infanzia in silenzio a leggere. Libri senza maghi e senza streghe che la aiutavano a passare il tempo, aspettando di potersi finalmente trasformare nella bambina che si sentiva esplodere dentro.

Forse anche Lisa ha schiacciato da qualche parte tutto quello che sa di essere, come i vestiti che pressi dentro alle valigie delle vacanze per riuscire finalmente a chiuderle. Forse ha dovuto farlo per riuscire a tornare a casa, quella notte che non dimenticherà mai.

La poliziotta beveva un caffè e la ascoltava raccontare tutto quello che le passava per la testa. Poi era suonata la porta. E quando era andata ad aprire e aveva sentito i passi che salivano i due piani di scale, aveva capito subito che Lisa era tornata.

Aspettava quei passi dall'una e mezza, mentre girava il ragù nel pentolino e la cucina si riempiva di profumo e di calore.

Era ancora lì, quel condimento. Bruciato e poi raffreddato sul fornello, aspettando qualcosa che non era mai arrivato. Perchè il ritardo era diventato attesa e la paura angoscia e poi terrore. Perché il tempo si era allungato come una vecchia gomma da masticare e aveva riempito tutto. E il silenzio si era trasformato nelle domande della poliziotta e negli sguardi con cui la fissava senza dirle quello che sapeva benissimo anche da sola.

Se hai una figlia e la vedi diventare donna ogni giorno che passa, ci sono paure che ti crescono dentro insieme alla speranza.

E anche se aveva cercato di zittirle tutte, aveva dovuto pensare che forse quelle voci erano le uniche che le dicevano la verità.

Per lo meno fino alla notte, fino a quei passi.

Al maglione di lana rosa che le era caduto dalle spalle mentre correva verso le scale. Al ciuffo di capelli che le aveva tagliato lo sguardo mentre accendeva la luce.

E al volto di Lisa che appariva in fondo alla rampa, scalza e con addosso una camicia bianca troppo piccola, un maglioncino nero e un paio di jeans scuri.

Non aveva parlato a nessuno dei vestiti. Li aveva lasciati in un angolo del bagno, luridi di terra e di urina. Pieni dell'odore di paura che aveva sentito addosso alla sua bambina quando l'aveva abbracciata. La paura che non le faceva nemmeno muovere le braccia per stringerla, nemmeno riuscire a piangere.

Riportando dentro Lisa con i piedi gelati e neri, i capelli chiari incollati alle guance da lacrime vecchie seccate sulla pelle, aveva pensato solo ad averla di nuovo a casa.

Non era importante se i vestiti che aveva addosso non erano i suoi.

Importava che fosse lì, che fosse viva.

L'aveva spogliata e per prima cosa aveva controllato che nessuno le avesse fatto del male.

«Stai bene, Lisa? Eh, stai bene?»

Glielo aveva ripetuto in continuazione, ottenendo in cambio solo un piccolo cenno della testa. Tanto impercettibile che per un attimo aveva pensato di esserselo immaginato.

Poi le aveva fatto un bagno caldo, lavandole i capelli e il corpo come se la stesse di nuovo mettendo al mondo. Togliendo la terra che aveva sulle dita, sfiorandole la pelle del viso per farla di nuovo diventare morbida e pulita. Sperando che tutto se ne andasse, scivolando nello scarico insieme all'acqua sporca.

Avevano mangiato, sedute in cucina come sempre. In un silenzio irreale che quella casa ancora non conosceva. Che Roberta cercava di rompere, raccontandole della sua giornata. Le diceva che le era mancata e ogni tanto si fermava per baciarle i capelli.

Era stato in quel momento che Lisa l'aveva fatto per la prima volta. E allora, Roberta l'aveva sentito più doloroso che adesso. Perché dopo tutta quella paura aveva bisogno della pelle della sua bambina. Di sentirsela addosso, a riempirla di parole e del suo profumo.

Lisa, invece, si era spostata, stringendo gli occhi e coprendosi un lato del viso dietro le mani giunte. Come se una mano non fosse abbastanza grande, resistente, ma ce ne volessero due.

E Roberta era rimasta lì. Appesa a quel bacio che non le aveva dato, senza concludere il gesto.

Ce n'erano stati altri di gesti a metà, ma nessuno come quello.

Ripensandoci, Roberta sente di essere ancora lì. Ferma a metà di un cammino che dal tavolo della cucina la porta ad allungarsi per baciare i capelli di sua figlia. Un tragitto brevissimo che non sa se riuscirà mai a concludere, cominciato una sera d'inverno con un bacio rifiutato e continuato nel silenzio duro e feroce che ha interrotto la sua vita.

«Non mi dici niente?» provava a chiederle i primi tempi. Poi ha smesso e ha cominciato invece a cercare un modo diverso di comunicare con Lisa. Qualcosa che passa dagli sguardi, dai gesti, dai movimenti del corpo. Assomiglia al mezzo sorriso che sua figlia le restituisce adesso, prima di accompagnarla a fare un giro.

Un sorriso lungo e triste che ha impiegato mesi a tirar di nuovo fuori.

Tutto quello che attraversa la sua vita adesso è come quel sorriso. I pensieri, le ferie che stanno per finire, la scuola che arriva di nuovo come una condanna che non sa affrontare. Il tempo che non passa mai e che non cambia mai.

I gesti di Lisa che si è infilata le scarpe, si avvicina e le sfiora una guancia.

Ogni tanto lo fa. E sono i momenti più belli.

Gli unici, forse.

Il telefono squilla mentre sta scegliendo una cravatta.

Controlla il numero. Un anonimo.

«Mi scusi un secondo» dice al commesso. E accompagna la frase sollevando l'indice della mano destra. Apre la pesante porta a vetri ed esce in galleria Cavour. Si ferma davanti al negozio di Luis Vuitton, come un curioso qualsiasi.

«Pronto.»

«Tutto a posto?» dice la voce e lui sorride.

Nella sua testa lo chiama il Grigio.

Lo avrebbe memorizzato così anche sul cellulare. Se tenesse registrata una rubrica dei contatti, invece di cancellare sempre ogni chiamata in entrata e in uscita.

«Non ho altre novità rispetto a ieri» risponde. E il tono è sempre lo stesso. Chiunque, ascoltandolo, penserebbe che si tratta di affari. E in fondo avrebbe ragione.

È una delle prime cose per cui è stato addestrato, tanti anni fa. È la prima che insegnava, quando, a sua volta, gli affidavano una recluta. Nascondere ogni emozione dietro una maschera dura e fredda come il marmo. Una pratica che spesso gli ha salvato la vita e che in un uomo come lui ha attecchito senza difficoltà.

«La transazione non mi sembra sia finita nel modo in cui ci aspettavamo. Almeno non come me l'aveva descritta lei.»

È furbo, il Grigio.

Uno dei pochi a cui non ha mai dovuto spiegare come si parla a un cellulare. Certi giochi gli riescono bene. E in questo non sono poi tanto diversi.

«Sistemeremo ogni dettaglio nel miglior modo possibile» dice, passando lo sguardo su un portafoglio che costa più di tutto il denaro che potrà mai contenere.

«È sicuro che il prodotto possa essere reperito in commercio? È assolutamente indispensabile che...»

Lo interrompe subito. «Sì.»

Affonda una mano in tasca. Pantaloni di lino bianco, fatti su misura.

Ha voglia di sorridere. Certe volte ha l'impressione che il Grigio lo sottovaluti. E se fosse in lui eviterebbe di farlo, anche dalla sua posizione.

«Bene.»

La comunicazione cade.

Ha pronunciato l'ultima parola di fretta, come se avesse bisogno di chiudere la telefonata. E non ha salutato. Forse per mascherare il disappunto e l'imbarazzo dietro a una manifestazione di potere.

C'è sempre un motivo dietro a ogni comportamento della gente.

Dietro al tono delle parole.

Quelle del Grigio puzzano di paura a chilometri di distanza.

«Lei è un bravo ragazzo, Nicola» dice mia madre. E anche se ci sono abituato, sono costretto a mordermi la lingua per scacciare via le lacrime.

È seduta nel parco della casa di cura, sulla solita panchina all'ombra. Lavora a maglia. Ha ricominciato due anni e mezzo fa. Prima non lo faceva quasi mai. Più o meno nello stesso periodo, per la prima volta, mi ha dato del lei senza riconoscermi. Un momento brevissimo, lo spazio di una frase.

È stato come chiudersi un dito dentro una porta blindata. Il dolore non è arrivato subito, ma dopo, quando sono tornato a casa e ho capito che quello che mi avevano raccontato i dottori stava succedendo.

Mi siedo accanto a lei e le allungo un sacchetto.

«Ti ho portato i biscotti» dico. E lei sorride. Un'espressione identica alla mia. Come identici sono gli occhi verde scuro, la pelle chiara. E le mani che ogni tanto diventano un po' umide di testa loro, senza preavviso.

Anche i biscotti non li ha mai mangiati. Adesso invece me li chiede, come un desiderio nascosto da sempre in fondo ai suoi pensieri che all'improvviso è venuto a galla.

Le accarezzo i capelli e lei mi lascia fare. Poi solleva all'improvviso lo sguardo e capisco che è meglio smettere. Una volta succedeva quando era particolarmente arrabbiata con me. Oggi è solo il riflesso casuale di qualcosa che le attraversa la mente e che non riesco a capire cosa sia, né da dove arrivi.

Le hanno diagnosticato l'Alzheimer la mattina dell'11 settembre 2001. E quando sento dire che quel giorno è cambiato il mondo, penso sempre che sia vero.

«Hai preso un po' di sole, vedo.»

Si tocca le guance con tutte e due le mani, per verificare la temperatura della pelle. È il solo modo in cui mi risponde. Mangia un biscotto e raccoglie le briciole in un fazzoletto di carta. Le chiude dentro con cura, come se impacchettasse un regalo.

«È per i passerotti, poveri *pipini.* Lo sai che gli davo sempre da mangiare finché non sono arrivati i piccioni.»

Ecco, adesso mi dà del tu. E ne approfitto subito.

«Sì, lo so... mamma.»

Passo con la voce sopra a quella parola riempiendomi le labbra, marcando un'appartenenza che si fa giorno dopo giorno più flebile. Qualcosa che vorrei lei riuscisse a non dimenticare nello spazio di un respiro e che finisco per sottolineare troppo, come il segno di una matita tenera su un foglio immacolato.

Una volta la chiamavo per nome. Adesso non ci riesco più.

Sbriciola due biscotti dentro al fazzolettino e si alza.

«Gli diamo da mangiare? Dai!»

Si sposta sul prato e semina le briciole. È una buona giornata. Forse è il sole che cala dietro alla collina, forse l'estate che oggi non è così bollente e la fa respirare.

Forse è solo un caso, come succede per tante cose.

L'ultima volta, prima che partissi per Baghdad senza dirle niente, non aveva quasi parlato. Eravamo rimasti su questa stessa panchina, fermi e silenziosi a guardare il sole che giocava coi rami degli alberi. E ad aspettare che passasse il tempo.

La abbraccio e le faccio appoggiare la testa sulla spalla, ma solo per un attimo. La sua attenzione è tutta verso il prato. Si infila le mani nelle tasche dei pantaloni e fissa i passerotti che spazzano via le sue briciole.

«E Giulia, come sta?»

«Bene, mamma. È al lavoro e non è potuta venire. Ma ti saluta.»

Non le dico che ormai è quasi un anno che ci siamo lasciati. L'ho fatto tre volte e non se lo ricorda. E per due volte, quando gliel'ho raccontato, è scoppiata in uno strano pianto trattenuto che le ha fatto tremare un labbro, come i bambini che fanno la mescola.

«Mi è simpatica, Giulia. È una in gamba, che fa tante cose.»

Non riesco a guardarla.

«Sì, lo so» rispondo, ma è solo una parte di quello che le vorrei dire.

La maschera che porto sulla faccia tutti i giorni è dura e sembra forte. Ma è solo una cialda che nasconde carne viva. E colpita nel punto giusto, si spezza troppo in fretta e troppo a fondo.

«Ci sediamo?» dico e lei si muove verso la panchina. I suoi passi sull'erba sembrano il fruscio che fanno le coperte di notte, quando ti giri nel sonno.

Si siede e mi guarda. La luce del pomeriggio che le colpisce lo sguardo lo colora di una nota strana che capisco solo quando parla.

«La sua famiglia l'aspetterà a casa, Nicola. È meglio che vada, piuttosto che stare qui con una vecchia come me.»

«La mia famiglia...» sussurro e non so nemmeno se la voce mi esce dalle labbra o mi naviga solo in testa. Per un attimo penso di non farcela, poi invece le rispondo.

«Hai ragione, vado. Ormai è tardi. Ma non voglio sentirti più dire che sei vecchia, capito?»

Mi alzo.

Sorride, un'espressione tagliente.

«Mi guardi. Cosa sono rimasta se non una vecchia? A cosa servo?»

«A me» le dico e mentre la bacio sulle guance penso che sia una frase terribilmente egoista.

Resto in piedi, a guardarla mentre tira fuori i ferri e ricomincia il suo maglione. Per un attimo ritorna uguale a dieci anni fa, seduta sulla poltrona di casa a sfogliare il giornale dopo cena.

"Non sei vecchia, mamma."

Poi mi allontano nel parco.

In lontananza vedo arrivare la macchina di mio padre, ma faccio finta di non vederlo. Ho bisogno di stare per i cazzi miei, adesso.

Spingo il pulsante del telecomando e mi fermo a fissare un tizio dall'altra parte della strada. Sta scendendo da una moto e i suoi occhi inchiodano i miei come un foglietto sullo spillone di un pizzaiolo.

D'istinto controllo di avere ancora l'iPod attaccato alla cintura dei jeans.

Poi cerco di nuovo il suo viso, fermo a una decina di metri.

Ha i capelli rasati a non più di due centimetri. Si infila gli occhiali da sole con un gesto terribilmente lento e senza staccare lo sguardo da me.

Sulla strada che ci divide passa un camioncino e, quando lo vedo di nuovo, sta camminando verso il cancello della clinica.

Allora entro in macchina – con l'impressione di averla lasciata aperta –, metto in moto e me ne vado alla svelta.

Ho qualcosa di strano nello stomaco che sembra nausea.

Ma potrebbe anche essere paura.

Sdraiato in un angolo del letto Michele Ferrari cerca di sfuggire ai suoi pensieri. Ormai non lo lasciano più stare. Gli riempiono la vita e i gesti. Una sonda che scava, cerca, fruga e riporta a galla solo uno strano odore di rancido.

Oggi ha rovistato nelle sue cose. Fotografie, documenti, vestiti, profumi.

Ha scoperto che l'ultimo dopobarba che ha comprato gli fa schifo e che ha un'insana passione per i completi grigio scuro, doppio petto e tinta unita. Trova il grigio un colore tetro. Ne ha anche provato uno e, osservandosi allo specchio della grande stanza guardaroba, si è visto spento, curvo e terribilmente triste.

«Mi sta malissimo questa roba» ha detto a Mirella, che lo fissava sorridendo dalla soglia della stanza.

«Io l'ho sempre detto, ma tu non mi credevi» gli ha risposto e sono scoppiati a ridere insieme. Senza un motivo. Come una volta.

Guardandola, per un momento Michele ha pensato di essersi immaginato tutto. Se è così, allora può provare a ricostruire da capo, imparando a conoscere la persona che è adesso.

Un pensiero bello da fare. Ma è durato troppo poco. Per il resto della giornata è rimasto in attesa di un'immagine, di un'eco, un ricordo qualunque che riportasse a galla il suo passato recente.

Quella notte, la frenata.

E Superman.

Non ha quasi più parlato fino a dopo cena.

Prima di sedersi in poltrona ha visto Mirella frugare in un cassetto, tra la biancheria. Un gesto banale che è servito a tirare fuori un reggiseno nero, indossato dandogli le spalle, senza nemmeno notarlo.

Un gesto che a Michele ha invece fatto pensare a qualcosa nascosto in quel cassetto. Una foto, un diario forse.

Qualcosa che lo sta aspettando, in mezzo al cotone e al pizzo e che cercherà domani quando Mirella tornerà a lavorare e la casa sarà di nuovo solo sua.

Per un attimo, mentre fissava le dita di sua moglie alle prese con il reggiseno, ha sperato che si voltasse. Che potesse vedere il ghigno che si sentiva dipinto in faccia e che raccontava tutto quello che sentiva dentro.

Ma non è successo. Allora si è infilato in bagno, si è lavato i denti e ha cercato di sputare nel lavandino la rabbia, insieme all'acqua mescolata al dentifricio. Deve continuare a fingere che tutto vada bene per riuscire finalmente a sapere la verità.

Uscendo dal bagno, Mirella gli ha sorriso morbida dentro una vestaglia bianca di seta. Ha scacciato l'idea di prenderla lì, girata contro il mobile a cassettoni, la vestaglia sollevata, il perizoma appena scostato, lo specchio a fare da testimone. Le ha semplicemente regalato uno sguardo misto di crudeltà e voglia a cui lei ha risposto rimanendo ferma appena dentro la stanza.

Alla fine si è steso sul divano, stanco di tutto.

Addormentandosi davanti alla televisione, ha sognato due occhi incredibilmente dolci e spaventati che lo fissavano da un'oscurità enorme e senza profondità.

Uno sguardo senza volto.

Poi si è svegliato e adesso che sente il sonno arrivare a portare via un'altra giornata, spera di sognarli di nuovo.

Prima o poi è sicuro che gli racconteranno tutto.

Lunedì 23 agosto 2004

La chiesa è lunga e stretta come le dita di una mano.

Come il paese che spunta dal nulla, sfiorando il corso del fiume e macchiandolo di case e di uno strano colore verdastro che in inverno svanisce, masticato dalla nebbia. In un giorno come questo, con il sole che rimbalza sul Brenta striandolo di bianco e di grigio, sembra un incarto colorato che qualcuno ha gettato dal finestrino passando distrattamente con la macchina.

Un incarto vuoto, perché la gente è tutta in chiesa.

Giovanni Marra l'ha trovata subito, seguendo la punta del campanile da lontano, sulla statale che costeggia il fiume. I pullman delle televisioni erano già pronti, troppi per non invadere il poco che una storia come questa è riuscita a non distruggere nella vita di Daniela Vigliani.

Quando è entrata sembrava uno di quegli alberi piccoli e spogli a cui si attacca un palo di sostegno per riuscire a farli crescere. Solo che Daniela resterà sempre così piccola nei suoi vestiti scuri, nel viso semplice che tiene gli occhi sempre spalancati. Se qualcosa crescerà, sarà solo il suo dolore. In silenzio, dopo ogni notte, dopo ogni ricordo richiamato a galla da chissà cosa.

«Il Signore prende e il Signore dà» dice il prete.

Solo allora Giovanni si rende conto che la messa è iniziata, dentro fa fresco come in una sera di primavera e di fianco a lui una donna anziana sussurra una preghiera, guardando storta il suo silenzio. Cerca di sorridere e lei distoglie lo sguardo.

Ma Giovanni vede solo il bianco della piccola cassa, del viso di Daniela e delle mani del marito. E il grigio salmastro delle parole del prete.

Il Signore prende e il Signore dà.

Anche a lui ha preso e ha dato e forse è anche per questo che a certe parole non riesce più a credere. Solo al dolore cieco e muto e ruvido che ha ascoltato dentro in un pomeriggio d'inverno così simile a questo.

Si guarda intorno e tutto sembra fermo.

Anche la fila ordinata che va verso il corpo di Cristo, passandogli accanto come fosse lontana chilometri.

Anche l'urlo spezzato di Daniela Vigliani che maltratta il silenzio rifiutando l'ostia, la comunione, il perdono, la consolazione.

La guarda piegarsi sotto quell'urlo, rompersi il respiro sulla piccola corona di fiori appoggiata alla bara. Voltarsi verso la gente che le sussurra qualcosa che le deve sembrare senza senso. Perché tutto, tranne quell'urlo e il sorriso che ormai la scalda solo da una fotografia, non può avere posto nella sua vita.

Lui resta ancora un attimo, poi esce.

Fuori, l'estate lo colpisce sugli occhi. Accende una sigaretta e fissa l'argine deserto.

Il Signore prende e il Signore dà.

Sbuffando un piccolo soffio di fumo, si chiede che opinione abbia il Signore dell'uomo che ha incontrato Paola Vigliani.

E che ha usato quel sistema per compiere la sua fottuta volontà.

Il diario di Mirella non esiste.

Michele Ferrari ha vuotato casa con la precisione con cui un orafo disegna un nuovo gioiello. E non l'ha trovato.

Però qualcosa, in fondo a quel cassetto, c'era. Infilato dietro a un mucchio di slip, appoggiati uno sull'altro come pazienti in lista d'attesa.

Un'agenda.

Di pelle scura, piena di nomi, numeri, date, pezzi di carta scarabocchiati e scritti che ha esaminato uno per uno.

E due biglietti del treno.

Pendolino Bologna-Roma. Andata e ritorno. Uno a metà gennaio e uno all'inizio di febbraio, qualche giorno prima del suo incidente. Partenza alla mattina presto, ritorno alla sera. Solo una normale giornata di lavoro allungata di un po'. Gli piacerebbe riuscire a ricordarsi quale scusa ha usato Mirella per fare quei viaggi.

Prende in mano i biglietti e li guarda. Controluce sembrano solo due pezzi di carta spessa e senza significato. Molte cose che rappresentano qualcosa di importante sono così. Tutte, forse. Oggetti comuni che non vogliono dire niente se non quando ti attraversano la strada come un camion in corsa, senza che tu sia capace di prevederne la direzione o la provenienza.

Due biglietti del treno.

Non è una di quelle che conservano tutto, Mirella. Ma ha tenuto quei biglietti. Proprio quelli. E magari ne ha fatti altri di viaggi a Roma. Mentre lui era in coma, forse. Avrebbe potuto andarsene quando voleva e lui non lo avrebbe mai saputo.

Ha paura, se ci pensa. Perché gli sfugge il controllo di tutto. Della mente, della vita e di sua moglie che non è andata a Roma solo per farsi scopare. Non c'è bisogno di tanti chilometri per questo. Ne è convinto sempre di più, man mano che le parole gli corrono in testa.

E poi c'è quella mezza frase.

Fruga fra le pagine dell'agenda come uno scippatore in una borsetta e alla fine la trova di nuovo.

29 febbraio. Un giorno che non c'è sempre, un parente che ti passa nella vita una volta ogni tanto e non sei per forza contento di vedere.

Venere privata?

Mirella ha calcato la mano sul punto interrogativo, disegnandolo in grassetto. La stessa cura che metteva da ragazza nel torturare con la penna i foglietti del block notes, quando un pensiero la tormentava.

Venere privata. Un'eco lontana gli ricorda un libro di Scerbanenco che ha letto milioni di anni fa. Ma Mirella non legge gialli di quel genere. L'unica altra cosa che gli viene in mente è una donna vestita di nero che ti suona il campanello di casa in una notte di primavera. E che sotto all'impermeabile scuro porta soltanto alcuni minuscoli ritagli di pizzo.

Si alza senza pensare e l'agenda cade per terra. La raccoglie e la risistema con attenzione in fondo al cassetto della biancheria. Cammina scalzo sul pavimento e si infila in salotto. Appoggiato alla ringhiera della terrazza guarda il boschetto di castagni che riempie la collina. Dall'altro lato della casa passa una moto, fracassando il silenzio con una marmitta troppo grande.

Poi rientra in casa e tutto si ferma, anche l'aria riempita dall'estate che sembra essere scoppiata tutto d'un colpo, l'ultima settimana d'agosto.

Niente è come se l'era immaginato. E se deve fare una nuova ipotesi, l'unica che gli viene è che sia molto peggio.

Accende la radio e si muove verso la cucina.

A metà strada, quello che sente per poco non lo fa svenire.

Si appoggia al muro tentando di restare in piedi, ma non basta. Le gambe scivolano lentamente verso il pavimento, una goccia di pioggia sulla finestra in un giorno d'autunno.

Alla fine si siede a metà del corridoio, la schiena appoggiata al muro, gli occhi chiusi che cercano di non seguire il movimento rotatorio delle cose dentro la sua testa.

E la canzone che riempie tutto quanto. Che si infila nelle orecchie senza lasciarlo stare. E gli scivola nel corpo e nei ricordi.

«*It's not easy to be me*» dice il ritornello.

E Michele Ferrari pensa che nemmeno per lui è facile essere se stesso. Lascia andare i suoi pensieri e il mondo comincia a muoversi al ritmo morbido della musica.

Superman dei Five for Fighting.

La canzone che stava ascoltando allo stereo quando la macchina è uscita di strada, sbriciolandogli la vita, la carne.

E la memoria.

«Hai finito di far finta di essere stata alle Barbados?» dico, piantando le mani nelle tasche dei bermuda.

Andrea mi guarda e sbuffa, fingendosi spazientita. Mi ha dato appuntamento per le undici davanti alla Feltrinelli in piazza Ravegnana, quella piantata sotto le due torri.

«Prima vado a farmi una lampada in via Zamboni» mi ha detto. Solo che la seduta deve essere stata piuttosto lunga, perché quando la vedo svoltare l'angolo, incollata al cellulare come un adesivo, è in ritardo di tre quarti d'ora.

La conosco da dieci anni. Lei e il suo nome da uomo portato sullo sguardo più fragile che abbia mai visto in vita mia. Lei e i suoi scazzi furibondi di parole lasciate andare in libertà, come petardi la notte di capodanno. Lei e le sue insicurezze che la tagliano a pezzi. Crepe che aprono fessure sulla pelle e che le fanno scivolare dentro aria gelata e tagliente da cui spesso non sa difendersi.

Se fosse mia sorella o la mia donna non potrei volerle più bene di quello che le voglio.

«Oh, ma che cazzo vogliono tutti da me?!» urla, piantata davanti alla bancarella dei libri scontati che presidia il negozio come un picchetto. Ha lo sguardo duro reso ancora più spigoloso dai capelli cortissimi e l'espressione di fastidio che le accarezza il viso ogni volta che è costretta a fare qualcosa che non vuole. Rimette il cellulare nella borsetta e all'improvviso si accorge di me.

Sorride. Con tutto il viso.

«È molto che sei qui?»

Fingo di fare un calcolo complicato.

«Uhm...Un'ora?»

«Sei arrivato in anticipo...»

Sorrido.

«No...»

«Perché, che ore sono?»

«Se parliamo un altro po' diventa mezzogiorno.»

Guarda l'orologio con un'espressione sinceramente stupita.

«Lo sai che mi perdo, no?»

Le prendo la testa fra le mani e le do un bacio, proprio in cima.

«So che sei una gran rompicoglioni, questo sì.»

Mi sposta le mani dalla testa con un gesto meccanico.

«Dai, poche storie. Andiamo che poi sono di turno» dice.

Poi allunga il passo e qualche minuto dopo siamo seduti in un baretto in via dei Giudei, davanti a un panino che sfamerebbe un esercito di profughi e alla sua insalata scondita d'ordinanza.

L'ombra dei palazzi stritola il sole impedendogli di passare.

Appoggio l'iPod sul tavolo e controllo che sia tutto a posto.

«E quello che roba è?» mi chiede, tirando un sorso dalla lattina di Coca. Rigorosamente light.

«Un lettore mp3.»

«E te lo porti a spasso come un cagnolino?»

«No. È che non è solo un lettore mp3. In realtà è una specie di hard disk da passeggio. E in questi giorni ne ho bisogno.»

Prende il pane dal cestino, ne strappa un pezzo e mangia a piccoli bocconi solo la mollica. Mi fissa. Il suo sguardo, all'improvviso, è cambiato.

«Non ti azzardare mai più a fare una cosa del genere, sai?»

Tento di mandare giù il pezzo di prosciutto che mi sta foderando la gola di sale e sfido i suoi occhi. Sono tristi, sollevati e disperati allo stesso tempo.

«Che cos'è che non devo più fare?» chiedo.

So benissimo a cosa si riferisce. Le ho telefonato dall'aeroporto di Baghdad non appena l'aereo ha messo il suo enorme culo per terra. Credo che si aspettasse un invito al cinema o a cena o quattro chiacchiere un po' incazzose come sempre capita fra di noi. Mentre invece quello che si è sentita dire è che ero andato in Iraq senza dire niente a nessuno, a fare fotografie in uno dei posti sulla faccia della Terra in cui anche solo esistere può rappresentare un pericolo.

Non l'aveva presa bene.

Mi aveva riempito di insulti per tutto il tempo che il telefono satellitare era riuscito a tenere in piedi la conversazione e per riallacciare il rapporto c'erano volute una lunga fila di mail e la statuetta di un gufo intagliato nel legno che le avevo spedito per la sua collezione, dopo averla praticamente rubata in un ristorante.

Anche così, per un po' di tempo, c'erano state poche parole e molta distanza. Silenzi lunghi fra le frasi brevi che riuscivamo a scambiarci al telefono o per mail. Silenzi che sono il suo modo di difendersi quando ha paura: chiudere le porte e sbarrare le finestre contro qualunque cosa possa venire da fuori ad attaccare la sua vita e i suoi affetti.

Mi guarda, continuando a torturare il pane. Come se solo adesso che ci siamo seduti avesse davvero realizzato che sono davanti a lei, a Bologna.

«Sì, non lo dovevo fare. Ma lo so adesso, Andrea. Non quando l'ho fatto.»

«Sei uno stronzo. Anche questo lo sai?»

«Da molto tempo. Non avevo bisogno dell'Iraq per saperlo.» Alzo la birra media e mi bagno le dita con la condensa del bicchiere.

«Brinda con me, va'. Che a volte ritornano.»

«Vaffanculo» sibila e appoggia la lattina contro il bicchiere. Beve un sorso piccolissimo di Coca e si dedica alla sua insalata. Dura poco. Abbandona la forchetta a mezz'aria e mi fissa.

Mando giù l'ultimo pezzo di panino. Avrò bisogno di una damigiana d'acqua in endovena per sopravvivere alla digestione.

Allontana con due dita il piatto ancora mezzo pieno. Sto per dirle qualcosa sulle sue abitudini alimentari, ma mi precede.

«Sai che cosa mi fa incazzare? Che mi hai sempre fatto dei gran discorsi sull'affrontare le cose, sul prendersi le responsabilità e poi sei scappato a infilare la testa in un buco nella sabbia come un cagasotto. E con tua mamma in quelle condizioni.»

Ha ragione da vendere e penso esattamente la stessa cosa. Ma non mi va di sentirla dire.

«Vuoi che mi senta una merda? Che ti dica che sono uno stronzo e che mi sono comportato da idiota? Bene, te lo dico. Sono-uno-stron-zo. Contenta, Andrea?»

«No, non sei uno stronzo. Sei un bambino.»

Finisco la birra in un sorso unico. Il caldo me la fa sudare di colpo in tante piccole gocce che mi sfiorano la schiena.

«Un bambino...» ripeto e cerco di trattenere l'incazzatura in un mezzo sorriso. Non servirebbe a niente. Solo a farmi sentire ancora più in colpa.

«Andiamo, è tardi» dico soltanto e lei annuisce con un gesto secco che sembra un pugno.

Davanti al garage dove ha parcheggiato, mi fermo e la prendo per le spalle. Si scrolla, come se le mie mani fossero pioggia.

«Ehi, Andrea, sono io. Ho fatto una cazzata, ma sono qui. E conosco gente che non ce l'ha fatta. Che non può nemmeno pentirsi. Capisci?»

Mi guarda. Fa uno strano verso che sembra uno sghignazzo. Si muove verso la cassa tirando fuori il portafoglio.

«Vai da tua mamma quando ti senti in vena.»

«È il primo posto in cui sono stato appena tornato a Bologna.»

Non si volta nemmeno. La seguo fino alla macchina e quando la raggiungo ha un'altra espressione. Con lei capita spesso così. Come un temporale che deve scaricare tutta l'acqua che si porta a spasso e poi ti lascia stare, a goderti il sole dell'estate.

«Ti voglio bene, testona» le dico sorridendo.

«Anch'io. Ma mi hai fatto stare male.»

La abbraccio piano e per la prima volta da quando ho rimesso piede in Italia mi sento a casa. La guardo salire in macchina e quando è dentro sento partire a palla lo stereo che si mette in azione con il motore. Poi abbassa il finestrino e spunta fuori con la testa.

«Faccio una cena stasera a casa mia. Vieni anche tu.»

«Non so se posso. Ci sono un sacco di cose che...»

Mi interrompe e mi pianta in faccia una delle sue espressioni da ragazzino.

«Non ti ho chiesto se puoi venire. Ti ho detto che vieni. E dire che hai la testolina buona per capire le cose, no?»

«Vaffanculo, va'. A che ora?»

«Ecco, bravo. Alle nove?»

Allargo le braccia e mi arrendo.

«Alle nove.»

«Un'ottima decisione» dice.

Infila la testa dentro al finestrino, mi fa ciao con la manina e parte sgommando.

L'ufficio del dottor Luigi Orsi, il magistrato che indaga su Paola Vigliani, è al terzo piano delle Fabbriche Nuove, a Venezia.

Giovanni Marra è arrivato da campo della bella Vienna, sfidando il traffico dei turisti sul ponte di Rialto e la gente ammassata davanti ai banchetti di frutta, a pochi metri dai due poliziotti che sorvegliano l'ingresso con i mitra spianati.

Orsi è magro come un filo della luce. Seduto alla scrivania, con una camicia bianca, un paio di pantaloni beige e un'espressione diretta e cordiale spalancata sul viso, ha più l'aria di un agente immobiliare che di un magistrato.

«L'hanno portata via durante il carnevale» dice, entrando senza preavviso nel motivo del loro incontro. «Era vestita da damina. Qualcuno ha urtato il padre e lui ha perso il contatto con la sua mano. Quando ha cercato di prenderla non è più riuscito a vederla. Si ricorda solo di una bauta, la classica maschera del carnevale, che si volta per un attimo a guardarlo nella folla. Poi più niente. Svanita nel nulla.»

Svanita nel nulla, ripete nella sua testa Giovanni. E pensando al parco Talon si rende conto di quanto sia falsa quella frase. Perché la vita di Paola non si è fermata in quell'istante di brusco distacco dalla mano che teneva stretta, ma è stata spezzata lentamente, in modo pensato e lucido. E per un motivo terribilmente preciso.

«Sembra pazzesco.»

Orsi fa scrocchiare le dita con un gesto rumoroso e veloce.

«Sono tante le cose pazzesche, commissario, che ormai non mi sorprende nulla.» Fa una pausa. «E comunque non abbiamo trovato nessun indizio. Chiunque sia stato ha studiato la cosa nei minimi dettagli e sapeva esattamente quello che faceva.»

«Più di una persona, quindi.»

Il magistrato sposta la mano sottile sul mouse e comincia a torturare i tasti. Ha una strana luce negli occhi. A metà fra il dolore e la rassegnazione di un insegnante che cerca di spiegare qualcosa di semplice a un allievo particolarmente stupido.

«Vede, commissario, durante il carnevale qui ci sono più o meno trentamila persone. Tutto il comune di Venezia – non solo la parte lagunare – ne fa circa duecentocinquantamila. Si può fare da solo un'idea delle proporzioni. In più la gente gira per le strade in maschera e identificarla è praticamente impossibile. Paola era piccola. Nella folla c'era qualcuno che la voleva. E la folla l'ha inghiottita.»

«L'hanno stuprata» dice Marra, appena il magistrato ha finito di parlare.

La frase è talmente secca che per un attimo è convinto che le vecchie mura del palazzo del Cinquecento finiranno per creparsi sotto al peso delle sue parole.

Orsi non dice nulla.

Aspetta.

Sposta piano le dita sui tasti del mouse e lo guarda. Sa che non è tutto lì. Dietro le pieghe di quella frase c'è dell'altro. Nascosto nel tono della voce, nell'inflessione faticosa con cui ha pronunciato le parole.

Ne ha visti pochi di poliziotti come Marra. E tutti quanti gli hanno fatto la stessa impressione. Un capobranco che porta in salvo il suo gruppo. Fregandosene di se stesso e a qualunque costo. Anche sfruttando solo una traccia insignificante che scivola fuori da un sentiero coperto di neve.

«L'hanno stuprata» ripete, ma soltanto a se stesso. Per un attimo guarda fuori dalla finestra il cielo azzurro dell'estate confondersi nella linea appena più scura del mare. Prende fiato.

«Non esiste nessun altro motivo per cui avrebbero dovuto nascondere quel pezzo che manca. Il pube, l'osso pelvico. Sapevano perfettamente che, se avessimo ritrovato il corpo tutto intero, avremmo saputo perché era stata rapita. Così, invece, la prova della violenza non l'avremo mai. E nemmeno qualche eventuale traccia.»

Ha parlato in fretta, Marra. Sputando fuori le parole. E adesso che ha finito, il silenzio della stanza gli sembra troppo pesante. Come in un sogno in cui deve succedere qualcosa di terribile e non puoi far altro che aspettare.

«Non è tutto qui, vero commissario?»

Giovanni solleva lo sguardo.

«In che senso?»

«C'è qualcosa che non le torna. O sbaglio?»

«No. Forse è anche per questo che sono venuto qui. Per vedere se parlandone con lei riesco a capire. Delle volte può succedere che certi particolari siano solo un caso e sono abituato a tenere in conto il fatto che esista sempre uno spazio per la coincidenza. Ma qui è strano, dottore.»

Si ferma un attimo.

Orsi pensa che stia cercando le parole giuste. E che quello che vuole dire sia la stessa identica sensazione che ha avuto lui, quando ha saputo del ritrovamento di Paola.

«Quel corpo non dovrebbe esserci» dice alla fine Marra.

«Voglio farle vedere una cosa.»

Orsi clicca due volte con il mouse da qualche parte, poi volta rapidamente il monitor.

La prima cosa che Marra vede sullo schermo è il volto sorridente di una ragazzina con gli occhi azzurri. Alla sua destra altre due foto, maschi questa volta. Uno dei due non ha più di cinque anni. A sinistra, invece, il logo della sezione minori della polizia di stato. Sulla finestra di Explorer il titolo scelto è *Italy – Missing Children Website*, ma l'indirizzo è il molto più semplice bambiniscomparsi.it.

«Lo conosco» dice Marra. Fino a qualche giorno fa su quella home page c'era il viso sorridente di Paola Vigliani.

«In Italia ci sono un migliaio di bambini scomparsi ogni anno» spiega Orsi. «I tre quarti sono stranieri. Sono i più grandicelli. Arrivano come immigrati clandestini e se ne vanno dai centri di accoglienza. Il più delle volte nessuno sa dove finiscono. Spesso all'estero, a seconda dell'etnia.

Le ragazze sono un po' meno. A maggioranza italiane, questa volta. Un'età che varia fra i quindici e i diciotto. Scappano di casa perché non vanno d'accordo con la famiglia o perché la situazione diventa insostenibile per molti motivi. A volte ci sono casi tremendi di violenza domestica e di abusi che è anche difficile immaginare. E la fuga è l'unica soluzione. A volte è pura e semplice ribellione. La famiglia fa denuncia e spesso e volentieri quando non c'è un motivo reale, la ragazza torna a casa. E magari non ce lo comunicano, così il fascicolo resta aperto.

Poi si arriva alla sottrazione di minori. Coniugi di nazionalità diversa che si separano. E il coniuge straniero si porta via i figli. Sono piccoli, di solito, fino ai dieci anni. Spesso molto di più, quattro o cinque. In qualche caso addirittura se ne vanno entrambi e lasciano il figlio da solo.»

Orsi lascia scivolare nel silenzio la sua ultima frase, si sistema sulla poltrona.

«Alla fine, rimane tutto il resto» dice semplicemente e il tono è quello di una resa. «Vuole un caffè?»

«No, meglio di no. La mia gastrite non gradirebbe.»

Il magistrato accenna un sorriso. Si alza in piedi, apre la porta dello studio, ordina un caffè a qualcuno che Marra non riesce a vedere. Aspetta qualche minuto, poi rientra con il bicchierino di carta in mano. Le dita si muovono sul piccolo cucchiaio di plastica.

Chiude la porta.

«Tutto il resto» dice «è quello che mi fa più paura.»

«E lì in mezzo c'è Paola Vigliani.»

Orsi beve di fretta. Un sorso che equivale al respiro di un nuotatore in apnea che emerge dalla superficie dell'acqua.

«Già. Sono una piccolissima percentuale del totale, commissario. Statisticamente bassissima. Però sono quelli che ti rimangono addosso. Bambini uccisi dai genitori per qualunque motivo. Venduti, magari messi addirittura al mondo con l'idea di venderli. Come una merce. Ammazzati da un conoscente o da uno squilibrato. Cose così.»

«E di solito sono casi che si risolvono.»

«Infatti. Perché in realtà non sono bambini scomparsi. Non *quei* bambini scomparsi. Solo delitti, purtroppo anche molto banali. Però, in mezzo a quella piccola percentuale, c'è n'è una ancora più piccola. E sono davvero esseri umani spariti. Svaniti nel nulla.»

«E se non avessimo il corpo, Paola sarebbe una di questi.»

«Esatto, commissario.»

«È un po' come se, insieme a quel corpo, fosse riaffiorata una specie di segreto. Qualche cosa che di solito siamo costretti a immaginare e contro cui non possiamo far niente.»

Orsi si alza. Finisce in un sorso il caffè e butta il bicchiere nel cestino.

«Solo che mi chiedo perché il corpo sia saltato fuori.»

Marra spinge le scapole all'indietro e fa scrocchiare la spina dorsale.

«Non è un maniaco. Se lo fosse, in qualche modo ce l'avrebbe fatta trovare. Il cadavere è saltato fuori per caso e dopo troppo tempo. Qualcuno che uccide bambini per sua necessità, per suo piacere, non lo nasconde. Anzi. Poi, da quello che mi ha raccontato del rapimento, difficilmente può essere stata una persona sola.» Fa una pausa. Lascia andare lo sguardo da qualche parte, nella stanza. «Non c'è nessun assassino, dottore. Credo sia stato un errore.»

«Un errore?»

«Sì. Non nel senso che è stato trovato per errore. L'errore è stato averlo sepolto. Per qualche motivo hanno dovuto farlo. E a quel punto hanno pensato di non poter correre il rischio che venisse trovato subito. È l'unico motivo possibile che mi viene in mente per la sparizione di quel frammento.»

Fa un gesto con le mani. La distanza fra i palmi occupa uno spazio davvero piccolo.

«È grande più o meno così, quell'osso pelvico. Si può mettere tranquillamente in un sacco della spazzatura insieme ai resti della cena. E buttare via senza che nessuno se ne accorga mai. Senza che venga notato dalle telecamere dentro i camion della nettezza urbana. Potrebbero averlo addirittura rotto in più pezzi. Qualcuno che ha il coraggio di fare una cosa del genere con il corpo di una bambina, non si fa troppi problemi sulla dimensione del suo lavoro.»

Orsi è fermo davanti alla scrivania, una mano dalle dita lunghissime abbandonata sul fianco. Sembra aver visto davanti agli occhi quello che il commissario gli ha appena raccontato.

«Non capisco, però, per quale motivo avevano bisogno di nascondere solo quel frammento. Potevano permettersi il rischio che Paola venisse trovata a duecento chilometri di distanza da dove l'avevano rapita. Ma non che ritrovassimo il corpo intero.»

«Perché c'erano delle tracce.»

Orsi si siede. Si sporge oltre la scrivania, appoggiando il mento alle mani.

«Ma anche ritrovando del liquido organico e ricavando il dna, poi serve qualcosa con cui confrontarlo. Serve un nome, un indizio.»

Marra lo guarda. Sgrana gli occhi e annuisce.

«Se il confronto fosse possibile?»

«Se davvero...» cerca di cominciare il magistrato, ma non riesce a finire la frase.

Il telefono di Marra squilla. Una musica deformata dalla suoneria polifonica. A Orsi sembra qualcosa di Mahler.

«Mi scusi» dice il commissario. E risponde.

È Carta, con la sua solita cantilena incerta.

«Racconta. E alla svelta» dice. Poi resta in silenzio ad ascoltare. Questa volta l'ispettore si fa capire.

Marra riaggancia e guarda Orsi. Al magistrato sembra una iena che ha appena trovato il suo pasto.

«Mi dica tutto, commissario.»

Senza smettere di fissarlo per un momento, Marra inizia a raccontare.

Sento l'odore appena entrato in casa.

Anche se è sottile come una fibra di nylon. Uno strano miscuglio di dopobarba, sudore e vestiti nuovi di sartoria. Non so se mi piace o se mi dà fastidio.

So che c'è.

E non è il mio odore.

"Non ho vestiti di sartoria" penso, mentre mi infilo nel piccolo corridoio su cui si affaccia tutta la casa e lascio la porta d'ingresso aperta, come un salvagente. Il mio armadio è pieno di jeans e magliette colorate. Di camicie e di un paio di completi che uso tre volte all'anno. Non conservano quel buon odore di nuovo che viene dai vestiti indossati per la prima volta.

«Papà?» dico a mezza voce alla casa vuota.

Mio padre non ha le chiavi di casa mia, però ha dei vestiti così. E l'odore assomiglia a quello che ricordo da bambino, quando tornava alla sera dopo il lavoro. Solo che al posto del dopobarba c'era "Anteus" a rendere tutto più vivo, più morbido.

No.

Non c'è mio padre che mi aspetta.

Lo so anche prima di aver fatto il giro delle stanze ed essermi accorto che la casa è vuota. Prima di sentire la paura scivolare fuori dalla pelle in un velo di sudore.

Mi fermo.

I piedi piantati per terra a metà del salotto. Gli occhi spalancati. Incollati a una scatola di latta che mi ha regalato Giulia, un giorno che sembra molto lontano. Da quando lei non c'è più, ci tengo le bollette. Forse per ripicca. O per associarla a qualcosa di negativo con cui invece non riesco a metterla assieme.

Era aperta, stamattina.

Lo ricordo bene: ho un bollettino da pagare e volevo prenderlo e passare in posta, prima di vedere Andrea. Invece sono uscito troppo tardi e non ho fatto in tempo. E ho pensato che lasciare aperta quella scatola – con Suzanne Lenglen che tira un rovescio galleggiando in aria in un Wimbledon di mille anni fa – mi avrebbe ricordato quello che devo fare.

Solo che adesso è chiusa.

Mi volto di scatto e vado a sigillare la porta d'ingresso. Adesso non è più un salvagente, solo una bocca aperta da cui può entrare qualunque cosa.

Con lo stesso passo spedito mi infilo in camera.

Il letto ancora disfatto. La tapparella sollevata che butta dentro l'aria del primo pomeriggio. Il Mac piegato come un girasole sul tavolo bianco pieno di fogli, appunti, cd senza custodia. Appoggio la mano alla base rotonda del computer e lo sento tiepido.

Non l'ho acceso stamattina. Dovrebbe essere freddo.

Mi scappa una smorfia che diventa un sorriso nel momento in cui sento l'iPod al sicuro sul fianco sinistro. Lo sgancio dalla cintura e lo lascio sul tavolo mentre accendo il Mac, poi mi infilo in bagno.

Metto la faccia sotto l'acqua e torno in camera. Apro l'armadio, i cassetti, poi i ripiani della cucina. Le scatole colorate della pasta. L'armadietto del bagno. Le macchine fotografiche.

Spalanco senza pensare ogni oggetto che può contenere qualcosa e in ognuno di essi c'è la stessa sensazione che mi prende lo stomaco e lo stringe. Anche se non manca niente, so senza nessuna possibilità di errore che c'era qualcuno in casa mia.

Torno all'ingresso e spalanco la porta. Per un attimo sono convinto che lo troverò lì fuori, un sorriso da squalo stampato sulla faccia, pronto a prendere quello che era venuto a cercare e non ha trovato.

Invece non c'è nessuno. Solo il silenzio della tromba delle scale e la pianta di ficus della mia vicina, che tenta ogni giorno di più di raggiungere il soffitto.

Mi abbasso a controllare la serratura. Mi pare che ci sia uno strano segno nero accanto al metallo che si infila nel muro. Ma potrebbe essere lì da secoli senza che me ne sia mai accorto.

A parte quello, nessuna forzatura, niente di niente.

Dovrei chiamare Marra e dirgli tutto, ma non so se mi fido davvero. Soprattutto non so se lui si fida di me. Forse sono solo paranoico.

Chiudo la porta, con tutti i giri delle mandate. Poi torno indietro. Devo controllare il computer. Ancora in piedi, sbircio l'hard disk cartella per cartella, documento per documento, mail per mail. Ma non manca niente.

E alla fine mi siedo. La solita postazione in cui sono stato migliaia di volte oggi mi mette dentro un'ansia che non so frenare. Oriento il monitor e giro la sedia in modo da non dare le spalle alla porta della camera, spalancata sulla casa deserta. Quando mi aggiusto sullo schienale mi sento più tranquillo.

Respiro.

Guardo una fetta lunga e sottile d'estate entrare dalla finestra e rompersi sull'armadio. Collego l'iPod e mentre lo faccio mi chiedo perché ho copiato lì quelle foto. Perché non ho potuto semplicemente fregarmene e consegnare tutto a Marra, facendomi i fatti miei.

Un pensiero semplice che svanisce nel click con cui ordino di importare sull'hard disk le immagini che ho rubato alla ragazza morta. Mentre il sistema operativo copia i file, picchietto sul tavolo un ritmo che sembra un coro da stadio. E quando il trasferimento è finito, sento di nuovo forte e preciso in testa quell'odore.

Alzo la testa di scatto e non vedo niente. Solo il mio appartamento che ispeziono di nuovo stanza per stanza, angolo per angolo, trovando solo silenzio, un po' di polvere e tutti i miei dubbi.

Allora mi decido, prendo il telefono e chiamo Marra.

Non c'è. Lascio detto che mi richiami e calco la voce sulla parola *urgente*, che pronuncio indurendo le consonanti. Alla fine cerco di ignorare la paura e di far tornare tutta l'attenzione allo schermo. A quello che vedo.

A Sara Parmeggiani e al suo uomo misterioso.

E a tutto quanto si può nascondere dietro a ogni ombra fotografata in quella stanza.

L'ufficio è spoglio e pieno di luce.

Seduto di fronte al professor Righi, Michele Ferrari si sente uno scolaro nello studio del preside.

«Vorrei parlare con lui» ha spiegato a Mirella poco prima di entrare. «Da solo» ha aggiunto, bussando alla porta. E lei si è limitata a fare un passo indietro e a spegnere l'espressione serena con cui lo stava guardando.

«Non voglio farle perdere del tempo, professore» ha detto mentre ancora gli stringeva la mano. «C'è una cosa che vorrei sapere. E mi sento molto stupido a farle questa domanda.»

Righi si è seduto e ha cominciato a strofinarsi le mani una con l'altra. Un prete in attesa che un suo parrocchiano gli riveli in confessione il segreto che ha sempre saputo.

«Mi dica. E non si preoccupi affatto.»

«Posso chiederlo solo a lei, professore. Io non... non so ricordare.»

Il medico ha aperto le mani, le punte delle dita una sull'altra.

«È assolutamente normale, gliel'ho detto. La memoria tornerà quando...»

Lo ha interrotto subito. Non ha tempo per sentire per l'ennesima volta la stessa fottuta chiacchiera.

«Voglio sapere cos'ha fatto mia moglie quando è arrivata qui, la sera dell'incidente» ha chiesto.

E ora che aspetta la risposta, nel silenzio dello studio, gli pare di aver sentito il cuore del professore fermarsi di colpo e saltare un battito. Con uno strano rumore metallico, il click di una pistola che fa cilecca.

Lo guarda, Righi. E sembra il testimone in un processo che cerca le parole giuste per non diventare l'imputato.

«Non so se devo, ingegnere» dice alla fine. «Ma sua moglie non è venuta in ospedale la notte dell'incidente.»

Michele stringe i braccioli della poltrona. Le nocche sbiancano, le dita gli fanno quasi male.

«L'abbiamo chiamata subito, ma è arrivata solo il mattino dopo» conclude il professore.

Come un colpo di pistola sparato in mezzo ai suoi pensieri.

Il marchio dell'albergo in cui sono state scattate le foto di Sara è rosso e con due corone. L'ho scoperto per caso, ruotandone una di centottanta gradi per vedere meglio qualcosa riflesso nello specchio.

In realtà nell'immagine non c'era nulla, ma da quella nuova angolazione un blocchetto di carta appoggiato su un mobile mi ha sparato fuori quel marchio.

Ho pensato a un albergo di Bologna, Le Due Corone, ma ha un logo diverso, me lo ricordo. Dovrei provare a farmi aiutare da Google, frugare Internet alla ricerca di qualsiasi dettaglio possa essermi utile. Ma non ora.

Sono stanchissimo. Troppo per continuare.

Mi appoggio alla finestra della camera da letto e lascio andare lo sguardo per strada, senza una meta.

E il mondo torna a fuoco in un attimo, bruciato da una scarica di adrenalina che mi taglia a metà infilandosi dagli occhi.

Lui è lì.

Sul marciapiede di via Saragozza.

Alla fermata del quattordici che sorveglia casa mia come un piantone.

L'uomo della clinica. Quello della moto. I capelli rasati, lo stesso vestito. Lo stesso sguardo nascosto dietro le lenti da sole.

L'ho visto per un attimo. Il tempo che ha impiegato l'autobus a rallentare e coprire la fermata. Quando è ripartito, era scomparso.

Solo la sua forma ancorata al mio terrore.

I contorni del sole che hai guardato troppo in un pomeriggio d'estate. E che quando chiudi gli occhi non ti lasciano più.

«Dove li avete trovati?» chiede Giovanni Marra e si abbandona sullo schienale della poltrona.

L'ispettore Francesco Carta asciuga la fronte con il dorso della mano. Le previsioni del tempo avevano promesso pioggia, ma il pomeriggio ha portato solo uno spesso muro d'umidità e nuvole che non ti fa nemmeno respirare.

Fa un gesto verso uno scatolone pieno di cd. Saranno un centinaio.

«Nello studio, commissario. Non li teneva nemmeno nascosti. Perfettamente in ordine su dei raccoglitori. Anonimi, naturalmente.»

Marra ne prende uno. Lo toglie dalla custodia di plastica trasparente e guarda la luce viola del pomeriggio scomporsi nei colori dell'iride, sulla superficie del cd. Su ogni disco c'è un numero progressivo, scritto a caratteri grandi con un pennarello blu.

Il più alto che ha visto è il centodieci.

«Un tipo preciso, il nostro Strazzari. Tu te ne intendi Carta. Quante saranno in tutto?»

«Vediamo. Un cd è grande minimo seicentocinquanta mega. A occhio ci sono più o meno mille, millecinquecento foto per ogni cd. In tutto saranno circa duecentomila.»

«Sono solo le ragazzine che mi interessano, Carta. Le troie che si facevano fotografare mentre lui se le scopava, mi lasciano francamente indifferente.»

«Scusi se mi permetto, commissario. Ma forse lui le ricattava. E una di quelle... signore... si è stufata e l'ha ucciso. Poi c'è anche la donna con cui stava. Laura, la sua commessa. Potrebbe...»

Marra si alza in piedi. Appoggia le mani sul tavolo e lascia cadere il peso del corpo in avanti.

«Cazzo, Carta, lo so! Dovremo identificarle tutte, una per una. Ma abbiamo una bambina fatta a pezzi saltata fuori dalla terra. E un tizio morto ammazzato che collezionava foto porno in cui una parte delle immagini sono di minorenni o quasi. Ero al funerale di Paola Vigliani stamattina. E vorrei avere qualcosa da raccontare a sua mamma, dopo aver visto con quale tipo di merda quello stronzo di Strazzari si faceva seghe quando gli tirava.»

La voce di Giovanni rimbalza sul soffitto dell'ufficio e si spegne nel lunghissimo silenzio che segue le sue parole.

«Mi scusi, commissario. È che pensavo...»

«No, scusami tu» sussurra appena. Si passa le mani sul viso, per spalmarsi un po' di tranquillità sulla pelle. «È che certe cose non le sopporto.»

Carta annuisce. Sposta lo sguardo fuori dalla finestra, verso il nero delle nuvole che vengono su insieme alla sera.

«Cosa vuole che faccia, commissario?»

Giovanni non risponde. Alza il telefono e compone un numero.

«Anselmi? Ciao, sono Marra. Senti ho della roba da mandarti... Altre foto... No, ascolta, non ho voglia né tempo per scherzare. Ci sono dei minori in mezzo... Ecco, bravo. Voglio riuscire a datare le immagini. E voglio sapere se sono file originali provenienti da una macchina digitale o se sono copie di altri. Alcuni vengono palesemente da siti porno. Altri, non lo so. Lo voglio per ieri.»

Riaggancia. Prima che lo faccia, si sente qualcuno tentare di rispondere, dall'altra parte della linea.

«Ho bisogno di un favore, Carta.»

L'ispettore raddrizza di colpo la schiena.

«Certo, signor commissario.»

«Mi dispiace chiederlo a te, ma sai anche tu come siamo messi. Ci sono stati tre casi di omicidio in un giorno solo. E qui sono tutti in vacanza, quindi porta pazienza.»

«Non si preoccupi, commissario.»

«Visto quello che avete trovato, esiste una possibilità che l'omicidio di Strazzari e il ritrovamento del corpo della bambina siano collegati. Quindi voglio che tu faccia una copia di tutti quei cd. Uno per uno. Non m'importa quanto tempo ci metti. Fallo. Poi prendi gli originali e li porti ad Anselmi, della scientifica. E alla fine voglio che ti metti davanti al computer e tiri fuori almeno una foto riconoscibile di tutte le donne che ci sono in questi scatti. Tutte.»

«Alcune foto sono scaricate da Internet, l'ha detto anche lei...»

«E infatti quelle le lasci stare. Ma se hai anche solo un dubbio che la foto non venga dalla Rete, la metti da parte. E una cartella la fai con i presunti minori. Anche qui una foto riconoscibile. Possibilmente *pulita*. Ok?»

Carta tenta di sorridere. Un'espressione schiacciata dalla mole mostruosa di immagini che deve analizzare.

«Sì, signor commissario.»

Resta fermo qualche secondo davanti alla scrivania di Marra, ma Giovanni non lo guarda più. È davanti alla finestra spalancata e fuma una sigaretta. Da lontano si sente un tuono.

L'odore della pioggia riempie la stanza, portato a spasso dal vento.

Marra aspira forte il sapore del tabacco. Poi schiaccia la sigaretta nel portacenere, appoggiato sul davanzale. Una goccia di pioggia gli bagna un dito.

Si asciuga sui pantaloni e si volta verso la stanza.

Carta se n'è già andato. Sparito lui e tutti i dischetti. Solo vedendo la stanza vuota, si rende conto di averlo lasciato lì. Appeso alle parole come un chiodo attaccato al muro.

Guarda l'orologio. Quasi le otto di sera di una giornata troppo lunga. E solo la casa vuota ad aspettare che torni.

Uscendo dalla questura, si ferma sotto al portico a guardare l'acquazzone tropicale che scarica umidità, promettendo di portarne altra.

Una ragazza corre verso via d'Azeglio, il vestito a fiori incollato alle gambe troppo magre. Un lampo apre a metà il cielo dalle parti di via Rizzoli. Il tuono che lo segue è lungo come un rumore di barattoli che cadono da una rampa di scale. Quando si zittisce e resta solo la pioggia, Giovanni Marra esce dal portico. L'acqua lo aggredisce subito, infilandosi dappertutto. Ma non la ascolta.

Dovrà fare una visita alla commessa di Strazzari. Domani, però.

Tutta la forza che gli resta è appena sufficiente a prendere la macchina e guidare fino a casa.

«Giulia l'hai più sentita?»

Avrebbe potuto essere una bella serata se Andrea non mi avesse fatto quella domanda. Ho in mano un tramezzino con il tonno e la bocca piena del profumo del Gewurztraminer. Finisco il pane soltanto perché non sarebbe educato rimetterlo sul tavolo, con un morso appiccicato sopra.

È bella la casa di Andrea. Calda, in un capillare minuscolo che si infila nel centro di Bologna. Dalle finestre si vedono le torri spuntare dai tetti all'improvviso.

Però quella domanda, che mi appoggia a bruciapelo alla fine di una frase, fa scivolare a terra i frammenti sgretolati di qualche ricordo di troppo.

«Giulia l'hai più sentita?»

Non lo so, sarebbe la risposta da dare. Per come vedo le cose, sentire le persone è qualcosa che va molto al di là di avere la loro voce vicina. O di vederle che si muovono, camminano, ti guardano.

Tutto quello che è successo è che le ho parlato al telefono in uno dei giorni peggiori della mia vita. E che sentirla me ne ha ricordato molti altri.

«Mi ha chiamato appena sono tornato dall'Iraq. Anche se non sapeva che ero partito.»

«Ah» risponde. Un suono secco che sembra un colpo di tosse. Mando giù un altro bicchiere di vino e la guardo. Avrei potuto dirle una bugia, ma se ne sarebbe accorta. E non sarebbe servito a niente. Non adesso.

«Solo quattro parole. Quasi di numero» spiego. «Non la voglio più nella mia vita.»

Andrea spizzica la mollica da una rosetta e annuisce. Mangia piano, prendendo il pane con le dita piccole e abbronzate, senza smettere di fissarmi un attimo. Le voglio bene. E non ha bisogno di dire niente per farmi capire che è preoccupata per me.

Tento di sorridere. E riesco anche a fare finta di essere tranquillo. Forse, per uno strano gioco di luci, qualcosa che assomiglia all'indifferenza rapisce la mia espressione alla malinconia.

Dura un attimo, il fruscio del profumo di una donna che ti sfiora per la strada. Poi volto pagina e ricomincio a spazzare via la polvere.

La vita continua. E troppo spesso rimango un passo indietro, costretto ad inseguire. Strizzo l'occhio ad Andrea e le verso due dita di vino.

«Dai, beccati un po' di Gewurz.»

Sto per passarle il bicchiere, quando qualcosa mi urta sul fianco con la delicatezza di un cingolato, versandomi il vino diritto sulla patta dei jeans.

Andrea mi guarda e ride. Non so se fare lo stesso o tirare una bestemmia poderosa e glaciale.

«Scusami» dice il mezzo blindato. E mi giro a guardare.

È una ragazza. Porta un paio di jeans e una canotta bianca, di cotone. Ha i capelli rosso mogano, lisci come fili d'erba in un prato. Le ricadono sulla fronte in un taglio corto e maschile che si allunga sul collo in una specie di onda. Uno strano disordine predeterminato che la fa sembrare allo stesso tempo improvvisata e perfetta.

Probabilmente vorrebbe ridere come fa Andrea, perché mi fissa mordendosi il labbro inferiore, insieme dispiaciuta e divertita del casino che ha combinato. Controllo la macchia che si sta allargando sopra ai jeans, scivolandomi fra le cosce.

«Se resta l'alone sarà difficile far credere al lavasecco che non mi sono pisciato sotto.»

Adesso ride. Qualcosa che le illumina lo sguardo di una luce inaspettata.

Prende un po' di tovagliolini di carta e fa il gesto di asciugarmi. Si ferma appena in tempo, rendendosi conto del punto del mio corpo su cui avrebbe dovuto appoggiare le mani.

Resta lì, con i fazzolettini in mano, indecisa su cosa fare.

Adesso sono io che scoppio a ridere, scuotendo la testa. Prendo i tovagliolini e mi asciugo. Mentre lo faccio mi strofino un dito su una coscia e lo porto al naso.

«Bianco, direi. Almeno dall'odore.»

«Ho capito.»

Andrea, dietro di me. Mi dà un colpetto con la mano sulla spalla e sorride, sollevando le sopracciglia.

«Tranquilla, è innocuo» finge di sussurrare alla ragazza e si allontana verso qualcuno che la sta chiamando.

Quando mi volto di nuovo, l'autrice del disastro mi sta allungando la mano.

«Roberta» dice.

Ha gli occhi castani, la carnagione olivastra. L'espressione del volto, con il sorriso che le sfiora i lineamenti e le ammorbidisce lo sguardo, è incredibilmente semplice e famigliare.

«Nicola» rispondo.

E la serata finisce qui.

Anche se non succede niente.

Anche se mangio, scherzo, rido, prendo per il culo Andrea e come sempre quasi ci litigo. Anche se tra me e Roberta ci sono solo tonnellate di parole, fra una forchettata e l'altra degli spaghetti che Andrea ha cucinato nella casa piena di musica. Anche se finisco per sporcarmi pure con il gelato. E questa volta è colpa mia.

Basta quel sorriso, l'espressione fatta di piccole crepe che sembrano nascondere dolori antichi in fondo allo sguardo nocciola. I passi rapidi e veloci con cui ogni tanto si isola a telefonare, con un sorriso tenero e lontano che mi fa sentire assurdamente geloso. La strana timidezza che sembra quella di una bambina. Un'indecisione che corre sotto la sua voce e che scompare all'improvviso quando alza il tono, riconoscendo qualcosa che ho detto.

E poi la sera. Il piccolo cortile interno del palazzo di Andrea, battuto dall'ultimo acquazzone della notte. E il tono di voce idiota e spezzato con cui le chiedo se posso chiamarla senza nemmeno sapere il motivo.

Forse perché parlare con lei è come dimenticare tutto senza scappare da niente. E non ho più voglia di fuggire.

Mi stringe ancora la mano, prima di salutarmi. Ma questa volta, mi pare, senza il bisogno di riprendersela.

«Ciao» dice. Ed è solo un sussurro. Poi se ne va senza voltarsi e per un po' resto a guardare i riflessi che la luce dei lampioni le accende fra i capelli. Le spalle strette disegnate dalla canottiera. La camminata vagamente maschile con cui si mangia il portico in pochi passi, fumando l'ennesima sigaretta. E sparendo dietro l'angolo, chissà dove.

Allora me ne vado anch'io.

Cammino sotto ai portici e la pioggia mi passeggia a fianco.

Quando arrivo alla macchina e provo ad aprirla, il telecomando non funziona. Usando la chiave, mi accorgo che lo sportello è aperto.

E se provo a richiuderlo, la serratura non scatta più.

Martedì 24 agosto 2004

La telefonata del Grigio arriva prima delle sette.

È appena rientrato, sta per farsi una doccia. Nudo nella stanza d'albergo, guarda Bologna che si sveglia di nuovo deserta, aspettando la fine dell'estate.

Prende il cellulare che ronza sul comodino e risponde.

«È tutto sotto controllo» dice, senza perdere tempo.

«Non l'ho chiamata per questo. Solo per sapere come intende muoversi.»

«Ho sistemato un primo inconveniente. Per un po' dovrebbe bastare. Adesso occorre verificare ogni cosa. Quello che cerca non può essere sparito nel nulla.»

«Continuo a chiedermi se fosse necessario.»

La voce del Grigio sembra arrivare da lontano. Si immagina una stanza con i soffitti alti. E una mattina silenziosa e solitaria.

Come la sua.

«Non c'era altra scelta. La nostra proposta è stata rifiutata senza nessun appello. La minaccia era reale, non credo che le avrebbe fatto piacere quel tipo di pubblicità.»

«No di certo. Faccia presto, comunque.»

La linea cade. Lancia il cellulare sulle lenzuola sgualcite e sente uno strano brivido attraversargli la schiena.

Un ricordo, forse.

O un presentimento a cui non riesce a dare forma.

Si infila in bagno senza chiudere la porta e apre la doccia.

L'acqua è fredda, ma non abbastanza.

La mattina è azzurra come il sorriso di un bambino. La notte, invece, gli è sembrata troppo lunga. Piena di una pioggia pesante che ha battuto sui vetri di casa senza mai fermarsi davvero.

Seduto alla scrivania del suo ufficio, Giovanni Marra ascolta.

I Coldplay, lenti come un pensiero.

Qualcuno che urla chiedendo un caffè, oltre la porta chiusa.

Una macchina che parte sgommando.

E la voce di Sara Parmeggiani in testa, anche se non l'ha mai sentita.

Non sanno niente di lei. I genitori sono morti da molto tempo. La vicina di casa è in Messico, dalla famiglia. L'unico parente è un fratellastro sparito all'epoca in cui i genitori si separarono. Nessuno sa dove si trovi da oltre vent'anni.

Così restano solo gli oggetti, per scoprire qualcosa.

Ha appena finito di sfogliare la sua agenda. Un planning semplice, di quelli da professionisti. Copertina di pelle nera e pagine con la testata grigia e i numeri scuri. Tutte uguali.

Come tutti uguali sembrano gli indirizzi che la riempiono. Nomi, invece, non ce ne sono. Solo iniziali. E nessun numero di telefono.

A. via Alessandrini, 13 – ore 17.00

Z. via dei Mille, 44 – ore 15.20

Le stanno cercando tutte, quelle lettere maiuscole. Persone in grado di potersi pagare con un po' di carte da cento euro il corpo morbido e profumato di una donna come Sara. Di mestiere prostituta d'alto bordo. O accompagnatrice, come si dice oggi per far capire che c'è gente al mondo che ha bisogno di un solo tipo di compagnia.

Ci vorrà un po' di tempo per trovarli tutti, quelle A e quelle B infilate in pagine e pagine di orari. Quelle lettere che sembrano tutte uguali.

Tranne una.

S. via S. Stefano, 15

L'indirizzo di Aurelio Strazzari.

A quel civico è l'unico *S* di sesso maschile. Sia tra i nomi che tra i cognomi. Quella casa, quell'indirizzo e quell'iniziale ci sono un sacco di volte nell'agenda di Sara fra agosto e settembre del 2003. Poi si diradano e riappaiono all'improvviso alla fine di febbraio.

L'ultimo appuntamento è per il 20 di giugno di quest'anno.

Sempre alle tre del pomeriggio, come un'abitudine che fai fatica a toglierti.

Chiude l'agenda. Tutto quello che sta succedendo è troppo strano. E il lavoro gli ha insegnato che le coincidenze spesso sono solo qualcosa dietro a cui nascondersi per non guardare in faccia la realtà.

Paola che sparisce nel nulla e ricompare in quel boschetto.

All'inizio aveva anche pensato a un maniaco. La follia di un uomo solo che sfoga tutto quello che nasconde dentro su una bambina di undici anni. Poi l'orizzonte è cambiato. L'autopsia, il cadavere perfettamente pulito, il terzo sacchetto scomparso nel nulla. Il racconto del sequestro, segnato dalla voce precisa e tranquilla del dottor Orsi.

Quando cerca di immaginarsi il rapitore, pensa a qualcuno di freddo e molto deciso. Arriva nella folla, aspetta il momento giusto, la prende, si volta e la porta via. Senza fermarsi. Sa quello che fa, perché lo fa e non lo fa da solo. Quando pensa a quell'uomo, Marra ne immagina anche un altro, che lo aspetta da qualche parte. Su un motoscafo, forse. Per portarlo via senza che nessuno se ne accorga.

E Paola Vigliani con lui.

Poi succede quello che succede. Spesso cerca di convincersi che non l'abbiano violentata. Che abbiano rapito la bambina sbagliata e abbiano finito per ucciderla. Magari avvelenandola. Il sospetto sulla presenza di droghe, il medico legale lo ha anche avanzato.

Poi gli viene in mente quel pezzo che manca e torna a galla la verità che si è costruito in testa. Senza coincidenze.

Più ci pensa, meno gli sembra possibile che il giorno dopo aver trovato i resti della bambina sia morta Sara Parmeggiani. Poi Strazzari, che con la ragazza ci scopava e alla grande. E che in casa aveva una collezione di foto porno da far invidia a molta gente. Foto di ragazze giovani. Molto giovani. Qualcuna troppo.

Altri due morti.

Saltati fuori uno dietro l'altro come le pedine di un domino.

Legati da un filo talmente sottile che se non lo guardi controluce nemmeno lo noti. E dietro, qualcosa che non può fare finta di non vedere.

La sensazione che all'uomo freddo e molto deciso che arriva in una sera di febbraio e si porta via Paola Vigliani, Aurelio Strazzari non assomigli per niente.

Si strofina gli occhi con le dita e quando ha finito, lo sguardo gli cade sulle foto del cadavere di Sara Parmeggiani. Sono lì, alla sua destra, dentro al fascicolo spalancato.

Un primo piano della gola. Tagliata da sinistra con un coltello molto affilato. Taglio secco, preciso. Di un destro. Una mossa unica, fatta alle spalle. Non è facile riuscirci se è la prima volta.

L'ha messa carponi sul divano per farlo. Così il sangue non è schizzato per terra. Solo sul muro e sulla stoffa. E così lui non ha dovuto camminarci in mezzo.

Quando cerca di immaginarsi l'uomo che ha ucciso Sara Parmeggiani e rovesciato ogni cassetto e contenitore di casa sua, gli viene in mente qualcuno che assomiglia al rapitore di Paola. Che ha sgozzato una donna senza fare rumore. Che ha camminato nel suo appartamento e toccato tutto senza lasciare un'impronta. E che se n'è andato senza farsi sentire né notare da nessuno. Così com'era arrivato.

Qualcuno che anche questa volta non assomiglia ad Aurelio Strazzari.

E che potrebbe essere sulle foto di Sara.

Alza il telefono e chiama Anselmi, alla scientifica. Le foto le ha lui.

Sa che Carta gli ha portato anche i cd di Strazzari. Lo ha incrociato stamattina prima di arrivare e aveva la faccia di uno che ha passato la notte incollato a un monitor, bevendo un camion di caffè.

È un ragazzo in gamba e, mentre fa il numero, Marra spera che abbia coglioni a sufficienza per diventare quello che sembra destinato a essere.

Un bravo poliziotto.

Poi dall'altra parte rispondono.
E le priorità dei suoi pensieri cambiano immediatamente.

«Non mi raccontare stronzate. È ancora mattina troppo presto.»
Maurizio Anselmi, della scientifica di Bologna, guarda il suo collaboratore come un fulmine minaccia il terreno.
Sono le otto passate da dieci minuti e il laboratorio è già più caldo di quello che può sopportare.
«Siediti» dice, sforzandosi di rimanere calmo.
«È da stamattina alle sette che stiamo...»
Lo interrompe subito. Si gratta piano dietro a un orecchio e schiaccia con rabbia il bicchierino vuoto del caffè.
«Ho detto siediti, Alessandro.»
E Alessandro si siede. Cerca di guardare Anselmi negli occhi, ma è costretto ad abbassarli. Il peso dello sguardo del suo capo è troppo per poterlo sopportare.
«Ripetimi tutto. Dall'inizio. Con calma.»
È un ordine, non una richiesta. Scandito con precisione.
Alessandro ripete. Non importa che sia la quarta volta che lo fa. E nemmeno che le parole che usa siano sempre le stesse. Le tira fuori tutte di nuovo, nella stessa sequenza e con lo stesso significato.
«Che cazzo siamo, un albergo a ore?» chiede Anselmi quando ha finito. «Siamo un motel, che chiunque può entrare e uscire senza che nessuno se ne accorga?»
Alessandro lo guarda. Non sa cosa rispondere. E nemmeno se deve.
Poi suona il telefono. Il ragazzo risponde e aspetta, la cornetta in mano.
«È il commissario Marra» dice, coprendo il microfono.
Anselmi gli strappa il telefono. Continua a fissare Alessandro anche quando comincia a parlare.
«Ciao Giovanni. Senti, abbiamo un problema.»

Mi sveglio con il viso di Giulia in testa. Una maledizione che non riesco a dimenticare.
Mi alzo e apro tutte le finestre, allagando la casa di luce. Men-

tre il caffè sale piano sul fuoco, aspetto che il ricordo del sorriso di Roberta si porti via tutto. Invece si mescola a quello che mi scorre dentro, fondendo insieme la semplice morbidezza di ieri sera con la malinconia di un passato recente, a volte terribilmente dolce, a volte solo inutile e cattivo.

Quello che rimane lo sciolgo nel calore del caffè, insieme a troppo zucchero.

Poi la realtà torna a pretendere attenzione e mi ricordo della macchina, sigillata in garage. Con la serratura che non ne vuole sapere di chiudersi. Mi infilo la prima cosa che trovo ed esco, sperando che il solito meccanico non sia ancora in ferie come tutti.

Lo trovo con il naso infilato in un Audi A4 e la pelle scura di chi ha preso in due settimane tutta la razione di sole che gli spetta per un anno. Gli lascio le chiavi e qualche parola di spiegazione e me ne vado subito.

Ritornando a casa mi fermo a comprare «la Repubblica» e camminando sotto ai portici quasi deserti di via Saragozza, sento all'improvviso una stranissima sensazione di pericolo.

Qualcosa senza nome e senza motivo che mi segue con precisione, e che mi fa accelerare fino a infilarmi correndo nel portone di casa e poi su per le scale, voltandomi a guardare e confondendo l'eco dei miei passi con il rumore di qualcuno dietro di me, che in realtà non esiste.

Appoggiato con la schiena alla porta del mio appartamento, ho la netta sensazione che qualcuno fuori mi stia aspettando. Poi, invece, che sia dentro con me. In casa.

Mi lascio andare sul pavimento accanto alla porta e aspetto qualcosa che non arriva. Gli occhi fissi sull'angolo scuro fra l'ingresso e il bagno.

Un angolo da cui non sbuca niente e in cui mi infilo, tirando il giornale sul letto e ispezionando la casa come facevo da bambino quando restavo solo, preda del silenzio e della mia fantasia.

Alla fine mi siedo davanti al Mac.

L'autobus passa qualche piano sotto e mi impongo di non pensare all'uomo che ieri ho visto alla fermata. Controllo la posta e cerco lentamente di sbloccare i pensieri e il respiro.

Cestino l'ennesima offerta di Viagra, un prodotto che dovrebbe portare il mio pene alle dimensioni di una liana, la news letter estiva di un superstore di elettronica e un paio di virus.

Poi sono di nuovo pronto per le foto.

Apro il frammento in cui si vede il logo dell'albergo e mi fermo a fissarlo. Adesso che l'ho di nuovo sotto agli occhi non sono così convinto che siano davvero due corone. Potrebbero benissimo essere due serpenti arrotolati fra loro. O anche uno solo, con troppe spire.

Chiudo il ritaglio e mentre apro il browser, l'occhio mi cade sulla pelle morbida di Sara Parmeggiani.

Alla luce della lampada che la sfiora appena, sembra uno dei riflessi che vedo mescolarsi nel tramonto. Risalgo con lo sguardo lungo la schiena, come una carezza. E quando incontro il breve spiraglio dei suoi occhi, mi fermo.

Mi chiedo perché mi sto infilando in un corridoio che puzza di pericolo lontano chilometri. E se basta il ricordo di uno sguardo lasciato scivolare dietro a un libro o lanciato per caso, spaventato e confuso, mentre scappavo via senza un motivo. Lontano da lei e dalla sensazione che mi aveva di nuovo fatto provare senza nemmeno immaginarlo.

Ci sto pensando, mentre la home page di Google si apre sullo schermo.

Poi arriva un sms e tutto se ne va.

Mi stavo chiedendo cosa fai.

Roberta.

Sono direttamente i pensieri a battere sui tasti.

Pensavo a quanto ho mangiato bene ieri sera.

Appoggio la schiena alla sedia e allungo le gambe sotto al tavolo.

Google aspetta che gli chieda qualcosa.

Ma non credo che abbia fretta.

Il silenzio della casa gli fa paura.

Michele Ferrari ci pensa sempre più spesso.

Assomiglia a quello del coma. All'assenza dei ricordi che insegue momento per momento. E che ogni volta sembrano in agguato per farlo sprofondare un po' di più.

La sua vita è solo una successione di effetti. E più mescola nel passato per decifrare le cause, più gli sembrano difficili da capire e lontane da catturare.

Prende il portafoglio e tira fuori un pezzo di carta. È infilato dentro alla bustina del bancomat. Da un lato ha scritto i giorni in cui Mirella è andata a Roma. Dall'altro ci sono solo due parole: *Venere privata*.

Non ha trascritto il punto interrogativo. Ma se lo ricorda bene. Per un attimo è tentato di frugare di nuovo in mezzo alla biancheria, per vederlo un'altra volta. Ma sa che non ne ha bisogno.

Non è vedere che gli serve.

È capire.

Si siede davanti al pc e apre il sito delle ferrovie dello stato.

L'Eurostar 9463 parte da Bologna centrale alle otto e ventidue del mattino. Dopo due ore e quarantatré minuti di viaggio arriva a Roma Termini. Costa un po' meno di quaranta euro, in seconda classe.

L'Eurostar 9446 parte da Roma Termini alle sedici e trenta. Per qualche assurdo scherzo della tecnologia impiega due minuti di meno a fare il viaggio di ritorno. Allo stesso prezzo.

Chiude gli occhi.

Cerca di immaginarsi Mirella seduta nello scompartimento.

Probabilmente legge un libro. Uno di quelli di Sheldon di cui ha riempito la casa. È nervosa. Ogni tanto si mangia le unghie e si guarda intorno. Vorrebbe dormire, ma non ci riesce. Qualcuno la viene a prendere alla stazione. Lo immagina alto e abbronzato. In doppio petto. Macchina scura.

Apre gli occhi.

Sente sulle labbra un sapore misto di vagone e disinfettante.

Clicca sull'icona di Explorer e apre una nuova pagina. Un motore di ricerca. Allunga le dita sui tasti e scrive veloce. Clicca su *Cerca con Google.* Poi lo squillo del telefono gli strappa un brivido.

«Pronto» dice. E la sua voce è piatta come una lastra di ghiaccio.

Dall'altra parte solo un ronzio.

«Pronto» ripete.

Gli sembra di sentire un respiro. Qualcosa di breve e sottile che si solleva appena e si scioglie nel silenzio.

Prova per la terza volta.

«Pronto.»

E la linea cade in uno strano rumore meccanico.

Appoggia il telefono accanto al computer e guarda lo schermo.

L'esito della ricerca che ha lanciato è lì che lo aspetta.

Google dice che ha impiegato poco più di mezzo secondo per completare l'operazione. E che i risultati sono oltre novemila.

Quello che nota per primo è in fondo alla pagina.

Esita un attimo, spostando la freccia sullo schermo.

Poi clicca con il mouse e il sito si apre.

Roberta non messaggerà più. Me ne accorgo all'improvviso e la consapevolezza cala sulla stanza come una nuvola troppo pesante.

Leggo l'ultimo messaggio – *Come si vede il mondo dietro a una macchina fotografica?* – e penso a quello che le ho risposto. Una fesseria improvvisata sul momento, che deve avermi fatto sembrare terribilmente presuntuoso. Forse è per questo che non mi ha più scritto.

Certe volte, con gli sms, funziona proprio come con gli sguardi.

All'improvviso ce n'è uno che fa sembrare falsi tutti gli altri.

Appoggio il telefono accanto al mouse e rimango a guardarlo, sfidandolo a suonare. Invece non succede niente. Non sopporto più il silenzio.

Clicco due volte sullo schermo e parte una canzone di Aimee Mann. Una voce terribilmente morbida con cui dice cose dure come gli scricchiolii dei mobili di notte.

«It's not what you thought when you first began it.»

Quando ho sentito per la prima volta *Wise Up*, cantata a turno da tutti i personaggi di *Magnolia*, mi sono chiesto cosa volesse dire per loro, per le loro vite, le loro storie intrecciate che si rimbalzavano contro.

Oggi, invece, penso a quello che vuole dire per me.

Che cosa mi aspetto quando qualcosa comincia nella mia vita. Cosa mi aspetto che succeda, dopo. Se mi accorgo di quello che si muove nei miei giorni insieme al tempo. O se tutto mi passa semplicemente addosso, fino a che non è troppo tardi.

Con Giulia è stato così. Non ho voluto vedere, capire o credere che fra noi due semplicemente non poteva funzionare. Che eravamo soltanto due strade che si sono toccate a un incrocio, cambiando nome appena voltato l'angolo.

Respiro.

La canzone è cambiata.

Un vecchio pezzo dei Pretenders. Ascolto Chrissie Hynde senza seguire le parole. Solo la voce che salta sulle note. Poi l'occhio mi cade sulla ricerca che ho lanciato mentre rispondevo all'ultimo messaggio di Roberta.

Albergo. Corona. Roma.

Quasi ventimila combinazioni che potrebbero contenere di tutto. Dal porno a quello che sto cercando.

La stanza delle fotografie di Sara Parmeggiani.

Ventimila piccoli frammenti di mondo che non posso visitare tutti e su cui passo lo sguardo, fermandomi su quelle righe di testo che Google aggiunge al titolo e all'indirizzo del sito.

C'è un albergo che offre bed&breakfast a trentadue euro.

Un hotel Roma in un paese che si chiama Corona, imbucato chissà dove.

C'è una lunga serie di siti di informazione turistica tutti uguali. Enormi listoni senza un link e pieni di nomi e numeri di telefono. Ne guardo un paio, giusto per scrupolo. Ma non c'è niente che mi serva.

E non c'è nessun albergo di lusso che abbia quel nome, quel disegno. Nessun posto che possa essere il set improvvisato dello strano servizio pornografico in cui Sara ha rappresentato se stessa prima di morire.

Mentre mi muovo avanti e indietro in quelle pagine piene di nomi che sembrano uno la copia dell'altro, arrivo quasi a credere che non esista un posto del genere. Forse tutto quello che sto vivendo è un incubo che la mia vita si inventa perché la realtà è troppo pesante e macabra da sopportare.

Appoggio la schiena alla sedia.

Clicco automaticamente sui numeri che sfogliano le pagine. Sotto parte un pezzo degli Aerosmith e la voce di Steve Tyler sembra un lungo e armonico miagolio senza senso.

È lì che lo vedo.

Devo guardare due volte per essere sicuro.

L'effetto è lo stesso di quei disegni pieni di colori in cui si nasconde una forma. Devi allontanarti e lasciare andare gli occhi e la mente. E tutto finisce a fuoco. Qualcosa di simile ai quadri impressionisti. Visti da vicino sono solo una successione assurda di piccoli puntini colorati.

Deglutisco un pensiero che sembra un mattone e clicco sul sito.

La prima cosa che vedo è quel logo. Due corone intrecciate una sull'altra, come i cerchi olimpici.

È una cartiera artigianale. Fratelli Corona. Prodotti di lusso per gente che può permettersi di spendere una valanga di soldi per annotare la lista della spesa.

È lì che trovo l'albergo, in mezzo all'elenco dei clienti.

La catena Weiss è svizzera. Hotel a cinque stelle lusso in tutte le parti del mondo. Uno in ogni grande città. Anche a Roma.

Clicco sul link e finisco dritto dentro al loro sito.

L'albergo di Roma è di fronte a Villa Borghese, a uno sputo da via Veneto. Quando vedo le foto delle camere ogni possibilità di errore se ne va, come la nebbia nelle mattine di marzo.

La stanza è la stessa. I fiori gli stessi. Lo specchio è lo stesso e il colore della luce che accarezza i mobili.

Qualcosa a metà fra un sorriso e un brivido mi attraversa la faccia. Ma dura poco. Il tempo che impiega il campanello di casa a suonare e le mie gambe a muoversi in automatico per andare ad aprire.

Senza pensare che dietro a quella porta potrebbe esserci chiunque.

Senza pensare a niente.

Fino al momento in cui impugno la maniglia e apro la porta, sentendo il cuore che salta un battito. Allora mi rendo conto che sul monitor del Mac ho le foto di Sara e il sito dell'albergo. E che vivo solo, in un palazzo in cui la maggioranza della gente è ancora in ferie.

«Ciao Zanardi» dice la voce oltre la soglia.

Ed è troppo tardi per tornare indietro.

Scrivo questo diario perché possa rimanere qualcosa. Perché un frammento si salvi, anche se tutto andrà male. E qualcuno leggendo possa arrivare a capire.

La pagina è azzurra come certi sottili squarci di cielo.

Michele Ferrari non riesce a staccare gli occhi da tutte quelle parole.

Nere. Carattere verdana. Corpo dodici.

E da quell'azzurro.

Non ho il coraggio di fare quello che andrebbe fatto fino in fondo. Di abbandonare tutto e tagliare con un colpo netto. Il coraggio mi è sempre mancato, fino da bambina.

Venere Privata scrive frasi che incollano gli occhi.

È più di un'ora che le legge, senza riuscire ad allontanarsi nemmeno un momento da quel diario su Internet che si chiama blog.

Avrei voluto urlare. Mi sembrava che i pensieri si spaccassero e che non fossi più la stessa persona. Avrei voluto che ci fosse un posto in cui potermi nascondere o una vita diversa da poter cominciare in quel momento.

Anche Michele vorrebbe una vita diversa.

Un interruttore sulla memoria e uno sui giorni, che riportassero tutto allo stato iniziale. Un reset di sistema che gli permettesse di far finta di niente. E sentirsi di nuovo vivo come quelle parole.

Il blog di Venere Privata dura nove mesi.

Prima di ogni testo c'è la data. E alla fine, in caratteri più piccoli, l'ora in cui il testo è stato scritto.

Venere privata perché sono una donna nascosta, senza nessuno che conosca i miei pensieri e le mie paure. Senza nessuno che sappia cosa mi porto dentro e quanto sia pesante.

Anche Michele ha un peso. Una vita volata via senza che se ne potesse accorgere. E ora, anche la dolcezza di quelle parole che gli si annodano dentro, mescolando ricordi lontani che ancora possiede e sensazioni vicine che gli fanno solo male.

Parole semplici e vere.

Le parole di Mirella.

Lo ha capito subito, dopo la prima frase. Anche se per rendersene conto veramente ha dovuto aspettare di leggere un po' più avanti. Un giorno di dicembre in cui lei ha raccontato in poche righe di un viaggio che hanno fatto in Messico, due anni fa. Della scottatura terrificante che si è preso lui e dell'idea buttata lì senza un motivo apparente di adottare un bambino.

È l'unico racconto reale. L'unico pezzo di vita di un diario fatto di sensazioni e non di ricordi. Di emozioni e non di parole. Senza nomi, senza luoghi, senza giorni vissuti.

Tranne quello.

Per un attimo, leggendolo, ha avuto la certezza che quel minuscolo momento lei lo avesse descritto apposta per farsi riconoscere.

Non voglio partorire a quarant'anni, ho cercato di spiegargli. Mi ricordo ancora il suo sorriso quando gliel'ho detto. Valeva come una risposta. E per un po' ho sperato anche che lo fosse. Poi non è più successo nulla e oggi sono felice che sia così, perché non potrei sopportarlo.

Anche Michele ricorda il suo sorriso. E ricorda che lo voleva, un figlio. Che ci aveva pensato come non aveva fatto su niente nella vita. Ma non ricorda il motivo che alla fine non aveva portato quel bambino in casa sua.

Sono felice che sia così, perché non potrei sopportarlo.

Michele rilegge ancora la frase e spezza con un gesto secco la matita che tiene in mano.

«Puttana» sussurra. E la casa vuota gli risponde con uno scricchiolio che sembra un avvertimento.

«Puttana» ripete. Questa volta il tono è più alto.

Butta fuori un sospiro rumoroso. Poi sfoglia veloce quelle pagine fino a febbraio.

Il giorno dopo l'incidente.

Vorrei che fosse finito tutto e ho paura che sia finito tutto. Vorrei che si potesse cancellare ogni momento passato come se non fosse mai esistito. Vorrei che fosse la mia occasione, la mia seconda opportunità. Alberto dice che potrebbe essere così.

Lo ha scritto poco prima di mezzanotte.

Mentre Mirella scriveva quelle parole, lui era sdraiato in un letto d'ospedale senza sapere se aveva ancora nella vita una seconda opportunità.

Quella che lei desiderava per se stessa.

Con Alberto, magari. L'uomo della stazione. L'uomo con la macchina scura e il vestito doppiopetto.

L'uomo per cui sua moglie ha sperato che morisse, schiantato a un angolo di strada come una mosca inutile e noiosa spiaccicata su un muro.

«Stai cercando di farti male, Nicola.»

È in piedi davanti a me, in mezzo alla stanza e sembra riempire ogni spazio possibile fra le pareti.

Ho paura.

Glielo dico e lui mi guarda.

Fa un passo verso di me. Un movimento pesante che lascia un tonfo sordo sul parquet. Da questa distanza gli basterebbe muovere una mano per colpirmi dritto in faccia.

Dietro di lui le foto di Sara Parmeggiani riempiono il monitor, in piccole anteprime disposte a scacchiera. Le ha guardate tutte, una per una. Non ho detto niente mentre lo faceva. L'unica volta che ho tentato, mi ha fatto chiaramente capire che non gradiva.

Prende la sedia e si sistema davanti al tavolo del computer.

Mentre lo fa, la giacca si apre e intravedo la pistola.

«Sei davvero una testa di cazzo» sussurra.

«Una testa di cazzo che potrebbe servirti, a quanto pare.»

Giovanni Marra mi fissa e sembra indeciso se arrestarmi per

aver sottratto delle prove o ringraziarmi di aver trovato un sistema che possa salvargli il culo.

Fa un cenno con la testa verso il monitor.

«Non lo so se mi servi tu. Di certo mi servono quelle.»

«Forse ti serve anche sapere cosa c'è dentro quelle foto.»

Si appoggia con i gomiti alle ginocchia.

«Senti Nicola, non fare il *patàca*...»

«No, sentimi tu. Ok, ho fatto una cazzata. Non so neanche perché le ho prese, ma ormai è successo e non posso più farci niente. Vuoi arrestarmi? Sono qui. Fallo e finiamola con questa commedia.»

Allungo le braccia in avanti, i polsi uniti. Mi lascia continuare. Tengo ancora un istante le mani sospese per aria, poi ricomincio a parlare.

«L'alternativa è che ti racconti il resto.»

«Quale resto?»

La sua voce è piatta. Il tono di qualcuno che è abituato a una situazione come questa. Che la sa gestire, anche quando sembra sulla difensiva.

«Tutto il resto. Quelle foto le ho guardate. Non le ho tenute qui come un macabro souvenir di una donna che non ho mai conosciuto veramente.»

«E quindi?»

«Vuoi sapere dove sono state scattate?» chiedo. E l'unica reazione che ottengo è un leggero ritardo nella sua mossa seguente.

«Posso saperlo anch'io, adesso.»

Appoggio la schiena al muro, le mani in tasca.

«Non ho più voglia di giocare, Giovanni. Se tu avessi voluto solo quelle foto le avresti prese e te ne saresti andato. Forse non mi avresti incriminato, in ricordo del passato. O magari perché ti faccio pena, non lo so. Però non sono soltanto le foto che vuoi. Quindi smettiamola con le cazzate. Te l'ho detto, ho paura.»

Si alza. Semplicemente mi guarda e ignora l'ultima frase.

«Credo di non potermi fidare di nessuno» comincia. E adesso sono io che aspetto che continui. Non ci mette molto. Il tempo di avvicinarsi alla finestra e guardar fuori la mattina che finisce.

«Non so nemmeno perché te lo racconto. A quanto pare ho le idee confuse quanto te. Però è così, non posso fidarmi di nessuno. C'è un tizio alla scientifica che conosco da una vita. Uno in gamba. Non sono in tanti quelli così lì dentro. Le foto le aveva lui. E sono sparite, te l'ho detto. Spariti gli originali e le due copie di sicurezza. Stavano su tre computer diversi, con tre password diverse. Due addirittura in stanze diverse. Capisci?»

«Vai avanti.»

«Stamattina, quando mi ha telefonato per avvertirmi, mi ha detto che non sa cosa sia successo. Che negli hard disk non c'è traccia di nessuna intrusione. Ma le foto non ci sono più. Mi ha detto che non pensa sia stato qualcuno che lavora con lui. E la cosa assurda è che gli credo.»

«E quindi?»

«Tante volte capita di finire a pestare merde troppo grosse. Picchi la testa contro il muro un paio di volte, poi capisci che non è il caso di rompersela. Perché il muro non verrà giù. Qui è diverso. Molto. Malgrado quello che puoi pensare, non è così semplice sottrarre delle prove in questo modo. Ci vogliono i mezzi. E un buon motivo.»

Glielo chiedo di nuovo.

«Quindi?»

«Alla fine torniamo al punto. Non mi posso fidare di nessuno.»

«Tranne di me.»

Sospira.

«Tranne di te.»

Incrocio le braccia al petto e lo guardo. Appoggiato al davanzale della finestra ha la stessa espressione di una vita fa. Lo stesso sguardo desolato che gli mordeva la faccia quando steccava un rovescio troppo facile da colpire.

«E se non ne avessi voglia?»

Non si scompone.

«Ci sono le tue impronte su tutto quello che stava in quella borsa. Sulla memory card, sui vestiti, su tutto. Su un bicchiere con cui hai bevuto l'ultima volta che ci siamo visti.»

«Mi stai ricattando, Giovanni?»

«No, solo spiegandoti che ci sono sistemi molto semplici per darsi una mano a vicenda. *Do ut des*. Si dice così, vero? Sei tu quello che ha studiato. E in fondo ti sto solo offrendo di fare una cosa che anche tu vuoi fare. Altrimenti non avresti tenuto le foto. E, soprattutto, non avresti curiosato in mezzo.»

«E cos'è che dovrei fare?»

Allarga le braccia, i palmi delle mani verso l'alto.

«Capire.»

Prendo una lunga boccata d'aria e scuoto lentamente la testa. Mi sento un'automobilista che si è infilato contromano verso un raduno della stradale. Convinto di non poter essere fermato.

«È un albergo di Roma» dico. «Il Weiss.»

Si avvicina rapido al monitor.

«Come ci sei arrivato?»

Mi strofino gli occhi e mi metto alla tastiera.

Poi lentamente gli faccio vedere tutto. Il logo. I frammenti. Il sito dei fratelli Corona e quello dell'albergo. E alla fine il primo fotogramma con un piccolo luccichio dentro all'armadio. La seconda macchina fotografica.

Non dice niente. Non mi guarda nemmeno. Ascolta tutto come uno studente modello che cerca di capire una complicata dimostrazione. In realtà, come spesso succede nei teoremi, la soluzione è molto semplice una volta capita la strada.

«Ci sono altre fotografie» dice alla fine.

Non è una domanda. Ed è uno dei motivi per cui sono così spaventato. Glielo dico di nuovo. Questa volta sembra accorgersene.

«Su quel treno c'ero io, Giovanni. Se Sara è morta per quelle foto che ti hanno rubato, allora chi le ha prese potrebbe accorgersi di quel piccolo luccichio dell'altra macchina fotografica. E arrivare alla stessa conclusione a cui siamo arrivati io e te. Oppure pensare che anche in queste foto si veda la faccia di quel tizio sul letto. Pensi che qualcuno in grado di scipparti sotto il naso la prova di un omicidio avrebbe dei problemi a scoprire di chi era la borsa che Sara ha scambiato in treno? E se lo scoprisse cosa pensi che gli verrebbe in mente?»

Mi accorgo che sto alzando la voce. Allora mi tiro in piedi e appoggio di nuovo la schiena al muro, accanto alla finestra. Sputo fuori un lungo respiro. Lascia una breve scia di rumore nella stanza silenziosa, poi si spegne.

«Io ho scambiato la borsa con Sara Parmeggiani, Giovanni. Anche se è stato un errore, l'ho fatto. Quella gente cerca fotografie. Fatte di nascosto, con qualche capacità tecnica peraltro. E io faccio il fotografo. Hai presente come finisce un sillogismo come questo?»

«Tu eri in Iraq. E nella borsa non c'era niente che potesse identificarti.»

Rido. Un ghigno isterico che mi esce di bocca come una linea tratteggiata.

«Ti hanno fottuto delle prove in questura, commissario. Tu stesso mi hai appena detto che non puoi fidarti di nessuno. Sai quanto tempo ci mette della gente così a sapere chi sono?»

Mi fissa. Cerca di essere convincente. La sua voce si abbassa di un tono e diventa più robusta.

«Non ti troveranno mai.»

«Qualcuno mi segue.»

Glielo dico a bruciapelo. E l'unica risposta che ottengo è un movimento interrogativo delle sopracciglia.

«Ne sono quasi sicuro» spiego. E gli racconto del tizio con i capelli rasati, della scatola con le bollette che ho trovato chiusa e del segno sulla porta. Anche se penso che sia lì da chissà quanto tempo.

«Sei paranoico» mi risponde.

Ma è solo un automatismo che la sua bocca spara fuori, dissociata da tutto il resto. I pensieri, dietro, stanno lavorando e alla svelta. Si vede dagli occhi. Non sta guardando me. Sta seguendo il filo del suo ragionamento. E cercando di capire fin dove arriva.

Si volta verso il Mac.

Sta per dire qualcosa, ma il mio cellulare lo interrompe. Rispondo e ascolto. Poi scosto il telefono dall'orecchio e copro il microfono con la mano.

«È il mio meccanico. La portiera della macchina non si chiudeva bene e l'ho portata a far vedere. Me l'hanno scassinata.» Faccio una pausa. «Sei ancora convinto che sia paranoico?»

Lo Sceriffo spegne il computer e prende il cellulare.

Una linea sicura, non rintracciabile. Ognuno di loro ne ha uno così.

Dall'altra parte rispondono al terzo squillo. Senza dire niente, come al solito.

«Ne ho trovato un altro.»

«Sei sicuro?»

Varo Borja ha la voce gentile. Un nome strano, ma non ne conosce un altro. Solo quello, che viene da un romanzo. E forse è meglio così.

«Sei sicuro?» ripete.

Una domanda inutile.

«Sì.»

Varo Borja tace. Lo Sceriffo sente il rumore di un autobus che passa, poi qualcuno dice qualcosa in un dialetto che non capisce. E alla fine arriva la risposta.

«Mandami il materiale.» E la comunicazione si interrompe.

Lo Sceriffo non riesce nemmeno a spiegare che ha già spedito tutto. Solito indirizzo di mail, solito sistema. Appoggia il cellulare sul tavolo e si infila in terrazza.

Una signora lo saluta con un gesto della mano dal palazzo accanto. Lui ricambia, si toglie la maglietta e si lascia andare sulla sdraio.

Il sole gli avvolge la pelle come una coperta calda.

Chiude gli occhi e cerca di immaginare quello che succederà.

Prima che il sonno lo porti lontano, sta già sorridendo.

«È tutto quello che so, commissario.»

Giovanni guarda Laura Campi – la commessa di Aurelio Strazzari – e pensa che qualcosa in quella donna non gli piace. L'ha ascoltata parlare per oltre mezz'ora e, adesso che ha finito di raccontare, non riesce a decidersi se è davvero furba o ingenua da far paura.

È lì come persona informata dei fatti e in realtà non ha detto niente. Si è limitata a far passare il tempo, una studentessa poco preparata che cerca di fregare il suo professore.

Giovanni apre un raccoglitore azzurro e sfoglia lentamente alcune carte. Sono tutto quello che sa di Aurelio Strazzari.

I conti del negozio e l'atto di proprietà di un appartamento. Qualche appunto sparso che ha preso parlando con un suo contatto in banca. Ufficialmente nessun istituto di credito ha ancora risposto alle sue richieste di informazioni. Ufficiosamente, fino all'inizio dell'anno, Aurelio Strazzari non aveva un soldo. Ogni cosa che era sua, era anche di una banca. Verso la fine di febbraio, è successo qualcosa. E un paio di ipoteche sono sparite. Soldi freschi, che ancora non sa da dove siano arrivati. Ma non sembrano avere profumo di pulito.

Poi ci sono le foto. Quelle di cui Laura Campi non ha parlato. Come non ha parlato del fatto che con Aurelio Strazzari ci andava a letto spesso e volentieri. E che lui, ormai, entrava e usciva da casa sua ogni volta che ne aveva voglia. No, Laura Campi non è davvero furba. Ed è ora di scoprire se riesce almeno a dimostrarsi intelligente. La guarda. Ha gli occhi stanchi.

Appoggia i gomiti alla scrivania.

«Non mi racconti fesserie, signorina.»

Lei non dice niente. Sembra stia aspettando qualcosa che ha sempre saputo di dover subire. Un condannato a morte che fissa la ghigliottina sperando che la lama non scenda.

«Non mi racconti fesserie» ripete Marra. E con un gesto secco le mostra le foto. Nella prima, la sua bocca scivola fra le gambe di Aurelio Strazzari, che la sta fotografando, riflesso nello specchio alle spalle della ragazza.

Il seguito, in tutte le altre.

«Basta, per favore» sussurra. E volta le foto verso il tavolo. Sembra sul punto di piangere.

Marra prende un'immagine a caso e la gira di nuovo. Laura Campi è di spalle. E Strazzari la prende da dietro.

«Non mi dica che non è lei» dice Giovanni. E tiene la foto fra le dita, per impedirle di girarla.

«Sì, sono io. È contento, commissario?»

Ha alzato la voce, ma solo per la prima frase. Adesso piange davvero.

Non è stupida. Solo terribilmente spaventata.

Giovanni si lascia andare sulla poltrona.

«Da quanto tempo durava?»

«Lo conoscevo da tre anni.» Adesso il tono è piatto. Il condannato ha perso ogni speranza. Marra sa che deve stare in silenzio. E lasciare che tutto quello che deve uscire venga finalmente fuori.

«Credo di averlo amato, almeno all'inizio. Mi aveva appena assunta. Il suo è uno dei negozi più famosi di Bologna e lui era forte, bello. Mi riempiva di regali e di attenzioni. Faceva quello che hanno sempre fatto tutti con me, ma in modo diverso. Sembrava che lo fosse. Diverso, intendo. Era come dovrebbe essere l'amore. Ed era libero. Venivo da una storia con un uomo sposato e non ne volevo più sapere di star male. Povera stupida.

È andato tutto bene fino a un anno e mezzo fa. Le foto sono cominciate lì. Prima per gioco, una volta. Eravamo al mare. Poi sempre più spesso. Mi sono ribellata. Non lo volevo fare, capisce? Mi sembrava... inutile.»

Alza lo sguardo e fissa Giovanni. Si asciuga gli occhi con un dito.

«Capisce, commissario? Non ero così... non sono... per un po' avevo anche deciso di lasciarlo. Poi non ce l'ho fatta. Ho paura di rimanere sola, commissario. Avevo paura. E così mi sono fatta fotografare. Ho pensato che in fondo non c'era niente di male. Anche se mi faceva... schifo. Credo che la parola giusta sia quella.»

Giovanni la guarda e pensa che *schifo* è una parola che assomiglia al suo significato. Scivola sulle labbra come acqua sporca. E, quando ti si attacca addosso, sembra non andarsene mai.

Laura Campi abbassa gli occhi. Prende un fazzolettino di carta e comincia ad asciugarsi il viso. Tira su con il naso due volte. Ha il trucco sbavato e gli occhi cerchiati.

Ma nonostante tutto è ancora molto bella.

Giovanni si alza. Le versa un bicchiere d'acqua e glielo allunga.

Lei tenta di sorridere.

«Grazie.»

Beve un sorso brevissimo e lo appoggia sulla scrivania. Per farlo sposta le foto, solo con un dito. Quasi avesse paura di toccarle.

«Mi scusi la scarsa delicatezza, signorina. Ma ho bisogno di farle delle domande sul signor Strazzari. Ci sono cose che devo chiarire per capire quello che è successo.»

Laura annuisce. Non piange più. Cerca di fissare Giovanni negli occhi, ma lo sguardo le cade sempre più spesso verso le fotografie, girate a rovescio sulla scrivania.

Marra le prende e le rimette nella carpetta.

«Ha idea del perché possano averlo ucciso?»

«No» risponde lei. A bruciapelo, come la domanda.

«Non le risulta che avesse nemici?»

«Aurelio, dei nemici? No. Nessuno. Era un uomo d'affari, lo sa.»

"Un uomo d'affari" pensa Giovanni. E per un momento gli attraversa i pensieri l'odore del parco Talon. E di quello che restava del cadavere di Paola Vigliani. Ma dura un attimo. Scacciato via dalla domanda che si sente uscire di bocca.

«E le risulta che andassero bene, questi affari?»

«Il negozio non più. Sa, la gente non ha tanti soldi da spendere. L'euro, l'economia, queste cose qui. Ne parlano tutti i giornali, no? Io avevo anche provato a dargli una mano, per vedere se le cose potevano sistemarsi.»

«Come?»

«Doveva dei soldi a una banca. E mi ero offerta di prestarglieli. L'anno scorso sono morti i miei genitori e mi hanno lasciato la loro casa. Una villetta, niente di strepitoso. Una posizione tranquilla, però. Gli avevo detto di sistemarla e di provare a venderla. Forse non avrebbe saldato tutto, ma era meglio di niente. Non crede?»

«Certo» risponde Giovanni e sta per dire qualcosa. Ma lei lo precede.

«Alla fine però non è servito. La casa non l'ha mai venduta. Un giorno è venuto da me e mi ha detto che con i soldi era tutto sistemato. Siamo anche usciti a cena, per festeggiare. Da Grassilli.»

«E quando è successo?»

«Più o meno all'inizio di marzo. Credo che l'abbia aiutato un suo amico.»

Si soffia il naso. Poi prende un lungo respiro, come se raccontare le avesse fatto mancare il fiato.

«Lo chiamava il Lamba» dice.

E a Giovanni scappa una mezza risata isterica.

Il primo che gli viene in mente con quel soprannome è Fabio Lamberti. E lo conosce bene.

Chiunque faccia il suo lavoro sa che è uno strozzino. Uno di quelli tosti. Un bel mucchio di soldi da prestare a tassi inavvicinabili. E il culo coperto come si deve per avere il potere di recuperarli con le cattive, quando la controparte non riesce più a restituirli con le buone.

Ma non è tutto lì.

Circa una decina d'anni fa si è beccato fra capo e collo un'accusa di stupro da una sedicenne. Non c'erano prove, tranne le parole della fanciulla. Che ritirò tutto appena in tempo perché Lamberti non finisse in giudizio. E perché la sua famiglia si comprasse un appartamento più grande.

«E lei questo Lamba lo ha mai visto?»

«No. Mai. Non so nemmeno come si chiami davvero. L'unica cosa che so è che lo chiamava così. Il Lamba.»

Marra ha voglia di una sigaretta. Qualcosa di fisico che non lo lascia stare. Eppure deve resistere. Ormai manca poco.

«Che lei sappia, l'ha mai tradita?» chiede. E la poca luce che il viso di Laura Campi riusciva a riflettere, si spegne come un cerino bagnato.

«Se vuole sapere se so che mi tradiva, allora le dico di no. Se vuole sapere se invece penso che lo facesse, allora sì. Da più di un anno, credo. Certe cose si sentono. Non so se può capirmi, commissario. Ma Aurelio era uno di quegli uomini che non sanno essere fedeli.»

Ha usato il passato. *Era.* E ascoltando l'ultima frase e il tono secco con cui ha risposto, Giovanni comincia a pensare che la ragazza non sia così dispiaciuta della morte di Strazzari. Che le lacrime che ha versato e il dolore che le stringe il respiro, in realtà siano per se stessa e non per il suo uomo.

«Si è mai comportato in modo violento?»

«Vuole sapere se mi picchiava?»

«Anche.»

Risponde subito.

«No. Non era quel tipo di persona. Difficilmente alzava la voce e ricordo di averlo visto infuriato una volta sola, per un problema di lavoro. Non era un violento. Almeno non con me. Con le altre, non lo so. Ma non credo proprio.»

«Ha idea di chi possano essere?»

«Le altre donne di Aurelio?»

Marra annuisce.

«No, non lo so. E nemmeno lo voglio sapere.»

Giovanni pensa un momento se dirle dei cd. Sbatterle in faccia le altre foto. Tutte quante. E vedere che reazione ha. Per un attimo è anche sul punto di chiederle se lo ha mai sentito fare commenti su ragazze molto giovani. Troppo giovani. Poi rinuncia.

Laura Campi non sa niente.

Solo che la sua prigione è finita e davanti a lei potrebbe cominciarne un'altra. La solitudine.

Però c'è ancora qualcosa.

«Deve chiederle un favore, signorina. Sappia che se mi dice di no sarò costretto a chiedere un mandato.»

Laura Campi si irrigidisce. Impugna i braccioli della poltrona.

«Dica.»

«Vorrei dare un'occhiata a quella villetta.»

«Quella dei miei genitori?»

«Esatto.»

«Niente in contrario. È solo una casa vuota» risponde.

E Giovanni pensa che quello che cerca finisce spesso per nascondersi negli spazi vuoti. In mezzo a una stanza, in mezzo alla gente, in mezzo a una frase.

Dappertutto fra i pensieri.

Mirella si muove lentamente fra le lenzuola e si alza.

La notte scivola dentro dalla finestra spalancata in una lunga lama di luce azzurra. Taglia la stanza e si spezza sul letto matrimoniale, sulle gambe di Michele, sdraiato per tre quarti sul fianco destro.

Si appoggia al muro e lo guarda. I due passi che le servono per spostarsi sono talmente lenti che non fanno rumore. Se non sentisse il parquet sotto i piedi nudi potrebbe giurare che si tratta di un sogno, sospeso qualche centimetro sopra il pavimento mentre fissa suo marito che dorme nel loro letto.

È strano vederlo lì. È la terza notte, ma Mirella sembra accorgersene solo ora. Il ritorno di una persona dal coma è ogni giorno più simile alla morte. Tutto finisce a fuoco solo dopo che è successo, quando il tempo ha scavato un gradino e ti ha fatto salire, allungando la distanza e dilatando il silenzio.

Ed è adesso che Mirella ha paura davvero, mentre incrocia le braccia al petto per tenere lontano il mondo. Ora che sembra tutto finito e che invece – lei lo sa bene – è soltanto all'inizio.

Lontano passa una moto. Un suono lungo che si spezza all'improvviso, come un colpo di tosse. Ma non lo sente.

Tutto quello che ha in testa è la Passat di Michele com'era la prima volta che l'ha vista dopo l'incidente. E il pensiero, veloce e affilato come un rasoio, che le aveva tagliato a metà il respiro senza darle la possibilità di opporre resistenza.

"Non può esserci rimasto niente di lui."

Poi c'era stato l'ospedale, la stanza in penombra in cui lo avevano portato dopo il terzo intervento. Le luci colorate sui monitor e i sorrisi malinconici dei dottori e delle infermiere che incrociava ogni giorno e che tentavano di dirle quanto le fossero vicini. Quanto potessero capire quello che provava.

In realtà non capivano niente, non potevano capire niente. Perché loro non sapevano.

Ci pensava ogni volta che li vedeva, ogni volta che qualcuno le chiedeva se aveva bisogno di una mano, tentando di incoraggiarla per non farle perdere la speranza.

Non avrebbero mai capito. E non sarebbe servito a niente nemmeno mettersi in mezzo al corridoio della rianimazione e urlare sulle loro facce contrite quello di cui aveva veramente bisogno.

Da qualche parte, nel sonno, Michele si muove. Forse è proprio così che è tornato indietro dal coma. Semplicemente muovendosi piano, girandosi su un fianco e rincorrendo un incubo nuovo.

Senza smettere di guardarlo, Mirella si infila di nuovo a letto.

Quando lui allunga un piede a cercare il suo corpo, lei si sposta, si allontana, si raggomitola in posizione fetale, abbracciando il cuscino.

Spera solo che il sonno la porti via.

Via da quel letto, via da Michele, via da tutto.

La notte è di nuovo troppo calda.

Mi cade addosso come una coperta pesante. La sento sulle spalle, grossa e invadente. Con il suo velo di sudore che insiste a farmi compagnia.

Strana estate, quella che ho trovato qui. Troppa pioggia e un panno di umidità continuo che promette calore senza regalartelo mai.

Un po' come i miei pensieri, che non mi lasciano stare. Da quando Giovanni se n'è andato, hanno cominciato a sussurrare senza fermarsi più.

Guardo le macchine fotografiche, vecchie bambole appoggiate in un angolo della stanza. Forse un giorno dovrò decidermi ad aprirle e guardare quello che è rimasto dentro. Le immagini del giorno in cui è morto Abdel.

Oggi ho avuto la tentazione di farlo. In un attimo in cui la paura mi ha abbandonato, ho preso la Nikon e l'ho accesa. Ma mi sono fermato un secondo prima di sfogliare le foto e vederle riempire lo schermo.

Ho spento tutto e sono tornato alla vita che faccio da quando sono tornato.

Comprare il giornale tutti i giorni, leggendo solo da pagina quattro. Guardare il Tg con dieci minuti di ritardo, per evitare le notizie sulla guerra. Tentare di fare il numero della madre di Abdel, senza riuscire ad arrivare mai all'ultima cifra. Fingere che le poche bandiere della pace che ancora scivolano dai davanzali siano solo una macchia di colore che dipinge i muri di Bologna d'estate.

Dimenticare che avrei potuto far qualcosa, forse.

Glielo dico a Roberta che mi sento così.

Mi ascolta da mezz'ora dall'altra parte del telefono e resta appesa a uno strano silenzio che non riesco a decifrare.

«Conosco la paura, Nicola» mi dice alla fine.

E non so rispondere.

È una telefonata strana. Pezzi di racconti che ne inseguono altri. Come se tutti e due avessimo bisogno di qualcuno che riesca a capire quello che proviamo. E a cui poter finalmente aprire la valvola, senza paura di bruciarsi la pellc.

«È brutta la paura, Nicola.»

«E tu di cosa hai paura?»

Silenzio.

Un'ambulanza che passa, nella sua notte.

Un motorino che parte, nella mia.

«Di mia figlia. Ho paura di mia figlia.»

Ora sono io che resto in silenzio. Non l'avevo immaginata come madre. Non avevo nemmeno pensato che potesse esserlo. E non so perché. Forse quando una persona ci entra in testa, non riusciamo a renderci conto che potrebbe esserci qualcun altro di più importante di noi, nella sua vita.

«Quanti anni ha?» chiedo. E cerco di ricordare se porta la fede. Non mi pare di averla vista, mentre mi rovesciava addosso il vino. Né di averla sentita fra le dita quando le ho stretto la mano.

«Tredici. Si chiama Lisa.»

La sento respirare. Mi piace sentirlo, quel suono. Scivola come una carezza.

«Perché ti fa paura?»

All'inizio non risponde.

«È bella sai, la mia bimba?» dice. La immagino stesa su un divano, in un salotto che non ho mai visto. Le finestre aperte a lasciar passare l'estate. Un ordinato casino a riempire la stanza. E lo sguardo triste e pieno di speranza che le vedo sul viso insieme a quelle parole. Me lo sento dentro, un liquido caldo che mi attraversa la pelle.

«È bella» ripete. «Tanto. Ma sembra che non si accorga di niente. Sembra che si sia chiusa in un mondo tutto suo in cui nemmeno io posso entrare. È tutto talmente lontano. Talmente... difficile.»

La prima cosa che mi viene in mente è un bambino autistico che ho visto anni fa. Sembrava che fra i suoi occhi e il mondo ci fosse un lenzuolo di lino. Qualcosa di sottile e morbido che attenua i colori, che spegne il suono dei pensieri. E ti lascia lì, dietro una strana porta chiusa a metà, a cercare di decidere se sigillarla per sempre o spalancarla.

Ho in mente quel bambino, mentre Roberta mi racconta di Lisa senza spiegarmi niente. Solo attraverso piccoli frammenti di sensazioni che le sfiorano le parole come un profumo nell'aria. Una dolcezza terribile che non può essere condivisa con nessuno.

Dovrei chiederle qualcosa. Fermarla e impedire che la sua voce mi scavi dentro in questo modo. Che il suo dolore e la sua paura si mescolino alla mia, cercando e trovando un posto nel mio mondo. Forse dovrei trovare una scusa e chiudere la telefonata. Dirle che quello che sta succedendo, qui e ora, è troppo pericoloso perché abbia il coraggio di prenderlo o di scappare. Chiederle se anche le mie parole, le mie paure, fanno sulla sua pelle lo stesso effetto.

Ma non ho il coraggio di interromperla.

Non voglio. Nemmeno quando sento il segnale di una chiamata in attesa e scosto un istante il cellulare per vedere chi è.

Giulia.

Guardo quelle sei lettere come un'allucinazione, poi appoggio di nuovo il telefono all'orecchio e torno da Roberta.

Ascolto l'eco degli squilli che si spegne.

Un treno che si è fermato per un attimo e su cui questa volta ho deciso di non salire.

Mercoledì 25 agosto 2004

Via di Casaglia è una piccola striscia di asfalto.

Si infila su per i colli e in alcuni tratti sembra che il mondo esterno non esista. Che la città che ti sei lasciato alle spalle sia scomparsa per sempre dietro la prima curva.

Giovanni Marra scende dall'auto di servizio e guarda la casa.

Una villetta di mattoni rossi, appena nascosta da una siepe. Davanti c'è un cancello in ferro battuto. E, dietro, la Bologna di fine agosto che ancora per qualche giorno sarà deserta.

Infila le mani in tasca e sente le chiavi sotto le dita.

Ci gioca un po' mentre resta fermo accanto alla macchina, sul bordo della strada. Cerca di capire cosa lo aspetterà dentro.

C'è silenzio. Qualcosa di enorme in cui i pensieri si perdono, piccolissimi. E diventa impossibile recuperarli tutti.

Poi arrivano l'altra macchina e il furgoncino della scientifica.

E tutto si spezza.

Dentro la casa dei genitori di Laura Campi c'è odore di chiuso, di umidità e di disinfettante. E nemmeno l'ombra di un mobile. Le finestre sono chiuse. Dalle tapparelle filtra una breve striscia di colore tiepido, appena percettibile.

Sulla soglia, Giovanni Marra si ferma. Aspetta che gli occhi si abituino alla penombra e che la casa, lentamente, gli appaia davanti. Poi si muove piano per le stanze deserte.

Dietro di lui qualcuno tossisce. Un altro si avvicina alla finestra e alza la tapparella. Fermo sulla soglia, guarda la grande stanza piena di luce. Ci sono dei segni sul parquet. Le tracce dei mobili che hanno impedito al legno di cambiare colore.

Per un attimo, guardandole, si chiede se sia tutto quello che rimane di noi nei posti in cui abitiamo. Macchie sul pavimento. Buchi dei chiodi sui muri spogli. Tracce di quadri e cornici che non ci sono più. Dettagli in apparenza insignificanti che se ne andranno presto. Nascosti sotto nuove tinte alle pareti, nuovi mobili, nuovi passi.

Una nuova vita.

Come le città antiche rimaste schiacciate dal presente, che ogni tanto riaffiorano sotto i colpi delle ruspe.

«Posso andare di là, commissario?» chiede qualcuno e Giovanni si volta.

È uno degli uomini di Anselmi. Alessandro, gli pare che si chiami. E non dovrebbe essere lì. Nessuno della scientifica dovrebbe esserci. È solo un favore che Anselmi sente di dovergli fare dopo il casino delle foto. In realtà quella non è una perquisizione.

Marra non dice niente. Si limita a fissarlo per un momento e a infilarsi nel corridoio.

«Che cos'è quella cosa che ha in mano?» chiede.

Alessandro solleva una grossa torcia bianca. La tiene stretta nella mano destra. La sinistra è impegnata con una borsa di pelle nera. All'apparenza molto pesante.

«Una lampada al luminol. È un modello nuovo, l'abbiamo da pochissimo. Un raggio più potente, una maggiore sensibilità. Adesso che *C.S.I.* spopola tutti quanti sono convinti che la usiamo anche per lavarci i denti. In realtà serve solo in casi specifici e molto rari.»

Giovanni annuisce. L'ha visto usare una volta sola il luminol. Una strana luce azzurra che ha disegnato sul pavimento una traccia grande come una moneta da due euro. Anche quella un ricordo. L'eco di una macchia di sangue che un occhio umano non avrebbe mai potuto vedere.

Gira l'angolo e si guarda intorno. Il corridoio che porta alla zona notte è piccolo e spazioso. La luce arriva da una finestra sul fondo. Due dita di tapparella sollevate, ad altezza suolo. Tra lui e la finestra ci sono quattro stanze senza porta.

«Da dove cominciamo?» chiede Alessandro e Giovanni cerca di immaginare com'era la casa quando ci abitava qualcuno. L'unica cosa che riesce a focalizzare è Laura Campi che cammina scalza lungo quel corridoio. Come se non avesse fretta di andare da nessuna parte.

«Di qua» dice. E si infila nella prima porta.

Ha appena fatto un passo nella stanza buia quando sente un rumore.

Si volta di scatto e si porta una mano sul viso.

La lampada al luminol è per terra, accanto ad Alessandro. Cadendo sul pavimento, l'interruttore ha attivato il fascio di luce e Marra si sposta per non sentirselo dritto negli occhi.

«Devo essere inciampato su qualcosa» dice, mentre si rialza. Controlla un punto fra i suoi piedi, lo sguardo basso. Mancano due tasselli di parquet. Formano una specie di gradino rettangolare. Alessandro scalcia con la punta del piede.

«Pavimento di merda» sussurra e lascia la borsa di pelle sull'ingresso.

Giovanni lo guarda.

«Tutto bene?»

«Sì, tutto...» comincia, ma non riesce a finire la frase.

Ha alzato lo sguardo.

Il viso a metà fra la sorpresa e il terrore. La bocca socchiusa in una specie di ellisse. Una vocale mai finita che gli si è consumata fra le labbra.

Non sta guardando il commissario, ma qualcosa dietro di lui. Oltre la sua spalla sinistra.

E allora Giovanni Marra si volta.

Nel farlo, interrompe per un istante il fascio della lampada al luminol, rimasta accesa sul pavimento. Poi qualcosa di gelato gli tira i capelli e si scarica in un brivido troppo lungo, che gli attraversa la colonna vertebrale come un fulmine.

Il pavimento alle sue spalle è azzurro.

La macchia taglia la penombra della stanza e si apre come un frattale di un solo colore. Sembra il cappello di una gigantesca medusa. Sul muro, fino a circa un metro di altezza, ci sono altre chiazze del medesimo colore. In alcune l'azzurro sembra colare fino al pavimento. Altre si interrompono bruscamente, a poco meno di un metro dal suolo.

«C'era un letto in questa stanza» dice Alessandro.

E solo quando sente la sua voce, Giovanni si rende conto che sul pavimento il cappello della medusa contiene una zona di buio, dove il luminol non ha reagito con le tracce di emoglobina.

È un impronta rettangolare e frastagliata, che si appoggia al muro proprio dove le altre macchie sembrano interrompersi senza un motivo.

"Un letto matrimoniale" pensa Giovanni. Per un attimo riesce anche a vederlo. E a sentire l'odore dolciastro del sangue riempire dappertutto il suo respiro.

«È morta qui» dice.

E per uscire dalla stanza interrompe di nuovo la luce della lampada.

Lasciando per un istante l'impronta del suo corpo sulle tracce del sangue dimenticato di Paola Vigliani.

La prima cosa che Michele Ferrari pensa del suo ufficio è che se lo ricordava più piccolo e con meno luce. Invece è tutto diverso. La parete di vetro che cade a picco su viale Masini. I corridoi bianchi come un ambulatorio. La scrivania perfettamente ordinata, con una foto di Mirella che arriva direttamente da quella vacanza in Messico.

È stata la prima cosa che ha tolto, quando è entrato lì dentro. E guardandolo, la sua segretaria ha sorriso, forse pensando che volesse riportarla a casa.

Si chiama Gioia. Il nome se lo ricordava. E anche la esse morbida e precisa che il corpo le disegna fra il seno e il sedere. È abbronzata e quando cammina la gonna corta mette in evidenza i muscoli tesi delle cosce. Lui fa finta di niente, ma la guarda. E sa che lei se n'è accorta.

È stato un bel modo di riprendere contatto con il lavoro. Sbirciare la pelle scura di Gioia, che è appena tornata dalle ferie e non smette di sorridergli. Un'espressione strana. Sembra volerlo prendere da parte e suggerirgli qualcosa di terribilmente indecente.

«Vuole il solito caffè?»

Michele la guarda. *Solito* è un aggettivo che non è più abituato a sentire. Ma suona bene.

«Sì, grazie.»

Gioia esce. E per la prima volta da quando è arrivato, Michele rimane solo. Appoggiandosi con i gomiti muove lentamente il mouse. E quando Explorer si apre, digita l'indirizzo del sito senza guardare la tastiera.

Venereprivata è fermo esattamente dove l'ha lasciato. Nessuno ha scritto più niente. E probabilmente non lo farà. L'ultimo pezzo è vecchio di oltre due mesi. Sbirciando fra le pagine che ha riletto mille volte, si chiede quale sia il sistema migliore per fargliela pagare. Perché Mirella possa scontare fino all'ultimo tutto quello che ha fatto quando lui non c'era. E anche prima.

Vorrei che fosse la mia seconda opportunità.

Non riesce a togliersela di testa, quella frase. Ogni tanto ha anche bisogno di rileggerla, di vederla stampata sul monitor e rendersi conto che è vera. Esiste. Non è un parto della sua fantasia o l'eco di un sogno scappato fuori dal coma insieme al suo corpo.

L'ha scritto davvero. La vede anche adesso e l'effetto è esattamente quello della prima volta. Due dita gelate gli entrano nel petto, infilandosi dallo sterno.

Certe cose non cambiano mai.

Né quelle belle, né quelle brutte.

Chiude il sito e respira.

Si volta verso la finestra, a guardare la città oltre la vetrata, oltre l'aria condizionata, il viale, i tetti da cui spuntano le torri, come un segnale stradale per Chissadove. Lascia andare gli occhi e pensa che forse sarebbe meglio abbandonare tutto. Lottare contro Mirella non ha senso, è un po' come lottare contro il suo passato. E sono giorni che non sa di avere vissuto.

Meglio lasciar perdere e ricominciare. Chiudere il libro e abbandonarlo su uno scaffale, finché non si riempie di polvere e ti dimentichi perfino di averlo già letto.

Chissà se funziona così anche per i pensieri. Se si può seppellirli da qualche parte e far finta che non esistano. Possibilmente per sempre.

Se lo sta chiedendo, quando lo sguardo gli cade sul pacchetto.

È appoggiato sulla scrivania da quando è entrato. Gioia deve anche avergli spiegato che cos'è e perché è ancora chiuso, dopo che lui è stato assente per tutto quel tempo. Lo prende in mano e prova a scuoterlo. Non fa nessun rumore.

Un quadrato di venti centimetri di lato. Una busta imbottita, assolutamente comune. Il timbro postale è di gennaio e sembra un ricordo. Non c'è l'indirizzo, solo il destinatario scritto a mano. Quando riconosce la calligrafia sente il cuore saltare un battito.

Mentre strappa un lembo della busta, Gioia entra in ufficio con il suo caffè. Si ferma davanti alla scrivania e fissa il pezzo di carta gialla che Michele tiene in mano. Poi appoggia il bicchiere di plastica.

«È arrivata a casa mia due giorni prima dell... insomma, prima che capitasse quello che è capitato» comincia.

Michele smette di strappare la busta e solleva lo sguardo.

«A casa tua?»

«Sì. C'era anche una lettera. Poche righe. Mi chiedeva di tenere il pacchetto e di aspettare che lei mi dicesse qualcosa per riportarlo in ufficio.»

Michele guarda di nuovo il suo nome scritto sulla busta. Stampatello preciso. Lettere grandi. Ha sempre scritto così, fin dalle medie. Però non si ricorda di averle spedito il pacchetto. E non riesce a capire perché potrebbe averlo fatto. Ci pensa un secondo, poi con un movimento secco apre la busta. Dentro c'è solo un cd, nella sua confezione di plastica trasparente. Sopra al disco non c'è scritto nulla.

Lo infila nel lettore.

«Io vado, se ha bisogno...»

Gioia. Per un attimo si era dimenticato di lei.

Alza gli occhi dal monitor.

Sorride. O almeno ci prova. Lei ricambia con una smorfia da bambina malinconica.

«Mi davi del tu, vero?» le chiede. E non c'è un motivo per cui fa quella domanda. È solo un altro dettaglio che torna a galla. Insieme alla luce sul volto di Gioia, che si illumina all'improvviso.

«Sì.»

«Allora continua a farlo.»

«Va bene. E tu chiamami se hai bisogno.»

Michele la segue con lo sguardo mentre esce dall'ufficio.

Poi la sua attenzione è tutta per il cd.

Per il nome con cui è stato masterizzato.

E per l'unico file che contiene.

Ogni volta che vengo a Roma ho sempre la stessa impressione.

Un posto troppo bello in cui non ho mai voglia di restare.

È successo anche stamattina, scendendo dal pendolino e prendendo un taxi fino alla sede del periodico che mi ha spedito in Iraq. Ci sono andato senza preavviso, a recuperare i soldi che mi devono e a consegnare una copia delle fotografie che ho fatto laggiù.

Centinaia di file in alta risoluzione che ho masterizzato senza nemmeno guardarli. E che hanno finito per occupare solo due bustine di plastica con dentro un dvd.

Le emozioni, la paura, la vita e la morte contenute in uno spazio piccolissimo.

Me li sono rigirati fra le dita per tutto il viaggio. Come una delle scaramanzie che avevo quando giocavo a tennis. Una scusa inutile e assurda che usi per giustificare te stesso. Anche la consegna delle foto e i soldi sono una scusa. Avrei potuto mandarle per corriere e ricevere in cambio il solito bonifico.

La vera destinazione di questo viaggio è un'altra. Quella che raggiungo risalendo a piedi via Veneto, attraverso una folla di ragazzine urlanti in attesa davanti all'Excelsior. Un'enorme macchina nera con il marchio di una major americana mi fa venire in mente che stanno girando il seguito di *Ocean's Eleven*. E allora accelero il passo, senza nemmeno rendermene conto.

La Roma che ricordo non assomiglia per niente a questa.

Ha i colori chiari e un po' tristi di Campo de' Fiori e nessuna traccia di lustrini e paillette. Né del puzzo terrificante di gas di scarico che mi soffoca la gola quando mi fermo a Porta Pinciana e il traffico del Muro Torto mi prende alle spalle.

L'albergo è lì. Una strana costruzione grigia e azzurra che spunta dall'asfalto come una sentinella. Attraverso la strada e mi fermo a guardarlo. Infilo le mani in tasca e sento con le dita la foto di Sara Parmeggiani che ho preso da «la Repubblica». Sta sorridendo, appoggiata a un albero, in un parco che potrebbe essere ovunque. Anche Villa Borghese, qui a qualche metro.

È per lei che sono qui. Non pretendo che mi raccontino con chi era. Solo che l'hanno vista. Cerco di ricostruire gli ultimi giorni di una vita, passando a ritroso le sue impronte sulla sabbia. Prima che il vento sia troppo forte e spazzi via quel poco che è rimasto.

«L'unica possibilità che abbiamo di risolvere questa faccenda è capire con chi se la faceva Sara Parmeggiani. E te l'ho già detto, sei l'unico di cui mi posso fidare.»

È stata l'ultima cosa che Giovanni mi ha detto prima di andarsene. Credo che sia stato questo che mi ha convinto.

La solitudine di quella frase, così netta e senza possibilità di dubbio.

La stessa che sento adesso, mentre il sole picchia contro le lenti scure degli occhiali e l'albergo sembra guardarmi come l'unica via di fuga in una strada senza uscita.

Rimetto la foto in tasca, prendo un lungo respiro ed entro.

L'atrio dell'hotel Weiss è una cattedrale di marmo avvolta nell'aria condizionata.

Nel tempo che impiego a raggiungere il banco, il concierge squadra con finta indifferenza i miei jeans, il tessuto della polo, la marca delle scarpe, la mia faccia stanca rasata di fresco. Poi, quando sono a portata, sfodera un sorriso disteso e rassicurante. E mi saluta.

«Sto cercando un'amica.»

«Il nome, prego?»

Ha la voce di tutti i portieri d'albergo. Vorrebbe essere morbida e metterti a tuo agio, eppure dà l'impressione di un pavimento su cui è stata appena passata la cera.

«Sara Parmeggiani» dico e cerco di fissare la sua espressione da dietro le lenti da sole. Non si scompone minimamente. Abbassa subito lo sguardo sul computer e controlla.

Dura un attimo.

«Mi dispiace, signore. Non abbiamo nessun ospite con questo nome.»

Fingo di essere sorpreso, una recita inutile e venuta male.

«È sicuro? Magari è partita prima... L'ho sentita un paio di giorni fa e mi ha detto che l'avrei trovata qui. Non so...»

«Come le ho già detto, mi dispiace, signore. Ma non c'è nessuna Sara Parmeggiani.»

Prendo la foto.

«Magari non ricorda il nome» comincio. E mi sembra che di colpo la mia voce sia diventata troppo dura. «Però una ragazza così immagino che se la ricordi.»

Giro la fotografia. Lo sguardo gli cade sul sorriso di Sara e mi pare che le sopracciglia abbiano uno strano scatto all'insù. Dura pochissimo, però mi basta.

«No, mi dispiace, signore. Non ho mai visto la sua amica.»

Pronuncia la frase calcando il tono su *amica* e sbattendomi in faccia un sorriso di complicità maschile che mi fa solo schifo.

Lo so che la conosce. Magari non sa come si chiama, ma l'ha vista.

Vorrei avere con me una di quelle foto da fargli vedere. Non solo nell'iPod, ma proprio stampata, da tirargli su quel sorriso idiota di chi crede di sapere come si sta al mondo.

Per un attimo sono anche sul punto di dirglielo, che non mi va di farmi prendere per il culo da lui, che voglio solo sapere quando ha visto Sara l'ultima volta e se veniva spesso qui.

Però non faccio in tempo. La mia rabbia finisce presto in un angolo, cancellata dallo sguardo gelido e deciso con cui lo vedo voltare la testa verso un angolo della hall.

C'è un fattorino.

Un ragazzo giovane, moro. Sta sistemando su un carrello due valigie grandi come la mia cucina. Le tiene pressate con le mani, per mantenerle in equilibrio. E mi squadra, senza che riesca a capire se nasconde paura o un disperato bisogno d'aiuto.

Quando si accorge del concierge si rimette al lavoro.

«Mi dispiace non poter fare nulla per lei» lo sento dire, mentre ancora sto guardando il ragazzo.

Mi allunga la fotografia strisciandola sul bancone. Come una banconota da cento euro che passi di nascosto a qualcuno, stringendogli la mano.

La rimetto in tasca ed esco senza salutarlo.

Attraversando la hall sento sulla nuca lo sguardo del fattorino. Spero stia segnando il percorso per non perdermi di vista.

«È successo qui» dice Giovanni Marra. E il sostituto procuratore Antonio Terzi annuisce piano, come un pendolo senza carica.

Intorno a loro, il sangue è dappertutto.

Il luminol lo trasforma in strane chiazze di un azzurro troppo intenso per quello che rappresenta. Nella casa costretta all'oscurità dalle analisi della scientifica, quel sangue riportato a galla da chissà dove è l'unica luce possibile.

«Venga.»

Giovanni fa un altro passo nella stanza. I tecnici hanno appena finito di analizzarla. Dopo la lampada caduta dalle mani di Alessandro, tutto si è trasformato in un'operazione ufficiale e la casa è piena di gente come un albergo in alta stagione.

Per fissare le tracce hanno usato un reagente spray e adesso sono i muri e il pavimento che riflettono quello che fino a qualche ora fa stavano nascondendo.

«C'era un letto in questa stanza, commissario.»

«Un matrimoniale, a giudicare dalla dimensione delle tracce. Ci sono dei segni sul parquet. Li hanno lasciati quando l'hanno portato via.»

Terzi annuisce di nuovo. Anche qui, come nel bosco, parlare è diventato molto difficile.

Sospira. E sputa fuori una frase sola. Con rabbia.

«Mi dica quello che pensa.»

Giovanni prende fiato.

Sono un bel po' le cose che pensa e vorrebbe raccontarle tutte. In ordine. Con precisione. Non sa se è una buona idea fino in fondo. Perché molte di quelle cose sono solo schegge infilate sotto a un pensiero che non sa giustificare.

Eppure sente che sono vere. Tutte quante.

Scaccia in un angolo il bisogno disperato di una sigaretta e prova a cominciare. Dall'inizio.

«È solo un pezzo della storia» spiega. I suoi occhi sfiorano i bordi irregolari delle tracce azzurre, come i piedi di uno scalatore che costeggiano uno strapiombo. «Vorrei poterla raccontare tutta, ma non la so.» Fa una pausa. Il cuore batte un ritmo da musica techno. «Non ancora, almeno.»

Si schiarisce la voce.

«Quando hanno preso la bambina a Venezia, l'hanno portata qui. Subito, probabilmente. Nessun vicino, un'entrata indipendente con la possibilità di fermare la macchina davanti alla porta di casa. Il posto ideale. Poi è successo tutto. L'hanno violentata. E hanno provato anche a finire il lavoro. Però, non ci sono riusciti.»

Giovanni si volta. Una sottile striscia azzurra esce dalla stanza e si infila nel corridoio, come il filo di cotone lasciato da qualcuno all'ingresso di un labirinto. Resta un istante sulla soglia a guardarlo, poi lo segue verso il fondo, gira a sinistra e si infila nel bagno.

«È qui che sono venuti a fare il resto» dice. E si accorge che la gola gli fa male. All'improvviso e senza un motivo.

Incrocia le braccia al petto e deglutisce a fatica.

Terzi entra nella stanza, ma si ferma subito. Basta un solo passo.

Le tracce sono molto diverse.

Poche chiazze azzurre macchiano la vasca da bagno. Un paio scendono dal bordo, sciogliendosi in un disegno sottile simile a una stalattite.

Non toccano il pavimento. Si fermano prima, soltanto qualche centimetro. Le piastrelle sono pulite e scure.

Guardandole, Giovanni sente di nuovo la stretta al respiro che ha provato la prima volta che è entrato lì dentro, subito dopo gli uomini della scientifica.

È tutto terribilmente sbagliato.

Come se un mattino, aprendo la finestra di casa, si accorgesse che il sole s'è dimenticato di sorgere.

«Mi dica quello che è successo, commissario.»

Giovanni Marra segue una di quelle sottili strisce azzurre che scendono dalla vasca. E la vede di nuovo rossa, di nuovo viva, di nuovo densa e in movimento. Sangue che accarezza lo smalto e scivola. Piano, senza fretta.

Lo sente ticchettare da qualche parte, come le gocce di pioggia che gli alberi si scrollano via dopo un temporale.

Poi alza gli occhi e incrocia lo sguardo di Terzi.

«Va bene, dottore» dice. «Usciamo e le racconto tutto.»

Appoggiato alla finestra del suo studio, il Grigio guarda la piazza.

Una volta era uno stadio. Una lunga arena di oltre duecentocinquanta metri in cui Domiziano faceva celebrare i giochi in onore di Giove. Ogni volta che la vede, con il sole che la riempie a metà, non può fare a meno di pensare a come doveva essere quell'immenso spazio allagato d'acqua e non di luce. Le navi che combattono e la folla, seduta più o meno alla stessa altezza in cui si trova lui ora, a guardare lo spettacolo.

Le ha anche visitate, le vecchie fondamenta. Affondate nei sotterranei di Sant'Agnese in Agone. E quando è uscito fuori dalla chiesa, l'immenso spazio di piazza Navona gli è sembrato all'improvviso di una grandezza soffocante. Un po' come adesso, con il riflesso del sole che gioca con la fontana dei Fiumi, proprio sotto al suo sguardo.

Una ragazza sta facendosi fotografare davanti alla statua con il volto velato che rappresenta il Nilo.

A volte vorrebbe piantare tutto e fermarsi lì. Davanti a quella finestra a pensare. A immaginare i vecchi giochi romani con la loro crudeltà manichea che non ammetteva vie di mezzo.

E invece non può.

Perché deve fare in modo che le vie di mezzo si sostengano fra loro. Che le impalcature reggano e che da fuori non ci si accorga di quanto sono fragili e sottili. E di quello che succede sotto, in mezzo alla puzza che nessuno, mai e per nessun motivo, deve riuscire ad avvertire.

Si volta e guarda l'orologio.

Non si preoccupa nemmeno di sapere se l'ora è quella giusta.

Il cellulare con la linea sicura è sulla scrivania. Il numero da fare è l'ultimo impostato. È sufficiente premere un tasto.

La risposta arriva dopo due squilli.

«Spero che abbia delle novità per me.»

La voce dall'altra parte è priva di inflessione. Potrebbe mescolarsi alla folla in un qualunque punto del mondo, senza possibilità di essere notata.

«Consideri approvata ogni azione che ritiene necessaria» dice. E si immagina che dall'altra parte stiano sorridendo.

Poi preme un pulsante del telefonino e la comunicazione si interrompe.

Si volta verso la finestra.

La ragazza è ancora lì. Infila una mano nell'acqua e se la passa sul viso. Il ragazzo che la fotografa ride.

E il Grigio sorride con loro.

Apre di nuovo il cellulare. C'è un'altra persona che dovrebbe chiamare. Una da cui si aspetta delle risposte.

Prima, però, appoggia la schiena al muro e ascolta la voce della sua nipotina raccontargli del costume azzurro che la mamma le ha appena comprato.

La immagina in piedi sul terrazzo di casa. Il mare che riempie l'orizzonte, gli occhi azzurri che brillano come l'acqua sfiorata dal sole. Gli occhi di sua moglie avevano la stessa brillantezza. L'hanno avuta fino alla fine. La solitudine del suo cuore ha lo stesso colore di quegli occhi.

Guarda verso la piazza.

La fontana dei Fiumi adesso è deserta.

Il Grigio per un attimo torna ad essere un uomo come tanti.

Quello che per tutta la vita ha cercato di sembrare.
Pur non essendolo mai stato.

«La conoscevo.»

Il fattorino è molto più giovane di come mi era sembrato con la divisa dell'albergo. Da questa distanza – faccia a faccia su una panchina di Villa Borghese – è solo uno di quei ragazzi che potresti incontrare in discoteca in un sabato sera qualunque.

Ho aspettato che finisse il turno e l'ho seguito. Ho avuto fortuna, è uscito quasi subito. Quando mi sono deciso a fermarlo credevo corresse via.

Sembra terrorizzato. Si guarda intorno continuamente e ripete la frase, come una preghiera.

«Tranquillo, non voglio farti del male. Né metterti nei casini.»

Anch'io ho ripetuto la stessa frase troppe volte. Ma sembra non faccia nessun effetto.

«Non sono un poliziotto» gli ho spiegato per prima cosa. «Solo un amico di Sara che vuole sapere che fine ha fatto.»

Mi ha guardato e si è lasciato andare sulla panchina, esattamente dov'è adesso. Con la stessa espressione che ha ancora dipinta sulla faccia.

La riconosco. L'ho vista tante volte in Iraq. Nelle facce dei soldati. Paura di affrontare un senso unico della vita che non si può evitare in nessun modo.

«Veniva ogni tanto in albergo» dice e finalmente smette di fissarsi le scarpe da ginnastica. «Però non ho saputo come si chiamava finché non l'ho vista in tv... sai... quella sera che...»

«Ho capito.»

«Sì, insomma. L'ho riconosciuta subito. Era... sì, te la ricordavi, ecco.»

«E con chi veniva?»

Il ragazzo tira un lungo respiro. Per un attimo guarda spaventato oltre la stradina, verso una siepe. Poi si volta, mi fissa negli occhi e risponde secco, tutto d'un fiato.

«Non lo so.»

«Come non lo sai?»

«Non lo so e basta. Ecco, insomma, è una storia strana. Però se lavori in un posto come quello non è poi *così* strana. Capisci?»

«No. Perché non me lo spieghi tu?»

Mi fissa. E sembra veramente non capire come faccio a non afferrare il significato di quello che sta dicendo. Ci pensa su un attimo e cerca le parole giuste per una spiegazione difficile.

Poi riparte con una domanda. La fa scandendo lentamente le parole, rendendosi conto solo ora che ha dato per scontato qualcosa di terribilmente importante.

«Tu sai che lavoro faceva la tua amica, vero?»

Sorrido. L'imbarazzo e la delicatezza di quel ragazzone enorme mi fanno tenerezza.

«Sì, tranquillo. Lo so.»

Sorride anche lui. Qualcosa che dovrebbe sciogliere la tensione, ma che non raggiunge lo scopo.

«Di ragazze come lei, così belle che fanno quel lavoro, in albergo ne vengono e ne vanno tante. Di solito arrivano con il cliente e magari se ne vanno da sole, in taxi, a metà della notte. Poi però ci sono anche quelle come Sara.»

Sara. Ha un suono strano, detto da lui.

«E come sono?»

«Arrivano da sole e se ne vanno da sole. Vedi, un albergo di lusso come quello sa dove trovare una donna, se un suo cliente gliela chiede. Soprattutto se è un cliente molto particolare. E ce ne sono di clienti così, al Weiss.»

«In che senso?»

Si schiarisce la voce e si avvicina. All'improvviso sembra molto più sciolto. Come se avesse deciso che si può fidare. Un po' la stessa cosa che è successa con Sara, su quel treno.

«Particolari in molti sensi» spiega. «Che poi alla fine si riducono a uno solo. Un sacco di soldi da spendere e poca pubblicità da farsi in giro.»

«E quindi?»

Abbassa la voce.

«Quindi di solito nemmeno so chi siano. Entrano dal retro senza passare dal concierge e salgono direttamente in camera. Ti accorgi che ci sono perché all'ingresso c'è uno di quei bestioni in giacca e cravatta che guardano male tutto quello che si muove. E ti accorgi che se ne sono andati solo perché all'improvviso sparisce. Se non sei in giro per portare a spasso le loro valigie o non passi per caso in corridoio quando escono dalla stanza, non saprai mai chi sono né che faccia hanno.»

«E tu pensi che Sara andasse con uno di loro?»

«Chissà. So che tutte le volte che l'ho vista al Weiss è arrivata da sola. E tutte le volte se n'è andata da sola.»

Ci penso. A quello che mi ha detto, a Sara e a quelle fotografie. E tutto torna, solo che non serve a dare una faccia al tizio nascosto in quelle immagini.

«Inutile che ti chieda se sai qualcosa degli uomini che incontrava.»

«Ti posso dire che veniva abbastanza spesso negli ultimi tempi. Un paio di volte alla settimana. Di solito il martedì e il venerdì.»

«E come mai te lo ricordi?»

«Perché sono i giorni in cui ho il turno. Oltre al mercoledì, è chiaro. È solo un posto part time per pagarmi l'università.»

«Quindi, negli ultimi tempi, la vedevi sempre quand'eri di turno.»

«Sì, più o meno. Da qualche mese, direi.»

«E non le hai mai parlato? Non hai mai provato ad attaccare discorso?»

«No» risponde. Abbassa lo sguardo. «A una così cosa potrei raccontare?»

Fingo di ignorare la risposta.

«L'hai mai seguita?»

Alza la testa di scatto.

«Seguita? E perché avrei dovuto seguirla?»

Non sembra convinto. Ha allungato le vocali dell'ultima parola come se stesse pensando. Allora aspetto.

«Credo che, alla fine, venisse sempre per la stessa persona» dice.

«Perché?» chiedo. Il tono è ansioso, le sillabe sputate fuori troppo velocemente.

«Perché gli orari erano sempre gli stessi. Come se fosse un appuntamento fisso. E una volta qualcuno l'aspettava quando è uscita.»

«Lo hai visto?»

Distoglie lo sguardo e ricomincia a fissarsi le scarpe.

«L'aspettava dall'altra parte della strada. Si è avvicinato e hanno parlato un po', poi l'ha accompagnata verso una macchina. È tornato indietro per aprire il bagagliaio. E mi ha guardato. Mi faceva paura.»

Lo racconta quasi sussurrando. Come se il tizio fosse lì, da qualche parte, ad ascoltare quello che sta dicendo.

«Aveva i capelli corti e lo sguardo duro. Sembrava senza espressione. Solo quando l'ha guardata ha sorriso. È durato un attimo, ma... è durato troppo.»

Respira forte, come se avesse bisogno d'aria.

«E poi c'è stato stamattina.»

«Stamattina?»

Sento la domanda sfuggirmi di bocca insieme a un brivido.

Alza gli occhi, avvicina il viso. La voce è solo un bisbiglio.

«Stamattina» dice. «Prima che arrivassi tu. Era lì, dall'altra parte della strada.»

Il sole è decisamente troppo caldo.

Giovanni Marra passa il dorso della mano sulla fronte e guarda Bologna, oltre la recinzione della villetta, immobile sotto un velo grigio di umidità e smog.

«Lei sa che in questa casa potrebbe essere morto chiunque, vero commissario?»

Si accende una sigaretta e fissa il dottor Terzi. Ma solo per il tempo che serve ad aspirare il primo tiro.

«Avere dei dubbi anche quando non dovrebbe averne è il suo lavoro. Il mio è trovare una strada dove sembra che non ci sia. E il dna mi darà ragione. Sperando che il luminol non abbia bruciato tutto.»

Un altro tiro alla sigaretta. Questa volta più lungo, come l'ultimo scroscio di un temporale.

«A cosa sta pensando, Marra?»

«A quello che devo raccontarle.»

«Perché invece di pensarci non me lo dice e basta? È più semplice.»

Giovanni si volta. Lo guarda.

«Per lei, forse.»

Tira un'altra boccata. Poi si decide a cominciare.

«Penso che Strazzari sia finito in un casino più grande di lui. È pieno di debiti con le banche e li sistema grazie a un amico. Quel Lamba che molto probabilmente è Fabio Lamberti. Poi però deve ridare i soldi a lui. Non sappiamo ancora quanti, ma con gli estratti conto riusciremo a farci un'idea. Comunque un tizio come Lamberti non si muove per quattro spiccioli. E di certo è convincente, quando deve riavere quello che è suo.»

«Pensa che dietro a questa storia ci sia Lamberti?»

«Ci ho pensato, dottore. Ed è stato un pensiero stupido, forse. È bastato vedere quel bagno per capirlo.»

«Troppo ordine.»

«Anche, ma non è solo quello.» Finisce la sigaretta e la getta per strada, oltre il piccolo cancello di ferro battuto. Sospira. «Lamberti è un usuraio. Uno dei peggiori, sicuramente. Ma non è un assassino. È una firma diversa. La bambina muore nella stanza da letto. Non ho idea se l'abbiano uccisa volontariamente o se sia stato un caso. Anche se d'istinto penso che non l'avessero programmato. Comunque Paola Vigliani muore in quella stanza. E a quel punto bisogna far sparire il corpo. Solo che è meno facile del previsto. Tutto quel sangue, forse, potrebbe averli spaventati. Potrebbero aver chiesto aiuto a qualcuno.»

«L'uomo del bagno.»

«Già. Questo tizio arriva e trova sangue dappertutto e il corpo da far sparire. Forse la soluzione migliore sarebbe bruciare la casa. Ma non si può. Troppa attenzione, troppo rumore. Troppo alta la possibilità che dopo l'incendio si trovi ancora qualcosa.

«Il corpo deve sparire senza che nessuno si accorga di niente. Copre il pavimento del bagno, la vasca, il lavandino, le piastrelle. Tutto quanto. Forse usa dei teli di nylon. E finisce il lavoro. Sa come farlo. Lo ha fatto altre volte. E mentre gli altri spargono tracce dappertutto, lui lascia appena qualche piccola macchia. Poi pulisce la casa. Anche quella è una cosa che sa fare. A occhio nudo non si deve vedere niente. Ecco come credo che sia andata, dottore.»

Terzi non dice nulla. Si limita a fissarlo per un attimo che sembra lunghissimo. Poi sbatte le palpebre due volte di fila e sembra risvegliarsi da un brutto sogno.

«Potrebbe essere, commissario. Solo che tutta questa storia non fa che aprire domande.»

«Oh, sì. Senza dubbio. Chi è questo tizio che arriva e sistema tutto? E soprattutto, perché lo fa? È un amico di Strazzari? E Strazzari com'è finito in questo casino?»

«Ho la sensazione che lei abbia una risposta, commissario.»

Giovanni si muove piano. Un solo passo verso il sostituto procuratore. Un tragitto breve che lo porta a sentire sul viso il profumo del suo dopobarba.

«Io penso che Aurelio abbia prestato la casa a qualcuno in cambio di soldi. Molti soldi. Quelli che gli servivano per saldare il suo debito con Fabio Lamberti. Penso che l'uomo che ha fatto a pezzi il corpo di Paola Vigliani sia lo stesso che ha ucciso Aurelio Strazzari. Forse aveva paura che il ritrovamento del corpo facesse crollare Strazzari. In fondo era un debole. E penso anche che il nostro uomo del bagno sia uno di quelli che erano a Venezia, la notte del carnevale. Certe cose non si improvvisano, dottore.»

«E le foto trovate da Strazzari?»

Ora Giovanni sussurra.

Tutto all'improvviso sembra terribilmente difficile. Anche respirare.

«Vede, c'è una cosa in tutta questa faccenda che non so e che forse mi fa paura sapere.»

Prende fiato.

«Come è morta Paola Vigliani. E chi erano e quanti erano quelli che l'hanno violentata.»

Roberta appoggia il telefono e apre il frigorifero. Prende una tavoletta di Lindt fondente e si mette in bocca un pezzo di cioccolata. Eppure, malgrado le piaccia da impazzire, questa volta non basta.

Ci sono cose che coprono tutto.

Momenti e voci che non vorresti ti venissero mai a cercare. Che hai seppellito in silenzio e con fatica. E che quando tornano a galla, fanno ancora più male di quando avevi deciso di cancellarli.

«La vita è uno schifo» sussurra.

Spezza un altro po' di cioccolata. Poi si lecca le dita come faceva da bambina. Una alla volta, studiandosi nella vetrinetta della cucina. Uno sguardo compiaciuto e malizioso che non si rende nemmeno conto di avere e che si scopre in faccia quando incrocia i suoi occhi che la guardano dal vetro.

Si sorprende sempre quando succede. Perché non è così che si vede. Non è così che sente la sua normalità. Non ha mai sentito niente di femminile nella sua voce dura, nelle troppe parolacce che le scappano quando è arrabbiata o semplicemente quando si sente tranquilla con qualcuno. Nel suo modo di camminare a passi sempre svelti, come se stesse continuamente scappando. Forse proprio da quella parte che cerca di tenere nascosta.

Quella che legge negli occhi degli uomini che le attaccano bottone al supermercato o in fila alla posta. Nelle loro voci che calcano l'accento su una parola, facendo sfuggire un doppio senso che non è sempre pronta a cogliere.

Eppure è una parte di sé che malgrado tutto le piace. E che le manca.

La femmina che ha cancellato da febbraio per diventare di nuovo solo madre. E che in un modo molto strano Nicola riesce a tirare a galla.

Ci pensava, quando è squillato il telefono.

Per un attimo, poco prima di rispondere, è stata sicura che fosse lui. Perché i desideri, ogni tanto, arrivano proprio dove sono diretti.

Invece si sbagliava. E tutto si è colorato di uno strano grigio che le ha avvolto il presente, lo sguardo, i gesti. E che sa solo di paura.

Mette in bocca l'ultimo pezzo di cioccolata e si infila in salotto.

Lisa è sdraiata sul divano. Harry Potter sta per finire e lei sembra divorare le pagine, come si fa con le cose belle prima di renderci conto che l'incanto che stiamo vivendo non tornerà più.

Le passa vicino e la guarda.

Le ha tenuto un pezzo di cioccolata e glielo mostra, avvolto nella stagnola.

Lisa abbassa il libro e passa lo sguardo dall'incarto a sua mamma.

La stessa strana espressione che ha sul viso in ogni momento e che Roberta non riesce più a decifrare. Né a cambiare.

Prende il pezzo di cioccolata e si rifugia di nuovo dietro al libro.

Roberta resta in piedi in mezzo al salotto. La luce che attraversa la stanza le riscalda il viso. Un calore buono, qualcosa di vero che è suo senza secondi fini.

Non come la telefonata che ha appena ricevuto.

E forse nemmeno come quella che sta per fare a Nicola, muovendo le dita sui tasti senza nemmeno rendersene conto.

Giovanni Marra guida in silenzio, senza musica. Solo la radio della polizia e i suoi pensieri in testa che corrono veloci verso strade impreviste. Luoghi molto diversi da quello che sta andando a visitare.

La casa di Fabio Lamberti è solo un anello di passaggio. Una stazione di servizio in cui ti fermi e fai benzina all'inizio di una strada lunga e faticosa. Un posto in cui raccogliere quello che ti serve e portarlo via.

Quando pensa all'uomo della casa, non immagina Fabio Lamberti.

L'uomo che ha tolto il sangue da quei muri non è un contabile, non ha le mani grosse da macellaio del Lamba. E nemmeno il modo di fare strafottente di chi è sicuro di non poter mai essere toccato.

L'uomo che ha tolto il sangue da quei muri è uno anonimo. Si muove veloce e in silenzio. Ti guarda in faccia e ti sorride sincero, mentre sta pensando a come ucciderti. Senza che tu possa dire o fare niente.

Quando ferma la macchina in vicolo del Falcone, subito dopo l'hotel San Mamolo, due agenti di pattuglia saltano fuori dall'ombra del portico e gli si fanno incontro.

Ce n'è un altro, rimasto di guardia al civico dodici.

Giovanni sta per chiedere qualcosa, ma il cellulare lo interrompe. Risponde senza nemmeno guardare, premendo distrattamente il pulsante dell'auricolare.

«Abbiamo gli estratti conto di Strazzari» dice il dottor Terzi e Giovanni si sorprende a pensare che si aspettava di sentire la voce di Carta.

«E cosa dicono?»

«Che ha saldato le ipoteche con le banche alla fine dell'anno scorso. In contanti. E non ha più fatto un solo movimento fino alla fine di febbraio. Da lì in avanti ha speso con il solito ritmo. Forse anche di più. Da tenore di vita alto.»

«Bene, dottore. Forse una buona notizia.»

«Già, forse. E anche un'altra cosa. Aurelio Strazzari non aveva malattie genetiche. Niente che rendesse necessario nascondere quel... il corpo. Comincio a pensare che abbia davvero ragione, Marra.»

«Mi scusi. La richiamo dopo.»

Riaggancia. Il sole è troppo forte. Si infila gli occhiali scuri e li incolla il più vicino possibile allo sguardo. Per sentirsi al sicuro, protetto dietro a qualcosa che riesca a lasciare fuori tutto il mondo.

«Non so se voglio avere ragione, dottore» sussurra.

Uno degli agenti si volta e lo fissa. È uno in gamba. Lo ha già visto altre volte.

«Non si preoccupi. Stavo parlando con me stesso. È tutto pronto?»

«Tutto pronto, commissario.»

Si infila sotto al portico.

«Andiamo a sentire cosa ci racconta Lamberti» dice.
E allunga il passo per seminare i pensieri.

Fuori è notte e non c'è nessuno.

Una notte silenziosa che Lisa ha scoperto non appena messo piede oltre la soglia di casa. Una notte che le fa paura e che non può fare a meno di fissare.

Muovendosi lentamente, fa due piccoli passi all'indietro, gli occhi bloccati sul nero che la avvolge, su quell'aria tinta d'inchiostro che sembra farsi sempre più spessa, man mano che la respira. Le mani tese a cercare oltre la schiena la porta di casa che ha appena lasciato.

Una porta che non c'è più.

Succede nei sogni e Lisa lo sa. Lo sa anche prima di girarsi a controllare, la casa è sparita. Intorno al suo corpo c'è solo la notte. E in mezzo alla notte, da qualche parte, la Voce.

Non ha un nome.

La Voce non ha un corpo.

La Voce è dappertutto e non puoi scappare. La sente in testa quando è sveglia. Lei e la sua risata, il profumo dei vestiti. I passi che sembrano camminarle in testa, schiacciando tutto. I pensieri, il respiro e le sue parole che non ricorda più.

Vieni con me.

Spalancando gli occhi, Lisa si volta.

A destra, poi a sinistra, poi di nuovo a destra. E a sinistra.

Cerca.

Cerca il punto in mezzo a quel Niente da cui l'ha sentita parlare. E un piccolo angolo di luce nella notte. Lo sa che c'è e sa dove la porterà. Nell'unico posto in cui la Voce non la può raggiungere. L'unico in cui potrà essere salvata.

Vieni con me dice di nuovo e Lisa la vede.

È uno strano movimento dell'aria. Qualcosa di meno denso, come se il buio avesse preso forma. Mani, gambe, bocca, qualunque cosa buona per poterla catturare.

E allora Lisa si volta dall'altra parte e corre.

Piedi scalzi sul cemento freddo. Pelle nuda scossa dai brividi e sfiorata dalla notte. E qualcosa di grande e indefinito che si muove dietro di lei. Una gigantesca onda di oscurità che la insegue.

Vieni con me.

Sempre più veloce, sempre più vicina.

Non avere paura.

Sussurra, la Voce. Sussurra come il fiato dei serpenti, come il vento contro le persiane, come il soffio di un gatto che gonfia la coda.

Sussurra, ma è come se urlasse.

Un rumore troppo grande e troppo forte.

Più del freddo che le graffia il respiro. Più della strada che sembra non finire mai. Più del buio che all'improvviso si spalanca.

Un lampione alto, che strappa all'oscurità un cerchio di luce grigia e sottile. Uno strano corridoio di pietra con una statua nera in mezzo.

Un enorme angelo di marmo.

Le ali alte sopra la testa.

Gli occhi chiusi, il viso duro.

Le braccia spalancate, con i palmi delle mani verso l'alto.

Lisa si ferma. La luce le accarezza i contorni del viso. Le scivola fra i capelli e li colora di una strana sfumatura rossastra.

Dietro di lei il buio respira.

Fermo, un passo oltre la luce che non può superare.

Senza voltarsi, Lisa gira la testa. E le sembra di vedere qualcosa che si agita e che le muove l'aria davanti al viso.

Qualcosa che ha uno strano odore, dolce e salato insieme.

Ma che non sussurra più. Respira soltanto. Un animale che aspetta.

Allora si volta.

Il corridoio è davanti ai suoi occhi.

Trenta metri di marmo lucido e grigio. Il soffitto che si perde nel buio potrebbe essere alto anche di più. O non esserci affatto.

Nel mezzo, l'angelo di marmo.

Immobile.

E Lisa piange.

Lacrime dure e cattive che le scendono sulle guance a ogni passo.

Che allontanano il respiro della notte. Fino a non sentirlo più.

Che ticchettano sul pavimento di marmo, scandendo i secondi di un tempo che non può rinviare.

Che avvicinano lo sguardo dell'angelo. Fino a quando non può più passare. Fino a quando non può più camminare e deve fermarsi davanti alla statua. Una sentinella di marmo immobile che le sbarra il passo.

Nel silenzio.

È allora che sente il fruscio.

Lento, lontano. L'eco di qualcosa che arriva e sembra parlarle dentro la testa.

Arriva, sempre più forte, ali di mille farfalle che sbattono l'aria, la svegliano, la uccidono.

E Lisa vorrebbe urlare, ma non ci riesce. Vorrebbe scappare, ma non ci riesce. Fare qualcosa, buttarsi in ginocchio e sperare, ma non ci riesce.

Perché il fruscio è troppo forte.

Perché il rumore è troppo grande, la statua è troppo grande, tutto è troppo grande per lei.

Spalanca la bocca e cerca di prendere tutta l'aria che può. Solleva la testa e comincia a tremare.

Stanno arrivando.

Stanno arrivando.

Stanno arrivando.

Lisa spalanca la bocca in un urlo muto ed è lì che succede.

È lì che tutto finisce.

L'angelo solleva la testa, spalanca gli occhi e la fissa.

Apre le ali riempiendo tutto intorno a sé, spaccando le pareti del corridoio e allagando l'aria con l'odore dolciastro del sangue.

Vieni con me.

E Lisa si sveglia.

In un pomeriggio d'estate pieno di luce arancione.

Con il profumo della pelle di sua madre che le accarezza il viso e i capelli.

Con il sapore delle sue lacrime trattenute fra le labbra.

Con qualcosa di freddo che scivola via, nascondendosi dentro al respiro.

E che malgrado non voglia, sa che tornerà a trovarla.

Fabio Lamberti è una di quelle persone che sembrano troppo ingombranti rispetto alla stanza in cui si trovano.

È la seconda volta che Giovanni lo vede dal vivo. La prima è vecchia di circa cinque anni. Un giro di riciclaggio di denaro sporco che arrivava direttamente dal traffico di droga. C'erano scappati due cadaveri. Lamberti, però, ne era uscito pulito come le acque di certi fiumi. Putride e inquinate, malgrado l'apparente trasparenza.

Adesso che se lo trova davanti – camicia di lino e pantaloni neri, scalzo sul parquet della sua mansarda che occupa tutto l'ultimo piano del palazzo in cui abita – gli sembra uno di quegli uomini arricchiti che ostentano i propri soldi anche solo con lo sguardo.

«È un onore ospitare un commissario.»

Tutto nel modo di fare del padrone di casa è scivoloso.

Il tono della voce, le pause fra le parole, il modo di controllare la lunghezza delle vocali. La calma assurda con cui sembra del tutto indifferente ai cinque uomini che stanno rovesciando casa sua come un calzino. La morbidezza studiata con cui fa due passi verso Giovanni, si ferma davanti a un mobile di legno che sembra molto antico e prende un cioccolatino da un grande piatto di vetro.

«Prego, lo assaggi.»

«No, grazie.»

«È Amedei, il migliore del mondo. Fondente al settanta per cento. Si intende di cioccolato, commissario?»

«No, mi accontento di intendermi di uomini.»

Lamberti solleva le sopracciglia. Un gesto breve e lontano. Poi toglie il cioccolatino dall'incarto e lo mangia lentamente.

«Non so cosa stia cercando» dice. E si volta verso la portafinestra che dà sul terrazzo.

Il silenzio che arriva da fuori è impressionante.

Aria ferma e calda in attesa di invadere la stanza, protetta dal condizionatore.

«Non mi pare preoccupato, signor Lamberti. E nemmeno triste.»

Il padrone di casa si volta. Sta sorridendo come qualcuno che si sforza di divertirsi a una battuta che non ha capito.

«Triste?»

«Mi risulta che un suo amico sia morto da poco. Aurelio Strazzari.»

«Aurelio non era un amico. Solo un conoscente. Niente di più. E nemmeno uno troppo per bene. Non presto la mia amicizia a gente di quello stampo.»

«Non la sua amicizia, signor Lamberti. I suoi soldi.»

Adesso ride davvero. Un suono grasso, di pancia. Divertimento puro. Sta anche per dire qualcosa, ma viene interrotto da uno degli agenti. Sbuca dalla porta che dà sulla zona notte e chiama Giovanni.

«C'è qualcosa che dovrebbe vedere» sussurra, quando sono vicini. Poi si infila nel corridoio, supera due porte e alla fine si ferma in una grande stanza quadrata.

Dentro c'è un computer collegato a un monitor lcd a venti pollici, uno scanner, una webcam e una stampante laser ad alta definizione. Su un mobile a ripiani, appoggiato a una parete, c'è una telecamera digitale, di quelle piccolissime che stanno in una mano.

La stanza dei giochi di Fabio Lamberti è piena di tecnologia che costa molte mensilità di uno stipendio normale. Ma Giovanni non la vede nemmeno.

Sta guardando sul monitor acceso e la sua attenzione dura molto poco anche da quelle parti.

«Era in fondo a un cassetto. Sotto della biancheria da donna» dice l'agente. E indica qualcosa accanto al mouse.

Giovanni si avvicina, appoggia le mani al tavolo e lo guarda.

«Crede che sia...» tenta di chiedere l'agente, ma non lo fa finire.

Si volta.

«Fate a pezzi questa casa» dice. «Se c'è anche solo uno spillo infilato nel culo di un pupazzo, voglio che lo tiriate fuori.»
Camminando svelto torna dal padrone di casa.
E quando Lamberti lo vede arrivare, il sorriso gli muore in faccia, come l'eco dell'ultimo petardo della notte di Capodanno.
«Problemi, commissario?» chiede.
«Grossi, Lamberti. Per lei» comincia a rispondere.
Poi il telefono squilla e tutto prende l'aspetto di un incubo.
Qualcosa di grigio e indefinito da cui non sai come svegliarti.

Quando Bono inizia a cantare *All I want is you* la luce si spezza all'improvviso e il treno si infila nella prima galleria.
Chiudo gli occhi verso un altro giorno, un altro viaggio passato in un vagone come questo, con l'aria condizionata a manetta e l'estate murata fuori come un ospite sgradito.
Il giorno in cui ho incontrato Sara.
Ascolto il rumore del treno che scivola in sottofondo e cerco di ricordarmi il momento esatto in cui quella volta mi sono addormentato. Cerco di capire se c'è stato un piccolo istante in cui ho avvertito la presenza di Sara davanti a me, prima di lasciarmi andare al sonno. È un pensiero che ho cominciato a fare appena seduto al mio posto accanto al finestrino, nella seconda carrozza del treno.
Se prima di addormentarmi c'è stato un punto, fra il sonno e la veglia, in cui l'ho sentita sedersi. Ci provo davvero a ricordare. Da quando ho parlato con il fattorino sono sicuro che sia importante. Le sue parole hanno fatto partire una strana reazione a catena che mi obbliga a cercare quel momento, a sapere con precisione se quando il treno è partito lei era o no seduta al suo posto.
Eppure l'unica cosa che mi viene in mente è una strana sensazione di movimento, come il dondolio di una barca, che mi accarezza piano la schiena prima di chiudere gli occhi.
Il vagone che si muove. E nient'altro.
Forse Sara non c'era sul treno, a Roma.
Forse non è lì che ha preso il pendolino.

Forse stava già scappando, senza sapere che in realtà il suo viaggio era un movimento al contrario, avvicinarsi al pericolo ogni chilometro di più, ogni metro, ogni galleria. Sempre più prossima alla fine per ogni parola che mi usciva di bocca nel tentativo stupido e assurdo di strapparle un sorriso.

Apro di nuovo gli occhi e lascio andare lo sguardo verso un punto qualunque fuori dal finestrino. Un paesaggio che scorre molto più veloce dei miei pensieri, ma che come loro si spezza in gallerie nere e improvvise che assorbono tutto.

Mi chiedo se Giovanni sappia che cosa sta succedendo o se sia anche lui alla ricerca di una strada nascosta da qualche parte. Provo a chiamarlo e ottengo come risposta solo una monotona successione di squilli tutti uguali. È la seconda volta. Il primo tentativo l'ho fatto fuori da Villa Borghese, poco prima di prendere il taxi che mi ha portato in stazione.

Anche lì nessuna risposta. Sono passate tre ore ormai e me ne rendo conto solo adesso che controllo l'orologio, poco prima che il treno si infili in un'altra galleria.

Ho fretta. Voglio arrivare a Bologna e sapere perché non mi risponde. Voglio attaccarmi al telefono e dirgli tutto quello che il ragazzo dell'albergo mi ha raccontato oggi. E anche quello che non mi ha detto, che penso di aver sentito sotto la sua voce, nello sguardo terrorizzato e supplicante che mi ha tirato addosso nella hall, nello strano tono che ha usato per la sua storia.

E per quella frase, secca come una diagnosi di morte.

«Stamattina era lì, prima che arrivassi tu.»

Lo vedo, sul marciapiede oltre l'albergo, come l'ho visto alla fermata dell'autobus, oltre la mia finestra. Fermo, distratto, in apparenza indifferente, un vecchio compagno di scuola che incontri per caso in centro uscendo dal cinema.

Si abbassa gli occhiali da sole, mi guarda.

Sorride con una smorfia. Sembra un chirurgo sadico che sta per inciderti senza anestesia, un adolescente cattivo che affetta con un rasoio la coda di un gattino. Cerco di scacciare dalla mente l'immagine di quegli occhi, la paura che mi accarezza la pelle come un vestito su misura.

Wicked game prende il posto degli U2 e la voce di Chris Isaak mi accarezza i pensieri.

Il respiro si spezza in un lungo colpo di tosse che mi piega a metà sulla poltroncina e sembra non finire mai. Gli occhi mi lacrimano e quando tutto finisce prendo un fazzoletto dalla tasca dei jeans e li asciugo. Mentre lo faccio, il treno si infila nell'ennesima galleria e sbuca fuori nel momento in cui il mio sguardo riemerge dal fazzoletto, fisso su una fila di poltroncine all'estremità opposta della carrozza, verso il locomotore.

Lui è lì.

Il viso piegato su un tascabile, la camicia bianca perfetta, accesa dal sole dell'estate. I maledetti occhiali scuri calati sugli occhi.

Resto immobile. Trovarmelo davanti mi ha improvvisamente congelato il respiro nei polmoni, irrigidito i muscoli e lo sguardo.

Anche stamattina era lì.

Prima che arrivassi tu.

Devo pensare, cazzo. Devo pensare.

I posti sono prenotati, come ha fatto a prenotare nella mia stessa carrozza, come ha fatto a prenotare esattamente davanti al mio sguardo, come ho fatto a non accorgermene prima, potevo fare qualcosa, nascondermi, scendere, andare da qualche parte, come ha fatto a prenotare lì, non poteva saperlo, non doveva saperlo, nemmeno io pote...

Sollevo il pugno destro e mi colpisco il quadricipite, forte, un palmo sotto l'anca. Il dolore mi piega la schiena e per un attimo la mente torna in carreggiata, attaccata a un binario che sembra andare da qualche parte.

Senza smettere di fissarlo, mi muovo verso il corridoio. Cerco di non far rumore, anche il più piccolo fruscio potrebbe attirare la sua attenzione su di me.

La gamba mi fa male, ma è esattamente quello che voglio. Mi tiene sveglio, vivo.

Stringo forte l'iPod e mi sposto sulla poltroncina a sinistra. La porta elettrica che conduce nella carrozza successiva è appena due passi dietro la mia schiena. So che farà rumore, aprendosi. Uno sbuffo simile a uno sbadiglio. Ma non ho una scelta diversa.

Lui è lì. Tira fuori una caramella dal taschino della camicia. La scarta e se la mette in bocca, con un movimento interminabile.

Resto un istante fermo, un piede già in mezzo al corridoio, cercando l'attimo buono. Poi mi alzo di scatto e mi infilo nel respiro della porta.

Senza guardare indietro, senza fermarmi. Avanti, verso un'altra porta con lo stesso identico rumore. Cammino senza voltarmi e dopo pochi passi mi ritrovo nello spazio di raccordo fra le due carrozze.

Protetto dalla doppia porta mi volto.

Un movimento brusco del treno fa oscillare il vagone sotto i miei piedi.

Mi appoggio all'indietro per tenere l'equilibrio e lo vedo.

Esattamente al lato opposto della carrozza. Il tascabile in mano, nero come gli occhiali, come il suo sguardo. Come il terrore che sento scaricarsi sulla spina dorsale in una scossa elettrica.

Mi volto di nuovo e la porta si apre davanti a me.

Taglio l'uscio come se oltre ci fosse l'unica aria al mondo che posso respirare e allungo il passo nel corridoio.

La terza carrozza. Una madre con due bambini. Un uomo d'affari che digita qualcosa su un portatile argentato.

Lui ancora dietro di me. Lo vedo piegando la testa di lato.

La porta a vetri. Il passo più veloce.

Un'altra carrozza.

Una donna si alza proprio mentre passo. La urto, ricade sul sedile, il marito mi chiama, proseguo. Un ragazzo mi guarda, forse dice qualcosa.

Lui non ha più gli occhiali. Li ha infilati nella camicia. Cammina più svelto. Cammina troppo svelto.

Allungo il passo. Un'altra porta a sbuffo.

Una galleria. Lunga, troppo lunga. Buio davanti e dietro, spezzato dalle luci false del vagone. Voglio uscire di qui. Voglio la luce.

Qualcuno ride. Una bella risata, di pancia. Me la ricorderò, lo so.

Fuori dalla galleria.

È troppo vicino. Troppo fottutamente vicino.

Ride. Come se sentisse la mia paura, l'odore del mio sudore nell'aria.

Un'altra carrozza. E un'altra ancora. Poca gente, troppo poca.

Un controllore, cazzo. Ci sarà un controllore. Un poliziotto.

Lo sbuffo della porta.

«Trezeguet» dice qualcuno da qualche parte.

Quando gli passo davanti mi accorgo che sto correndo. Mi guarda. Tutti mi guardano.

Ho le mani che mi sudano.

Ho le mani che mi sudano.

Stringo più forte l'iPod e la canzone si spezza come un colpo di pistola.

Mi volto. Quattro metri dietro di me, forse meno.

La porta a vetri è la mia unica salvezza. Un'altra carrozza, altro tempo, altro spazio, altri passi da fare di corsa e magari il treno si ferma, riesco a scendere, a fare qualcosa.

La porta a vetri. Un passo, si apre, sbuffa, si chiude.

E dietro non c'è altro.

Solo l'ultima carrozza che finisce.

Con la coda dell'occhio lo vedo arrivare.

Passi, una voce che dice qualcosa.

Vicina. Troppo.

Mi guardo intorno e capisco cosa devo fare.

La porta sbuffa e mi infilo in bagno. Giro la serratura e mi appoggio all'uscio. Poi tiro la maniglia per controllare che sia chiusa e mi allontano di scatto.

Appoggio il sedere al lavandino. La gamba mi fa male. L'acqua prende a scorrere.

È l'unico rumore che sento.

Prima che i miei occhi scivolino sulla maniglia della porta. E che la veda muoversi, mentre da fuori qualcuno spinge per entrare.

Mirella si gira verso la finestra e guarda fuori.

La luce della sera è lunga e arancione, del colore dei muri delle case. La vede dietro ai vetri chiusi mentre il condizionatore portatile ronza appoggiato in un angolo dell'ufficio.

Ancora poco e tornerà a casa. E malgrado sia stanca, non è sicura che sia una buona idea.

Tutto è cambiato di nuovo e troppo in fretta, proprio nel momento in cui sembrava che l'aria si fosse fermata, che non potesse succedere niente per nessun motivo al mondo.

Invece, un dettaglio alla volta, la sua vita si è rovesciata ancora. Una successione di pedine del domino mosse all'improvviso e che non puoi inseguire, per quanto tu sia veloce.

Appoggia le dita al mouse e controlla la posta.

Senza troppa attenzione verifica un paio di documenti che ha appena finito di scrivere e fa partire la stampa. Routine, niente di più. Il tentativo di far passare la paura mescolandola alle abitudini quotidiane. Qualcosa di inutile e disperato che la spinge soltanto più a fondo in un tunnel scuro e con una sola via d'uscita.

Non ha più una scelta. L'unica che era rimasta è volata via senza che potesse nemmeno riuscire a considerarla. Senza che avesse il coraggio di afferrarla e stringerla, nel momento in cui andava fatto.

La sua vita è una successione di attimi sbagliati. Di tessere che reclamano un posto nel mosaico, incastrandosi dove non dovrebbero stare e dando al disegno complessivo un aspetto grottesco.

Muovendo le dita rapide digita l'indirizzo sul browser.

Venereprivata è ancora lì. Esattamente come l'ha lasciata. Si chiede se sia servita a qualcosa.

Passa i polpastrelli sul monitor, come se accarezzasse i colori dello schermo, le parole, l'eco di una frase che ritorna indietro senza significato.

Pulisce lo schermo con un fazzolettino, lo accartoccia e lo lascia cadere nel cestino. Alla sua destra, dietro la porta chiusa, il suo capo parla al telefono. Poi sulla stanza crolla un silenzio pesante e improvviso.

E alla fine la porta si apre.

«Puoi andare a casa, Mirella. Io devo fermarmi ancora, ma non ho più bisogno per oggi.»

«Sì, dottor Terzi. A domani.»
La porta si richiude.
Lei sorride.
Senza un'ombra di felicità.

La porta si apre all'improvviso e mi butto in avanti. Colpisco la plastica, il metallo della maniglia e chiunque stia cercando di entrare. Lo sento cadere a terra, un tonfo sordo in cui sibila una bestemmia

Tiro l'uscio e cerco di chiuderlo e questa volta sono io a essere sbalzato via. Picchio la testa contro la parete e per un attimo gli occhi si riempiono di strane forme luminose. Mi aggrappo da qualche parte per non cadere e mentre tutto torna a fuoco lo vedo entrare nel bagno.

«Cosa cazzo sta facendo? È impazzito?»

Il controllore mi guarda riempiendo lo spazio lasciato libero dalla porta, piegata contro il lavandino, i cardini spezzati. Avrà più o meno cinquant'anni, le spalle grosse di chi va spesso in palestra, la pelle scura bruciata dal sole. Sulla fronte sudata scivola un rivolo di sangue. Gli attraversa un fascio sottile di rughe su cui si sta aprendo un livido violaceo.

«Ma si sente bene?»

Lo guardo e non riesco a dire niente. La sensazione è la stessa di quando, da bambino, accendevo la luce durante la notte. Tutte le forme che si nascondevano nel buio sono diventate mobili, pupazzi, un tavolo, lo zaino di scuola appoggiato in un angolo.

Mi sento terribilmente stupido. Eppure – ora come allora – qualcosa nella mia testa continua a dirmi che non posso stare tranquillo.

Recupero dei fazzolettini di carta e glieli allungo.

Il controllore li prende senza capire e allora mi sfioro la fronte con la mano. Si tampona lentamente e quando le dita e la carta gli toccano la pelle fa una strana smorfia di dolore che lo invecchia di colpo di una decina d'anni. Poi scruta la piccola macchia rossastra al centro della carta.

«Ma che cazzo aveva in mente?»

«C'era un tizio che mi seguiva» dico. E qualcuno, fuori dal bagno, si lascia andare a uno sghignazzo. Il controllore si volta, fulmina quella risata senza esitazione.

«Com'era questo tizio?» chiede.

Glielo descrivo. Mi guarda come se mi fosse appena spuntato un terzo occhio sulla punta del naso.

«Non c'è nessuno così su questo treno.»

Gli rido in faccia. Sono un elastico troppo teso. Basta un piccolo movimento perché tutto nella mia testa finisca per rompersi.

«Le dico che c'era. Nel mio scompartimento. In fondo, verso la carrozza numero due.»

Continua a guardarmi.

«Venga, esca di qui.»

Si sposta dall'uscio e aspetta che mi muova. Per un attimo sono sicuro che non ci riuscirò. I piedi si rifiuteranno di spostarsi dalla loro posizione, incollati alla parete del bagno come a una rete di protezione.

E invece, un istante dopo, sono fuori.

C'è qualche curioso, accalcato fra l'ingresso della carrozza e il piccolo spazio davanti alla porta divelta. Mi squadrano come un animale estinto da tempo che ritorna al mondo e non sai quanto possa essere pericoloso.

«Tornate ai vostri posti, non c'è niente da guardare» dice il controllore. «Fra una ventina di minuti il treno arriverà a Bologna.»

Alla fine rimaniamo soli.

«Si sente bene?»

È difficile rispondere. Qualunque cosa dica sarà usata contro di me.

«Non lo so.»

Tenta di sorridere.

«Dove ha visto quell'uomo?»

«Gliel'ho detto. In cima al treno, nella seconda carrozza. Seduto in fondo, sul corridoio.»

Resta fermo ancora un istante. Forse cerca di capire se davvero mi sono ripreso. La fronte non gli sanguina più. Il livido, viola sotto l'abbronzatura, si vede solo se la luce lo colpisce diritta.

«Andiamo, venga con me» dice e si infila nel corridoio.

Passiamo tutte le carrozze, in silenzio. Io davanti e lui dietro, gli sguardi della gente che non mi lasciano un momento.

Li incrocio tutti, i loro occhi. Li cerco, li voglio. Senza lasciarne indietro nessuno.

Lui è in mezzo a loro, da qualche parte.

Nascosto fra i pochi passeggeri, fra le donne con i figli e gli uomini d'affari. Fra chi torna a casa e chi da casa è partito. Fra chi mi guarda con curiosità e chi cerca di immaginare se sia il caldo che mi ha fatto sbroccare per un momento o se sono completamente pazzo.

Dura un po' quella passerella, poi arriviamo alla mia carrozza. Rallento, prima di passare di nuovo la porta, e il controllore mi appoggia la mano sulla schiena. Un gesto semplice, ma deciso. Dentro, la poltroncina in fondo è deserta. Mi volto verso il controllore e gliela indico.

«Era lì.»

«No.»

«Come fa a essere sicuro? Non è mai venuto a controllare i biglietti. Non l'ho mai vista.»

«Senta, sono entrato qui dentro mentre si infilava nella terza carrozza. Dovrebbe essersene accorto, visto che mi ha guardato. E dietro di lei non c'era nessuno.»

Cerco di pensare a quello che ho visto. Di fissarmi in mente lo sguardo che ho incrociato mentre mi fermavo per controllare il mio inseguitore. Per un attimo vedo gli occhi dell'altro sovrapposti ai suoi. La stessa strana crudeltà, lo stesso ghigno. Ma dura poco.

«Mi ha inseguito fino a quel bagno, ne sono sicuro» provo a dire. Ma è solo un sussurro.

Sospira. L'alito sa di chewingum alla menta.

«Sono io che l'ho inseguita. All'inizio pensavo che non avesse il biglietto. Poi che si sentisse male.»

«E ora cosa pensa?»

Non mi risponde subito. Sembra frugare fra i pensieri alla ricerca della cosa migliore da dire.

«Sono cose che succedono, non si preoccupi.»

Ora sono io che tento di sorridere.

«Le chiedo solo un'ultima cortesia.»

Annuisce.

«Mi faccia vedere anche la carrozza che manca.»

Non mi risponde nemmeno. Si volta e la porta sbuffa lasciando libero il passaggio.

Nella prima carrozza ci sono tre passeggeri. Una signora anziana con un tascabile della Christie. Un ragazzo addormentato con la bocca aperta e una donna sulla quarantina, lunghi capelli rossi e labbra morbide. Oltre, solo il locomotore. E la porta del bagno spalancata a mostrare lo specchio.

Per un attimo incrocio il mio sguardo spaventato e confuso, poi mi volto ed entro di nuovo nella seconda carrozza.

Il posto in cui credo di aver visto l'uomo con i capelli corti è lì, alla mia destra. Reale, presente, eppure sperduto da qualche parte nella mia mente.

Lascio andare lo sguardo fuori dal finestrino. Le gallerie sono finite e il treno passa veloce fra le prime case della periferia di Bologna.

Il sole è sceso, allagando il cielo di un tramonto rosa e viola che sa tanto di smog. Per un momento ho la tentazione di tornare indietro e spalancare tutte le porte dei bagni, controllare ogni angolo, ogni spazio, ogni possibilità. Poi il controllore parla, cancellandomi i pensieri.

«Venga, aspettiamo insieme di arrivare a Bologna. C'è già stato abbastanza casino sul mio treno.»

Mi guarda e aspetta che mi muova.

E quando lo faccio, l'idea di non restare solo mi sembra la migliore che abbia avuto durante questo maledetto viaggio.

Nel sotterraneo c'è uno strano odore.

Assomiglia a una stalla tenuta chiusa per troppo tempo.

Giovanni si è dovuto infilare in uno spazio minuscolo ricavato nel muro e la sensazione è stata simile a quella che provava da bambino, arrampicandosi sui rami vicino alla casa dei suoi, sulle colline di Marciano.

Qui, però, alla fine dell'esplorazione non c'è una casa sull'albero. Non c'è nessun gioco. Nessuno sorriso. Nessuna fantasia.

Solo una stanza con le pareti grezze. Chiusa da tutti i lati.

L'hanno trovata andando a dare un'occhiata al garage. Vedendo quella parete dipinta di fresco che chiude il fondo della rimessa come una toppa. E adesso che ci sta in piedi in mezzo, le lampade della scientifica che illuminano tutto e quell'odore morto attaccato alla pelle, Giovanni pensa sempre di più che la realtà si stia trasformando in un incubo. Qualcosa di assurdo che ti scorre sotto agli occhi e di cui riesci a cogliere gli errori.

Ma che non puoi spiegarti in nessun modo.

Qui, nessuno è passato a pulire.

Nessuno si è preoccupato delle tracce. Quello che è successo nella stanza è stato sigillato dietro a un muro di mattoni.

Come una tomba.

«Ha visto là in fondo?» chiede Alessandro, e Giovanni si volta. Annuisce.

Ha visto tutto quello che c'è in quella stanza.

L'odore di feci e di urine.

Una sedia con le gambe di metallo lasciata in un angolo, come in una scuola abbandonata.

Un secchio. Grigio, di alluminio.

Una traccia di sangue sul pavimento. Una specie di baffo, simile al logo di un'industria americana. Sangue vero, questa volta. Che il tempo ha trasformato in qualcosa di simile alla ruggine.

E poi l'angolo.

Una specie di ripostiglio buio e piccolissimo.

Un posto dove subire un castigo.

Vomito rappreso che chiazza il pavimento.

E quella scarpa. Una sola.

Un'Adidas grigia come il metallo.

Toccata dalla luce sembra galleggiare nell'aria.

La luce del monitor illumina la stanza.

È l'unica che Michele possa permettersi senza attirare l'attenzione di Mirella, che dorme nella camera a fianco.

Allunga le gambe sotto la scrivania e rimane a guardare le immagini sullo schermo. È tutto il giorno che lo fa. Da quando Gioia gli ha dato quel cd. Da quando lo ha infilato nel lettore e ha visto il nome con cui era stato masterizzato.

Cd Mirella 1001

Li chiama tutti così, lei. Con il suo nome e quattro cifre che indicano la data. Niente di più, niente di meno.

E dentro solo un file. Settecento mega di spazio usati per salvare solo qualche centinaio di kappa.

«È arrivato a casa mia prima che capitasse quello che è capitato» ha detto Gioia. Ma non gli ha spiegato esattamente quando. Dovrà chiederglielo. È importante. Talmente tanto che per un attimo ha la tentazione di alzare il telefono e chiamarla.

Ma non lo fa.

Ricomincia soltanto tutto da capo, come un bambino che cerca di imparare una poesia a memoria. Versi troppo difficili per poterli capire al primo colpo.

E alla fine, quando tutto è finito di nuovo, spegne il computer e si abbandona contro lo schienale della sedia, al buio.

Solo in quel momento sente Mirella.

«Cosa ci fai ancora sveglio?»

Volta la sedia sulle ruote e la guarda. Scalza, la luce alle spalle. La camicia da notte corta di seta, che le disegna i fianchi e il seno.

Non sa da quanto tempo è lì.

A spiarlo, a controllare i suoi gesti, i movimenti. I pensieri.

La guarda e basta. I capezzoli che premono contro la seta, come l'erezione che sente crescere nei boxer di cotone.

Capezzoli da prendere, da sentire fra le labbra, sotto le dita. Recupera il cd senza toglierle gli occhi di dosso.

Mirella, sulla soglia. Passa gli occhi da Michele al cd, alla mano sinistra di suo marito che scivola piano sull'elastico dei boxer, prima di prendere la custodia e rimettere a posto il disco, dentro il cassetto chiuso a chiave della scrivania.

La chiave scintilla piano, nella penombra. Michele la infila nella borsa di pelle con cui va in ufficio e si avvicina, a meno di un passo. A fissarla.

Le appoggia il palmo delle mani sul seno e massaggia le sue tette sode, i capezzoli subito duri.

Assaggia il sapore della sua lingua, dentro e fuori la bocca, come il succo di un'arancia, come l'acqua di una fontana da cui ti disseti in estate.

La gira contro il muro e le allarga le gambe.

Si abbassa i boxer e lo infila tutto, in un colpo solo, fino alla radice.

Lei geme e Michele non sa se di dolore o di piacere.

E in fondo non gli interessa scoprirlo.

La notte mi fa paura.

Mi scava dentro e si attacca all'insicurezza come una sanguisuga, vuotando quel poco di me che ancora è rimasto.

Dopo oggi, dopo quel treno, non so più che cosa è reale e cosa no.

Forse devo ricominciare da capo. Da quel giorno a Baghdad. Dalle parole di Abdel che non smettono di rincorrersi nella mia mente.

Prendo la macchina fotografica. La accendo e comincio a sfogliare le foto.

C'è un bambino piccolo.

Seduto per terra accanto a un mucchio di calcinacci. Ha la faccia sporca di polvere, ma sorride come se la sua fosse l'unica felicità del mondo.

C'è una donna.

Urla stringendo un fagotto. Niente di più che un cumulo di stracci rossi e neri da cui spuntano le dita di un piede. E del sangue, rosso come la stoffa, sulle dita.

C'è un marine.

È piegato sulle ginocchia e allunga a un ragazzino una bottiglia d'acqua, bianca e azzurra, dentro la confezione di plastica. Il ragazzino lo guarda.

Mi fermo. Il dito sospeso sul cursore della macchina digitale è un respiro che non riesco a finire.

La foto che segue è quella di Abdel.

Lascio andare la Nikon e mi butto sul letto.

Anni fa ho conosciuto un vecchio legionario. Uno che aveva visto il Vietnam da dentro la giungla, non davanti a uno schermo in un cinema del centro. Mi raccontava che il pericolo ti cambia, assottiglia le percezioni e ti fa riconoscere quello che non va anche dietro a un rumore, a un sibilo, a uno scricchiolio.

«Ti fa dormire con un occhio solo» spiegava.

Solo in Iraq ho capito che quell'unico occhio che tieni aperto è il tuo corpo. Che non si addormenta mai e che non ti sveglia se non c'è davvero qualcosa per cui valga la pena.

Cambia la realtà e con la realtà anche quello che sei. E quando alla fine torni, il problema è riuscire a capire chi sei diventato. Che cosa hai lasciato alla guerra di quello che eri e che cosa ti ha lasciato lei, come una storia d'amore finita, da portare a spasso nel mondo dopo che l'hai abbandonata.

Una volta ho letto che le guerre non finiscono nei campi di battaglia, ma si consumano lentamente negli ospedali, negli uffici, negli ingorghi stradali, nella vita di tutti i giorni.

Forse non è nemmeno così.

E in realtà le guerre non finiscono mai perché chi le ha fatte o le ha raccontate non smette di portarsele dentro, nascoste in un vecchio cassetto come le fotografie che non ricordi più di avere fatto, le frasi che non sai di avere detto.

Resta tutto lì, affogato da qualche parte a marcire. E se sei fortunato la puzza non viene mai a galla e puoi continuare la tua vita come sempre, senza che nessuno se ne accorga. Senza che tu lo sappia.

Magari è così che va. Ma non per me.

È per questo che prendo il telefono e faccio il numero di Andrea.

Perché lei può aiutarmi a capire se i miei pensieri sono reali, se li ho vissuti, se li ho pensati veramente, anche solo per un momento.

Prima che mi risponda, mercoledì finisce.

Sarebbe bello aver voltato pagina. Sarebbe bello che i giorni passati non tornassero più.

E con loro, tutti i fantasmi che ne hanno fatto parte.

Giovedì 26 agosto 2004

«Mi piacciono le ragazzine, è vero. Che cazzo ci devo fare?»

Dopo una notte passata in fermo di polizia, la voce di Fabio Lamberti è piena di umidità e del fumo di vecchie sigarette.

Appoggiato al davanzale, il commissario Giovanni Marra lo guarda. Fuori, la pioggia di un temporale scoppiato all'improvviso fa da sottofondo agli squarci di silenzio che ogni tanto allagano la stanza.

Quando succede, Giovanni fa sempre passare un po' prima di ricominciare con le domande. Si limita a guardare Lamberti restando in piedi davanti alla finestra, fissandolo dall'alto in basso, a qualche metro di distanza. Senza mostrare nessuna reazione.

È una regola che si è dato tanto tempo fa e che cerca di rispettare sempre, anche quando è difficile.

Come questa volta, con la frase scappata dalle labbra dell'usuraio come un colpo di tosse. E che il suo avvocato ha cercato di trattenere stringendogli l'avambraccio all'altezza del gomito. Troppo tardi.

Le mani affondate nelle tasche dei pantaloni, Giovanni serra i pugni per non perdere il controllo.

«Come hai detto?»

«Siamo passati al tu, commissario?»

Sorride.

«Dimenticavo che il suo cliente è un uomo importante, avvocato. Come lei, d'altra parte.»

L'avvocato Franzoni è abbronzato come un tavolo di mogano. Arriva direttamente da Cuba. Quando il suo assistito gli ha telefonato, probabilmente doveva ancora prendere in considerazione l'idea di alzarsi dal letto. Adesso – infilato in un vestito scuro che sembra indossato per la prima volta e con il jetlag incollato ai pensieri – appare perfettamente padrone del campo.

«Le ho chiesto cos'ha detto... *signor* Lamberti.»

Il Lamba guarda l'avvocato e gli fa un cenno, per tranquillizzarlo. Franzoni lascia l'avambraccio del suo cliente e si prende le mani in mano, come un prete che sta per confessarti.

Lamberti tira su con il naso e si volta verso Giovanni.

«Lei mi ha chiesto se le donne mi piacciono giovani, commissario. E io le ho risposto che mi piacciono le ragazzine.» Fa una pausa. Si allunga sul tavolo. «A lei no?»

Giovanni si volta. Le dita, strette nei pugni, fanno quasi male. Vorrebbe sentirle che si rompono sugli zigomi di Lamberti, spezzando la sua rabbia, le ossa della mano e il sorriso stupido che il Lamba si è dipinto sul viso insieme a quella frase. Vorrebbe il suo sangue, lì e adesso.

Fissa il cielo viola e grigio e respira. Ha bisogno di una sigaretta, forse addirittura di un pacchetto intero. Fumarne una dietro all'altra fino a dimenticare tutto. Scappare da qualche parte, lontano, dove il massimo che puoi sentire è il rumore della pioggia che ticchetta sui vetri, scivola dalle grondaie, prova a entrarti nei pensieri.

Lascia andare lo sguardo in strada. Una ragazza attraversa correndo con un cappellino da baseball calato sui capelli biondi.

Chissà se Marzia stava correndo, quando ha attraversato quella strada.

Chissà se ha potuto provare a correre, anche solo per un passo.

Prima.

Nella stanza tutto è ancora immobile come lo ha lasciato, perfino l'espressione di Lamberti. Il tempo si è fermato attaccato a quella frase e attende una spinta per proseguire.

«Non sono le mie abitudini sessuali che hanno una qualche rilevanza, signor Lamberti. Ma le sue.»

Non risponde. Si limita a guardare Giovanni con lo stesso sorriso. Un serpente che cerca di decidere da che parte attaccare la preda.

Alla fine è Franzoni a interrompere il silenzio.

«Ci risulta che i controlli che state facendo siano di tipo finanziario, non sessuale, commissario.»

«Vi risulta, dice. A me risulta che i controlli dovrebbero essere di un tipo solo. Segreto. Ma immagino che non si muova un solo euro nei pressi dei conti del signor Lamberti senza che qualche funzionario – diciamo gentile – si preoccupi di farvelo sapere.»

«Via, commissario. Anche lei è un uomo che sa perfettamente come funzionano le cose.»

Giovanni si avvicina. Sposta la sedia e si appoggia di traverso, voltando per tre quarti le spalle a Lamberti.

«Immagino di sì, avvocato.»

«E allora saprà anche che il mio cliente è un uomo del tutto rispettabile. E che in questa storia di Aurelio Strazzari non c'entra assolutamente nulla.»

Marra sorride.

«Avvocato Franzoni, le confido un segreto. Aurelio Strazzari non è l'unico motivo per cui abbiamo ospitato il suo cliente, stanotte. Anzi, se il problema fosse stato quello, mi sarebbe risultato difficile trattenerlo.»

Per un attimo Franzoni non dice niente. Si limita a sistemarsi la cravatta con un gesto distante. Poi si volta verso Lamberti. Se ne sta appoggiato allo schienale della sedia, uno spettatore distratto a uno spettacolo noioso.

«Non capisco, commissario» dice alla fine. E la voce sembra una striscia di fumo che sta lentamente esaurendosi.

Giovanni raddrizza la sedia. Adesso è di nuovo di Lamberti che ha bisogno. Lo guarda. La camicia sgualcita tenuta alla meglio dentro i pantaloni, gli occhi resi sottili da una notte con poco sonno.

«Si ricorda dov'era fra il 10 e il 13 febbraio?»

Una domanda vuota, senza senso. Marra lo sa. Ma è la reazione ciò che cerca, non una risposta.

E la prima arriva dalla persona sbagliata.

«Sta scherzando?»

Giovanni non si volta nemmeno.

«Le spiace far rispondere il suo cliente, avvocato?»

Tiene gli occhi incollati allo sguardo di Lamberti e aspetta.

«Come pensa che possa ricordarmelo, commissario?»

La voce del Lamba è quella di un genitore stufo di rispondere sempre agli stessi perché di suo figlio.

«Non lo so. Però penso che le convenga pensarci bene.»

Franzoni si alza e si appoggia al tavolo.

«E io credo che sia il momento di sapere perché siamo qui, commissario.»

Giovanni Marra fa un cenno con la mano all'avvocato, invitandolo a sedersi. Con discrezione, ma senza possibilità di replica.

«Stiamo aspettando il magistrato, lo sa meglio di me. Come sa meglio di me che qualunque cosa il suo cliente dirà adesso, poi non avrà nessun valore se non la conferma a lui.»

Franzoni si siede. Giovanni allarga le braccia.

«Non c'è motivo di essere nervoso, avvocato. È solo una banale conversazione fra persone che si conoscono. Fra persone di mondo, come ha detto lei.» Guarda Lamberti. «Fra persone rispettabili. Quello che siamo tutti in questa stanza, non è vero?»

Il Lamba si liscia il mento con le mani.

«Certo, commissario.»

«Bene, allora magari mi aiuterà raccontandomi dove stava una persona rispettabile come lei fra il 10 e il 13 febbraio.»

«Gliel'ho detto, commissario. Non posso ricordarlo. Probabilmente, però, a Bologna. Come sa gestisco un locale piuttosto noto.»

Giovanni finge di ricordarsi improvvisamente un particolare importante. Sgrana gli occhi nella brutta imitazione di un'espressione di sorpresa.

«Ha ragione. Il Tetris. Bella discoteca, a quanto mi dicono. Piena di donne. E di ragazze giovani.» Fa una pausa. Guarda Franzoni, poi di nuovo il suo assistito. «In realtà, però, quello che mi interessa più di tutti è il 10 febbraio. Un martedì.»

«Non mi dice niente.»

«Ed è strano, signor Lamberti. Perché, vede, il 10 febbraio era martedì grasso. Avrete fatto una festa, una serata speciale, qualcosa. Non mi dica che eravate chiusi proprio l'ultimo giorno di carnevale.»

Lamberti prende un lungo respiro. Un gesto di impazienza che a Giovanni strappa quasi una risata. Per evitarla si appoggia il mento alle mani, piantando i gomiti sul tavolo.

«Suppongo di sì» risponde Lamberti. «L'ultimo di carnevale si fa sempre qualcosa di particolare.»

Adesso Giovanni ride davvero.

«Particolare, certo. Magari con qualcuna di quelle – come le ha chiamate – ragazzine? Che le piacciono tanto. Ce n'è una in particolare che si ricorda per l'ultimo di carnevale? Una più carina delle altre? Una bionda, magari.»

«Adesso basta, commissario.» Franzoni alza la voce. «Non intendiamo rispondere a nessuna domanda prima che arrivi il magistrato. Credo che sia...»

Giovanni non lo fa finire. Si alza, pianta i pugni sulla scrivania.

«No, avvocato. Sono io che dico basta. E le dico un'altra cosa. Se quella gran brava persona del suo assistito non si decide a rispondere, be', fa lo stesso. Perché ho l'impressione che debba prepararsi a passare un bel po' di tempo a spese dello Stato, in una località in cui non gradiscono troppo reati di un certo genere.»

«Non capisco, commissario. Non capisco davvero.»

«Non capisce? Lo chieda a lui. Glielo chieda direttamente. Non ha appena finito di dire che gli piacciono le ragazzine? Glielo chieda, se si ricorda di una bionda. Se è con una bionda che ha passato...»

Questa volta è Lamberti a interrompere la frase.

Si alza e si allunga sul tavolo. Il volto a una ventina di centimetri da quello di Giovanni.

«Sì, forse era bionda. Non me lo ricordo nemmeno più. Mi si infilano nel letto, quelle troiette. Cercano soldi, belle macchine, bella vita. E io glieli do. Per un po', finché non mi stufo. Mi piacciono giovani, con la pelle morbida e le tette sode e quello sguardo di chi sa perfettamente come profuma il mondo. Mi piacciono le ragazzine, commissario. Diciassette anni, diciotto. Se ne hanno venti vanno bene raramente. Ma non faccio niente di male. Non ne ho mai violentata una. Non ne ho mai uccisa una. Non ho mai fatto niente di quello che ogni tanto dicono di me i giornali. Niente. Sono una persona normale, io. Rispettabile. Uno come tanti. Mi limito a scoparle. E basta. E stia tranquillo che godono pure.»

Nel silenzio che cade sulla stanza quando Fabio Lamberti smette di parlare, non si riesce a sentire nemmeno la pioggia. Non ha mai alzato la voce. Come un professore universitario un po' annoiato che spiega per l'ennesima volta una teoria semplicissima al più zuccone dei suoi studenti.

Per un attimo, in mezzo a quel silenzio, Giovanni Marra lo guarda.

Poi si infila una mano in tasca e tira fuori una piccola busta di plastica trasparente. La appoggia sul tavolo, a metà strada fra le sue mani e quelle di Lamberti.

Dentro c'è una catenina d'argento.

L'avvocato Franzoni prende la busta e la guarda.

Ha una maglia rotta, un anellino leggermente più largo, che rimane aperto.

«E questa da dove salta fuori?»

«Era in casa del suo cliente, avvocato. In un cassetto dove forse non avremmo dovuto guardare.»

Lamberti lascia sulla bustina solo uno sguardo distratto.

«L'avrà persa qualcuno» dice. «Nemmeno me lo ricordo chi. L'avrò trovata e messa da qualche parte.»

«Magari la biondina dell'ultimo di carnevale.»

«Eh, magari proprio lei, commissario.»

Marra sposta appena le labbra in una smorfia.

Tira fuori una fotografia da una carpetta colorata.

Una bambina. Sorride, il sole che le accarezza i capelli. Una catenina d'argento al collo, con una maglia rotta, esattamente come quella.

«Paola Vigliani» dice Giovanni e si allontana di un passo dal tavolo. In attesa.

La foto resta lì, nessuno la tocca.
Fabio Lamberti si siede.
E il silenzio che cala sulla stanza, questa volta ha un sapore davvero diverso.

La luce del mattino è sottile come una minaccia.
Seduto nella cucina della casa di Andrea ascolto il temporale e la voce di Kim Carnes sulle note di *Bette Davis eyes*.
Andrea mescola il tè e mi guarda dal basso in alto, cercando di capire se quello che le ho appena raccontato appartiene al mondo reale o è solo il primo sintomo che sto deragliando.
«Dimmi qualcosa, per favore.»
Il silenzio mi uccide. Lo sentivo anche prima, attorno alle mie parole, mentre vivevo nel mio racconto la scena del treno, la paura, la porta sfondata, la poltroncina deserta, la pietà con cui il controllore mi ha salutato in stazione.
Andrea beve un sorso di tè.
«Per come ti conosco, faccio fatica a pensare che tu abbia un'allucinazione così. Però, clinicamente, è possibile.»
«Non è una risposta.»
Sospira.
«No, Nicola. È una risposta. Solo che non è quella che vuoi. E io sono un medico oltre che una tua amica. Devo darti una risposta da medico, anche se non sono uno psichiatra.»
Se c'è una cosa che non sopporto è doverle dare ragione. E ammettere che qualcosa, dentro di me o nella mia vita, non è più sotto controllo.
Beve un altro sorso di tè. Ogni volta che appoggia la tazza trasparente sul tavolo, la linea di galleggiamento sembra rimasta ferma. Come se fosse l'idea del tè quella che assaggia e non il liquido stesso.
«È possibile che in condizioni di stress molto forte o di grossi traumi il cervello reagisca con queste forme di allucinazione. È un sistema un po' forte per assorbire il trauma. Una specie di cicatrice che si rimargina.»
Avvicina di nuovo la tazza alla bocca. Lo fa senza smettere di

guardarmi. Mi rendo conto che sto tormentandomi un labbro con le dita. Incrocio le braccia al petto.

«Qualche anno fa» continua, «ho conosciuto un ragazzo di venticinque anni. Orfano da quando era bambino. Era cresciuto con la nonna, vedova di guerra. Vivevano insieme. Poi era morta. Un incidente stradale. Dalla sera successiva, ogni sera, prima di addormentarsi, lui sentiva il passo strascicato della donna che camminava in corridoio. Dopo un paio di settimane ha smesso. Così, di punto in bianco.»

«Come una droga.»

«Più o meno. Un centinaio di anni fa avrebbero detto che casa sua era infestata dal fantasma della nonna. Qualcuno lo sosterrebbe anche oggi, forse.»

Si alza. Prende la tazza e si avvicina al lavello. Non ha praticamente bevuto. Solo assaggiato qualcosa. Succede spesso, anche con il cibo. Vorrei avere la forza di incazzarmi, come faccio sempre quando si comporta così, ma quello che mi esce di bocca è totalmente diverso.

«Mi stai dicendo che un'allucinazione è solo un modo per elaborare il lutto. Un modo un po' pesante, sicuramente. Ma un modo come un altro.»

Si volta, mentre vuota la tazza nello scarico.

«Sì, più o meno funziona così. È una specie di cicatrice.»

Mi alzo e mi appoggio alla finestra. Un motorino spezza il silenzio del vicolo. Il traffico del centro passa vicinissimo, eppure, anche quando la città è piena di macchine, questa piccola stradina di mattoni rossi pare disabitata.

«Sembrava vero, però.»

Sciacqua la tazza e sgranocchia un biscotto, direttamente dalla scatola. Poi appoggia il sedere al lavello.

«Non ti ho detto che non lo fosse. Ho soltanto spiegato che è possibile avere delle allucinazioni, sotto forte stress. Però, se è vero, deve esserci un motivo. E tu devi spiegarmi qual è. Ho l'impressione che tu sia convinto che quest'uomo esista semplicemente perché sai che può esistere. Che c'è un motivo per cui deve seguirti.»

Non rispondo, ma lo fanno i miei occhi.

E la voce di Andrea diventa dura, raccogliendo il mio sguardo.

«Che cazzo hai combinato?»

Stavolta la risposta arriva senza pensarci.

«Ho visto qualcosa che non dovevo.»

Butta fuori un lungo respiro e incrocia le braccia al petto.

«Che cosa?»

«Delle fotografie.»

«In Iraq?»

Annuisco.

Tace. Guarda fuori. Un piccione si appoggia sul davanzale e lei batte le mani per mandarlo via.

«E adesso?»

Guardo il piccione che si appoggia sul tetto della casa di fronte, sfidando l'acquazzone.

«È un problema della polizia. C'è un mio vecchio amico, uno che giocava a tennis con me, che adesso è commissario. Gli ho raccontato tutto.»

«E pensi che serva?»

Sorrido. Un tentativo inutile di spezzare la tensione e di tranquillizzarla.

«Più che altro lo spero. Se non serve la polizia, a chi vuoi che mi rivolga?»

Scende dal lavello, sposta una sedia e si lascia andare. La luce del temporale le disegna fra i capelli lunghi riflessi rossastri.

«Andare via è stata una stronzata.»

Non rispondo. Rimango lì a guardarla e aspetto. Con lei non ci sono troppe alternative. O te ne stai in silenzio ad aspettare che passi oppure fai scoppiare il temporale e ti metti nudo a prendere tutta l'acqua che cade.

E non ho voglia di pioggia.

Seguo in lontananza una canzone che non riconosco e cerco di concentrarmi per capire la melodia. Poi è Andrea che mi riporta alla realtà.

«Togliti dalla finestra. C'è riflesso, non riesco a guardarti. Come stai?» chiede, mentre mi siedo davanti a lei.

Passo la lingua sulle labbra. Secche, come la mia pelle, come i miei pensieri.

«Ho paura. E non so se sperare che questo tizio esista veramente o che sia solo un'allucinazione. Non so cosa sia meglio.»

«E Giulia?»

«Giulia è una storia finita. Ancor prima che iniziasse, lo sai. E non ci voglio più pensare.»

«E a cosa vuoi pensare?»

«A me. Vorrei scoprire se ci sono ancora, da qualche parte.»

Ora è lei che sorride. Un sorriso vero, che mi piace. Mi domando quanto tempo era che non la vedevo sorridere così. E mi rendo conto che mi mancava.

«Stai attento, eh?»

«Sì, sto attento.»

Mi alzo in piedi e le do un bacio sulla testa. I suoi capelli sanno di buono.

L'ispettore Francesco Carta manda giù lentamente il quarto caffè di quella che dovrebbe essere una mattina di riposo.

Si è alzato che non erano nemmeno le sei, ma non riusciva più a stare a letto. Angela lo ha sentito svegliarsi e lo ha abbracciato, allungando una gamba a stringergli un fianco e baciandolo sul collo. Per un po' ha provato a lasciarsi andare alla pelle calda di lei che sapeva di sonno e di bagnoschiuma alla vaniglia, ma è stato inutile.

Allora ha camminato scalzo nella luce grigio azzurra dell'alba che stava per tingersi di pioggia. Ha messo sul fuoco la caffettiera e si è messo al computer.

Adesso che l'acquazzone si è trasformato in una nenia sottile come un filo del bucato, Carta si rende conto che finalmente il suo lavoro è finito. In fondo allo scatolone che si è portato a casa è rimasto solo un cd. Gli altri sono accanto alla scrivania, in un contenitore che ha riempito pian piano, rubando il tempo al sonno, al cibo, agli occhi di Angela. Alla sua vita.

Sposta la freccetta del mouse e clicca due volte su una cartella.

Dentro, archiviati in altre cartelle, ci sono tutti i volti riconoscibili di quella infinita sequenza di fotografie. Facce che dopo un po' hanno cominciato a sembrare tutte uguali, con la stessa espressione lontana, gli stessi occhi, le stesse labbra. Facce contro cui ha dovuto lottare, cercando un metodo efficace che gli permettesse di riconoscerle se si ripresentavano una seconda e una terza volta.

Sono donne, adolescenti, attrici porno più o meno famose.

Alcune, probabilmente, non avranno mai un nome.

Appoggia il bicchiere vuoto accanto al mouse e infila nel lettore l'ultimo cd. Mentre aspetta che si apra, si passa le mani sul viso. Ha la barba un po' lunga e se si guardasse allo specchio vedrebbe gli occhi curvarsi sotto al peso della stanchezza.

Ha bisogno di una doccia, di radersi e di lasciare che il mondo se ne vada affanculo mentre spegne il cervello e chiude gli occhi.

Ci sta pensando, al momento in cui potrà finalmente farlo.

Poi, senza nemmeno accorgersene, clicca due volte sull'unico file contenuto nell'ultimo cd.

Parte una musica lontana e lo schermo si riempie di una strana luce bianca in cui galleggiano delle figure femminili. È un filmato in flash, una di quelle animazioni che saltano fuori ormai da tutte le parti nei siti Internet di qualsiasi tipo.

Ha anche un titolo.

Scritto in azzurro, in uno dei primi fotogrammi.

La danza delle fate.

L'ispettore Francesco Carta osserva quelle creature vestite di bianco, che sembrano uscite da un libro per bambini o dalla città degli elfi immaginata da Tolkien.

Interrompe il filmato, clicca una volta sul file e lo trascina sulla scrivania.

Ad Angela piacerà.

Lo ha costretto a vedere due volte ognuno dei film della trilogia dell'Anello. E per Natale ha voluto il dvd con le extended version. Lei e i suoi amici vanno pazzi per roba come quella.

Glielo farà vedere, dopo. Quando tutto avrà di nuovo un senso.

Guarda lo scatolone vuoto e si alza.

Improvvisamente il suo corpo diventa troppo pesante. La stanchezza troppo forte perché possa resistere. Si lascia andare sul divano.

Appoggia la testa a uno dei braccioli e chiude gli occhi.

Si addormenta subito, come una luce che si spegne.

Quando Angela si prepara per il turno del pomeriggio, lo trova ancora lì.

Nella stessa posizione.

Con uno strano sorriso fra le labbra.

Giovanni arriva poco dopo la fine del temporale.

«Non ho molto tempo» mi spiega e si infila in casa. È la stessa frase che mi ha detto al telefono tre ore fa, quando gli ho chiesto di venire da me perché ho qualcosa da fargli vedere.

Ha la faccia stanca di chi non ha dormito e gli occhi persi da un'altra parte.

Gli racconto la storia del treno e cerco di capire se quello che sta ascoltando sono le mie parole o il flusso incessante dei suoi pensieri. Qualcosa che sembra non riuscire a fermare e che lo porta via, in un posto buio e molto lontano.

Alla fine resta solo il silenzio.

Breve come il tempo che impiega a tirare fuori l'accendino e una sigaretta. Non mi chiede nemmeno se può fumare, come se non fossi presente.

Si avvicina alla finestra. Guarda fuori.

Appoggio il sedere allo schienale del divano e aspetto.

Basta il primo tiro.

«Che cazzo ti è saltato in testa?»

La sua voce è una pietra lasciata andare in uno specchio d'acqua. Mi affonda dentro rapida, senza incontrare ostacoli. Incrocio le braccia al petto, le mani sotto le ascelle. Per proteggermi.

«Dovevo farlo.»

Sorride e tira dalla sigaretta.

«Bella risposta di merda, Nicola. Che cazzo sei, un bambino? Stai giocando agli indiani?»

«Volevo fare qualcosa per lei.»

Schiaccia la sigaretta sul davanzale, senza finirla.

«Siete tutti pazzi» sussurra. Lascia andare lo sguardo fuori dalla finestra. Faccio finta di non sentire.

«Forse faccio solo cazzate, Giovanni. Ogni volta che sento di dover fare qualcosa, finisce che è una stronzata. Ma mi sento in colpa. Lei era lì davanti a me, su quel treno. Sembrava aspettarsi una reazione. Si è fermata e mi ha chiesto aiuto. E io me ne sono andato via. Semplicemente perché non l'ho ascoltata abbastanza da capire cosa stava succedendo.»

«Non potevi fare niente, Nicola. Niente, lo capisci?»

«Sai quante volte me lo sono detto? Non potevo fare niente. Ma è una scusa del cazzo. Continuo a raccontarmi scuse del cazzo semplicemente per infilare la testa sotto la sabbia e non vedere. Potevo fare qualcosa. Ecco perché sono andato là.»

«Perché ti senti in colpa.»

«Sì. A te non capita mai? Non ti capita di pensare che avresti potuto far qualcosa per qualcuno anche se non è vero?»

Mi accorgo della frase solo dopo averla pronunciata. Giovanni fa un passo verso di me. Gli occhi sgranati. I pugni chiusi in fondo alle braccia tese.

«Sì, mi succede Nicola. Tutti i giorni.»

A meno di un metro di distanza, mi guarda negli occhi. Un'occhiata che sa di dolore, di rabbia e di troppi rimpianti mandati giù in lunghe giornate silenziose e senza senso.

Alla fine si accende un'altra sigaretta. La fuma appoggiato al davanzale, dandomi le spalle. Seguo il fumo che si perde nel pomeriggio lavato dall'acqua. Lo vedo salire oltre il profilo del suo corpo immobile e cerco di immaginare a cosa sta pensando.

Probabilmente alla sua vita, oggi, se Marzia non avesse attraversato quella strada. O se lo avesse fatto tenendolo per mano.

«Era spaventato?»

Mi accorgo che mi guarda, solo quando lo sento parlare. I ricordi sembrano scomparsi, il dolore volato via insieme al fumo della sigaretta. Affondato da qualche parte, nell'angolo dei rimpianti che non se ne vanno mai.

«Il tipo del treno?»

Mi fissa con un'espressione delusa.

«Non me ne frega un cazzo del tipo del treno, Nicola. Non ora. Il ragazzo dell'albergo.»

«Terrorizzato, più che spaventato. Te l'ho detto, si guardava intorno come se dovesse spuntare qualcuno da un momento all'altro.»

Appoggia la sigaretta fra le labbra e aspira.

«Però non ha visto niente, in realtà. Solo la Parmeggiani, in giorni precisi della settimana.»

La Parmeggiani, dice. Per un attimo, prima di rispondere, penso che sia l'unico sistema che ha per tirare avanti. Spersonalizzare. Fare diventare una vittima semplicemente un caso, un corpo, una somma di indizi che devono portare a un colpevole.

«Sì, non ha visto niente. Però ora sappiamo che era lì. E sappiamo quando.»

Finisce la sigaretta e cerca un portacenere. Gli allungo il sacchetto della spazzatura.

«Spiegami, Giovanni. Io non ci capisco più un cazzo. Comincio ad avere paura. Di tutto, anche di quello che vedo. E non mi piace.»

Si appoggia contro il divano.

«Secondo me la Parmeggiani stava ricattando qualcuno di grosso. E aveva sbagliato bersaglio. Forse pensava di farci molti soldi, semplicemente mostrando quelle fotografie. Forse ne aveva altre, in casa. Magari erano nell'altra valigia e chi l'ha uccisa le ha trovate.

Lo scambio dei bagagli, invece, ha messo in mezzo la polizia. E te. Fino a ieri potevano anche pensare che tu avessi dato a noi quelle foto e te ne fossi fregato. Se davvero hanno frugato qui dentro e nella tua macchina, allora avranno pensato che non le avevi più. A nessuno sarà venuto in mente che te le porti sempre a spasso in quel coso per gli mp3. E quindi eri fuori dal gioco.»

«Fino a oggi.»

La mia voce è solo un sussurro, ma Giovanni non sembra rendersene conto.

«Fino a oggi» riprende. «Però qui nascono un paio di dubbi. Miei, certo. Ma mi pare di capire che sono anche tuoi. Sei sicuro di averlo visto veramente questo tizio?»

«Sicuro è una parola grossa per molte cose, in questo momento.»

«Bene. Allora, se stamattina non era là, la tua posizione è esattamente la stessa di prima. Nessuno sa che sei andato a quell'albergo e tutto fila perfettamente. A parte che sei matto come un cavallo.»

«E se l'uomo del treno esiste davvero?»

Risponde subito, come se fosse scontato.

«Se ti avessero voluto uccidere lo avrebbero già fatto.»

«Non mi hai risposto.»

Fa una strana smorfia. A metà fra la tristezza e il sorriso.

«Invece sì, te lo ripeto. Se avessero voluto ucciderti l'avrebbero già fatto.»

«Non mi tranquillizza per niente.»

Mi guarda senza parlare. Forse dovrebbe dirmi che non è colpa sua se le cose sono andate così. Nessuno mi aveva chiesto di guardare le foto, di tenerle, di raccontargli tante mezze bugie che insieme hanno creato una verità malata. Forse dovrebbe trovare qualcosa che mi tranquillizzi, una frase qualunque, quelle che si dicono ai bambini o ai malati terminali.

Andrà tutto bene. Non preoccuparti.

Invece non lo fa. Se ne sta in silenzio, appoggiato al divano.

E ho la sensazione che abbia ancora troppe cose da dire infilate dentro. E che me le stia nascondendo tutte.

Per un attimo sono anche sul punto di dirglielo, di urlargli in faccia tutto quello che mi viene in mente e tutta la rabbia che pensavo di aver assorbito e che invece torna fuori, incollata alla sua indifferenza. Ma il telefonino me lo impedisce. Una suoneria anonima, qualcosa a metà fra Bach e un jingle pubblicitario.

Scatta in piedi e si avvicina alla finestra.

Poi risponde.

«Quale malattia?» lo sento chiedere. Un attimo dopo, la telefonata finisce. E quando si volta il suo sguardo è cambiato.

«Devo andare» dice. E si allontana verso la porta. Sulla soglia si ferma e mi guarda.

«Cosa vuoi che faccia, adesso?» gli chiedo.

«La tua vita di sempre. Lavora se ne hai voglia, riposati se sei stanco, vai a donne, ubriacati. Fai quello che vuoi.» Fa una pausa. «E cerca di non preoccuparti.»

Troppo tardi. Adesso quella frase non serve. È solo un modo per scusarsi che mi suona falso e fuori luogo. E che fingo di non avere sentito.

«E tu?»

«Ti tengo d'occhio, giorno e notte. Anche se non te ne accorgi.»

«È così che funziona per le esche?»

«È così che funziona per te.» Mi strizza l'occhio. Mentre lo fa sembra sincero.

«Senti, ma quella telefonata?»

Fermo sul primo scalino si volta.

«Non ti sei stufato di essere troppo curioso?»

Sorrido e scuoto la testa.

«Hai presente Paola Vigliani? Forse abbiamo incastrato quel bastardo che l'ha uccisa.»

Il telefono squilla per la terza volta e Michele Ferrari si decide a rispondere.

Dall'altra parte c'è solo silenzio.

Resta fermo in cucina, con il cordless in mano. La tranquillità della casa gli sembra all'improvviso impossibile da sopportare.

«Pronto» dice per la quarta volta. Per un momento è sicuro che dall'altra parte qualcuno prenda fiato per rispondere. Poi la linea cade.

Sono tre giorni che va avanti così.

Non più di due o tre telefonate al giorno. E sempre quando resta solo in casa.

Si appoggia al muro. Dare le spalle alla stanza vuota gli fa paura.

Tenta di rallentare il cuore contandone i battiti, decelerando il conteggio nella speranza che il ritmo si adegui e che il respiro lo segua.

Resta lì meno di un minuto, un tempo che segue sulla lancetta dell'orologio a muro con la sensazione che il mondo si sia fermato, che da qualche parte qualcuno sia riuscito a trovare l'interruttore per interrompere la sua vita e lo abbia premuto con decisione e cattiveria.

Alla fine si avvicina al frigorifero e beve un sorso d'acqua, a collo dalla bottiglia di plastica. Rientrando in salotto si sente all'improvviso molto stanco. Ricominciare a lavorare anche solo mezza giornata non è stata una buona idea. Ma non aveva scelta.

Casa sua è una prigione. La gabbia in cui Mirella cerca di tenerlo chiuso, sorvegliando ogni cosa che fa e che pensa. Chissà se si è accorta che ieri sera, mentre la scopava, pensava al culo di Gioia. Al sorriso sottile e salato con cui lo guarda. Al modo in cui i muscoli delle cosce si tendono quando cammina. Chissà se se n'è accorta, lei che sembra vedere tutto, sentir tutto. Lei con i suoi segreti.

Lei che lo voleva morto.

Troia.

Si volta verso destra, alla ricerca di qualcosa. Poi si avvicina a un mobiletto di legno, nell'angolo. Sopra c'è un soprammobile di cristallo. Un gatto, la coda a punto esclamativo, i baffi come due stecchini.

Lo prende in mano e lo guarda.

È un regalo della madre di Mirella. Qualcosa di antico. Di famiglia.

Accarezza con la punta di un dito il profilo dell'animale. Assomiglia ai suoi pensieri. Così fragile, eppure apparentemente così solido.

«Vaffanculo» sussurra.

Molla la presa, lascia andare il gatto.

Per un attimo si china a fissare la sua immagine riflessa nei pezzi scomposti del cristallo. Poi si alza ed esce, lasciandolo lì per Mirella, quando torna.

Nell'atrio si ferma a controllare la posta. La bolletta del telefono, le offerte di un ipermercato, il volantino di un'agenzia investigativa.

Niente fronzoli, solo un pezzo di carta color paglia con il testo in nero. Caratteri semplici.

AGENZIA LUIGI PETRI.

Lo tiene fra le mani un istante. Poi, senza nemmeno sapere perché, prende il cellulare e chiama un taxi.

E quando la macchina arriva, l'indirizzo che pronuncia è quello scritto sul volantino.

«Buongiorno signorina, abbiamo fatto il bagno oggi?»

La bambina con le lentiggini riconosce la voce e si ferma. Sorride con tutto il viso. Qualcosa, dentro i suoi pensieri, la riempie di una gioia improvvisa e sfrenata.

Si alza sulle punte senza nemmeno accorgersene e risponde. Anche la voce sta sorridendo.

«Sì, Gerry. Lo sai che lo faccio tutti i giorni.»

Gerry è il bagnino della zona novantadue a Rimini. In realtà non è proprio un bagnino vero. È più un apprendista, uno che lavora lì durante la stagione per pagarsi gli studi in inverno. Ha ventitré anni, è terribilmente alto, moro e abbronzato.

E la bambina con le lentiggini pensa che quando sarà grande lo sposerà. Anche se sa che non è vero.

Passa la Francesca, quella dell'ombrellone in fondo. E Gerry se la mangia con gli occhi mentre lascia scivolare il suo sedere rotondo sulla passerella di cemento.

Guarderai anche me così.

«Devo andare a lavarmi i capelli, adesso. Se no si rovinano» dice e Gerry si volta. Sorride di nuovo e qualcosa le si scioglie dentro. «Domani è il mio compleanno, potresti farmi un regalo.»

«E quanti anni compie, questa bella bambina?»

«Tredici. Ormai non sono più una bambina.»

Gerry le fa una carezza sui capelli, scompigliandoli un po'. Lei finge di essere infastidita, ma vorrebbe che quel gesto non finisse mai.

«Vedrò se è il caso di farti un regalo. Mi farò dire da tua mamma se te lo sei meritato.»

«Uffa, cosa c'entra mia mamma?»

Gira le spalle di scatto, in un gesto che vorrebbe sembrare stizzito e che invece è soltanto buffo. Chissà se lui la sta guardando. Vorrebbe avere gli occhi anche sulla schiena, per controllare se il peso dello sguardo che si sente addosso è reale o solo una fantasia.

Ci sta pensando, mentre in fila davanti alle docce aspetta che una signora tedesca finisca di costringere sotto l'acqua un bambino tanto magro quanto dispettoso.

Non sopporta i bambini piccoli quando fanno così. Per fortuna che sua mamma non ha mai pensato a un fratellino. Prende un lungo respiro e si passa le mani fra i capelli. Solo la punta delle dita, lisciandoli e allungandoli oltre le spalle.

Non sa, mentre dilata il gesto per un tempo che sembra lunghissimo, che, una trentina di metri alla sua destra, la posizione delle dita, l'espressione del viso, l'abbronzatura dorata e lucida che la vacanza le ha appoggiato sulla pelle, stanno per essere fissate in una fotografia dietro al teleobiettivo di una macchina digitale.

E che l'immagine in cui i suoi occhi sembrano così luminosi non è l'unica che qualcuno le ha rubato da quando qualche ora fa è arrivata in spiaggia.

L'agenzia investigativa è all'ultimo piano di un palazzo del centro. Ci si arriva salendo con un ascensore di metallo, fino a un atrio che sa di disinfettante e aria condizionata.

Non c'è ingresso. L'ufficio occupa tutto l'ultimo piano.

Michele Ferrari si avvicina al bancone della reception, intercettando gli occhi della ragazza che non ha smesso di guardarlo un istante, da quando è saltato fuori dall'ascensore come un profugo in una terra che crede ostile.

«Ha un appuntamento?»

La segretaria ha la voce dura. Tiene la punta del mento sollevata, come le indossatrici. E lo fissa.

«No, ma vorrei parlare con il titolare.»

Fa una pausa. Per qualche motivo che non capisce si sente terribilmente imbarazzato. E scoprirlo lì, davanti a quella tizia che lo studia come una professoressa stronza che ha deciso di bocciarti, non lo aiuta a trovare le parole giuste.

«È una cosa molto importante... urgente» dice alla fine. Quello che gli è uscito di bocca non assomiglia a nessuno dei pensieri che gli affollano la mente.

La segretaria resta in silenzio. Sembra appesa sull'orlo di una decisione difficile. Si sforza di reggere il suo sguardo, finché finalmente gli chiede come si chiama.

«Michele Ferrari» risponde, lasciando da parte come sempre il titolo di studio. Il suo nome, fra quelle pareti asettiche che sembrano un ambulatorio, ha un suono strano e terribilmente sbagliato.

Basta però perché lei gli tolga gli occhi di dosso e si dedichi al telefono. Due gesti secchi. Solleva la cornetta e preme un tasto minuscolo, con una luce verde.

«C'è il signor Michele Ferrari che chiede di lei. Dice che è urgente» spiega. Poi ascolta qualcosa, riattacca. E incredibilmente gli regala un sorriso, indicando un punto alle sue spalle.

«Si accomodi pure.»

Bastano pochi metri percorsi senza pensare. Alla fine si ferma davanti alla porta socchiusa dell'ufficio. Consapevole che è l'ultima possibilità che ha di scegliere veramente qualcosa.

Quando finalmente entra, quello che si trova davanti è completamente diverso da come se lo aspettava.

«Il dottor Ferrari, immagino.»

Dentro c'è una donna. È oltre la grande scrivania di legno massiccio e guarda fuori dalla finestra la cappa di umidità e smog che avvolge Bologna d'estate.

«Credo ci sia un errore» tenta di dire Michele e sente i suoi piedi voltarsi verso l'uscita.

«No, nessun errore, aspetti. Lei pensava di incontrare un uomo. Mio padre.»

Ora che la donna ha superato la scrivania e si avvicina, Michele si rende conto che sembra molto giovane. Forse nemmeno trentenne. Porta un paio di pantaloni e una camicia della stessa tonalità di nero. Un colore su cui i lunghi capelli biondi splendono come un regalo inaspettato. Così come gli occhi castani, sotto le lenti rettangolari degli occhiali da vista.

«Sono Raffaella Petri. Mio padre purtroppo non può essere qui. Gestisco io l'agenzia ora. Spero di poterle essere utile allo stesso modo.»

Gli allunga la mano. Il modo di fare è quello di una manager di successo. Eppure niente nella voce e nei gesti della ragazza sembra freddo, superiore o distante. Mentre ricambia la stretta e si siede dall'altra parte della scrivania, Michele è sicuro di essere nel posto giusto, davanti alla persona giusta, a fare finalmente qualcosa che serve a riprendere in mano la sua vita.

«Dunque, dottor Ferrari, Angelica mi ha detto che è urgente.»

Michele trattiene una risata.

«Si chiama Angelica?»

«Sì. Se la conoscesse meglio si renderebbe conto che il nome è meno inappropriato di quello che sembra. Però la capisco. D'altra parte lei si è presentato qui senza appuntamento e ha l'aria – me lo lasci dire – alquanto sconvolta.»

La voce di Michele si sovrappone all'ultima frase.

«Si tratta di mia moglie» dice. E le sue parole, dette in quel contesto, gli sembrano stupide e banali.

«Mi racconti pure. Non le spiace se prendo appunti, vero?»

Scuote la testa. Cerca di trovare un punto fermo da cui iniziare, qualcosa che tenga insieme tutti i particolari.

«All'inizio dell'anno ho avuto un incidente» comincia. «Sono stato in coma sei mesi. E da quando mi sono svegliato, non ricordo più la mia vita di prima.»

Sembra facile detto così. Sta tutto in qualche parola. Ma è solo l'inizio.

Il resto, quello che si sente uscire di bocca come se non aspettasse altro da chissà quanto tempo, è il tentativo di spiegare qualcosa che non si può spiegare. La speranza che dentro la testa tutti i particolari abbiano preso un ordine preciso e ora, ascoltandoli uscire incollati alle parole, possa scoprire qualcosa che ancora non sa.

Un dettaglio, il disegno nascosto dalla trama.

Ammesso che ci sia.

Quando si rende conto di aver detto tutto, abbandona sullo schienale tutto il peso del corpo.

Raffaella Petri solleva lo sguardo dalla moleskine. Per tutta la durata del racconto non ha mai parlato. Si è limitata a osservarlo, annuendo di tanto in tanto per seguire le parole e scrivendo poche frasi, con gesti leggeri e veloci che distoglievano i suoi occhi da Michele solo per brevi istanti.

«Qualcosa da bere, dottor Ferrari?»

Michele vorrebbe sorriderle, ma non ci riesce.

«Sì, dell'acqua se è possibile.»

Raffaella Petri si alza ed esce. Avrebbe potuto chiedere ad Angelica, ma non l'ha fatto. Vuole che Michele resti solo nello studio. Ad ascoltare l'eco delle sue parole prima di pronunciarne delle nuove.

Si alza e si avvicina alla finestra. Occupa tutta la parete in fondo.

Appoggia la fronte al vetro. Una goccia di sudore gelato gli scivola sulla tempia. La raccoglie con un dito e guarda fuori.

La strada, oltre il semaforo, sembra non finire mai. Cambia nome, si allunga, si stringe sotto le torri e perde la luce, aprendosi a raggiera, come le gambe di un ragno. Pietre dure e piccole incastrate una nell'altra a formare qualcosa di enorme. In cui ogni minimo dettaglio sembra avere un motivo, un ruolo preciso e determinato da rappresentare, un significato proprio che vada oltre il caso.

Il disegno dietro alla trama, appunto. Il motivo per cui si trova in quello studio a parlare con la ragazza appena rientrata, con un bicchiere di carta e una bottiglietta di minerale avvolta dalla condensa del frigorifero.

Michele la prende e beve a collo, un sorso rapido che gli accarezza la pelle con un brivido.

«Non resterà così ancora per molto, purtroppo.»

La guarda. Raffaella è in piedi di fianco a lui, gli occhi oltre la vetrata, nella stessa posizione in cui l'ha trovata quando è arrivato.

«Come dice?»

Sorride. L'espressione triste di una bambina silenziosa.

«Parlavo di Bologna. Mi piace la città d'estate. Era molto tempo che non ci tornavo. Ed è tutto esattamente come me lo ricordavo. Il silenzio delle strade piene di sole. Le piazze che sembrano enormi, l'odore dell'umidità, alla sera.» Fa un gesto circolare con la mano. Sembra sfiorare la strada deserta, attraversata soltanto dalla scia arancione di un autobus. «Tutto questo. Un paio di giorni e la gente tornerà dalle vacanze. E sarà finita lì.»

Michele non dice niente. A lui quel silenzio fa solo paura. Forse perché è proprio dal silenzio che è scappato fuori e adesso, quando lo sente, gli sembra di soffocare in un gigantesco mare di sabbia. Entra nei vestiti, negli occhi, nella bocca, nei pori della pelle. E non lo fa respirare.

Finisce l'acqua in un'unica sorsata e si siede di nuovo.

«Mi chiedevo cosa sia successo a suo padre» dice. E, dopo aver pronunciato la frase, vorrebbe che quelle parole non gli fossero mai uscite di bocca.

Raffaella Petri non sembra turbata. Si limita a sistemarsi gli occhiali sul viso.

«Mi scusi, non volevo essere invadente.»

Lo guarda. E per un attimo la malinconia le incrina la voce. Dura pochissimo, il tempo di iniziare la frase.

«No, non lo è stato. E la risposta è *non lo so*. Circa sei mesi fa doveva vedere una persona. Io non ero in Italia, allora. Vivevo negli Stati Uniti. Mi ha telefonato dopo quell'appuntamento. Ricordo che stava nevicando ed ero alla finestra, a guardare. Proprio come quando è entrato lei, poco fa. Mi ha detto che doveva prendere una decisione importante, ma non so su che cosa. E nemmeno perché. Però mi sembrava spaventato. E non era mai successo.»

Smette di parlare. Lo sguardo si fa sottile, dietro le lenti degli occhiali.

«È stata l'ultima volta che ho avuto sue notizie. È scomparso nel nulla dopo la telefonata.»

«Forse dovrebbe cercare l'ultima persona con cui si è incontrato. Quello dell'appuntamento.»

«L'ho fatto.»

«E cosa le ha detto?»

«Non lo so, ingegner Ferrari. La persona che ha incontrato mio padre, quel pomeriggio, è lei.»

I tabulati delle telefonate di Sara Parmeggiani sono alti quattro dita.

Quando Giovanni Marra è tornato dall'interrogatorio di Fabio Lamberti erano esattamente dove sono ora, disposti in ordine perfetto in un angolo della scrivania.

Li ha guardati uno per uno e tutto quello che ha ottenuto è stato di maledire la legge sulla privacy che li costringe a metri di scartoffie per impedire che le compagnie telefoniche mascherino con una fila di asterischi le ultime cifre dei numeri.

Sono gli ultimi dodici mesi della vita di quella ragazza, tutti i numeri che ha chiamato, tutti i numeri che l'hanno chiamata. Asterischi compresi. Ci vorrà un altro giorno per ottenerli puliti. La compagnia telefonica ha fatto finta di non capire il motivo della richiesta e c'è voluta la telefonata del magistrato per riuscire a farli ragionare.

In compenso, per scusarsi, gli hanno spedito tutto in cartaceo e in formato elettronico. Un gigantesco file di Excel che riproduce esattamente quell'enorme massa di carta. Ce l'ha lì, sul desktop.

Clicca due volte sull'icona. Poi prende i dati del primo mese, in cima ai tabulati.

Settembre 2003.

La fattura telefonica. I costi delle chiamate effettuate e la loro durata.

Il file di Excel. Scrolla la finestra fino in cima e copia una serie di righe, recuperando le chiamate in uscita. Li incolla a parte, in un file nuovo.

Poi sposta il mouse in fondo all'elenco.

Basta un istante perché salti fuori la somma di tutti quei minuti.
Solleva la mano dal mouse e la guarda.
Con un pennarello rosso fa un segno di fianco al totale corrispondente, sulla fattura cartacea.
Poi passa a ottobre. Altro mese, altro copia e incolla di dati. Altro segno.
E così novembre e dicembre e tutti quelli che passano fino ad arrivare al giorno della morte.
Dodici fatture, dodici segni con il pennarello accanto a dodici totali.
Quando ha cominciato quel lavoro di controllo l'idea era soltanto di impegnare la testa in una routine inutile e noiosa che gli impedisse di pensare a Paola Vigliani. All'interrogatorio dell'usuraio, alla logica che non riesce a trovare, nella semplicità con cui la storia si sta sciogliendo sotto i suoi occhi, un tassello alla volta, come le pedine del domino.
L'ultima, l'anemia mediterranea di Fabio Lamberti. Quella malattia genetica che sembra perfetta per mettere la parola fine su quanto è capitato in quella casa. Sul motivo per cui nascondere quel frammento del corpo della bambina.
Troppo facile, troppo veloce.
Ora però, con quei numeri davanti, non ha più bisogno di una scusa per concentrarsi su qualcos'altro.
Sfoglia di nuovo il file di Excel e ripete il lavoro da capo. Due volte. Il risultato è sempre lo stesso.
In molti mesi, la somma dei minuti di telefonate effettuate da Sara, quella che compare sulla fattura e che le hanno addebitato, è maggiore della somma delle singole telefonate.
Non può essere un errore. Solleva il telefono e chiama il dottor Terzi.
Parla subito, appena il magistrato gli risponde.
«Abbiamo un problema con i tabulati della Parmeggiani. Nell'elenco delle chiamate mancano dei numeri.»

«Mio padre l'ha incontrata alle sei del pomeriggio del 12 febbraio scorso» dice Raffaella Petri e Michele si stringe nella sedia.

Improvvisamente tutto è troppo grande, enorme. E la sua vita sembra una dimensione parallela che qualcuno che non conosce ha percorso al posto suo.

«Come fa a esserne sicura?»

Lei non risponde subito. Si alza in piedi, percorre lentamente lo spazio fra la poltrona e il lato opposto della scrivania e si siede sul bordo.

«Lasci che le racconti una storia» dice. «Tocca a me, non crede?»

Michele annuisce. Non c'è spazio per le parole. Non c'è spazio per niente in questo momento. Lo strano silenzio che precede il distacco di una valanga.

«Mio padre è scomparso nel nulla in un momento imprecisato fra le venti del 12 febbraio e le dieci del mattino di lunedì 14. Dopo aver parlato con lei è tornato a casa. È da lì che mi ha chiamato, per questo lo so. Erano le otto e qualche minuto. Ricordo che mi stavo preparando il pranzo e mi ero incantata a guardare fuori dalla finestra la neve che cominciava a scendere. New York è strana con la neve. Quando comincia a cadere sembra non smettere più. All'improvviso tutto diventa silenzioso, immobile. Troppo calmo.»

Per un attimo smette di parlare. Davanti a lei non c'è Michele, ma quella finestra. Poi ricomincia.

«Mio padre era una persona estremamente fredda, distante. Uno di quelli che sembrano indifferenti a tutto, dal dolore alla paura, alla felicità. Le dico questo perché in fondo credo che lei non si ricordi davvero quello che è successo. Ed è importante che capisca com'era. Importante per quello che le sto raccontando.»

«Come fa a sapere che è sparito fra quella telefonata e le dieci del lunedì dopo?»

La frase gli scappa dalle labbra senza intenzione. Un riflesso automatico della mente, il bisogno di sapere e di capire che prende il comando delle operazioni.

«Alle dieci del mattino di lunedì aveva appuntamento con l'idraulico. Si era rotto il tubo di un lavandino. Quando l'operaio ha suonato a casa sua, non gli ha aperto nessuno. E mio padre non saltava mai un appuntamento. Se era costretto a tardare, anche solo di dieci minuti, avvertiva. E non tollerava che gli altri non facessero altrettanto.»

Fa una pausa. Si sistema con lentezza una ciocca di capelli. Sembra che anche lei stia raccontando una storia che tiene dentro da troppo tempo. E adesso che finalmente è arrivato il momento di tirarla fuori, bisogna che tutto sia esattamente come se l'è immaginato. Ogni particolare, ogni frase, ogni dettaglio.

«Però il problema non è solo quell'appuntamento, dottor Ferrari.»

Dottore. Avrebbe dovuto capirlo subito, forse. Si è presentato alla segretaria senza nessun titolo. Eppure Raffaella Petri l'ha chiamato da subito così. Dottor Ferrari. Stringe forte i braccioli della poltrona.

«Le telefonate mute. Era lei, vero?»

La ragazza accenna un sorriso. Solleva una mano. Le dita curate, le unghie lunghe, perfette, smaltate.

«Mi faccia finire.»

Michele tace. Con uno sforzo enorme costringe il corpo a riadattarsi alla poltrona. Il sorriso di Raffaella si spegne lentamente, prima di ricominciare a parlare.

«Non so se ho capito subito che c'era qualcosa che non andava. Forse solo alla fine della telefonata. Di solito non parlava mai del suo lavoro. Era solo *lavoro*, appunto. Adorava farlo, riempiva tutta la sua vita, ma faceva in modo che non fosse anche la ragione della mia. Quella volta invece è stato diverso.

"C'è qualcosa che non capisco" mi ha detto. "Eppure dev'essere semplice. E, quando lo capirò, devo prendere una decisione importante." Gli ho chiesto che cosa riguardasse, ma sapevo che era una domanda inutile. Non mi avrebbe mai risposto. Ho sentito la sua voce distendersi e ha cambiato discorso. Ecco, forse avrei dovuto accorgermene lì. Quando l'ho sentito cambiare tono. È stata la differenza che mi ha colpito. Dopo, era mio padre come l'avevo sempre conosciuto. Prima no.

Solo una volta avevo sentito la sua voce così. Il giorno del funerale di mia madre. Era in salotto, ascoltava Chet Baker. E mi aveva mandato a dormire come se fossi ancora una bambina. Avevo sedici anni e ricordo che dalla porta della mia camera sono rimasta per un'ora a origliare seduta per terra. Ad ascoltarlo singhiozzare in salotto mentre le mie lacrime scendevano dietro a quella porta. L'abbiamo pianta solo così, la mamma. Ognuno da solo, come se il dolore non si potesse mescolare, come se non fosse lo stesso. Sono partita per New York esattamente un anno dopo e non sono più tornata indietro. Per due anni non ci siamo quasi mai parlati.»

Si alza e ritorna oltre la scrivania. Resta un attimo girata verso la finestra, prima di sedersi. Michele la immagina stringere gli occhi per impedire a una lacrima di scendere.

Quando si volta sta sorridendo, come se quel breve momento fosse servito per tirare fuori da un cassetto una maschera e appiccicarsela sul viso.

«Non l'ho sentito più, gliel'ho detto. Il lunedì successivo ho ricevuto una telefonata di Angelica. L'idraulico aveva il numero dell'agenzia e ha provato a cercare mio padre. Poi ha cominciato a cercarlo lei. E alla fine è toccato alla polizia. Quando sono entrati in casa hanno trovato tutto al suo posto. Nessun segno di scasso alla porta, nessun segno di lotta, di effrazione, nessun furto. Come se fosse uscito senza tornare più.»

«E la spiegazione non la convince.»

«Ovviamente no. Dopo due giorni ho preso un permesso dal lavoro e sono tornata in Italia. Mancavo da diciassette anni. Quando sono entrata in casa sua, mi sono sentita tornare indietro di colpo alla mia adolescenza. Gliel'ho detto, non c'era niente fuori posto. Il frigo pieno, i vestiti appena ritirati dalla lavanderia, ancora dentro il cellophane. Un cd di Miles Davis nello stereo, un bicchiere sul lavello. Un uomo come mio padre non se ne sarebbe mai andato così.

Ho fatto denuncia di scomparsa, ma non ci sono prove che sia successo qualcosa. Niente di niente. Poi ho parlato con Angelica. Siamo cresciute insieme. È la figlia di un vecchio socio di mio padre che si è ritirato tanti anni fa, per una malattia. Parlando con lei ho scoperto che in realtà mio padre non teneva nessun archivio del suo lavoro in agenzia. Solo un'agenda nera che si portava sempre dietro, in una borsa di pelle scura. Niente indirizzi, niente schedario, niente computer. Niente di niente. Solo agenda e borsa. Come immaginerà, non le abbiamo mai trovate.»

«E io?»

«Lei è stata la prima persona che sono venuta a cercare. L'unica cosa rimasta del lavoro di mio padre erano gli appuntamenti. Li teneva Angelica, chiaramente. Nomi, niente di più. A Bologna ci sono solo cinque Michele Ferrari. Ingegneri siete solo in due. Lei è stato il primo che ho cercato. E ho capito subito che avevo fatto centro. Anche prima di scoprire il resto.»

Per la prima volta da quando Raffaella Petri ha cominciato a raccontare, Michele si solleva sulla poltrona. Il peso delle parole ha riempito tutto lo spazio che è disposto a sopportare.

«Quale resto? Cosa significa che ha fatto centro?»

Lei non risponde. Lo guarda con un'espressione strana, come se stesse cercando di capire fino a che punto può tirare la corda, fino a dove l'uomo che si trova davanti non ricorda davvero quello che gli è successo.

«Due giorni dopo aver scoperto che lei era uscito dal coma, ho trovato una cosa nell'appartamento di mio padre. Era in bagno, dietro all'armadietto dei medicinali. Si è staccata una vite e ho visto saltare fuori il lembo di una busta. Quando l'ho aperta non ho capito molto. C'erano solo delle foto e dei biglietti del treno. Varie destinazioni. Milano, Roma, Firenze, Venezia. Niente di più. È stato prendendo informazioni su di lei, che ho scoperto che in alcune di quelle foto c'era sua moglie.»

Per un attimo a Michele manca il respiro. La luce che entra dalla finestra diventa all'improvviso troppo forte. Gli spezza lo sguardo in tanti piccoli puntini colorati che portano via la sua testa in uno strano movimento circolare, come se all'improvviso all'altezza della nuca si fosse creato un vuoto senza fine che la gravità deve in qualche modo compensare.

Si lascia andare a occhi chiusi contro la poltrona e tutto torna a posto, di colpo, lasciando soltanto un senso di nausea all'altezza dello sterno.

«Mia moglie» sussurra.

Raffaella Petri si alza di nuovo. Si ferma accanto alla scrivania. Questa volta non ha nessuna intenzione di aspettare che si riprenda. L'urgenza del racconto è troppa. L'attesa che ha alle spalle, il bisogno di trovare una spiegazione, sono più importanti di tutto. Anche del viso sconvolto di Michele.

«All'inizio credevo che lei avesse chiesto l'aiuto di mio padre per capire se sua moglie la tradiva. In parte ne sono ancora convinta, dato il racconto che mi ha fatto oggi. Del blog di sua moglie non sapevo nulla, ma non dubiti che sarà la prima cosa che leggerò non appena lei sarà uscito da qui. Comunque – le dicevo – ho pensato che avesse assunto mio padre. Da qui le foto di sua moglie. Non saprei dirle esattamente dove si trova. È sempre sola. Tranne in una, ma l'uomo che le cammina a fianco potrebbe benissimo essere un passante.»

«Alberto» la interrompe Michele. E apre gli occhi.

«Lo conosce?»

«Me lo descriva, per favore.»

«Moro, per quel po' che si vede. Vestito di nero. Fisico massiccio. Sembra di carnagione scura.»

«Alberto» ripete di nuovo.

Raffaella fa due passi e si mette davanti a lui, sul bordo della scrivania.

«Chi è Alberto?»

«Non lo so.»

«Dottor Ferrari, chi è Alberto?»

«Non lo so!»

«Dottor...»

Michele scatta in piedi. Sente il suo corpo muoversi prima ancora di capire che lo sta facendo. Prende Raffaella Petri per le spalle. La scuote. Il suo profumo sul viso, il morbido dello shampoo che gli riempie il respiro.

«Come glielo devo dire, non lo so! Non lo so! NON LO SO!»

Angelica entra nella stanza poco prima che Michele finisca la frase.

Raffaella la guarda e scuote piano la testa. La morsa di Michele si allenta, le mani scivolano sui vestiti della ragazza.

«Non so più un cazzo» sussurra, gli occhi incollati al pavimento, improvvisamente troppo pesanti.

Raffaella gli accarezza una mano.

«Tutto a posto, Angelica, portaci un po' d'acqua per favore.»

La ragazza resta un attimo sulla soglia, poi sparisce senza chiudere la porta.

«Mi dispiace, Raffaella. Mi dispiace. Non volevo far...»

Lo interrompe subito.

«Non importa, dottor Ferrari. Lasci stare.»

«Tenga.»

La voce di Angelica alla sua destra. Ancora più dura del solito. Una bottiglietta, alla periferia del campo visivo. Michele beve tutto in un sorso. Un fiume di piccole gocce gli scivola dal mento sulla camicia.

Sente dei passi che si allontanano, la porta che si chiude. Prima, un gesto di Raffaella, indecifrabile. È seduta sulla scrivania, davanti a lui. Quando rialza lo sguardo si è tolta gli occhiali e sta sistemandosi i capelli.

«Alberto è l'uomo di cui Mirella parla nel blog» dice, mentre lei sta pulendo le lenti con un panno. «Non credo di averlo mai visto, ma l'ho sempre immaginato così. Moro, carnagione olivastra, vestito scuro, con una bella macchina. Dopo quello che mi ha raccontato non so più cosa pensare. Forse quelle foto le ho viste anch'io. Per questo me lo immagino così.»

Raffaella Petri tira un lungo sospiro. L'aria che le scende nei polmoni sembra sporca. Accenna un colpo di tosse, ma finisce subito. Michele la guarda, senza avere il coraggio di scusarsi di nuovo.

«Sì, è probabile che mio padre le abbia fatto vedere quelle foto. Però, dottor Ferrari, il problema è un altro. Se lei ha assunto mio padre per scoprire se sua moglie la tradiva, allora perché ha seguito anche lei?»

«Scusi, ma non capisco.»

«In alcune di quelle foto c'è anche lei, dottor Ferrari. Fuori dal suo ufficio, mentre sta salendo in macchina, all'uscita di un negozio di articoli per la casa, con qualcosa che sembra un vaso blu, di vetro di Murano. Perché mio padre la seguiva?»

Michele non risponde. Si sente un cassetto svuotato da una banda di ladri senza riguardo.

«E soprattutto, se il suo era solo un caso di infedeltà coniugale, perché mio padre ha nascosto le foto in quella busta e perché era così spaventato dopo averla vista? Capisce che tutto questo non torna?»

Michele annuisce. E per un attimo è sul punto di raccontare a Raffaella di quel cd. Del pacchetto anonimo recapitato a Gioia, di quello che c'è dentro. È l'unica cosa che non le ha detto prima. L'unica che si è tenuto per sé e che improvvisamente acquista un'importanza che non capisce. Eppure non dice niente. C'è un'altra domanda che gli rimbalza in testa.

La più urgente, la più importante.

«Cosa sa del mio incidente?»

Raffaella si schiarisce la voce.

«È successo più o meno all'una di notte.»

Michele la interrompe subito.

«All'una?»

«Sì, perché?»

«A me hanno detto le undici.»

«No, circa all'una. I verbali della polizia sono piuttosto chiari. La chiamata del proprietario della casa è arrivata più o meno a quell'ora. Non ci sono dubbi.»

Michele fa un gesto con la mano. La testa comincia a fargli male.

«Vada avanti.»

«Per qualche motivo che non si capisce, lei è finito dentro la cancellata di una villa. Tre operazioni chirurgiche. È stato in coma sei mesi, giorno più giorno meno.»

«Non mi sembrano grosse novità.»

Raffaella lo ignora.

«Amnesia per quanto riguarda l'incidente e un lungo periodo della sua vita. Sembra che sia più frequente di quello che si crede in casi come il suo. Di solito passa con il tempo. In certi casi non si risolve mai.»

«Perché sono finito contro quella cancellata?»

«È una bella domanda. Soprattutto perché è lei a farla a me. La macchina non è stata manomessa. L'ipotesi più probabile è che lei si sia addormentato o che la macchina sia slittata su un punto ghiacciato. Stava nevicando e lei non andava piano. Certo bisognerebbe sapere dov'era diretto, a quell'ora, in direzione opposta a casa sua.»

Michele la guarda, aspettando che sia lei a dirglielo.

«Non ricordo niente di quella sera. Solo il sogno.»

«Quale sogno?»

«È sempre diverso, però è sempre uguale. Alla fine mi ritrovo dentro la macchina, incastrato in mezzo alle lamiere. Prima c'è solo un'enorme sensazione di pericolo da cui non posso scappare. Qualche cosa di gigantesco che deve succedere e a cui non tento di oppormi, se non alla fine. Ma non so cos'è. E c'è dell'altro. Una voce. Sono in macchina, praticamente incosciente, e la sento che mi dice una frase. Sempre la stessa. *Non farmi male*. Non so chi sia, non lo vedo mai. Non so nemmeno se sia un uomo o una donna, dalla voce non lo capisco. Però è così che dice.»

«Non farmi male» ripete piano Raffaella. «È una cosa che direbbe una persona anziana. O un bambino.»

Michele scuote lentamente la testa. Quella voce non ha appartenenza. Solo paura.

«Non lo so. Non riesco a capire, davvero.»

«E lei cosa sa del suo incidente? Intendo, *dopo*, che cosa ha scoperto?»

«Quello che le ho detto. Che mia moglie non era lì, quella sera. Che è arrivata solo il mattino dopo.»

«Verso le dieci per esattezza. La gente parla se sai come convincerla. Appena ho scoperto quello che le era successo, ho cercato di mettere insieme i pezzi. Ho avuto tempo per farlo, tutta la durata del suo coma. Ho indagato su di lei, sul suo lavoro, la sua famiglia.»

«Cos'ha fatto?»

«Sì, ha capito bene. So tutto della sua vita. L'università, psichiatria, che sua moglie non ha mai finito. I sei mesi che avete passato in Kosovo, dopo i bombardamenti Nato, a ricostruire le infrastrutture. Il ritorno a Bologna, l'azienda di videogiochi per cui lavora, il lavoro di sua moglie in tribunale. L'ho seguita, l'ho fotografata. Dentro e fuori da quell'ospedale per mesi e mesi, senza che succedesse niente. Senza saltare un giorno. Senza che incontrasse nessuno, da nessuna parte. Quando finalmente lei è uscito dal coma, ho sperato che potesse ricordare quello che era successo, almeno una parte. Ho provato a spaventarla, con quelle telefonate. Dicono che la paura serva, come controtrauma. Poi le ho lasciato quel volantino e lei è venuto da me, forse inseguendo un ricordo che non sapeva nemmeno di avere.

E da quando ho ascoltato la sua storia ho cominciato a pensare che in realtà non ci sia molto da scoprire. Ha incontrato mio padre e gli ha detto qualcosa che l'ha messo in guardia, in qualche modo. Poi mio padre è tornato a casa ed è sparito. Lei invece è uscito di casa a un'ora assurda della notte e si è schiantato con tro quella palizzata. Non può essere una coincidenza, le pare?»

«È stata Mirella.»

«Sua moglie, già. Sospetta di sua moglie, l'ho capito. Ha la sensazione che sua moglie le nasconda qualcosa. Non c'era quando lei ha avuto l'incidente. E non è venuta nemmeno all'ospedale quella notte. Può essere che avesse davvero un amante. Ma a meno che non sia riuscita a fregarmi con grande abilità, le posso assicurare che da quando lei ha avuto l'incidente non ha incontrato nessuno. Può essere che un uomo ci sia stato però e che mio padre l'abbia scoperto e le abbia mostrato delle prove. Può essere che in fondo, mentre cercava di capire se sua moglie la tradiva, si sia imbattuto in qualcos'altro. Qualcosa che riguarda lei, dottore, non sua moglie. Qualcosa che lo ha messo sulla difensiva. Oppure può essere che tutto sia molto più semplice.»

«Dica chiaramente cos'ha in testa, per favore.»

«Vuole sapere cos'ho pensato appena ho saputo del suo incidente? Che lei stesse scappando da qualche parte, dopo aver fatto sparire il cadavere di mio padre. Magari a regolare i conti con sua moglie.»

«Sta dicendo...»

«...che anche se non se lo ricorda, potrebbe essere un assassino, dottor Ferrari. Lei o chiunque sia stato nella sua vita passata.»

Roberta beve un sorso di margarita e attacca la ciotola delle arachidi con una voracità inaspettata.

«Ehi, lasciane qualcuna. Così, almeno per bellezza!»

Ride e quasi si strozza, tossendo con gli occhi socchiusi e una mano davanti alla bocca che le copre tutto il viso. Questo aperitivo improvvisato a cui l'ho invitata nemmeno un'ora fa sembra soltanto un prolungamento delle nostre telefonate notturne. La sua voce è morbida allo stesso modo. Così come la sensazione di tranquillità che mi sfiora la nuca e le spalle ogni volta che la sento.

Allungo la mano verso la ciotola e le mie dita sfiorano le sue. È il primo contatto fisico che abbiamo dopo che alla cena di Andrea mi ha rovesciato addosso quel bicchiere di vino. Sentire la sua pelle contro la mia rallenta il gesto con cui porto le dita alla bocca.

«Come sta Lisa?»

Il suo sguardo emerge da dietro il bicchiere. Ho la sensazione che allunghi il contatto delle labbra con il vetro, per ritardare la risposta.

«È con una mia amica. Stasera è a cena da noi e le ho chiesto se poteva venire un po' prima. Sta bene con lei. Abbastanza.»

«Abbastanza?»

Si stringe nelle spalle e sembra di colpo più magra. Lo sguardo si fa lontano, come se da qui potesse controllare cosa sta facendo sua figlia.

«Non posso pretendere di più. Non credo di poterlo fare, almeno. È troppo presto.»

La lascio in silenzio, ad ascoltare i suoi pensieri.

Bevo un sorso di mojito e rimango a guardare i riflessi della sera nel ghiaccio del bicchiere.

«Troppo presto per cosa?»

Alza gli occhi all'improvviso, come se un rumore troppo forte l'avesse svegliata.

«Troppo presto perché tutto torni... come dovrebbe essere.»

Ancora silenzio. Succede sempre, ogni volta che parla di sua figlia.

Si morde il labbro e mi guarda. Cerco di immaginare cosa possa esserci dietro quel dolore lontano che le graffia i pensieri, che le spegne la voce e i gesti. Resto lì, a sfiorarle lo sguardo in silenzio, un dito che gioca con l'orlo del bicchiere, l'odore della menta che ogni tanto riempie l'aria, per un istante brevissimo.

Poi la ascolto prendere un lungo respiro, come all'inizio di un'apnea.

«C'è stato un incidente» dice. Le parole le escono di bocca in fretta, sembra aver paura di non saper finire la frase.

Cerco di dire qualcosa, ma Roberta solleva una mano, fermando ogni mia parola prima che diventi reale.

«C'è stato un incidente, a febbraio. Il 12. È successo allora.»

Si ferma di nuovo. Si bagna appena le labbra con il margarita, cercando il coraggio di andare avanti.

«Se non vuoi... davvero. Non importa.»

Appoggia il bicchiere con un gesto duro. Le parole diventano un sussurro feroce.

«A qualcuno lo devo dire, Nicola. Altrimenti finisco per marcire da dentro, come i fiori senz'acqua. Mi capisci? Riesci a capire? Mi vuoi aiutare?»

Annuisco. Lei accenna un sorriso. Beve ancora, sempre pochissimo. Questa volta non rimette nemmeno il bicchiere sul tavolo. Lo tiene a mezza altezza, con tutte e due le mani.

«Era un giorno come un altro. Faceva un gran freddo a febbraio, ti ricordi? L'ho portata a scuola. Lo facevo tutte le mattine. Andavamo in macchina e poi stavo lì, ad aspettare che lei entrasse nel portone.»

Avvicina le labbra al bicchiere, ma lo allontana subito. Non beve. Mi guarda.

«Mi dava un bacio. Oppure diceva una cazzata. Sai come sono a quell'età. Una cazzata qualunque.»

Abbassa gli occhi sul margarita. I suoi pensieri mescolati al liquido chiaro, all'acido del limone, al sale. La sua voce si fa di nuovo piccola.

«Mi mancano quelle cazzate. Mi mancano tanto.»

Rialza lo sguardo, lentamente.

«Era in macchina con me, quella mattina» dice. E qualcosa di gelato si scarica sulla mia schiena. Penso al freddo della mattina di febbraio. A una manovra sbagliata, forse un pedone distratto, la strada gelata. Penso a Roberta che perde il controllo. «C'è stato un incidente» ha detto così. Lo vedo, l'incidente. Ma per poco. Il tempo che ci mette lei a ricominciare a parlare. E di nuovo non capisco più.

«L'ho lasciata davanti a scuola. Forse ho fatto una telefonata prima di ripartire. Forse no. Ma lei era già dentro, cazzo. Sono sicura che fosse già dentro. E io sono andata a lavorare. Lei tornava da sola. L'aspettavo a casa. Cercavo di essere sempre a casa quando tornava. Anche quel giorno. Era febbraio, te l'ho detto, vero? Solo che...»

Si ferma, abbassa gli occhi. Il respiro rallenta, come se avesse parlato troppo. Una corsa breve e veloce che l'ha lasciata senza fiato, proprio alla fine.

Appoggia il bicchiere. Alza la testa, piano. È lo sguardo a essere pesante, a voler rimanere attaccato a terra. Quello che c'è intorno fa troppo male perché lei possa guardarlo senza ferirsi.

«È successo dopo. Dopo la scuola. E io non ero lì.»

Solleva la testa di scatto, stringe gli occhi per deglutire un pensiero difficile da sopportare. Poi mi guarda con un mezzo sorriso sulle labbra. Un'espressione terribile e allo stesso tempo banale.

«Io non c'ero, capisci? E non me lo perdonerò mai. Non posso farlo. Cazzo, sono sua madre.»

Questa volta beve davvero. Un sorso lungo che non si ferma nemmeno un istante fra le sue labbra.

«Da quel giorno non ha più detto una parola. Con nessuno. Nemmeno con me.»

Alla fine della frase cerco i suoi occhi nel silenzio.

Vorrei che li sentisse dentro. Sussurrare a mezza voce una parola per sollevare il suo respiro. Avere il coraggio di allungare una mano e sfiorare le sue dita piccole, tese a cercare qualcosa vicino alla base del bicchiere.

Ma non ce l'ho.

Così le sue mani si spostano. Le scivolano lentamente in grembo, rami di un albero sconfitto da un temporale troppo forte.

Bevo un sorso di mojito.

C'è qualcosa che mi tiene lontano da tutto.

Qualcosa che si è rotto dentro e che non riesco a ricostruire, che mi allontana da quello che vorrei fare e mi blocca i pensieri, le parole e i gesti.

Forse non sono più capace di provare qualcosa per qualcuno.

Forse non ho mai provato niente per nessuno, tranne che per me stesso.

Guardando Roberta, il suo sguardo, il suo dolore, la sua paura, mi sento come dietro a un vetro che mi permette soltanto di aspettare che succeda qualcosa.

Anche che lei ricominci a parlare.

«Domani volevo portarla a Riccione. Qualche giorno. Lo so che non è proprio il momento giusto, con il controesodo e tutto il casino che ci sarà. Ma ho pensato che fosse una buona idea. C'è una mia amica che parte per il Costarica. Ci lascia la casa tutti gli anni.»

Mi guarda di nuovo. Occhi scuri che si piantano nei pensieri.

«Mi piacerebbe venire con voi» dico. E nel momento in cui lo faccio penso che mi sia uscita una cazzata. Lei solleva le sopracciglia e beve l'ultimo sorso del suo aperitivo. Appoggia il bicchiere, i miei occhi incollati alla sua mano.

«Perché?»

Alzo lo sguardo. Si sta mordendo l'angolo di un labbro. Appena, come se lo accarezzasse con i denti. Sembra una bambina.

«Non lo so perché, Roberta.»

All'improvviso si fa seria. Annuisce, come se dalla mia risposta avesse capito qualcosa di molto importante.

Si alza in piedi.
«Devo andare, la mia amica mi aspetta.»
«Sì, certo.»
Resta ferma a venti centimetri da me. Aspetta. Ma non faccio niente, abbozzo solo un sorriso impacciato e una frase di circostanza, soffiata fuori a mezza voce.
«Ciao, allora.»
«Chiamami dopo. Se ne hai voglia.»
Si volta e se ne va, all'improvviso.
La seguo con lo sguardo, mentre si allontana.
Almeno per un po'.

Seduta sul divano su cui ha passato l'infanzia, Raffaella Petri si sente davvero cresciuta. Scoprire quanto spazio occupa il suo corpo su quel sofà è la prova che gli anni sono passati in un modo terribilmente rapido, un temporale che spazza l'aria di fine settembre e si porta via l'estate.
Allunga le gambe nude e sente i muscoli distendersi, la colonna vertebrale scricchiolare. Lascia andare la testa all'indietro e chiude gli occhi.
Dallo stereo arriva la voce di George Michael.
«Holds me in the dead of night.
Takes away that fear that I carried forever.»
La prima volta che ha sentito *American Angel* ha pensato subito a suo padre. Anche se la canzone parla di tutt'altro. Anche se l'angelo del testo non assomiglia all'uomo che ha lasciato solo in quella casa tanto tempo fa. Eppure è un pensiero che non può fare a meno di ascoltare.
Gli occhi chiusi, le labbra che sanno di burro cacao, canta sussurrando quei versi che tornano due volte nella canzone. Forse lui avrebbe saputo cacciar via la paura che si porta sempre dietro.
Se solo lei glielo avesse chiesto.
Quando la musica finisce riapre gli occhi.
Fuori è notte. Prende il telecomando dello stereo e preme due volte lo stesso tasto. Altra musica, altra voce, altre sensazioni.

Qualcosa che non porti con sé gesti lasciati a metà, parole troncate che nessuno sarà mai in grado di finire.

Peter Gabriel, *Blood of Eden*. Lo ha anche conosciuto, una sera di pioggia, in un ristorante giapponese di New York. Un uomo di mezza età qualunque, vestito di grigio, con gli occhi più profondi che le sia mai capitato di vedere. Sono gli occhi che fanno le persone. Dagli occhi partono i gesti.

Vale anche per quella foto che non riesce a dimenticare, appoggiata a rovescio sul tavolino che sta di fronte al divano.

«Chi sei?» sussurra e la volta.

Una bambina, i capelli al vento, il sorriso spalancato e vivo come una notte d'estate.

È sotto a un portico, in un giorno di sole che le incolla l'ombra a un muro di mattoni rossi. Sopra, appena visibile nella fotografia, c'è un disegno strano. Una linea curva, forse. Sparisce immediatamente, sul bordo dell'inquadratura.

Raffaella prende la foto e l'avvicina al viso.

La prima volta che l'ha vista ha pensato a un errore. Quella bambina, in mezzo alle altre immagini, nella busta di suo padre. Mirella Ferrari, suo marito, l'uomo vestito di scuro.

E lei.

«Chi sei?» chiede di nuovo.

L'ha cercata per quasi sei mesi. Ha chiesto alla polizia, a un vecchio amico di suo padre, un commissario. Ma nessuno l'ha mai vista. Ha provato a girare per le strade, in quest'estate piena di pioggia e umidità spessa che ti appesantisce il respiro. Ha camminato per cercare sul muro quel segno. Qualcosa che potesse farle capire perché suo padre la teneva lì, mescolata ai frammenti di altre vite, in apparenza del tutto lontane e diverse.

Ma non ha trovato niente e oggi, in mezzo alle parole di Michele Ferrari, è stata sul punto di appendere quella foto davanti alla sua faccia, per vedere che effetto gli faceva.

Si è fermata un attimo prima. E, ora che ci pensa, non sa nemmeno perché. La appoggia sul tavolo. Resta a guardarla, sfiorata dalla luce gialla della lampada, l'unica della stanza.

Poi Peter Gabriel smette di cantare. Lo stereo si spegne. Raffaella si alza.

Volta di nuovo l'immagine sul dorso, per proteggerla.

E alla fine spegne la lampada e si infila a letto.

Chiudendo gli occhi nella penombra azzurra, vede di nuovo il sorriso di quella bambina.

Si muove, cambia colore, tono, sfumatura.

Finché si scioglie e cola sull'immagine, come il trucco di un pagliaccio cattivo che mostra il suo vero volto lasciandosi bagnare da un temporale.

Abbandono il cordless sul cuscino e mi butto sul letto.

Dopo una giornata di merda come questa ci mancava solo una telefonata. Il direttore della rivista a cui ho venduto le foto. Domani è a Bologna e vuole vedermi.

«Dobbiamo parlare di quello che mi hai mandato» ha detto. E il tono non faceva pensare a niente di buono.

Per un attimo ho avuto la tentazione di mandarlo a fare in culo. Mi costringe a pensare a cose a cui non voglio pensare. A vedere cose che non credo di essere ancora pronto a vedere.

«Ci vediamo all'una, al solito posto» ha concluso. E non ho risposto niente di quello che mi passava per la testa. Solo accettato la proposta con l'unico scopo di far finire la telefonata.

Quando ha riattaccato, sono rimasto per un po' con il cordless in mano, il pensiero di Roberta in testa.

Chiamami dopo. Se ti va.

Non sono più capace di far vedere agli altri quello che provo veramente, quello che sono. Non ci riesco più da molto tempo. Solo Giulia, per un momento, è riuscita a intravedere qualcosa che mi assomigliasse davvero. Solo a lei ho detto «ti amo» con l'assoluta urgenza con cui si dovrebbe dire sempre. Con la certezza che se lasci passare quel momento, dopo non ci saranno più parole.

Per un attimo, con gli occhi chiusi, rivedo il suo sorriso. Una strana smorfia trattenuta che le accendeva gli occhi, le illuminava la pelle.

La mia capacità di dare qualcosa a qualcuno assomiglia a un'emozione, ma ha il tocco gelido e distante di una bambola di porcellana.

Lo leggo negli occhi di Roberta ogni volta che mi guarda.

Per questo il cordless finisce sul cuscino.

Per questo il cellulare è spento, attaccato al caricabatteria.

Per questo infilo nello stereo un cd di Ani Di Franco e mi lascio andare sul letto.

Gli occhi chiusi. I pensieri fermi.

La borsa con la macchina fotografica nell'angolo, come una minaccia.

Mio padre l'ha incontrata alle sei del pomeriggio del 12 febbraio scorso.

Michele Ferrari apre gli occhi con quella frase di Raffaella Petri in testa.

L'ora riflessa sul soffitto segna le quattro e dieci, fuori sta per scoppiare un temporale e non ha dormito nemmeno un minuto.

Questa volta però non sono gli incubi a tenerlo sveglio. Non è quella voce che gli rimbalza in testa ogni notte – *Non farmi male* – e che non è capace di riconoscere. Non è il suo incidente, visto e rivisto in sogno migliaia di volte senza riuscire mai a ricordare esattamente com'è successo.

Questa volta è la realtà, caduta all'improvviso sui suoi giorni attraverso la voce di una ragazza che ha cercato di raccontargli la sua vita per come l'ha conosciuta – scardinata e strappata fuori dai rifiuti del tempo e della memoria – lasciandogli un mare di domande in cui cerca di stare a galla.

Mirella si muove nel sonno. Sussurra qualcosa, un gemito sottile, come un gatto. Non si volta a guardarla. Chiude gli occhi e cerca di ricordare com'è, di ricreare in testa il suo viso, quando l'ha conosciuta. Di capire quando tutto ha cominciato a rompersi.

E la prima cosa che gli viene in mente è il Kosovo.

Sono passati sei anni eppure sembra un'altra vita. Non se ne ricordava nemmeno, finché non l'ha sentita dalla voce di Raffaella. Erano partiti all'improvviso, senza pensarci troppo, stanchi del lavoro che stavano facendo e con l'idea di poter fare qualcosa di utile intascando un po' di soldi.

È tutto quello che si ricorda. Il resto è in mezzo a una nebbia da cui spuntano fuori pochi dettagli terribilmente nitidi.

Il volto di una donna con i suoi sette figli.

I soldati che sminano muovendosi lentamente, come mimi.

Un'alba vista salire dai campi bagnati di pioggia, mentre alla radio cantava Jackie De Shannon.

Mirella al campo della Croce Rossa e il suo sorriso stanco, alla sera, quando si addormentava. L'espressione che le restava sul volto fino alla mattina e che ormai faceva parte della pelle, dello sguardo.

Frammenti che messi insieme fanno una fotografia felice, un'immagine che scivola stridendo sulla sensazione che invece gli corre in testa.

Tutto quello che di sbagliato è piombato nella sua vita, fino all'incidente, alla sua testa confusa, ha avuto inizio là. In quella guerra finita e ancora calda attraverso la quale avevano camminato convinti di uscirne puliti.

"Non si può uscire puliti da un posto come quello" pensa. E per un attimo è convinto di averlo addirittura sussurrato. Forse quanto vedi e immagini è troppo forte perché non ti rimanga addosso cambiandoti per sempre. Una specie di virus che ti si attacca al respiro e che finisce per farti marcire dentro, un giorno dopo l'altro, mentre sei convinto di vivere semplicemente la tua vita.

Forse è davvero lì che è cominciato tutto. Con il primo cadavere che ha visto in vita sua. Un ragazzo di una ventina d'anni. Alto, i capelli chiari. La divisa dell'esercito serbo, il petto squarciato, una mano tesa verso destra e teso anche lo sguardo, a cercare qualcosa che non era arrivato o che era arrivato troppo tardi.

Non aveva provato pena per quel soldato. Guardandolo aveva solo pensato che voleva sopravvivere e non c'era riuscito. Come le donne stuprate in Kosovo, le bambine violentate, le madri incinte di figli costretti nelle loro pance da altri soldati. Vive, ma morte dentro. Di una morte peggiore, forse. Non aveva provato niente per quel soldato.

E così doveva essere. C'è un posto giusto e un posto sbagliato in cui stare. Ne era convinto, allora.

Adesso che gli viene in mente di nuovo, si ricorda invece di una frase che ha sentito da qualche parte. Una domanda che non sa chi gli ha fatto, ma che ora, nel suo letto, con il primo fulmine che centra la notte spalancando la stanza di luce, gli sembra terribilmente vera.

Cosa succede se quello che fai per sopravvivere uccide le cose che ami?

Cos'ha fatto lui per sopravvivere in tutti questi anni? Da quel soldato a questo letto. Che cosa è successo, cosa è diventato?

Un assassino, forse. Qualcuno come quel soldato o come il soldato che lo ha ucciso.

O forse peggio. Un uomo che ha ucciso non pensando che fosse giusto, ma solo per rabbia, per vendetta, per gelosia o per odio. Qualcuno che non riconosce, che non vuole essere. Ma che allo stesso tempo vuole scoprire fino all'ultimo pensiero.

Un altro tuono si scarica sulla collina e sua moglie si sveglia. A passi lenti e assonnati si muove verso la finestra e chiude i vetri.

È stata Mirella, ha detto a Raffaella Petri. E se lei gli avesse chiesto che cosa aveva fatto, lui le avrebbe risposto *tutto*.

Michele la guarda. Una forma indistinta nella penombra socchiusa della notte. Sente il suo odore, il morbido dei passi, il tepore della pelle che scivola di nuovo nel letto e si volta verso di lui.

L'uomo che forse ha tradito. L'uomo che secondo Raffaella ha invece accudito come un bambino incosciente per tutte le giornate della sua infermità.

L'uomo che potrebbe essere uscito di casa dopo aver ucciso qualcuno, solo per scovarla e vendicarsi del suo tradimento. Come un animale qualunque. Come uno dei soldati di quella guerra che ora sente di nuovo bruciargli nel petto.

«Dormi?» gli chiede, le labbra vicine, troppo.

Michele non risponde. Tiene gli occhi chiusi, il corpo immobile.

Poi un altro tuono. La pioggia, dura, grossa come i suoi pensieri. Picchia cattiva contro i vetri, cercando spazio per entrare.

Mirella si muove appena e di nuovo la stessa domanda, con lo stesso tono morbido e lento.

Non le risponderà.

Non vuole sentire la sua voce, mescolata a quella pioggia, alla sua vita e alla sua paura.

La voce di un uomo che arriva dal passato, in un presente sporco, a riprendere possesso di quello che era suo.

Venerdì 27 agosto 2004

«Finiremo per pentircene.»

«Mi dica perché, commissario.»

Giovanni Marra si appoggia al davanzale della finestra.

«Perché non è stato lui» risponde semplicemente e l'ufficio cade in uno strano silenzio.

Il questore Mario Lodoli lo guarda. Sono le otto del mattino e il caldo è già insopportabile. Davanti a lui, sulla scrivania, le carte relative a Fabio Lamberti. Nello stesso fascicolo ci sono le foto di Paola Vigliani. Lodoli le tiene sotto un foglio, come un segreto al riparo da occhi indiscreti. Per primi i suoi.

«Mi convinca, commissario.»

Giovanni fa un passo nella stanza. Da due ore Fabio Lamberti è in isolamento al carcere della Dozza.

Quando gli hanno comunicato l'accusa, si è alzato in piedi di scatto e ha lasciato andare un pugno sul tavolo, crepando il rivestimento di plastica e rompendosi una mano.

«Siete dei bastardi» ha urlato, poi si è chiuso in un silenzio assurdo che non hanno saputo spezzare in nessun modo. Ripensandoci adesso, Giovanni si chiede se la sua reazione sia stata solo l'inizio di quello che lo aspetta in carcere. Una lunga condanna in isolamento perenne, in un ambiente in cui l'unica pena possibile per il suo delitto è la morte. Una fine che forse, dopo tanti anni in compagnia solo di se stesso, chiunque finirebbe per preferire.

Davanti alla scrivania Marra incrocia le braccia al petto, i pugni chiusi nascosti sotto le ascelle.

«Lamberti è un puttaniere, non un assassino. Non ha bisogno di comprare una bambina di undici anni. Ha la fila fuori casa di adolescenti che vogliono infilarsi nel suo letto.»

«Ma ha l'anemia mediterranea.»

Giovanni annuisce lentamente.

«Lo so, sembra tutto perfetto. Lamberti stupra la bambina. La uccide senza volerlo. Si rende conto che può venire scoperto facendo una semplice ricerca su una banca dati. Però non sa come sbarazzarsi del corpo. Così lo seppellisce e fa sparire solo quel pezzo che manca. E tutto torna perfettamente.»

«Infatti.»

«Invece no. Chi ha pulito quella casa è uno abituato alla morte, a far sparire le sue tracce. Ad arrivare tranquillo e feroce e andarsene prima che la sua vittima si sia accorta di essere morta.» Fa una pausa. «Uno che non si terrebbe mai quelle foto in casa.»

Lodoli chiude la cartelletta. Una delle immagini di Paola Vigliani spunta dal bordo. Marra allunga una mano e la fa scivolare dentro. Senza fretta.

«Quante foto avete trovato in casa di Lamberti?» chiede il questore. E a Giovanni vengono in mente altre immagini, quelle che ha lasciato a Carta. Gli scatti di Aurelio Strazzari. Un altro morto che in un modo o nell'altro Lodoli vuol fare finire sulle spalle del Lamba, a chiudere un cerchio che sembra perfetto.

«Dove vuole arrivare?»

«Lo ricattava, commissario. E Lamberti lo ha ucciso.»

Giovanni ride.

«Non sappiamo nemmeno se in quelle foto ci sia anche lui! Fabio Lamberti non ha ucciso nessuno, dottor Lodoli. La pistola per cui gli hanno dato il porto d'armi non ha sparato nemmeno un colpo. E chi ha ucciso Strazzari lo ha fatto da venti centimetri, senza che potesse nemmeno difendersi. Gliel'ho detto. Finiremo per pentircene. Lamba è solo un'ombra, una copertina.»

Di nuovo in silenzio.

Si allunga in avanti e appoggia i pugni sulla scrivania.

«Ha presente le corse dei cani, questore? Per farli andare più veloci gli mettono davanti al naso una lepre finta. Un pupazzo elettronico. Gli corrono dietro per tutta la pista senza rendersi conto che non lo raggiungeranno mai. Senza capire che c'è qualcuno, da qualche parte, che ha spinto un pulsante e l'ha fatta partire. Al solo scopo di prenderli per il culo, di fargli fare una cosa che altrimenti forse non farebbero.»

Lodoli ha l'espressione amara e un po' sorpresa di un padre a cui un figlio ha appena fatto notare un errore evidente.

«La bambina l'ha uccisa lui. E ora conta solo questo.»

Giovanni Marra scuote la testa lentamente, come un vecchio albero sotto la pioggia.

«Non posso lasciarlo andare, commissario.»

«No, certo. Non può.»

«E allora?»

Solleva una mano, il pugno chiuso. Con un solo gesto distende l'indice e il medio.

«Due giorni.»

«Riparliamone lunedì mattina» risponde Lodoli.

Una pietra tombale su qualsiasi replica.

Giovanni esce. L'eco dei passi in corridoio gli richiama alla mente il pugno con cui Fabio Lamberti ha sigillato le sue parole. Il tonfo della mano enorme sulla plastica. La crepa che ha lasciato sul tavolo. Il rumore con cui si è accasciato di nuovo sulla sedia, come un sacco sgonfio.

Forse anche lui fa lo stesso rumore sconfitto quando si siede sul divano di casa, lo sguardo oltre la finestra. Quando resta solo con gli occhi di Marzia e la sua risata spunta fuori dai mobili, dalle tende, dal fruscio delle lenzuola in cui finisce per cercare riposo. Un corpo inerme, un burattino a cui un cantastorie distratto ha sfilato via la mano che gli regalava la vita.

Come Fabio Lamberti, il colpevole perfetto. Talmente perfetto che se ci pensa razionalmente non può non convincersi che sia andata davvero così. Fabio Lamberti ha ucciso Paola Vigliani.

E chissenefrega di chi ha fatto sparire il cadavere e di tutto quanto ci ha girato intorno. È semplice come un giorno d'estate.

Peccato che non riesca a crederci.

«Finiremo per pentircene» sussurra, scendendo le scale.

Fuori, il suo primo gesto è nascondere lo sguardo dietro gli occhiali da sole.

«Ha capito bene cosa deve fare, vero?»

La voce del Grigio è ferma. Ha appena ripetuto tutto quello che si aspetta senza alzare il tono nemmeno per un attimo.

«Era una delle eventualità che avevo previsto.»

«Allora proceda. Voglio che quelle foto saltino fuori. E alla svelta.»

«Non dubiti.»

Infila il telefonino in tasca. Le strade del centro sono umide e bollenti. Un piccione plana goffamente sul marciapiede e riparte, terrorizzato da un pedone.

Sorride. Ogni volta si chiede come sia possibile che un animale così goffo sappia volare. E, ogni volta, il pensiero successivo è che anche lui sembra qualcosa di completamente diverso da quello che è.

La realtà ha spesso due significati diversi. E a volte il più vero è quello che non sospetteresti mai.

Attraversa la strada e si infila nei vicoli del mercato. L'aria profuma di pioggia, di frutta, di spezie. Ha un sapore denso e pesante che ti avvolge il respiro e non ti molla più. Fuori da quell'ombra, in piazza Maggiore, tutto sembra diverso. La luce allarga la piazza, la fa sembrare enorme e lontana. Si infila sotto al portico e sbuca di nuovo sulla strada, di fianco a due grandi costruzioni di plexiglass che a quanto pare si chiamano Le Gocce. Ignora che cosa ci sia lì dentro, ma finge di interessarsi, avvicinandosi all'entrata.

Quello che cerca in realtà non è davanti a lui, ma qualche metro più avanti e più in alto.

Le finestre della saletta interna di un bar.

Ieri sera è salito fin lassù, al secondo piano. E mentre beveva una vodka ghiacciata, ha cercato di capire se ci fosse un'altra possibilità di uscita, oltre alla piccola porta da cui era entrato e a quella sul retro, dall'altra parte della piazza. Da dove si trova adesso riesce a tenerle sotto controllo tutte e due. E sono le uniche.

Guarda l'orologio. È ancora molto presto. Ma è abituato a curare ogni particolare, quando ha una missione da compiere.

È per questo che raramente gli capita di fallirne una.

Con un gesto istintivo, Michele Ferrari inserisce user e password nella maschera di autenticazione.

La schermata successiva mostra i vari livelli di accesso alla rete dell'azienda in cui lavora. La GDA Electronics è una società americana. Produce videogiochi di ultima generazione. La nuova frontiera del divertimento elettronico, più vera del reale.

Sono sbarcati in Italia circa tre anni fa.

Nella schermata che ha di fronte riesce a vedere l'andamento generale di tutta l'azienda, gli accessi al sistema di ogni dipendente autorizzato. L'ora, precisa al decimo di secondo. E tutte le azioni svolte dagli utenti.

Dal download di un modulo per la richiesta delle ferie, all'accesso remoto che la società concede ai negozi concessionari e a chi si è registrato nel suo sito web per avere "AI", il videogame più venduto nel mondo.

L'unico che permette ai giocatori di avere un personaggio che riproduce la sua fisionomia. Ne esistono cinque versioni differenti. Giochi completamente diversi che soddisfano ogni desiderio di tutte le fasce d'età. Dai bambini agli adulti.

Tramite l'accesso a una parte della rete aziendale, i negozi concessionari e gli utenti del sito possono inviare tre fotografie. Una di fronte e una di spalle, a figura intera. E un primo piano del viso.

Chi si occupa della commercializzazione del software recupera le immagini e le smista per la produzione. Se l'acquisto è effettuato via Internet, la scatola con il gioco arriva a casa, senza nessuna spesa di spedizione. E il protagonista sei tu che lo hai ordinato.

Un'idea semplice. Una rete informatica perfetta che Michele Ferrari conosce bene, almeno nella sua versione europea.

Quando l'ha progettata non pensava che avrebbe raggiunto quel livello di efficienza in così poco tempo. E con una bassissima percentuale di errori.

Uno è stato segnalato stamattina, da un negozio di Brescia. Un problema nell'inserimento di un ordine.

È per questo che, per la prima volta dopo l'incidente, Michele è entrato nella rete. La sua password è l'unica ad accesso totale. Nemmeno all'amministratore delegato è consentito vedere in un colpo solo tutto quanto il sistema.

Il potere sui dati è di chi li sa amministrare.

Cliccando due volte in un angolo dello schermo, lancia una procedura guidata chc mostra lo stato delle anomalie. L'errore è lì, bene in vista. Un processo rimasto appeso in coda di esecuzione. Probabilmente un'interruzione di rete.

Niente di più semplice da ripristinare.

Non sarebbe nemmeno compito suo. Ma l'idea di rimettere mano alla sua creatura è una tentazione a cui non sa resistere.

Bastano due movimenti del mouse, semplici come la sensazione di vita e di potere che gli dà sentirsi di nuovo operativo dopo tutto quel tempo passato al buio.

È vivo ed è ancora al suo posto. Quello che gli spetta.

Per un attimo, prima che il sistema gli confermi che l'operazione è andata a buon fine, riesce perfino a dimenticarsi della voce di Raffaella Petri, delle sue parole, della notte insonne che gli pesa sulle tempie come un coltello piantato nel cranio.

Poi Gioia entra nella stanza, tintinnio di tacchi sul pavimento, sorriso chiaro come la giornata d'estate che filtra attraverso i vetri spalancati. E la realtà precipita di nuovo.

«Ti ho portato il caffè» dice, ma Michele non risponde. Si limita a guardarla mentre si avvicina alla scrivania e deposita il bicchiere di carta accanto al mouse. Soltanto allora parla, alla fine di quel gesto. Una frase che ha in testa da stanotte e che non sapeva se avrebbe mai avuto il coraggio di pronunciare.

«Ho bisogno del tuo aiuto, Gioia. Ne ho bisogno per sapere chi sono.»

Lo Sceriffo si gratta il pizzetto. Ha la pelle e la barba impregnati di salsedine. Ogni tanto si passa la lingua sulle labbra, per sentire il sapore del mare. Tuffarsi, poco prima che il telefono squillasse, è stato il momento più bello della giornata.

«Raccontami.»

La voce di Varo Borja ha lo stesso tono di sempre. Eppure qualcosa non torna. Se ne accorge dalla lunghezza dei silenzi fra una frase e l'altra. È il massimo dell'incertezza che si concede.

«L'acquirente ha accettato.»

Varo Borja si guarda intorno. Il corridoio che porta al cortile interno è deserto. Sorveglia la porta in fondo, oltre la vetrata.

«Sei sul posto?»

«Sì, da ieri. Te l'avevo detto.»

«E come ti sembra il prodotto?»

Lo Sceriffo allunga una mano verso la macchina fotografica digitale. Accarezza l'obiettivo con un dito.

«Una qualità non comune.»

Ascolta il silenzio che segue la sua frase, alla ricerca di qualcosa. Un disturbo, un ronzio, un rumore qualunque che possa mettere Varo Borja in allarme. Invece è solo il nulla, con il solito suono monotono e piatto.

«Quanto?»

«Il doppio, più o meno.»

«Parliamo di venti?»

«Anche qualcosa in più.»

Varo Borja sta sorridendo. Conosce quell'espressione e riesce a sentirla anche al telefono. Come se l'avesse davanti agli occhi. Il respiro si allunga, poi si interrompe bruscamente.

«Gli hai detto che abbiamo tempi molto stretti?»

«Sì, certo.»

«Bene.»
«Per il resto tutto a posto?»
Varo Borja non risponde subito. Aspetta di identificare il rumore che ha sentito alle spalle, oltre l'uscita che porta al cortile. Qualcuno passa salutando.
«Tutto a posto, te l'ho già detto» dice, quando è sufficientemente lontano.
«Questa volta non...»
Non lo fa finire.
«Questa volta non ci sarà nessun problema. Fidati.»
Silenzio dall'altra parte. Una moto che passa sul lungomare.
Lo Sceriffo segue con lo sguardo una famiglia che carica i bagagli su una station wagon.
Le vacanze sono finite.
«No, nessun problema. Lo so.»
«Ti faccio sapere quando si può fare. Ne parlo con lo Slavo.»
«L'acquirente preferirebbe la prossima settimana.»
«Ne parlo con lo Slavo, ti ho detto. Stasera o domani ti richiamo.»
Dall'altra parte si sentono dei passi. Poi una voce, in lontananza.
«Devo andare.»
La linea cade.
Lo Sceriffo si sistema gli occhiali da sole e infila il cellulare nel marsupio. Un velo di sudore lucido gli accarezza il petto magro e abbronzato. Cerca di immaginarsi Varo Borja nella vita di tutti i giorni. Mentre fa la spesa al supermercato, mentre paga le bollette, al bar che beve un caffè.
Al lavoro.
Non sa niente della quotidianità di quella voce. Niente che non riguardi gli affari che fanno insieme. Non è riuscito a sapere niente nemmeno l'ultima volta, con tutto il casino che è successo.
Quello che conosce l'ha capito da solo.
Qualunque sia il lavoro che fa, è qualcosa che gli permette di tenere tutto sotto controllo. Di sapere ogni cosa prima degli altri.
E di farlo in silenzio.

Un predatore che si finge inoffensivo per cibarsi della tua carne.

Spegne il registratore collegato all'uscita audio del cellulare. Riporta la traccia digitale all'inizio e ascolta. La qualità è ottima. I rumori di fondo possono essere separati dalla voce e riportati in primo piano amplificati.

È un po' come frugare nella spazzatura. A essere capaci, si capisce sempre a chi è appartenuta. Ci vuole solo un po' di pazienza. La stessa che usa per sistemare il registratore nello zaino e mettere ordine ai pensieri.

Non è più tempo di improvvisare. Non è più tempo di fidarsi.

Ormai ha registrazioni sufficienti per farsi un'idea precisa.

La vera identità di Varo Borja è un segreto destinato a durare poco.

Il tempo mi rincorre come un cane da caccia.

Mi sono svegliato tardi, con la testa intontita da una notte di sogni lunghi e confusi che non riesco a ricordare bene. Ho spalancato la finestra e allagato la stanza di aria e di luce, sperando che basti far entrare il mondo nella mia casa per farmi diventare capace di affrontarlo di nuovo.

Poi mi sono infilato in doccia. Acqua fresca sulle spalle, fra i capelli, sul corpo. A lavare via tutto, la notte, i pensieri, quello che non voglio più essere.

Passando davanti alla finestra della camera da letto ho scrutato in strada, alla ricerca dell'uomo che Giovanni ha mandato a sorvegliarmi. L'ho fatto con la curiosità di un bambino che si infila in cantina senza accendere la luce, per vedere fino a che punto il suo coraggio è più forte della paura del buio.

Non c'era nessuno. Solo una giornata di sole come tante, il rumore di un autobus appena passato, un clacson in lontananza, il fruscio degli alberi, qualche macchina parcheggiata, la luce del mattino che si spaccava nei vetri.

Mi sono chiesto se potesse essere in una di quelle macchine. E se il mio controllore – ammesso che ci sia veramente – è lì per verificare che non mi succeda nulla o per tenere sott'occhio quello che faccio io.

Mi è sembrato di immaginarlo.

Nascosto dietro al vetro con una macchina fotografica che scatta a ripetizione ogni mio movimento, come in un vecchio film americano. Poi mi è venuto in mente l'uomo con i capelli corti e d'istinto ho fatto un passo indietro, nella stanza deserta, cercando di cancellare quel pensiero alla svelta.

Non so ancora se esiste davvero, non riesco a capirlo.

Però devo tirare avanti. Non ho un'altra scelta, un'altra possibilità.

È l'unica cosa di cui sono sicuro.

Anche adesso, seduto accanto al cuscino, la macchina fotografica a venti centimetri da me, ad aspettare il momento buono per vedere finalmente le fotografie di Baghdad.

Fisso la Nikon, solo una macchia scura che sporca le lenzuola ancora disfatte dalla notte.

La stringo forte fra le mani e mi alzo. Prendo il cavo e la collego al Mac. Accendo il computer, aspetto che si avvii e poi lancio il programma che gestisce le foto digitali. Ci vuole poco, eppure è un'attesa che sarebbe sufficiente a farmi cambiare idea.

Ma non questa volta.

Importare le immagini dal dispositivo?

Guardo per qualche istante la domanda.

La piccola finestra bianca. Il pulsante azzurro con la scritta *Sì*. L'altro, quello bianco, che cancella l'operazione.

Clicco.

E alla fine le foto sono tutte sullo schermo. Un reticolo di immagini racchiuse in una finestra grigia. Francobolli di colore che riconosco al primo sguardo. Muovo il mouse sulla barra di scorrimento. Poi su una di quelle piccole anteprime.

La foto del marine con il bambino riempie tutta la finestra. La allargo fino a riempire lo schermo. Quella che cerco è la successiva. Premo senza mollare il tasto la freccia che fa scorrere in avanti le immagini e resto lì, fermo.

Respiro.

Alla fine lascio andare il dito.

Click.

Deglutisco a ripetizione pezzi di ricordi grossi come tessere di mosaico.

Abdel ha uno strano sorriso.

Tiene il pacchetto azzurro proteso in avanti, me lo mostra. Il fiocco è di carta lucida. Sembra portato a spasso da un soffio di vento leggero. Ma quel giorno non c'era vento. L'aria era ferma come il ronzio del silenzio di notte.

E Abdel ha uno strano sorriso. Un fuoco sottile che si spegne, un fiume di montagna che si prosciuga lentamente. Acqua che smette di scorrere. Da un momento all'altro, senza avvertire. Lo stesso con cui, giorni prima, mi aveva raccontato qualcosa che non riesco più a dimenticare.

Non guarda in macchina. Sta inclinando la testa alla sua sinistra. I piedi si stanno fermando. Una delle scarpe rimarrà lì, in quel punto preciso del marciapiede, a segnare il suo ultimo passo.

Una vita che si spezza mentre cammina per la sua strada.

Click.

La morte che arriva è una macchia di colore sul cielo.

Lo spostamento d'aria lo ha sollevato verso sinistra. La pelle color caffè è un'impronta sfocata sull'azzurro vuoto della mattina. I lineamenti non si vedono. Un ciuffo di capelli, forse. Una mano che si solleva. La linea del corpo è inclinata. Il busto sembra correre incontro all'onda d'urto. Le gambe sono sospese nella direzione opposta. La camicia si strappa come una gigantesca vela.

La macchina alle sue spalle si solleva sulle ruote anteriori. Qualcosa è entrato nell'inquadratura, dal lato destro. Rosso e grigio. Rilascia frammenti minuscoli come tracce di colore e altri grandi come cubetti di porfido.

Il pacco vola via. Precipita verso il suolo e lo spostamento d'aria lo strappa, all'impatto. Si apre come il cappello di una medusa.

Una chiazza di azzurro che brilla come sangue.

Click.

Il pavimento spaccato. La sua scarpa immobile al centro di un cerchio di cemento. La macchina che si rovescia a mezzo metro d'altezza. Un cespuglio che brucia e attraversa lo scatto come una cometa. Frammenti di qualcosa di troppo veloce per essere altro che una forma.

Un resto della sua camicia arancione. Un piccolissimo triangolo di stoffa. Galleggia come una manta all'estrema sinistra dell'inquadratura.

Click.

Alla fine resta solo fumo.

L'ultima immagine della raffica di scatti l'ho fatta cadendo. L'inquadratura inclinata. La mia mano sinistra che spunta davanti all'obiettivo. Niente altro che si possa distinguere a parte il mio dito.

Abdel non c'è più.

È dentro al fumo. Come un ricordo.

Lascio scivolare la mano dal mouse. E mi accorgo che il tavolo è bagnato da tante gocce rotonde. Lacrime che mi scivolano dagli occhi insieme al sudore. E che non mi accorgo di piangere.

Una goccia che cade, senza sfiorarmi la pelle.

Ticchetta accanto alla tastiera.

E qualcosa mi esplode dentro.

Sa del fumo di quella bomba, della morte dolciastra che gli ho visto fare all'ospedale. Puzza come la terra sollevata dal vento dell'esplosione, la lamiera che si fonde, la carne che brucia, la pelle che brucia, la vita che brucia dietro a uno sguardo che si spegne senza un perché.

Sa di rabbia, di rancore, di odio, del bisogno di verità che non avrà mai una risposta che possa considerare sensata.

Stringo il monitor, le labbra incollate allo schermo.

Urlo.

«Non dovevi farmelo quel regalo, figlio di puttana! Dovevi lasciarmi andare via e basta! Non potevi lasciarmi andare via? Non potevi semplicemente dirmi ciao? Eh? Non potevi, bastardo? Che cazzo me ne faccio di quel regalo? Che cazzo me ne faccio adesso? Dimmelo! Dimmelo!»

Appoggio la fronte e resto lì.

Non arriva nessun rumore. Non sento niente di quello che succede oltre la finestra. Il sole, la strada, la città. Niente tranne il mio respiro che si solleva e si spegne sempre meno veloce. I muscoli che si allentano, le lacrime che abbandonano gli occhi sempre meno spedite. Le mani che lasciano il monitor e ricadono sul tavolo.

Un suono breve che mi spacca la testa, tirandomi per i capelli di nuovo dentro la realtà.

Mordendomi un labbro, sollevo il viso.

La foto piena di fumo è sempre lì. Passo un dito sullo schermo a cercare la mia mano, su quell'immagine. Poi mi alzo. C'è ancora una cosa che devo fare. L'ultima, forse.

Prendo il telefono.

La madre di Abdel mi risponde al quarto squillo. La stessa voce morbida, quella con cui parlava insieme a mia madre nella cucina di casa, quando ancora viveva a Bologna. Lei che sorrideva sempre, anche quando sembrava che la vita non le lasciasse un motivo.

Chissà se si ricorda ancora di quei giorni.

Chissà se in nome di quei giorni c'è ancora qualcosa che posso permettermi di chiederle.

«Honorine? C'est Nicola.»

Sussurro.

E ascoltandomi riconosco finalmente la mia voce.

Il telefono squilla nel momento peggiore della giornata.

Il Grigio è in macchina, un regalo per sua nipote appoggiato sulle ginocchia, i vetri scuri che filtrano il sole creando un mondo a parte, lontano dalla realtà.

Risponde senza guardare. Non appena sente la voce, si rende conto che non è la telefonata che stava aspettando.

«Quando è successo?» chiede. E all'improvviso tutto quello che deve fare se ne va, come una bolla di sapone che si schianta contro un muro.

«La notizia è già di dominio pubblico?»

Silenzio. La macchina volta a sinistra e si mette in coda a un semaforo.

«Meglio così. Cercate di tenerla segreta il più a lungo possibile.»

Ancora una pausa. Rumore di macchine che passano, dall'altra parte. Una lingua straniera che non riconosce. Poi la risposta. Esattamente quella che voleva sentire.

«Faremo tutto come al solito» dice il Grigio. «Ci penso io.»

Riaggancia. Guarda il regalo. Pensa al sorriso della bambina, alle mani piccole che distruggono l'incarto, alla tenerezza del suo abbraccio. Alla parte di se stesso che vive solo per quei momenti e a cui vorrebbe essere capace di cedere. Ma non riesce.

«Torniamo indietro» ordina all'autista.

E mentre la macchina cambia direzione, compone rapido un numero sul cellulare.

Gesti che ha già compiuto e che non avrebbe voluto rifare.

Appoggiato al muro accanto al tabaccaio, l'uomo guarda la finestra al secondo piano e aspetta.

Avrebbe potuto farlo prima, quando Nicola Zanardi è arrivato per il suo appuntamento. Ma non sarebbe stata l'occasione giusta.

C'è un istante per ogni cosa. Quello in cui deve essere fatta. Né prima, né dopo.

Affonda le mani in tasca e allunga lo sguardo oltre il riflesso del vetro.

Il suo obiettivo sta bevendo una birra. È seduto al tavolo accanto alla finestra. Delle due persone che mangiano con lui riesce a distinguerne una soltanto. La vede prendere il cellulare in mano. Parla. La sua espressione muta rapidamente.

All'improvviso si alza in piedi.

Qualche istante dopo sparisce.

Riappare sulla porta del bar insieme al tizio con cui è arrivato e si allontana verso piazza Maggiore.

Nicola Zanardi è ancora al suo tavolo. Si volta verso la finestra e guarda in strada, oltre via Rizzoli. Lontano.

Appoggiato al muro accanto al tabaccaio, l'uomo controlla l'ora.

Il momento è quasi arrivato.

«Abbiamo scelto questa» dice Antonio Righi.

È il direttore della rivista a cui ho venduto le foto. Lo conosco bene, ho lavorato spesso con lui. Mi mostra la copertina del numero che sarà in edicola domani.

E per la seconda volta in poche ore vedo una delle foto di Baghdad.

Hanno scelto la terza. Quella con l'esplosione, la macchina rovesciata, la scarpa che sembra immobile sul marciapiede sventrato.

Missione di pace? c'è scritto sotto. Caratteri rossi, come il titolo del periodico.

«Complimenti» mi dice il tizio seduto accanto a Righi.

Si chiama Fabrizio Vincenzi. Fa il giornalista per un altro gruppo editoriale, diverso soprattutto per l'orientamento politico. Conduce da due anni una rubrica televisiva in seconda serata, su un canale nazionale. Non sono mai riuscito a resistere fino alla fine di una puntata.

È la seconda volta che lo vedo dal vivo. La prima mi era sembrato uno stronzo. E il commento alla foto di copertina non lo ha certo aiutato a guadagnare posizioni.

Sono arrivati insieme. Devono presentare un libro stasera, nell'ultimo degli appuntamenti culturali dell'estate organizzata dal Comune. Se l'idea di pranzare con Antonio non mi riempiva di entusiasmo, quella di farlo in tre, al solito tavolo del solito caffè incastrato dietro piazza Maggiore, mi sembra interessante come un convegno sulle posizioni sessuali del panda gigante.

Bevo un sorso di birra.

«Spiegami questo incontro, Antonio.»

«Voglio offrirti un lavoro.»

«Un lavoro?»

«Sì, mi pare che sia quello che si fa per vivere.»

Faccio un cenno con la testa in direzione di Vincenzi.

«Di solito le offerte di lavoro non si discutono allo stesso tavolo con un concorrente.»

Antonio Righi sorride. E l'altro con lui.

«A meno che il concorrente non abbia smesso di esserlo.»

Bevo di nuovo. Un sorso più lungo. Poi appoggio il bicchiere e i gomiti sul tavolo e aspetto. Questa volta è Vincenzi che parla.

«Antonio mi ha offerto di scrivere un'inchiesta, una volta al mese. Su un tema di stretta attualità. Vorremmo che tu facessi le foto. Le immagini che hai portato da laggiù sono molto... vere. All'inizio probabilmente sarà una specie di riassunto delle motivazioni che hanno portato alla guerra in Iraq. Alla guerra al terrorismo, in generale.»

Sgrano gli occhi. Per un attimo mi sembra di essere finito in una delle puntate del suo talk show.

Guardo Antonio.

«La guerra al terrorismo?»

È l'altro, però, che mi risponde.

«Sì, la guerra al terrorismo.»

Adesso sono io che sorrido. Un po' di sorpresa e un po' di scherno.

«Senti, Antonio, ma vi siete bevuti il cervello? Da quando in qua avete dato per buone tutte le stronzate sulla multinazionale del terrore, la guerra giusta, le armi di distruzione di massa? Me lo sai spiegare?»

È ancora Vincenzi che continua.

«L'attentato alle torri gemelle ha cambiato tutto, lo sai. Niente è più come prima. È un tentativo di demolire la democrazia, per come l'abbiamo conosciuta e costruita.»

Mi sento proiettato senza nessun motivo in una puntata di *Scherzi a parte*. Sto per dire qualcosa, poi penso che finire la birra sia un'idea migliore. Il fresco del liquido mi schiarisce le idee. E alla fine trovo l'unica risposta che mi pare possibile.

«Stronzate.»

«Stronzate?»

«Oh, sì. Vedi, mentre tu e gli altri come te stavate a casa, con il culo al caldo, io ero là. A fare fotografie, ma prima di tutto a guardare.»

Prendo in mano la copertina di domani.

«La vedi questa foto? In mezzo a quell'esplosione è morta della gente che conoscevo. Immagino che il fatto che fossero arabi non interessi a quelli che la pensano come te. Gli americani le chiamano *casualties of war*. È quello che mi hanno detto quando ho provato a chiedere qualcosa. In guerra sono cose che capitano. Peccato che noi in guerra non ci si possa andare. Per Costituzione, forse saprai che cos'è.»

Vincenzi continuava a fissarmi. Antonio, al suo fianco, continua a non dire una parola. È come se stessi guardando uno sceneggiato a episodi e mi fossi perso la puntata in cui con un geniale colpo di scena veniva cambiato tutto l'orizzonte degli eventi.

«Non siamo andati in guerra, lo sai» risponde Vincenzi. «E l'Iraq era una dittatura feroce. Che dava ospitalità ai terroristi e uccideva il suo popolo.»

Adesso non rido più, sghignazzo.

«Il terrorismo non c'entra una minchia con questa guerra. Il signor Saddam Hussein era al suo posto da una ventina d'anni, uccideva il suo popolo più o meno dalla stessa data. Lo ha fatto prima della guerra di Bush padre e ha continuato a farlo per anni anche dopo. Però nessuno dei cervelli fini come te ha mai dedicato una sola puntata dei suoi finti spettacoli di approfondimento al "dramma del popolo iracheno". Nemmeno una. E nemmeno al Sudan o all'Arabia Saudita. O agli eccidi in Rwanda. O a Pinochet e ai colonnelli argentini, quando ancora c'erano. E chissà chi li ha messi al potere, quelli lì. Le peggiori dittature del mondo sono o sono state alleate dell'Occidente.

E ti dirò un'altra cosa, se non la sai. La guerra ha portato Al Qaeda in Iraq. Scoperchiando la pentola e buttando dentro tutta la merda del mondo. Una guerra che non c'entra con le torri gemelle. Che è stata fatta soltanto perché i signori iracheni sono talmente pieni di petrolio che gli esce dagli scarichi dei cessi quando vanno in bagno. Solo per questo. A casa mia si chiamano guerre coloniali. Però non si può dire in televisione, lo so.»

«Tu non capisci.»

«Io capisco anche troppo bene. Ci sono stato, te lo ripeto. Ti sei chiesto perché i francesi fossero tanto contrari a una guerra così? Magari perché con le compagnie petrolifere irachene ci facevano affari d'oro e le bombe di Bush hanno fatto piazza pulita. O sei ancora convinto che le guerre si facciano per un nobile motivo di uguaglianza e di libertà? Non penserai davvero che siamo andati là in missione umanitaria, a portare la democrazia perché improvvisamente abbiamo scoperto che i terroristi ci aspettano sotto casa pronti a farsi saltare in aria. O che Saddam massacrava i curdi con il gas nervino e negava qualsiasi forma di diritti civili.

Rispondimi: ci credi davvero o te ne stai solo zitto perché dal tuo posto di privilegio, davanti a una telecamera del cazzo, certe cose non te le fanno raccontare? Hai mai avuto la tentazione di dire in trasmissione che abbiamo demolito le loro infrastrutture e che a distanza di un anno ci sono ancora un sacco di zone dove non c'è né acqua né luce?»

Mi fissa con un mezzo sorriso in faccia.

Aspetto in silenzio che dica qualcosa. Sono anche sicuro che lo farà. Ma sbaglio. Tiene solo gli occhi attaccati ai miei.

«Immagino che tutto questo discorso sia un modo molto lungo per dire che rifiuti l'offerta.»

Mi volto verso Antonio. Non posso credere che abbia detto una cosa simile. E nemmeno che abbia pensato per un solo momento che potessi accettare. Picchietto l'indice sul titolo di copertina, poi lo sollevo, puntandolo verso Vincenzi.

«Guarda questo giornale, Antonio. Mi sai dire che cazzo c'entra con lui?»

«Le cose cambiano» è la sola risposta che è capace di darmi. «E forse anch'io penso che andare là a deporre Saddam non sia poi stata una cattiva idea.»

Lo fisso.

Ogni tanto mi chiedo se non ci siamo tutti rincoglioniti.

Se a forza di stare seduti davanti a *L'isola dei famosi* o al *Grande fratello* non abbiamo cominciato a pensare che anche la vita, in fondo, sia uno strano reality che qualcuno sceneggia tenendosi nell'ombra.

Se il bombardamento di tette, culi, giochi a premi e televendite non ci abbia affogato i neuroni in una melassa appiccicosa che ha finito per divorare tutto.

Se qualunque bugia ci venga raccontata possa passare tranquillamente per reale, da una guerra, a un attentato, alla verità sul sacro Graal.

Se ci siamo dimenticati che si può ragionare sulle cose e non solo prenderle per come sono. Che non diventano automaticamente reali se vengono ripetute ossessivamente e quotidianamente.

Ci siamo arresi. Presi dalla quotidianità, dai problemi, dai dolori, dalle aspettative sempre più tradite, abbiamo smesso di interessarci davvero a quello che ci succede intorno. Abbiamo delegato il nostro pensiero a qualcun altro che ci dice chi siamo, cosa dobbiamo mangiare, pensare, desiderare, cosa è giusto e cosa è sbagliato.

Siamo dentro un brutto film di fantascienza che nessuno andrebbe a vedere, ma che tutti ci accontentiamo di vivere come realtà.

«Hai ragione, Antonio. Le cose cambiano. Troppo, per non avere nessun effetto collaterale.»

Sta per dire qualcosa, ma gli suona il cellulare. Prima ancora che possa rispondere, suona anche quello di Vincenzi.

«Arrivo subito» è la risposta che danno entrambi poco prima di riagganciare.

«Problemi?» chiedo.

Vincenzi scola il resto della Coca Cola in un unico sorso. Antonio si alza.

«Hanno rapito due giornalisti italiani a Baghdad. L'inviato della Rai e quello del «Corriere della Sera».»

Resto fermo a metà di un pensiero. Me lo ricordo, l'inviato della Rai. Poche parole e gli occhi aperti su una realtà che non si poteva raccontare fino in fondo. Come le sue sigarette, che spegneva sempre prima di arrivare alla fine. Fanno meno male, mi aveva spiegato una volta. E avevamo riso insieme.

«Quando è successo?»

La voce di Antonio è affannata. Sta cercando qualcosa dentro a uno zainetto di tela.

«Ancora non lo so. Stamattina presto o stanotte.»

Mi appoggia una mano sulla spalla. Non mi sono alzato, non ho nessuna voglia di muovermi da qui.

«Dobbiamo andare.»

Annuisco senza dire niente.

«Mi piacciono gli idealisti come te» dice Vincenzi, mentre si avvia alle scale. «Di quella cosa ne riparliamo.»

Sposto lo sguardo verso via Rizzoli. Una signora attraversa la strada, tenendo per mano un bambino.

«No, non credo.»

Non risponde. Sento i loro passi per le scale e, quando mi volto, la saletta al primo piano è deserta. Faccio dondolare la sedia e mi appoggio alla parete alle mie spalle.

Nel silenzio di questa stanza mi sento improvvisamente bene. Senza pensieri, senza nessuna paura, pieno della strana euforia che la discussione mi ha lasciato attaccata alla pelle.

Dura poco, però.

Sento dei passi sulle scale. Una persona sola. Sbuffo, forse hanno dimenticato qualcosa. O magari sta arrivando un altro cliente a rompere la mia pace appena conquistata.

Poi i passi accelerano e si fanno più vicini. Non posso vedere chi sta salendo finché non gira l'angolo e si infila nella sala.

Appena lo fa, mi alzo in piedi di scatto. Cerco con lo sguardo un'uscita che non c'è.

E appoggiato alla parete sul fondo, guardo l'uomo con i capelli corti che mi viene incontro a passi troppo svelti.

Lo studio di Terzi è una grande stanza piena di luce, di musica e di un ordine maniacale e perfetto a cui tutto sembra sottoposto.

Ogni volta che mette piede lì dentro, Marra pensa che non potrebbe mai lavorare in un posto così. La precisione è uno stato di quiete che non riesce a conservare.

Si lascia andare sulla poltrona di fronte alla scrivania e aspetta che il magistrato abbia finito di rispondere a una mail. Per un attimo pensa al rapporto sulle fotografie. È nel suo ufficio, pronto per essere letto. Un paio di cartelle in cui Carta ha riassunto il risultato delle sue notti insonni.

Gli ha dato solo una scorsa, niente di più. Le priorità sono molto diverse, adesso. Lascia vagare lo sguardo e ascolta. I rumori della strada, molto lontani. Le dita di Terzi che picchiano veloci sui tasti.

Dalla finestra spalancata dell'ultimo piano spunta uno squarcio di azzurro troppo brillante, tagliato a metà da una nuvola sottile come un ago da insulina. La pioggia della notte ha spazzato via tutto e quello che resta è una luce intensa e prepotente che fa male agli occhi. La stessa che intercetta nella foto alle spalle di Terzi.

È sicuro che il fotografo sia Sebastião Salgado. E che quello che vede spuntare in secondo piano, quasi nascosto da un gigantesco panno senza colore, sia lo sguardo di un bambino.

In fondo alla foto, a caratteri grigi e sottili, c'è scritto ETIOPIA 1984.

«È un regalo di mia moglie. Le piace?» chiede Terzi.

«Non lo so.»

«Un autore portoghese una volta ha detto che, se Dante potesse tornare all'Inferno, oggi lo farebbe con una macchina fotografica.»

«Saramago, mi pare.»

«Lo conosce?»

Marra apre appena le labbra, a metà fra un sospiro e un sorriso. Guarda un altro bambino in quella foto. In primo piano. Tiene gli occhi bassi. Il cranio grande e smagrito – attraversato da capelli sottili come la polvere – è appoggiato a una mano, nascosta sotto a un panno di tessuto grezzo. Se la foto non fosse in bianco e nero, forse sarebbe beige e azzurro.

Non riesce a staccarsi dagli occhi bassi di quel bambino. Se li sente addosso più dello sguardo diretto dell'unico adulto della fotografia. Alto più dell'inquadratura, nascosto dall'ombra che la luce del giorno gli proietta sul viso.

Alla fine, quasi per caso, abbassa lo sguardo e ritrova il viso di Terzi.

«Se Dante volesse tornare all'Inferno, dottore, avremmo anche noi qualche luogo interessante da fargli visitare.»

L'altro non risponde. Per un momento sembra non riconoscerlo. Poi la conversazione cambia.

«Paola Vigliani» dice Terzi.

«Già, proprio lei.»

«Mi dica tutto, commissario.»

Giovanni prende fiato. Cerca di raggruppare tutto quello che sa in poche frasi precise.

«Da un primo esame parziale del dna ricavato dall'emoglobina scoperta con il luminol, la bambina è stata davvero uccisa nella casa della commessa di Strazzari. È solo un primo esame, le ripeto. Sono andato di persona alla scientifica a rompere le scatole per affrettare i tempi, ma se il dottor Anselmi non fosse sicuro, non mi avrebbe dato nemmeno questa anticipazione.»

«È un buon inizio.»

«O forse una fine, dottore. Perché sempre alla scientifica mi hanno detto che, sulla catenina che abbiamo trovato da Lamberti, non ci sono le impronte del padrone di casa.»

«Come non ci sono?»

«Strano, vero? Ma il bello deve ancora venire. Perché invece ci sono quelle di Strazzari. Nitide, a quanto pare. Senza ombra di dubbio. E non solo le sue, anche quelle di Laura Campi.»

Terzi appoggia i gomiti sul tavolo, una strana smorfia sul viso.

«La commessa?»

«Proprio lei. Mi sono permesso di fare in modo che potessimo rilevarle, quando l'ho interrogata. Ha toccato praticamente dappertutto sulla mia scrivania. Così le ho fatte confrontare.»

«Mi dica cosa pensa, commissario.»

«Aspetti, mi faccia finire. Un'ora fa ho ricevuto gli estratti conto di Lamberti. Almeno una parte. Sembra che ne abbia almeno cinque diversi. Da metà febbraio alla fine di marzo ha versato quasi centomila euro in contanti. Chiaramente in conti differenti e in momenti differenti. Il versamento più grosso è su quello intestato al Tetris, il suo locale. Esattamente un mese dopo il rapimento di Paola Vigliani. E l'ammontare delle ipoteche che Strazzari doveva alle banche è più o meno un terzo di quella cifra.»

«Considerando gli interessi dello strozzino, direi tombola.»

«Una cinquina, dottore. Forse una quaterna. Perché ci sono un sacco di cose che non tornano. Sarò sincero. Stamattina ho detto al questore che finiremo per pentirci di aver arrestato Lamberti con quelle accuse. Adesso, malgrado i risultati dei rilievi, non ho cambiato idea.»

«Credo di capire dove vuole arrivare.»

Giovanni si alza. Quello che ha in testa ha bisogno di movimento. Se fosse un professore non si siederebbe mai dietro la cattedra.

«Deve tornare tutto, dottore. Altrimenti il gioco non funziona. Qui ci sono alcune cose che ormai sappiamo e un sacco che invece non sono chiare per niente. E, per il momento, nemmeno lo straccio di una prova concreta.»

Fa una pausa.

«Lamberti ha prestato a Strazzari i soldi che gli servivano per mettere a posto i suoi casini. L'altro gli ha restituito quello che doveva. Non sappiamo se l'abbia fatto nei tempi prestabiliti, però i soldi sono arrivati.

Tutto a posto, liscio come l'olio. Fino a che non salta fuori il corpo della bambina. Il giorno dopo Strazzari muore. Lamberti ha una pistola, ma non ha sparato. E non è nemmeno del calibro giusto. E rimango dell'idea che non sia un assassino, solo un usuraio. A lui la gente serve viva. È come uno spacciatore. Un cliente morto sono soldi in meno. E Strazzari era uno che, prima o poi, avrebbe avuto di nuovo bisogno di aiuto.»

«Però ci sono le foto.»

«Già. A quanto mi dicono, in alcune di quelle di Strazzari c'è un uomo che potrebbe essere Lamberti. Bisognerà fare qualche ingrandimento, magari controllare la posizione di certi nei, ma ammettiamo che sia lui. E allora? Lamberti non è sposato, scopa tutto quello che si muove nel raggio di qualche metro. E anche Strazzari, diciamolo, aveva una relazione piuttosto libera con la signorina Campi. Ce lo ha confermato lei stessa. Niente che giustifichi la possibilità che l'usuraio lo abbia fatto uccidere perché lo ricattava»

«Restano le foto delle ragazzine.»

«Esatto. Sembra che la maggioranza arrivi da Internet. Quasi tutti siti porno con fanciulle più o meno maggiorenni truccate in modo da sembrare ancora più giovani. Ma ci sono anche immagini di bambine. Poche, per la verità, rispetto al totale. Ma ci sono. Scattate in tre o al massimo quattro momenti diversi. Dobbiamo sapere dove le ha comprate, se è lui l'uomo che le fotografava o anche quello che le violentava. Se le ha commissionate a qualcuno.»

«Difficile scoprirlo.»

«Praticamente impossibile. Specie se le ragazzine sono straniere e nessuno ne ha denunciato la scomparsa o la violenza. Peggio ancora se si è limitato a comprare le foto. Magari chi le scatta è uno di famiglia. Non sappiamo nemmeno da dove le abbia scaricate. Non abbiamo il server su cui erano salvate, il provider, il dominio. Sarà anche difficile scoprire chi sono le donne che Strazzari fotografava mentre se le faceva. Proveremo a fare un giro in qualche privé della zona per vedere se tiriamo fuori qualcosa. Anche solo una voce, chissà.»

«Di solito chi frequenta certi posti non è così contento che si sappia in giro.»

«E magari preferisce raccontare quello che ha sentito o che ha visto di sfuggita, piuttosto che far scoppiare un mezzo scandalo.»

«Proviamoci. Però il problema resta.»

«Esatto, dottore. Il problema resta. O forse no. Supponiamo pure che Strazzari fosse coinvolto in qualche giro di pedofilia. O che abbia conosciuto qualcuno e si sia offerto di aiutarlo. A giudicare dai soldi tutto fila per il meglio. Però Paola Vigliani muore in quella villa. Il cadavere viene seppellito nel parco. Passano mesi. Poi torna fuori. E qualcuno uccide Strazzari con un colpo in fronte. A bruciapelo. In un cantiere. Non è Lamberti che lo uccide. E non è Lamberti che lo fa uccidere. Non ne ha motivo. Tutto quello che gli può succedere è che saltino fuori delle foto in cui partecipa a qualche ammucchiata. Non ci sono minori nelle immagini in cui sospettiamo ci sia anche lui. Allora perché?»

«Ho l'impressione che lei stia per dirmelo, commissario.»

Giovanni sorride.

«Fino a stamattina era una domanda aperta. Adesso credo di saperlo. La catenina.»

«La catenina?»

«Esatto. Aurelio era lì quando Paola è morta. Forse è successo per caso. Non volevano ucciderla. Però Aurelio si è preso quella catenina. E l'ha regalata a Laura. Una specie di feticcio, magari. Sappiamo che aveva una sessualità un po' strana, il buon Strazzari.»

«E quando la bambina è riemersa dalla terra, qualcuno è andato a chiedere notizie della catenina.»

«Già. E lo ha ucciso per evitare altre storie. Aurelio Strazzari non aveva l'aria di uno che sotto pressione è capace di tenere la bocca chiusa.»

Terzi tace per un tempo che sembra lunghissimo. Giovanni incrocia le braccia e aspetta.

«Sa cosa significa, commissario, se quello che mi ha raccontato è la verità?»

«Qualcuno sta cercando di incastrare Fabio Lamberti. Qualcuno che ha ucciso Strazzari, recuperato quella catenina e l'ha infilata nel suo cassetto. Qualcuno che non poteva sapere prima che Aurelio l'aveva rubata, ma che l'ha scoperto solo quando abbiamo ritrovato il corpo.»

«Mi sta dicendo che...»

Marra appoggia le mani sulla scrivania di Terzi, lo fissa e completa la frase.

«...qualcuno controlla quello che sta succedendo, dottor Terzi. Ha accesso ai dati dell'inchiesta, alle perizie della scientifica e del medico legale. Forse anche ai verbali degli interrogatori. Sa quello che succede nel momento esatto in cui succede.»

La voce del magistrato sembra arrivare dal fondo di una piscina.

«Potrebbe essere chiunque.»

«No, in realtà pochissime persone, dottore. Io per esempio.»

Giovanni abbassa volutamente il tono della voce e si avvicina.

«Oppure lei.»

«Vieni con me.»

L'uomo dai capelli corti si ferma e mi fissa.

Ha una camicia bianca portata fuori dai pantaloni. Un paio di scarpe nere da passeggio. Tiene la mano destra in tasca, affondata troppo poco perché all'interno non stia stringendo qualcosa.

«Muoviti, non abbiamo tutto questo tempo.»

Ho la schiena incollata alla parete, un giubbotto di salvataggio che non serve a niente. Nemmeno a farmi avere meno paura.

«Chi sei?»

Tira fuori una pistola. Qualcosa di piccolo, da passeggio. Sembra un'arma da donna. Alzo le mani, d'istinto. Un gesto che non gli piace.

«Che cazzo fai?»

Me la punta in faccia e mi prende per un braccio. Lo abbassa.

Sento dei passi, forse sta salendo qualcuno. Ma è solo immaginazione.

Mi tira verso l'interno della sala.

«Spostati dalla finestra, tieni giù quelle mani e ascoltami.»

«Chi sei?»

Mi incolla la canna alla fronte.

«Ho detto ascoltami. Lo vedi quel tizio fermo davanti alla tabaccheria?»

Cerco di avvicinarmi alla finestra, ma me lo impedisce. La sua voce è completamente senza tono. Fredda come l'azzurro dei suoi occhi.

«Da qui, guarda. Lo vedi o no?»

Mi volto. Appoggiato al muro c'è un uomo con i capelli neri, la carnagione olivastra. Un completo di lino, giacca chiara e pantaloni blu. Sta fumando una sigaretta. E guarda in alto.

«Non so chi sia.»

«Si chiama Simone Mariani. Una specie di mercenario. Pericoloso, molto. Sono giorni che ti segue.»

«Perché lo conosci?»

Le parole mi scivolano di bocca come monete da una tasca bucata. L'uomo dai capelli corti non mi ascolta. Piega appena la testa per controllare il tizio davanti alla tabaccheria. Poi mi fissa di nuovo.

«È lì per te.»

Indica con la canna della pistola l'iPod, stretto alla mia cintura.

«Per quelle.»

Sto per dire qualcosa, ma mi interrompe subito. Con la risposta alla domanda che non gli ho fatto.

«Lo so e basta. E so che quell'uomo è lì per prenderle. Non importa come. Ci siamo capiti?»

Annuisco. Cerco di pensare a cosa devo fare. A cosa posso fare. Ma tutto quello che mi esce di bocca è una domanda. Di nuovo la stessa.

«Chi sei? Perché dovrei fidarmi di te?»

L'uomo con i capelli corti si infila la pistola in tasca e porta le mani al fondo dei pantaloni.

Se fossi molto svelto forse riuscirei a passargli di fianco e infilarmi per le scale. Ma resto immobile, a controllare quello che sta facendo.

Si solleva il pantalone e scopre un tatuaggio.

È un sole, tagliato a metà. Quello che mancava sulla caviglia di Sara Parmeggiani.

Solleva lo sguardo.

«Mi chiamo Antonio. Sara era mia sorella. È lui che l'ha uccisa.»

Guardo il sole, l'uomo in strada e poi di nuovo i suoi occhi.

All'improvviso non mi fa più così paura.
«Andiamo» dico. E mi muovo verso le scale.
Mi ferma ancora, le dita strette all'avambraccio, come una corda.
«Aspetta. Ascolta bene cosa devi fare.»

La sabbia le scivola sotto i piedi, bruciandole la pelle.
Con due passi nervosi, Roberta arriva sul bagnasciuga.
«Ti ho detto che non me ne frega un cazzo» ringhia al telefono.
Per rispondere a quella chiamata si è allontanata dall'ombrellone.
Non ci devono essere orecchie vicino alla sua voce.
Tanto meno quelle di Lisa.
Abbandona con lo sguardo l'orizzonte che si spezza nel mare e si volta.
Sua figlia è ancora lì, sotto l'ombra tagliata dal soffio sottile del garbino. Lo sguardo perso da qualche parte.
«Dovevi pensarci prima» sussurra. Ma il tono della frase assomiglia a un grido, sparato in faccia alla persona che dall'altra parte della linea cerca di invadere la sua vita. E che conosce un solo modo per poterlo fare.
«No, non voglio nemmeno pensarci. L'ho già fatto.»
Sulla prima frase si è accorta di aver alzato la voce. Allora d'istinto abbassa la testa, cerca di nascondersi dagli sguardi di tutti.
Se li sente addosso, come un giudizio su ogni cosa che ha fatto nella vita. Lo stesso che la persona dall'altra parte della linea cerca di ripeterle per l'ennesima volta.
Interrompe la comunicazione con rabbia.
Stringe il telefono in mano, le nocche sbiancano. Chiude gli occhi, per un attimo. Il sole riempie di arancione il buio del suo campo visivo.
Quando li riapre, Lisa sta venendo verso di lei.
Si ferma a un metro, inclina appena la testa e la guarda.
Poi se ne va in silenzio.

Nuota come se l'acqua fosse il suo elemento, spezzando a metà un'onda più grossa delle altre. Lontana dalla riva, da tutto.

Quando Nicola Zanardi compare per un attimo alla finestra del secondo piano, l'uomo comincia a pensare che qualcosa stia andando storto.

I due tizi che stavano con il fotografo si sono allontanati di fretta, verso piazza Maggiore. Li ha visti uscire quasi correndo e si è acceso l'ultima sigaretta. Gli serve a tenere alta l'attenzione.

Però non è successo niente.

Zanardi è rimasto al suo posto, accanto alla finestra. Poi all'improvviso si è alzato. E quando lo ha fatto, l'uomo ha smesso di appoggiarsi al muro e ha fatto un passo verso sinistra. Alzando lo sguardo, ha visto il suo obiettivo spostarsi e sparire, all'interno della stanza.

Era sicuro che il momento fosse arrivato.

Invece il fotografo è ricomparso un istante dopo vicino ai vetri spalancati. È rimasto lì pochissimo, come se qualcosa lo avesse richiamato dentro. Senza nessun motivo apparente.

Alla fine è sparito di nuovo e ora, mentre aspetta di vederlo sbucare da una delle due porte che sta sorvegliando, cerca di immaginarsi cosa sta succedendo dentro al locale.

Forse è andato in bagno o sta pagando il conto. Forse ha incontrato qualcuno che conosce e si è fermato a chiacchierare.

Sarà più difficile farlo, se non è solo. Ma non ha scelta. Non a questo punto.

Senza perdere di vista le uscite, allunga una mano a controllare che tutto sia a posto. Mentre lo fa, sente un rumore.

Poi succede tutto il resto.

Giovanni Marra attraversa via dei Marescalchi fino a piazza Maggiore. Sale lentamente i gradini di San Petronio e si siede a metà della scalinata.

Il dottor Terzi arrotola le maniche della camicia e si accomoda a fianco. Non c'è quasi nessuno. Solo una coppia di turisti giapponesi, qualche metro più in là.

«Perché è voluto venire qui, commissario?»

Coperto dall'ombra della chiesa, Giovanni guarda la piazza battuta dal sole.

«Quando studiavo a Bologna, era il posto in cui venivo a cercare un po' di tranquillità. Lo so che è banale, ma, se dovevo pensare a una decisione difficile, prendevo la bicicletta e venivo qui. Mi sedevo da qualche parte su questi gradini e provavo a capire dov'era il problema.»

Terzi sorride.

«E funzionava?»

Giovanni abbandona il punto della piazza che stava fissando e si volta.

«Quasi mai, però serviva. A me. Io sono di Rimini, dottore. La cosa più grande che avessi mai visto in vita mia era il mare. Da ragazzo, andavo a correre sulla spiaggia. Forse questa è diventata la mia spiaggia, dopo.»

Il magistrato annuisce. Un gesto debole come la scia di un movimento nell'aria.

«Mi racconti quello che non poteva dirmi in ufficio.»

«Qualche giorno fa c'è stato un furto nei laboratori della scientifica.»

«Un furto? Perché non mi ha inf...»

Giovanni lo interrompe con un gesto della mano.

«Qualcuno ha rubato le fotografie che abbiamo trovato nella borsa di Sara Parmeggiani. Il dottor Anselmi è un mio vecchio amico. E fra amici ci si aiuta.»

«E le prove?»

«Diciamo che ne avevo una copia. E aggiungo che non ci sono segni di scasso, né impronte. Nemmeno un dettaglio.»

«Non è un furto che potrebbe fare chiunque.»

«Esatto. Ci vogliono i mezzi. E un motivo.»

«A che punto siete con l'identità dell'uomo?»

«A quello di partenza, senza possibilità di movimento. Almeno per ora.»

«Vada avanti.»

«La storia di Sara Parmeggiani non mi convince. Conosceva

Strazzari, era un suo cliente abituale. Ha probabilmente cercato di ricattare una persona importante, troppo per lei. Uno con soldi, a giudicare dall'albergo delle foto e da quello che dice il fattorino. Poi è morta in quel modo. Il giorno dopo il ritrovamento di Paola Vigliani. Sgozzata in casa, senza che ci siano tracce di sangue sparso in giro, un'arma del delitto, qualcuno che ha visto o sentito qualcosa.»

«E pensa che in qualche modo c'entri con la bambina?»

«Lei crede alle coincidenze?»

Terzi appoggia i gomiti sulle cosce.

«Di solito no.»

«E non le sembra che ce ne siano troppe?»

Annuisce.

«Vede, dottore, abbiamo un cadavere spuntato fuori dalla terra dopo mesi. E altri due morti ammazzati che lo seguono a breve distanza. Uno dei due ha la casa piena di foto porno e una buona collezione di immagini pedo. L'altra fa la puttana d'alto bordo, il morto era un suo cliente abituale e ha la borsa foderata di scatti presi di nascosto in un albergo di Roma con un tizio che non si vede mai.

Per la bambina tutto ci porta verso il Lamba. Che, caso strano, prestava soldi a Strazzari, ha in casa la catenina, la sua razione di fotografie e una bella malattia genetica che giustifica il mancato ritrovamento del cadavere intero. In più ammette senza nessuna difficoltà che gli piacciono giovani. Il cerchio si chiude. Peccato che quello che abbiamo trovato nella casa della commessa faccia immaginare una persona molto diversa da lui. E anche da Strazzari.»

«Lei pensa che sia sempre lo stesso uomo?»

«Diciamo che ho la sensazione che si assomiglino molto. E che chi ha fatto il lavoro in quella casa potrebbe anche sapere come far sparire delle prove da un laboratorio della scientifica.»

«Un professionista.»

«Ci vogliono soldi per poterselo permettere. Molti.»

«Il tizio dell'albergo.»

«Qualcuno che potrebbe sapere come procurarsi contatti

nella polizia. E prenderci per il culo senza che possiamo fare niente per impedirlo.»

Il silenzio che cala alla fine di quella frase è ruvido, un'onda di carta vetrata che sigilla le loro parole come un coperchio.

In lontananza, verso via Rizzoli, si sente il rombo di una moto. Forse due. E la sirena della polizia, come un'eco.

«Di chi si fida, commissario?»

«Di nessuno.»

«Nemmeno di me.»

È un'affermazione, non una domanda.

«Non posso. È un lusso che non vale la pena di permettersi.»

Si liscia il mento con la mano.

«Voglio far controllare il mio ufficio. Quello dei miei collaboratori. Telefoni, computer. Il cellulare di servizio. Tutto quanto. E anche il suo.»

«Niente in contrario, se le serve per avere fiducia.»

«No, forse non mi servirà lo stesso. Gliel'ho detto, non me lo posso permettere.»

Terzi lo fissa per un lungo momento.

«Perché mi ha portato qui e mi ha raccontato questa storia?»

«Perché, se lei non c'entra nulla, allora era giusto che sapesse, lontano da orecchie indiscrete. Che tenesse gli occhi aperti. Con tutti.» Fa una pausa. «E se invece in qualche modo c'entra, sappia che sarò io a tenerla d'occhio, dottore. Sempre.»

Terzi sta per rispondere, ma il cellulare di Marra lo interrompe. Il commissario preme un tasto e ascolta. Per tutta la conversazione non gli stacca gli occhi di dosso.

«Novità?»

«Ha presente le tracce che abbiamo trovato nella stanza sotto al pavimento?»

Il magistrato annuisce.

«Hanno fatto il test del dna e controllato la misura della scarpa. Non sono di Paola Vigliani.»

«Cristo santo.»

Giovanni non lo ascolta. Si alza.

«Devo andare, dottore.»

Terzi resta seduto, mentre Marra scende i gradini. Prima che se ne vada, lo chiama a mezza voce.

«Stia attento, commissario.»

Allontanandosi verso piazza Galileo, Giovanni non può fare a meno di chiedersi se la frase sia un consiglio o una minaccia.

In piedi poco prima dell'uscita del bar che dà su via dell'Archiginnasio, aspetto che succeda quello che l'uomo con i capelli corti mi ha raccontato.

Arriverà da destra, dalla piazza. E dovrò essere pronto e agire subito. Prima che l'altro faccia la sua mossa.

Così mi ha detto. E non so per quale motivo gli ho creduto. Non so perché i miei occhi si sono rifiutati di pensare che il tizio davanti alla tabaccheria sia solo uno qualunque che si fa una paglia dando un'occhiata in giro.

Forse è stato il tatuaggio. L'altra metà di qualcosa che mi manca. Il pezzo che riempie tutte le domande e cancella le paure. Se davvero lo sto facendo per Sara, allora anche lui deve essere dalla stessa parte.

Non può che essere così.

Non posso avere dubbi. Nemmeno uno.

Li sto cancellando scientificamente, quando arriva il rumore.

"Corri."

È l'unico pensiero che ho, appena lo sento.

Poi i miei piedi si muovono.

Con la coda dell'occhio vedo il tizio della tabaccheria che butta la sigaretta e parte in avanti.

Qualcuno urla.

E tutto comincia.

La Ducati di Antonio Parmeggiani attraversa via Rizzoli come un proiettile.

L'aria è una morsa che mi schiaccia le tempie, mi preme sugli occhi, costringendomi a socchiuderli.

Devo rimanere attaccato.

Non posso permettermi di pensare ad altro. Solo a questa moto del cazzo che va troppo forte e pare sempre sul punto di finire fuori strada. Provo a spostare la testa di lato, per guardare dietro. L'effetto è quello di una manata che mi sposta il collo da una parte.

Però lo vedo.

Il tizio della tabaccheria, su un'altra moto. L'ho visto partire quando gli siamo passati di fianco. Ce l'abbiamo addosso.

Guardo avanti, oltre le spalle del fratello di Sara, piegato sul manubrio.

Via Ugo Bassi mi sfila accanto come una macchia di colore. La moto si piega per evitare un autobus che inchioda alla fermata.

Sterziamo a sinistra.

L'altra moto stride, cercando la strada. E non molla terreno.

L'inerzia mi schiaccia contro la schiena di Antonio, mentre la moto frena e svolta verso via Saragozza. Taglia secco la strada a un ragazzo in bicicletta. Lo sento cadere, coperto dal rombo del nostro motore, di quello che ci segue e dalla sirena della polizia.

Due volanti che arrivano sparate dal fondo della strada. Urla gemelle che frantumano il silenzio come un bicchiere di cristallo.

Passiamo i viali, un incrocio dopo l'altro, filando accanto alle poche macchine che vanno chissà dove a una velocità che non possiamo permetterci.

Davanti alla stazione inclino la testa per guardare dietro.

Simone Mariani, sulla Honda, è a meno di due metri. Riesco a tenere il suo sguardo nel mio per meno di un secondo. La smorfia con cui lo sforzo gli taglia la faccia assomiglia a uno strano sorriso.

Dietro ci sono ancora le due macchine della polizia. Non ho idea di come faremo a togliercele di dosso. Non ho idea di un cazzo, ora. Nemmeno se sono dalla parte giusta.

Guardo avanti.

Spero che questa gita finisca.

E alla svelta.

La Ducati è sbucata fuori da via Oberdan verso via Irnerio, dritta come un raggio di sole. Quando esce dal portico la vede, in fondo alla strada.

Sterza a sinistra. Qualcuno inchioda, in mezzo all'incrocio.

Gli passa davanti mentre sta per ripartire e raccoglie la sua dose di insulti. Non li sente nemmeno.

Via Irnerio dura pochissimo. Giusto il tempo di crescere due marce.

Poi la Ducati volta a destra, nel parco della Montagnola.

Il tizio della moto si volta un istante a guardare indietro.

Lì dentro la polizia non li può seguire in auto.

È una questione privata.

Finalmente.

Il bambino è appena dietro la curva.

Scarta in mezzo allo sterrato che attraversa il parco e si ferma a fissarci mentre gli corriamo incontro.

Antonio Parmeggiani stringe le dita sul manubrio e tira il freno, mentre cerca disperatamente di sterzare.

Poi la moto si piega. La ruota di dietro scivola sulla ghiaia, attirata dal terreno come un sasso che precipita in un burrone.

Volo via. Picchio la spalla sui sassi e mi ritrovo sul prato.

Rotolo su me stesso non so quante volte, sbatto contro qualcosa di molto resistente. Per un attimo gli occhi si riempiono di milioni di piccole luci grigie, poi la realtà torna a fuoco.

Sento un urlo.

Alzo lo sguardo. Una ragazza sta correndo, due bambini per mano.

Faccio per alzarmi.

«Fermo» dice qualcuno.

E mi accorgo di tutto il resto.

La pelle di Gioia ha il sapore delle giornate di festa.

Scivolarle dentro, dopo un bicchiere di vino fresco e un viaggio in macchina senza radio e senza parole, ha fatto sentire Michele per la prima volta di nuovo a casa.

E adesso, dopo un lungo silenzio che nessuno dei due ha sentito il bisogno di riempire, c'è una domanda che gli corre fra i pensieri. Perché ha deciso che ci deve essere una risposta per tutto, nella sua testa e nella sua vita.

«Da quanto durava?»
Gioia gli appoggia una mano sul petto e sorride. La penombra del pomeriggio le scivola fra le spalle e le accende i capelli di rosso.
«Quasi due anni.»
Gli bacia un avambraccio, labbra umide e morbide.
«Due anni» sussurra Michele. Le accarezza la schiena con un dito.
«È assurdo.»
«Che cosa?»
«Che non mi ricordi niente.»
Gli dà un piccolo morso, sotto le costole.
«Proprio niente? Non mi sembrava.»
Ride. Un'espressione da bambina.
«No, niente. Sul serio. Avevo come una specie di sensazione. Non lo so, forse un ricordo lontano. Poi ho saputo tutto, oggi, quando ti ho fatto quella domanda. E qui, be'... è come se avessi trovato un pezzo della mia vita nascosto in un cassetto.»
«Mi sei mancato.»
Le solleva la testa e la bacia.
«Non so se posso dirti che anche tu mi sei mancata. So che mi mancheresti, adesso.»
Appoggia la testa sul cuscino. Sente il sapore di Gioia fra le labbra. Ci passa la lingua. È salata e dolce, come il suo sguardo.
«Mi dispiace per quello che è successo» le sussurra.
«Ma tu non ne hai colpa. È stato solo un incidente.»
«Dimmi di noi due, per favore.»
«Cosa vuoi sapere?»
«Non lo so. Avevamo dei progetti? Ti avevo fatto delle promesse? Perché vorrei ricordarmelo, adesso.»
«Non avresti mai lasciato tua moglie. Me lo avevi detto tante volte. Non ne parlavi volentieri e io non chiedevo niente. Però me lo avevi detto. Era una cosa che avevo accettato, ormai. Non so come, ma è così. E negli ultimi tempi mi sembravi... nervoso.»
«Nervoso?»

«Forse non è il termine giusto. Quel pacchetto, perché me lo hai spedito?»

«Non ricordo di averlo fatto. Dentro non c'è niente che mi faccia venire in mente qualcosa.»

«Però ci deve essere un motivo. "Devo risolvere un grosso problema" mi hai detto. "Ho un sospetto che devo chiarire e dopo sarà tutto diverso, forse anche fra di noi." Me lo ricordo benissimo. Eri qui, in questo stesso letto. Solo che fuori pioveva e non avevi l'espressione che hai adesso.»

«E che espressione avrei?»

Gli tocca con un dito la punta del naso.

«Quella di uno che sta cercando di riprendere in mano la sua vita. E che sembra contento di farlo.»

Michele la guarda. Occhi scuri lunghi e profondi. Mani piccole, sottili, leggere. Il sorriso luminoso che le spalanca i pensieri.

Vorrebbe che fosse così. Che Gioia avesse ragione e che lui stesse veramente riprendendo in mano la sua vita. Vorrebbe riuscirci. Scoprire ogni cosa, ogni sensazione, anche quelle più assurde che non riesce a decifrare.

Il cd di Mirella, per esempio. E il sospetto che aveva rivelato a Gioia e che adesso gli rimbalza in testa, legato a quel pacchetto che non sa di aver mandato. E al contenuto, del tutto incomprensibile.

«Devi avere pazienza, Gioia.»

Ora è lei che lo bacia. Si solleva sui gomiti e gli cerca le labbra, il seno gonfio e sodo appoggiato al suo petto.

«Ho pazienza, lo sai» sussurra, a pochi centimetri dalla sua bocca.

La stringe e assaggia la sua lingua, il profumo dei capelli, le mani sul viso, sui fianchi. Poi scende di nuovo il silenzio. Sottile come i piccoli cerchi che lei sta disegnando con le dita al centro del suo petto.

«Sai quando ho veramente avuto paura per te?»

Michele la guarda. Ha un'espressione strana. Sembra indecisa se raccontare un altro pezzo di passato che può tagliare i suoi pensieri, da qualche parte.

«Quando?»

«Dopo che sei uscito dal coma. Poco prima che ti dimettessero dall'ospedale. Quando è morto quel tuo amico. Pensavo che saresti crollato.»

Michele si solleva sui gomiti.

«Chi?»

«Oddio, spero di non...»

Cerca di mantenere la calma. Sente i muscoli del viso che si irrigidiscono. La voce, per fortuna, esce appena indurita.

«Di chi stai parlando, stella?»

«È stato anche sul giornale e in televisione. Aurelio Strazzari.»

Il respiro di Gioia sembra fermarsi alla fine della frase.

E l'eco di qualcosa che dovrebbe sapere risale dal fondo dei pensieri di Michele, attaccato a quel nome e cognome.

Un viso. Una voce. Un ricordo sfocato vecchio di anni.

Uno strano dolore che gli stringe gli occhi, senza che sappia perché.

«Togliti il casco.»

L'uomo della Ducati è davanti a lui, appoggiato su un fianco, i pantaloni strappati all'altezza del ginocchio.

Zanardi è qualche passo più indietro. Steso fra la biglietteria delle giostre e il muro della scuola elementare.

Per un attimo Simone Mariani gli punta la pistola addosso.

«Fermo. Non ti azzardare a muoverti» dice, poi muove l'arma verso il motociclista.

Ha ancora il casco.

Sente il suo respiro dietro la visiera, ma non vede i suoi occhi. Soltanto il sollevarsi del petto, ritmico e veloce.

«Togliti il casco» ripete. E gli avvicina la pistola alla gola.

L'uomo muove le mani. Allora fa un passo indietro. Abbassa la canna.

«Se fai una sola stronzata ti faccio saltare le palle.»

L'altro non risponde. Porta un paio di guanti da motociclista. Neri, lucidi. Si limita a sollevarsi sulle ginocchia e sfilare il casco.

Quando lo lascia andare, Mariani si accorge che sta sorridendo. E quell'espressione riemerge all'improvviso dal suo passato, come un sughero spinto a forza in uno specchio d'acqua.

"Non sorriderai così ancora per molto" pensa.

«Cosa ci fai qui?»

Antonio Parmeggiani lo guarda senza dire niente. Le mani sollevate all'altezza delle spalle, i palmi voltati in avanti. Lunghe gocce di sudore gli scivolano dalle tempie.

Si avvicina. Il braccio con la pistola in avanti.

«Come vuoi.»

L'altro solleva lentamente la testa. Lo guarda.

Gli appoggia la canna alla fronte.

Il sorriso gli muore fra i denti. Il petto non si solleva più al ritmo di prima. Il respiro è normale, tranquillo.

Sente il grilletto sotto il dito.

Poi la mano di Antonio si muove. Se ne accorge solo quando colpisce la canna della pistola, togliendosela dalla fronte e muovendo il viso nella direzione opposta.

Il colpo che parte prima che l'arma gli voli via di mano si pianta contro il muro della scuola elementare. Qualcosa lo colpisce forte in mezzo agli occhi, facendolo volare all'indietro. Il dolore gli esplode nello sguardo come una luce accecante.

L'uomo della Ducati gli salta sopra. Gli pianta un ginocchio nello stomaco, spezzandogli il respiro.

Si sente una sirena, all'ingresso del parco.

Ma l'unica cosa che conta, ora, sono gli occhi di Parmeggiani. Freddi come la canna della pistola che gli ha appoggiato sul collo. Deve averlo colpito con quella.

«Spiegagli che questa faccenda non si risolve così» sussurra, prima di colpirlo di nuovo. Questa volta fra le gambe.

Mentre si piega per cercare di respirare, lo vede allontanarsi di corsa.

Nella stessa direzione in cui, poco prima, è scomparso dalla sua vista Nicola Zanardi.

Muovendo lentamente la freccia del mouse, il commissario Giovanni Marra studia i dati sullo schermo.

I tabulati telefonici di Sara Parmeggiani, quelli con le cifre vere, senza tutti gli asterischi.

Lo aspettavano quando è rientrato dalla chiacchierata con Terzi.

La prima cosa che ha fatto è stata rifilarli a qualcuno perché rintracciasse tutti i proprietari di quei numeri.

Ora sono lì, davanti ai suoi occhi.

E tra questi spiccano i numeri di Aurelio Strazzari e dell'hotel Weiss.

Li ha notati subito, scorrendo con occhio distratto la lunga tabella piena di cifre. E ha sorriso, un'espressione che si è spenta di colpo non appena ha ordinato per nome tutta quella infinita distesa di numeri.

Alza il telefono e, dopo meno di un minuto, ha davanti la persona che cerca. Gira il monitor, indica un punto con una matita.

«Che cazzo vuol dire questo?»

L'agente guarda la riga indicata da Marra senza sorprendersi.

Nel momento stesso in cui ha compilato quella lista ha avuto la certezza che questa scena si sarebbe svolta.

Fra tutti i numeri che ha chiamato e che hanno chiamato Sara Parmeggiani, ce ne sono due che non è possibile rintracciare. Le compagnie telefoniche non sono autorizzate a fornirli completi. Neppure alla polizia.

Stanno lì, in cima alla lista, con gli asterischi al loro posto e la parola *Anonimo* bene in vista nella casella del proprietario. Sono quelli che mancavano nei tabulati precedenti.

«Non c'è verso di farseli dare» aggiunge l'agente alla fine della spiegazione.

Giovanni lo guarda. Sembra aspettare che il ragazzo dica qualcosa in più. Una frase, una parola con cui possa dargli dell'incompetente, un dettaglio che riveli improvvisamente che non sa fare il suo lavoro.

Invece sta zitto. Si limita a rimanere davanti alla scrivania, le braccia lungo il corpo, i muscoli tesi che aspettano la sfuriata.

Marra tira un lungo respiro.

«Vai, vai pure. E chiudi la porta.»

Quando resta solo, alza il telefono. Rimane con la cornetta in mano, indeciso su cosa fare, un istante di troppo.

Squilla il cellulare, appoggia il telefono sulla scrivania e risponde.

«Lo abbiamo perso» dice la voce dall'altra parte.

E Giovanni si morde un labbro per non bestemmiare.

Antonio Parmeggiani colpisce il tizio della moto con il calcio della pistola.

Un colpo secco, dritto in mezzo agli occhi, che si schianta sul viso dell'uomo con uno scrocchio sinistro.

Non posso fare a meno di fissarlo. Rivedo, come in uno stranissimo replay accelerato, i movimenti che ha fatto per liberarsi dell'arma appoggiata alla fronte. Gesti veloci più della distanza fra il dito e il grilletto. Eppure compiuti come una routine replicata migliaia di volte, che torna a galla nel momento in cui la devi usare.

"Chi sei?" penso mentre lo vedo sedersi sul corpo dell'altro, piantandogli un ginocchio nello stomaco. "Chi sei?" ripeto a me stesso mentre mi alzo in piedi di scatto e comincio a correre.

Risalgo la collina della Montagnola senza guardarmi indietro, cercando di ignorare il dolore che mi schianta la spalla a ogni passo. Continuo a correre, a correre senza pensare, senza farmi domande, senza capire dove sto andando e perché. Da chi sto davvero scappando.

Mi fermo quando arrivo in cima.

Alla mia sinistra c'è la scala di marmo che scende verso via Indipendenza. Mi volto. In fondo alla discesa, Antonio Parmeggiani sta correndo nella mia direzione. Ogni tanto rallenta e si guarda intorno.

Non può vedermi, con la luce del sole che gli sbatte dritto in faccia e l'ombra degli alberi dentro cui mi nascondo.

Aspetto che faccia altri due passi, poi mi muovo.

La decisione spunta fra i pensieri senza che capisca nemmeno perché.

Mi infilo per la scala e con la coda dell'occhio lo vedo che scarta a sinistra per seguirmi. Scendo una decina di gradini, poi scavalco la recinzione e mi infilo nel boschetto.

Mi fermo, in ginocchio, dietro al tronco di una grossa quercia.

Antonio spunta qualche metro più in alto, sul primo gradino. Scende di corsa, la forma della pistola disegnata nella tasca dei pantaloni. Mi passa davanti senza nemmeno immaginare da che parte sono andato. In fondo alla scala si ferma. Controlla il traffico di pedoni che scivola lento per via Indipendenza. Poi si sente una sirena. Sembra molto vicina.

Si infila nel portico, scompare.

E io comincio a scendere dalla parte opposta della Montagnola. Appoggiato a un albero, a meno di cinque metri dalla strada, prendo un lungo respiro, convinto che finirò per vomitare quello che resta della mia capacità di resistere. Invece non succede niente.

Solo il cuore che rallenta nel petto, senza fretta.

Alla fine resta solo la strada.

Scendo attraverso il vialetto di un centro sociale per anziani.

Via del Pallone è deserta. Nemmeno la guardia giurata che staziona sempre davanti al palazzo della Telecom.

Mi guardo intorno due volte, poi cammino svelto fino all'ingresso sul retro dell'autostazione. Fermo un taxi e mi faccio portare all'aeroporto.

Seguo il piano che la mia mente ha elaborato per me, come un automa. Senza capirne fino in fondo i contorni. Noleggio una macchina. Guido senza fretta, infilandomi direttamente in autostrada.

Al primo autogrill mi fermo e chiedo un sacchetto di ghiaccio. Lo lego forte alla spalla, soffiando fuori una bestemmia.

Riparto. Il sole che scende colora l'asfalto di rosa.

Butto uno sguardo al retrovisore. Nessuno mi segue.

Per ora.

La voce del Grigio è una lastra di marmo battuta dalla pioggia.

Scivola fra i pensieri come un cattivo odore.

Simone Mariani la ascolta e appoggia la testa al cuscino. Le lenzuola fresche lo fanno sentire vivo. Malgrado il dolore al setto nasale, tenuto a bada con due tamponi e qualche pillola.

«Lei lo sapeva.»

Non è una domanda. Solo un'affermazione. Qualcosa che fa perfettamente il paio con la frase che ha sentito sussurrare dall'uomo che gli ha rotto il naso.

Spiega al tuo capo che questa faccenda non si risolve così.

La ripete, ora. E il Grigio sembra sorridere.

«So anche questo.»

Cala il silenzio.

Cerca di prendere un respiro più lungo e gli occhi si riempiono di lacrime. Le asciuga, sfiorando con la punta delle dita il bordo del livido violaceo che gli assorbe lo sguardo, come una maschera.

«Dobbiamo parlare. Con calma.»

Il Grigio risponde subito.

«Domani.»

«La aspetto.»

«Come sta?»

Incontra il suo sguardo nello specchio e sorride.

«Vivo. Esattamente come deve essere.»

Il Grigio chiude la comunicazione.

Simone Mariani si allunga sul tavolino e prende un'altra pastiglia.

Chiude gli occhi. Pensa al volto dell'altro, ai conti rimasti in sospeso da troppo tempo. All'occasione che la vita gli ha dato di saldarli tutti.

Finalmente.

«C'è qualcosa che devo farle vedere.»

Raffaella Petri si solleva di scatto a sedere sul divano.

Stringe il telefono. Risponde senza pensare.

«Anch'io.»

«Domani?»

Sembra che stia parlando senza usare le labbra. Solo la gola sembra produrre suono. Qualcosa di coperto e attenuato, terribilmente tetro e indifferente.

Terrificante.

«Va bene.»

Michele Ferrari non risponde. La comunicazione si interrompe, spezzata come un ramo secco.

Raffaella rimane attaccata al telefono e a quella frase.

C'è qualcosa che devo farle vedere.

Una fune di sicurezza che dovrebbe farla sentire meglio e che invece pesa sui suoi pensieri, sulla paura e sull'attesa che comincia a crescerle dentro.

Lascia andare il telefono e si siede sui talloni.

Il ronzio dell'aria condizionata le accarezza la fronte. Ma non lo sente nemmeno. Come non sente la musica dello stereo che riempie la stanza e la moto smarmittata che taglia il silenzio della sera.

C'è solo la foto della bambina nella sua testa.

E la paura per quello che succederà quando finalmente la farà vedere a Michele.

Giovanni Marra preme un tasto e la comunicazione si interrompe.

Nicola è scomparso da oltre dieci ore e ha perso il conto del numero di volte in cui ha provato a cercarlo al telefono. Il suo appartamento è deserto, abbandonato senza particolare cura. Il letto ancora disfatto, la tazza con la colazione lasciata nel lavello.

È uscito stamattina per andare da qualche parte e non è più tornato.

«Lo abbiamo perso» ha detto l'agente di sorveglianza che fa il turno di giorno. E poi gli ha raccontato dell'inseguimento alle due moto. Un attimo prima che Giovanni gli rovesciasse addosso tutta la sua rabbia e una buona parte della paura che sentiva crescere dentro.

Ancora non sapeva che le due moto erano state rubate. Che le targhe erano false. Che sul telaio, sulla carena, sul manubrio e su tutte le fottute parti che aveva fatto analizzare, non c'era nessuna traccia di impronte. Tranne quelle di Nicola.

Ancora non aveva sentito nemmeno la testimonianza di una ragazza che aveva visto i due tizi in faccia, anche se da lontano.

E che gli aveva descritto un uomo con i capelli corti.

Quello che guidava la moto su cui stava Nicola. Quello che era scappato dalla stessa parte dove era scappato Nicola. E che assomigliava terribilmente al suo uomo del treno, al tizio da cui pensava di essere sorvegliato ovunque andasse. Spuntato fuori dai suoi incubi peggiori, trasformando Bologna nella succursale del Mugello per portarselo via.

La ragazza aveva guardato tre ore di foto segnaletiche, mentre li implorava di non dire niente ai genitori dei due marmocchi a cui faceva da babysitter e che scorrazzavano per la stanza facendo un casino d'inferno.

«Le facce di due persone normali, a vederli» aveva detto alla fine. Gli occhi lucidi, stanchi e piegati dalla paura che faticava a defluire.

«Proprio due persone a posto» aveva ripetuto. E a Giovanni era venuto da ridere, pensando a quante cose tremende aveva visto fare nella sua vita a persone che sembravano a posto.

Due persone come quelle degli identikit che ora Marra appoggia sul tavolo, uno accanto all'altro. Potrebbero essere chiunque. Se li incontrasse per strada non saprebbe riconoscerli. Due volti anonimi dietro cui si nasconde tutto quello che vorrebbe sapere.

Si alza. Cammina scalzo fino in cucina e beve a collo un lungo sorso d'acqua. Il caldo e l'umidità della notte gli incollano al petto la maglietta di cotone.

La allontana, pizzicando la stoffa.

Esattamente come vorrebbe fare con i suoi dubbi. Eliminarli uno per uno, stuzzicandoli come corde di una chitarra. Per sentire che suono hanno.

L'uomo con i capelli corti ha portato via Nicola dal bar. E dal tizio che li ha inseguiti e che aspettava fuori. Giovanni prende il foglio con l'identikit e lo guarda. I capelli neri, lisci. Il viso regolare e abbronzato. Tiene quei lineamenti di carta fra le dita e non può fare a meno di pensare che l'uomo di cui Nicola doveva aver paura era questo, non l'altro. Che forse il tizio con i capelli corti era lì a sorvegliarlo, per essere sicuro che non potesse succedergli nulla.

Quello che avrebbe dovuto fare lui e che non è riuscito a fare.

Prende il cellulare e riprova di nuovo quel maledetto numero.

«Il telefono della persona chiamata potrebbe essere spento o non raggiungibile.»

«Fanculo» sussurra.

Si infila in terrazza.

Alle sue spalle, la casa buia e vuota gli stringe la nuca in una strana carezza. Per un attimo è sicuro che arriveranno le mani di Marzia, a massaggiargli il collo e le spalle, morbide e dolci. E poi a stringersi sulla gola, fino a portarlo lontano.

Non opporrebbe resistenza.

Si accende una sigaretta. Il fumo della prima boccata vola via nell'unico refolo di vento di una notte opprimente. Da qualche parte, qualcuno ascolta la radio. Molto più distante, nella direzione del suo sguardo, c'è la casa in cui è morta Sara Parmeggiani. Un respiro strappato via dalla gola per proteggere un segreto.

L'identità di un uomo.

Segue per un attimo il punto luminoso di un'auto, poi i suoi pensieri si spostano sullo sguardo di Terzi. Il sole in faccia che gli disegnava una strana smorfia sul viso. Terzi così per bene, così preciso e puntuale nel suo lavoro. Così insospettabile.

La persona che ha in mente non assomiglia nemmeno al magistrato.

La persona che ha in mente potrebbe essere uno di quei due numeri di telefono crittati che la compagnia telefonica non gli vuole rivelare. Forse addirittura tutti e due. Qualcuno disposto a nascondere con molta cura la segretezza di quegli asterischi.

Finisce la sigaretta, torna in casa.

Si butta sul divano e accende la televisione.

Un notiziario locale manda a tutto schermo la foto di Fabio Lamberti.

Spegne subito.

Vorrebbe riuscire a farlo anche con i suoi pensieri. Vorrebbe che esistesse un modo per non lasciarli scivolare via, per non sentire la stanchezza e il peso di tutto quello che deve fare. Per riuscire a fermare la sensazione che la sua vita venga seppellita ogni giorno di più da una frana di avvenimenti che scende sempre più rapida.

Vorrebbe saperlo fare. Averne il coraggio.

Dare una risposta a se stesso, a Sara Parmeggiani, a Nicola.

A Paola Vigliani e a chiunque fosse con lei dentro la stanza nascosta sotto al pavimento.

Si alza. Versa qualche goccia di sonnifero in un bicchiere d'acqua. Poi lentamente cammina fino al letto.

L'ultimo pensiero prima di dormire è una bambina senza volto.

Accovacciata in un angolo, una scarpa argentata stretta fra le mani.

Lacrime che le scivolano dagli occhi, cadono a terra e tintinnano come monete.

Gocce di sangue in una stanza scura.

La camera d'albergo è piccola, silenziosa e immersa nell'aria condizionata.

Sono anni che Marco mi chiede di venirlo a trovare.

Le due settimane in cui l'ho aiutato a disintossicarsi, chiudendolo nella casa vuota di sua zia come un animale randagio in un canile, sono un momento così lontano che a pensarci sembra di parlare della vita di un altro. Stasera, quando ho preso la macchina e ho pensato a dove potevo andare, è stata l'unica idea che mi è venuta in mente.

Spero di averla avuta solo io.

Guardandomi entrare nella hall, mi ha sorriso con quel faccione grande e grosso e il fisico un po' piantato che gli è venuto quando ha smesso di giocare a tennis per prendere in gestione l'albergo dei genitori.

Non gli ho detto niente, solo che avevo bisogno di un posto dove stare lontano dal mondo. E lui si è limitato a sorridermi, a farmi parcheggiare la macchina nel garage sotterraneo e a mostrarmi la stanza senza registrare la mia presenza.

Mi alzo dal letto e sbircio fuori, oltre il terrazzino protetto dalla porta a vetri. La strada dell'albergo è sottile come i capelli di un bambino. La controllo senza accendere la luce, guardando semplicemente per vedere chi c'è, forse soltanto per togliermi dalla pancia il cattivo gusto di un attacco d'ansia arrivato all'improvviso, a ricordarmi di colpo quello che è successo oggi.

Dovrei uscire, mescolarmi fra i pochi turisti che sono venuti a riempire Riccione quando le ferie d'agosto sono ormai finite e trovare un telefono pubblico per chiamare Giovanni e dirgli tutto.

Ma non lo faccio. Non so più di chi mi devo fidare e di chi no.

Di lui, che doveva proteggermi e non l'ha fatto.

O di Antonio Parmeggiani, che mi ha salvato la vita, ma solo perché vuole qualcosa da me.

Resto appollaiato alla finestra. La strada è talmente simile a quella in cui ho passato le estati della mia infanzia da farmi pensare per un momento che niente sia mai successo da allora. Che la mia vita sia stata solo un lungo sogno. Brutto e bello insieme, come sanno essere le giornate vissute.

Tiro le tende. Accendo la lampada. Mi butto sul letto. Devo staccare la spina per qualche ora. Convincermi che non c'è nessuno là fuori che mi cerca. Che il rumore della moto e il nero della canna della pistola sono un ricordo di qualcosa che è passato e che mi aspetta, ma da cui ho guadagnato una tregua, per poterci pensare domani.

Muovendomi sulle lenzuola fresche, la spalla mi risponde con una lunga fitta di dolore. C'è un livido violaceo che parte dal tricipite e si arrampica fino alla scapola. Ogni volta che muovo l'articolazione sento uno strano scrocchio, tra il collo e la clavicola. Un lontano ricordo di un incidente di gioco che non ha mai smesso di lasciarmi stare e che la botta ha in qualche modo richiamato a galla.

Apro il frigobar, prendo una lattina di coca ghiacciata e la muovo sulla spalla. Il freddo mi risale la pelle come un graffio. Appoggio il cuscino alla parete e la schiena al cuscino.

Accendo la televisione.

Sullo schermo passa la scena dei baci di *Nuovo Cinema Paradiso*.

Jacques Perrin da solo, nel buio della sala. Totò diventato grande.

E davanti a lui tutti gli spezzoni dei suoi film di ragazzo, i baci tagliati perché immorali, quasi pornografici.

E le lacrime per una vita di rimorsi buttata via.

Per quello che è stato e che non ritorna più, che non sarà mai più uguale nemmeno se ci provi, nemmeno se lo vuoi. E per tutto quello che non hai avuto perché ti è mancato il coraggio di allungare una mano e provare a prenderlo.

Non voglio trovarmi mai a guardare gli spezzoni dei film che la mia vita non è stata. Entrare al cinema in una sera d'inverno, stanco nelle braccia, nei pensieri e nel corpo, e sentirmi scendere sul viso, insieme alle lacrime, tutti i giorni che non ho vissuto.

Sono già troppi e non riuscirei a piangerli tutti.

Spengo la televisione, rimetto la lattina in frigo, il cuscino al suo posto.

Mi sdraio.

Guardo per qualche secondo il soffitto e sento la paura crescermi nel respiro, portata a spasso dal silenzio.

Spengo la luce, chiudo gli occhi, cerco di staccare i pensieri.

Niente incubi, stanotte.

Per favore.

Da qualche parte passa una moto e Lisa si sveglia.

Il ronzio della notte riempie la stanza e le si infila nei pensieri. Si gira di scatto su un fianco e preme il cuscino contro le orecchie, per rimanere sola.

L'ha sognata di nuovo. La Voce.

Ma per la prima volta, svegliandosi, ha avuto la sensazione di essersi portata dietro qualcosa. Nel letto della stanza che divide con sua madre. Nel mondo reale, qui e ora.

Qualcosa di vivo che non si è spezzato con il tonfo della porta che ogni volta la sbatte fuori dall'incubo. Ma che è rimasto con lei, attaccato alla pelle.

Non se lo ricorda mai, quel sogno. Non è come l'angelo. È tutta un'altra cosa. L'angelo è un fantasma che scappa fuori dalla sua paura. Questo invece è un ricordo che la sua mente le fa rivivere di continuo, come in quel film sul giorno della marmotta.

Solo che lì, guardandolo, le veniva da ridere.

Mentre, ogni volta che si sveglia, Lisa sa che sta per morire.

Non ha paura che succeda, non più. È passato troppo tempo e un giorno dopo l'altro ha imparato che la paura è qualcosa con cui puoi convivere, finisce per far parte di te, per diventare un'emozione come un'altra. Anche se riempie tutto, perfino il respiro.

«La morte fa parte della vita» le hanno detto un giorno a scuola. E allora non aveva capito cosa volesse dire.

Adesso, dopo quella porta, dopo averla sentita per la prima volta, sa che cosa significa. E anche che è profondamente falso.

La morte *è* la sua vita. Ieri e tanto tempo prima di ieri. Oggi, nel letto della stanza che divide con sua madre. Nel mondo reale, qui e ora.

Non sa quando succederà, non sa nemmeno come. Forse un giorno si sveglierà da uno dei suoi sogni e scoprirà che tutto si è fermato a sei mesi fa e che ogni cosa che è convinta di avere vissuto da allora è stata solo un altro sogno diverso rinchiuso nel primo. Una storia che ne nasconde un'altra che ne nasconde un'altra, come quelle bamboline russe fatte a uovo.

Scosta la testa dal cuscino e ascolta.

Non c'è più quel ronzio, solo il respiro di sua madre che dorme, nascosto da qualche parte, nel silenzio.

Il silenzio le piace, la fa sentire uguale agli altri.

Certe volte, quando sente il suono della sua voce, non lo riconosce più. La sua voce, quella vera, se n'è andata tanto tempo fa. Quando era ancora una bambina. Adesso l'unica cosa che riesce ad ascoltare è il rumore dell'acqua. In piscina, quando allunga la testa sotto la linea di galleggiamento, chiude gli occhi e le sembra di volare. Una bracciata dopo l'altra, nel nulla. Svanisce tutto, anche la paura. E poi nel mare, come oggi. Le onde che cercano di portarla a spasso, la corrente che le accarezza i capelli, il sapore dell'acqua che diventa caldo e freddo, più salato, più dolce.

Uguale al sangue. Pensava che avesse un sapore diverso. Che fosse meno denso. Meno vivo. Invece assomiglia a un succo di frutta alla pera in cui per farti uno scherzo hanno messo del sale. Fa schifo allo stesso modo. Un sapore che ti resta in bocca senza sapere come mandarlo via.

Come quegli occhi. Se li ricorda bene. Sembravano dolci, ma non lo erano. Erano solo cattivi.

Sono stati loro a spegnerle il respiro. A chiuderle in bocca tutte le parole, a buttarla via in un sacco. È a loro che pensa quando scappa dalle mani di sua madre, quando fugge via dalle sue dita fra i capelli, dal sorriso che le vede in faccia, dietro a un'espressione che non sa capire.

Vuole bene a sua mamma.

È tutto quello che ha, che ha sempre saputo di avere, che ha scoperto di desiderare. Specie di notte, quando torna il silenzio. Quando non ci sono visi e volti da controllare per la paura che ti vengano a prendere di nuovo. Quando non hai i brividi alla schiena perché hai sentito una voce, una canzone, un rumore che ti ricorda qualcosa.

Torneranno, quegli occhi. Torneranno solo per lei.

E quando succederà, Lisa ha deciso di uccidersi.

Per non vederli, per non sentirli, per non dover più scappare da niente.

Si morde un labbro e si sposta sulla schiena.

Chiude gli occhi, pensa al mare e si sente incredibilmente serena. Sorride.

«Ti voglio bene, mamma» sussurra.

Lo fa tutte le notti, ma lei sta dormendo.

E non la sente mai.

Parte Seconda

NELLA LUCE

«E capisce che non deve farsi domande, che le domande non servono a niente, che ci sono solo le cose che si fanno, e le scelte, come una strada che si divide e tu devi prendere un ramo oppure l'altro. E poi camminare, senza voltarti indietro.»

SIMONA VINCI, *Come prima delle madri*

Sabato 28 agosto 2004

Si sveglia che ha appena fatto giorno.

La luce che filtra dalle tapparelle è una mano con troppe dita. Illumina il lenzuolo, rivela minuscole particelle di pulviscolo sospese nell'aria. Promette calore, troppo.

Varo Borja resta un istante a guardare l'impronta del mattino che attraversa la stanza. Cerca di disperdere i pensieri, ancora agganciati al sogno che ha spalancato i suoi occhi, un istante prima.

Il giorno in cui ha incontrato lo Slavo.

È uno dei due incubi che ha e quando si sveglia non riesce a ricordare quasi nulla. L'altro, invece, rimane stampato in testa anche troppo nitidamente. Con il suo odore rancido e malato che non se ne va mai.

"Il passato" pensa, "è una colonna di fumo nero che si alza nel bosco. E non puoi far altro che guardarlo salire a macchiare il cielo. Perché entrarci dentro e cercare da dove viene significa correre il rischio di perdersi."

Si alza.

Cammina in punta di piedi fino al bagno. Cerca di non fare rumore. Si chiude dentro e lascia scendere l'acqua dal lavandino.

La ascolta cadere, aspetta che sia finalmente fredda, se la passa sul viso a cancellare tutto. Alza gli occhi e si guarda allo specchio. Se lo avesse fatto prima non avrebbe potuto riconoscersi.

Ora sì, invece.

Vive due vite e se ne rende conto solo in alcuni minuscoli momenti.

È l'unica soluzione che ha per non impazzire del tutto.

La questura di Bologna è pulita come il primo sole del mattino.

Giovanni Marra guarda il suo ufficio, appena reso agibile dagli uomini della scientifica che hanno setacciato dappertutto.

Non ci sono cimici, non ci sono microfoni. Le linee telefoniche e la mail non sono intercettate. Hanno aperto il suo cellulare e controllato tutto.

Vale per lui, per i suoi collaboratori. E per il dottor Terzi.

Seduto sul bordo della scrivania, il caldo dell'estate appiccicato alla pelle, si sente terribilmente inutile e ridicolo.

Eppure è sicuro di essere nel giusto.

Se non c'è nessuna intercettazione, allora è qualcuno coinvolto nell'indagine.

«Posso, commissario?»

L'ispettore Francesco Carta, fermo sulla soglia. La faccia sbattuta da una notte senza sonno.

«Vieni dentro.»

Si siede.

«Zanardi ha noleggiato una macchina all'aeroporto.»

Lo ha scoperto interrogando i tassisti che facevano servizio in centro ieri pomeriggio. Ne ha sentiti più o meno una ventina. Quello che cercava è un tizio con una bella faccia tonda e almeno tre menti, che ha riconosciuto Nicola appena ha visto la sua fotografia.

«Si guardava continuamente intorno. Non ha mai staccato la faccia dal finestrino. Ma io non ho fatto domande. Sa, in giro c'è della brutta gente.»

Carta gli ha sorriso. Sembrava uno che la gente non sta ad ascoltare così spesso. E allora lo ha lasciato tirare dritto con le parole, anche se tutto quello che gli serviva era sapere dove aveva portato il suo passeggero.

«È bastato controllare all'aeroporto» spiega, mentre il commissario Giovanni Marra tortura il cappuccio di una penna. «L'auto l'ha noleggiata con il suo nome.»

«E naturalmente non sai dove è andato.»

«Quando si noleggia una macchina non serve sapere dove andare.»

Allunga un foglio a Giovanni. Il commissario fa scivolare lo sguardo direttamente sulla firma, in fondo al modulo di noleggio. La calligrafia di Nicola, senza nessun dubbio. Deve riportare l'auto all'aeroporto fra due giorni.

Sbuffa.

Alza il telefono. Il numero di cellulare di Terzi gli scappa dalle dita senza avergli nemmeno attraversato i pensieri.

«Ho bisogno di un mandato, dottore. Devo conoscere la localizzazione di un cellulare e tutte le chiamate entrate e uscenti... sì, molto urgente... il caso Parmeggiani... prima che può, grazie. Le mando qualcuno.»

Riaggancia. Pianta lo sguardo negli occhi di Carta.

«Vai dal dottor Terzi, prendi il mandato e rompi i coglioni a quelli di Vodafone. Voglio sapere dove cazzo è finito Zanardi. Chiaro?»

Carta annuisce. Si muove svelto, senza dire niente. Prima che esca dallo studio, Giovanni lo ferma.

«Senti, mandami Di Paola, per favore.»

«Subito.»

«Hai fatto un buon lavoro, Francesco. Quando hai finito vai a casa e dormi un po'. Ma non staccare il telefono, ok? E stasera, quando rientri in servizio, vieni da me.»

Carta sorride. Sembra che anche quell'espressione gli costi fatica.

Meno di un minuto dopo entra Di Paola. Si ferma davanti alla scrivania, come un picchetto d'onore.

«Dobbiamo trovare una macchina. Una Renault Clio grigia.» Giovanni prende un foglietto e scrive, la calligrafia mancina veloce e rotonda. «Ecco la targa.»

«E dove dovrebbe essere, commissario?»

Marra si passa la lingua sulle labbra e cerca di stare tranquillo. Appena apre bocca sa già che ogni sforzo è del tutto inutile.

«Ho detto che dobbiamo trovarla, Di Paola. Mi hai capito?»

«Sì, signor commissario, ma...»

«Fai una segnalazione a tutti i commissariati, ai vigili urbani, agli uffici postali, alle biblioteche, ai canili. Cazzo, devo insegnarti a fare il tuo lavoro?»

«No, signor commissario.»

«E allora fallo. E un'altra cosa. Voglio qualcuno a sorvegliare l'aeroporto. Tutti gli ingressi e tutti i parcheggi. Ventiquattro ore al giorno. Se vede quella Clio, prende il tizio che sta al volante e me lo porta qui. Di filata. Sono stato chiaro?»

Di Paola risponde subito.

«Sì, signor commissario.»

Se ne va, lasciando l'eco dei suoi passi nel corridoio.

Lo sente parlare con qualcuno, organizzare l'ordine che ha ricevuto.

Giovanni si alza, chiude la porta e ritorna dietro la scrivania.

Appoggia i gomiti, abbassa la testa e intreccia le mani dietro la nuca. Qualcosa di gelido pulsa come un cuore, alla base del collo. Chiude gli occhi, un solo lunghissimo istante.

Deve fare qualcosa.

E anche se non capisce perché, sa che non è rimasto molto tempo per farlo.

Esco dall'albergo di Marco, cammino per le strade di Riccione e mi sento a casa.

Per un motivo che non so capire, sono convinto che non potrà mai succedere niente di male in un posto come questo. Con il sole che disegna sulla strada le stesse ombre di una vita fa. L'odore della sabbia e del mare che arriva dappertutto, il rumore delle ciabatte di plastica che maltrattano pigre l'asfalto. Il ricordo di un bacio lungo e nuovo dato una sera di pioggia, passata da mille anni. Lo strano silenzio che ricopre viale Ceccarini, quando il mare si sveglia e qualcuno va a dormire, con la testa pesante di alcol, musica e sonnolenza.

La discoteca che lascia il posto alle famiglie, in un'alternanza perfetta di mondi diversi che finiscono per scambiarsi i ruoli a distanza di anni.

Mi infilo in un negozio, compro un paio di boxer rossi e bianchi, una maglietta, un cappellino da pescatore e un telo da bagno. Mi cambio direttamente in camerino e, dopo aver pagato, controllo quanti contanti mi sono rimasti. Abbastanza per non preoccuparmi. Almeno per oggi.

Il passaggio successivo è l'edicola all'inizio della strada.

La copertina con le foto che ho scattato a Baghdad è appena dopo l'ingresso. Un tizio prende la rivista e la sfoglia. Per un attimo controllo il suo sguardo, cerco di capire la reazione. Poi scopro che non me ne frega niente, compro il quotidiano ed esco.

Mi siedo a un tavolino d'angolo del Green bar. Appoggio le spalle allo schienale e lascio andare lo sguardo verso la processione di turisti diretti alla spiaggia. Mi sono seduto un milione di volte in questo stesso tavolino. Nascosto dall'ombra della veranda a controllare quello che passava su viale Ceccarini.

Adesso è tutto diverso, anche questo posto. Non è rimasto quasi niente di ciò che ricordo. Solo un cameriere che si avvicina e sembra aver attraversato il tempo, nascondendo in soffitta un ritratto invecchiato al posto suo.

Ordino un cappuccino, una pasta al cioccolato e apro il giornale.

Il titolo de «la Repubblica» è sugli ostaggi in Iraq. Nessuna rivendicazione, nessuna richiesta, nessun filmato. La foto dei due giornalisti in prima pagina è un fotogramma preso da una vecchia trasmissione televisiva. Mi rendo conto che sto leggendo l'articolo quando ormai sono arrivato in fondo e il primo pensiero è che veramente qualcosa è cambiato. Vedere le foto di Abdel, parlare con sua madre, chiederle di ricordarsi di me ancora una volta, riconoscere alla fine che è successo veramente, è servito a voltar pagina una volta per tutte.

Non c'è nulla che posso fare per permettere al tempo di ritornare indietro. Solo cercare una spiegazione per le cose che succedono. Per quanto mi aggrappi al passato o nasconda la testa sotto la sabbia, resta sempre due passi avanti a me.

Nient'altro.

È banale e anche un po' stupido. Ma saperlo, finalmente, mi fa sentire bene come non mi capitava da troppo. Mi concede almeno una speranza che tutto, prima o poi, possa tornare al suo posto.

In fondo è per questo che sono scappato qui. Per avere un po' di tempo per capire, adesso che i pensieri ricominciano a camminare con le loro gambe. Per decidere cosa fare, di chi fidarmi e di chi avere paura. Per scoprire cosa sta succedendo senza essere sballottato qua e là come una palla da tennis che due giocatori scarsi non centrano mai con le corde.

Non so quanto tempo mi resta prima che mi trovino. Non so nemmeno se possono trovarmi o se questa sensazione di precarietà è solo un residuo della paura che mi striscia ancora dietro il respiro.

Butto un'occhiata distratta a una ragazza che passa in un tintinnio di tacchi troppo alti e mi sorprendo a chiedermi da quanto tempo non penso a Giulia. Scoprire che non fa più parte della mia vita mi strappa una strana espressione. Quella che si dedica a un passato dolce e amaro che in fondo non ti fa più male ricordare.

Finisco il cappuccio in un sorso e mi alzo. Il sapore della pasta al cioccolato mi accompagna, sciogliendosi in bocca finché non arrivo alla spiaggia.

Appoggio il sedere al muretto del lungomare e apro di nuovo il giornale. In terza pagina c'è la foto di una macchina esplosa. Un kamikaze che si è fatto saltare per aria davanti a un centro di reclutamento della polizia irachena. Mi sembra di riconoscere una strada in cui sarò passato un migliaio di volte. Un incrocio enorme in cui Abdel si piazzava spesso per registrare i suoi servizi.

Ripensandoci, per un attimo stacco lo sguardo dal quotidiano.

Il pensiero arriva talmente veloce da stamparmi un'espressione idiota sul viso. Non so se è un'idea assurda, non so nemmeno se sono in grado di farlo, ma adesso che la sento in testa mi sembra l'unica soluzione.

Quella che cercavo.

Controllo la cronaca regionale e scopro che qualcuno si è preso la briga di scrivere poche righe sul nostro inseguimento di ieri.

Le due moto sono risultate rubate in mattinata in due punti diversi della città. Si sospetta che l'inseguimento sia legato al traffico di droga che rappresenta la maggiore causa di degrado del centro di Bologna e della città in generale.

Il degrado. Eccolo qui. Come se fosse qualcosa di endemico, che bisogna spazzare via bonificando una palude. Come se la maggior causa di degrado di Bologna non fosse nella testa della gente che ci abita. Nella bonarietà delle battute che escono facili dalle labbra, mentre ognuno si fa i fatti suoi, nel suo piccolo giardino. Nella solitudine dei sorrisi che sembrano saperla tanto lunga e che in fondo cercano soltanto il sistema migliore per tirare avanti.

Bologna è un posto che accoglie chiunque, ma a volte solo perché un paio di braccia in più tirano meglio la carretta. E guai a smettere di remare.

Piego il giornale, lo abbandono sulle cosce. Ne sento il calore sulla pelle.

Prendo un lungo respiro. Il sapore del mare rimpiazza il cioccolato.

Recupero un telefono pubblico e faccio il numero di Roberta.

Una domanda soltanto.

«Mi dici dove sei, per favore?»

E quando sento la risposta, riaggancio e cammino lentamente.

Il sole sulla faccia, insieme a uno strano sorriso.

L'appartamento di Laura Campi sembra troppo grande per una persona sola. Tutto quello spazio, affacciato sul verde del Parco dei Cedri, la rinchiude come una conchiglia.

Giovanni la guarda camminare nel lungo corridoio che porta in salone. Sente l'eco dei passi che rimbalzano fra le pareti e si chiede che effetto le facciano quelle stanze di notte, quando resta sola. Se la mancanza di Aurelio abbia finito per liberarla davvero o per imprigionarla in un carcere ancora più duro. Quello del silenzio.

«Si accomodi, commissario.»

Sorride, mentre si siede sul divano. E l'espressione che le spalanca il viso è già da sola una mezza risposta. Indossa un paio di jeans e una maglietta rossa. E lo sguardo aperto di chi non ha più paura.

«Mi aspettavo la sua visita.»

«Volevo sapere come sta.»

«Una visita di cortesia, allora. Non è quello che immaginavo.»

«No, non solo. La verità è che ho bisogno di capire se si ricorda qualcosa di nuovo. Adesso.»

Ha aspettato, prima di pronunciare l'ultima parola. Fissare nel tempo l'attimo della domanda distingue una volta per tutte quello che è stato da quello che non sarà più.

Laura Campi lo guarda. Poi i suoi occhi scivolano alle spalle di Giovanni. Sembra perdersi da qualche parte, verso un pensiero troppo forte che la trascina lontano. Alla fine tornano di nuovo vivi, dentro lo sguardo di Marra.

«Era spaventato.»

«Perché?»

Appoggia i gomiti sulle cosce, prende un respiro.

«Non lo so, commissario. Davvero. Me lo sono chiesta molte volte da quando è successo. Era qualcosa di... importante.»

«E ha trovato una risposta?»

Solleva le spalle.

«Dopo essere stato nell'appartamento dei miei genitori, ha ancora bisogno di sapere se ho una risposta? È di questo che pensavo volesse parlarmi. Di quello che ha trovato e che nessuno vuole spiegarmi.»

Giovanni lascia cadere la frase. Regge lo sguardo di Laura Campi a fatica. Trovare le parole giuste per raccontarle quello che lei ancora non sa gli ruba tutta la forza che gli resta. Alla fine tira fuori di tasca una bustina di plastica trasparente e le mostra la catenina.

«È sua?»

La ragazza muove il busto all'indietro e sbatte troppo le ciglia.

«Dove l'ha trovata?»

«Mi dica se è sua, per favore.»

«Sì, è una cavigliera. Me l'ha regalata Aurelio. L'avevo persa.»

«Quando, se lo ricorda?»

«Non lo so di preciso. Credo qualche giorno prima che...»

Si blocca. Ma non è il ricordo del suo uomo ammazzato che le spezza la frase a metà. È qualcosa di più lontano.

E terrificante.

«Era nella casa dei miei, vero?»

Giovanni muove la testa lentamente.

«No, signorina Campi.»

«E allora dove, commissario?»

Marra la fissa. La luce del giorno vibra sulla plastica della bustina e brilla di strani riflessi colorati quando incontra la catenina di Paola Vigliani.

Gli occhi di Laura, invece, sono opachi. L'espressione distante di chi sa che sta per succedere qualcosa che le farà del male. Dentro, da qualche parte.

Giovanni ha aspettato due giorni prima di parlarle. Lo ha fatto per immaginare con più precisione possibile quale disegno è stato tracciato con quel sangue. Che cos'è successo esattamente in quella casa.

Ha cercato di tenerla lontana dalla verità che si è costruito in testa e di provare a darle un ruolo, per capire se sta vivendo questa storia o semplicemente la guarda da fuori, cercando di sfuggire alle schegge impazzite che provano a tagliarle la vita.

Alla fine, però, ha dovuto sedersi su quel divano e guardare la luce che annega negli occhi della ragazza, per sapere con certezza che Laura Campi non c'entra niente. La paura che le attraversa le labbra mentre aspetta le sue parole non è per il presente, ma per quello che è già successo.

Perciò le racconta del passato di Paola Vigliani, sbucato fuori a dipingere le pareti in uno strano disegno azzurro come il sangue. Le racconta di Aurelio, del motivo per cui non ha avuto bisogno di vendere quella casa, di Fabio Lamberti.

E della catenina.

«Ho amato un mostro» dice alla fine. E fissa un punto impreciso sulla parete che ha di fronte. Guardandola, Giovanni si chiede che cosa sta vedendo proiettato su quel muro. E quanto sia reale, ora, davanti ai suoi occhi.

«Un mostro» ripete. La voce è un sussurro brevissimo. Vento gelido in una notte d'inverno.

«Non potevo non dirle nulla. Anche se avessi potuto, tra qualche giorno lo avrebbe letto sui giornali. Ho pensato che...»

Solleva la mano. Le parole di Giovanni rimbalzano sul gesto e si fermano. Lei resta nascosta dietro, invisibile per un breve istante. Poi ricompare.

«Ha fatto bene. Non ha nessuna colpa, commissario. Ci mancherebbe. Avrà pensato anche che in qualche modo io... avessi potuto... mio Dio...»

«Non lo penso, signorina. Non lo penso.»

«Non deve giustificarsi. Sono io che devo farlo. Con me stessa, prima che con tutto il resto. Come ho potuto non capire nulla... È pazzesco.»

«Forse non poteva. Forse è possibile vedere solo quello che si vuole. O si può.»

Lo guarda. La fronte increspata da una lunghissima ruga di espressione.

«Lei crede?»

«Io so che, mentre le cose succedono, abbiamo una visione molto limitata di quello che sono.»

Lo dice tutto d'un fiato. E scaccia dai pensieri il sorriso di Marzia. All'improvviso è troppo presente.

«Dopo, forse, certi particolari possono sembrare diversi.»

«È per questo che è venuto qui, vero? Per capire se, dopo avermi raccontato questa storia, mi è venuto in mente qualcosa.»

«Forse. Ma...»

«Non si deve giustificare, gliel'ho già detto. Ha fatto bene. Qualcosa potrebbe esserci.»

Giovanni si sforza di sembrare tranquillo.
«Una telefonata» spiega Laura. «L'ha ricevuta in negozio, il giorno prima che succedesse. È uscito a parlare sotto al portico. Sembrava sconvolto.»
«E perché le viene in mente proprio adesso?»
Laura sorride. Una reazione isterica che le deforma il viso in una smorfia orribile.
«Non lo so. Forse perché mi sembra paradossale che uno che ha fatto una cosa così... schifosa... potesse avere paura. Forse perché, mentre succedeva, pensavo che fosse una cosa da niente. E magari lo era. Non lo so. Non credo che ci sia un motivo. Però è il primo pensiero che mi è venuto quando lei ha finito di raccontare. Aurelio che esce di scatto dal negozio e si pianta in mezzo al portico a parlare. Come se cercasse qualcuno.»
Come se cercasse qualcuno.
Ripete la frase un paio di volte e cerca di immaginarselo, Aurelio Strazzari che fruga con lo sguardo fra i volti della gente. Spaventato, il telefono in mano, la voce che trema.
Gli occhi che guardano.
Come se cercasse qualcuno.
Qualcuno che conosceva. Qualcuno che gli ha dato appuntamento per il giorno dopo, in quel cantiere.
Per ucciderlo.
Giovanni si alza.
«La ringrazio di tutto, signorina e... mi dispiace.»
Laura Campi si sforza di sorridergli. Sulla porta gli stringe la mano. I suoi occhi non sono più opachi. Adesso in quello sguardo c'è anche troppa luce.
«Vorrei ricominciare, commissario. Sa, esserne capace. Provarci davvero. Forse non dovrei pensare così, ma...»
Giovanni la interrompe. Le sistema una ciocca di capelli intorno all'orecchio.
«Lo farà, Laura. Mi creda.»
Resta un istante a guardarla, poi scende le scale.
Appena arriva in strada fa una telefonata per avere i tabulati telefonici del negozio di Strazzari.

Il numero di chi lo ha ucciso.
Una confessione, stampata a freddo su un foglio di carta.

«C'è una cosa che ho sempre avuto paura di chiederti.»

La voce di Roberta è sottile come la linea dell'orizzonte. Qualcosa di impercettibile che mescola il cielo con l'acqua, come se fossero una cosa sola. Mi scivola dentro senza fatica, attraverso una strada che sembra conoscere perfettamente.

«Addirittura? Dimmi, dai.»

«Perché sei finito in Iraq?»

«Credevo di avertelo raccontato.»

Scuote la testa lentamente.

«Sono scappato, Roberta.»

Lo dico tutto in un fiato e mi rendo conto che è una verità banale e terribilmente stupida. Ci pensa lei a mettere la tessera che manca e quelle tre parole appoggiate in fondo alla mia frase fanno sembrare tutto ancora più privo di senso.

«Da una donna.»

«Sì, da una donna.»

«E perché sei scappato?»

«Perché è una delle cose che so fare meglio, a quanto pare. È più semplice che affrontare la realtà, quando è diversa da come la vorresti.»

Cala un lungo momento di silenzio. Sento il suo sguardo, sotto gli occhiali da sole. Sembra frugarmi fra i pensieri, alla ricerca di qualcosa. Uno scandaglio che tento di frenare, prima che tocchi il fondo.

«Mi hanno offerto quel lavoro esattamente quando tutto è finito. Per consunzione, credo. O forse perché non era mai iniziato niente per davvero e tutto quello che era capitato era arrivato troppo in fretta e con troppa forza.»

«E tu?»

«Ero già stato in Congo, in Kosovo, in Afghanistan. Sono andato in Iraq.»

«Non è quello che ti chiesto.»

«Lo so. Ma la risposta è comunque quella. Sono andato in

Iraq. Ed è stata la cosa più giusta che potessi fare. E quella più sbagliata.»

«Perché?»

«Perché sono partito senza dire niente a nessuno. Ho deciso in un minuto e sono partito in una settimana. Ho telefonato ai miei amici solo da là. Qualcuno non mi ha parlato per un pezzo. Ho lasciato mia madre in clinica. A mio padre non ho detto niente se non dopo settimane. Non ho pensato a chi rimaneva a casa. Solo che dovevo partire. Cavarmi dalle palle una realtà che puzzava di ricordi a ogni angolo di strada. Fare piazza pulita.»

«È servito a qualcosa?»

Non ho bisogno di pensare alla risposta nemmeno per un secondo.

«Adesso so cosa voglio e cosa non voglio. So chi è importante per me e chi non conta niente. So chi voglio sentire nella mia vita e chi voglio soltanto ricordare. Quando sono tornato forse ti avrei risposto diversamente. Ma non adesso. C'è voluto del tempo. Sono dovute succedere delle cose perché potessi... capire. O cercare di fare chiarezza, in qualche modo.»

«E ci sei riuscito?»

La guardo negli occhi. Un mare terribilmente più profondo di quello azzurro che ho davanti, oltre la spiaggia.

«Non lo so. Però so che voglio provarci. Per questo sono qui.»

«Io non so se...»

«Nemmeno io so *se*, Roberta. E forse non lo voglio nemmeno sapere. Non me ne frega niente di avere una risposta. Sono stufo di sentirmi dire qualcosa che poi non succede. Preferisco vederlo arrivare o sparire. Provare a viverlo, se ci riesco.»

Non dice niente. Si limita a guardarmi con quegli occhi sempre lucidi. Uno sguardo che diventa enorme, attraversato dalla luce del sole. Si morde la punta della lingua, come una bambina.

«Eri innamorato di lei, vero?»

«Forse lo ero a tutti i costi.»

Roberta sorride. Ha un'espressione incredibilmente dolce mentre lo fa. La pelle lucida di crema solare, la bandana nera, due ciuffi di capelli ramati che le scivolano sulla fronte, da sotto il cotone.

Vorrei spostarli quei capelli, infilarli insieme agli altri, sotto. Lì dove sono, a contatto con la sua pelle che sa di buono e di sole, muovono troppi pensieri. Però non lo faccio.

«E tu?»

Il sorriso le scivola via dal volto come un'onda che si spegne sulla sabbia.

«Io cosa?»

«Tu.»

Si volta verso sua figlia e lo sguardo le si accende di nuovo.

«Suo padre non ha voluto nemmeno vederla. Nemmeno sapere com'era. Se era un maschio o una femmina.»

Si ferma. Prende fiato. Fa scivolare sul viso l'indice e il medio per asciugare due lacrime sottili come il suo respiro. Inclina la testa da un lato e mi fa un sorriso buffo.

«Io però la volevo» continua. «Volevo lei, ma non volevo lui.»

Si volta verso Lisa. Ha una bandana in testa come quella di sua madre. Guarda il mare seduta su un pattino, il viso appoggiato alle mani. Le gambe lunghe e sottili, i capelli colore della sabbia al tramonto che scivolano dal fazzoletto e le sfiorano le spalle. Con il sole che le raccoglie la luce sul viso, sembra molto più grande della sua età.

«E ho cercato di tirarla su meglio che ho potuto» dice senza voltarsi. «Perché bisogna lottare, Nicola. Bisogna lottare quando vuoi qualcosa davvero. Perché la vita sia tua fino in fondo, non quella che volevano che tu vivessi. Proprio la tua.»

L'unica cosa che so risponderle è una carezza sulla nuca, su un ciuffo di capelli inumidito dall'estate.

Si appoggia appena alle mie dita, poi mi prende la mano. La stringe nella sua, mi bacia il polso. Mi guarda per un istante, poi la lascia andare. Respira, tira su con il naso. Lo sguardo cerca Lisa. Un filo di vento le muove i capelli sulle spalle. Cambiano colore come le cime degli alberi, attraversate dalla luce.

«Che cosa le è successo?»

Si volta di scatto, l'espressione dura e sorpresa. Come se la mia domanda l'avesse tirata dentro una realtà di cui non ricordava più l'esistenza.

«Te l'ho raccontato.»

«No, ci hai solo provato.»

Abbassa lo sguardo, solo per un attimo.

«Non lo so, Nicola.»

«Non lo sai?»

Risponde subito, la voce ancora più esile. Un sussurro che si confonde con l'odore del mare.

«No. L'ho accompagnata a scuola una mattina. E non è tornata a casa. È sparita tutto il giorno e non so dov'è andata, capisci? L'ho cercata a scuola e poi in giro, da qualunque parte. Non ha il telefonino, non glielo avevo comprato apposta... Sono proprio una madre del cazzo... poi ho chiamato la polizia. E sono rimasta ad aspettare con un'agente donna. Angela. Non la dimenticherò mai.

Stavo lì, in salotto. E speravo che succedesse qualcosa. Qualunque cosa. Era tutto così fermo. E alla fine è tornata. Per un attimo non mi è sembrata nemmeno lei, con quei vestiti. E invece era proprio Lisa. E non le avevano fatto niente. Stava bene. Quasi.

Non parlava, Nicola. E non ha più parlato, te l'ho detto. Certe volte, quando mi avvicino, si sposta o mi allontana la mano, non vuole che la tocchi. E io non so cosa fare. Non so più cosa fare. Tra un po' comincia la scuola e come faccio? Come faccio a mandarla a scuola se non dice una parola? Come faccio a sapere come sta, di cosa ha bisogno? Come faccio a cancellare quella notte se non so cos'è successo, Nicola?»

Le accarezzo i capelli, sopra la bandana. Le dita scivolano sul collo e salgono di nuovo. Un ritmo dolce e leggero con cui cerco di rallentare la burrasca del suo respiro.

Poi le prendo una mano e le sfioro le dita.

Certe volte, quando la guardo, mi sento un personaggio di *C'era una volta in America*.

Noodles che spia Deborah dalle fessure nel legno, mentre balla nel deposito di farina.

Certe volte, quando la guardo, vorrei che anche lei si avvicinasse e mi dicesse che «il suo diletto è bianco e vermiglio». E vorrei essere capace di guardarla allo stesso modo di quel Noodles ragazzino, con la stessa assoluta volontà persa da qualche parte fra lo sguardo e le sue labbra.

Forse servirebbe a qualcosa. A farla sentire al sicuro, per lo spazio di un respiro. Come le sue dita, morbide nella mia carezza.

Sono ancora lì quando solleva gli occhi. Le lacrime sono fuggite via, nascoste dietro a un sorriso timido e triste con cui cerca di mascherare tutto.

«Cosa volevi dire quando hai parlato dei vestiti?»

«Quella sera è tornata a casa con addosso quelli di qualcun altro. I suoi, non ho mai saputo che fine abbiano fatto.»

Quando Michele sbuca dall'ascensore, l'ufficio dell'agenzia Petri è deserto.

Raffaella ha voluto vederlo lì, anche se è sabato e sono chiusi. Comodità, forse. O un modo per segnare le distanze, per mettere fra loro qualcosa che lo faccia sentire a disagio, in condizione di inferiorità.

L'unico segno di vita è la porta dell'ufficio spalancata, qualche passo oltre.

La ragazza è alla scrivania, davanti a una busta gialla formato A4.

«Salve ingegnere.»

Michele risponde con un sorriso e un cenno del capo. Si siede.

Anche lui ha in mano una busta altrettanto comune. Però più piccola e imbottita. La abbandona sulle ginocchia.

«Doveva farmi vedere una cosa, Raffaella.»

«Anche lei, mi pare. E sembrava importante, dal tono della telefonata.»

Michele si limita a fissarla per un lungo momento.

Non sa nemmeno se sta per fare la cosa giusta. Stamattina, svegliandosi, aveva pensato di rinunciare. Di mollare tutto e scappare via, lontano.

Ma sarebbe inutile.

Servirebbe soltanto a rimandare qualcosa che non può più impedirsi di fare, che ormai gli è necessaria per sopravvivere.

Con un gesto secco consegna il cd a Raffaella. Lei rimane un momento con il contenitore in mano. Controlla lo sguardo di Michele piantato nel suo. Fa fatica ad allontanarsi da quegli occhi, ma alla fine preme il pulsante sul computer e controlla il contenuto del disco.

Seduto dall'altra parte della scrivania, Michele ascolta per l'ennesima volta la colonna sonora de *La danza delle fate*. La fischietta fra i pensieri, un paio di battute in anticipo rispetto al mondo reale, seguendo i fotogrammi che la sua mente gli proietta in testa. Non riesce a impedirlo. Come il brivido che ha sentito accarezzargli la nuca appena il file ha cominciato a girare sul computer di Raffaella.

Se qualcuno gli chiedesse di spiegare la paura, cercherebbe di descrivere esattamente quello che prova ora.

«Che cos'è?»

Lei lo guarda di nuovo solo quando il filmato è concluso.

Con la coda dell'occhio controlla il nome con cui è stato masterizzato il disco.

Cd Mirella1 1001.

«Non lo so. L'ho spedito a un'amica, prima dell'incidente. Con la raccomandazione di tenerlo ben nascosto per un po' di tempo. E di riconsegnarlo solo a me, personalmente.»

«Un'amica?»

Per un istante Michele distoglie lo sguardo.

«Sì, un'amica.»

«Perché deve mentirmi, ingegnere?»

«Come, scusi?»

«Sono una donna, se lo ricordi. Balle come quella che mi ha appena raccontato, ne ho già sentite tante nella mia vita. Mi dispiace solo che lei non sia stato sincero con me. Né questa volta, né la volta scorsa.»

Michele cerca i suoi occhi.

«La volta scorsa non lo sapevo ancora.»

Raffaella Petri si lascia andare sullo schienale.

«E questa volta che cosa sa?»

«Che avevo una storia con la mia segretaria. Si chiama Gioia. Durava da due anni.»

Raffaella resta in silenzio. Non c'è nessuna foto di una donna fra quelle che ha trovato. A parte Mirella, la moglie di Michele. Niente che faccia pensare che suo padre sapesse della sua esistenza. Però c'è una domanda che deve fare, per riuscire a tirare avanti.

«Lei ha una foto di Gioia?»

«Le pare che...»

«Intendo se ne ha trovata una in casa, da qualche parte.»

«No.»

«E che lei sappia non l'aveva in macchina, quando ha avuto l'incidente?»

Di nuovo quel brivido. Qualcosa che dovrebbe sapere, che sente di nascondere dentro. Seppellito ancora troppo in fondo per riuscire a tirarlo fuori.

«Non lo so» risponde.

Il ronzio dell'aria condizionata riempie il silenzio che segue.

«Perché sua moglie avrebbe dovuto masterizzare quel file?»

«Mia moglie?»

«Il cd porta il suo nome.»

«Sì, ma l'ho fatto io.»

«E come fa a esserne sicuro?»

Michele appoggia i gomiti alle cosce.

«Perché me lo ricordo, Raffaella. Non so quando ho saputo di averlo fatto. Ma ora ne sono sicuro. Potrei dirle che ho usato il mio portatile e potrei anche farglielo verificare. Ero in cucina e stavo facendomi un caffè. Credo che fuori nevicasse.»

«Lei non ricorda nulla della sua vita, ma è sicuro che...»

«Sì, sono sicuro. Lo so che sembra assurdo. Ma mi creda. Sono stato io a fare quel cd.»

«E l'ha masterizzato con il nome di sua moglie.»

«Esatto.»

«Per spedirlo alla sua amante. Dicendole di tenerlo in custodia per un po'.»

«Sì. Ma finisce lì, non so altro. Solo quello che mi ha detto Gioia.»

«Cioè?»

«Che c'era qualcosa di importante che dovevo sistemare. E che poi tutto sarebbe stato più semplice tra di noi.»

Il primo pensiero di Raffaella, alla fine di quella frase, è che *sistemare* è un verbo orribile. Sa di sbagliato e sporco. Una macchia di sangue su una camicia. Una mosca spiaccicata su un muro.

Una persona di troppo.

Il secondo pensiero è la voce di suo padre. La sua paura in quella telefonata.

Devo prendere una decisione importante.

Guarda ancora il cd, appoggiato sulla custodia spalancata.

Si passa le mani sul viso. Lentamente, per lavare via tutto. Per mettere da parte i pensieri che adesso non ci possono essere. Solo dopo, quando sarà sola.

Apre la busta. Prende la foto e la allunga a Michele.

«Era nella roba di mio padre» dice. Poi appoggia i gomiti sul tavolo e aspetta.

Se dovesse seguire l'istinto, Michele Ferrari lascerebbe cadere quella fotografia un istante dopo averla presa fra le dita.

Eppure non lo fa e l'unica spiegazione che riesce a darsi è il sorriso della bambina. Aperto, spalancato su un mondo che deve per forza avere qualcosa di meraviglioso, per giustificare tanta bellezza.

Non riesce a staccare gli occhi dall'immagine. Vorrebbe sapere cosa sta guardando per sorridere così. Vederlo e provare la stessa cosa che le attraversa lo sguardo. Per scoprire come si fa a sentirsi così felici.

«Chi è?»

Raffaella allarga le braccia.

«Non lo so. Speravo potesse dirmelo lei.»

«Perché?»

«Non so nemmeno questo, ingegnere. Era insieme alle sue foto nella busta di mio padre. Quindi un motivo ci deve essere.»

Michele passa un dito sulla fotografia.

«È stata tagliata.»

«Come tagliata?»

«Se sente sui bordi noterà che non sono perfettamente lisci. Come se la foto fosse stata più grande e ridotta mantenendo le proporzioni.»

Raffaella fa scivolare il polpastrello sull'immagine, poi la restituisce.

«Ha ragione, non me n'ero accorta.»

«È stato un caso. Solo perché l'ho tenuta stretta in un certo modo.»

La ragazza annuisce.

«Posso tenerla?»

«Certo, ne ho fatta una copia. Sicuro di non sapere chi è quella bambina?»

Michele infila la foto nella busta con cui è arrivato.

«Glielo direi, mi creda.» Guarda l'orologio. «È tardi, devo tornare in ufficio.»

«Mi risulta che lavori qui vicino, ingegnere. Proprio in pieno centro.»

«Sì, ma sono in ritardo.»

Raffaela sorride, il tono della voce ironico e distante.

«Certo.»

Gli allunga la mano e lo guarda uscire.

Quando sente l'ascensore che si chiude, esce dall'ufficio.

Resta un attimo ferma nell'atrio, in penombra. Ascolta la cabina che scende, rumorosa e lontana. Quando è sicura che abbia raggiunto il piano terra, torna dentro. Dalla finestra osserva Michele che si allontana.

Lo vede salire su un taxi.

Andarsene.

E solo quando l'auto bianca ha finalmente svoltato verso le due torri, si avvicina di nuovo all'ascensore e preme il pulsante.

Prima non si sentiva abbastanza sicura.

Prima, riusciva solo a pensare che Michele Ferrari conosceva bene la bambina di quella foto.

Appoggiata al lavandino del bagno, Mirella si passa sul viso una mano d'acqua fresca.

Fa troppo caldo. Un'afa umida e pesante che si attacca ai pensieri e non la lascia respirare. Tutto quello di cui avrebbe bisogno, invece, è un po' di calma. Tenere gli occhi aperti e svegli. Capire cosa sta succedendo.

Di nuovo.

Le sembra di precipitare improvvisamente in giornate già viste, in paure già sentite sulla pelle. Un'ansia densa che le chiude lo stomaco. Qualcosa che la mangia da dentro e che cresce senza smettere mai.

La prima volta che ha visto Michele all'ospedale – pesto, insanguinato, attaccato a troppi tubi, come tentacoli che all'improvviso gli erano cresciuti sulla pelle – era convinta che tutta quella paura avrebbe finito per sbucare fuori con un ghigno feroce e famelico, come il mostriciattolo di *Alien*.

Poi, tutto è cambiato. E ha capito invece che quello che era successo era come una medicina. Un panno assorbente che scioglieva tutti i nodi, diluiva il terrore, dava un significato diverso anche all'attesa, nel silenzio del coma.

E a quello che era successo prima.

Credeva di esserselo lasciato alle spalle. Credeva che tutto avrebbe potuto ricominciare da capo, cancellando ogni cosa.

Invece si sbagliava.

Si passa una mano fra i capelli e si chiede se è possibile individuare il giorno preciso in cui tutto ha cominciato a rompersi. Le sembra di riviverlo, qui e ora. Come se le sensazioni che ha sentito addosso in quel momento stessero di nuovo scivolandole nella vita attraverso lo specchio.

Una giornata di sole come questa. Calda, come questa. E la stessa paura. Identica, ma non malata. Soltanto eccitante e piena. Il terrore che esplode quando vivi un istante che desideri più di ogni altra cosa.

È lì che è cominciato tutto. Il resto è stato solo una conseguenza.

E alla fine, Michele. Michele con la memoria cancellata e la possibilità di ricominciare. Possibilità che è diventata speranza, poi dubbio e alla fine ha ripreso a mangiarsi tutto. Come se ci fosse qualcosa che deve per forza essere vissuto, che non si può interrompere nemmeno con un incidente stradale.

Lo ha capito quando lo ha visto ancora con quel cd in mano, la sera che l'ha presa contro il muro. Ci ripensa ora, mentre esce dal bagno e cammina nel corridoio. E l'orrore del ricordo quasi le spezza il passo, le piega le gambe.

Per fortuna non c'è nessuno a vederla così. Solo voci lontane di qualcuno che grida.

Si appoggia a una finestra e guarda fuori. La luce del giorno che rimbalza sui vetri le ricorda i colori dell'iride aperti a ventaglio sulla superficie del cd.

È ricominciato tutto quando il pericolo sembrava passato. Quando si poteva ancora sistemare ogni cosa.

Non avrebbe mai immaginato che sarebbe successo di nuovo. Che Michele potesse ricominciare a farlo. Non dopo che Aurelio era morto e lui sembrava non ricordarsene nemmeno. Non dopo che era tornato di nuovo a essere suo marito.

In fondo gli vuole bene, non ha mai smesso di volergliene.

Forse è il suo limite. Sperare che ci sia ancora una possibilità di salvarlo. Rimanere attaccata al passato come a qualcosa di se stessa che non esiste più.

E che andrebbe cancellato senza esitazione, in un minuto.

Basterebbe staccare la mano da quella finestra, il viso dal caldo che le accarezza la pelle, gli occhi dalla strada.

Fare pochi passi verso l'ufficio del suo capo.

E denunciare finalmente suo marito.

Fabio Lamberti grida.

Lo fa da quasi tre ore. La voce rimbalza sulle pareti dell'ufficio di Terzi e sembra voler scappare via da tutte le parti. Come le sue mani, che non stanno ferme un momento.

«Non so più come dirglielo, commissario. Non ho ucciso nessuna bambina!»

Giovanni finge di ignorarlo. Le proteste, i pugni sul tavolo, la voce che diventa sempre più graffiata, sempre più forte, sempre più fragile.

«Te la sei anche scopata, vero? Per questo dopo hai dovuto farla a pezzi. Per non lasciare tracce, eh?»

Il Lamba impugna i bordi del tavolo e si alza in piedi. Un cane che scalpita nell'aria, inchiodato alla catena delle sue responsabilità.

Marra lo guarda. E gli fa pena. Perché più continua a fare domande, più continua a insistere, rovesciandogli addosso tutte le colpe che dovrebbe aver commesso, più è sicuro che sia innocente.

Almeno per quanto riguarda Paola Vigliani.

L'usura l'ha ammessa spontaneamente, senza alzare nemmeno la voce, pochi minuti dopo essersi seduto davanti a Giovanni e a Terzi, accompagnato dalla faccia abbronzata e tesa del suo avvocato.

Ha portato con sé un'agenda. Pagine e pagine scritte fitte e rilegate in pelle nera. Nomi, date, cifre, numeri di conto.

Anni di soldi che sono usciti dalle sue tasche e rientrati decuplicati. Minacce, percosse, vite polverizzate in pochissimo tempo. Sfogliando appena quelle pagine, Giovanni ha trovato il nome di un vecchio imprenditore di cui ricorda il suicidio, qualche anno fa. Una macchina schiantata contro un camion, sul tratto bolognese della A14, nel tentativo di far riscuotere alla famiglia almeno il premio dell'assicurazione.

È tutto scritto lì dentro.

Fabio Lamberti ha consegnato se stesso e la sua vita alla polizia, per non finire incollato per sempre allo sguardo decomposto di Paola Vigliani, riemersa dalla terra in un acquazzone d'estate.

Non può essere solo una manovra del suo avvocato. È il Lamba che fa la linea difensiva, non quel fighetto in giacca e cravatta.

Giovanni fa un cenno a Terzi. Lo invita a seguirlo.

L'usuraio è ancora incollato al tavolo, le nocche sbiancate dallo sforzo, la mano rotta che spunta appena dal gesso, un agente che lo invita a sedersi, completamente ignorato. Il suo avvocato che protesta qualcosa che nessuno ascolta.

Fuori, vicino alla finestra che dà sul cortile interno, il magistrato si ferma.

«Allora?»

«Non è lui, dottore.»

La voce di Terzi è l'ultima pietra di una sepoltura difficile.

«No, non è lui. Non si sarebbe consegnato così. E alla fine non abbiamo prove. Né della violenza, né dell'omicidio.»

«Possiamo cercare di scoprire se Aurelio Strazzari gli aveva raccontato da dove venivano i soldi, non credo che ci rimarrà altro.»

«Non è vero. C'è l'agenda. E tutto quello che significa. Per Lamberti e per chi non ha mai avuto il coraggio di denunciarlo. Forse, alla fine, quella bambina ci ha aiutato a trovare qualcosa.»

Giovanni Marra lo guarda. Vorrebbe sorridere in qualche modo. Ma non ci riesce. All'improvviso si sente di nuovo come quel giorno, al parco Talon. All'inizio di qualcosa di troppo grande per poter essere affrontato. Qualcosa che è diventato forte e spesso come un muro di mattoni. E in cui nessuno ha costruito una porta, una freccia o un segno che indichi l'uscita.

«Vorrei trovare chi l'ha seppellita in quel bosco, dottore.»

Si volta. Muove un paio di passi in direzione dello studio di Terzi. La voce del magistrato lo affianca.

«Ha deciso se può fidarsi di me, commissario?»

Giovanni si ferma.

«Non ancora, ma...» Il cellulare interrompe a metà la spiegazione. «Dimmi, Di Paola... Come, un giorno? Che cazzo, gli ho chiesto i numeri del superenalotto?... Sì, lo so. Stagli addosso.»

Chiude.

«Problemi, commissario?»

«Sa quella localizzazione che le ho fatto richiedere? Mi hanno appena detto che ci vuole un giorno, forse due. Pare che sia sabato e allora...»

«Crede che Zanardi sia coinvolto in questa storia?»

«Io non credo più a niente, dottore. Da molto tempo.»

Infila il cellulare in tasca e rientra nello studio del magistrato. Poco prima, si volta a guardarlo.

«Dimenticavo di dirle che sui registri dell'hotel Weiss non c'è nessuna traccia di Sara Parmeggiani. Naturalmente.»

Non si aspettava di farcela così presto. Forse per questo, quando la persona che sta cercando esce dall'ufficio, per un pelo non se ne accorge.

È solo il secondo tentativo che fa e c'è arrivato quasi per caso. In una delle telefonate che ha registrato qualcuno ha chiesto informazioni su una via. Ha dovuto amplificare il segnale e filtrarlo per bene per riuscire a capire le parole. Ha cercato altre telefonate fatte alla stessa ora, per confrontare i rumori di fondo. Nella prima c'è una serranda che si chiude. E anche in altre quattro.

Poi è bastato fare qualche ricerca con il navigatore satellitare.

E una volta ristretta la zona, cercare di capire quale lavoro potesse fare il suo obiettivo in quei paraggi, in pieno centro di Bologna. Non è stato difficile, appunto. Non sta passando di lì per caso.

Fingendo di fare una telefonata, solleva il cellulare e scatta qualche foto.

Il risultato non è niente male.

Quando comincia a camminare, il suo obiettivo è quasi in fondo alla strada. L'edicola di fronte chiude per la pausa pranzo. Un tizio in evidente sovrappeso abbassa la serranda sudando come un maiale.

Poi lo Sceriffo si ferma accanto alla vetrina di un negozio di borse.

E guarda Varo Borja entrare in un bar, con il cellulare in mano e uno strano sorriso dipinto sul volto.

Appoggiato al bancone di un bar di via Rizzoli, Michele Ferrari beve un caffè. Solleva la tazzina con gesti nervosi e secchi, alternati a lunghi momenti di immobilità.

I suoi occhi, oltre le lenti da sole, fissano la fermata dell'autobus, dall'altra parte della strada. Pupille dilatate e vuote, che riflettono soltanto i suoi pensieri.

E la fotografia di quella bambina.

La sente in tasca, come se fosse viva. Quando Raffaella gliel'ha consegnata, ha avuto perfino paura a toccarla. Era sicuro che se l'avesse presa si sarebbe bruciato le dita. Metterla via, nasconderla allo sguardo, è stata una liberazione. Ma è durata poco.

Dopo, c'è stata la sensazione di essere spiato. Quel frammento di immagine, quel sorriso che si porta a spasso, in realtà resta con lui solo per tenerlo d'occhio.

Per ricordargli qualcosa, ogni momento, ogni passo, ogni respiro.

Per costringerlo a tirare fuori dalla memoria tutti i frammenti dimenticati e sepolti, annegati sotto il sangue, la lamiera e le ossa distrutte da quel maledetto incidente stradale.

Per fargli capire una volta per tutte che non può fare finta che non sia successo niente. Qualunque cosa la sua testa si ostini a nascondere, è arrivato il momento di sputarla fuori. A costo di strapparsela da dentro a mani nude.

Prende la foto e la guarda.

Un lungo momento che gli asciuga fra le labbra il sapore del caffè.

Quando la mette via, tocca al cellulare.

Il numero del capo dell'ufficio commerciale è a metà della rubrica. È la terza volta che prova a chiamarlo. Forse sta correndo un rischio, ma non è importante. L'elenco delle priorità della sua vita è ormai una lista con pochissime voci.

«Ciao Paolo, sono Michele... Ho bisogno di un favore. Abbiamo avuto i ladri in casa... No, niente di particolare, tranquillo. Mirella non lo sa nemmeno, era al lavoro. Però quel tuo amico, quel poliziotto. Ecco, avrei bisogno di parlargli.»

Fa una pausa. Si guarda intorno.

«Il più presto possibile.»

«Un posto singolare per incontrarci.»

Simone Mariani cammina lentamente per i viali della Certosa. Porta un paio di occhiali da sole, appoggiati al rinforzo in plastica che si è applicato per proteggere il setto nasale.

«Trova? Ho sempre pensato che i cimiteri siano luoghi rilassanti.»

Il Grigio è arrivato in perfetto orario. Il solito vestito fatto su misura e la voce tagliente e sottile come i baffi di un gatto. Gli è venuto incontro da solo, nel cortile dell'ex monastero dei frati certosini. E stringendogli la mano davanti alla chiesa in cui si celebrano i funerali, Simone Mariani si è chiesto quanti occhi stavano seguendo il loro saluto. E quanto tempo avrebbero impiegato a ucciderlo, se solo avesse fatto una mossa sbagliata.

«Voleva parlarmi, non è vero?»

Mariani infila le mani in tasca. Guarda davanti a sé, lungo il vialetto che conduce nel primo dei cortili del cimitero.

«Credo che sia lei a dovermi delle spiegazioni.»

Il Grigio non risponde. Si limita a camminare, getta uno sguardo interessato alle lapidi, ogni tanto si ferma a dare un'occhiata con più calma. Si piega e tocca con un dito l'iscrizione dorata sulla tomba di un bambino.

Poi si volta, con un gesto lentissimo.

«Sì, credo di doverlo fare.»

Si solleva. Dopo pochi metri si infila in un corridoio ad angolo, stretto e buio. Alla fine sbuca in una sala in penombra, larga circa sei metri e alta il doppio. Su un lato, poco sotto la volta che chiude il soffitto, c'è una serie di piccole finestrelle da cui la giornata d'estate filtra appena, colorando l'aria di uno strano grigio verde.

La parete opposta è piena di urne cinerarie.

Alcune fuoriescono dal muro, in una specie di davanzale. Altre sono direttamente sul pavimento, in cima a sottili colonne di granito o di marmo.

Sembrano molto antiche, ma sono soltanto uno strano decoro per qualcos'altro che si trova davanti a loro, all'ingresso.

Un'enorme statua di bronzo.

È una donna.

Indossa una tunica drappeggiata che le scende dritta lungo il corpo, nascondendo i piedi. Ha le braccia distese accanto ai fianchi, le mani leggermente piegate all'esterno.

Lo sguardo rivolto verso il soffitto, il mento sollevato, il collo scoperto, magro, scavato. Il capo reclinato all'indietro, un'espressione dura, rabbiosa, rassegnata, che termina negli occhi chiusi. Serrati quasi a forza dallo stesso obbligo che le irrigidisce i muscoli delle braccia, fino ai pugni stretti, tanto da fare male.

Simone Mariani si blocca sulla soglia, la statua rapisce il suo campo visivo. Sembra riempire tutto lo spazio circostante, bloccando l'accesso, come una minaccia.

Quando il Grigio gli tocca una spalla, stringe i denti per non mettersi a urlare.

«Terrificante, vero? La commissionarono a Silverio Montaguti, nel 1918. Era uno scultore, insegnava all'Accademia di Belle Arti, qui a Bologna. È la tomba di una donna, si chiamava Ascension. Non ne ho mai saputo molto di più. Se non che era la moglie del committente.»

Solleva lo sguardo verso il viso della statua.

«C'è un terrore inevitabile nella sua espressione. Profondo. Qualcosa a cui non ci si può opporre e che irrigidisce tutto il corpo. Se sopravvivi a una cosa così, puoi solo trasformarti in vendetta. E distruggere tutto, se qualcuno non ti ferma.»

Simone Mariani stacca lo sguardo dalla statua. Deve farlo, se vuole riuscire a parlare.

«Cosa sta cercando di dirmi?»

Il Grigio fa un gesto verso l'uscita. Camminare dando le spalle alla tomba di Ascension è come strisciare una lavagna con un paio di forbici.

Fuori, il sole sembra troppo forte e l'ombra dei muri che gli attraversa il passo non è sufficiente a smorzare il caldo opprimente della giornata.

«Sara Parmeggiani è stata una stupida. E andava fermata, prima che fosse troppo tardi. Così come adesso va fermato tutto quello che ha messo in moto. È troppo pericoloso.»

«Non è per questo che ho voluto vederla. Lo sa.»

«Il resto non è una storia lunga.» La voce del Grigio sembra perdersi in mezzo alla luce, come un fiume che svanisce sotto la pavimentazione stradale. Poi comincia a raccontare. Frasi brevi, secche, precise. In fondo basta poco.

«Il destino sceglie modi molto strani di manifestarsi» dice alla fine.

«Mi meraviglio che un uomo come lei creda al destino.»

«Infatti non ci credo. Era solo una frase buttata lì.»

«E in cosa crede?»

«Nella casualità degli eventi e nella cattiveria degli uomini. Sono le cose che formano quello che qualcuno chiama *volere di Dio*.»

Simone Mariani si guarda intorno. Si chiede quanti fra le mura di quel posto abbiano invocato il volere di Dio. Quanti lo abbiano maledetto, quanti lo abbiano desiderato come una liberazione da qualcosa di ancora peggiore. Quante volte le sue mani sono state il volere di Dio. E il solo pensiero gli strappa un brivido di eccitazione di cui non si sente orgoglioso.

Alla fine, resta solo Antonio Parmeggiani. E il racconto che ha appena ascoltato dalle parole dell'unico uomo al mondo da cui prende ordini.

«È una storia interessante, signore.»

«Trova? A me sembra così banale. Certo ora i vostri rapporti saranno ancora peggiori. Era sua sorella, capisce che...»

Simone Mariani lo interrompe.

«Certo. Ma non cambia le carte in tavola. Lo ha detto lei, poco fa. Sara Parmeggiani andava fermata.»

Il Grigio lo fissa. Uno sguardo diretto come un colpo di pistola.

«E lei lo ha fatto.»

Abbassa gli occhi. Solo un istante.

«Sì, signore» risponde. E pensa a quello che ha sentito non appena è entrato in quella casa. L'odore della morte, dappertutto. Dilagato in ogni stanza dal sangue della ragazza sul divano. «Era quello che andava fatto» conclude.

«E non ha trovato nulla.»

«Ho controllato tutta la casa. Non c'erano foto. Solo la valigia di Zanardi. Ma questo glielo avevo già riferito.»

L'altro prende un lungo respiro, le labbra serrate. Poi annuisce brevemente.

«Capirà che la situazione ora è molto diversa da com'era all'inizio. Non possiamo più permetterci di perdere altro tempo. Ci servono quelle foto. A ogni costo. Nella situazione in cui si trova il Paese sarebbe quanto meno... imbarazzante.»

«Sarebbe imbarazzante per qualcuno, più che per il Paese, signore.»

«Le due cose non sono disgiunte.»

«E io cosa ci guadagno?»

«Non la facevo così venale. A quanto so nessuno sta disturbando troppo i suoi interessi extra, mi pare.»

«Non sto parlando di soldi.»

Sorride.

«Il passato è più forte di ogni moneta. Una teoria che non condivido, ma che posso capire.» Fa una pausa. «Diciamo allora che alla fine di questa storia ci potrebbe essere un posto libero. Di responsabilità, per una missione di importanza vitale per la sicurezza nazionale. Qualcosa in un posto molto lontano da qui. Ho già deciso da un po' di sostituire il nostro comune amico. E stavo giusto cercando una persona... all'altezza. Le interessa?»

La voce di Mariani non tradisce nessun tipo di reazione.

«Problemi politici?»

«Il governo di un paese è troppo importante per lasciarlo in mano ai politici. La politica è interesse. Se garantisci quello, tutto il resto finisce in delega alle persone giuste.»

«Non tutti la pensano come lei.»

Il Grigio sorride.

«Ed è importante che sia così. Oggi incontrerò il suo vecchio amico. Segua lui e troverà Zanardi. E le foto che mancano. E la parte più urgente della vicenda sarà sistemata. Dopo, occorrerà aspettare che la situazione che è appena sbocciata si risolva. E lei avrà il suo compenso.» Fa una pausa, fissa il sostegno di plastica che protegge il setto nasale di Mariani. «Insieme alla sua soddisfazione.»

«E Zanardi?»

«Non mi interessa. Solo le foto. Tutte quante. Penso che non sarebbe prudente eliminarlo. Non ora, dopo quello stupido inseguimento in moto. Ma se fosse necessario, non sono un uomo che si scandalizza.»

Per tornare in albergo faccio solo stradine secondarie.

In giro c'è troppa polizia e una metà della mia testa è sicura che stiano cercando me.

Dopo aver lasciato Roberta con un appuntamento per cena, ho bisogno di levarmi dal traffico di gente che cammina su e giù per viale Ceccarini. Di stare dietro ai miei passi, semplicemente. Senza dover prestare attenzione a tutto il resto, a quello che sto per fare e che mi è affiorato fra i pensieri ricordandomi di Abdel.

Con una precisione e una chiarezza che mi ha quasi spaventato.

Quando mi infilo nella hall, Marco è appoggiato al bancone, il pacchetto di sigarette in mano.

«Si può ancora fumare nei luoghi pubblici?»

«Non credo. Ma tenere il pacchetto in mano per il momento non è reato. Come stai, Nicola?»

Mi fermo accanto a lui.

Da quando sono qui è la prima volta che parliamo veramente.

«Ancora un po' frastornato, ma meglio.»

«Senti, non per farmi i cazzi tuoi, ma ti sei cacciato in qualche casino?»

Lo guardo e cerco di capire che cosa devo dirgli. Qual è la risposta giusta. E soprattutto qual è la verità.

«Diciamo che qualcuno è sicuro che potrei risolvergli un grosso problema.»

«E tu non vuoi farlo?»

Sorrido. Appoggio una mano sull'iPod, infilato nella tasca del costume.

«Più che altro non credo di poterlo fare, ma non posso impedire che ne sia convinto.»

Tira fuori una sigaretta. La tiene fra le dita, ci gioca come capita di fare a me con le penne.

«Senti, Marco, non so come chiedertelo. Però ho bisogno di un favore.»

Rimette la sigaretta nel pacchetto.
«Dimmi.»
«Conosci un fotografo che mi faccia usare la sua attrezzatura per una decina di minuti senza rompere?»
«Tutto qui?»
«Tutto qui.»
«E chissà cosa mi credevo. C'è Enzo.»
«Ti spiace se ci andiamo subito? Prima però devo passare da un negozio di telefonia.»
Tira di nuovo fuori la sigaretta.
«Forza, così finalmente questa me la fumo.»
Urla qualcosa verso l'ufficio alle spalle del bancone. Esce una ragazza mora, troppo magra per essere davvero carina. Prende il suo posto alla reception.
«Andiamo allora. Visto che hai fretta.»
«Abbastanza. Devo tornare a Bologna ed essere qui di nuovo per cena.»
«Cazzo, proprio l'ultimo sabato di agosto? Hai visto che casino di gente che va e viene, oggi? Figurati in autostrada.»
Non lo ascolto.
«Posso fidarmi di quel fotografo... Enzo?»
«È uno in gamba, tranquillo.»
«Avrei bisogno anche di un'altra cosa.»
«Mi pareva che non fosse tutto qui. Dai, forza. Ho le spalle grosse.»
«Puoi prestarmi la tua macchina nei prossimi giorni?»
Non si volta nemmeno a guardarmi.
«Se non te la fai rubare e non la distruggi, sì. Nient'altro?»
Sorrido.
«Chissà. Avresti un centomila euro da regalarmi?»
Si toglie la paglia dalle labbra.
«Mavaccagare, *patàca*.»

Anja Ramirez ha l'espressione aperta e cordiale che Giovanni nota spesso sul viso dei sudamericani. Come se il dolore che inevitabilmente la vita si porta a tracolla potesse essere semplicemente archiviato in una ruga nuova e stemperato con un sorriso.

Abita allo stesso piano di Sara Parmeggiani, la porta accanto. E, quando lo riceve, ha ancora le valigie appoggiate all'ingresso della camera da letto.

«Mi scusi il disordine, ma come sa sono appena tornata da casa.»

La casa di Anja Ramirez è Ciudad del Carmen, in Messico. È nata là, ma vive a Bologna da talmente tanto tempo che la sua esse ormai è un misto fra quella grassa locale e quella lunga e stirata dello spagnolo. Ha cominciato studiando medicina e ha finito per aprire un ristorante messicano, insieme al compagno di studi che è diventato prima suo marito e poi solo il suo socio.

«Sara era un'amica, commissario. Quando ho saputo è stato come... perdere un pezzo di qualcosa, da qui.»

Si tocca con il palmo, poco sotto lo sterno. Due colpi piccoli e veloci, come i battiti di un cuore in corsa.

«Da quanto tempo la conosceva?»

«Molto, ormai. Sono venuta a stare qui quando io e mio marito ci siamo lasciati. E Sara è arrivata più o meno nello stesso periodo. Sono passati anni.»

«Lei sapeva che Sara...»

Anja non lo fa nemmeno finire.

«Faceva la puttana? Sì. E, mi creda, ho sempre preferito quelle che lo fanno di mestiere a quelle che lo fanno per vocazione.»

Giovanni sorride.

«Mi parli di Sara, signora Ramirez.»

«Avrebbe potuto fare tutto quello che voleva con quel viso e quel corpo. Specie oggi dove non conta altro. Ogni tanto glielo dicevo. Perché, vede, anche se non mi fregava niente che facesse la puttana, le volevo bene. E preferivo che facesse un lavoro meno pericoloso.

Per un po' ho insistito, poi ho smesso. Lei non mi prendeva mai sul serio. Diceva che prima o poi sarebbe successo qualcosa che le avrebbe fatto cambiare idea su tutto. Anche sulla vita. Forse aveva ragione.»

Il silenzio che arriva in fondo alla frase è feroce e appiccicoso. Giovanni aspetta solo un istante, prima di spezzarlo. Insieme al velo di malinconia sceso sugli occhi della donna.

«Non le ha mai parlato di un uomo? Uno in particolare.»

Gli occhi della padrona di casa si abbassano sul pavimento per un attimo. Per la prima volta, rispondendo, si fa trascinare dalla sua lingua.

«*Hombre? Nada*, commissario. Nessun uomo. Lo avrei saputo.»

«E le sembra possibile?»

«Che cosa?»

«Che una come Sara non avesse qualcuno che la voleva tutta per sé?»

«Sta pensando che è per questo che l'hanno uccisa? Perché qualcuno la voleva tutta per sé?»

«Sto pensando che era troppo carina per stare sola.»

Anja Ramirez sbuffa.

«Commissario, non mi dirà che anche lei è uno di quelli che pensano che una donna abbia per forza bisogno di un uomo? Perché se lo pensa le do un parere da esperta. Non è così.»

Giovanni non risponde. Cerca di fissarsi nella memoria l'assoluta certezza che ha cercato di accompagnare alla risposta. Alla fine cambia semplicemente discorso.

«Quando l'ha vista per l'ultima volta?»

«Il giorno in cui sono partita. Alla fine di luglio. Abbiamo mangiato insieme. Ci siamo fatte portare una pizza qui da me. Quattro chiacchiere. Sa com'è.»

«E le è sembrata normale?»

«Lei vuole sapere se mi sembrava spaventata?»

Marra annuisce.

«Può chiedermelo direttamente, commissario. Sara sembrava sempre spaventata. Non so se riesco a spiegarle in che senso, ma era una di quelle che sembrano dure e invece sotto sono persone fragili. Che basta poco per romperle. Credo che pensasse di meritare qualcosa di più. Ed era vero.»

«Forse avrebbe dovuto darle retta, signora Ramirez. Fare qualcosa per se stessa.»

La donna stira le labbra in una specie di sorriso.

«Credo che ci abbia provato. Circa un anno fa.»

«In che senso?»

«Che aveva provato a cambiare vita, commissario. O almeno credo. È sparita per quasi otto mesi. Non mi ha mai detto perché. So solo che quando è tornata sembrava molto triste. E Sara non era mai particolarmente allegra.»

«Sa dov'era andata?»

«A Roma» risponde, la erre arrotolata come una ciocca di capelli intorno a un dito. «Non è forse là che si va a cambiare vita?»

Il commissario la guarda. La semplicità di una frase che può nascondere tanti significati. Giovanni ha la sensazione che Anja Ramirez li conosca tutti.

E che, per qualche motivo, abbia una paura fottuta di raccontarli.

Il parco della casa di cura odora di gelsomino.

Ho trovato mia madre vicino a un cespuglio a guardare quei grandi fiori gialli, sfiorando le foglie come se fossero la pelle delicata di un neonato.

Nelle due ore e mezzo che ho impiegato a coprire i cento chilometri fra Bologna e Riccione non ho fatto altro che immaginare quello che le avrei detto, le parole, i gesti, i silenzi fra una frase e l'altra.

«Devo andare via per un po', sai?»

Accarezzo i capelli di mia madre e mi chiedo se abbia veramente capito le mie parole. Se in fondo alla malinconia che le vedo spuntare nello sguardo, ci sia paura per quello che le sto dicendo o la consapevolezza che niente di ciò che le accade riesce ad avere un significato compiuto che dura nel tempo.

«Di nuovo a Roma per lavoro, come l'altro giorno?»

Ci penso un secondo prima di rispondere. «Sì, per lavoro.»

Abbassa lo sguardo sull'erba, seguendo i suoi passi che tagliano a metà una striscia di sole.

«Mi piacerebbe tornare a Roma. Ci sono stata, due volte. L'ultima con mio marito e mio figlio. È passato tanto tempo.»

Me lo ricordo quel viaggio. Papa Paolo VI visto da lontano. I posti di blocco per cercare i rapitori di Moro. Mia nonna che non voleva che partissimo, per paura dei terroristi. Il casello dell'autostrada che mi sembrava così grande. Il sole di una Pasqua qualunque, come ce ne sono state molte.

Vorrei che mio padre fossi qui, ad ascoltarla parlare. Per vedere come sono i suoi occhi quando la guarda. Per capire se si rende conto che tutta la vita della mamma sta svanendo insieme ai ricordi che evaporano via, come le impronte delle mani su un vetro pieno di condensa.

«E dove sono tuo marito e tuo figlio, adesso?»

Alza gli occhi, si ferma e mi fissa senza capire. Lo sguardo si inumidisce come un rumore che cresce piano. Una lacrima le scivola su una guancia e lei la lascia cadere.

«Non lo so, Nicola. Non lo so» ripete. E sembra aspettare che le dia una risposta che non ho, che non so trovare da nessuna parte.

Le passo un dito sul viso per asciugarle gli occhi e all'improvviso sembra tutto passato. Forse basta raccogliere una lacrima per cancellare la tristezza dai pensieri di qualcuno. Farsi bagnare la pelle dal suo dolore e portarlo via.

Tocca a me adesso restituire tutto quello che mi ha dato. Raccogliere i suoi pezzi e tentare di metterli insieme come ha fatto tante volte per me. Camminare in questo parco e recitare tutti i giorni la finzione del signor Nicola, perché possa ancora pescarci in mezzo dei brandelli di me in cui rivivere se stessa e sapere chi è, che cosa è stata, quanto bene le ho voluto e ancora le voglio.

Quanto è importante sentire la sua voce, guardarla ridere, vederla dondolare fra il suo oggi di madre bambina e il passato di amore materno. E rimanere lì, con le mani e gli occhi, a cercare di tenere insieme tutto quanto, perché non si scolli per sempre e se ne vada, trasportato da un soffio di vento più forte.

«Non piangere più. Sono qui. E un giorno ci torniamo, a Roma. Un giorno con il sole, come adesso.»

Continua a fissarmi come se ci fosse qualcosa che deve capire, ma che non riesce ad afferrare. Poi ricomincia a camminare. E con lei, di colpo, cammina anche la realtà.

«Mi sembra triste, Nicola.»

«No, non sono triste, mamma. Sono qui con te, come potrei?»

Sorride e io con lei. Un'espressione che sa di cose non dette e ormai dimenticate. E di altre che stanno arrivando veloci e inevitabili, a riempirmi la vista, le parole e i gesti.

Qualcosa che comincia da qui, dal saluto a mia madre che mi guarda senza riconoscermi. Improvviso una carezza, sfiorandole piano una guancia. Poi le metto al collo una cosa che le ho comprato.

«È un regalo» sussurro e allungo le braccia per chiudere il fermaglio della catenina che racchiude l'estremità di un cuore d'oro bianco. È appena più grande di una moneta da due euro ed è cavo. Prima di abbandonarlo sul suo collo verifico che sia chiuso.

Poi mi sposto e la guardo.

«Ti sta bene. Davvero.»

Lei non dice niente. Si limita a fissarmi come chiedesse aiuto per far in modo che le parole riescano finalmente a scappare fuori.

Ma non so come fare. Non ho un sistema per farla uscire dalla prigione che è diventato il suo corpo. Non posso rompere i sigilli in cui nasconde i ricordi di tutta una vita. Solo guardare mentre la realtà si mangia il passato, finché non rimarrà più niente.

«Devo andare adesso.»

Mi alzo lentamente. Il peso di quello che sto facendo mi schiaccia le spalle, mi abbassa gli occhi.

Lei mi guarda per un attimo, piegando la testa da un lato, e sento un brivido che mi allaga la nuca. È lo stesso identico sguardo che ho incrociato nello specchietto retrovisore, prima di scendere dalla macchina. La stessa paura che leggo nei suoi occhi, lei la sta leggendo nei miei.

Le appoggio un bacio sulla fronte.

«Ciao mamma.»

Mentre mi allontano, mi volto un istante. Tiene il cuore fra le dita, lo guarda con un'espressione preoccupata e serena insieme. Anche aprendolo, non riuscirebbe a capire cosa contiene. Così come non riuscirà a capire cosa sia il pacchetto che Honorine mi ha promesso di spedirle.

Se da qualche parte è rimasto qualcosa, sarà quel frammento minuscolo a darle la spiegazione che cerca.

Allungo il passo. Appena oltre il cancello della clinica mi fermo. Mio padre cammina nella mia direzione. Spalle dritte e passo svelto. Un'andatura che conosco anche troppo bene.

«Ciao.»

Il saluto ha lo stesso suono monòtono della mia risposta.

È l'unico modo che abbiamo per comunicare. L'unico che siamo riusciti a trovare per riconoscerci a vicenda.

«Devo andare via per qualche giorno.»

«Hai salutato tua madre?»

Freno a stento il tono di sarcasmo in cui vorrei annegare la risposta. «Sono venuto per quello.»

«Bene, allora. E quanto stai via?»

«Non lo so. Poco, spero.»

«Quando torni fatti sentire dalla mamma. Capito?»

Annuisco. «Le ho portato un regalo.»

«Sarà stata contenta.»

Sorrido. Una smorfia impercettibile come il refolo di vento che sento attraversarmi i capelli. E breve allo stesso modo.

«Allora ci vediamo.»

«Ciao.»

Si volta senza dir niente e mi limito a guardarlo mentre si infila nel vialetto. Completo di sartoria scuro, scarpe lucide come gli occhiali da sole e la stessa andatura di prima. Un coperchio che nasconde tutto quello che tiene stivato dentro e non sa tirare fuori.

A volte davvero vorrei sapere cosa sta pensando mentre mi guarda.

Resto fermo accanto al cancello finché non lo vedo sedersi di fianco a mia madre. Sorridere. Guardare la catenina e il cuore bianco. Poi lentamente mi volto e me ne vado.

Non troverò mai il coraggio di abbracciarlo sul serio.

Non troverò mai il coraggio di dirgli che gli voglio bene.

Giovanni Marra si accende una sigaretta e sfiora con il polpastrello delle dita i fogli che gli hanno lasciato sulla scrivania. L'elenco di tutti i bambini di cui è stata denunciata la scomparsa da dicembre dello scorso anno.

Lo ha chiesto dopo aver saputo l'esito del test del dna su quel sangue e sulla scarpa. E adesso che finalmente è davanti ai suoi occhi, si sente un ciclista alla prima pedalata di una lunghissima salita. Una strada davanti che sembra non finire mai, che si arrotola curva su curva, sparendoti dallo sguardo in pochi metri. E che dietro l'ombra di ogni tornante può nascondere qualsiasi cosa. Anche il momento in cui finirai per scoprire che tutta la fatica che hai fatto è stata inutile.

In un'area geografica che comprende anche Austria, Germania, Francia e Slovenia, sono spariti oltre trecento bambini in un anno. Bisogna controllare nome per nome, caso per caso, sfogliare la realtà come una cipolla, fino a trovare quelli di cui ancora oggi non si è saputo più niente.

Con l'organico che ha a disposizione, le ferie e tutto il lavoro ordinario da gestire, ci vorranno giorni. Troppi.

Schiaccia con rabbia la sigaretta nel portacenere.

All'improvviso si sente troppo stanco.

Gli succede spesso, di solito alla sera. Si siede al tavolo della cucina, un piatto di pasta davanti. La televisione che racconta qualcosa di cui non gli frega niente. Un pensiero, un ricordo o un dubbio a martellargli la testa. E la sensazione netta e precisa che tutto quello che fa sia completamente assurdo. Una goccia minuscola e sottile strappata a un oceano su cui non smette mai di piovere.

Chiude gli occhi. Canta mentalmente il ritornello di una vecchia canzone di Fossati. Qualcosa che ritorna a galla da chissà dove e che associa a un ricordo divertente che non riesce a focalizzare fino in fondo.

È quasi arrivato alla fine quando suona il telefono.

Risponde senza nemmeno aprire gli occhi e, quando sente la voce dall'altra parte, la musica svanisce in un colpo.

«Sono Nicola. Ti richiamo fra dieci minuti al bar di fronte.»

Appoggiato al plexiglass della cabina telefonica, controllo il traffico di macchine che dalla tangenziale si infila verso Bologna. Cerco di seguire il profilo delle auto, il colore, il numero di persone a bordo, i bagagli appoggiati sul portapacchi, le facce distese dalle vacanze e incazzate dalla fila.

Tutto, pur di far passare il tempo che manca per richiamare Giovanni.

Alla fine controllo l'orologio e me lo faccio passare.

«Ho due nomi da darti.»

Mi ignora, com'era prevedibile. «Dove cazzo sei?»

«A Bologna, dove vuoi che sia? Ma non ho tempo. Vuoi sapere chi erano i due tizi in moto o preferisci che riattacchi e ricominciamo a giocare a nascondino?»

«Cosa ne sai tu di quei due tizi?»

«Niente, tranne il nome. Magari ti interessa.»

Silenzio. Il suo modo di dirmi che devo continuare. In lontananza sento qualcuno che ordina un caffè. Controllo l'orologio. Devo sbrigarmi.

«Simone Mariani, quello con la Honda. Antonio Parmeggiani, l'altro.»

«Parmeggiani?»

«Il fratello. Almeno così mi ha detto.»

«E ti fidi di quello che ti ha detto?»

«Hai presente il tatuaggio della sorella? Quel mezzo sole sulla caviglia? Ecco, lui ha la metà che manca.»

Giovanni non risponde. Resta in silenzio ad aspettare che continui. E invece tutto finisce qui. Non c'è altro che devo raccontargli. Non ora.

«Trova quei nomi, Giovanni. Scopri se sono veri e ti racconto il resto. Devo capire con chi è giusto parlare.»

«Di qualcuno dovrai pur fidarti.»

«Sì. È per questo che ti ho chiamato. Dimostrami che non ho fatto l'ennesima cazzata.»

«Abbiamo un problema.»

La voce di Varo Borja è piena di spigoli. Un tono che lo Slavo non è abituato a sentire e che non gli piace per niente.

«C'è un nuovo filone di indagine. Prima era solo un sospetto, adesso ci sono le prove. Nella casa c'era un'altra bambina.»

Lo Slavo non risponde. Cerca di pensare. Velocemente. Ma è di nuovo Varo Borja a parlare.

«Ti mando il file con il solito sistema. C'è scritto tutto.»

«Quando?»

«Subito. E...»

Prova a continuare, ma lo Slavo ha riattaccato.

Resta un attimo a guardare il telefono, poi spedisce il file e cancella le tracce del passaggio. Nessuno controllerà, ma è meglio non correre rischi.

Non è più il momento.

Adesso bisogna individuare lo strappo e piazzare la toppa. Solo quell'idiota di Aurelio poteva fare una stronzata simile. E ora tante cose successe quella notte assumono il loro vero significato.

Si è meritato di morire, peccato solo che sia durato troppo poco, che non abbia sofferto per niente.

Prende un lungo respiro e si mette a giocare con il pulsante di una penna. Qualcuno passa e lascia un saluto che ricambia. Alla fine del gesto si passa una mano fra i capelli, lentamente, con cura.

Le tracce della solita finzione. La routine di tutti i giorni che copre il silenzio di una vita molto diversa.

Onesta.

E terribilmente rispettabile.

Il telefono squilla a vuoto.

Cinque, sei, sette volte. Sto per riattaccare quando Alessandro Neri mi risponde. Dirige la cronaca nel secondo quotidiano nazionale, lo conosco da quasi dieci anni e non lo vedo da oltre tre. È stato lui a farmi lavorare per primo, quando stava ancora alla redazione di Bologna e non era diventato quello che è adesso.

Non pensavo nemmeno avesse lo stesso numero di telefono.

«Ho visto le tue foto dall'Iraq. Belle. E... mi dispiace per Abdel.»

«Anche a me. Senti, Ale, scusa se ti sembro brusco. Specie perché sono anni che non mi faccio sentire. Però ho qualcosa da dirti.»

In lontananza sento un bambino. Chiede qualcosa che non riesco a capire riguardo una mossa di wrestling.

«Ti sto disturbando? Se vuoi...»

Mi interrompe subito. Il tono è cambiato. Deve aver tolto il vivavoce e infilato l'auricolare.

«No, tranquillo. Dimmi tutto.»

«Ho una storia che probabilmente scotta.»

«Quanto?»

«Se devo seguire l'istinto, molto.»

«Iraq?»

«Sì.»

«Sto tornando a casa dalla Sardegna. Sono atterrato a Milano da un'ora. Porto a casa i miei e parto per Bologna. Posso essere da te fra tre ore. Quattro al massimo.»

«No, non ancora. E poi non sono a Bologna. Prima devi... fidarti di me.»

«Dimmi.»

«Hai da scrivere?»

«Un attimo.» Sento un rumore in sottofondo. Lo immagino che chiede a sua moglie di prendere appunti per lui. Se me la ricordo bene, ha i capelli biondi e gli occhi tanto chiari da sembrare trasparenti.

«Ci sono.»

«Ora ti faccio due nomi. Però dobbiamo fare un patto.»

«Quale patto?»

«Che non pubblicherai niente fino a che non te lo dirò.»

«Spara.»

«Non è finita qui.»

«Cioè?»

«Dovrai far sapere che state frugando nella faccenda.»

Non mi risponde subito. Per qualche secondo sento soltanto il rumore della macchina.

«Va bene. Quei nomi.»

«Antonio Parmeggiani e Simone Mariani.»

Lo sento ripetere. Immagino la moglie che cerca di scrivere, evitando il laccio californiano dell'erede di casa.

«Parmeggiani? Come quella tizia che hanno ammazzato?»

«Proprio lei.»

«E cosa c'entra l'Iraq con quella ragazza?»

«Accontentati dei nomi, per ora. Scopri chi sono. Ci sentiamo domani.»

Riaggancio. Prendo la carta telefonica e me la rigiro fra le dita. Ho bisogno di lasciar decantare i pensieri. Dal fondo della strada vedo arrivare il taxi che ho chiamato prima di telefonare ad Alessandro.

Esco dalla cabina e gli faccio cenno di aspettarmi un attimo. Lo vedo accostare oltre la macchina che devo restituire.

Rientro e chiamo l'autonoleggio dell'aeroporto. Fingo di essere rimasto senza benzina e spiego dove possono trovare la macchina. Non sembrano contenti, ma non fanno storie. Sto per scusarmi, ma la scheda si esaurisce.

Esco dalla cabina con un sorriso isterico appiccicato alle labbra.

«Alla Feltrinelli, quella sotto le due torri» spiego al tassista.

Quando la macchina parte mi sento di nuovo braccato.

Una sensazione a cui sto facendo l'abitudine.

La bambina non smette di guardarlo.

Le forbici strette fra le mani, il volto e il vestito sporchi di sangue. Sotto la luce della luna che scivola dalla finestra, sembra nero come il fondo di un pozzo.

Annusando l'odore di cordite che riempie l'aria, lo Slavo prende un lungo respiro. Si avvicina alla lampada e accende la luce. Si siede sulla poltrona accanto al tavolino e guarda la scena.

Succede sempre allo stesso modo. Si addormenta e di colpo, dal buio, spunta il luccichio delle forbici. Poi la bambina.

E lo guarda. Lo sta facendo anche adesso che la luce le stampa sul vestito la macchia scura del sangue bruciato e rappreso. Marrone scuro che si allarga sul petto come un'enorme rosa. Stesa sul pavimento, le braccia aperte a croce, le forbici fra le mani, la testa rivolta verso i suoi occhi. Dentro i suoi occhi.

Appoggia la pistola sul divano.

Guarda l'uomo disteso sul letto. Le ferite sul collo, sul petto, sul volto. L'onda delle lenzuola arrotolate che gli incatena le gambe.

Per un attimo se lo immagina come l'ha visto un'ora fa, insieme alla bambina. Poi sente di nuovo addosso le dita di lei. Le ha assaggiate tante volte. Le vede scivolare sui vestiti, muovere il tessuto della camicia.

Solo che lei non c'è. È sdraiata a due metri da lui, il petto squarciato dal colpo di pistola che le ha sparato.

Non sono le sue mani quelle che lo accarezzano, non sono le sue dita quelle che sente e vede sotto la pelle. Lei è morta. Lui l'ha uccisa.

Si slaccia la camicia, strappa i bottoni, fissa con una smorfia di orrore negli occhi la pelle del torace che si solleva. Qualcosa sta strisciando sotto. Qualcosa che ha la forma di una mano. Risale sul petto, solleva i capezzoli e i pettorali.

All'improvviso si ferma.

A due metri da lui, la bambina si alza. Getta le forbici. Sorride. Allarga la mani. Qualcosa gli spezza la carne del petto, scoppiando da dentro.

E lo Slavo si sveglia.

Apre gli occhi, nella penombra della sua stanza d'albergo.

Una bambina. Era solo una bambina.

Affondata nel passato e pronta a tornare fuori in ogni momento. Qualcosa che non ti aspetti, che non vuoi. Come la bambina dentro la casa.

Anche lei non doveva esserci e invece c'era. Nascosta agli occhi di tutti.

Cerca di immaginarsela, di capire chi è, com'è fatta. Come sono i suoi occhi, le sue labbra. Come parla, ride, piange, urla. Come sorride, come cammina.

Come la ucciderà, quando finalmente riuscirà a trovarla.

Il centro di Bologna mi sembra all'improvviso troppo grande.

Gli occhiali da sole e il cappellino in testa non servono a farmi sentire meno nudo. Così cammino svelto, spiando i pochi passanti che incrocio, immersi nel caldo della giornata e nei loro pensieri.

In realtà nessuno si accorge di me. Nella fauna sudata di turisti e bolognesi immersi nelle vacanze o tornati troppo presto, anche il mio passo frettoloso passa del tutto inosservato.

Quasi di fronte a piazza Maggiore, mi appoggio a un bancomat.

Respiro. Ho smesso di essere invisibile cominciando a telefonare, ma un prelievo di contanti è come un bengala colorato che urla la propria posizione.

Esattamente quello che voglio.

In più mi servono soldi. Tutti quelli che i massimali di carta di credito e bancomat consentono di ottenere. Non so se dovrò di nuovo sparire, se quello che ho in mente funzionerà o sarò costretto a trovare una soluzione d'emergenza e infilarmi di nuovo nel buio, più a fondo che posso.

Non so proprio niente, ora. Solo che devo coprirmi le spalle e muovere il culo. Entrambe le cose il più in fretta possibile.

Mi servono tre sportelli diversi per riuscire a recuperare i contanti. Li scelgo il più possibile vicini, in modo che, quando li troveranno, non possano seguire i miei spostamenti.

Sono in centro, a Bologna, depositato da un taxi che mi ha lasciato in uno dei punti più frequentati. Da qui potrei essere andato ovunque.

Accanto all'ultimo bancomat c'è una tabaccheria. Entro e compro due buste gialle, un block notes, una penna e un'altra scheda telefonica.

Mi infilo in una stradina e tiro fuori il cellulare. Smontarlo, separando la batteria, la sim e il telefono, è stata la prima cosa che ho fatto appena partito per Riccione. Ora è il momento di rimetterlo insieme. L'altro, quello che ho comprato al mare insieme a una nuova sim, l'ho lasciato in albergo.

Appena accendo arrivano i messaggi delle chiamate perse. Giovanni avrà provato una ventina di volte. Andrea altrettante. Ma è il primo numero quello che noto. Non ce l'ho in rubrica e la chiamata è stata fatta circa un'ora dopo il mio arrivo all'albergo di Marco.

Lo scrivo su un foglietto che infilo in tasca.

Tutto è esattamente come immaginavo e scoprirlo mi fa paura.

Svuoto la rubrica, l'elenco delle chiamate fatte e ricevute, i messaggi. Spengo di nuovo il telefono, lo smonto, lo infilo in una busta.

Manca una cosa sola, prima di filare in stazione e prendere il primo treno che mi riporta a Riccione.

Una telefonata.

Infilo la scheda, faccio il numero e spero che non ci sia nessuna urgenza che le impedisca di rispondermi. Che la dottoressa Andrea Conti non stia operando, suturando, medicando nessun paziente proprio in questo momento.

Ci vogliono sei lunghissimi squilli prima che senta la sua voce.

«Ciao, sono io. Ho bisogno di un favore.»

Il Grigio attraversa lentamente la hall dell'albergo, scende le scale, si infila nel bar. Si ferma appena oltre l'ultimo gradino. Solleva una mano. I due uomini che lo seguono, qualche passo più indietro, si bloccano all'inizio della piccola rampa che precede l'ingresso.

Lui invece avanza nella sala fino al centro, sotto al lucernaio circolare in stile liberty. I tavoli sono tutti deserti. Sul bancone resta una tazzina di caffè, il cucchiaino abbandonato sul piatto.

Si volta. L'uomo che cerca lo sta guardando, abbandonato su una delle poltrone della sala ad angolo. Si alza, gli stringe la mano.

«Finalmente ci incontriamo di nuovo.»

Il Grigio si siede. L'aria decisa di chi non è venuto a fare quattro chiacchiere con un amico.

«Mi racconti quello che sa.»

Antonio Parmeggiani si allunga sulla poltrona. Ha sempre la stessa espressione. Una strana smorfia che assomiglia a un sorriso.

«Non dovrebbe essere un sequestro politico. Ma non li hanno presi per caso. Penso che li conoscessero. Li hanno sorpresi sulla strada che porta all'albergo. Tornavano con l'autista e altri due giornalisti. Non sono stati toccati. Volevano loro, li hanno indicati chiaramente. Un commando di quattro uomini, kalashnikov.»

«Pensa che li tengano a Baghdad?»

«Probabile. Con tutte le zone fuori dal controllo americano che ci sono, non è così difficile nascondere due persone in una casa.»

«Quanti soldi?»

Antonio Parmeggiani riflette un attimo, prima di rispondere.

«È ancora presto per saperlo.»

Il Grigio annuisce.

«Tempi?»

«Sa che non li dettiamo noi. In nessun modo e in nessun momento. Ora si deve soltanto aspettare, ascoltare quello che si dice in giro.» Fa una pausa. Si gratta la punta del naso, lentamente. «E questo lo stiamo già facendo.»

Il Grigio si limita a fissarlo, cercando di capire se c'è dell'altro, nascosto oltre le sue parole. Qualcosa che non gli ha detto, che non gli vuole dire.

«Mi sembra preoccupato, signore.»

«Non so se posso fidarmi di lei. E lo sa. E sa anche che devo riferire ad altri quello che succede laggiù. Non è da me che dipendono le scelte. Se lo ricordi.»

Antonio Parmeggiani sorride.

«Da quando la conosco non ricordo una volta in cui le sue scelte non siano poi state quelle di chi mette le firme. E i soldi.»

«Le cose possono cambiare.»

«Oh, certo. Ha già provato una volta a farle cambiare. Mi pare che quella bara tornata indietro nel tricolore abbia fatto un gran bell'effetto in televisione. Ucciso un giorno dopo il sequestro. La linea dura è sempre una buona politica, specie se i sequestratori cercano una cosa sola. Soldi. O forse non è così? Magari si poteva fare qualcosa. Chissà quante volte ci ha pensato... Signore.»

Il Grigio lo guarda. Basterebbe un cenno della mano perché qualcuno si occupi del tizio che gli sta davanti. Per un attimo pensa anche di farlo, quel gesto. E di concludere tutto lì, in silenzio, senza tante storie. Ma è solo un'idea stupida, una tentazione che scivola via rapida com'è arrivata.

Le cose da fare sono altre, adesso. Tutto ha il suo momento.

«Voglio che lei parta subito. L'aereo è già pronto, la sta aspettando.»

«No, non ora. Sarebbe del tutto inutile. Bisogna raccogliere informazioni, tenere contatti. E la mia presenza in Iraq è del tutto superflua. Anzi, addirittura controproducente. Conosce perfettamente come vanno queste cose. Quando sarà il momento, prenderò il suo aereo. Mi lasci fare a modo mio, signore. Non se n'è mai pentito. E poi, prima c'è una faccenda che devo ancora sistemare. E lo sa.»

«Parliamone. Sono qui anche per questo.»

«Credo che sia qui *soprattutto* per questo. Ma non so cosa vuole da me.»

«Farle capire quanto sia stupido che ci facciamo la guerra in questo modo. Sarebbe tutto molto più semplice se potessimo recuperare insieme quello che stiamo cercando. In fondo siamo entrambi uomini d'affari e d'azione. E abbiamo entrambi l'interesse che i nostri affari possano continuare indisturbati.» Fa una pausa, abbassa la voce. «Di qualunque genere siano. Non crede?»

«E io cosa ci guadagno?»

Il Grigio sorride. È la seconda volta nello stesso giorno che si sente fare quella domanda. Solleva la schiena dalla poltrona. Sussurra.

«Che la sua vita continui... come prima.»

«Non faccia minacce che non può mantenere, signore. Lei

non mi ucciderà. Non finché non avrà quelle immagini. Tutte quante, anche le mie. E non finché c'è questa guerra.»

«Ma le guerre finiscono, prima o poi.»

«Solo quando ce n'è un'altra da iniziare di nuovo, da qualche parte.»

«Sta sputando nel piatto in cui mangia.»

«Oh, no. Ma non accetto minacce né alleanze dall'uomo che ha fatto uccidere mia sorella.»

«E se le dicessi che non l'ho fatta uccidere io?»

«Non le crederei nemmeno se me lo giurasse.»

«Sbaglierebbe.»

Antonio Parmeggiani sembra pesare le parole una alla volta.

«Allora forse dovrebbe cominciare a pensare che fra le persone che la circondano c'è qualcuno che per lei è davvero molto pericoloso.»

Lo sguardo del Grigio diventa sottile.

In poche ore qualcosa di cui era assolutamente certo ha finito per riempirsi di tante piccole crepe. Dettagli infinitesimali che hanno reso fragile il disegno complessivo, mostrato macchie, nascosto la luce.

Forse Antonio Parmeggiani ha ragione. C'è in giro qualcuno di molto pericoloso. Qualcuno che ha visto un passo oltre, che precede le sue mosse con una precisione incomprensibile.

Cerca di accantonare quel pensiero. Non può permettersi di sembrare debole.

«Per il compenso restano validi i soliti accordi, mi auguro.»

«Non vedo perché cambiare qualcosa che funziona perfettamente.»

Senza rispondere, il Grigio si alza. Gli allunga la mano. La stretta è decisa, la forza sembra dosata al minimo.

«Voglio due rapporti al giorno. E voglio sapere ogni tipo di informazione che riceverà.»

«Non si preoccupi. Saprà tutto quello che so, esattamente un secondo dopo di me. Come sempre.»

Annuisce. Infila le mani in tasca, si volta verso le scale.

«Signore?»

Con un piede già sul primo gradino, il Grigio si volta.

«Dica a quel fanatico che mi ha mandato appresso che non me lo voglio più vedere intorno. La prossima volta non mi limiterò a rompergli il naso.»

Michele Ferrari entra nell'ufficio seguendo una canzone di Annie Lennox.

L'uomo che sta cercando è al centro della stanza, in mezzo alla musica. Dentro sembra più leggera. Un sottofondo che disperde il suono e la melodia.

Giovanni Marra lo aspetta con un sorriso cordiale dipinto sul viso. Accogliente, ma distante, a segnare la differenza di ruolo fra i due lati della stretta di mano.

«Mi scusi se la ricevo così, ma non è un buon momento.»

«Mi scuso io per averle messo fretta.»

«Non si preoccupi. Con tutti i favori che mi ha fatto Paolo, non posso dire di no a una sua richiesta. Le ha detto che vivevamo insieme, immagino.»

«Ai tempi dell'università.»

Giovanni si infila dietro la scrivania.

«Preistoria, praticamente. Tutti e due fuori sede. Lui pugliese e io di Rimini. Sai che coppia...»

Michele si siede dal lato opposto. La sensazione è la stessa che ha provato al primo esame a ingegneria. Qualcosa di incomprensibile sta arrivando a travolgerlo, senza che possa fare nulla per impedirlo. Dopo, niente sarà più come prima.

«Dunque sono venuti a rubare nel suo appartamento. Immagino che non fosse in casa. O che non si sia svegliato.»

Michele non risponde. Sente la foto premere contro la pelle, infilarsi nel respiro, attraversare i pensieri. Alla fine è come se fosse proprio quella bambina, quel viso sorridente che non sa ricordarsi, a prendere il comando delle operazioni.

«Veramente sono qui per un altro motivo, commissario.»

Giovanni Marra si muove sulla poltrona. All'improvviso sembra molto a disagio.

«Mi pareva che Paolo avesse parlato di un furto.»

«Infatti è quello che ho detto a lui. Certe cose non le puoi raccontare a nessuno.»

Il commissario prende un lungo respiro. L'aria condizionata sembra di colpo troppo alta, la stanza gelida. Il sudore si asciuga addosso all'istante, come un incubo al risveglio.

«Allora mi racconti il vero motivo, ingegner Ferrari.»

Michele resta ancora un momento in silenzio.

Non ha più tempo per decidere se può fidarsi di Marra. Per pentirsi di essere entrato in questa stanza. Solo per parlare.

Così racconta dell'incidente e del coma. Del risveglio e della paura. Racconta di Gioia, dell'amante di sua moglie e dei suoi incubi. Di quella frase che sente in testa sempre, anche quando è sveglio. *Non farmi male.*

Racconta esattamente quello che si è ripetuto da quando ha in tasca quella fotografia. Le stesse parole. Tutto quanto. Tranne Raffaella Petri e il cd.

Loro sono fuori dalla sua storia.

Prima di coinvolgere Mirella vuole sapere tutto quello che ancora non sa a proposito di se stesso. È la prima tessera che ha messo al suo posto, non appena ha deciso di parlare con Giovanni Marra.

«Cosa ne pensa, commissario?»

«Che non credo di sapere perché mi ha raccontato questa storia. E nemmeno perché è venuto da me.»

Michele prende fiato. Un respiro che rimette a fuoco la realtà. Ormai manca solo l'ultimo passo.

Prende la foto e la allunga a Giovanni.

Lasciarla nelle sue mani è come consegnare un figlio a qualcuno di cui non sai se fidarti fino in fondo.

«Vorrei sapere chi è questa bambina, commissario. So che quello che le ho raccontato sembra assurdo e che lo è anche questa richiesta, ma ho bisogno di sapere se sta bene.»

Giovanni alza lo sguardo dalla foto, ma è un gesto che gli costa fatica. C'è qualcosa in quel sorriso che lo fa stare bene e male nello stesso tempo. Tanta leggerezza sembra per forza destinata a finire di colpo.

«Perché, ingegner Ferrari? Mi dia un motivo per farlo. E per non pensare invece che lei sia completamente impazzito.»

«Se riuscirò a scoprire chi è la bambina e come sta, allora saprò di nuovo tutto quanto devo sapere. E potrò riavere la mia vita.»

Giovanni Marra continua a fissarlo. Il suo racconto sembra una bugia e la verità allo stesso tempo. Come se, sedute davanti a lui, ci fossero due persone e non una soltanto.

«Come ha avuto questa fotografia?»

«Era in casa mia, in un cassetto.»

Passa un dito sui bordi dell'immagine.

«È stata tagliata. Sa cosa c'era in quello che manca?»

Michele deglutisce prima di rispondere.

«Purtroppo no, commissario.»

Appoggia la foto sulla scrivania.

L'album di Annie Lennox finisce quasi nello stesso istante.

«Quando ha avuto l'incidente?»

«A metà febbraio.»

Marra scrive qualcosa. Guardandolo mentre prende appunti, Michele ha la sensazione che abbia esitato un attimo, che quella data lo abbia colto di sorpresa. Quando rialza gli occhi dal foglio sembra di nuovo sereno come all'inizio del loro incontro. Sorride, si alza.

«Spero di farle sapere presto, ingegnere. Devo tenere la foto, però. Almeno finché non ci rivedremo.»

Michele annuisce. È quasi una liberazione. Gli allunga la mano. La stretta è troppo forte. Le dita grandi e rigide. Non lo aveva notato prima.

«La ringrazio, commissario. Naturalmente vorrei che tutto rimanesse fra noi due e...»

«Non si preoccupi. Lei ha avuto un furto in casa, no?»

L'ingegnere sorride.

Giovanni lo guarda allontanarsi nel corridoio. Rientra in ufficio. In piedi davanti alla scrivania, chiude in un cerchio la data dell'incidente che ha appena scritto.

Febbraio.

Alla fine lo sguardo scivola di nuovo sulla foto della bambina. Resta un istante attaccato a quel sorriso, poi prende il telefono.

«Passami la sezione minori. C'è una cosa che devo capire alla svelta.»

«Mi offri un aperitivo?»

Varo Borja si ferma in mezzo al marciapiede. Le gambe sono improvvisamente pesanti. Per un attimo pensa che dovrà appoggiarsi a uno dei fittoni che delimitano l'accesso a piazza San Domenico. Invece si volta, senza che succeda nulla.

Lo Sceriffo è a meno di un metro.

Ha un cappellino da baseball calato sugli occhi, nascosti dalle lenti da sole. Una maglietta scura, un paio di jeans, i capelli tagliati corti che lo fanno sembrare più magro.

«Sei diventato matto?»

«Gli amici prendono spesso un aperitivo insieme, non ti pare?»

«Come hai fatto a...»

«Non è stato difficile. Basta sapere come cercare. Dovresti sapere che sono bravo.»

Varo Borja lo guarda. Cerca di pensare alla svelta e soprattutto di nascondere i pensieri. Tutti quanti.

«Cosa vuoi?»

Lo Sceriffo si appoggia una mano al petto.

«Io? Niente. Non voglio proprio niente. Solo guardarti in faccia, finalmente. Essere sicuro che vada tutto bene, questa volta.»

Varo Borja aspetta un attimo prima di rispondere. L'idea che sotto quella maglietta ci sia un microfono, pronto a registrare ogni sua parola, è un'eventualità che non si sente di escludere. Prima che possa dire qualsiasi cosa, ci pensa l'altro.

«Non mi sono venduto. Non sono il tipo. E non avrei niente da guadagnarci. Volevo solo essere sicuro che non ci saranno casini. E farti capire che se succederà non sono il solo che potrebbe rimetterci.»

Sta per dirgli della telefonata che ha fatto oggi allo Slavo. Dell'altra bambina, quella che nessuno conosce. Quella che potrebbe fotterli tutti. Ma non lo fa. Lo Sceriffo è una bomba innescata che va tenuta lontana dal fuoco.

«Ti ho già risposto, lo sai.»

Si avvicina. L'alito sa di menta e dopobarba. Sussurra.

«Sì, ma volevo vederti negli occhi mentre lo facevi.»

Resta immobile un attimo, talmente vicino che riesce a vedere il suo sguardo dietro le lenti nere.

Quando si allontana sta sorridendo.

«Bene, visto che non vuoi offrirmi da bere, posso anche andarmene.»

Fa due passi in direzione del portico. Poi si ferma. Solleva il cellulare.

«Sai che me la cavo bene con le fotografie.»

Varo Borja non risponde.

Questa volta le gambe cedono davvero. Si siede su uno di quei fittoni. Lentamente, perché nessuno si accorga di quello che sta capitando.

Aspetta che lo Sceriffo se ne sia andato, poi prende un lungo respiro e telefona allo Slavo.

Appoggiata al davanzale della terrazza di casa, Raffaella Petri beve dalla lattina l'ultimo sorso di Coca.

Il portatile è sul tavolino di fronte al divano. Anche da dove si trova ora, riesce a sentire l'audio de *La danza delle fate* mandato in loop dal lettore di filmati Flash.

Lo ha guardato per quasi un'ora. Potrebbe ridisegnarlo a memoria, dal primo fotogramma all'ultimo. E non c'è nulla di sbagliato, nulla che abbia catturato la sua attenzione.

Niente di niente.

Anche se sa che non è così. Deve per forza esserle scappato un dettaglio, un particolare. Piccolo, insignificante. Qualcosa che rappresenta il motivo per cui quel filmato esiste ed è spuntato all'improvviso dalla memoria di Michele.

Resta un momento a guardare un gruppo di bambini che gioca a calcio, nel prato oltre la strada. Poi rientra in casa, senza che i pensieri le abbiano dato un preavviso. Abbandona la lattina vuota sul tavolo. Prende il cellulare. Sfoglia la rubrica con gesti secchi e nervosi. Schiaccia il tasto verde come una mosca su un vetro.

La persona che cerca risponde al quarto squillo. Giulio Bernardi. Fa il web designer. Uno che con il Flash ci lavora dandogli del tu. Non lo sente da due anni.

«Sono Raffaella» dice lentamente. E scopre che la voce le trema un po'. «Dovresti farmi un favore. È urgente.»

E prima ancora che l'altro accetti, gli ha già spedito una mail con il file in allegato.

In pizzeria non c'è un tavolo libero.

Se fossimo arrivati dieci minuti più tardi non saremmo mai riusciti a sederci in giardino, vicino allo spazio dove una volta c'erano i giochi per bambini e oggi una gigantesca griglia, stipata di pesce.

Venivo spesso a mangiare qui. Tavolate gigantesche di famiglie e bambini urlanti, pronti a catapultarsi sui trampolini elastici e uscirne con i muscoli dolenti, la testa che gira e i vestiti impolverati.

Era il bello del gioco. Qualcosa di cui ti ricordi ancora il sapore dopo tutto questo tempo. E che rifaresti da capo, subito, se solo ti fosse rimasta la possibilità.

Forse anche Lisa lo farebbe.

È la prima cosa che mi sono chiesto, una volta che il flusso di ricordi si è assestato, lasciandomi davanti la realtà. Cerco di guardarla senza che se ne accorga, fingendo che il suo silenzio sia assolutamente normale e che non si noti la differenza fra lei e i bambini degli altri tavoli, che non smettono di parlare un secondo.

Roberta è tesa come una bandiera in un giorno di tempesta.

«È la prima volta che la porto fuori... da quando è successo» mi ha spiegato prima. Ho cercato di rassicurarla in qualche modo. Poi mi sono chiesto come starei, se fossi al suo posto. E ho deciso che l'unica cosa da fare è fingere che tutto sia assolutamente normale.

Anche Lisa, appunto. Invisibile, nei gesti lenti e misurati con cui taglia la pizza che Roberta ha ordinato per lei. Una compostezza che probabilmente ha sempre avuto e che il silenzio schiaccia in una perfezione dura come ceramica. Quella che sta mangiando fra me e sua madre è la copia perfetta di una bambina di tredici anni. Solo che non sembra viva.

Un paio di volte Roberta le sfiora i capelli. Un gesto che parte piano e diventa naturale solo quando la carezza viene accettata o soltanto sopportata.

Ogni tanto cerco di parlarle. Le ho raccontato di un bambino che ho conosciuto in Iraq. Costruiva mobili di legno, insieme al padre. Ma sognava di fare il calciatore. Una volta abbiamo fatto una partita con dei soldati inglesi. E non lo prendeva nessuno. Né con le buone né con le cattive. Ci ha fatto diventare matti.

Lisa ascolta.

Mi guarda negli occhi mentre parlo ed è l'unico segnale che ho catturato la sua attenzione. Vorrei fotografarlo, quello sguardo. Cercare la luce che lo attraversa. E alla fine mostrarglielo, per scoprire se lo riconosce. Se si rende conto che lì dentro, malgrado tutto, c'è ancora più di quanto possa immaginare.

A Roberta ogni tanto sorride. Un'espressione che parte dalle labbra, ma non raggiunge mai gli occhi. Guardandole insieme, mi viene naturale pensare ai colloqui dei detenuti con i famigliari. Il tentativo di comunicare attraverso lo sguardo. Mani che accarezzano mani che non riescono a sentire, appoggiate dall'altra parte del vetro antiproiettile a ricalcare un gesto quotidiano che possono soltanto imitare.

Bevo lentamente un caffè amaro e, mentre appoggio la tazzina, incrocio lo sguardo di Lisa.

Sta cantando qualcosa. Muovendo semplicemente le labbra senza emettere suono, al seguito della musica. È una sensazione che ho avuto spesso stasera, ogni volta che cambiava il brano in sottofondo e lei sembrava allontanarsi per un istante, alla ricerca delle note.

Vorrei sorriderle, poi mi accorgo dei suoi occhi. Sono troppo grandi, adesso. La pupilla si dilata, l'iride sembra spalancarle la mente su un universo imputridito dal terrore.

E all'improvviso tutto cambia.

Superman, sta mimando con le labbra. Ripete all'infinito quelle tre sillabe, concatenando l'ultima con la prima, in un mantra silenzioso e ossessivo che sembra non finire mai.

Poi la bocca si ferma. Di colpo. Il cucchiaio con cui stava mangiando il dolce tintinna sul piatto. Prima piano, poi sempre più forte.

«Lisa, stai bene?»

Roberta si piega verso sua figlia. Lei la attraversa con lo sguardo, sembra fissare un punto oltre gli occhi della madre. Oltre il tavolo accanto, oltre il muro della pizzeria e il mare, al di là della strada.

Qualcosa che arriva da troppo lontano perché qualcun altro possa sentirlo, oltre a lei.

Superman, sillabano di nuovo le sue labbra.

La canzone dei Five for Fighting che riesco finalmente a riconoscere in sottofondo.

Superman, sussurro anch'io, mentre il tremore di Lisa diventa del tutto incontrollabile.

Poi grida. Spalanca la bocca e gli occhi allo stesso tempo. Un urlo sordo, cieco e silenzioso che non le esce di gola, che le resta conficcato dentro quando impugna la tovaglia e stringe i polsi, piantandosi le unghie nella carne.

«Oddio, qualcuno la aiuti» sento dire, mentre Roberta sta gridando qualcosa che non riesco a capire.

Mi alzo. Prendo il viso di Lisa fra le mani. È gelato. Sta piangendo.

«Aiuto!» urla Roberta. Stringo il polso di sua figlia, la muovo dalla sedia, la sollevo e la prendo in braccio.

Non so nemmeno se è la cosa giusta da fare. Se può rischiare qualcosa.

Ma so che devo portarla via da qui.

Via dalla gente che la guarda e da tutti quegli occhi. Via dalle parole sillabate senza suono. Dalle grida marcite fra le labbra.

Da quella musica, da quella canzone.
Il più lontano possibile da Superman.

Giovanni Marra appoggia una mano sulla spalla dell'ispettore Carta.

Lo sente irrigidirsi. Poi si volta.

«Cosa ci fa ancora qui a quest'ora, commissario?»

«Spero di non averti spaventato. Sto andando a casa, Francesco. Volevo solo vedere come va.»

«Ho fatto qualche telefonata per controllare quell'elenco di bambine. Fino adesso niente. Tutti quelli che siamo riusciti a sentire hanno confermato che si sono dimenticati di ritirare la denuncia. Qualcuno ha cambiato numero e dovremo trovare quello nuovo. Ma nessun minore scomparso.»

Giovanni lo guarda. Francesco ha l'aria di un laureando alle prese con il suo relatore. Per un attimo cerca di immaginarsi come reagirà la prima volta che sarà costretto a tirare fuori la pistola sul serio. Se avrà il tempo di pensare, se se lo concederà. E che poliziotto diventerà, dopo.

«Vieni, accompagnami.»

Scendono le scale in silenzio, Marra nascosto dietro le lenti da sole e Carta fra i suoi pensieri, tentando di capire perché il commissario ha per l'ennesima volta evitato di chiedergli qualcosa dentro le mura di un ufficio.

«Fa ancora caldo.»

«Non ho mai sofferto il caldo, commissario. È d'inverno che sto male. Angela dice che sono senza sangue. Ma dalle mie parti non faceva mai così freddo.»

Marra sorride.

«Da dove vieni esattamente?»

«La mia famiglia è di Isola Rossa. In Gallura.»

«Mare pure tu, allora.»

«Lei è di Rimini, vero?»

«Sì.»

«Eh, ma il suo non è mica mare!»

«Ah no?»

«No, non si va mica a Rimini per il mare. Non mi dica che non lo sa.»

Giovanni si toglie le lenti da sole.

«E per che cosa si va a Rimini, Francesco?»

L'ispettore Carta allarga le braccia, come se la risposta fosse la più banale del mondo.

«Per la piadina, commissario. O no?»

«Sì, sì, Carta. Fai pure il furbo. Che se lo sa Angela che fai questi discorsi... Senti, quanto tempo è che state insieme?»

«Ormai sono sei anni.»

«Lei sta alla minori, vero?»

Carta annuisce.

«Allora ho bisogno di due favori, Francesco. Due cose che rientrano nei nostri patti, ti ricordi quali sono?»

«Certo. Riferisco soltanto a lei, commissario.»

«Ascoltami bene, allora. Le bambine di quella lista sono tantissime, troppe per riuscire a trovarle tutte. Però voglio che fai in modo di avere le descrizioni. O le fotografie, meglio ancora. In alcuni casi penso che sia semplice. Altri, be', forse è più complicato. Inventati qualcosa. D'accordo?»

Carta annuisce di nuovo. Giovanni infila una mano in tasca e tira fuori una fotografia. Gliela allunga.

«E poi c'è questa.»

Francesco la guarda, ma solo per un istante.

«Chi è?»

«Ecco, appunto. Chi è? Ho già chiesto alla minori se riescono a identificarla in qualche modo. Se per caso abbiamo dovuto occuparcene. Magari è su quella lista, chi lo sa. Magari invece non c'entra proprio niente e non la troveremo mai. Controlla le descrizioni e vedi se qualcuna le assomiglia. E tirami fuori dalla lista tutte le bambine scomparse in Emilia Romagna, in Veneto, in Lombardia e in Toscana. Fino a febbraio, però. D'accordo? Per la bambina della foto magari chiedi anche ad Angela se ti può dare una mano.»

«Se è urgente posso chiamarla subito e...»

«È urgente, Francesco, sì. Ma va bene anche domani. Occupati di quella lista prima.»

«Va bene, signor commissario. Posso chiederle una cosa?»

La voce di Francesco è un castello di carte spazzato via dal vento.

«Dimmi.»

«Perché ha scelto me, commissario?»

Giovanni lo guarda. L'afa gli attraversa la testa come un chiodo. Poco prima del tramonto è anche peggio che di giorno.

«Perché sei uno che ha ancora un motivo per crederci, Carta. In qualche modo sei un puro. Uno che pensa di capire come si può fare a migliorare tutti i giorni. Sei un cane da tartufo, Francesco. Uno di quelli che se ne stanno tutto il giorno all'ombra, appoggiati sotto un albero. Ma che, se gli dai una traccia da seguire, non la mollano nemmeno se li leghi alla catena. E sono capaci di ringhiare se provi a farlo. Ecco perché ti ho scelto. Perché sei un bravo poliziotto fuori dagli schemi. E poi... erano tutti in ferie...»

Sorridono entrambi.

«Grazie, signor commissario.» Gli allunga la foto. «E questa?»

«Tienila, ne ho fatta una copia. Me l'ha data una persona. Un amico di un amico. Robe così. Mi ha chiesto di trovargli la bambina. In realtà dice di voler solo sapere se sta bene. Ma non sa spiegarmi perché. Ha perso la memoria, pare. E ha avuto un incidente. A metà febbraio.»

La voce di Carta è solo un sospiro fra due pensieri.

«A metà febbraio...»

«Appunto. A fare il nostro mestiere, Francesco, si diventa paranoici e sospettosi. Immagino che tu lo sappia. Il tizio si chiama Michele Ferrari. Scopri chi è, che lavoro fa, che cosa gli è successo. Se ha precedenti. Tutto quello che trovi.»

«Lei pensa che c'entri qualcosa con la bambina che stiamo cercando?»

«Non lo so, Carta. Però, se è coinvolto, perché venire da me?»

«Perché forse non lo sa. Se è vero che non si ricorda nulla, magari le ha nascosto qualcosa.»

«Il punto è proprio questo. Sono sicuro che nasconda qualcosa. Il problema è che ho la sensazione che lo stia nascondendo anche a se stesso.»

Angela si appoggia allo schienale della sedia e guarda l'uomo al computer. Lo chiamano Ginko, è la copia sputata dell'avversario di Diabolik.

Clicca due volte sull'icona di un file.

Poi *La danza della fate* riparte. È la terza volta.

«Cazzo, questo flash è fantastico! Dove l'hai preso?»

Angela pensa al suo uomo. Quello che per lei è Chicco e che in questo momento, da qualche parte, è l'ispettore Francesco Carta. Pensa al momento in cui glielo ha regalato. Alla tenerezza del gesto con cui stava violando una regola.

E decide di raccontare una bugia

«L'ho scaricato da Internet. Stavo cercando una clip de *Il ritorno del re*. Sai, l'esodo degli elfi? È venuto giù questo.»

«Cioè anche voi sbirri scaricate robaccia dalla Rete? Agente, non dovrebbe essere illegale?»

Il ragazzo che ha parlato è un vecchio compagno di scuola di Francesco. È attaccato alla fidanzata come una tellina allo scoglio. Lei sembra piccola e fragile, immersa nel suo abbraccio.

Angela si volta e ride.

«Chi è che ti ha masterizzato quell'album dei Radiohead, Daniele? Anche il cd vergine veniva dalla Polizia di Stato. Stai attento che uno di questi giorni facciamo un controllo.»

«Agente Angela Renzi, lei è una gran stronza, lo sa?»

Daniele fa una carezza alla morosa. Lei lascia le sue attenzioni e si allunga verso il tavolo. Spezza con cura un po' di pane. Lo mangia lentamente, come se avesse paura di disturbare.

L'uomo al computer preme il tasto d'apertura del cd. Si accende un led violetto, poi esce il disco.

«Posso tenerlo? Sai che figura con quelli del forum?»

Angela lo guarda. Ginko è il peggior fanatico di Tolkien che abbia mai conosciuto. Appena ha saputo che Peter Jackson stava lavorando alla versione cinematografica della trilogia, ha creato dal nulla un forum di pazzi scatenati quanto lui. Adesso sono quasi mille iscritti. L'unica volta che Angela ha provato a sbirciare qualche messaggio, si è sentita un bambino che impara a leggere e scrivere e non ha la più pallida idea di quale grammatica si debba usare per farlo.

«L'originale non se ne parla. Però puoi farti una copia.» Gli indica una scatola, accanto alla stampante. «Prendi un disco da lì dentro.»

«Cazzo, agente Renzi, lei è il mio eroe! Si dice eroe di una donna?»

Angela gli molla uno scappellotto sul coppino.

«Non te ne approfittare che Francesco è di turno, Ginko. Lo sai che noi poliziotti siamo gelosi marci, eh?»

L'uomo al computer si gratta la nuca.

«Di' pure al tuo uomo che ne parli con me, quando ne ha voglia.»

Infila un cd vergine nel lettore. Clicca da qualche parte nel menu di Start. La masterizzazione dura pochissimo.

«Adesso possiamo mangiare? Che ne dici, Gandalf il grigio? Non è quello il tuo nick sul forum?»

Ginko appoggia il cd su un angolo del tavolo. Poi si alza e guarda Angela.

Si porta un braccio dietro la schiena e uno davanti alla pancia, in un gesto terribilmente morbido. E alla fine piega le ginocchia e si inchina.

«Ai suoi desideri, principessa Arwen.»

«Arwen? Ve', Ginko, guarda che a me quella gatta morta di Liv Tyler mi sta sulle palle.»

«Però il buon Aragorn te lo saresti fatto arrosto e anche bollito, eh?»

«Non è che mi entusiasmino quelli con i capelli lunghi, però forse avrei fatto un'eccezione.»

Strizza l'occhio e Ginko sorride.

«Avanti, dai, che mangiamo!» urla.

E si alzano anche i due che da circa un'ora vegetavano davanti alla televisione, incollati alla terza domenica di Bundesliga.

Quando arriva a casa, Andrea si guarda intorno tre volte prima di salire.

Sola, chiusa dietro a un po' di mandate, si sente finalmente al sicuro.

Scarta il pacchetto. Lo ha recuperato da una vicina di casa di Nicola che lavora in un cinema del centro.

Dentro, c'è il cellulare. Aperto, senza batteria né sim card. Le trova a parte, incartate in un foglio di giornale.

Il suo iPod.

E un biglietto.

Lo legge. Poi ricomincia da capo, come a volerlo imparare a memoria. Alla fine lo strappa in tante piccole listarelle e poi in minuscoli coriandoli.

Dopo averli buttati nel gabinetto, entra in cucina e prende un pezzo di cioccolata. Spezza la Ritter sport fondente guardando in televisione un video degli Evanescence.

Bring me to life.

Un pezzo che parte lento e dolce, con un pianoforte. E finisce per esplodere all'improvviso, crescendo sempre di più.

Il suo cuore ha seguito lo stesso percorso e ora le scoppia nel petto.

Troppo forte perché possa fare qualcosa che non sia semplicemente respirare.

Giovanni Marra entra in casa e apre una birra.

Appoggiato con i gomiti alla finestra del salotto, beve una lunga sorsata guardando il traffico che scorre sulla via Emilia, cinque piani sotto.

È buio già da un po', ma fa ancora un caldo bestiale. La Beck's gli esce immediatamente dal corpo sotto forma di sudore, in uno strano ciclo continuo che non sa come arrestare.

Appoggia la bottiglia sul tavolo e fa il giro della casa. Spalanca tutte le finestre. Un gesto isterico e rabbioso che dovrebbe creare un minimo di movimento d'aria, ma che solleva per un istante soltanto la prima pagina del «Corriere della Sera» di ieri.

Si attacca di nuovo al collo della bottiglia, per soffocare un'imprecazione.

E mentre sta bevendo, vede il lampeggiare ritmico della segreteria telefonica.

Il sorso si spezza a metà, come l'ultimo respiro di una morte improvvisa.

Tossisce. Poi preme un tasto sul telefono. Dopo la prima frase del messaggio, la sete e il caldo sono solo un ricordo.

«Ciao Giovanni.»

La voce di Nicola, mescolata al rumore del traffico. Una grossa arteria. Forse un viale. Uno degli stradoni che attraversano la periferia, verso Modena. Un raccordo della tangenziale.

Riavvolge il nastro. Al *dove* ci penserà dopo. Adesso è importante il *cosa*.

«Ho deciso di arrangiarmi di testa mia. E credo anche di sapere come. C'è una cosa che devo fare. Dovrebbe funzionare e restituirmi la mia vita. Dammi tempo. E ricordati di quei due nomi. È importante. Ti chiamo io, domani. E non sperare che usi lo stesso bar. Aiutami, per favore. Posso fidarmi solo di te. Non ti sforzare a rintracciare questa telefonata. Sono alla cabina appena fuori dalla tangenziale, uscita Aeroporto.»

Il messaggio finisce lì.

Si volta.

La birra sul tavolo è diventata tiepida.

Getta uno sguardo fuori dalla finestra.

Se non ci fosse il palazzo di fronte, potrebbe vedere il punto esatto da cui Nicola ha fatto quella telefonata.

Seduta sul divano, Roberta fissa il televisore acceso.

«Hai visto come succede?»

La sua voce è come la luce di una stella. L'eco di qualcosa che è esistito e che adesso sembra arrivare da molto lontano. Non c'è niente che possa rispondere. Annuisco. Lentamente, come il tono di quella domanda.

«Ogni tanto, senza preavviso, c'è qualcosa che la fa stare così.»

Penso alla musica che passavano alla radio quando tutto è cominciato. Quando i suoi occhi si sono improvvisamente aperti in un'espressione di terrore che non sembrava neppure umana.

«Forse è stata la canzone che le ha ricordato qualcosa che... le è successo.»

Tace. Sembra cercare la strada in mezzo alle parole. Gli occhi diventano una fessura impercettibile. In televisione l'inquadratura si accende di colpo, illuminandole i capelli.

Si volta e mi fissa. Per un attimo sembra voler sorridere, ma è solo un'ombra, una nuvola che passa veloce e scompare.

«Stasera c'eri tu, per fortuna. Altrimenti avrei dovuto chiamare l'ambulanza. Da me non si sarebbe fatta toccare. E quando fa così la gente si spaventa. Chissà cosa pensano che le faccia.»

«La gente è stupida.»

Lo dico tutto d'un fiato e mi rendo conto che in mezzo a quella frase ho mescolato un sacco di cose della mia vita che con Lisa non c'entrano nulla.

«Hai provato a farla vedere da qualcuno?»

Alza appena il tono della voce, ma solo all'inizio della frase.

«Sì, certo che l'ho fatto. Ma lei non parla. Le hanno fatto esami su esami. Test neurologici, anche una Tac, che non so nemmeno cosa l'hanno fatta a fare. Ma non serve.»

Si volta verso la porta della camera da letto, sussurra.

«Lisa non è malata. Non c'è qualcosa che le ha tagliato le corde vocali, non ha un virus, una malattia infettiva. Non le hanno fatto del male. Non ha niente, capisci? Ha solo paura. Talmente tanta che non riesce nemmeno a dire di che cosa.

La prima volta che l'ho portata da una psichiatra infantile, è rimasta con la testa fra le mani per un'ora intera. La seconda volta non ha voluto che la toccassi per due giorni. Se le appoggiavo sul letto dei vestiti da mettere, li lasciava lì e cercava qualcosa di diverso nell'armadio. Come se fossi... contagiosa, capisci?

Allora ho smesso. Cerco di starle vicino come posso. Sperando che succeda qualcosa di bello. Sono così stanca.»

Si lascia andare sul divano, la testa all'indietro, gli occhi chiusi.

A tastoni trova il telecomando, spegne il televisore e all'improvviso c'è troppo silenzio. Per un attimo sono convinto che arriverà qualcosa a rompere quella perfezione malata. Resto in ascolto, cercando di cogliere un rumore, un respiro, un movimento brusco e sbagliato dalla stanza oltre il corridoio.

Quella in cui dorme Lisa.

Invece non succede nulla. Solo Roberta, che senza preavviso ricomincia a parlare.

«Perché non sei scappato?»

Non ha nemmeno aperto gli occhi, nel pronunciare quella domanda.

«Perché avrei dovuto scappare?»

«Perché chiunque lo avrebbe fatto. Lo hanno fatto tutti, in passato, per il semplice motivo che Lisa esiste. Figurati così.»

Cerco di parlare. Qualcosa si sovrappone alla mia voce, la rende roca, per lo spazio di qualche sillaba.

«So come ti senti.»

«No, non lo puoi sapere.» Apre gli occhi, alla fine della frase. «Non puoi averne nemmeno un'idea.»

«Mia madre ha l'Alzheimer, Roberta. Non mi riconosce, non sa chi sia. Ha solo qualche piccolo momento di lucidità. Per il resto mi guarda senza capire cosa ci faccio lì. E mi dà del lei, come a un estraneo. Certe volte, se la sfioro nel modo sbagliato, cerca di picchiarmi. Altre volte mi parla come se fosse una bambina. Vedi, io e mio padre ci siamo sempre voluti bene a distanza. Siamo sempre stati troppo uguali per dimostrare qualcosa che non fosse freddezza. Era lei a tenere insieme tutto. E adesso tutto sembra... sparito. Capisco perfettamente come ti senti. So cosa vuol dire perdere qualcuno a cui vuoi bene e vederlo svanire sotto gli occhi senza poter fare niente per aiutarlo.»

Il silenzio scivola sulla stanza, allontana le parole, rallenta anche i ricordi. Roberta chiude di nuovo gli occhi, un'espressione accigliata che sembra portarla lontano. E che all'improvviso si distende, in uno strano sorriso.

«A cosa stai pensando?»

«Alla sera che ti ho rovesciato il vino addosso.»

«E te ne vanti pure?»

Riapre gli occhi, solleva la testa. L'espressione però non se ne va.

«Se mi conoscessi meglio, sapresti che sono cose che faccio spesso. Esci con me e ne farai di figure di merda.»

«Vorrà dire che ti terrò d'occhio.»

Appoggia di nuovo la testa al divano, mi regala un mezzo sorriso.

«Come l'hai conosciuta Andrea?»

Si morde il labbro inferiore. Sembra rivivere quello che mi sta raccontando.

«Potrei dire che ha salvato la vita a una mia amica. Nessuno si era accorto che aveva un aneurisma. Alla fine l'hanno operata e sta benissimo. Dopo l'intervento Andrea è andata tutti i giorni in reparto a vedere come stava. Adesso si è trasferita a Milano e io e Andrea siamo diventate amiche. Tu?»

«Preistoria, ormai. Ha cercato di rubarmi "La settimana enigmistica" in vacanza e non gliel'ho più perdonata.»

Per un attimo sembra che stia per ridere. Poi sistema la testa sullo schienale del divano. Le passo un dito intorno a un ciuffo di capelli. Rame caldo come la luce del sole.

In lontananza esplode una risata. Vorrei sentire qualcosa di simile uscirle dalle labbra e dagli occhi, ma so che non è possibile. Non adesso, non finché sua figlia non sarà in qualche modo tornata indietro dal posto in cui si trova.

Apre gli occhi. «Devo andare a vedere se Lisa...»

Le appoggio una mano su una gamba. La pelle lasciata scoperta dalla gonna di cotone è tiepida e morbida. Cerco di trattenere la sensazione quando abbandono il contatto.

«Lascia, vado io. Non sentirti in colpa, capito?»

Annuisce.

Attraverso il corridoio con il suo sguardo appiccicato alla nuca. Cammino lentamente, in punta di piedi, fino alla porta socchiusa.

Lisa sta dormendo, nascosta dal lenzuolo fino alle orecchie. Mi appoggio alla porta e resto a guardarla.

Il respiro che solleva il cotone azzurro, appena percettibile nella penombra della stanza. Le dita di una mano che spuntano dall'orlo del lenzuolo. I capelli, dello stesso colore di quelli di sua madre.

Si è messa in quella posizione appena l'ho appoggiata sul letto.

La crisi è passata qualche metro fuori dal ristorante. Il tremore se n'è andato, rapido com'era venuto. Un velo di sudore le ha accarezzato la pelle e l'ho sentita abbandonarsi, lasciare tutto il peso su di me e aspettare, semplicemente.

Poi, una volta a letto, si è nascosta da tutto.

Forse, se potessi vederle il viso, avrebbe lo stesso sorriso spezzato a metà di Roberta. Due frammenti di qualcosa che non possono essere messi insieme.

Mi volto e torno in salotto.

Roberta è seduta, adesso. I gomiti appoggiati alle gambe, mi fissa. Non deve aver staccato gli occhi dai miei gesti un solo momento.

Mi siedo di nuovo al suo fianco.

«Dorme» sussurro. «E dovresti farlo anche tu.»

Annuisce.

«Sì, forse... tra un po'... Tu dove...»

«Qui, non ti preoccupare.»

Per un attimo mi guarda. Sembra non capire quello che le ho detto. Poi chiude gli occhi, abbandona la testa all'indietro.

Non dice più niente.

Quando ricomincio ad accarezzarle i capelli, si addormenta subito.

Dovrei prenderla in braccio e portarla a letto, come si fa con i bambini. Ma non voglio svegliarla. Così ascolto il suo respiro, sperando che restarle accanto serva almeno a tenere lontani gli incubi, la paura, la solitudine.

E anche la realtà.

Appoggiata allo stipite della porta, Lisa guarda sua madre. È distesa sul divano, gli occhi chiusi, il viso voltato verso di lei.

Se non stesse dormendo probabilmente scatterebbe in piedi e le correrebbe incontro, per sapere come sta.

E vedendola arrivare, si infilerebbe a letto.

Sotto il lenzuolo. Sotto al cuscino. Al buio. Da sola.

Non vuole che la tocchi. Non vuole sentire le sue dita addosso e il suo profumo vicino al viso. Non è ancora pulita, non è ancora pronta.

Domani lo sarà. Svegliandosi, gli occhi ancora chiusi, con le lacrime di un sogno seccate sulle guance. Domani, quando tutto tenterà di nuovo di ricominciare e lei penserà di poter dimenticare. Sarà bello, anche solo un istante.

Basterà aprire gli occhi perché tutto svanisca. Alzarsi dal letto, camminare, pettinarsi e poi infilarsi in cucina e fare colazione.

A quel punto tutto sarà già tornato. A quel punto starà già scappando.

E invece vorrebbe solo dormire come sta facendo sua mamma e svegliarsi quando quello che deve succedere è già successo. È un pensiero che faceva anche quando era ancora una bambina e il mattino dopo a scuola dovevano interrogarla.

Fa' che passi senza che me ne accorga.

Invece non succedeva mai. E chiederlo non serviva a niente. Le speranze sono quelle cose che vuoi più della tua vita, ma che non capitano mai.

Si siede per terra e cerca lo sguardo di sua mamma, dietro le palpebre chiuse. Cerca di rimanere nell'ombra, oltre la linea di luce che taglia il pavimento come una spada. Lì non può succederle niente. Se resta nascosta al buio, se riesce a non ascoltare i rumori che la notte si porta dietro, allora è salva. Da tutto.

Anche dallo sguardo di Nicola che segue il profilo di sua mamma e le accarezza i capelli. Piano, con un dito.

Se le ricorda bene le dita di Nicola. Le sente ancora sul braccio, forti, piene eppure delicate. La tengono stretta mentre cerca di liberarsi di quella musica. Mentre vorrebbe solo urlare di portarla lontano, dove non può più succedere. In un posto in cui non c'è nessuno che ti viene a cercare, dopo. Un posto dove riesci a gridare tutto quello che hai dentro senza che lo sforzo ti faccia tremare come le tende, quando fuori c'è il temporale.

«Via, voglio andare via!» aveva urlato. Ma nessuno l'aveva

sentita, lo sapeva. Nessuno se n'era accorto. Era stato allora che Nicola l'aveva sollevata da terra. Presa in braccio come quando da piccola era caduta in bici e si era fatta male a una gamba.

Portata via, mentre sua mamma non smetteva di guardarla e di dirle che tutto andava bene, che tutto si sarebbe sistemato, che era lì con lei.

Per lei.

Lo so, avrebbe voluto rispondere. Ma poteva solo aspettare che il respiro tornasse, che la musica sparisse, lontana. Che il buio fosse abbastanza vicino per potersi nascondere.

Come adesso che guarda la luce accarezzare il viso di sua mamma e vorrebbe stringerla. Ma non può. Se esce dal suo nascondiglio la prenderanno. Ha capito bene come funziona. Se parla, ha paura che la sentano. Che la trovino, finalmente.

Le parole sono come la luce.

Allunga le gambe sul pavimento e nello stesso momento Nicola si alza.

Resta in piedi accanto al divano. Guarda sua mamma che dorme. Per un attimo sembra voler dire qualcosa. Poi si avvicina al tavolo, scrive su un foglietto. Si volta, verso di lei.

Lisa sposta la testa all'indietro, ancora più nel buio. Sente i suoi occhi addosso, vorrebbe sorridere, ma non sa se lo sta facendo.

L'unica cosa che sa è che lui non la vedrebbe comunque.

Quando Nicola si muove di nuovo, allunga la testa per seguirlo.

Se ne va, in silenzio.

E per un attimo vorrebbe andare con lui. Con le sue mani calde. Per vedere se c'è qualcos'altro, fuori.

Oltre la paura.

Domenica 29 agosto 2004

Andrea scende dalla macchina, abbandona l'aria condizionata e si infila nell'ombra afosa del portico di Saragozza.

Ha voglia di mare, di sole, dell'acqua sulla pelle, di nuotare fino a non sentire più le braccia, le gambe, i pensieri, il mondo.

Ma non ora. Adesso sale semplicemente le scale che portano all'appartamento di Nicola.

«Cerca di non guardarti troppo in giro» le ha spiegato. E anche se non ha specificato il motivo, sa che da qualche parte ci deve essere qualcuno che la sta osservando. Non ha nemmeno cercato di capire dove potrebbero essere nascosti. In una macchina, forse. O dietro le tapparelle appena sollevate di uno degli appartamenti che danno sulla strada.

Mentre sale, il pensiero ritorna al mare. Una spiaggia bianca e lontana, qualcosa in cui ascoltare semplicemente la risacca e sincronizzare i battiti del cuore e il respiro. Poi anche quel pensiero svanisce, cancellato di colpo dalla porta chiusa dell'appartamento.

Fruga nella borsa alla ricerca delle chiavi. Per un attimo è convinta di averle dimenticate in macchina e sente esploderle dentro il terrore di dover tornare indietro, attraversare la strada, recuperarle nel cruscotto e poi ripercorrere ancora quelle scale fino al punto in cui si trova adesso.

C'è qualcosa che ha occhi per tutto, là fuori. Qualcosa che vede tutto, che sente tutto. Che sfiora la paura e la usa per vivere, come l'aria.

Si ferma e prende un lungo respiro. Ricomincia a cercare. Questa volta le trova subito e il contatto con il metallo le strappa una risata isterica che tintinna sulla tromba delle scale e svanisce nell'eco.

Entra.

L'appartamento sembra abbandonato di fretta. Le tapparelle ancora alzate, il letto sfatto, una chiazza di dentifricio a macchiare la ceramica del lavandino. La tazza sporca del caffè nel lavello della cucina.

«Non toccare niente» ha detto Nicola. Poi le ha spiegato quello che deve fare. E come.

Ricompone rapida il telefono cellulare. La sim, poi la batteria e la cover. Preme il tasto dell'accensione. Digita il pin. Lo lascia sul tavolo di cucina, senza suoneria. Accanto all'iPod. Si infila in corridoio, verso l'uscita. Apre la porta. La richiude con tutte le mandate e lascia cadere le chiavi nella borsetta.

Ferma sul primo gradino delle scale, sputa fuori un lungo sorso d'aria. Svuota i polmoni e i pensieri. La paura è lì, tesa, in agguato. Arriva senza che sia riuscita a valutarla in anticipo.

Scende le scale senza voltarsi, senza ascoltare nemmeno il suono dei passi che affondano nella tranquillità della domenica mattina.

Fuori, attraversa la strada più svelta che può.

Maledice con il pensiero chi la sta guardando in quel momento.

"Impiccati, chiunque tu sia."

Poi sale in macchina. L'aria condizionata le stampa addosso il sudore di quei pochi istanti di panico. Mette in moto, fa manovra e se ne va.

Lontana da tutto, almeno per un po'.

«Nicola Zanardi è a Bologna.»

La voce dell'ispettore Carta spezza a metà il verso di una canzone di Ligabue. Giovanni Marra, in piedi accanto alla finestra, si volta di scatto.

«Dove?»

«Ieri, più o meno a metà giornata, era in un punto imprecisato fra le due torri e via Marconi.»

«E oggi?»

«Non è tanto semplice saperlo istantaneamente. Almeno così dicono.»

Giovanni resta in silenzio. I pensieri si muovono troppo alla svelta. Se non li lascia rallentare, tutta quanta la realtà finisce per sfumare in un banco di nebbia.

«Andiamo a casa sua» dice alla fine. E si muove verso la porta.

Sulla soglia si ferma. «Aspettami sotto, c'è una cosa che devo fare.»

L'ispettore Carta annuisce e si allontana.

Quando è sparito in fondo al corridoio, Giovanni Marra chiude la porta, si siede alla scrivania e lentamente compone un numero sul telefonino.

Il telefono squilla una sola volta, prima che lo Slavo risponda.

«Zanardi è a Bologna.»

La voce di Varo Borja è un sussurro nel vento. In sottofondo sente passare un'auto, poi un motorino. Probabilmente è alla finestra, cercando di non farsi vedere.

«Dove?»

«Questo non lo so.»

«Casa sua?»

«Non subito» risponde. Poi riattacca.

Allo Slavo sfugge una mezza risata. Dall'altra parte del bancone il barista lo guarda e sorride.

«Donne, eh?»

Ingoia l'ultimo boccone di una pasta alla crema. Ricambia il sorriso.

«No, molto meglio.»

Lascia un euro di mancia ed esce. Appena fuori, abbassa gli occhiali da sole. Controlla l'orologio. Ha ancora tempo per fare un paio di cose. Non crede che Zanardi sia così stupido da farsi beccare nel suo appartamento. Ha molte cose da spiegare alla polizia.

Eppure non è a Bologna per caso.

Camminando sotto al portico del Pavaglione, si chiede se abbia in mente qualcosa di preciso. E in che modo riuscirà a convincerlo a raccontargli tutto quello che sa.

Ne conosce molti.

Se dovessero servire, è disposto a usarli tutti.

Qualcosa la trascina fuori da un sogno. Seduta sul letto, per un lungo momento è convinta di non riuscire più a respirare. Stringe i muscoli del collo, la bocca spalancata alla disperata ricerca d'ossigeno, una strana sensazione che le graffia la gola, strappandole un colpo di tosse.

Aggrappata a quel soffio che le spacca a metà il petto, si lascia andare. E la realtà torna a fuoco.

Ricade sul cuscino, le mani sul viso.

È mattina. Arancione pastello dalle fessure delle finestre. Chiazze colorate che accarezzano il lenzuolo, il luccichio della pelle lievemente sudata. Lo sguardo e il respiro di Lisa, che dorme nel letto di fianco.

La luce tiepida sembra sfiorarle i capelli, proteggerla da tutto quello di sbagliato che nasconde dentro e che la aspetta fra i pensieri. Come hanno fatto le braccia di Nicola, portandola via dalla pizzeria, dalla pioggia di terrore che le affogava il respiro.

"È bella la mia bambina quando sorride" pensa. E si rende conto che si è sforzata di non coniugare la frase al passato.

Si alza e si infila in cucina, cercando di non fare rumore.

Solleva le tapparelle. Mette il caffè sul fornello e accende il cellulare.

Non si accorge subito del biglietto. Solo quando sposta la caffettiera e inizia a preparare la colazione a sua figlia.

Devo sistemare una cosa a Bologna. Sentirò la vostra mancanza per un giorno. Spero che stiate bene. Tutte e due.

Nicola ha una calligrafia strana. Rotonda e lineare insieme. Certe lettere sono quasi femminili. Altre sembrano scritte in stampatello.

Sorride, ma dura poco.

Il telefono vibra, accanto al piano cottura. Roberta legge l'sms di slancio. Solo dopo un paio di parole si accorge di quello che c'è scritto e di chi gliel'ha mandato. Chiude gli occhi. Le sue labbra sillabano una frase senza parole e senza suono.

Vorrebbe dirlo a Nicola.

Scappare da quella realtà malata e cancellare tutto, come se non fosse successo. Forse non è troppo tardi. Basterebbe provarci, aprire bocca e cominciare a spiegare quello che sta capitando.

Per un attimo si convince di poterlo fare. Ma è un istante troppo breve perché riesca a coltivare anche solo l'illusione.

Tutto sembra già scritto.

Se provasse a cambiarlo, la realtà finirebbe per sgretolarsi, ricoprendola di macerie.

E con lei, anche il poco che è rimasto del sorriso di sua figlia.

L'appartamento di Nicola sembra abbandonato in fretta durante un allarme aereo. Giovanni Marra cammina fra le stanze deserte, un sacchetto di nylon con l'iPod stretto fra le mani.

È l'unica cosa utile che ha trovato e non appena lo ha visto, abbandonato sul tavolo come un messaggio in una bottiglia, ha capito che non è stato lasciato lì per caso. E che la sua visita in quella casa non è un incidente di percorso su cui Zanardi è inciampato nel disperato tentativo di diventare invisibile.

"Ecco perché mi hai chiesto di fidarmi di te" pensa, con lo sguardo perso nel riflesso della luce sulla plastica bianca del lettore.

«Non ha acceso il telefono per sbaglio» sussurra nella cucina deserta e l'ispettore Francesco Carta si volta.

«Come?»

Ha appena finito di controllare il contenuto di una mensola. Piatti, una confezione di zucchero e una di sale, qualche scatola di pasta.

«Ho detto che Nicola non ha acceso il telefono per caso. Voleva che trovassimo questo.»

Solleva il sacchetto con l'iPod e lo dondola davanti al viso.

«Mi scusi, ma non capisco.»

«Ah, nemmeno io. Ma non è un caso, ripeto. Mi gioco le palle che qui dentro ci sono ancora le foto della Parmeggiani. E che quando ce le ha consegnate, si è tenuto una copia.»

«E quindi?»

«Ora ce le ha date tutte, Francesco. Ci ha lasciato le chiavi di casa e la possibilità di prendere e portar via quello che vogliamo. Di cercare in mezzo alle sue cose senza che sia costretto a dare spiegazioni.»

L'ispettore Carta non risponde. Si limita a fissare un punto imprecisato del volto di Giovanni, gli occhi lontani, a inseguire qualcosa.

«Cosa stai pensando, Francesco?»

«A quei due nomi. Parmeggiani e Mariani. All'inseguimento con le moto, a queste fotografie e alle altre. Ai numeri di telefono nei tabulati di Sara. È...»

Giovanni lo interrompe con un gesto della mano. Solleva l'indice e se lo appoggia al naso. Alza lo sguardo verso il lampadario.

"Non qui" dicono le sue labbra.

Per un attimo l'ispettore Carta sembra non capire. Poi pensa alla frase che stava per concludere, al proprietario della casa in cui si trovano, ai tabulati telefonici di Sara Parmeggiani, ai numeri riservati che nessuno vuole rivelare.

Allora annuisce lentamente, cercando di scacciare il più in fretta possibile l'oppressione che è salita a mordergli la gola. In un istante brevissimo rivede le foto di Sara. Viva, addosso a quell'uomo. E poi morta, la gola squarciata, le labbra scoperte in un urlo che nessuno è mai riuscito a sentire.

La vede dritta davanti a sé, negli occhi induriti e soli del commissario Giovanni Marra. Occhi che lo fissano, che sembrano tagliargli i pensieri.

Occhi che fanno paura.

Poi il cellulare del commissario riporta la realtà in quella cucina. A cancellare tutto il resto. Giovanni risponde senza dire niente. Per un attimo una smorfia gli attraversa le labbra. Poi chiude la comunicazione.

«Dobbiamo andare in carcere, Francesco. Hanno trovato Fabio Lamberti impiccato alle sbarre della sua cella di isolamento.»

Appoggiato al terrazzino della mia stanza, gioco con i tasti del cellulare, alla ricerca del coraggio per fare una telefonata.

Sembra un gesto banale, eppure non lo è. La prima tessera del domino che si piega e ricade sulla successiva è solo un breve movimento all'inizio di qualcosa che potrebbe diventare enorme.

Rientro in stanza. Per un attimo, prima di proseguire, mi chiedo se Andrea abbia fatto quello che le ho chiesto. Cerco di immaginarla mentre sale le scale. Lo sguardo duro e lontano che ha sempre quando cerca di nascondere la paura mi strappa un sorriso che svanisce in un attimo.

Basta che gli occhi si spostino verso l'appunto che ho appoggiato sul comodino. Mi siedo sul letto. Faccio il numero, nascondendo il mio. Se sono fortunato può farmi guadagnare tempo. La persona che cerco ha in linea un'altra telefonata, ma la interrompe al secondo squillo.

«Pronto.»

La voce di Antonio Parmeggiani è esattamente come la ricordavo. Una lama di ghiaccio che ti affonda nel cervello per rubarti i pensieri.

«Sono Nicola Zanardi.»

«Dove sei?»

Fingo di non sentire la domanda.

«Devo vederti. Oggi pomeriggio.»

«Perché?»

«Ho qualcosa che ti interessa. Dimmi solo se lo vuoi ancora.»

«Certo.»

«Al Reptilarium di Riccione. Alle quattro.»

«Ci sarò.»

Riaggancia.

Ho le mani gelate. Una goccia di sudore gioca sulla mia fronte, scivola rapida, cade su una gamba. Mi accorgo che sto fissando il muro, che l'ho fatto per tutto il tempo della telefonata. Il mio corpo si è fermato per riuscire a sostenere il peso delle parole. Un coma delle articolazioni, dei movimenti, dei sensi, nel tentativo di reggere i pensieri e cancellare la paura.

Di non sentire il freddo di quella voce che non ha più niente di amichevole, il ricordo di quegli occhi che sembravano vedere troppo, dei gesti sicuri e abituali con cui ha colpito Mariani. L'eco presente e ripetuto dello sguardo che ha gettato intorno a sé mentre mi cercava, lungo la scalinata della Montagnola.

Cerco di ritrovare nei suoi occhi lo stesso riflesso disperato e sincero che ho visto sul volto di Sara, ma non ci riesco. Antonio Parmeggiani è un animale a caccia. Lo era quel giorno e probabilmente lo è anche adesso.

Ed è convinto che stia nascondendo la sua preda.

Mi alzo in piedi, il cuore che batte troppo forte, la testa annebbiata dalla certezza di aver fatto un passo talmente lungo che finirà per spaccarmi a metà, senza che possa impedirlo.

Guardo l'orologio.

C'è tempo, tanto tempo. Eppure lui potrebbe essere già qui. Forse mi aveva trovato prima ancora che lo cercassi.

Esco in terrazza e controllo la strada. L'ingresso dell'albergo, il lungomare. Da qui posso vedere tutto, sorveglio tutto, non può succedere nulla di sbagliato senza che me ne accorga.

Niente.

Devo star calmo, non posso permettermi il panico. Penso a quello che devo fare. A come. Penso a tutto quello che ho programmato e sento la mia voce in testa che ripete uno alla volta i passi fondamentali.

Mentre lo faccio, mi viene in mente Abdel. Lo rivedo in una stanza d'albergo che non assomiglia per niente a questa. Sento la sua voce che scherza, gli occhi che ridono, le mani magre che si muovono svelte. Cerco di ricordare un gesto alla volta tutto quello che ha fatto e alla fine, quando sono sicuro di aver capito esattamente ogni cosa, ricomincio da capo e poi da capo ancora e ancora e ancora. Me lo ha insegnato lui che non ci si deve mai sentire tranquilli: ogni volta che credi di aver verificato tutto, anche i particolari più piccoli, ce ne può sempre essere uno che ti è sfuggito, che non hai considerato, che hai trascurato pensandolo inutile.

E che finirà per fotterti.

Me l'ha ripetuto anche quel giorno, come una nenia con cui forse cercava di tranquillizzare se stesso. Poi è uscito e mi ha lasciato ad aspettarlo, abbandonandomi sui binari ad attendere un treno che avrebbe potuto non arrivare mai.

Al ritorno era cambiato tutto.

Non so quando ho capito che la sua vita è finita allora.

Che mentre si preparava e mi spiegava quello che doveva succedere, in realtà stava firmando la sua condanna a morte. Non so se fosse un rischio calcolato o un'imprudenza necessaria per riuscire a inseguire un'idea che gli si era piantata in testa.

Non so un cazzo. Solo che è lì che è morto, non dopo. Non quando la bomba ha rovesciato come un calzino quella strada di Baghdad.

Lì, quel mattino umido come uno stendino pieno di biancheria.

È morto con un sorriso agitato per aria dalle sue mani sempre in movimento.

E ora, qui, alla fine della stessa estate, cerco di recuperare i suoi gesti e di farli miei. Perché esista ancora uno straccio di possibilità che, malgrado quello che è successo, possa riuscire a salvarmi la vita.

Con le mani abbracciate a una tazza di caffelatte, Anja Ramirez guarda la sua gatta. Gliel'ha riconsegnata un'amica ieri sera e da allora non fa altro che andare avanti e indietro nel corridoio che attraversa la casa. Sembra misurare i passi, riprendere le distanze dalle cose, dalla luce dell'estate che riscalda i mobili e gli oggetti.

In fondo, lei sta facendo lo stesso.

Solo che come riferimento usa il passato.

Quando le hanno telefonato per dirle che Sara era morta, stava aiutando sua madre a preparare una torta. È rimasta lì, le mani sporche e gli occhi che lentamente si inumidivano. Il suo corpo perdeva pezzi e il dolore scivolava fuori piano, goccia dopo goccia.

Si è accasciata sulla sedia vuota come un respiro mancato e ha aspettato. Aspettato che fosse finito, che le lacrime smettessero di scendere, che le mani fossero di nuovo capaci di muoversi e il cuore di battere.

Ha aspettato di scoprire se ce l'avrebbe fatta o se lì, su quella sedia, il suo cuore l'avrebbe abbandonata.

E quando ha capito che non sarebbe successo, perché la vita comunque è capace di tirare avanti malgrado tutto, si è alzata in piedi, ha camminato lentamente fino al bagno, si è lavata le mani e la faccia ed è uscita a vedere il mare.

«Lo sapevo» è stata la prima frase che è riuscita a dire. E scoprendo che era ancora capace di parlare, si è sentita assurdamente viva.

Un po' come adesso, mentre la gatta la guarda e lei ha in testa ancora quella giornata, il rumore del mare che si mescola alle parole di quel poliziotto e all'ultima frase che ha sentito dire a Sara prima di partire per il Messico, sentendo nel cuore che non l'avrebbe più rivista.

Non ha fatto niente allora. Non ha sorriso, non ha risposto, non ha rimandato il viaggio, non l'ha portata via, non ha cercato di spostare l'equilibrio di quello che stava succedendo per fare in modo che lei riuscisse a non cadere.

Niente. È rimasta in silenzio ad aspettare.

Finisce in un sorso il caffelatte e si alza. La micia le viene incontro e lei la prende in braccio. La sente mettersi comoda, miagolare, la vede chiudere gli occhi. Poi si infila in camera da letto, apre il cassetto delle foto, le sparge sul lenzuolo. Uno alla volta, mentre la mattina filtra dalle tende tirate, Anja Ramirez accarezza i suoi ricordi.

Sa perfettamente quello che farà.

E malgrado le faccia paura, sorride pensando che è l'unica cosa giusta che la vita le permetta ancora di fare.

«Non ci capisco più niente, commissario.»

L'ispettore Francesco Carta guarda Giovanni Marra accendersi l'ennesima sigaretta. Da quando sono tornati dal carcere della Dozza ne ha già fumate quattro. La soluzione a tutta quella storia sembra nascosta nel tabacco di una delle sue Marlboro.

Tira la prima boccata, poi prende la paglia fra due dita e la tiene sospesa davanti alla bocca. Ripensa al cadavere livido di Fabio Lamberti, impiccato con i suoi stessi pantaloni nella cella d'isolamento. Senza che nessuno abbia sentito niente. Senza che nessuno abbia avvertito chi lo aveva arrestato, se non dopo diverse ore.

«Succede che ci hanno fregati. Tu ci credi che si sia ammazzato?»

«No, commissario.»

«Appunto. Per quanto mi riguarda, questa è l'ennesima prova che il Lamba non c'entra un cazzo con la morte di Paola Vigliani.»

«Però non capisco lo stesso.»

Giovanni tira dalla sigaretta. Prende un foglio dalla scrivania, lo legge velocemente. All'improvviso sembra cambiare discorso.

«Hai presente quell'elenco di bambine scomparse?»

«Certo.»

«Hai controllato la fotografia che ti ho dato?»

Carta annuisce.

«Non ho ancora finito, ma non credo che salterà fuori. Dove non ci sono le foto, le descrizioni delle bambine non coincidono. Diverse le età, i colori dei capelli. C'è sempre qualcosa che non va bene.»

«Quanti sono i casi che hai verificato?»

«Fra Emilia, Veneto, Toscana, Lombardia, una quarantina. Ma non c'è.»

«E hai dato la foto ad Angela?»

«Gliel'ho fatta avere in ufficio, stamattina.»

Giovanni annuisce, ma in realtà non lo sta più seguendo.

Pensa a quello che ha trovato sul foglio che ha appena letto. Il risultato della ricerca che ha fatto fare alla minori sulla foto ricevuta da Michele Ferrari.

Pensa alla risposta che ha appena sentito da Carta.

Pensa a quella bambina che non è nessuno. Non è sull'elenco delle minori scomparse, non è stata rapita, non è un caso giudiziario e nemmeno un rapporto archiviato in qualche schedario o in un angolo nascosto e dimenticato della scrivania di Chissachì.

Non è nulla.

Solo un'immagine sorridente e viva che gli morde i pensieri, il fiato, lo sguardo e i gesti. Il significato nascosto di una frase che non capisci, ma che contiene la spiegazione di tutto quello che dovresti sapere.

È lì, è tutto sotto i suoi occhi. *Deve* vederlo. Sa che può farlo. Basta spostarsi dalla parte giusta e il disegno appare da solo, come sulle cartoline con gli ologrammi.

Eppure non ci riesce. Così finisce che tutto si mescola e nei suoi pensieri il sorriso e la voce di Marzia diventano quello della bambina e di Paola Vigliani e della figlia che avrebbe avuto se solo fosse stato più attento, più vivo, più presente.

"Finisco sempre per arrivare tardi" pensa. "Sono una lancetta dei secondi destinata a rincorrere l'attimo che segue, senza raggiungerlo mai."

«Ho detto qualcosa di sbagliato, commissario?» chiede Carta e solo allora Giovanni si accorge che stava parlando.

«No, niente Francesco» risponde e la realtà ritorna sui binari, rallenta, riprende il suo corso naturale. Le giornate sono sempre uguali, in fondo. Sono i dettagli che cambiano, purtroppo mai la sostanza.

Sta per dire qualcosa, ma bussano alla porta.

L'agente che entra sembra un bambino in uniforme.

«I tabulati del negozio di Strazzari, commissario.»

Giovanni si alza, ritira i fogli e aspetta che esca. Poi comincia a sfogliarli, ma si ferma alla prima pagina.

La telefonata di cui gli ha parlato Laura Campi è una delle ultime ricevute. Il giorno dopo Aurelio Strazzari è morto e il negozio non è più stato aperto.

Senza staccare gli occhi dal foglio, Giovanni tira una boccata dalla sigaretta. La tiene fra le labbra, ormai consumata, come l'ultimo appiglio a cui aggrapparsi quando intorno tutto si sta sgretolando.

Appoggia il sedere alla scrivania e resta a guardare il tabulato.

L'ora, la durata e il dettaglio con l'autore della chiamata. Quello per cui Aurelio Strazzari è uscito sotto al portico di via Rizzoli, terrorizzato come un bambino in una notte di temporale.

Quello che molto probabilmente gli ha dato un appuntamento per il giorno dopo. Quello che lo ha ucciso.

Lo stesso uomo con il numero riservato che ha telefonato a Sara Parmeggiani.

«Lei mi fa paura, lo sa?»

L'ufficio dell'uomo vestito di nero è una stanza enorme e affrescata all'ultimo piano di un palazzo vecchio come la storia.

Il Grigio si sistema sulla poltrona e sorride.

«Non dirà sul serio.»

«In un certo senso, sì. Vede, quelli come me sono di passaggio, anche se vorrebbero restare per sempre. È un dato di fatto a cui bisogna abituarsi, specie quando le cose non vanno bene. Lei, invece...»

«Io?»

«Lei resta. È come questo palazzo. Sempre identico a se stesso, indipendentemente da tutto. Forse è per questo che mi fido di lei.»

Il Grigio abbassa appena la testa, in una specie di inchino.

«Cerco solo di fare il mio dovere nel migliore dei modi.»

L'uomo vestito di nero sorride.

«Parla come un politico.»

«Sa che è vero, signore.»

L'altro lo fissa, improvvisamente serio.

«Sì, lo so. E lei sa cos'è la cosa più importante da tenere presente, vero?»

«Certo. Mi sembra di averlo dimostrato più di una volta. Conosce la situazione. E se è vero che si fida di me, sa che la stiamo risolvendo.»

L'uomo vestito di nero prende uno dei quotidiani perfettamente impilati che ingombrano un lato della sua scrivania. Lo apre, guarda la prima pagina, la volta verso il Grigio.

«Vede cosa scrivono? Mi auguro che quello che mi dice sia vero. Ci siamo affidati alla persona giusta, questa volta?»

Il Grigio non stacca un solo istante lo sguardo dal suo interlocutore. Lo lascia incollato agli occhi castani che lo stanno fissando, finché non li vede scivolare sul pavimento.

«Senza nessun dubbio, signore» risponde. E, malgrado la formula di cortesia, nel tono della sua voce non c'è traccia di sottomissione. È chiaro a entrambi gli uomini in quella stanza chi tiene il coltello dalla parte del manico.

«Bene, allora. Speriamo che questa storia si possa concludere positivamente. E alla svelta.»

«Quelle prime pagine cambieranno molto presto.»

«E quell'altro contrattempo?»

Il tono della voce è cambiato. Ha cercato di nascondere l'ansia, ammorbidendo le parole in un sorriso.

«So come fare per trovare una soluzione soddisfacente.»

«Soddisfacente per chi?»

«Per chi deve esserlo, signore.»

L'uomo vestito di nero si alza. Il Grigio aspetta che abbia fatto due passi nella sua direzione superando la scrivania prima di compiere lo stesso gesto. Gli stringe la mano.

«Sa che ha la mia piena collaborazione. Su tutto.»

L'uomo vestito di nero annuisce. Il movimento secco e tirato di chi non ammette volentieri di avere un debito con qualcuno.

«Non mi risulta che se ne sia mai dovuto pentire.»

Il Grigio sorride.

«No, infatti. È per questo che è un piacere lavorare per lei.»

Seduto al tavolo di un bar del centro, il dottor Terzi beve lentamente un sorso di birra.

«Lavora anche di domenica, commissario?»

Giovanni Marra abbozza un sorriso di circostanza mentre si sistema sulla sedia.

«Non sempre posso permettermi di considerare un giorno *festivo*, dottore. E lei?»

«Con quello che è successo in carcere, si figuri.»

«Vorrei sapere cosa ne pensa.»

«Uno scambio di idee? Credevo che non si fidasse di me. Anche dopo quel controllo nei miei uffici.»

«La veda come vuole, dottore.»

«E lei come la vede?»

«C'è qualcosa che devo dirle» comincia. Poi si prende il viso fra le mani. Un massaggio lento che serve a mettere insieme le idee. Prima di raccontare, senza prendere fiato, la scoperta fatta nei tabulati telefonici del negozio di Strazzari.

Alla fine, lo sguardo di Terzi scivola sul bicchiere di birra. Le gocce di condensa che scendono sui lati, come pensieri in fuga.

«Questo cambia tutto» sussurra. «E la morte di Lamberti...»

Marra lo interrompe subito.

«Non è tutto, dottore.»

Il magistrato solleva gli occhi e lo fissa.

Sembra spaventato, ma potrebbe essere sorpresa. O la consapevolezza che la morte di Fabio Lamberti fa da spartiacque, gira le carte sul tavolo, ti costringe a mettere in piazza tutto quello che hai. Perché tenerlo nascosto può essere ancora più pericoloso.

«Ho fatto controllare i nomi che mi ha dato Zanardi, cercando di eliminare le omonimie. Simone Mariani è un militare. Quarantacinque anni. Sembra abbia avuto una carriera sfolgorante. Distaccato alla Nato. Era in Bosnia nel '95. In Kosovo, nel '99. C'è rimasto per un po'. Nessuno ne sa più niente dal febbraio del 2002. Pare che abbia avuto un forte esaurimento e gli abbiano consigliato un periodo di riposo. Non risulta ricoverato da nessuna parte e non è mai stato congedato né trasferito. Ufficialmente non ha nemmeno una residenza in Italia. Il suo indirizzo è ancora a Bruxelles. Una casella postale al comando generale della Nato. Sembra che nessuno lo abbia più visto lì da almeno tre anni.

Poi c'è Antonio Parmeggiani. Lui e Sara non sono nemmeno fratelli. Il padre li ha avuti da due madri diverse. La prima moglie, la madre di Sara, è morta qualche mese dopo averla messa al mondo e lui si è risposato l'anno successivo. Dal secondo matrimonio è nato il ragazzo. In realtà sono cresciuti come fratello e sorella. Il padre aveva un'industria di macchinari per l'agricoltura e molti soldi. Era sempre in viaggio, un po' dappertutto. Un tizio autoritario, sembra. Un paio di volte la moglie lo ha denunciato per percosse, ma ha ritirato tutto all'ultimo momento. Diceva che la tradiva. Lui la accusava di divertirsi un po' troppo. In parole povere, di sfruttare i suoi viaggi per farsela con tutti. Una famigliola felice.

Quando Antonio aveva sedici anni, hanno divorziato e lui si è trasferito in Francia. I figli sono stati affidati alla madre, ma Antonio è scappato quasi subito. Sembra che volesse raggiungere il padre, a Marsiglia, non si sa se ci sia mai arrivato. Da allora non lo ha più visto nessuno. Il servizio militare non lo ha mai fatto e in Italia, con quel nome, non è più rientrato. Sparito nel nulla.»

Terzi prende un lungo respiro, finisce la birra in un sorso.

«Fino a qualche giorno fa.»

Giovanni si lascia scappare un mezzo sorriso. Ferma il cameriere e ordina un caffè.

«Ammesso che quell'uomo sia veramente Antonio Parmeggiani. Sto cercando di avere una sua foto e una di Mariani, per poter fare dei confronti. Sembra impossibile, ma un'immagine di quei due tizi non si trova da nessuna parte.»

«E ammesso anche che il Simone Mariani di cui mi ha parlato sia lo stesso che ha inseguito il suo amico in moto.»

«Chiaramente. Certo sarebbe una coincidenza bizzarra, non crede?»

Terzi annuisce. «Posso chiederle come ha avuto queste informazioni?»

«Anch'io conosco gente, dottore. E qualcuno mi deve un favore.»

«Immagino non sia un favore da poco. E quel suo amico, commissario? Quel Zanardi?»

«Nicola è solo un gran fesso. Uno bravo a cacciarsi in casini più grandi di lui. Non so cosa stia combinando, ma sono sicuro che non c'entra niente con questa storia. Come Paola Vigliani, come Sara Parmeggiani. Come Lamberti, anche. Spero che non finisca allo stesso modo. C'è solo capitato in mezzo.»

«Non capisco questa sua sicurezza.»

Per un attimo brevissimo, Giovanni ride di gusto.

«Non la capisce, dottore? Gliela spiego subito. Questa storia è più grande di noi. Di me, di lei, di tutti quelli che ci sono dentro. Molto più grande. Ancora non se n'è reso conto?»

Terzi si limita a fissarlo. Il cameriere arriva con un caffè e un bicchiere di minerale. Marra prende la tazzina e la svuota in un sorso. È il quarto caffè della giornata. Si bagna appena la bocca con un goccio d'acqua.

Poi ricomincia a parlare.

«Sara Parmeggiani ha quelle fotografie. Le usa per un ricatto, di questo sono quasi sicuro. Qualcuno di molto in alto, evidentemente. Tanto che, non appena quelle foto finiscono da noi, durano una notte e poi spariscono dal laboratorio della scientifica. Chiunque sia, ha delle conoscenze che sanno il fatto loro. Però noi quelle foto le abbiamo lo stesso perché Nicola ha scambiato le valigie. E non solo, si è talmente fissato con questa donna che deve anche capire chi l'ha uccisa. O almeno perché. Così scopriamo l'albergo, dove naturalmente l'hanno vista, ma nessuno lo può dire in via ufficiale. E siamo da capo. Poi un giorno salta fuori il fratello che prende Nicola su una moto, gli fa fare il giro del centro come sulle montagne russe, fa a botte con un tizio in Montagnola e sparisce. E con lui Nicola e l'altro tizio. Troviamo Nicola e li troveremo tutti, dico. Ma Nicola non si sa dove sia. Il suo telefono improvvisamente si accende nel suo appartamento. Che è sorvegliato ventiquattro ore al giorno, ma in cui non è entrato. Dentro c'è quel cazzo di lettore mp3 che si porta anche al cesso e in cui ha tenuto una copia delle foto. Bingo. Ma non del tutto. Perché qui finiamo contro un muro, almeno per ora.

Poi ci sono le telefonate. Nei tabulati telefonici di Sara Parmeggiani ci sono due numeri che nessuno ci vuole spiegare. Anzi, che nessuno pare ci *possa* spiegare. E non siamo una società di recupero crediti. Uno è quello che ha chiamato Aurelio Strazzari il giorno prima che morisse. Avendo bisogno di un collegamento fra i tre casi, questo mi sembra piuttosto lampante. Se dobbiamo seguire le intuizioni della sua commessa e amante, probabilmente in quella telefonata gli hanno dato l'appuntamento per ammazzarlo. Chiunque fosse, comunque, lo ha terrorizzato un bel po'. E Strazzari non sembrava il tipo che si caga addosso con niente.

Tanto per gradire era anche cliente di Sara e in casa sua troviamo un bel po' di foto porno. Puttaniere era puttaniere, sicuro, ma in molte di quelle foto ci sono delle bambine. E qui la faccenda si complica, perché guarda caso abbiamo appena trovato il corpo di una bambina che ha cercato mezza Italia, spezzato come un grissino in tre sacchetti di nylon. L'hanno ammazzata e fatta a pezzi in casa della donna di Strazzari. Quella povera ragazza non aveva la più pallida idea di cosa stava succedendo e finisce per raccontarci tutto quello che sa. Così impariamo che – guarda caso nello stesso periodo in cui Paola Vigliani è sparita – il buon Aurelio è riuscito a restituire una bella somma a uno dei peggiori usurai di Bologna. Il nostro fu Fabio Lamberti.

In casa, infilata in un cassetto, Lamberti ha la catenina di Paola Vigliani. La troviamo in mezzo alla biancheria, ma non ci sono le sue impronte. Solo quelle della donna di Strazzari, perché il suo uomo gliel'ha regalata subito dopo la morte della bambina. Lamberti ha una bella collezione delle solite foto pedofile, ma ormai è un dettaglio. Ha pure un passato di denuncia per stupro di minore e una malattia genetica che collima perfettamente con il mancato ritrovamento del pube di Paola Vigliani. È il colpevole perfetto. Solo che non è stato lui e, per fare in modo che gli si possa credere, si sputtana. Roba da stare in galera per un bel pezzo, ma non con un'accusa come quella. Solo che in galera non ci sta, perché lo accoppano subito. In cella d'isolamento.»

«Magari Strazzari gli aveva raccontato qualcosa...»

«...e nessuno aveva voglia di aspettare che la raccontasse anche a noi. Chiaro. Altro muro e fine della seconda parte. Poi ci sono questi due tizi, Parmeggiani e Mariani. Sono spariti tutti e due da un sacco di tempo. Uno dei due potrebbe essere un personaggio inquietante, con quei trascorsi militari. L'altro è un ex sbandato, probabilmente. O usa un'identità non sua. Però entrambi vogliono quelle foto.»

«Uno dei due protegge qualcuno.»

«L'uomo che non si vede mai. Ci ho pensato anch'io. Forse, dopo essersi ripreso dall'esaurimento, Mariani è finito a proteggere qualche pezzo grosso. Oggi chi può permetterselo si copre le spalle assoldando una specie di esercito personale. E il suo capo è finito a letto con la persona sbagliata. Chissà, magari la Parmeggiani lo ricattava in combutta con il fratello. O il fratello non sapeva niente e adesso vuole solo vendicare la sorella. È uno sbandato, ha imparato a menare le mani chissà dove. A Marsiglia potrebbe anche essere finito nella legione straniera, in fondo lo fanno in tanti.»

«Sembra perfetto.»

«Oh sì, sembra perfetto. Il ricatto alla persona sbagliata. Sara voleva rifarsi una vita e finisce fatta fuori. Questo Mariani si occupa della faccenda per conto del tizio delle foto, la contatta telefonicamente, apre una trattativa, si sentono, si vedono. Forse quando l'ha uccisa dovevano concludere. Lei gli apre, parlano e appena si distrae la sgozza. Lavoro pulito. Prima cerca di convincerla a dirgli dove sono le altre foto, quelle scattate dall'armadio. Poi entrano in scena Nicola e Antonio Parmeggiani e tutto si complica. Potrebbe funzionare, certo.»

«Però c'è la bambina.»

«*Le* bambine. In quella casa ce n'era un'altra, gliel'ho detto. E non sappiamo chi sia né dove sia.» Fa di nuovo una pausa, prende fiato. Sta per dire qualcosa, ma cambia idea all'ultimo momento. «Chi ha ucciso Aurelio Strazzari, dottore, assomiglia terribilmente a chi ha pulito l'appartamento di Laura Campi dal sangue della bambina. Un lavoro perfetto. Come l'omicidio di Sara. La stessa mano, lo stesso modo di comportarsi freddo e deciso.»

«Lo stesso numero di telefono.»

Questa volta Giovanni sorride davvero. Ma non c'è nessuna felicità nello sguardo. Solo rassegnazione.

«Lo stesso numero di telefono» ripete. E vuota in un sorso lungo e lento l'acqua rimasta nel bicchiere. Sulla veranda del bar cala un silenzio pesante. Ti resta attaccato come l'odore dei corridoi di un ospedale.

«Ha la faccia stanca.»

Marra sembra cercare un ricordo dal fondo dei pensieri.

«Non dormo molto, negli ultimi tempi.»

«E cosa fa quando torna a casa?»

Abbassa gli occhi per un attimo. «Penso.»

Poi squilla il telefono. Il commissario risponde subito. Parla lentamente, senza guardare il magistrato. Quando chiude la telefonata, la stanchezza è volata via, lontana come un rimorso che non ti puoi permettere.

«Devo andare, ora. Pensi a quello che le ho detto. E mi faccia sapere che cosa le viene in mente.»

Si alza.

Terzi annuisce. Sembra un uomo con le spalle al muro che all'improvviso scopre di essere costretto ad affrontare quello che gli sta davanti.

Giovanni infila gli occhiali da sole e si volta.

«Capisce adesso perché ho deciso di parlare con lei?»

«Me lo dica.»

«Ci sono due motivi. Il primo è che ha una bambina. Ho seri dubbi che chiunque sia coinvolto in questa storia possa avere un ragazzino che gli gira per casa. Però è una possibilità che devo tenere presente.»

«E il secondo?»

«Lei è un pesce troppo piccolo, dottore. Se anche c'entra qualcosa, è solo una pedina che butteranno via quando non servirà più. Se lo ricordi.»

Fa una pausa.

Guarda la statua del Nettuno, oltre via Rizzoli, i taxi, gli autobus, la gente che entra ed esce dalla sala borsa.

«Lo stesso, naturalmente, vale anche per me.»

Lo Sceriffo ferma la macchina in doppia fila e scende.

Attraversa la strada guardandosi intorno, accelera il passo per evitare che uno scooter lo investa. Appoggia il portafogli sul telefono, infila la scheda e compone il numero.

Rispondono al terzo squillo.

«È per lunedì.»

Dall'altra parte, per un po', c'è soltanto silenzio.

«Sì.»

«Le farò sapere i dettagli domani. Si ricordi che a questo punto non può più tirarsi indietro.»

«Lo so.»

Riaggancia. Infila di nuovo la scheda telefonica nel portafogli, il portafogli nella tasca dei jeans. Una volta in macchina guarda l'orologio.

Ha abbastanza tempo per controllare tutto almeno un paio di volte.

Prima di farlo, prende il cellulare e chiama Varo Borja.

Il colonnello Ulivi si passa una mano sul cranio rasato.

«La tua è davvero una storia interessante.»

Giovanni aspira dalla sigaretta. Fa qualche passo nel salone e si sistema accanto alla finestra spalancata.

L'appartamento del colonnello è all'ultimo piano di un palazzo all'inizio di strada Maggiore. Anche se non hanno mai smesso di tenersi in contatto, sono anni che Marra non ci torna.

È difficile continuare a frequentare la casa dove è cresciuta la donna che amavi, guardare in faccia suo padre e trovargli stampata sul viso la stessa espressione che ricordi così bene. Far finta di niente mentre i ricordi ti aprono il cuore un millimetro alla volta, preoccupandosi solo di farti abbastanza male.

«Sì, forse. Peccato che non abbia ancora capito che storia è.»

Rimane in piedi accanto al davanzale e si guarda intorno.

Non è mai sembrato l'appartamento di un militare. Piuttosto quello di uno studioso, un professore.

Ci sono libri dappertutto. A volte aperti sui mobili, in attesa che qualcuno ricominci a leggerli. Pochi quadri. Nessuna foto. Nemmeno di Marzia o di sua madre, che è morta da nemmeno un anno. Solo quelle pagine spalancate ovunque, come se l'uomo che vive in questa casa cercasse da qualche parte una risposta che non può trovare.

La sensazione che Giovanni prova rivedendo quelle stanze assomiglia molto ai libri abbandonati. L'idea che il tempo un giorno si sia fermato e basti un semplice gesto per ricominciare a sfogliarlo come se niente fosse, per vederlo ripartire un istante alla volta esattamente da dove si era interrotto.

«A cosa stai pensando?»

La domanda del colonnello gli strappa i pensieri dal nulla torbido e scuro in cui stavano affondando.

Il padrone di casa – seduto su una poltrona di pelle nera – è un uomo grande, dall'aspetto ancora forte, molto più giovane dei suoi sessantasei anni. Lo sguardo attento e sottile rivela una mente viva, limpida come la voce che riempie completamente lo spazio fra quelle mura quando ripete la stessa domanda.

«A cosa stai pensando?»

«Alla mia storia.»

Il colonnello picchietta con due dita sul bracciolo della poltrona.

«Allora perché non ti siedi qui e me la racconti di nuovo?»

Giovanni tira un'altra boccata dalla sigaretta.

«L'hai appena sentita. Dimmi cosa ne pensi, piuttosto. Anzi, prima dimmi perché hai voluto vedermi.»

«C'è qualcosa di nuovo, rispetto a quello che ti ho raccontato ieri. E l'ho usato per farti venire qui. Volevo vedere come stai.»

Marra sorride. Nemmeno suo padre si preoccupa più di lui. Peraltro l'indifferenza è reciproca. Si siede, anche se ha sempre odiato quelle poltrone enormi in cui finisci per sentirti una mosca in una scodella di brodo.

«La persona che ho chiamato per avere informazioni si è rifatta viva stamattina. E mi ha detto un paio di cose interessanti.»

Fa una pausa. Assaggia un sorso di whiskey dal bicchiere che tiene appoggiato in grembo.

«Non dovresti bere, colonnello.»

«Perché, cosa mi è rimasto da perdere?»

Per un attimo gli occhi dei due uomini si incontrano, poi il colonnello sposta lo sguardo sui riflessi del liquido attraversato dalla luce del giorno. Beve un altro sorso, bagnandosi appena le labbra.

«Insomma, questo tizio mi richiama. Mi dice che il nome Mariani aveva qualcosa che non gli tornava, ma che non riusciva a ricordare. Alla fine gli è venuto in mente. Pare che ai tempi del Kosovo avesse messo in piedi un traffico di armi, usando il materiale sequestrato all'esercito serbo. Molti, nell'ambiente, pensavano che in realtà facesse il doppio gioco, rivendendo ai serbi quello che gli sequestravamo. E facendosi pagare bene.

Pare anche che non abbia avuto un esaurimento nervoso vero e proprio, ma abbia ucciso un ufficiale. È stato archiviato come un incidente. Questo tizio stava pulendo un'arma e si è sparato da solo. La verità è che Mariani lo ha ucciso per evitare che l'altro uccidesse lui. Pare che Mariani gli avesse violentato la sorella. Aveva quattordici anni. A giudicare dalla storia che mi hai appena raccontato, direi che la precisazione non è del tutto ininfluente.»

Giovanni strappa un altro tiro alla sigaretta.

«Quello che non capisco è perché l'esercito l'ha coperto. Perché non l'hanno mai congedato con disonore?»

Il colonnello allarga le braccia.

«Ci sono cose che non sono come sembrano e ambienti in cui gli uomini non vengono giudicati per quello che fanno, ma per quello a cui servono. Non sto dicendo che l'ambiente militare sia così, cerchiamo di capirci. Tutt'altro. Solo che ci sono poche personalità fuori dal comune e gente disposta a chiudere un occhio se la loro condotta extra curriculare non è proprio immacolata. Specie in circostanze difficili ed eccezionali. Una guerra, per esempio.

Mariani era un bravo soldato e un ottimo addestratore. Una carriera straordinaria, te l'ho spiegato. Fu considerato un incidente di percorso. Non so se abbia imparato la lezione, perché, come ti ho detto, nessuno l'ha più visto.»

«E questo soldato che ha ucciso?»

«Tu vorresti parlare con la sorella, vero? Era un olandese. Van Der Qualcosa. Il mio amico non ricorda il nome. Potresti provare a cercare la notizia da qualche parte, magari in Internet. Ma anche se la trovi, poi devi rintracciare lei.»

«No, non ha senso. Solo che...»

«...che sembra il tuo uomo. E magari proprio per questo non ti fidi, eh?»

Giovanni annuisce.

«Tu cosa ne pensi, colonnello?»

«Di questo Mariani o di quello che mi hai raccontato?»

«Diciamo di tutte e due le cose.»

Ulivi si passa la mano sulle labbra.

«La tua ricostruzione sembra giusta. In fondo quadra. E Mariani, appunto, potrebbe essere il tuo uomo. Forse, quando si è preso un periodo di riposo dall'esercito, è stato assunto per la protezione di qualche uomo d'affari. I grandi gruppi industriali investono milioni per la sicurezza. Se qualcuno con molti soldi da spendere voleva mettere insieme una specie di corpo privato di protezione personale, allora il curriculum di Mariani non deve essere passato inosservato. Oggi, poi, a maggior ragione.»

«Magari è stato assunto da poco. Forse dopo l'11 settembre hanno avuto bisogno di lui.»

«Sì, può essere. O l'hanno tirato dentro solo per gestire il ricatto della ragazza. In fondo ci deve essere ancora molta gente che si ricorda di lui. È possibile, Giovanni. Potresti avere ragione.»

«E forse nel frattempo ha scoperto che le ragazzine gli piacciono più di quanto credeva. Che quell'incidente in fondo non gli è dispiaciuto del tutto.»

«Anche questo può essere.»

«Il suo capo potrebbe benissimo non sapere nulla, ti pare?»

«Non credo che sia tutto lì il tuo problema.»

Giovanni sta per dire qualcosa, ma un colpo di tosse gli spezza la frase a metà. Quando l'accesso finisce, il colonnello lo sta guardando con un mezzo sorriso fra le labbra. Solleva il bicchiere di whiskey.

«E mi rimproveravi per questo? Quante ne fumi al giorno?»

«Decisamente troppe. Quale sarebbe il mio problema?»

«Secondo me ne hai due. Quel mio amico oggi mi ha detto che non sono l'unico che si è interessato alla sorte di Mariani, in questi giorni.»

«E chi?»

«Un giornalista. Il direttore della cronaca di un importante quotidiano. Non mi ha detto il nome. Però è una notizia attendibile. Ne sai qualcosa?»

«Nicola» sussurra Giovanni.

«Quel tuo amico? Pensi che abbia messo in mezzo i giornali? Non capisco cosa potr...»

«Lascia perdere. E il secondo problema?»

Il colonnello beve un sorso, poi si solleva e appoggia i gomiti alle cosce.

«Vedi, questo Mariani era uno con le palle. Anzi, usiamo il presente: è uno con le palle. E a quanto mi racconti ci sono dei testimoni che lo hanno visto finire al tappeto in pochi secondi, malgrado avesse una pistola in mano e l'altro fosse disarmato.»

«Quindi?»

«Krav Maga. Sai cos'è?»

«Non ne ho la più pallida idea.»

Il colonnello sorride. Sembra un bambino che scarta i regali di Natale. E che ha appena trovato esattamente quello che stava cercando.

«Una tattica per l'autodifesa, il combattimento corpo a corpo, la protezione di una terza persona. L'hanno inventata gli israeliani. Una via di mezzo fra tecnica di rissa pura e arti marziali, tanto per semplificare al massimo. Alcune delle cose che si insegnano – la maggior parte, direi – servono proprio a disarmare qualcuno che ti minaccia con una pistola, con un coltello, un punteruolo, un machete, un'arma qualsiasi. La insegnano anche alle donne perché la dote fondamentale è la rapidità, non la forza fisica. Parmeggiani ha usato una tecnica di Krav Maga.»

«Vieni al punto.»

«Be', vedi, oggi ci sono scuole che spiegano le tecniche. Te l'ho detto, con la sicurezza si fanno soldi a tutti i livelli. Però qui parliamo di uno che ha disarmato un militare esperto che lo minacciava con un'arma puntata in fronte. E che ha una forte motivazione da mettere in questa storia. Non è andato a qualche corso in una palestra per studentesse. Mariani forse lavora per conto terzi, è un mercenario. A questo Parmeggiani hanno ammazzato la sorella. E sa come farsi rispettare. Se solo tu avessi una foto, potrei capire se è veramente quello che dice di essere. Magari farla girare nei posti giusti e vedere cosa viene fuori. Però ricordati di stare attento, se ti capita di incontrarlo. E pensaci quando devi capire il suo ruolo in questa storia.»

Giovanni si alza. Schiaccia con cura la sigaretta nel posacenere.

«Me lo ricorderò, fidati.»

Il colonnello appoggia il bicchiere accanto alla poltrona e si alza a sua volta.

«Lo so, sei uno in gamba. L'ho sempre saputo.»

Marra vorrebbe sorridere, ma tutto quello che riesce a fare è muoversi piano verso la porta, sfiorando con lo sguardo ogni centimetro di quella casa, cercando di respingere il passato in agguato a ogni angolo.

"Sono come un drogato in crisi di astinenza" pensa. "Odio la roba che mi faccio, ma odierei ancora di più la mia vita se non mi facessi."

Sulla soglia si ferma a guardare l'unica fotografia che ha notato. È appoggiata accanto al telefono, su un mobile basso con dei cassetti.

Nell'immagine, il colonnello Ulivi sorride accanto a Wesley Clark.

«Abbiamo quasi la stessa età. Lui è appena più giovane. Eravamo amici. È stata fatta poco prima di Dayton, sai gli accordi di pace in Bosnia. È uno in gamba.»

Giovanni annuisce, lo sguardo distante.

«Non troverai sue foto, commissario.»

Marra si volta di colpo. L'occhiata che incrocia il colonnello è carica di un odio immediato e involontario, che dissolve rapidamente in una strana malinconia.

«Non ho dimenticato mia figlia. Non posso dimenticarla, lo sai. E non ho dimenticato mia moglie. E nemmeno la malattia che se l'è portata via. Non ho dimenticato niente della mia vita. Ma cerco di essere vivo. Forse bevo troppo, hai ragione. Ma tu non fumavi così tanto quando ti ho conosciuto. La nostra vita si è svuotata dalla mattina alla sera, Giovanni. Ma siamo ancora qui. Siamo sopravvissuti e forse è sbagliato, ma è successo. Non avrei mai voluto essere presente al funerale di mia figlia. Un padre non dovrebbe mai. Ogni volta che vado in Certosa mi sento un vecchio albero a cui si stanno per spezzare le radici. Quando morirò, lo farò perché mi si spaccherà a metà il cuore sul vialetto che mi riporta alla macchina. Ma non è ancora successo. E non posso farmene una colpa. Ho troppo bisogno di vivere. Capisci?»

La sua voce è un sussurro. Un sottile filo di vento che riesce incredibilmente a tenerlo in piedi, impedendogli di piangere.

Resta appeso a quelle frasi per qualche secondo, poi stringe gli occhi. Ma dal suo sguardo, schiacciato sotto il peso dei ricordi, non esce nulla.

«Non ho mai capito perché non ti sei trovato un'altra, Giovanni.»

«Perché non posso.»

Le sopracciglia del colonnello si increspano all'improvviso, a sottolineare una realtà che non riesce a capire. Marra si morde il labbro inferiore, prima di rispondere.

«Non posso, colonnello, non riesco a perdonarmi.»

«Cazzate.»

«Oh sì, cazzate.» Apre la porta, sull'uscio si appoggia allo stipite. «Forse. Ma cos'altro credi che sia rimasto nella mia vita?»

In piedi accanto alla macchina, nella stradina che costeggia il parcheggio di un albergo, guardo il lungomare alla fine della strada, le mamme con i bambini che ritornano dopo il pranzo, il sole che gioca con le lamiere delle auto in sosta.

L'insegna del Reptilarium, a un centinaio di metri.

Ma la mia attenzione è tutta per quello che ho appena sentito al telefono dalla voce di Alessandro Neri, l'amico giornalista a cui ho chiesto notizie di Mariani e del fratello di Sara.

«Ripeti, per favore.»

Usa esattamente le stesse parole di qualche istante fa.

Il racconto di due vite condensato in poche frasi brevi e asciutte.

Mentre lo ascolto ripenso a Mariani, la pistola in pugno, lo sguardo dritto come un ago verso il suo obiettivo. Poi rivedo i gesti con cui l'altro lo ha disarmato, la rapidità dei movimenti, l'abilità nel ribaltare la situazione.

Due persone che a quanto pare non dovrebbero nemmeno

esistere. Due ricordi della vita di qualcun altro richiamati alla realtà dal sorriso di Sara Parmeggiani e da quelle foto.

Due persone che non possono essere un assurdo caso di omonimia.

«Stai bene, Nicola?»

La voce di Alessandro, dritta in testa.

«Sì, grazie» comincio a rispondergli. E riaggancio senza dire altro.

Dal fondo della strada, appena oltre il lungomare, l'uomo che sto aspettando avanza lentamente verso il Reptilarium. Lo inquadro nell'obiettivo, premo l'otturatore. Quattro rapidi scatti che la fotocamera del telefono impiega un attimo per elaborare.

Poi mi allontano dalla strada. Non voglio che mi veda arrivare da qui. Non voglio che possa nemmeno immaginare che ho una macchina diversa. E che dalla macchina riesca a trovare Marco e il suo albergo.

È ancora troppo lontano perché possa vedermi.

Svolto a sinistra alla prima traversa, mi infilo nella strada parallela al lungomare e proseguo per un po'. Alla fine giro in una laterale che si avvolge ad angolo intorno a un palazzo di sei piani.

Da lì cammino con calma fino al lungomare. Il cellulare al collo, le ciabatte di gomma che schiacciano rumorosamente il marciapiede. Attraverso la strada e mi pianto a metà del tratto di spiaggia libera a fianco del Reptilarium, tenendomi abbastanza lontano da un gruppo di ragazzi sdraiati in cerchio sui loro asciugamani colorati.

Di fronte a me, dall'altra parte della strada, la stazione di Polizia.

Alle mie spalle, i tre edifici delle vecchie colonie sembrano un grande dinosauro appoggiato su un fianco. Da piccolo pensavo che lì dentro abitasse qualche fantasma. Adesso che me li sento addosso, invece, la sensazione è che fra quelle mura ci sia qualcosa di molto peggio.

Li hanno recintati. Davanti, proprio sulla strada, stanno costruendo un palco. Tutta Riccione è tappezzata di manifesti gialli che pubblicizzano la festa in cui li demoliranno. Il discorso del sindaco, i fuochi d'artificio, il concerto di Giorgia.

E in mezzo l'esplosione dei tre palazzi. Lo spettacolo dell'eutanasia concessa a un passato che tra qualche anno nessuno si ricorderà più.

Antonio Parmeggiani attraversa la strada con la stessa tranquillità che gli ho sempre visto addosso. Le mani affondate nelle tasche dei jeans mi ricordano improvvisamente la pistola minuscola che mi ha appoggiato in faccia al bar. E tutti i motivi per cui ho deciso di incontrarlo qui, di giorno e davanti a tutti.

Mentre si avvicina mi levo la maglietta, la arrotolo a mo' di cintura e spengo il cellulare. Lo aspetto così, a torso nudo in mezzo alla spiaggia, un turista qualsiasi. Mentre le parole che ho sentito al telefono da Alessandro continuano a galleggiarmi in testa come boe che segnalano un potenziale pericolo.

Quando si ferma a due passi da me, non mi saluta nemmeno.

«E adesso?»

Gli allungo una memory card. Lo faccio alla svelta, con un movimento un po' meccanico, sperando non noti che mi tremano le mani.

Parmeggiani la infila in un media reader bianco e quadrato che tira fuori da un piccolo zainetto. Sfoglia lentamente tutte le immagini che gli ho appena dato. Lo fa due volte, in una successione circolare che assomiglia molto alle ripetizioni ossessive con cui ho guardato le stesse foto.

Alla fine solleva lo sguardo. E nei suoi occhi non c'è niente di buono.

«Che cazzo significa?»

Sapevo che me lo avrebbe chiesto. Cercava il viso dell'uomo. Ma non ce l'ho, non l'ho mai avuto e non ho la più pallida idea di chi sia. Glielo dico, cercando di essere il più possibile semplice e diretto. E sperando che mi creda.

«Non mi prendere per il culo.»

«Non lo sto facendo. So che da qualche parte ci sono le foto di quel tizio. E ti posso anche dire che so in quale albergo di Roma sono state fatte. D'altronde, sai che ci sono andato. Ma nessuno mi ha detto chi è quello a letto con tua sorella. E a questo punto non me ne frega un cazzo. Tieniti quelle foto e amici come prima. Chissà, forse la faccia di lui non si vede da nessuna parte.»

«Ti sbagli, c'è. Eccome se si vede.»

«E allora cosa cerchi da me?»

Antonio Parmeggiani non smette di fissarmi. Per la prima volta ho la sensazione che un'ombra di indecisione gli attraversi lo sguardo.

«Non mi credere fesso, Zanardi.»

Lo ignoro.

«Sei tu che hai piazzato le macchine fotografiche nell'albergo, vero? Ce n'erano due. Una ha fatto le foto che ho avuto io. L'altra quelle che cerchi. Quelle con la faccia del tizio che era a letto con tua sorella. Secondo me le hai anche viste, quelle foto. Magari le ha prese chi ha ucciso Sara e tu speravi che lei ne avesse una copia. E che fosse finita nella borsa che ha scambiato con me. Solo che non c'era. E così tutto il tuo castello di carte crolla qui, su questa spiaggia.»

Sorride. L'espressione presuntuosa di uno che ha appena sentito una gigantesca stronzata. È sufficiente perché il terrore mi spezzi il respiro, attraversandomi la pelle. Sto recitando una parte che non sono abbastanza bravo per sostenere. Ma non ho una scelta diversa.

«Lui non le ha. Ti facevo più furbo. Credi che Mariani avrebbe cercato di prenderle altrimenti?»

«Ora sono io che ti chiedo di non prendermi per fesso. Mariani pensa che ci sia un'altra copia di quelle foto. Esattamente come te. Ed è venuto a fare in modo che nessuno la possa usare. È lui che ha ucciso Sara, vero? E che ha preso gli originali.»

Per un attimo il suo sguardo abbandona i miei occhi. Scivola sul gruppo di ragazzi stesi a prendere il sole, poi sul mare. Quando torna è di nuovo freddo come il cielo d'inverno.

«Mariani è una bestia. Uno che si diverte a uccidere. Sara era una stupida. Ho cercato in tutti i modi di avvertirla, ma non ci credeva. Io lo conosco, Mariani. Lo conosco bene. So cos'è capace di fare.»

«Sì, me lo hanno detto.»

«Ah, già, dimenticavo che hai cercato di frugare nei cassetti... No, non te lo hanno detto. E anche se lo avessero fatto, non è come vederlo con i propri occhi.»

Resto in silenzio. Quando qualcuno vuole dirti qualcosa, mi diceva Abdel, stai zitto e ascolta. La linea del suo discorso è come un'onda. Se cerchi di farla andare più veloce, si rompe. E se la rompi non ce ne sarà mai più un'altra uguale.

«È stato molti anni fa. In Kosovo. Dicono che facesse il doppio gioco, vendendo clandestinamente le armi che la Nato confiscava ai serbi. E che non si fermasse davanti a niente. Se lo sentivi parlare poteva tranquillamente sembrare uno di loro. Non so dove avesse imparato la lingua. Però so che non conveniva mettersi di traverso ai suoi affari. Ne ho visto uno che l'ha fatto, una volta. L'hanno trovato in un fosso. Senza lingua e senza occhi. Con lui c'erano la moglie e la figlia più grande. Quella piccola si è limitato a violentarla davanti ai cadaveri dei genitori. Avrà avuto dodici anni, più o meno. Ce ne sono state altre, dopo.»

«Altre?»

«Sì, certo. Erano orfane, per la maggior parte. Tredici, dodici, qualcuna più piccola. Alcune sono morte. Altre, forse, avrebbero preferito esserlo. Chi doveva sapere, lo ha sempre saputo.»

«E perché...»

«Perché nessuno ha fatto niente? Perché erano solo bambine, Zanardi. Senza genitori, senza parenti. O, anche se li avevano, non contavano un cazzo. Quello che serviva era Mariani. Mantenere vivi i suoi contatti, usarli, sfruttare la sua crudeltà. Su cosa credi che si basino certe cose? Tutto il resto, in qualche modo, poteva essere sacrificato. Se hai addestrato una tigre a essere tigre, non puoi lamentarti se ti morde quando la lasci fuori dalla gabbia. È esattamente quello che hai voluto che facesse.»

Fa una pausa. Sembra cercare qualcosa in fondo al mio sguardo. Poi prosegue.

«Ho tentato di fermarlo. Non potevo più fare finta di niente. A quei tempi era il mio addestratore. C'erano delle voci, cose che si sapevano. Ha violentato una bambina di quattordici anni, la sorella di un ufficiale olandese. Ho fatto in modo che il fratello lo sapesse. E Mariani ha ucciso anche lui. Hanno dovuto congedarlo. Non l'ho mai più visto fino all'altro giorno.»

Lo guardo.

Ho uno strano sapore in bocca. Qualcosa che va oltre la paura. Assomiglia alla sensazione di vuoto che mi riempiva lo stomaco e i pensieri da bambino, di notte, quando scendeva il silenzio e il buio, senza fretta, cominciava a muoversi.

Prendo un lungo respiro e mi sforzo di parlare.

«Cosa facevi in Kosovo?»

«Il mio lavoro.»

«Che lavoro fai, Antonio?»

«Il consulente. Import-export. Presto la mia esperienza e la mia rete di contatti a chi me li chiede.»

«Hai detto che Mariani era un tuo addestratore. Eri un militare? Per la Nato? Un mercenario?»

«Che brutta parola, mercenario. E del tutto inadatta. Io credo fortemente in quello che faccio. E non sono i soldi quelli che mi danno qualcosa di più. Te l'ho detto, sono un consulente.»

«E per questo eri in Kosovo durante la guerra...»

«Certo.»

«E sempre per questo il tuo nome non risulta all'anagrafe di nessuna regione italiana...»

Non è sorpreso. Si limita a guardarmi come se non riuscisse a capire il significato di quello che ho detto.

«Ognuno ha la vita che ha potuto avere. O che è riuscito ad avere. Le persone non sono diverse a seconda di come si chiamano.»

«No, è vero. Restano sempre le stesse, anche quando stanno fuori dalle regole. Ma il fatto che si nascondano fa comunque pensare male.»

«Ho anch'io le mie, di regole.»

«Allora è in base a quelle che mi avresti ucciso.»

«Io ti ho salvato la vita, quel giorno al bar. Non saresti mai tornato a casa, Zanardi. Forse ti avrebbe preso sui gradini, mentre stavi per aprire la porta. O la sera, quando uscivi. I giornali avrebbero scritto di una rapina finita male, una delle solite cose che si leggono tutti i giorni. "La criminalità dilaga", puttanate simili. Senza di me, tu saresti morto. E sarebbe stato molto doloroso. Sono io che ti tengo vivo, ricordatelo.»

«E perché avrebbe aspettato tutto quel tempo? Perché non uccidermi subito, appena arrivato a Bologna, appena scambiati i bagagli?»

«Ci sono parecchi motivi. Perché sei amico di quel commissario e la tua morte sarebbe stata sospetta. Perché era convinto che tu avessi le foto, quelle buone. Ha aspettato che lo portassi da loro. Se tu avessi lasciato tutto alla polizia, non avresti avuto problemi. Gli amici di Mariani sono capaci di recuperare quello che credono gli appartenga. Ovunque si trovi. Così, invece, hai dato la sensazione di avere qualcosa da nascondere. E i ficcanaso amici dei commissari diventano fastidiosi. E poi, mi risulta che tu abbia denunciato un'intrusione in casa tua. Le avrà cercate, non le ha trovate e magari è arrivato alla conclusione che te le portavi a spasso, nell'iPod. E a quel punto, ci sarà stato chi gli ha ordinato di prenderle. Con le buone o con le cattive.»

Ora non lo guardo più. Ho bisogno di sentirmi in testa qualcosa di diverso, di lontano. Anche solo per un attimo. Mi volto a cercare il mare. Si è alzato il vento, qualcuno sta facendo windsurf. Una vela lontana, gialla e rossa. Un riflesso sull'acqua, un uomo che ride.

E la realtà, di nuovo qui e ora.

«Tua sorella era innamorata di quell'uomo, vero?»

Non so nemmeno perché gliel'ho chiesto, però spalanca gli occhi. Un bambino messo di fronte al suo incubo peggiore.

Annuisce lentamente.

«Sì. E pensava che anche lui fosse innamorato. Ho cercato di farle capire come stavano le cose. Per un po' credevo di esserci riuscito. Invece...»

«Quanti soldi gli avevate chiesto?»

«No, niente soldi. Sara non aveva bisogno di soldi. Te l'ho detto, era innamorata. Non gli avrebbe mai fatto del male. Non per prima.»

«E allora se lo amava perché ricattarlo?»

«Perché se l'era cercata. E lei voleva cambiar vita.»

«E quindi?»

Si avvicina. Da questa distanza i suoi occhi sembrano ancora più duri.

«Non lo immagini, Zanardi? Davvero non riesci a capirlo? Davvero non lo sai?»

«No, non lo so.»

Sghignazza e fa un passo indietro.

«Chiedilo al tuo amico commissario, allora. Vedrai che lui sa. Però stai attento. Questa storia fa male alla salute. E se ci tieni alla tua, è meglio se stai alla larga. Tu non hai le foto. Non hai la più pallida idea di chi ci sia sopra. Io lo so e in qualche modo lo saprà anche Mariani. Magari ci sta guardando, proprio adesso. Sei fuori dal gioco, Nicola. Fossi in te eviterei di tornarci dentro.»

«Mi stai minacciando?»

Sputo fuori la frase il più rapidamente possibile. Se aspetto anche solo un istante potrei non essere più in grado di parlare.

La risposta che ottengo è il solito sorriso senza espressione.

«Non sono uno che fa minacce, Zanardi. Fanno solo perdere tempo. E non sono nemmeno quello a cui potrebbe interessare qualcosa se hai visto quelle foto o no. Se ti ammazzano non me ne frega niente. Ma mia sorella è morta. E non conta cosa volevamo fare con quelle foto. Conta solo chi l'ha uccisa.»

Lo guardo. Vorrei avere qualcosa in mente che mi permetta di tenere il coltello dalla parte del manico, ma non ce l'ho. Non ho carte da giocare. L'unica che avevo non era alta abbastanza.

«È per lui che lavora Mariani, vero? Per l'uomo delle foto? È l'uomo delle foto che l'ha fatta uccidere, non è così? Chi è?»

Antonio Parmeggiani scuote la testa. Il vento gli passa fra i capelli, portandosi dietro l'eco di una frase lontana e qualche granello di sabbia.

«Vai a casa, è meglio. E non pensare troppo.»

Forse ha ragione.

In fondo è proprio per questo che sono qui. Per riprendermi

la mia vita come è sempre stata. E lasciare che siano altri a occuparsi del resto.

Le mie mani non sono abbastanza forti per spaccare tutto.

«Perché mi hai raccontato questa storia?»

Mi guarda come se mi vedesse per la prima volta.

«Perché è ora di finirla. A ognuno la sua vita, come dici tu. E perché in cambio di quelle foto avevo deciso di darti l'uomo che ha ucciso mia sorella. Da consegnare al tuo amico commissario, se riesce a prenderlo.»

«E l'uomo delle foto? Non è lui che...»

«L'uomo delle foto vive in un mondo che nemmeno il tuo amico può riuscire a sfiorare. E per finire la tua frase, non è lui che ha fatto uccidere mia sorella. Certi ordini non li dà mai nessuno. C'è gente che li esegue senza bisogno di sentirli.»

Tira fuori le mani di tasca. Mi mostra il media reader, la memory card con le foto ancora inserita nella fessura.

«Queste le hai date a tutti, vero? A me, al tuo amico commissario.»

Annuisco.

«Il tuo modo per tirarti fuori. Dare a tutti le stesse carte, come un onesto mazziere. Lasciando fuori solo chi le aveva già. E rifiutarti di giocare la partita. Bravo. Però devi sperare che i giocatori ti credano. E che nessuno si sia messo in testa che invece stai barando.»

Mi limito a guardarlo. Si avvicina di nuovo. Un passo lento che affonda nella sabbia senza far rumore.

Cerco di reggere il suo sguardo.

Rimane incollato ai miei occhi per un tempo eternamente breve. Poi si volta, si allontana un paio di passi. Si guarda intorno.

«Furbo a presentarti in boxer da mare. Niente armi, niente microfoni, il telefono spento appeso al collo. La gente in spiaggia, la polizia dall'altra parte della strada. Niente male. La paura ti fa bene ai neuroni, Zanardi.»

Fa una pausa.

«È ora di salutarci, credo. Questa è l'ultima volta che ci vediamo, se non hai cercato di fottermi. Ma se per qualche motivo hai quelle foto, allora ricordati che prima o poi lo saprò. E che quando ti verrò a cercare, non sarà per fare quattro chiacchiere. Sono stato chiaro?»

Sto per rispondergli per l'ennesima volta che non ho la più pallida idea di dove sia quello che cerca. Ma non faccio in tempo. Vedo qualcosa, alle spalle di Antonio, che strappa il mio sguardo a tutto quello che sta succedendo.

A qualche metro da me, fuori dall'ingresso del Reptilarium, ci sono Roberta e Lisa. Stanno lì, ferme sul marciapiede.

Gli occhi della bambina mi sfiorano per un attimo, un lampo di colore che scompare subito sotto al velo di indifferenza che le rapisce il viso.

Roberta invece mi fissa. Stringe lo sguardo, i muscoli contratti. Poi si volta e si allontana. Lisa la segue, la testa bassa, i capelli che le scivolano sul viso.

«Sto aspettando la mia risposta.»

«Sì, lo so. Ma non ho quello che ti serve.»

Allarga le braccia.

«Allora la nostra conversazione finisce qui. Salutami il tuo amico poliziotto.»

Annuisco. Sta per muoversi, ma qualcosa all'ultimo lo ferma. Si volta verso la strada. Roberta e Lisa camminano svelte dandoci le spalle. Si infilano in una delle stradine sottili che tagliano il lungomare come ferite dimenticate. Una strana espressione gli socchiude le labbra in un sorriso complice.

«Bella ragazza e bella bambina. Solo che la piccola sembrava molto triste, non ti pare?»

«Non ci ho fatto caso. Stavo pensando.»

«Ah sì? Stavi pensando e non ci hai fatto caso. Io invece sì, Zanardi. Ci ho fatto caso. Ricordatelo, se per caso scopri dove stanno quelle fotografie.»

Protetto dal fresco dell'aria condizionata che riempie l'abitacolo come un uovo, Simone Mariani ascolta nell'auricolare parole che distano da lui qualche decina di metri.

Non sempre riesce a distinguere le frasi. Il microfono direzionale svolge perfettamente il suo lavoro, ma proprio per questo intercetta e amplifica frammenti di realtà che non gli interessano. Brani di conversazioni inutili che dovrà filtrare, prima di passare i nastri al Grigio.

Non sarà contento di quello che ha trovato.

Solo l'ultima parte del dialogo potrebbe avere un certo interesse.

L'allusione di Parmeggiani a una donna con una bambina, probabilmente quelle che ha visto uscire dal Reptilarium. Nicola Zanardi è pieno di punti deboli. Sua madre, per esempio. La sua amica dottoressa. E ora anche una donna.

E una bambina.

Se il suo obiettivo fosse il fotografo ci sarebbero mille modi per convincerlo a collaborare. Solo che gli sembra sincero.

Non ha le foto che mancano, non sa nemmeno dove siano.

È solo una pallina di plastica finita a girare in una roulette che sembra non fermarsi mai. Un numero da estrarre che ritarda terribilmente l'unica cosa che gli interessa davvero.

Concludere la sua missione, recuperare le foto rubate.

Cancellare una volta per tutte il passato che ritorna a galla.

E la morte di Antonio Parmeggiani come premio partita.

Visto di giorno, il salone de Il Diavolo in rosa sembra solo un bordello da quattro soldi uscito da un filmaccio anni Settanta. Al centro della grande stanza senza finestre c'è una piattaforma circolare che fa da palcoscenico. Proprio in mezzo, un palo di metallo color oro che scompare nel soffitto. Tutt'intorno, appoggiato contro le pareti, un unico divano rosso fuoco, che si interrompe in prossimità del bar e della porta che conduce al piano di sopra.

«Potrei farla chiudere domani, se volessi. Questo lo sa, vero signor Gherardi?»

Il proprietario del locale è un tipo sui quarant'anni che potrebbe fare il guardaspalle di Joe Pesci in un film di Scorsese. Fissa il commissario Giovanni Marra dietro le basette a punta, con l'aria di chi non ha capito bene il motivo per cui la polizia è finita senza preavviso nel suo locale, in pieno pomeriggio, a rallentare il lavoro dell'impresa di pulizie che aspetta in cortile.

«Non credo, commissario. Questa è un'associazione privata, un club di adulti consenzienti che non commettono alcun reato.»

Giovanni sorride. Per un attimo si guarda intorno e gli sembra di vederli gli adulti consenzienti, mentre riempiono quei divanetti, mentre salgono al piano di sopra, mentre si spiano l'un l'altro attraverso i monitor a circuito chiuso che ha visto appena oltre la rampa di scale dell'ingresso.

«Quindi mi sta dicendo che non è vero quello che si dice in giro, signor Gherardi. Che se qualcuno ha voglia di compagnia, qui trova sempre qualche bella russa o slava. O una studentessa che ha bisogno di pagare le tasse universitarie. E che lei usa... diciamo per intrattenere quelle persone consenzienti.»

«È tutto falso, commissario. Io non so...»

«...di cosa sto parlando, certo. Allora non le dispiacerà se una di queste sere mando un paio di persone a verificare. Lei sa che lo sfruttamento della prostituzione è reato in Italia, non è vero?»

Gherardi suda. E l'aria condizionata spenta nel locale chiuso non lo aiuta certo a diluire la tensione.

«Parliamo, commissario.»

«Niente in contrario. È questo che sono venuto a fare.»

«Parlare?»

«Parlare, certo.»

Gherardi tira fuori di tasca un fazzoletto. Se lo passa sulla fronte. Due volte. Sorride, una smorfia di imbarazzo e di sollievo.

«Fa caldo.»

Infila di nuovo il fazzoletto in tasca e si schiarisce la voce.

«Mi dica, commissario.»

«Lei conosce quest'uomo.»

La foto spunta fra le mani di Giovanni senza che l'altro l'abbia vista arrivare. E la frase del commissario non è una domanda. Non ne ha il tono, né l'aspetto.

Gherardi si sforza di sembrare tranquillo. Annuisce con decisione. Troppa, forse. Se anche non avesse già visto quella faccia, è stata per giorni sulle pagine delle cronache locali. Da quando l'ha notata per la prima volta ha cominciato a pensare che la polizia sarebbe arrivata da lui.

«Aurelio Strazzari» dice. E si sforza di guardare Marra negli occhi.

«Su questo non ci sono dubbi.»

Fa scivolare la foto e ne scopre un'altra. Solo allora Gherardi si accorge che la prima immagine che ha visto è in cima a un blocchetto di altre fotografie. Marra le sfoglia una alla volta. Strazzari c'è sempre. Con lui donne diverse, giovani. Alcune molto giovani. Gherardi ricomincia a sudare.

«Non sono state scattate qui.»

Giovanni continua a mostrarle. Nell'ultima Strazzari è in mezzo a due ragazze. La prima è una bionda e gli tiene la testa fra le gambe. La seconda si sta dando da fare a succhiargli un capezzolo. Entrambe non sembrano nemmeno maggiorenni.

«Qui non è mai venuto con ragazze di quell'età. Glielo giuro.»

Giovanni scuote la testa.

«Me lo giura, certo. D'altra parte cos'altro potrebbe fare? Però non mi basta.»

Le pupille di Gherardi si dilatano all'improvviso.

«Non le basta?»

«No, non mi basta. Voglio sapere di più. Voglio sapere di Aurelio Strazzari.»

Il proprietario de Il Diavolo in rosa prende un lungo respiro. Affonda le mani enormi nelle tasche dei pantaloni. Lascia scivolare un lungo sguardo sulle pareti del salone. Sembra soppesare quello che ha da perdere, immaginare come lo perderà e cosa gli resterà, alla fine.

«Era un buon cliente. Veniva spesso. Sempre accompagnato da donne diverse. Non l'ho mai visto da solo.»

«Chi?»

«Lei vuole sapere chi erano le donne? Commissario, mi vuole rovinare? Ha idea di chi sono le persone che vengono qui? Sa cosa succederebbe se si venisse a sapere che ho fatto dei nomi? Di donne, poi...»

Giovanni fa un gesto con la mano sinistra. L'agente fermo accanto all'ingresso arriva subito. Marra infila le foto in una busta e gliele consegna. Il ragazzo si allontana.

«Credevo avessimo fatto un patto, signor Gherardi.»

«Lei mi chiede troppo, commissario.»

«Io non le ho ancora chiesto nulla. Lei sta chiedendo a me di ignorare un reato. Di far finta che questo sia davvero un posto dove la gente viene soltanto a scopare e farsi scopare.»

«Commissario!»

«Cos'è, si scandalizza del mio linguaggio? Immagino che qui dentro si senta di tutto. Che faccia parte del gioco, no? E che lei sia uno a cui piace giocare.» Fa una pausa. Gli appoggia una mano su una spalla. «Allora giochiamo e vedrà che non se ne dovrà pentire. Le regole, però, le decido io.»

Gherardi abbassa gli occhi. Un uomo che scappa e scopre di essersi infilato in una strada senza uscita.

«Gli piacevano giovani. Molto. Più erano giovani e meglio andavano. Ma non gliele abbiamo mai procurate noi. Aveva già le sue... conoscenze. Poi, naturalmente, le ampliava qui. Non so chi fossero quelle con cui veniva, ma erano tutte italiane. Sa, l'accento si riconosce. Tutte molto belle, appariscenti, ma non volgari. E giovani, ripeto. Molto giovani.»

«Non fate controlli sui documenti dei vostri soci?»

«Sì, sempre. Tranne casi particolari.»

«E Strazzari era un caso particolare...»

«Veniva qui tre o quattro volte al mese. Mai in gruppo, sempre lui e una donna. Una ragazza. Raramente due volte con la stessa.»

«E a lei non dava fastidio l'età di quelle ragazze?»

Sembra pensarci un attimo, indeciso se dire quello che gli passa per la testa. Quando parla soppesa bene le parole, per paura di venire frainteso.

«Vede, oggi è praticamente impossibile dare l'età a una donna. Entro certi limiti, è chiaro. Ma fra i sedici e i trentacinque spesso non c'è differenza. Le giovani si vestono, si truccano, si atteggiano come se ne avessero oltre trenta. E le trentenni vogliono sembrare ragazzine. Però non ci sono lolite da queste parti. Non all'ingresso del mio locale. Alcune, forse, potrebbero sembrarlo, una volta di sopra.»

«Non mi ha risposto.»

«Sì, commissario. Un po' mi davano fastidio. Ma erano consenzienti. Visibilmente, se mi capisce. E con certi clienti questo mi basta e avanza.»

Per un attimo Giovanni lo fissa. Vorrebbe chiedergli se i soldi con cui ha aperto il locale sono veramente suoi o arrivano da qualche altra parte. Ma non è il momento per una domanda del genere. Se vuole saperlo, dovrà scoprirlo da solo.

«E le donne che incontrava qui?»

Gherardi allarga le braccia.

«La quota di ingresso, signor commissario, è alta. Per gli uomini soli è molto alta. Lo facciamo apposta, capirà. Ci garantisce un certo livello. Ci sono coppie di ogni tipo. Chiaramente tutti con una grossa dote di esibizionismo. È la componente fondamentale. A Strazzari però piacevano situazioni particolari.»

«Particolari?»

«Non voleva uomini intorno. Sceglieva coppie in cui lui si limitasse a guardare. A volte più di una. E si appartava al piano di sopra insieme alla ragazza che era venuta con lui.»

«Interessante.»

«Ci sono situazioni più strane, commissario. Mi creda. Molto più strane. Alcune talmente strane che qui non vogliamo nemmeno se ne parli.»

Marra annuisce. Non ha bisogno di domande per fare in modo che Gherardi continui a parlare.

«Non l'ho mai visto su quel palco, però. E nemmeno restare sui divani. Qualche rapporto orale, magari sì. Ma niente di più. E sempre lontano dalle luci più forti.»

«Uno riservato, insomma.»

«Non sia ironico, commissario. Un'orgia è un'orgia. Ma Strazzari non veniva per quello.»

«Capisco. Sopra ci sono dei monitor a circuito chiuso. Le registrazioni?»

«Se i clienti le richiedono le consegniamo gratuitamente all'uscita. Altrimenti vengono cancellate ogni sera. Sono situazioni delicate, capirà.»

«Certo, capisco.»

Infila una mano nella tasca dei pantaloni e tira fuori un'altra fotografia.

«Questa l'ha mai vista con Strazzari?»

Gherardi fissa la foto di Sara Parmeggiani come se si trovasse in un incubo che non finisce mai.

«Conosce già la risposta, commissario. Credo sia l'unica donna con cui l'ho visto qui per più di una volta. E naturalmente so anche che fine ha fatto.»

«Già... Ora ho bisogno che lei venga con me. Ho delle fotografie da farle vedere. Parecchie. E vorrei sapere i nomi di quelle donne. Tutte. Era nei patti. E io li rispetto sempre.»

Gherardi prende un lungo respiro e annuisce.

«Sono pronto.»

Giovanni gli fa un cenno con la mano e l'uomo lo precede verso l'uscita.

In macchina nessuno parla. Solo la radio della polizia, in sottofondo. Poi il cellulare di Marra squilla. La voce di Francesco Carta, dall'altra parte.

«Devo farle vedere una cosa, commissario. Importante.»

Appoggiata con i gomiti al tavolo, Angela guarda la foto.

Non ha fatto altro da quando è rientrata dal turno. Ferma in cucina, le finestre aperte che portano il vento salito con il pomeriggio, un sacchetto di pane da cui ogni tanto strappa un pezzo che mangia quasi senza masticare.

E i pensieri che continuano a rincorrere quell'immagine. A cercare di capire quale punto della sua memoria le trasmetta così forte la sensazione di aver già visto la bambina.

Da quando Francesco le ha dato la foto, non ha potuto smettere un momento di pensarci. Ha frugato denunce vecchie di mesi, bambine scomparse e mai ritornate. Ma non ha trovato niente che potesse aiutarla e niente che riuscisse a scacciare la sensazione di muoversi disperatamente nella direzione sbagliata.

Dovrebbe controllare gli interventi che ha fatto quand'era di pattuglia. Tutti quanti, anche quelli che si sono risolti in niente.

Ma ci vorrebbe un'eternità.

Solleva lo sguardo dal tavolo.

In lontananza una nuvola grigia si appoggia sui tetti delle case.

Sta arrivando la pioggia, finalmente. Un'estate orribile scoppiata troppo tardi che tra qualche settimana diventerà solo grigio, freddo. E nebbia alla mattina, a coprire tutto. Come un rimpianto.

Nell'altra stanza Francesco si muove nel sonno. Quando è rientrata non l'ha nemmeno sentita. Si è limitato a voltarsi su un fianco, allungando un braccio e stringendo più forte il cuscino, mentre lei gli sfiorava i capelli con un dito.

Infila le dita nel sacchetto e mangia l'ultimo pezzo di pane. Appoggia una mano sulla pancia. Si sente gonfia, brutta, la pelle tirata dalla fatica, dalle ore di sonno che continua a saltare e che non torneranno più indietro. Mastica più in fretta, deglutisce quasi con rabbia.

"Se continuo così diventerò un vagone" pensa. Ma dura poco. Il tempo che il pensiero le scivoli in testa e suona il cellulare. Risponde di malavoglia.

«Guarda la posta, subito.»

La voce di Ginko è quella di un uomo sul punto di deragliare.

«Che cazzo ti salta in mente?»

«Ti ho detto guarda la posta, porca puttana! Fallo e basta, per favore.»

Urla. E ha paura. Vorrebbe mandarlo affanculo, ma non è da lui quel tono. Non è da lui avere paura.

Si alza. Preme un tasto sul computer per fermare lo screen saver. Un'enorme goccia di rugiada si dissolve nella schermata di Outlook.

Poi clicca sul tasto *Invia e ricevi tutto* e aspetta.

La mail di Ginko è l'unica arrivata. Il rumore di un bicchiere che tintinna accompagna la conclusione dell'operazione.

«Hai visto l'allegato?»

La voce di Ginko, di nuovo. Sembra stia ansimando dentro a un tubo.

Clicca due volte sul file.

Quando l'immagine riempie lo schermo, Angela si muove all'indietro. Quello che vede è un pugno che la colpisce in pieno viso.

«Che cazzo significa? Che scherzo di merda è questo?»

«È quello che vorrei chiedere a te, Angela. Sei tu che me l'hai data!»

«Non capisco cosa stai dicendo.»

«Era nel file, cazzo! Uno dei fotogrammi!»

Angela resta attaccata a un pensiero. La frase che le muore in gola le lascia le labbra socchiuse.

Davanti a lei, sul monitor del PC, il viso sorridente di Paola Vigliani.

«Ho aperto *La danza delle fate* per fare un paio di modifiche. E l'ho trovata lì. Cazzo, Angela, se è uno scherzo è proprio...»

«Stai zitto, Ginko. E ascoltami. Sei in casa?»

«Sì.»

«Fra dieci minuti vengo a riprendermi il cd che ti ho dato. Se ne hai una copia sull'hard disk buttala via. E non raccontare quello che hai visto a nessuno.»

«Sì, ma...»

«Sono stata chiara, cazzo?»

«Sì, Angela... sì... Ti aspetto.»

Riaggancia. Lascia solo una debole occhiata al volto dell'altra bambina, prende la foto e la appoggia accanto al monitor. Sfiora per un attimo il sorriso di Paola Vigliani, poi si muove verso il corridoio.

È ora di svegliare Francesco.

Appoggiato con la schiena al frigorifero, Michele Ferrari guarda il temporale salire oltre la collina.

Si sente esattamente come quel cielo. Pronto ad affrontare qualcosa di enorme e inevitabile che sta arrivando a prenderlo. E contro cui non ha nessuna possibilità di reagire.

Lascia sul lavello il bicchiere vuoto che tiene in mano e si muove verso il salotto. Ascolta il suono dei suoi passi nella casa deserta e si chiede quanto tempo passerà prima che Mirella torni a casa. È uscita stamattina, al lavoro anche di domenica, ma si è abituato da anni alle sue assenze festive per coprire le improvvise urgenze arrivate nel momento meno opportuno.

Ripensandoci, si chiede se proprio quelle assenze gli abbiano fatto venire in mente la possibilità che lei avesse un altro. Se sia stata una delle cause che l'hanno portato nello studio di Raffaella Petri e da lì contro quella cancellata, a dimenticare tutto quanto.

Ma non ha trovato una risposta.

Solo domande che creano ancora domande. Tutta la sua vita sembra un enorme serpente alla ricerca del sistema migliore per mangiarsi la coda.

Si lascia andare sul divano. Chiude gli occhi. Respira lentamente. Ne ha fatti milioni di esercizi di respirazione nelle sedute di fisioterapia. Anche aver recuperato l'uso del suo corpo sembra una fatica compiuta inutilmente.

Tira su con il naso e il sapore del sangue gli riempie la bocca.

Si porta le dita alle narici, lo sente caldo, colare a gocce sul palmo della mano. Allunga la testa all'indietro e il mondo comincia a muoversi davanti ai suoi occhi chiusi. Li stringe più forte, cercando di bloccare tutto. La paura, la rassegnazione, il sangue. Alla fine si alza e si infila in bagno. L'emorragia si è fermata. Prende del cotone e si pulisce, senza fretta.

Ogni cosa che fa, ormai, non ha più senso.

Solo scoprire la verità su quello che ha in testa ne conserva uno.

E la foto della bambina. Quella che gli ha dato Raffaella. Lo sguardo, il sorriso.

La parte che manca e che si ricorda bene.

La sera in cui ha masterizzato il cd con *La danza delle fate*, ha ritagliato l'immagine della piccola da una più grande.

In cui, oltre alla bambina, ci sono lui e sua moglie Mirella.

«Vorrei capire cosa ti dice la testa?! Ti rendi conto di quello che hai fatto, Francesco?»

Il commissario Giovanni Marra sbatte con forza il pugno sul tavolo. Il rumore si spegne rapido, assorbito dalle pareti dell'ufficio. Tranne che nella mente dell'ispettore Francesco Carta.

«Devo farle vedere una cosa» gli ha detto al telefono. E adesso è in piedi accanto a lui, davanti al monitor del portatile con cui si è presentato. Il computer di Ginko con il programma con cui ha elaborato *La danza delle fate* e scoperto il fotogramma.

«Non so... Io...»

Francesco cerca di rispondere. Ma non ci riesce. Qualsiasi frase tenti di costruire gli muore fra le labbra e svanisce dai pensieri. Così non può fare niente. Solo lasciar finire il temporale di rabbia con cui il commissario lo sta investendo.

«Ti rendi conto che quel cazzo di dischetto è lì da quando è morto Strazzari e non abbiamo fatto niente? Anzi, peggio, lo hai regalato alla tua fidanzata. Come un anello, un mazzo di fiori. Non potevi regalarle quello se ti sentivi così generoso? Cazzo, è una prova, lo capisci? Una prova!»

Giovanni si accende una sigaretta e la stanza precipita in un silenzio assurdo e improvviso.

«Ci avevo guardato. Non avremmo mai trovato niente.»

La voce di Francesco è sottile come il fumo della Marlboro. Talmente impercettibile che non gli dà nemmeno il coraggio di alzare gli occhi e guardare in faccia l'uomo che gli sta accanto.

«Come hai detto?»

«Che ho sbagliato, commissario. Ma non avremmo mai trovato niente. Era...» Per un attimo guarda il monitor. *La danza delle fate* messa in pausa sul fotogramma del titolo. «È un filmato come tanti. Niente di più.»

Marra prende un lungo respiro che termina in un accesso di tosse. Poi soffia via in due boccate quello che resta della sigaretta. E i decibel in eccesso nel tono della sua voce.

«Cosa ne pensi, Francesco?»

L'ispettore Carta appoggia lentamente le mani accanto al portatile, come un gatto che non si fida del contenuto della sua ciotola.

«Per me... ecco... l'hanno venduta così.»

Giovanni annuisce.
«Già, l'hanno venduta così. Ma c'è di più.»
«Sono abituati a farlo.»
Marra non risponde. Sta pensando al magistrato di Venezia, il dottor Orsi, a quello che gli ha detto guardando il sito della sezione minori della Polizia di Stato.
Una piccola parte, sono davvero esseri umani svaniti nel nulla.
Davanti a lui, in mezzo a quel filmato, c'è la porta del baratro in cui alcuni di loro sono affondati. Una dissolvenza in cui tutto svanisce e smette di esistere, mangiato dal freddo di una luce affamata.
«Sì. Lo hanno già fatto prima e forse lo hanno rifatto anche dopo.» Si appoggia al tavolo, lasciando andare il corpo sui pugni chiusi. «Chi ha rapito Paola Vigliani non sapeva chi fosse. Era solo una faccia. Qualcosa che avevano già venduto.»
Preme un tasto e il filmato riparte. E poi ancora. E ancora.
Guardandolo, Francesco pensa che è esattamente la stessa cosa che ha fatto lui la prima volta che l'ha visto. Un autoreplay continuo, ininterrotto. Qualcosa di ipnotico che non riusciva a fermare, come se una parte nascosta di chi guarda riuscisse a cogliere l'immagine della bambina e tentasse ossessivamente e senza speranza di farla venire fuori da quella luce in cui è affogata.
«Bisognerebbe capire come lo fanno» dice Carta e Giovanni sembra svegliarsi da un sonno lungo e faticoso.
«Scusa, non ti ho sentito.»
Francesco ripete. Si sforza di restare calmo. Una strana sensazione di insicurezza gli attraversa le mani e i polsi, si scarica nelle pieghe delle parole.
Marra chiude il portatile.
«Una mail, credo sia la soluzione più facile. Il file è leggero, passa indisturbato. È facile da trasmettere. Lo puoi perfino tenere in vista, tanto chiunque lo veda nota solo quei maledetti elfi. O qualunque cosa siano.»
«Non mi riferivo al filmato, commissario. Intendevo, bisognerebbe capire come le vendono. Come comunicano. Come le scelgono.»

«Le chat, Francesco. È la soluzione più banale e anche la più semplice. E per assurdo è anche la più sorvegliata. La maggior parte delle chat d'Italia è monitorata dalla polizia postale. Ma nessuno vieta di collegarsi da qualche altra parte, dove non abbiamo giurisdizione. E magari chi controlla quelle chat non capisce nemmeno la lingua di chi scrive.

Senza una segnalazione di qualche genere è praticamente impossibile scoprirli. Un utente che si imbatte in qualcosa di strano e fa denuncia, per esempio. Poi, dalla chat, infilarsi in qualche programma di messenger è ancora più facile. E lì siamo veramente in un territorio senza limiti. Il peer to peer, lo scambio di file in rete, è più facile da tenere sotto controllo.»

«Lì almeno qualcosa da intercettare c'è.»

«Esatto. Qualche controllo a campione, per esempio. Network privati, cose così. Si guarda cosa scaricano e si vede che cos'è. Magari è materiale pedofilo rinominato con il titolo di una canzone. O magari no, però è più facile.»

Francesco annuisce. Quello stesso discorso lo ha sentito più di una volta nelle parole di Angela. Le stesse che cerca di ripetere a Giovanni, ora. Cose che il commissario sa benissimo, ma che non può fare a meno di sputare fuori per sentirsi più leggero. Meno impotente, forse.

In Italia il fatturato della pedo-pornografia online è di oltre undici miliardi di euro e coinvolge più di due milioni di bambini, di solito fra i dieci e i dodici anni. Fotografie, video, prostituzione. Un immenso giro di soldi.

Per Paola Vigliani, però, è ancora peggio.

Perché non c'è scambio illegale. Se chi riceve l'immagine poi la cancella, niente lo può legare alla bambina. Quello che ha ricevuto sul computer è solo la foto di una piccola di una dozzina d'anni che guarda sorridente nell'obiettivo.

Non c'è violenza, non c'è sopraffazione, non c'è nulla di nulla.

Solo un destino già deciso, bit per bit, respiro per respiro, che comincia il conto alla rovescia per diventare lacrime e realtà.

«Prima che la bambina sparisca, il reato non può essere impedito» spiega Giovanni. «E dopo è già troppo tardi. Quello che mi chiedo è quante prima di lei siano finite ne *La danza delle fate*. O quanti filmati simili a questo ci sono in giro, quanti ne abbiamo visti senza sapere cosa nascondevano. Quante bambine avremmo potuto aiutare.»

«Non c'è niente che possiamo fare, commissario. Niente, a patto che qualcuno non faccia uno sbaglio.»

Giovanni annuisce. L'odore della terra del parco Talon spunta fuori all'improvviso. Insieme al profumo della pioggia, portato dal temporale che sta arrivando. E alla fine di tutto, il crepitio del cellophane con il corpo di Paola Vigliani. E i suoi occhi, affondati nel buio della terra e nella luce di quell'immagine in dissolvenza.

«Questa volta forse un errore l'hanno fatto, Francesco.» Solleva il telefono, compone un numero. «E non ho intenzione di aspettare che un giorno arrivi qualcun altro e mi porti un filmato come questo.»

A volte le parole escono senza infilarsi nei pensieri.

È la prima cosa che gli è venuta in mente quando si è sentito pronunciare quella frase. È uscita e basta. Probabilmente era pronta a farlo da un sacco di tempo e lo ha colto di sorpresa, distratto fra un respiro e l'altro, per scappare fuori.

«Ti lascio, Mirella.»

Forse è l'unica strada per avere una risposta che comprenda tutte le domande. Quelle su se stesso, sul suo ieri dimenticato.

E su quella maledetta fotografia.

«Ti lascio, Mirella» ripete.

E lei lo guarda.

È in piedi, in mezzo al salotto. Ha ancora gli occhiali da sole e la borsetta in mano. Pietrificata come uno dei fuggiaschi di Pompei. Vorrebbe vederle gli occhi, adesso. E sarebbero di sabbia, di polvere.

«Tu sei pazzo, Michele.»

Il sussurro in cui ha immerso la frase è un foglio di carta che le taglia silenziosamente il fiato.

«Sì, può darsi. Forse mi sono svegliato pazzo. Forse lo sono sempre stato. Dentro, da qualche parte. Ma qualunque cosa sia, voglio essere io. E qui non lo sono.»

Mirella abbandona di fretta un lungo sospiro. Le labbra si stringono, i muscoli del collo si irrigidiscono. Una mano schiaccia con rabbia un lato della borsetta. Il volto si abbassa, sul pavimento.

«Speravo fosse finita.»

Lo dice talmente piano che Michele non è nemmeno sicuro di aver capito bene le parole. Poi alza la testa, lo sguardo, la voce.

«Lo stai facendo di nuovo.»

Si toglie di scatto le lenti da sole. I suoi occhi non sono di polvere e sabbia. E sentirli addosso fa male.

«Lo stai facendo di nuovo, non è vero bastardo?»

Michele si alza. Fa un passo. Lei allunga le mani in avanti. La borsetta le cade a terra, insieme agli occhiali. Un tonfo, come un respiro spezzato da un pugno.

«Sono innamorato, Mirella. Credo di esserlo sempre stato.»

Gli ride in faccia. Rumore sinistro di cocci di vetro che esplodono.

«Di chi, di quella... come si chiama... Gioia? Sai che cazzo me ne frega se ti scopi la tua segretaria?»

«...non ti...»

«No, Michele, non mi interessa. Non mi interessa più niente, ormai. Per un po' ho sperato ancora. Ho *cercato* di sperare. Poi basta.»

«Tu lo sapevi. Lo hai sempre saputo.»

«Non c'è voluto molto. Sensazioni. E un buon investigatore privato. Dopo, ho dovuto soltanto mandare giù le foto che mi ha fatto vedere. E spendere un bel po' di soldi, in contanti, perché tu non te ne accorgessi.»

Michele si siede di nuovo, appoggia i gomiti e tutto il peso del corpo sulle cosce.

«Quando?»

Mirella si lascia andare contro la parete. Incrocia le braccia al petto. Appoggia sul mobile che le sta accanto una pila di fascicoli che si è portata a casa dal lavoro, come fa spesso.

«Prima dell'incidente. Mesi prima. E poi è successo quello che è successo.»

«Che cosa, cazzo? Che cosa è successo? Io non so niente, lo capisci? Io non mi ricordo niente!»

«Ah non lo sai? Non sai che cosa hai fatto, bastardo? Non sai che cosa ho fatto io, razza di stronzo, per tenerti fuori dalla merda in cui ti eri infilato? Non te lo ricordi davvero?»

«Ti sei fatta scopare, ecco cos'hai fatto.»

Mirella spalanca lo sguardo. L'incredulità le sbarra le pupille come una porta sprangata.

«È questo che credi? Che mentre mio marito era in coma all'ospedale io mi facevo scopare? Per chi mi hai preso, brutto figlio di puttana?»

«Ho letto il blog, Mirella. È inutile che cerchi di raccontarmi delle balle.»

«Vieni con me.»

«Non serve a niente...»

«HO DETTO VIENI CON ME!»

Michele resta un istante immobilizzato a guardarla. Poi la segue nello studio. La vede accendere il computer. Digitare rapida sulla tastiera. Voltare il monitor. Il blog è lì, identico a se stesso. Michele potrebbe ripeterlo parola per parola. È la prima cosa che le dice, non appena lo vede di nuovo. Ma non lo ascolta nemmeno.

«Credi che non sappia che lo hai letto? Pensi che mi sia dimenticata quell'agenda in fondo al cassetto della biancheria? Non ti è venuto in mente che potevo averla messa lì proprio perché la trovassi? Esattamente per farti arrivare qui.»

Michele fissa lo schermo.

Le parole di Venereprivata tornano a galla tutte insieme.

«Vorrei che fosse finito tutto e ho paura che sia finito tutto» recita. «Vorrei che si potesse cancellare ogni momento passato come se non fosse mai esistito. Vorrei che fosse la mia occasione, la mia seconda opportunità.»

Solleva lo sguardo. Incontra gli occhi di Mirella e li tiene stretti. Ma non prova niente mentre la guarda. Ed è quello che gli fa paura.

«Lo hai scritto tu. Mentre ero in coma, capisci? Mentre stavo in ospedale tu speravi che morissi per avere una *seconda opportunità*.»

«Mio Dio...» La voce di sua moglie è l'ultimo respiro di un malato terminale. «Tu non sai niente per davvero. Tu non ti ricordi niente... niente di quello che è successo, niente di quello che è stato. Tu non sai niente, Michele. Non pensavo fos...»

La frase di Mirella resta sospesa in aria, sottile come la tela di un ragno.

«Chi è Alberto?»

«Alberto? È l'avvocato da cui sono andata per capire se volevo divorziare da te.»

«Stronzate. Quando sono entrato in ospedale tu non c'eri. Ti hanno chiamata, ma sei venuta solo il mattino dopo. Perché?»

«Non puoi non saperlo, non puoi non saperlo...»

«Perché, Mirella? Dov'eri? Con chi eri?»

«Loro dicevano che non ti ricordavi niente, che era il trauma. Ma io non ci credevo, non c'ho mai creduto. Mai, mai. Mai, capisci? E invece, Michele...»

«Eri con Alberto?»

Per un attimo, alla fine della frase, Michele è convinto che sua moglie stia per cadere. La vede allungare le mani oltre i fianchi, rapida. Spostare il peso del corpo in avanti. Lasciarsi andare con i palmi contro la scrivania. Le labbra socchiuse, gli occhi stretti come se non vedesse bene quello che ha davanti.

«Tu non sai chi è Alberto, vero? Non ti ricordi di Alberto.»

Michele si alza. Di scatto. Uno spettatore indispettito che decide di abbandonare il teatro.

«Me ne vado, Mirella. Basta con questa storia. Non mi interessa più. Voglio solo vivere di nuovo. Se ci riesco ancora.»

Si infila nel corridoio che dà sulla stanza da letto. La domanda di sua moglie lo ferma a metà strada, davanti alla porta del bagno.

«Lei sa cosa hai fatto? Sa che lo stai facendo di nuovo?»

È la seconda volta che glielo chiede. La prima era assolutamente convinto che stesse parlando del tradimento. Che la rabbia, il dolore e il disprezzo che le riempivano la voce fossero quelle di una donna tradita dopo aver tradito a sua volta.

Ora, in piedi nella penombra della sua casa, è sicuro che invece si tratti di tutt'altro. E si accorge di avere paura della domanda che si sente fare.

«Che cosa ho fatto? Che cosa sto facendo?»

I passi di Mirella riempiono il corridoio. Michele si volta solo quando si accorge che sua moglie si è fermata.

«Con chi eri al telefono ieri?»

Michele Ferrari non risponde. Ascolta l'eco di quella frase rimbombargli fra i pensieri. Per un attimo sta per raccontarle del favore che ha chiesto a Paolo, del commissario Marra, di quella foto che gli ha consegnato, del sorriso della bambina che gli spezza il respiro.

Ma non lo fa.

Era al bar quando ha fatto quella telefonata, in via Rizzoli. Lei non può averlo visto.

«Ieri sera, dopo cena. A chi stavi telefonando?»

Mente. Un riflesso incondizionato. La prima cosa che gli esce dalle labbra per sfuggire a quella domanda.

«A Gioia.»

Mirella ride. «No, non era lei. Era un uomo. Di questo sono sicura.»

«Mi stavi spiando?»

«Sono solo uscita troppo presto dal bagno.»

Michele stringe gli occhi, nello sguardo di sua moglie c'è una luce troppo forte. Qualcosa che gli fa male fissare. Sta per rispondere, poi si volta e si infila in camera. Prende il cellulare. Sfoglia l'elenco delle chiamate effettuate, poi di quelle ricevute. E quando alla fine trova quello che cerca, resta immobile in mezzo alla stanza con il cellulare in mano.

Non si ricorda nemmeno di quella telefonata. E non ha la più pallida idea di chi sia il proprietario del numero anonimo a cui ha risposto ieri sera, poco prima delle nove.

«Non lo sai, vero?»

Mirella è sull'uscio, appoggiata allo stipite della porta. Ha gli occhi stanchi, il trucco sbavato. Non si era accorto che avesse pianto.

«Sei malato, Michele. Molto malato. E non c'entra l'incidente, non c'entra il coma. Sei tu. Ho provato ad aiutarti, giuro che ci ho provato. Ma adesso basta. Vattene. Via da qui.»

Annuisce. È la cosa giusta da fare. Lasciare tutto, cambiare vita, ricominciare. Da capo, con Gioia.

Sei malato, Michele.

«Che cos'hai in mano?»

Mirella stende il braccio verso di lui.

«È la chiave della cantina. L'ultimo favore che ti chiedo. Prendilo come un regalo di addio. C'è uno scatolone. È la tua roba della sera dell'incidente.»

Michele prende la chiave e la infila in tasca. Poi guarda Mirella.

«Mi dispiace, io...»

«Non dire niente. La mia pazienza è finita, Michele. Se penso che potremmo avere dei figli... una figlia... Prendi quello scatolone, guarda le tue cose, cerca di ricordare.»

Si asciuga una lacrima, l'ultimo ricordo che le abbandona lo sguardo.

«Prima di andare da Gioia, cerca di capire che uomo sei. E credimi, lo dico per il bene di quella ragazza. Tu ormai mi fai solo schifo.»

Prendo fiato solo chiudendomi alle spalle la stanza d'albergo. Ho bisogno di sentirmi al riparo.

Controllo di aver girato tutte le mandate. Nell'illusione di sicurezza che mi sono creato, ripeto più volte che va tutto bene, una filastrocca per addormentare la paura.

Quando credo di esserci riuscito, mi spoglio e mi infilo sotto la doccia. Avvolto nell'asciugamano e nel profumo del bagnoschiuma, rientro in stanza. Taglio un lembo dell'elastico dei boxer e lo estraggo lentamente. Attaccato all'altra estremità con un piccolissimo pezzo di nastro isolante, c'è un microfono a filo. La dimensione è appena più sottile di quella dell'elastico. Il materiale flessibile permette di adattarlo perfettamente a qualunque forma.

Nel negozio di San Marino in cui l'ho preso ne hanno di tutti i tipi e le dimensioni e per tutti gli scopi. E se non avessi fatto il nome di Abdel al proprietario, probabilmente non me lo avrebbe prestato. Costa troppo perché possa permettermi di comprarlo. Per convincerlo gli ho detto che stavo cercando di capire cos'era successo ad Abdel in Iraq e che quell'oggetto era il mezzo per riuscirci.

Non ha impiegato molto a decidere. Non ha fatto domande. È semplicemente sparito sul retro e, quando è tornato con il microfono, ha iniziato a spiegarmi come usarlo. Gli ho detto che sapevo come fare e anche quando lo avevo imparato. E allora mi ha raccontato di quando aveva conosciuto Abdel, di quello che gli aveva venduto, del fatto che ogni volta che Al-Jazeera lo spediva a lavorare in un posto pericoloso, non partiva mai senza qualcuno dei suoi oggetti.

Raccontava con un'allegra malinconia, come se quello che è successo a Baghdad fosse già un ricordo e non più una ferita viva. Ascoltandolo, il mio tempo di cicatrizzazione mi è sembrato terribilmente lungo.

Non gli ho detto che senza uno dei suoi giocattoli forse Abdel sarebbe ancora vivo. Ma l'ho pensato per tutto il tempo in cui sono stato lì.

E lo penso ora che distendo il microfono sul letto come un serpente addormentato. Ho visto fare ad Abdel lo stesso gesto. Movimenti lenti e precisi e una durezza terribile scesa di colpo sulla delicatezza del suo volto.

Non aveva voluto raccontarmi cos'era successo. Non in quel momento. Solo dopo.

«Sono andato a incontrare Ali Musab» mi aveva detto. E lo avevo guardato come un parente che ti confida di avere una malattia terminale.

«Sei pazzo» avevo sussurrato e dopo la mia frase era calato per un po' un lungo silenzio.

Conoscevamo tutti Ali Musab.

Il terrorismo fondamentalista che prende di mira la nuova polizia irachena, i militari americani, i civili nei mercati o in fila per lavoro viene da lui. Non so se dietro alle sue mani ci sia davvero Al Zarqawi e più in là Osama Bin Laden. So che, per molti di quelli che si occupano di terrorismo arabo, Al Qaeda è una specie di Spectre, una fantomatica multinazionale del terrore che nel mondo reale non esiste davvero come viene immaginata. Tutti, però, sanno che i kamikaze che si fanno esplodere in Iraq sono mandati a morire da Ali Musab.

«Non è stato difficile, Nicola.»

La frase di Abdel che aveva rotto il silenzio era sbucata fuori attutita dal lontano rumore di uno sparo. Cose a cui smetti di fare caso alla svelta, in un paese in guerra.

Aveva ragione, non doveva essere stato difficile.

Trovare qualcuno che conosce qualcuno che può presentarti a qualcun altro è solo questione di volontà. Incontrare a quattr'occhi l'uomo più pericoloso dell'Iraq è una cosa del tutto diversa. Gli americani avevano provato spesso a stanarlo. Per tre volte, da quando ero a Baghdad, erano stati ritrovati morti dei civili arabi. Nessuno ne aveva dato notizia nei telegiornali stranieri, nessuno ci aveva fatto caso fuori dalla città. Dentro, però, sapevamo benissimo che erano infiltrati degli americani. E che erano stati ammazzati per aver tentato di scoprire il nascondiglio di Ali Musab.

Avevo tirato un lungo respiro, insieme a un sorso di Coca Cola calda. E gli avevo fatto una domanda a cui sapevo non avrebbe risposto.

«Dove sta?»

«In casa. Ma non ti direi il posto preciso nemmeno se lo sapessi, è chiaro. Poi, dove vuoi che sia nascosto? Sai che sta morendo.»

Aveva pronunciato l'ultima frase guardandomi come se fossi un alieno improvvisamente spuntato in una realtà che non conosce. Ali Musab aveva un tumore ai polmoni. Più di una volta si era parlato addirittura della sua morte, ma alla fine era sempre arrivato un video di smentita. E una parte della fretta degli americani si spiegava anche con la preoccupazione di arrivare prima che il cancro finisse di fare il suo lavoro.

«Com'è andata?»

Una domanda stupida, l'unica che avevo saputo trovare. Forse avevo semplicemente bisogno di sentire la mia voce, di fingere che fosse una conversazione come tante, di scacciare via un presentimento che non sapevo come catalogare. O di permettergli di cambiare discorso, come aveva fatto sollevando il registratore digitale che teneva in mano.

«Abbiamo fatto quattro chiacchiere. Ma non gli piace essere registrato.»

Una frase come tante. Non aveva perso la sua espressione serena nemmeno quando aveva cominciato a raccontare davvero. Nemmeno quando le parole gli erano uscite di bocca morbide e lente. Riportava le frasi di Ali Musab e non sembrava rendersi conto di quello che stava dicendo. Invece – e lo capisco solo ora che ci ripenso – lo sapeva anche troppo bene.

Non ho avuto il coraggio di chiedere più niente, solo di ascoltare il suo racconto. E non ne abbiamo più parlato. Neppure quando, due giorni dopo, gli elicotteri americani hanno bombardato un paio di edifici alla periferia della città, radendoli al suolo.

Ali Musab era lì dentro.

Mi sono sempre chiesto se sapesse che lo seguivano, se lo abbia fatto apposta o se sia stato usato. Se qualcuno che voleva prendere il posto del terrorista morente abbia semplicemente sfruttato Abdel per consegnarlo a chi lo avrebbe ucciso. O se sia stato lui stesso a farsi usare per qualcosa che credeva fosse giusto.

Quando è scoppiata la bomba e l'ho fotografato mentre volava via, ho cominciato a chiedermi se fosse stato un caso o se qualcuno, da qualche parte, aveva deciso di fargliela pagare.

La tigre non morde mai senza un motivo.

Me l'avrà detta miliardi di volte quella frase. Ora sono certo che il giorno in cui è morto Ali Musab, sapeva che c'era una ragione valida anche per lui.

Non so se fosse un presentimento o un sospetto. So soltanto

che ha spedito a sua madre Honorine l'originale di quella registrazione, cucita nell'angolo di un tappeto da preghiera. Un gesto che assomiglia a un testamento abbandonato di nascosto in una buca delle lettere, prima di scappare lontano e abbandonare per sempre la tua vita.

«Stavo per calpestarla» mi ha detto Honorine al telefono, nel suo bell'italiano intessuto di francese. «E quando ho capito che era una cosa importante, l'ho messa da parte perché la trovasse al suo ritorno. Non avevo capito cosa fosse. Era solo una piccola scatoletta di metallo.»

Honorine non ha ascoltato quello che contiene il registratore digitale. Nessun altro lo ha fatto. Al-Jazeera non ha mai mandato in onda l'intervista. E ogni volta che mi chiedo perché, scopro una risposta diversa.

Respiro una lunga sorsata d'aria e cerco di mettere da parte i ricordi.

Nella tasca dei boxer c'è il registratore digitale. È poco più grande di un accendino. Per ascoltare l'audio basta collegarlo a un piccolo altoparlante di quelli da megastore, qualche euro e nessuna pretesa.

Clicco sull'unico pulsante e mi siedo sul letto.

Nudo, qualche goccia che mi scivola sulla schiena abbandonando i capelli, ascolto di nuovo la voce di Antonio Parmeggiani. La sensazione è quella di origliare dietro una porta chiusa, ma l'audio è perfettamente riconoscibile. Riavvolgo dall'inizio e registro una cassetta, questa volta senza ascoltare. Poi mi vesto, lentamente.

Marco bussa alla porta mentre sto infilandomi le scarpe.

«Stai bene?»

Mi sforzo di sembrare normale.

«Sì, bene. Ma sono nudo.»

«E sai che me ne frega?»

«Non vorrei che ti entusiasmassi.»

Ride.

«Lo sai che sono vegetariano, niente carne.»

Apro la porta.

«Be', com'è che sei scappato su per le scale? Ti stavi cagando addosso?»

«L'incontinenza è un problema dell'età, dovresti saperlo.»

«Oddio. Io non ho di quei problemi lì. E sono più vecchio di te di un bel po'. Mi sa che sei cresciuto male, Nicola. O che mi pigli per il culo.»

«Cos'è che mi hai detto prima?»

«Mentre salivi? Non mi ricordo. Se vieni giù ti offro un aperitivo. Ho bisogno di bere qualcosa.»

«Devo andare a Bologna. Con la tua macchina, lo sai.»

«Solo dieci minuti, dai. Un frizzantino e ti lascio andare.»

«Brutte notizie?» chiedo, mentre scendiamo per le scale.

«No, è che volevo fare un investimento e mi hanno fregato sul più bello. Così ci ho rimesso un po' di soldi. E non è proprio un bel periodo per sputtanare degli euro.»

«Ah no, sicuro. E cosa volevi fare?»

«Comprare uno degli edifici delle vecchie colonie. Il comune era d'accordo. Sembrava tutto a posto, avevo fatto fare il progetto, cominciato a pensare di vendere qui per spostarmi di là, avevo dei contatti con un tizio di Savignano. Poi hanno cambiato idea. Le demoliscono domani. Riqualificazione urbana, hanno detto. Un bel po' di esplosivo e tirano giù tutto, come nei film americani. Ci fanno anche una specie di festa sulla spiaggia, per divertire i turisti.»

«Ho visto, in giro è pieno di manifesti. Chissà i fantasmi che ci abitano dentro.»

Ingoia il bicchiere di vino che si è fatto servire, in un sorso solo.

«Se vogliono, l'indirizzo di un paio di persone a cui tirare i piedi di notte glielo do io. E magari trovo il sistema di accompagnarli anche sul posto.»

Tutto torna.

E non torna niente.

Appoggiato allo schienale della poltrona, il commissario Giovanni Marra ascolta Bruce Springsteen in sottofondo. La canzone dice che è sempre la solita storia, si fa un passo avanti e due passi indietro. Ed è proprio così che si sente, con i fotogrammi de *La danza delle fate* che gli sfilano in testa e tutto quello che significano che prende una forma precisa, facendosi spazio fra i pensieri. Grazie a quel filmato, ora ci sono cose che sa, punti fermi a cui può cercare di appoggiare un ragionamento.

Ma niente di più. Perché ognuno di quei puntelli ha bisogno di una casella da riempire con un fatto preciso, una prova, un nome. O almeno un indizio.

«Riparliamone lunedì mattina» gli ha detto Lodoli, il questore. E mentre domenica pomeriggio aspetta il temporale in arrivo con la sera, Giovanni si chiede se quello che gli racconterà domani sarà abbastanza per ottenere qualche giorno in più.

L'ultima volta che si sono incontrati, Fabio Lamberti era ancora vivo, quel filmato solo un regalo che Francesco aveva deciso di fare alla sua ragazza, i tabulati telefonici una speranza a cui agganciare il bisogno disperato di una pista, Nicola Zanardi un amico che il tempo aveva tirato fuori da un cassetto in modo del tutto inaspettato.

Sono passati due giorni e niente è come prima.

Si accende una sigaretta. Da qualche parte – forse proprio ora che soffia fuori il primo tiro – un filmato uguale a quello che ha sulla scrivania passa da una casella di mail a un'altra. O da un nickname a un altro, attraverso un messenger. E dentro, nascosta in qualche fotogramma, la foto di una bambina che non immagina nemmeno che qualcuno sia pronto a pagare un bel po' di soldi per non farla sorridere più.

Soldi come quelli che Aurelio Strazzari ha ricevuto per Paola Vigliani e che sono serviti per saldare il Lamba. Sembra semplice, ma è solo lo strato esterno, la pelle del pesce, immangiabile anche quando sembra lucente e perfetta.

È la polpa che manca, quella che Giovanni vuole.

Ora sa com'è successo. Sa perché. Sa chi ha incassato i soldi e sa che probabilmente è impossibile sapere chi li ha tirati fuori. Ma niente di più. Aurelio Strazzari è finito per caso in un meccanismo più grande di lui. Un meccanismo a cui serviva e che gli serviva. E che ha finito per stritolarlo.

Aurelio Strazzari è la pelle del pesce.

Quel filmato, *La danza delle fate*, è la lisca.

E più ci pensa, più è convinto che la polpa sia il proprietario di quel fottuto numero di telefono nascosto. Una polpa invisibile e terribilmente difficile da tenere fra le dita. Una polpa che in qualche modo ha a che fare anche con Sara Parmeggiani e quelle fotografie. E con la fuga disperata di Nicola. Una polpa che nella sua testa ha anche un nome preciso e la faccia di qualcuno che per ora è solo un identikit su un foglio di carta.

Schiaccia la sigaretta nel portacenere e gli vengono in mente le parole del colonnello Ulivi, il padre di Marzia.

Potresti avere ragione.

Sollevandosi sulla poltrona, Giovanni Marra prende il telefono e chiama la scientifica. Anselmi ha ricevuto *La danza delle fate* già da un paio d'ore.

È il momento di avere una risposta.

Quando spunta dalla piscina è quasi sera.

La bambina ha i capelli bagnati e gli occhi rossi.

Attraversa la strada correndo. Appena sul marciapiede si volta. Solleva la mano, saluta un'amica, si infila le cuffie del lettore mp3.

«Vuoi un passaggio?»

La madre dell'amica urla, ma lei non sente. Eppure sa quello che le ha chiesto. Con un gesto indica la bicicletta, legata a un palo della luce. La donna sorride e solleva la mano. Un gesto assolutamente identico a quello di sua figlia. Poi salgono in macchina, chiudono gli sportelli, partono dopo pochi secondi.

La bambina le guarda sparire mentre apre il lucchetto. Si aggiusta lo zaino, sale e pedala senza fretta, in testa la voce di Robbie Williams.

L'uomo che la aspetta è appoggiato al cofano di una macchina in sosta. Fa finta di telefonare. Parla con una certa Luisa, tenendo il cellulare vicino all'orecchio. In realtà la guarda passare. Le gambe nude nei pantaloncini corti, la pelle abbronzata che ha fotografato tante volte, i tendini delle spalle che spingono sotto la canottiera, quando si piega appena per voltare a sinistra e sparire, girando l'angolo.

Sa che si fermerà qualche metro più avanti. Deve aprire il cancello di casa, scendere, cercare il telecomando nello zaino e mettere via l'mp3, perché sua mamma non vuole che ascolti musica mentre pedala.

E aspettare che il cancello si apra.

La prenderà lì. E in quel momento, poco prima che succeda, sarà spaventato a morte. È l'attimo che gli piace di più. Un minuscolo istante di terrore prima che tutto capiti.

Non ci vuole molto. Solo decisione e volontà.

Due doti che allo Sceriffo non sono mai mancate.

Che cosa hai fatto?

La domanda è così viva nella sua mente che per un attimo Michele è convinto di sentirla dal televisore acceso, nella stanza all'ultimo piano dell'Hotel Carlton.

Quando è arrivato, il portiere lo ha salutato come uno di casa. Michele si ricorda vagamente di un lunghissimo meeting per la presentazione di un nuovo gioco. Di una sala congressi enorme e piena di luci e sedie di velluto. Di mesi di accordi e di preparazioni, di diapositive che non erano mai come dovevano essere, di inviti che non venivano mai spediti in tempo. E di un lungo applauso, alla fine, a sigillare tutto.

«Le faccio portare il bagaglio, dottore» ha detto dopo avergli stretto la mano. E non è sembrato per niente sorpreso che fosse lì per dormire e non per lavoro.

Salendo in ascensore si è chiesto mille volte se non fosse il caso di avvertire Gioia di quello che era successo. E ogni volta lo sguardo gli è caduto sullo scatolone, sigillato da due lunghe strisce di scotch telato.

Era in un angolo della cantina, un animale che ti aspetta da tanto tempo e che non sai bene come reagirà vedendoti. Quando lo ha sollevato per spostarlo, pensava fosse più pesante. Invece il suo passato è leggero, quasi senza peso. Per un attimo ha avuto la tentazione di aprirlo lì, in mezzo alla polvere e all'umidità. Strappare via lo scotch, rovesciarlo con rabbia.

Ma non lo ha fatto. Si è limitato a sistemarsi la borsa di tela a tracolla, a sollevarlo, a prendere la macchina e andare in albergo. Ci sono cose che vanno fatte in una successione precisa. Azioni che causano eventi che non posso essere anticipati.

"La vita è come un algoritmo" pensa. "Ti permette di gestire le cose solo in un ordine determinato. Ogni eccezione va ricondotta a quell'ordine. Tutto quello che resta appartiene al caos."

Si volta verso la stanza. Per un attimo la sua mente resta legata al panorama che ha avuto davanti agli occhi fino a un istante prima. Le palme con le luci arrotolate sul tronco, che qualcuno con idee piuttosto bizzarre ha piantato davanti all'albergo durante la ristrutturazione di un anno fa.

Poi tutto torna a fuoco.

Lo scatolone rotto abbandonato in un angolo. Gli oggetti che ha disperso sul pavimento dopo averlo squartato con cattiveria.

Tira le tende. La notte rimane fuori, con la minaccia di un temporale mai arrivato davvero. Lentamente si siede sulla moquette, come un bambino in una strana stanza dei giochi. E sono lì davanti ai suoi occhi, tutti i giocattoli. Dopo averli rovesciati a terra, non ha più il coraggio di toccarli.

La camicia bianca che aveva addosso la notte dell'incidente.

Il sangue che chiazza il cotone è color della ruggine. La macchia esplode da un taglio lungo e frastagliato, all'altezza della spalla. La manica è strappata via, l'ha trovata a parte, completamente intrisa.

I jeans, le scarpe. Ancora macchie. Gocce grandi come fiori o piccole come pioggia. I pantaloni sono tagliati su un lato. Il segno netto di un paio di forbici che li apre a metà, come i vestiti di scena degli spogliarellisti.

Una busta bianca. Dentro ci sono le sue foto con Gioia. In una la bacia, sotto a un portico che non riesce a identificare. In un'altra sorridono abbracciati sulla panchina di un giardino. Gli sembra di riconoscere un angolo del parco Talon. In un'altra stanno facendo l'amore. È scattata con un teleobiettivo da una finestra lontana. Hanno lasciato la tenda tirata, lei è sopra di lui, le mani sul suo petto, la testa lasciata andare all'indietro, i capelli che le scivolano sulla schiena.

Un'altra busta.

Il pezzo che manca della foto della bambina. C'è Mirella che sorride mentre lui le cinge il braccio con la spalla. E un uomo che gli stringe una guancia ridendo. Michele lo guarda negli occhi e ride a sua volta. Sa chi è, ma non sa perché sta ridendo.

Cos'hai fatto Michele?

Non sa cosa gli abbia detto Aurelio Strazzari di così divertente da farlo ridere. E non sa perché, nel pezzo che manca accanto ad Aurelio, dovrebbe esserci la bambina.

Cos'hai fatto Michele?

La voce di Mirella di nuovo in testa. Rimbomba, spinge, forza le pareti dei suoi pensieri e non lo lascia stare, non lo lascia vivere. Occupa tutto lo spazio, tutto quello che resta.

Chiude gli occhi, li stringe.

Dalla televisione qualcuno legge i risultati della prima domenica di campionato. Poi la pubblicità di un detersivo per i piatti, il promo del nuovo reality, la sigla del telegiornale, i titoli, la voce fessa di quel conduttore con i capelli più neri del lucido da scarpe, i giornalisti italiani rapiti in Iraq, le foto, i familiari che chiedono rispetto.

E lui sempre lì, a occhi chiusi sulla moquette di un albergo di lusso, a ignorare il suo passato che ritorna a galla, i ricordi che spuntano come coltellate nella carne, che lo aprono da dentro, scoppiandogli nel petto e reclamando aria, ossigeno, vita.

Sangue.

Sangue.

E ancora sangue.

Cos'hai fatto Michele?

Che cosa sei?

Riapre gli occhi.

Lo stesso sangue che vede sull'ultimo oggetto. Da solo costituiva tutto il peso dello scatolone. E ha fatto partire la reazione a catena di immagini, suoni, parole, rumori, che hanno scalzato la voce di Mirella dal suo cervello.

La borsa da lavoro di Luigi Petri. Quella che sua figlia non ha mai ritrovato.

«È nel bagagliaio» dice qualcuno nella sua testa.

Poi, all'improvviso, suona il cellulare.

Il Grigio guarda la nipotina che mette a posto i suoi giocattoli. Le mani sono piccole, le frasi che ogni tanto gli rivolge sono fragili e sottili. Le uniche cose nella vita che hanno il potere di scaldarlo dentro.

In piazza Navona qualcuno sta chiamando una certa Gianna.

«Zanardi è molto più furbo di quello che sembra» dice. Dall'altra parte della linea, per un attimo, c'è solo un silenzio spettrale.

«Ne è davvero convinto, signore?»

Simone Mariani continua a sfogliare le foto che ha trovato in casa di Nicola quando è passato a controllare. Le uniche che il fotografo sembra possedere. Il clic del mouse e il fruscio con cui il programma passa da un'immagine all'altra sono l'unico rumore della stanza.

«Sì, certo. Ne sono convinto. È un vecchio trucco, in fondo. Forse lo ha applicato inconsciamente, ma è così. Dare a tutti i contendenti le stesse informazioni è il sistema migliore per far credere che sono le uniche di cui si dispone.»

«E lei ci crede?»

«Che siano le uniche foto che ha? Può darsi.»

Di nuovo silenzio. Qualche clic.

Gianna arriva dal fondo della piazza. Un labrador. Galoppa fino al ragazzo che l'ha chiamata, gli salta al collo, gli lecca il viso.

«Bel cagnolone» dice la bambina.

Il Grigio sorride e le fa un cenno con il dito, per farla tacere. Lei lo imita immediatamente, zittendosi di colpo.

Simone Mariani chiude il portatile.

«Se non le ha Zanardi, dove sono? Sa che esistono, signore.»

Il Grigio annuisce. Certo che lo sa. E si ricorda come se la stesse guardando ora l'espressione sul volto dell'uomo che tutti stanno cercando. E il sorriso di Sara Parmeggiani. Forse, mentre veniva scattata quell'immagine, l'uomo aveva pensato che la ragazza stesse godendo. Molto più facilmente stava pensando a cosa avrebbe fatto dopo, con quella fotografia.

«Se devo essere sincero, non ne ho idea. Se la ragazza non le ha distrutte – e sappiamo entrambi che non ne aveva motivo –, prima o poi salteranno fuori.»

«E se non fossimo in zona quando succede?»

«Un'eventualità che ho preso in considerazione da qualche tempo. Quando la tua vita viene fatta a pezzi, l'unica via di fuga onorevole è togliersi di mezzo.»

«Sta parlando di suicidio, signore?»

«Sto semplicemente dicendo che in tempi antichi c'era chi lo praticava in quel modo. E forse qualcuno potrebbe praticarlo anche ora.»

Accarezza i capelli della nipote, appoggiata alla porta a vetri della sala, il naso schiacciato a seguire ogni movimento del cane giù in piazza.

«Del nostro amico Parmeggiani cosa mi dice?»

«Che sto aspettando un ordine, signore.»

Il Grigio si volta verso la stanza. Sul tavolo, la rassegna stampa delle prime pagine di domani. E un paio di editoriali. Per fortuna in Italia i giornali non li legge nessuno. Per la televisione negli orari di ascolto, sa esattamente cosa deve fare.

«Porti pazienza» dice, sedendosi alla scrivania. «E' tenga gli occhi aperti, nel caso in cui quelle foto saltino fuori. Per il resto, ne abbiamo già parlato.»

Preme un pulsante e la comunicazione si interrompe.

«Vieni qui» dice alla bambina. La prende in braccio.

«Ti piacerebbe avere un cagnolone come quello?» chiede.

E il sorriso che le spalanca il viso è già da solo la risposta che cercava.

Ne *La danza delle fate* non c'è nulla che possa far risalire a chi l'ha creato. Alla quarta telefonata, Anselmi ha dovuto cedere. E mentre svolta verso i viali, il commissario Giovanni Marra butta con rabbia il cellulare sul sedile del passeggero.

Fuori, oltre il condizionatore della macchina, il cielo è imbevuto di umidità. Un grigio scuro e soffocante che rende l'aria irrespirabile. L'attesa del temporale è diventata troppo lunga e la pioggia si è trasformata in un bisogno che non può più essere rimandato. Ma non succederà. Non prima che sia notte.

Giovanni lo sa. Gliel'ha insegnato suo nonno a riconoscere il momento in cui il tempo sta per cambiare davvero. E non è adesso.

Aggredendo un semaforo prima che il giallo diventi rosso, si chiede se funzionerà così anche per la storia di Paola Vigliani. Se riuscirà a percepire che sta per succedere qualcosa o dovrà rassegnarsi a quello che ha trovato finora. Un'immagine indefinita di cui può solo intuire i contorni senza scoprire mai quale forma nasconda davvero.

Parcheggia la macchina a pochi metri da casa, sentendosi terribilmente stanco. Mentre fa manovra, suona il cellulare.

«Ho trovato una cosa strana, commissario.»

La voce di Carta, meno tremante del solito. Chiude la macchina con il telecomando.

«Strana?»

«Sì. Sa quel Ferrari, quello che le ha portato la foto della bambina?»

Giovanni annuisce. Nel casino provocato dal ritrovamento del filmato se n'era quasi dimenticato. Un errore grande come una casa.

«Quindi?»

«Be', ho appena finito i controlli che mi aveva chiesto.»

«Carta! Concludi, dai.»

«Michele Ferrari fa l'ingegnere informatico per una società di videogame, la GDA Electronics. Ha presente quella che mette la tua faccia al personaggio del gioco? Ecco, proprio lei. Ha costruito la loro rete informatica europea e adesso la dirige.»

Giovanni chiude il cancello e si infila nel cortile del condominio.

«Vai avanti.»

«Ha avuto un incidente stradale. È stato in coma un sacco di tempo, poi si è ripreso. Ma sembra che abbia perso la memoria. L'incidente è successo il 12 di febbraio.»

Appena oltre la porta della sua scala, Marra si ferma.

«Il 12 di febbraio di quest'anno?»

«Sì, il 12 di quest'anno.»

"L'ultimo di carnevale si fa sempre qualcosa di particolare" dice nella sua testa Fabio Lamberti. E per un attimo si chiede se invece di Lamberti non sia stato l'ingegner Ferrari a fare qualcosa di speciale, quest'anno.

Gira la chiave nella toppa e si chiude la porta alle spalle.

«Altro?»

«Sì, veramente una cosa ci sarebbe. Quella strana, appunto. Michele Ferrari è sposato con Mirella, la segretaria del dottor Terzi.»

Fermo sul primo gradino Giovanni sta per dire qualcosa, ma non fa in tempo.

«Ho bisogno di parlarti, commissario» dice una voce.

E voltandosi a guardare verso il sottoscala, Marra sente il cuore che salta un battito.

Ricatto all'Italia, titola il Tg1 e Raffaella Petri abbassa il libro che sta leggendo. Davanti agli occhi le scorrono le immagini delle altre notizie principali, poi le foto dei due giornalisti italiani. Sono prese dal fermo immagine di un video girato a gennaio, dopo un attentato al quartier generale degli alleati, sulla sponda occidentale del Tigri.

Il conduttore spiega che molto probabilmente sono stati rapiti da criminali comuni, sicuramente non dal gruppo di Al Zarqawi. Non spiega perché, come succede sempre. Poi parte un servizio sulle famiglie. Si vedono distintamente reporter e operatori ormai stanziali di fronte a una villetta a schiera, alla periferia di Milano. Alla fine, i commenti dei politici, sempre gli stessi. Chi vuole tornare a casa dall'Iraq, chi sostiene che l'esercito italiano sia in missione umanitaria.

Raffaella spegne il televisore.

Qualche anno fa un servizio di quel genere l'avrebbe solo fatta incazzare. Si sarebbe chiesta – come ha fatto molte volte – come è possibile non capire quello che sta succedendo, come si può far finta che tutto sia uguale a prima, che il mondo non sia davvero in guerra. Che *loro* non ci abbiano attaccato senza pietà, senza sosta.

L'11 settembre del 2001 era a Vancouver Island.

Quando era suonato il telefono della stanza, stava dormendo abbracciata a Jack. Era lui che aveva risposto. Mancava poco alle sei del mattino.

«*Are you kidding me?*» le era sembrato di sentire. Poi aveva spostato lentamente il viso dal suo petto e si era mosso verso la televisione. La prima cosa che aveva visto, aprendo gli occhi, era una strana nube di fumo che si alzava da un grattacielo.

A New York erano passate da poco le nove del mattino e il volo United UA175 si era schiantato da otto minuti nella torre sud del World Trade Center. Guardando il replay dell'aereo che semplicemente si dissolveva dentro la struttura del grattacielo, aveva sentito uno strano conato colmarle il respiro. Come se un tubo a pressione le stesse risucchiando in pancia tutto il fiato che aveva a disposizione.

Senza dire niente aveva chiamato suo padre e gli aveva spiegato dov'era. Non si sentivano da sei mesi, ma non voleva che pensasse nemmeno per un secondo che potesse essere lì. Poi aveva appoggiato la schiena alla spalliera del letto ed era rimasta ferma. Solo quando la prima torre era crollata si era resa conto che nessuno nella stanza aveva parlato, dopo la sua telefonata.

Circa un mese dopo, l'8 di ottobre, era andata per la prima volta a Ground Zero a vedere quello che restava. Erano le due del pomeriggio. Il giorno prima era iniziato il bombardamento dell'Afghanistan e sotto la pioggia, davanti allo scheletro di metallo delle fondamenta ancora fumanti, Raffaella aveva pensato che era giusto così.

A un mese di distanza si tiravano ancora fuori dei morti. Il fratello di una sua ex compagna di stanza forse non lo avrebbero mai ritrovato. Che crepassero tutti, quei bastardi. Loro, le loro fottute grotte del cazzo, il loro Dio, le loro stupide preghiere. Per giorni e giorni, incollata alla CNN, aveva aspettato di vedere il cadavere di Osama Bin Laden fatto a pezzi dai marine.

Ma non era mai successo. E, lentamente, tutto era cambiato. Una goccia che ne porta un'altra finché non ti accorgi che sei sotto al temporale. Adesso non crede più a niente. Adesso ci sono solo domande e domande e domande. E per molte, ormai, ha paura di darsi da sola la risposta che si sente esplodere dentro.

Non pensa quasi più a quella mattina a Vancouver Island. Per molto tempo le è sembrato di non averla mai vissuta e dopo quel giorno di ottobre non è più stata nemmeno a Ground Zero. Se le capita di trovarsi da quelle parti, fa attenzione a prendere una strada alternativa.

Poi suo padre è sparito, è tornata in Italia e la prima sensazione che l'ha presa alla gola è stata la stessa identica mancanza di respiro di quell'alba canadese.

"Tutto sta cambiando di nuovo", pensa. E lei è qui a vederlo succedere.

Solo che adesso vuole capire davvero. Questa volta *deve*, perché è della sua vita che si parla. E di quello che rimane del suo passato e della sua famiglia.

Si alza dal divano e il libro che teneva sulle ginocchia cade sul pavimento. Infila un pezzo di carta a metà della prima edizione italiana di *American tabloid* e si chiede quanto tempo fa suo padre sia stato in quella stessa stanza a leggere lo stesso libro. E che cosa ne pensasse.

Ascoltando il suono dei suoi passi scalzi sul pavimento, si infila in cucina.

Sta bevendo a collo da un cartone del latte quando sente il campanello. È sul pianerottolo, non al portone. Il suono è differente. Non aspetta nessuno. Volta l'angolo e si ferma in cima al corridoio.

«Chi è?»

Ha la voce che trema e per un attimo, prima di sentire la risposta, si chiede se ha chiuso a chiave la porta.

«Sono Giulio. Aprimi, per favore. È... importante.»

Giulio Bernardi. L'uomo a cui ha mandato il file con *La danza delle fate*.

Fa un passo verso la porta. Poi si ferma di nuovo.

«Come sai dove abito?»

«Cazzo, Raffaella, sei sull'elenco. Tuo padre è sull'elenco. Aprimi.»

Si infila un accappatoio colorato sopra la maglietta e le mutandine che porta in casa. Apre la porta.

Giulio Bernardi ha la barba di due giorni e gli occhi arrossati. Entra senza guardarla e senza chiedere permesso. Sembra sconvolto.

«Dov'è il computer?»

Raffaella Petri resta un momento a guardare quell'uomo che non vede da troppo tempo, cercando di riconoscere nei lineamenti la persona che ricorda nel suo passato. La sta fissando. Una goccia di sudore gli scivola sulla tempia. Non è lì per una visita di cortesia.

È lì perché ha paura.

Gli fa strada fino allo studio. Il portatile è in carica, sul tavolo bianco smaltato. Giulio Bernardi infila nel lettore il cd che tiene in mano.

«Non potevo telefonarti, Raffaella. Dovevo fartelo vedere di persona.»

Muove rapido le dita sul mouse. Apre le risorse del computer, poi la cartella del cd e quindi un programma.

Alla fine *La danza delle fate* riempie il monitor per l'ennesima volta.

Non parla, mentre il filmato gira. Solo alla fine.

«Non hai notato niente, immagino.»

Raffaella incrocia le braccia al petto, in silenzio. Il tono con cui le ha parlato assomiglia molto a un'accusa.

«Non potevi, certo. Però guarda qui.»

Usando un programma che ha masterizzato sul cd, apre il filmato scomposto in fotogrammi. Piccoli rettangoli bianchi su una linea temporale.

«Dev'essere questo. È solo uno scatto, certo. Se lo vedi a velocità normale non ti accorgi di niente. Però c'è.»

Sposta ancora la freccia del mouse e clicca due volte. Il portatile ronza, la clessidra prende il posto del puntatore del mouse, poi lo schermo si riempie di nuovo.

Il contenuto di quel solo fotogramma.

«Mio Dio» sussurra Raffaella.

E fissa sullo schermo il volto sorridente di Paola Vigliani.

«Trovami Michele Ferrari, Carta» dice Giovanni. «E quando lo hai trovato, chiamami. A qualsiasi ora.»

Appoggia il telefonino sul tavolo del salotto e mi guarda. Da quando l'ho fermato in fondo alle scale, non mi ha mai rivolto la parola. Solo un cenno per farmi capire che la telefonata che stava facendo era più importante di tutto. Così mi sono limitato a seguirlo nel suo appartamento. E adesso che ha finito, cerco di sostenere il suo sguardo meglio che posso.

«Che cazzo ci fai, qui?»

«Sono venuto a portarti una cosa. E a parlare.»

Si accende una sigaretta. Anche con le finestre spalancate, il fumo riempie rapidamente la stanza, dopo un paio di boccate silenziose.

«E cosa mi avresti portato?»

Gli allungo la cassetta. Prima di prenderla mi squadra con una buffa espressione interrogativa.

«Ascoltala, Giovanni. Poi ne parliamo.»

Abbandona la sigaretta in un angolo della bocca e infila la cassetta nello stereo. Mi siedo sul divano, senza chiedere il permesso. E per la terza volta ascolto la voce di Antonio Parmeggiani. Quando il nastro finisce, Giovanni ha smesso di considerarmi da un pezzo. Riavvolge la cassetta e la ascolta una seconda volta. Poi, senza restituirmela, si volta e mi degna di nuovo della sua attenzione.

«Quando l'hai registrata?»

«Oggi pomeriggio.»

«Immagino che lui non lo sappia.»

«E sarebbe meglio non lo sapesse.»

Annuisce. Prende il portacenere e il pacchetto di sigarette. Si siede sul bracciolo del divano.

«Hai detto che sei venuto anche a parlare. Parliamo.»

Faccio scrocchiare le dita.

«Prima devo darti un'altra cosa.»

«Avanti.»

Gli allungo le foto dell'uomo che è venuto a farmi visita. Le ho stampate poco prima di partire, dal solito amico di Marco. Gli spiego chi è e come le ho fatte. Giovanni passa svelto lo sguardo sulle immagini. Sembra cercare una collocazione per il volto che sta fissando. Poi appoggia le foto sul divano.

«Una serata piena di sorprese» dice. E lo fa solo per riempire l'imbarazzo che gli attraversa la voce.

«Cos'hai scoperto dei due nomi che ti ho dato?»

Sembra indeciso se rispondermi. Forse sta solo cercando di capire fino a che punto può raccontarmi quello che sa. Tira dalla sigaretta. Comincia a parlare, con il fumo ancora in bocca.

«Ho parlato con il colonnello U» dice e trattengo a stento una risata. La frase sembra uscita da un passato lontano. È sempre stato l'unico modo in cui chiamava il padre di sua moglie.

«Immagino che avrà avuto molto da dirti.»

Si alza, prende il cellulare e lo abbandona sul divano, di fianco a me. Poi si sistema ancora sul bracciolo. E racconta.

«Più o meno le stesse cose che hanno detto a me» gli spiego, quando finisce di parlare.

«Dimenticavo che qualche tuo amico giornalista si è divertito a fare domande in giro.»

Annuisco. Evidentemente le orecchie del colonnello ascoltano ancora molto lontano.

«Ho qualche fonte bene informata anch'io. Sapevo dell'esaurimento nervoso, ma non di quella ragazza. In compenso mi hanno raccontato una strana storia su un traffico d'armi e una famiglia di serbi fatta fuori a mitragliate.»

Finisce la sigaretta. Gioca con il pacchetto e ne prende un'altra. Poi ci ripensa.

«Allora? Vai avanti.»

«Durante un pattugliamento vengono sequestrati dei fucili ai serbi. Diverse casse. Fabbricazione russa, sembra. Finiscono in magazzino, protocollati e messi in sicurezza. Qualche mese dopo c'è un altro sequestro. Ancora una cassa di fucili. Solo che facevano parte dello stesso carico della prima volta. E che, a parte quella cassa sequestrata due volte, degli altri non c'è traccia. Saltano fuori un mese dopo, in un fienile. Li trova Mariani insieme ad altri due. E nell'azione muoiono in cinque. Una famiglia intera, appunto. Tra cui due ragazzine di diciassette e diciannove anni. Lui ha raccontato che gli avevano sparato. In effetti nel fienile ci sono tracce di un conflitto a fuoco. E la parola di Mariani viene presa per buona.»

«Ed è di un ufficiale contro quella di cinque cadaveri.»

«Come avessero fatto i fucili a uscire dall'armeria, nessuno lo ha mai scoperto.»

Giovanni sospira. Per un attimo un'ombra gli passa davanti allo sguardo. Dura il tempo di un riflesso, ma è sufficiente a farmi pensare che ci sia qualcosa che mi sta nascondendo. Forse il colonnello U gli ha raccontato dell'altro. Oppure le mie parole gli hanno fatto venire un'idea che non ha nessuna intenzione di spiegarmi.

«Perché mi hai portato quella roba?»

La sigaretta gli spunta dalle labbra senza che me ne sia nemmeno accorto.

«Perché ho deciso di fidarmi di te.»

«Stronzate, dimmi il vero motivo.»

Gli rido in faccia. Un gesto isterico di cui mi pento subito.

«Voglio tirarmi fuori da questa storia.»

«Già. E per farlo hai dato a Parmeggiani le foto di sua sorella.»

Non rispondo, i miei occhi lo fanno benissimo per me.

«Non sono stupido Nicola. Al tuo posto, avrei fatto la stessa cosa.»

Improvvisamente il divano sembra terribilmente scomodo. Mi alzo.

«Devi farmi un favore.»

«Non te ne ho già fatti abbastanza?»

«No, davvero. Ne ho bisogno. Solo così può funzionare.»

Non dice nulla, si limita a tirare dalla sigaretta e aspettare che continui.

«Fai girare la voce che le foto dell'uomo esistono. E che io non le ho.»

«Pensi che non ti abbia creduto?»

Mi aspettavo un'altra domanda. Ogni volta che ho cercato di immaginare che cosa avrebbe potuto rispondere a una richiesta simile, mi passava per la testa sempre la stessa cosa. Quando glielo dico, non sembra per niente sorpreso.

«Abbiamo una talpa, Nicola. Suona come la frase di un film di spionaggio. Ma è così. Forse dopo la telefonata di prima ho anche un'idea di come funziona. Qualcuno controlla tutto quello che facciamo. Come vedi, non ho bisogno di mettere in giro voci, perché escano da sole.»

Il falso sorriso con cui accompagna quella frase suona come la resa di un uomo disperato. Guardandolo, attaccato all'ennesima sigaretta, sembra l'ultimo soldato rimasto nel campo di battaglia, un pensiero malinconico in testa, la speranza che finisca presto e la certezza che comunque vada riuscirà a portare con sé qualcuno dei suoi nemici. Come trofeo, come consolazione o come l'ennesima testarda lotta da portare a termine prima che tutto sia soltanto buio.

«Quelle foto non le hai mai avute, Nicola. Te lo si legge in faccia. Se sapessi chi è quel tizio a letto con la Parmeggiani...»

La frase che lascia a metà è un filo che resta appeso all'ombra di un precipizio.

«Tu lo sai, vero?»

«Chi c'è in quelle foto? No, Nicola. Non lo so.» Fa una pausa. Guarda la notte fuori dalla finestra. «Certe volte penso che sia meglio così. Certe volte vorrei che finisse tutto. E alla svelta.»

Spegne la sigaretta, dandomi le spalle. Il rumore del mozzicone schiacciato nel portacenere è l'unico che scivola nel silenzio della stanza. Poi si volta. Sta sorridendo, la mente molto lontana da qui.

«Fai attenzione a Parmeggiani, Nicola. Se fossi in te non mi fiderei.»

Mi alzo.

«Tu non ti fidi di nessuno, Giovanni. Nemmeno di me.»

«Se non mi fidassi di te ti avrei arrestato un po' di tempo fa. E non avrei sorvolato ampiamente sulla sceneggiata che hai messo in piedi per farmi trovare l'iPod.»

«Non mi hai arrestato per amicizia.»

Ride. I suoi occhi sono di nuovo troppo duri, la solita maschera dietro cui nasconde a tutti quanti le crepe che gli tagliano lo sguardo.

«Le persone che vivono come me finiscono per non avere più amici.»

Il tono della sua voce assomiglia a un rasoio con la lama spezzata. Ti scivola addosso perfettamente, finché non ti accorgi che ti ha strappato la pelle e tagliato la carne.

«Se sono venuto qui, Giovanni, è perché ho deciso di fidarmi di te.»

Gli allungo un pezzo di carta piegato a metà. Lo tiene fra le dita, senza aprirlo.

«Cos'è?»

«Il numero di telefono di Antonio Parmeggiani. È così che l'ho trovato. Mi aveva cercato sul telefonino.»

Spiega il foglietto con un gesto lunghissimo. Sembra un bambino che ha paura di affrontare un corridoio oscuro, riempito dai rumori della notte.

«Lo sapevo» sussurra.

«Cosa?»

Ignora la mia domanda. E sono contento che lo faccia.

Infila il foglietto nella tasca posteriore dei pantaloni.

«Farò quello che mi hai chiesto, Nicola. La voce non tarderà a uscire. E si sistemerà tutto. Se dovessi avere bisogno di qualcosa – qualunque cosa – e io non ci fossi, chiedi dell'ispettore Francesco Carta. Di lui mi fido. E anche di te.»

Annuisco. Si avvicina al divano e controlla per l'ennesima volta il telefono.

«Dove ti becco se ho bisogno?»

«A Riccione. All'hotel Jimmy, chiedi a Marco. Lui saprà dove trovarmi.»

Fa un gesto rapido con la mano, tagliando l'aria.

«Fila via, adesso. Prima che mi venga in mente un motivo per arrestarti.»

Mi accompagna all'uscita.

«Pensi di prenderlo?»

Apre la porta.

«Chi?»

«Mariani. È stato lui a uccid...»

Mi interrompe, appoggiandomi una mano sulla spalla.

«Vai a casa, Nicola, o da qualsiasi altra parte. E ovunque tu voglia andare, per favore, stai lontano da questa storia.»

Michele Ferrari le ha risposto al terzo squillo.

«Dove si trova, ingegnere?»

Per dire qualcosa dopo la sua domanda, invece ha impiegato più tempo. Nell'attesa, Raffaella ha sentito l'eco di un televisore e nient'altro. Solo silenzio, privo di qualunque rumore di vita.

«Sono in albergo. Ho lasciato mia moglie» ha risposto. E Raffaella ha immaginato uno sguardo perso nel vuoto, privo di colore come quella voce senza inflessione e sentimento.

Dà un'ultima occhiata al monitor, stringe gli occhi. Le sembra di dover piangere e invece la rabbia le arrochisce la voce, la graffia come un punteruolo sulla fiancata di una macchina nuova.

«So che cosa ha fatto, ingegnere. Si costituisca, non lo faccia di nuovo, per carità.»

Per un attimo le pare che stia ridendo.

«No, lei non lo sa. Lei non lo imm...»

Raffaella non lo fa finire. E gli racconta tutto. In fretta. La verità che sente in testa non ha bisogno di molte parole. Michele Ferrari tossisce. Il suo respiro è pesante e difficile, una macchina che non riesce a mettersi in moto.

«Sto andando in questura, ingegnere. La aspetto là, entro mezz'ora. Se non viene la denuncio. Ha capito quello che le ho detto?»

«Sì, Raffaella. Ho capito.»

«In che albergo si trova?» prova a dire, ma Michele Ferrari ha già chiuso.

Con rabbia si infila un paio di scarpe da tennis, prende il cd dal lettore, scende le scale ed esce.

Fuori, la notte è buia come la voce che ha sentito al telefono. La prima goccia che cade dal cielo brunito le scivola sul viso, lenta come una lacrima. "C'è un momento per tutto" pensa. E questo non è il momento di piangere. Arriverà più tardi, nella notte. Forse arriverà domani.

Guida contro il temporale, verso il centro di Bologna.

La strada non le è mai sembrata così lunga.

«Mi scusi se la convoco a quest'ora, ma come le ho detto la riunione è finita adesso.»

L'ufficio dell'uomo vestito di nero è deserto. C'è solo il segretario. Ha fatto accomodare il Grigio, poi è stato congedato.

«Non si preoccupi per me.»

L'uomo vestito di nero sorride.

«Già, lei lavora sempre, anche quando dorme. Lo dimenticavo. Vuole bere qualcosa?»

«No, grazie.»

L'uomo vestito di nero si versa due dita di whiskey. Prende la bottiglia da un mobile laccato, anonimo come molti altri arredi in quella stanza.

«L'ho fatta chiamare per dirle che la sua linea è stata approvata. Può portare avanti la trattativa con i margini che ritiene più opportuni.»

Il Grigio annuisce, ma i suoi pensieri sono ben oltre quella frase. Per un attimo cerca di immaginarsi cosa succederebbe se l'uomo che gli sta davanti sapesse la verità. Tutta e non solo la superficie.

Appena oltre il pelo dell'acqua, la luce comincia a scemare. E più vai a fondo, più devi essere pronto a sopportare il buio, la pressione, il silenzio. Quello che avviene alla luce del sole è soltanto l'effetto macroscopico di tante azioni minuscole e silenziose. Troppo lontane e oscure per poter essere viste da chi non riuscirebbe a coglierne i veri contorni. Per questo quelli come l'uomo vestito di nero hanno bisogno di gente come il Grigio. Non sono capaci di capire fino in fondo la forma dell'acqua.

«Dovrebbe essere questione di giorni. Ho appena avuto la conferma che si tratta di delinquenti comuni. Hanno fatto una richiesta.»

L'uomo vestito di nero stacca di colpo le labbra dal bicchiere.

«E cosa aspettava a dirmelo?»

«L'ho saputo arrivando qui.»

«Quanto?»

Il Grigio appende la cifra alla fine della domanda.

«Non si sono risparmiati.»

«Rispetto alle cifre che tratta abitualmente, mi sembra assolutamente irrisoria.»

«Certo, certo. Ma è il principio, capisce? Il principio.»

«Non è l'unica scelta possibile, signore.»

«Che cosa?»

«Pagare.»

L'uomo vestito di nero appoggia il bicchiere, prende un quotidiano dalla scrivania e glielo apre davanti agli occhi.

«Guardi qui. Cosa pensa che succederebbe se non pagassimo?»

La voce del Grigio non si sposta dal solito tono piatto, tranquillo e vagamente accondiscendente.

«Quello che è successo la volta scorsa, signore.»

L'uomo vestito di nero getta il giornale sulla scrivania.

«Appunto. No, guardi, non c'è nessuna soluzione alternativa. Andiamo avanti su questa strada.»

Ha ragione. È esattamente così che funziona. È tutto il giorno che ci pensa, tutto il giorno che cerca una via di fuga meno drastica, una strada che abbia una destinazione certa, un percorso stabilito, una velocità di crociera determinabile in anticipo.

Solo che non c'è. Nessuna soluzione alternativa, appunto.

Certi giochi cominciano ad avere una posta troppo alta. E l'unica cosa da fare è sbarazzarsi dei giocatori.

«Non si preoccupi, tutto andrà come deve andare» spiega. E non sa se sta parlando con se stesso o rispondendo una frase di circostanza all'uomo da cui in linea teorica dovrebbe prendere ordini.

Il suo ospite si avvicina. Con un cenno gli fa chiaramente capire che la conversazione è finita. Sull'uscio si stringono la mano in silenzio. Non ha nemmeno accennato alla faccenda della foto. Troppa paura anche solo per parlarne.

"Io entrerò ancora in questo studio quando tu sarai già andato via" pensa il Grigio. "Ma anche allora continuerò a tenerti per le palle. E non ho nessuna intenzione di mollare la presa, finché mi conviene farlo."

Michele Ferrari vorrebbe che la notte lo portasse lontano. Aprire la finestra come Peter Pan e volare via. Scappare incontro al passato. E alla fine, incontrarsi di nuovo con se stesso.

Invece resta solo il rintocco dei secondi nella testa, il ticchettio sordo con cui sono riaffiorati i ricordi, piantati come spilli nella carne del tempo. La figura di un uomo che dovrebbe conoscere e di quello che ha fatto, prima che tutto fosse spazzato via. Immagini rapide, restituite alla vita dalle parole di Mirella, dagli oggetti recuperati in cantina e che ha lasciato sul pavimento della stanza, molliche sparse per terra nel tentativo di ritornare su una strada già percorsa.

La stessa in cui si trova ora, gli occhi chiusi, il calore dell'acqua tutto intorno. Sulla pelle. Sulla vita aggrappata allo smalto della vasca, a galleggiare lentamente.

La bambina ha gli occhi grandi come il sole di giugno.

È la prima cosa che gli è tornata in mente. Uno sguardo enorme che gli ha riempito il respiro. La sua pelle profuma di buono, malgrado il freddo, i capelli sporchi, le lacrime seccate agli angoli degli occhi. Malgrado le labbra che tremano.

Non farmi male. Per favore.

Tiene le mani chiuse in grembo, è scalza. Le dita strette, una contro l'altra. Il respiro si trasforma in uno sbuffo di vapore e svanisce nell'aria, insieme alla neve che non riesce a cadere, che non sa decidersi su quello che deve fare.

Come lei.

Non farmi male.

La voce è sottile come le sue gambe lunghe. Lontana come i suoi occhi che all'improvviso diventano opachi. Occhi che non sono più vivi, occhi che non sono più niente. Li abbassa, sull'asfalto. E anche lei non è più niente. Lei è già di qualcuno, non è sua. Per questo è lì ora, per questo è con Michele.

Vieni con me. Non ti farò niente.

Non ti farò male.

Lo guarda. Lo sportello aperto nella strada deserta. Il maglioncino troppo piccolo che le stringe le spalle. E quelle mani strette in grembo che non stacca mai, nemmeno per un secondo.

Sale. Deve salire.

Non può restare lì. Se resta, lui è finito. E non può permettere che succeda.

Lo sa anche adesso che tutto è già avvenuto e la vede davanti agli occhi chiusi, mentre il tempo riparte da zero e la realtà sembra rallentare per farsi raggiungere dai ricordi.

Non ti farò del male, ripete. E lei solleva di nuovo lo sguardo.

La bambina ha gli occhi freddi come la neve.

Sale in macchina, rapida come un battito del cuore. Michele parte.

Dura pochissimo. Il tempo di allungare una mano e accarezzarla.

Pelle tiepida e gelata.

Che cos'hai fatto? Che cosa le hai fatto?

Il tempo di sentirla muoversi contro lo sportello, come una raffica di vento che si schiaccia in uno spiffero delle finestre. Il tempo di fermarsi al rosso, prima di girare verso i viali.

Apre la portiera e scappa.

Michele scende dalla macchina. Si volta. La vede risalire la strada e infilarsi nel buio. È diventata notte, è diventata ombra. La stessa ombra che c'è dappertutto. Anche sulle sue mani.

Che cos'hai fatto? Che cosa le hai fatto?

Qualcuno suona un clacson. Poi lo sorpassa. Il semaforo è verde, la strada a senso unico. Non può girarsi e tornare indietro. Non può andare a cercarla, non da lì.

Deve salire di nuovo da un'altra parte. Deve trovarla.

Nel silenzio del bagno della sua camera d'albergo, Michele Ferrari spalanca le labbra per urlare qualcosa. Come quella sera, come quella notte. E dalla sua gola, chiusa dal terrore, non esce nulla.

Nella casa c'è troppo silenzio.

Dev'essere successo prima di quell'urlo al semaforo, ma il ricordo arriva più tardi, il rimbalzo di qualcosa che hai trascurato e che ti colpisce dritto in faccia.

È in piedi in mezzo alla stanza e il sangue è dappertutto.

Gli cola dallo sguardo e non è come quello che vedrebbe se aprisse gli occhi ora, disteso nella vasca. È scuro come il legno bagnato. È una rosa schiantata sulla parete che chiude la stanza davanti a lui. Scivola dai petali di quel fiore esploso e ricade sul lenzuolo, tintinna sul pavimento. Gocce dense e vischiose.

Una pioggia nera, la poca luce che entra dalle finestre scolora tutto. La notte si sta mangiando tutto.

Soltanto ai suoi piedi il sangue sembra ancora rosso. Oltre le sue scarpe. Nell'impronta del prossimo passo, annegato nel buio delle cose dimenticate. Lo stesso buio da cui spuntano fuori le sue mani.

E l'accetta.

Lei dov'è?

Il manico di legno è freddo e ruvido.

Dimmi dov'è.

La fotografia gli scivola davanti agli occhi come un sipario. Sbuca fuori da quel cd e lo guarda. Non sa come è finita lì dentro, lui non l'ha più vista. Ma sa che c'è. Sa che tutto dipende da quel dischetto. E da quella foto.

Paola Vigliani sorride all'obiettivo, al sole e alla vita.

Lentamente se ne va, mentre la stanza ritorna.

Percorre a rovescio la traiettoria di una goccia di sangue. Il pavimento, l'accetta e poi più su, oltre la lama, oltre quel passo che non sa se ha mai fatto.

Guarda. E dimmi dov'è.

La cosa sul letto sorride con un ghigno disperato.

Un pezzo di nastro isolante le pende dal mento, come la lingua grigia di un cane stanco. Sul polso ha un braccialetto di diverse misure troppo grande, fatto dello stesso nastro isolante. Un braccio è rimasto sotto al corpo nudo. L'altro penzola dal materasso, fino a sfiorare il pavimento, le dita piegate ad artiglio. La pelle, nella penombra della notte, è quasi azzurra.

Che cosa le hai fatto?

Paola Vigliani ha i capelli sporchi di sangue. Le ricadono su un lato del viso, coprono una guancia, finiscono ad accarezzarle il mento, scivolando sul collo. Un taglio a forma di fulmine le percorre la fronte, accanto alla tempia.

Ha gli occhi spalancati e la testa appoggiata al lenzuolo. Ha lo sguardo lontano come una bambola di pezza. Ha le labbra socchiuse, in un sorriso gelido e distante. Ha il bacino troncato da qualcosa di molto forte e tagliente. Ha le gambe aperte, la schiena piegata in un angolo innaturale.

La cosa sul letto è un ramo spezzato che non vuole rompersi.

Chi sei, Michele? Cosa le hai fatto?

Paola Vigliani è un'immagine virata in azzurro che gli brucia la retina, i pensieri, il respiro. È l'eccitazione della pelle accarezzata dalla luce, della morte spudorata e scoperta, dell'odore dolciastro del sangue del metallo della lama che continua a gocciolare, come la sua mente distilla i ricordi.

Ai giardini Margherita c'è il sole.

La luce è talmente forte che deve socchiudere gli occhi. E ricordandola vorrebbe aprirli, abbandonare il giorno e lasciarsi andare alla stanza in cui si trova. Ma non ci riesce. Sono troppo pesanti.

Gli occhi possono solo ricordare, adesso. Non è rimasto nient'altro. Non sanno fare nient'altro, in un circolo infinito che non si spezza mai. Sapeva che sarebbe successo così. Bastava solo la molla giusta perché la sua vita tornasse. E insieme a lei, l'immagine dell'uomo che era e che non sa di essere. Dell'uomo che è e che gli fa paura.

Aurelio rallenta la corsa e si ferma sul bordo dello stradino. Si piega in avanti. Appoggia le mani alle ginocchia. Ha il respiro affannato e i capelli davanti al viso. Lui no. Il cuore di Michele non batte troppo forte. Il cuore di Michele è un diesel che non picchia mai in testa.

Sono rovinato, devi aiutarmi. Se non mi aiuti, mi ammazzo. Se no mi ammazza lui.

Aurelio Strazzari è un passato che non sapeva di avere. Un passato che Gioia ha scoperchiato per prima, ma che non è tornato a galla guardando le fotografie sui giornali o frugando in rete alla ricerca degli articoli sulla sua morte. Per farlo riaffiorare è servita una ricevuta bancaria, dentro la borsa di Petri.

Il resto è una conseguenza.

Frammenti di cene e vacanze. Una caduta sugli sci, sbiadita come un'eco. Un torneo di calcetto e un litigio per un goal mancato. La risata di Mirella nel posto accanto al suo, in un Capodanno al ristorante giapponese. Schegge che tagliano e ricompongono qualcosa a cui non sa dare una forma o un colore.

"Grazie per avermi salvato" dice Aurelio. E casa sua è piena di sole.

Sua moglie sa tutto, ha capito tutto.

La voce di Luigi Petri è una sigaretta divorata in solitudine. Ha delle fotografie in mano che non gli mostra mai.

Lei può immaginare che nella mia situazione non posso fare altrimenti.

Michele lo odia. È il primo sasso che si stacca dalla montagna davanti alla frana. Coprirà tutto, nasconderà tutto, distruggerà tutto.

Sua moglie ha capito, ingegnere.

Il pugno parte senza che nemmeno se ne accorga. Petri vola per terra e lui gli monta sopra. Lo colpisce di nuovo, una volta, due, tre. Poi prende le foto. Tutte quante. Anche quella tagliata della bambina, quella che non può lasciargli. Come non può permettere che lui rimanga lì e si svegli. Per questo lo porta con sé.

Perché non ha un'altra possibilità.

È lei che vuole.

Il dito di Aurelio si pianta sulla fotografia come una bandierina.

L'hanno fatta insieme, quella foto. Da qualche parte, sotto al portico di Saragozza. La bambina ha gli occhi grandi come il sole di giugno. Anche in quella foto, anche lì. Anche sotto l'impronta opaca lasciata da Aurelio sul lucido della carta fotografica.

Dimmi chi sei. Dimmi dove sei scappata. Non volevo farti del male.

Non ricorda altro. Solo quel gesto e quella frase.

La macchina svolta per i colli sgommando.

La bambina è lì fuori, da qualche parte. Non ha bisogno di vederla per saperlo. Solo di sentire la rabbia montargli in corpo. Per quello che sta succedendo, per quello che è andato storto senza capire perché né quando. Rabbia per quegli occhi che ha lasciato scappare fuori dalla sua macchina a un semaforo qualunque.

Dovevo metterle la cintura, dovevo tenerla qui. Legarla se era necessario. Lei non può stare là fuori. Lei non può stare là fuori.

Più sale verso la collina e più la neve scende veloce. Una patina di bianco lattiginoso che comincia a coprire la strada. Dovrebbe rallentare, ma non può. Dovrebbe scendere, ma non può.

Deve continuare. Almeno fino all'incrocio che gli permette di tornare indietro, fino al momento in cui può ricominciare ad anello lo stesso tragitto. Non ha tempo, non ne è rimasto più. Non ci sono più scelte, non ci sono più possibilità. L'ultima che aveva se l'è giocata dentro al bagagliaio e l'unica strada rimasta è appesa agli occhi di quella bambina venuta dal nulla a rovinargli la vita.

Sterza bruscamente verso destra. Le ruote pattinano, le mani si muovono veloci sul volante, l'occhio alla strada. La macchina si gira, per un attimo si gira troppo, poi riprende l'asfalto, sente la strada, si incanala, riparte. Michele Ferrari stacca il piede dal gas e ricomincia a scendere. Deve farlo piano, deve guardare.

Un tizio a piedi gli urla dietro qualcosa. Per radio, i Five for fighting cantano *Superman*. Sui colli, la neve scende piano e forte, senza decidersi fino in fondo.

E la bambina non c'è. Da nessuna parte. Solo ombra e neve e cancelli di ferro battuto che nascondono giardini e case. E luci dentro le case che nascondono vite normali, sorrisi normali, serate come tutte le altre. Serate che non avrà più.

Bestemmia.

Non la trovo. Cazzo, non la trovo.

Allunga la mano verso destra e cerca il cellulare. Dovrebbe chiamarli. Non ha altra scelta. Una telefonata e tutto finisce e tutto comincia. Ma non c'è campo. Allora dà gas e smette di guardare al lato della strada. Smette di cercarla, che ci pensino loro a scoprire dov'è finita in mezzo a tutto quel buio. Lui deve pensare ad altro, ora. Al bagagliaio, solo a quello. Dopo non resta che aspettare e loro la troveranno, sapranno come trovarla.

Guarda ancora il cellulare. Passa veloce davanti a una trattoria. Gli sembra di aver telefonato, delle volte, da uno di quei tavoli. Svolta a sinistra, la macchina prende velocità. Il campo arriva come una doccia fresca alla fine di una corsa. Impugna il cellulare, fa il numero. Prima di premere il tasto verde che fa partire la chiamata, solleva gli occhi a controllare la strada.

E la bambina è lì.

Ferma, in mezzo all'asfalto.

Venti metri, dieci, cinque, tre.

Frena, sterza, sbanda, il cellulare vola via da qualche parte. Spinge il freno fino in fondo, gli occhi della bambina che sfilano lontano, oltre il vetro del passeggero.

E poi lo schianto.

Come se fossero scoppiati i neuroni. Tutti i pensieri all'improvviso prendono fuoco insieme al respiro. Brucia nei polmoni, brucia negli occhi chiusi, brucia nel fiato che non esce nemmeno a spingerlo, nella realtà che sfuma via, nella lamiera che sente piantata nella carne, nelle gambe, nelle ossa, nel sibilo che gli riempie le orecchie e degrada verso un silenzio sinistro.

Non riesce a muovere niente. Nemmeno lo sguardo.

Nemmeno le palpebre, per sigillarle e non guardare fuori.

La bambina si ferma un attimo a fissarlo dal finestrino esploso. Avrebbe dovuto centrarla. Sembra un'apparizione sbucata da un incubo. E forse lo è.

Non farmi male, sussurra Michele.

Proprio come fa nel sogno, senza riconoscere la sua stessa voce.

Poi lei sente qualcosa e se ne va.

Michele chiude gli occhi.

Il bagagliaio, dice qualcuno.

Ed è l'ultimo ricordo che ha.

Immerso fino al collo nell'acqua bollente, Michele Ferrari spalanca di nuovo gli occhi sul mondo. Con grande fatica sposta la testa verso sinistra, guarda sul lavandino del bagno, controlla che tutto quello che ha lasciato prima di immergersi sia al suo posto. Dalla porta spalancata scorge uno spicchio di stanza, la luce accesa, gli oggetti sul pavimento. Sorride, affonda il mento nell'acqua.

E nel sangue.

Guarda il suo corpo. Per un attimo lo sente come non lo ha mai sentito, nemmeno prima dell'incidente. Pensa che non sia il suo corpo, ma quello dell'altro, dell'uomo che è stato senza saperlo. Pensa a Mirella, a quella telefonata che ha fatto e che non si ricorda. Pensa che, dopo, qualcuno riuscirà a scoprire con chi stava parlando.

Poi qualcosa gli accarezza la testa, uno strano formicolio che gli sfiora la fronte sudata. I tagli bruciano di nuovo. Ma smettono quasi subito.

Il torpore lo prende, gli sfiora lo sguardo come il sonno in arrivo, gli inclina il collo da un lato, gli abbassa le palpebre.

Per un attimo il sangue pulsa nelle tempie, un tamburo salato che riempie ogni cosa. La realtà si dissolve in un nero enorme e profondo.

Dopo, resta soltanto il silenzio.

La voce dello Slavo è un colpo di pistola nella notte.

«È tutto a posto.»

Seduto al tavolo d'angolo di una trattoria sui colli, lascia andare lo sguardo sulla cartolina della città che si sta illuminando sotto ai suoi occhi. Sono i posti che preferisce, quelli in cui la sensazione di tenere tutto sotto controllo riempie lo sguardo e i pensieri.

Odia gli imprevisti almeno quanto la persona che ha dall'altra parte del telefono. Per questo ha composto il suo numero, disturbando per un momento il sapore del vino bianco che gli scivola fra le labbra.

«Tieniti pronto per domani sera.»

Il tizio che ha chiamato commercia in disperazione.

Un bene di consumo che non va mai fuori moda. Lo chiamano il Chirurgo, perché è uno preciso e che non lascia niente al caso. Uno che, quando le cose vanno male, non perde mai la testa. Nemmeno in mezzo al sangue.

Hanno un piccolo accordo commerciale che cercano sempre di far fruttare al meglio. Se fossero aziende, la chiamerebbero partnership. In realtà lo Slavo fornisce materiale che il Chirurgo si preoccupa di fare espatriare e di utilizzare nel migliore dei modi, alla bisogna.

Puttane, fegato o reni sono solo facce diverse della stessa carne marcia. Concime per soldi, niente di più.

Lo Slavo riaggancia sorridendo. Per un attimo si ferma a guardare la fotografia che gli ha mandato lo Sceriffo. Incrocia gli occhi della bambina, persi chissà dove mentre fa la doccia in spiaggia. Un'ottima scelta, come sempre.

Fa sparire il cellulare in tasca e si volta oltre la terrazza. La città, là sotto, accende tutti i lampioni. Un unico serpente luminoso che compare all'improvviso, sbucando dalla sera.

Guardando quelle luci, si ricorda dell'altra bambina. Quando Varo Borja gli ha raccontato quello che sapeva, si è sentito fermo in un enorme piazzale circondato da palazzi giganteschi foderati di cecchini. Per un attimo si è anche chiesto se Varo Borja avesse sempre saputo, un pensiero che ha scacciato immediatamente, buttato nell'angolo delle supposizioni stupide.

Devono trovare quella bambina.

Sa che la troveranno. E quando succederà e tutto sarà tornato esattamente come dev'essere, andrà a pisciare sulla lapide di Strazzari. Se avesse saputo quello che aveva fatto, non si sarebbe limitato a spararg li un colpo in testa. Gli avrebbe aperto lo scroto lentamente, incidendo la pelle per staccargli i testicoli. Poi glieli avrebbe fatti mangiare uno alla volta. Caldi e ancora vivi.

E sarebbe stato solo l'inizio.

Certe cose vanno fatte con calma, al momento giusto.

La Natura ragiona così, lo ha imparato da piccolo.

Bagnandosi le labbra con un sorso di vino, lo Slavo pensa che di lì a qualche ora comincerà a piovere e che è un vero peccato non essere con lei, stanotte.

Manca ormai da troppo tempo e in una sera come questa ha solo voglia di farla urlare.

Stavolta è davvero finito tutto.

Ci penso mentre guido la macchina di Marco oltre la casa di cura di mia madre e la pioggia bussa ai vetri con troppa insistenza.

Adesso voglio solo ricominciare da capo, sapendo perfettamente che non riuscirò mai a dimenticare niente di quello che è successo e che molte delle domande che sono rimaste appese torneranno a farmi visita.

Come quella che ho in testa ora.

«Chiedilo al tuo amico commissario» mi ha detto Antonio Parmeggiani. Ed è l'unica cosa che non ho fatto, una mosca fastidiosa che ancora mi ronza in testa e che non so scacciare.

Alla fine, spero che se ne andrà da sola.

Abbasso il finestrino e recupero il biglietto dal casello dell'autostrada. A San Lazzaro piove poco. Solo qualche secchiata sparsa che sembra abbandonata dall'alto senza un disegno preciso. Il temporale mi cammina alle spalle, troppo veloce per non raggiungermi prima che arrivi a Riccione.

«*If the thunder cloud passes rain, So let it rain*» dice la canzone.

Chissà se è davvero finito tutto.
Chissà se Roberta sta già dormendo.

La strada è piccola e buia. Dovrebbero esserci dei lampioni, ma sono tutti spenti tranne due. Il primo all'inizio e uno degli ultimi in fondo, accanto al muro che chiude quel sottile budello di asfalto e di piccole case tutte uguali.

È sotto uno di quelli spenti che si è fermato ad ascoltare il temporale in arrivo, il vento che sa di mare e di pioggia, le foglie strappate dagli alberi che lo superano, scavalcando i suoi piedi come ostacoli in una gara di corsa, mentre guarda i vetri dell'appartamento al piano terra.

La donna non riesce a dormire.

Ha già aperto e chiuso le finestre almeno tre volte. Dentro, con tutto sigillato, deve fare un caldo d'inferno. Ma fuori tira aria di tempesta e lasciare i vetri aperti significa imposte che sbattono, giornali che volano e un'aria fresca e dispettosa che ti sfiora la pelle, sopra alle lenzuola di cotone.

La vede affacciarsi di nuovo. Allunga una mano oltre il davanzale, intercetta una goccia di pioggia, si asciuga il palmo contro la maglietta di cotone, si guarda intorno ancora un attimo poi chiude.

Però non se ne va. Resta appoggiata con la fronte al vetro, mentre il temporale comincia a scaricare pioggia e lui solleva il cappuccio della cerata, nera come la notte.

Si volta per un attimo nella sua direzione. Se si accendesse una sigaretta, vedrebbe un puntino luminoso rosso e arancione staccarsi dall'ombra come un occhio che si apre piano. Probabilmente soffocherebbe a fatica un urlo e abbasserebbe la tapparella, sigillando fuori quell'immagine senza mai essere sicura di averla vista davvero.

Lui però non fuma e non la vuole spaventare. Solo guardare, in mezzo alla pioggia che cade a secchiate. Restare lì un momento a cercare di capire i suoi pensieri.

Prima l'ha immaginata davanti alla televisione. Qualcosa su Canale 5, voci che gli arrivavano distratte e lontane dalla finestra aperta. Poi ha visto passare la bambina, la testa bassa, i capelli davanti agli occhi. E alla fine la luce si è spenta e tutte e due sono andate a dormire.

Solo che la madre non dorme e insegue i suoi pensieri dentro e fuori la casa. Per un attimo cerca di immaginarseli, ma smette subito. Non è importante. Conta solo lo sguardo con cui Nicola Zanardi l'ha fissata oggi pomeriggio, davanti al Reptilarium. E con cui lei e sua figlia hanno squadrato lui.

Tutto il resto è un dettaglio.

Quando Roberta si lascia finalmente alle spalle la notte allagata di pioggia, Antonio Parmeggiani volta le spalle alla casa e se ne va.

Seguire la donna e sua figlia fino a scoprire dove abitano è stato terribilmente facile.

Ora, se avrà bisogno, sa dove trovarle.

Nel sogno rincorre un bambino.

Lo ha visto solo per un istante. Piccolo, un cespuglio di ricci neri come la notte, occhi enormi, la luce di un sorriso a illuminargli i lineamenti. Si è infilato in uno strano sottopassaggio a forma circolare e il commissario Giovanni Marra è sceso per portarlo fuori di lì.

Non sa perché, ma sente che è in pericolo. Anche se non sembra spaventato, anche se tutto quello che fa assomiglia a un gioco divertente da sudare dentro una maglietta pulita.

Non è italiano, il bambino. Si chiama François. O Philippe. Non ricorda con esattezza. Parla francese.

«*Allez! Viens ici!*» ha detto. Una voce sottile come le braccia scure che spuntano dalla canottiera rossa. Lo ha guardato un attimo dall'imbocco di quel tunnel e poi è entrato.

Nel sogno, adesso, lo sente correre. È molto vicino. E non sa se non riesce a vederlo perché il tunnel è una spirale che continua a girare su se stessa o per colpa del buio che sembra dappertutto. Vivo, spesso, viscido, a gonfiare l'aria, a entrarti nel respiro. Sa solo che deve prenderlo e portarlo fuori. Alla svelta, prima che tutto succeda, che la musica sia troppo vicina.

Il luna park suona in fondo al tunnel, lieve come un soffio di vento.

Immagina un grande carrozzone con in cima il carillon di una ballerina. Gira su se stessa, insieme alla musica. E ha un sorriso enorme che le spezza a metà il viso. Sorridono tutti in quel luna park. Sorridono troppo e l'odore è dolce, di zucchero, cioccolato, latte e biscotti. Un miscuglio terribilmente invitante verso cui il bambino sta correndo. Senza sapere che sotto, oltre la patina di glassa che gli accarezza l'olfatto, c'è solo e soltanto sangue. Non lo sente il bambino, l'odore del sangue. E allora corre, insieme al fiatone che gli cresce fra i polmoni e le labbra, alla strada che diventa più chiara e che continua ad avvolgersi a spirale, alla musica che cresce, che suona, che cambia, che esplode dappertutto fra quelle mura, in mezzo al buio e poi dentro.

E il bambino è lì, in mezzo a quel suono, a quel rumore, a quell'oscurità che si dipana un filo alla volta. Allungando una mano in avanti per fare qualcosa, Giovanni Marra si sveglia.

In televisione Shevchenko esulta sotto la curva.

E qualche centimetro oltre la sua tempia sinistra, il telefono suona come se non potesse farne a meno.

«C'è qui qualcuno che sa qualcosa su Paola Vigliani» dice Carta svegliandolo, prima di spiegargli a grandi linee quello che gli hanno appena riferito. Basta quella frase per ficcarlo di nuovo dentro la realtà e cancellare tutto il resto.

Un quarto d'ora dopo ha davanti Raffaella Petri e la foto di Paola Vigliani e sta ascoltando uno strano racconto fatto di corna vere o presunte e di persone sparite senza lasciare traccia. Una storia della buonanotte con al centro quel maledetto cd con la foto della bambina, spuntato fuori questa volta dal passato di Michele Ferrari.

Alla fine del racconto ha già fumato quattro sigarette e bevuto due caffè, mentre le parole della donna che ha di fronte si sono via via riempite di un misto di disperazione, rabbia e malinconia che non ha nemmeno fatto il tentativo di consolare. L'unica cosa importante è trovare quel bastardo. Che abbia memoria di sé oppure no è solo un dettaglio.

A casa sua non c'è. La moglie ha risposto a Carta mentre Giovanni stava parlando con Nicola. Si sono lasciati nel pomeriggio. L'ingegnere ha fatto le valigie e se n'è andato. «Abbiamo litigato, ma non so dove sia» è stata l'unica spiegazione e Carta ha tagliato la conversazione. Ci sarà tempo per parlare con lei. Lì per lì serviva solo trovare Ferrari.

Un bisogno che è diventato assoluto dopo il racconto di Raffaella Petri.

Per questo setacciano tutti gli alberghi, le pensioni, i bed and breakfast, gli ostelli, i ponti della ferrovia in un raggio di venti chilometri da Bologna.

Michele Ferrari si sta nascondendo oppure è già scappato.

Questo ha pensato Giovanni mentre ascoltava.

Ora, in piedi davanti alla porta del bagno di una camera dell'hotel Carlton di Bologna, sa invece che una grossa parte di quello che ha pensato fino al pomeriggio potrebbe essere terribilmente sbagliata. L'hotel è fra gli ultimi che hanno contattato, perché un tizio che si vuole nascondere non si infila in uno degli alberghi più lussuosi della città.

Forse Michele Ferrari non ha mai avuto l'intenzione di scappare.

Sarebbe bastato prenderlo un po' più sul serio quando è venuto da lui. Non sottovalutare la strana disperazione che gli aveva letto negli occhi.

"Per l'ennesima volta sono arrivato in ritardo" pensa Giovanni. "E ormai restano solo macerie da ricostruire un pezzo alla volta."

Oltre al cadavere dell'uomo che stava cercando, immerso fino al collo in una vasca da bagno di acqua bollente e sangue.

Michele Ferrari si è tagliato le vene con una lametta da barba. Lo ha fatto con cura, senza fretta. Ha ordinato sul pavimento della stanza gli oggetti che aveva portato con sé. Ha scaldato l'acqua alla temperatura giusta. Si è sdraiato. Si è aperto gli avambracci dal gomito fino alle mani e ha concluso l'opera con un taglio a T che gli attraversa i polsi come un braccialetto di cotone colorato.

Ha lasciato cadere la lametta a terra, accanto alla vasca.
Ha abbandonato la testa all'indietro, contro il bordo.
Ha fatto scivolare le braccia nell'acqua calda.
E ha chiuso gli occhi.
«È morto lentamente» ha detto il medico legale. Una precisazione inutile. Giovanni ne ha visti troppi di suicidi per non saperlo da solo. Se fossero arrivati prima avrebbero potuto salvarlo, ricucirgli quei tagli del cazzo, ricacciargli in corpo il sangue disperso in mezzo all'acqua, rimetterlo in piedi, arrestarlo.
Prenderlo.
Invece così è riuscito a scappare da tutti, per primo da sé stesso.
Gettando un ultimo sguardo al corpo, il commissario Giovanni Marra esce dal bagno. Ha voglia di una sigaretta, di aria, di sentire la pioggia che cade sempre più forte percuotergli il viso come uno schiaffo.
Di sentirsi vivo in mezzo a tutta quella morte.
«Troviamo la bambina» dice. E Carta annuisce fissandolo negli occhi. Marra infila una mano in tasca e prende una sigaretta dal pacchetto. La tiene spenta fra le labbra, come un pensiero difficile da allontanare. Prima di uscire dalla stanza, incontra il riflesso dello specchio attraverso la porta del bagno aperta.
Il biglietto è lì, attaccato al vetro.
Scusami, Mirella.
L'ha scritto in corsivo, su una sola riga.
Una lacrima uscita di getto e impossibile da trattenere.

Si sveglia a metà della notte.
Fuori tuona.
Con gli occhi ancora chiusi Angela allunga una mano verso l'altra metà del letto. L'assenza di Francesco è un peso difficile da ingoiare.
Dovrebbe alzarsi e chiudere la finestra. Spingere fuori il temporale, con il suo odore di umido e il vento che le graffia la schiena e fa frusciare i vestiti sulla sedia. Invece si stringe nel lenzuolo, più forte che può.

Apre gli occhi.

La luce della strada riempie la stanza come un velo. In cucina la finestra sta sbattendo. Ha paura e non sa perché. Resta ferma per un tempo che le pare eterno. Poi si alza di scatto e la chiude con rabbia, lottando contro il vento che spinge verso di lei. Alla fine resta appoggiata con le mani al vetro. Guarda la pioggia che scende, la sente lungo la grondaia, crescere e calare insieme al vento.

Una raffica più forte fa chiudere di colpo la porta della camera. Si volta terrorizzata, ma non c'è nient'altro che la stanza vuota, la porta chiusa, i muri sfiorati dallo stesso velo di luce. Sorride sentendosi terribilmente stupida e quando torna a voltarsi sente il ticchettio del primo chicco di grandine.

Il pensiero arriva lì, guardando la pioggia ingrossarsi, il rumore esplodere riempiendo l'aria di un frastuono bianco e continuo.

«C'era la neve» sussurra Angela alla casa deserta.

Dieci minuti dopo è già in strada.

La grandinata è appena finita, ma non avrebbe comunque aspettato.

Forse sa da dove cominciare per riuscire a trovare quella bambina.

Parte Terza

I MILLE COLORI DEL CIELO

«Esiste un sangue che brucia anche quando è freddo.»

JOSÉ SARAMAGO

«Ci sono cose che rimangono in sospeso, che attendono, attendono sempre e non si sa se accadranno, se si risolveranno. Cose che ti imprimono dentro un marchio di fuoco indelebile; non appena credi che stia scomparendo, lasciandoti libero, il marchio riappare e di nuovo ti brucia dentro. Brucia, brucia e non si spegne mai. Ti svuota, ti tramortisce ma non si spegne mai, fino a quando succede qualcosa che ti finisce una volta per sempre.»

GEOFFREY HOLIDAY HALL, *La fine è nota*

Lunedì 30 agosto 2004

Il caffè è davvero troppo caldo.

«Abbiamo avuto fortuna» sussurra Giovanni e posa il bicchiere di plastica sulla scrivania del questore.

Non sono nemmeno le otto del mattino e il sole è già accecante.

L'aria, ancora fresca dopo la grandine della notte, gli accarezza gli occhi. Non dorme da oltre un giorno e mezzo e la realtà a tratti perde di consistenza, come dietro una lente appannata. L'unico momento di riposo è stato sul divano di casa, prima che Carta lo chiamasse. Pensandoci, gli sembra parte di una vita precedente.

«Abbiamo avuto fortuna» ripete, e questa volta il tono della voce basta perché il questore senta le sue parole.

«Fortuna, commissario? Sarà, ma non mi sembra. E anche se fosse, non è particolarmente importante, non crede?»

Giovanni lancia un'ultima occhiata al via vai di gente che attraversa la piazza. Il primo lunedì dopo il controesodo. Così l'ha chiamato alla radio un giornalista bisognoso di un corso di dizione. In realtà Bologna sembra semplicemente essersi svegliata dopo un sonno breve e necessario, ritrovando subito il vestito rapido e indifferente che indossa tutti i giorni dell'anno.

«No, signor questore. Ha ragione. Non è importante. Però c'è ancora un sacco di lavoro da fare, forse la parte più grossa.»

«Che idea si è fatto, commissario?»

Marra fissa Lodoli negli occhi, cercando di raccogliere in quello sguardo tutto quello che sa e che vorrebbe riuscire a spiegare. Poi si siede oltre la scrivania, prende tra le mani il bicchierino del caffè. È tiepido, ora. Della temperatura giusta per poter essere bevuto senza sforzo. Prima, però, comincia a parlare.

«Questa storia è come una cipolla. Sfogliamo uno strato dopo l'altro e ogni volta siamo convinti di essere arrivati in fondo. Invece c'è solo un altro strato, che ne nasconde un altro e chissà quanti ancora.»

Finisce il caffè. Schiaccia il bicchiere fra le dita, senza cattiveria. Il rumore della plastica che si accartoccia è l'unico suono nella stanza. Lo lascia andare nel cestino e continua.

«E per ogni strato scoperto, c'è qualcosa di nuovo che non sappiamo e che ci ritroviamo addosso dalla mattina alla sera. È un po' come stare in mezzo a una mareggiata con un asse di legno e sperare che il mare decida di accompagnarti a riva e non di ribaltarti.»

Lodoli annuisce.

«Comunque sappiamo come facevano a vendere le bambine.»

Giovanni sorride, rassegnato.

«Vede, anche lei usa il passato. Lo facevo anch'io prima di pensarci. Nessuno ci garantisce che abbiano smesso, questore.»

«Be', Ferrari è morto e...»

«Lei pensa veramente che dietro a tutto questo ci sia solo l'ingegner Ferrari?»

«Lei no?»

«Ho cercato di spiegarglielo prima, con le cipolle. Questo è solo uno strato. Non il primo, non quello superficiale. Ma uno strato come un altro. Apparentemente potremmo anche sperare che sia uno degli ultimi, ma di certo non l'ultimo.»

Prende una pausa. Inizia a contare. A ogni domanda, dal pugno chiuso si solleva un dito.

«Come le scelgono? Chi le rapisce? Come le vendono? A quanto? Che fine fanno dopo? Quante ne hanno rapite finora? Quanta gente c'è dietro?» Allunga le braccia in avanti, la mano destra spalancata, la sinistra con l'indice e il medio sollevati a V. «Vede? Ci vogliono due mani. E mancano le domande fondamentali. Quelle più vicine al nostro strato. Quelle di cui dovremmo trovare la risposta, se riuscissimo ancora a sfogliare la cipolla.»

«E sarebbero?»

«Chi è la seconda bambina? Chi ha smembrato il cadavere di Paola Vigliani?»

Lodoli guarda il commissario. Sull'ultima sillaba della parola *smembrato*, un brivido gli ha attraversato la colonna vertebrale come un liquido in una siringa. Si schiarisce la voce.

«Ci sarebbe un'altra domanda ancora, commissario. Chi ha ucciso Paola Vigliani, chi l'ha violentata?»

Giovanni risponde subito.

«È poco importante.»

Il guizzo con cui il viso del questore assume un'aria perplessa lo costringe a reprimere uno strano sorriso.

«È poco importante, questore» ripete. «Chi ha ucciso la bambina è come l'arma del delitto. Un oggetto. Se a un assassino tolgo un coltello o una pistola, troverà sempre un'altra arma che possa sostituire quella che gli ho preso. Io voglio l'assassino, questore. È lui che sto cercando. E se lo trovo, allora trovo anche la feccia di cui si serve.»

Per un attimo lo sguardo di Marra si perde sul muro alle spalle di Lodoli. Una stampa con John Kennedy e suo figlio nello studio ovale. Il bambino sbuca sorridendo da sotto la scrivania del padre.

Le parole di Giovanni si perdono in un sussurro, la frase è respirata più che pronunciata davvero. Resta appeso al sorriso di John John, poi si strofina gli occhi con le dita.

«Spero di riuscirci alla svelta. Non abbiamo molto tempo.»

«Anche questa volta non la seguo.»

«È quell'uomo, questore. Quello che ha fatto sparire Paola. Non aveva previsto tutta questa storia. C'è finito in mezzo. E cercherà di far sparire le prove. Ha cominciato subito, appena abbiamo trovato la bambina. Il giorno dopo ha ucciso Strazzari. Poi hanno cominciato a depistarci verso Lamberti. E alla fine è probabile che abbiano ammazzato pure lui. Ora si ritrova fra le mani la morte dell'ingegner Ferrari e tutto quello che ci ha lasciato dietro. Compreso il probabile omicidio di quel detective privato, il padre di Raffaella Petri. Solo che in mezzo a tutto questo casino non c'è niente che ci permetta di andare avanti. Nessun appiglio, nessun legame. Tranne uno.»

«L'altra bambina.»

«Esatto. Sa cosa credo? Che chiunque sia questo tizio, non sapesse nulla della presenza di un'altra bambina in quella casa. Che sia stata un'idea di Strazzari, qualcosa che poi gli è scappato di mano e che non è riuscito a concretizzare. Quella bambina non è morta, questore. Altrimenti da qualche parte qualcuno ne avrebbe denunciato la scomparsa. La foto è fatta a Bologna o in una città molto simile. Si vede un portico, i mattoni sono dello stesso colore. È qui, da qualche parte. E lui non lo sa. Se solo avessi sospettato di Ferrari, forse...»

Lodoli non lo ascolta, i suoi pensieri sono una mosca che cerca di liberarsi della tela di un ragno.

«Perché non c'è la denuncia?»

«Perché non è mai sparita, questore! Quella bambina non è mai scomparsa. Quella bambina è tornata a casa e magari non aveva nessun segno di violenza. Non credo che le abbiano nemmeno torto un capello. Forse dopo quello che è capitato a Paola, Strazzari si è spaventato e ha deciso di liberarla. Ma l'altro non ha mai saputo niente.»

«Come fa a esserne così sicuro?»

Tra la domanda e la risposta, non scivola nemmeno un istante di silenzio.

«Perché altrimenti l'avrebbe uccisa.»

«E se quest'altro personaggio non esistesse, commissario? Ci ha pensato?»

Per un attimo, prima di rispondere, Giovanni si ricorda di Nicola. Delle foto che gli ha dato, della registrazione, di Sara Parmeggiani.

«L'uomo che ha telefonato ad Aurelio Strazzari è il proprietario di uno dei numeri di telefono che non siamo riusciti a identificare, uno di quelli che chiamava Sara Parmeggiani.»

Lodoli si liscia il mento con le dita.

«Non me lo aveva detto.»

«Ha ragione, mi scusi. Ho anche pensato che in qualche modo la ragazza c'entrasse con questa storia. Che forse... non so...»

«Vada avanti, commissario.»

«Qualcuno dovrà badare alle bambine quando le rapiscono. Ci sarà qualcuno che le tiene d'occhio, che cerca di tranquillizzarle, che si occupa di loro. Magari che le trasferisce da un luogo all'altro.»

«E una ragazza dà meno nell'occhio di un uomo. Giusto.»

«Già. Solo che ci sono quelle foto di mezzo. E ho motivo di pensare che Sara sia morta proprio per quelle foto e non per un coinvolgimento nella storia di Paola Vigliani.»

«E se ci fossero altre foto? Se le immagini che ha trovato non c'entrassero nulla con quelle per cui è morta? Se nelle foto che mancano ci fosse qualcuno con una di quelle bambine? Ci ha pensato?»

Giovanni si passa lentamente una mano fra i capelli. Sorride, un'espressione studiata.

«Certo che ci ho pensato, questore. Solo che non è possibile. Sono due strade distinte di cui Sara è soltanto l'intersezione. E poi le foto in cui si vede il viso dell'uomo a letto con lei, le abbiamo già.»

«Mi sta dicendo che...»

«Che so con esattezza chi stava ricattando Sara Parmeggiani.»

«Sono le otto meno dieci, signore» dice la voce al telefono. E l'uomo si sveglia.

Impiega qualche istante prima di mettere a fuoco la voce del portiere, di ricordare, aprendo lentamente gli occhi, la sua camera d'albergo.

«Sì, grazie» risponde. Il tono basso, impastato dal sonno. Aggancia e si volta sulla schiena.

La giornata che sta arrivando si sfoglia lenta sul soffitto, attraversato dalla luce che filtra dalle tende. Deve fare un viaggio. Chilometri a separarlo da casa e una tappa in mezzo, programmata, desiderata. Conficcata fra i pensieri come una scheggia di legno sotto pelle.

Allungandosi verso il comodino accende il cellulare. Lo Sceriffo non ha telefonato né scritto. È tutto a posto, tutto confermato.

C'è solo un messaggio di sua moglie, nient'altro.

Sorride mentre lo legge, con quella stessa dolcezza che lei conosce così bene. La parte di lui che ama di più, quella che ritrova nello sguardo della loro figlia.

Ambra, il suo diavolo e la sua stella.

Per un attimo la vede com'era il giorno in cui è nata, pochi centimetri di pianto sfrenato accarezzati da un'espressione che poteva sembrare disperata o sorridente. E il terrore di toccarla, perché qualcosa di così minuscolo non poteva che essere troppo fragile e sgretolarsi non appena tentavi anche solo di accarezzarla.

Ambra, la sua gioia e la disperazione.

Prende un lungo respiro, si alza e si infila in bagno, incontra per un attimo il suo volto nello specchio. E ogni altro pensiero svanisce, l'ultimo ricordo della nebbia spazzata via dal sole del mattino. Si passa una mano fra i capelli, li riordina, solleva la schiena, allarga piano le spalle, controlla la consistenza dei pettorali.

Deve essere tutto perfetto, oggi. Lui deve essere perfetto, vivo.

Sarà unico come le altre volte. E alla fine, quando tornerà a casa e tutto sarà finito, si sentirà davvero forte, sicuro, invincibile.

Come mai gli è capitato in vita sua.

«Commissario!»

La voce che lo chiama trema come l'aria del mattino.

Giovanni Marra e Francesco Carta si voltano nello stesso momento.

Per un istante gli occhi di entrambi puntano il pacchetto che la donna stringe fra le mani. Lo tiene proteso in avanti, come un regalo. Eppure lo sguardo non è quello dei giorni di festa.

Anja Ramirez si ferma a due metri da loro. Ora anche lei sta guardando il pacchetto. Abbassa piano le mani, lo stringe in grembo. Poi solleva lo sguardo.

«Ho bisogno di parlarle, commissario. Adesso.»

Giovanni annuisce.

«Se va tutto bene, io andrei a casa» dice Francesco. E solo allora Marra si accorge che aveva portato la mano alla pistola, trascinato nel gesto dallo stesso pensiero che aveva sfiorato anche lui.

Quel pacchetto sta per esplodere.

«Vai, Francesco. E dormi un po' anche per me.»

L'ispettore Carta tira su con il naso e tenta di sorridere. Affonda le mani nelle tasche dei jeans e si allontana. Per un po' Giovanni controlla i suoi passi, come un padre che verifica di nascosto i movimenti del figlio. Poi la sua attenzione è tutta per la donna che lo sta aspettando.

E per il terrore che le riempie lo sguardo.

«Mi dica, signora Ramirez.»

Anja si guarda intorno tre volte. Quella piccola piazza incastrata dietro le torri del centro sembra troppo grande e insicura per lasciare che assorba le sue parole.

«C'è un posto, commissario, dove...»

«Venga, andiamo» la interrompe Marra.

Allontanandosi, la prende sottobraccio.

E solo allora Anja Ramirez si rende conto che tutto sta accadendo davvero.

Nel modo giusto.

L'unico possibile.

La mattina è chiara come un sorriso inaspettato.

Mi sveglio insieme alla luce che di colpo riempie la stanza. E tutto questo silenzio, dopo il temporale della notte, mi lascia fra i pensieri uno strano ronzio, qualcosa che dovrei sapere e che invece non ricordo.

Mi alzo e guardo fuori. Il primo pensiero è che devo una spiegazione a Roberta, qualcosa che spazzi via lo sguardo che mi ha lanciato ieri e che sento ancora addosso.

Mi caccio sotto la doccia e mi infilo qualcosa alla svelta.

Camminando senza fretta per viale Ceccarini, il pensiero di Roberta si prende tutto lo spazio possibile, invade l'orizzonte e il mio sguardo.

Fischietto senza rendermene conto una canzone degli U2 che ho sentito sbucare da un angolo, poco fa. «Rimani un bambino, da qualche parte, nel tuo cuore» dice uno dei primi versi di *Original of the species* ed è proprio così che mi immagino lo sguardo di Roberta, quando la vedrò.

Cupo, duro, come quello di una bambina tradita, la bambina che le scorre dentro e che vedo uscire ogni tanto, aggrappata a un sorriso o a un semplice gesto.

Spero di essere capace di cancellare quell'ombra dai suoi occhi. Lo spero veramente, mentre attraverso il lungomare, aspetto che un tizio in motorino mi superi senza stirarmi e mi infilo in spiaggia.

La sabbia è ancora fresca e spessa. Terrà stretto il temporale almeno finché il sole non diventerà troppo caldo per tutto. Spengo il cellulare, che il mondo resti fuori oggi.

Avvicinandomi a passo svelto all'ombrellone di Roberta, vedo Andrea che mi viene incontro, la solita bandana rossa calata sulla fronte. Fra gli occhi l'espressione furba di un ragazzino che ti ha appena fatto saltare dalla sedia avvicinandosi alle spalle e facendoti *Buh*.

«Che cosa le hai fatto, stronzo?»

La leggerezza dei suoi modi ha lo stesso impatto di un pendolino. Mi accoglie così, a una decina di metri dall'ombrellone di Roberta, bloccandomi la strada. Di salutarmi o spiegarmi cosa ci fa qui, non le passa nemmeno per la testa.

«Ciao anche a te, è un vero piacere vederti.»

«Sì, fai pur finta di niente. Ti ho fatto una domanda.»

Sposto lo sguardo alle sue spalle. Lisa è distesa sul lettino con una copia di Harry Potter. Roberta ha in mano un quotidiano.

Sono troppo distanti perché possano sentire quello che ci stiamo dicendo.

«Non le ho fatto niente. Almeno, non di proposito.»

«Discorso da maschilista del cazzo.»

Sospiro. Sta andando in onda la solita rissa. Di solito lo spettacolo si mette in piedi solo per il gusto di sostenere un'opinione contraria. Adesso, invece, è molto diverso. Soprattutto perché Andrea, con quello sguardo da ragazzino dispettoso, ha decisamente ragione. E io mi sento in colpa.

«Fammi spiegare.»

Per un attimo sono convinto che sorriderà, ma non succede. Si limita ad allentare la tensione che le irrigidiva le spalle.

«Ecco, bravo.»

«Prima però raccontami com'è andata a casa mia.»

Finge di ignorare quello che le ho chiesto e si guarda intorno, come se non esistessi. Le appoggio una mano sulla spalla e lei la scrolla via.

«Non è un gioco, Andrea» sussurro. Ma il tono della frase sarebbe più adeguato a un urlo.

Si volta di tre quarti, solleva appena la testa. Un cenno breve quanto lo sguardo che mi regala, tagliente come la frase che le sbuca dalle labbra.

«Non ho mai pensato che lo fosse.»

Sbuffo. Per Andrea non esiste un modo giusto o sbagliato di fare le cose. Esiste solo il suo. È una cosa a cui non riesco a fare l'abitudine.

«Vieni con me.»

Mi allontano verso le cabine, mi sposto sulla sabbia per non incrociare un gruppo di bambini urlanti che scende sulla passerella verso il mare. Andrea incrocia le braccia al petto.

«Allora?»

«Allora dovevo vedere una persona.»

«E non potevi dirglielo?»

«No, non potevo.»

«E perché?»

«Perché non volevo che mi facesse delle domande.»

«Allora te le faccio io, le domande. Chi era?»

«Roberta non te lo ha detto?»

«Mi ha detto che ti ha beccato sulla spiaggia libera accanto alle colonie, con un tizio. E che tu le avevi raccontato che saresti tornato a Bologna per un giorno.»

«E cos'altro ti ha detto?»

«Che c'è rimasta di merda vedendoti lì, che si fidava di te e non pensava che avessi bisogno di raccontarle una balla stupida come quella se non la volevi vedere il giorno dopo.»

Una risata di sorpresa e di stupore mi scappa di bocca come un respiro.

«Che stronzata.»

«Può darsi, visto che sei qui e non sei certo venuto per me.»

«Infatti ero venuto a darle delle spiegazioni. Ma non le posso dire chi ho incontrato.»

«Non glielo *vuoi* dire.»

Prendo un lungo respiro.

«Senti, Andrea, il tizio che ho incontrato in spiaggia ha a che fare con il motivo per cui ti ho fatta entrare in casa mia. Non è uno a cui piaccia fare delle chiacchiere e non è abituato a sentirsi rispondere di no. Diciamo che non gradisce, se mi sono spiegato.»

«In che cazzo di casino ti sei cacciato, Nicola?»

È la seconda volta che me lo chiede da quando sono tornato da Baghdad. E questa volta è decisamente spaventata. La gita nel mio appartamento non deve averla messa di buon umore.

«È per questo che sei qui, vero Andrea?»

«Per cosa?»

«Perché ti sei spaventata.»

Stringe più forte le braccia contro il seno, fino a sbiancare le nocche.

«C'era tanto silenzio» dice soltanto. E la sua voce ha perso tutta la durezza di prima. L'abbraccio con cui cerca di nascondere il suo corpo non le serve a tenermi a distanza. Solo a proteggersi da tutto. Anche da me.

Le accarezzo i capelli.

«Mi dispiace, Andrea.»

Sorride, abbassa le braccia e lo sguardo, annuisce. Poi mi pianta gli occhi dritti negli occhi.

«È servito almeno?»

«Cosa?»

«Quello che ho fatto io.»

Ci penso un istante, poi le regalo l'unica risposta possibile. La più vera.

«Sì, è servito. Nella mia vita ci sono poche persone indispensabili come te.»

Non le posso dire quello che sento, non le posso dire che saprò cosa deve succedere solo dopo che sarà successo e che ormai non ho più mezzi per anticipare e prevedere il tempo. Non le posso dire che sono una barchetta di carta che attende di sapere da che lato la sta spingendo la corrente e che pensarci mi fa paura.

Non le dico niente, solo quella frase. E per un attimo la vedo aspettare il resto, quello che sente nascosto dietro alla maschera protettiva del mio silenzio. Poi ci rinuncia e si volta.

«Dai, andiamo.»

Sorrido.

«Mi fai fare colazione, prima?»

«Ti ho detto che ti ho visto sul giornale?» chiede, mentre la schiuma del cappuccino mi disegna sotto al naso due sottili baffi immacolati.

Appoggio la tazza.

«Sul giornale?»

«Sì, "la Repubblica". Ero convinta di avertelo detto. E anche al telegiornale. Mi pare sia stato il giorno dopo l'esplosione... insomma, l'incidente. Qualcosa tipo "Il fotografo italiano Nicola Zanardi è fra i coinvolti eccetera eccetera, ma non risulta ferito". Sai come funziona. La foto era terribile.»

«Immagino. Non sono di certo fotogenico.»

Bevo l'ultimo sorso di cappuccio. Mi pulisco con un fazzolettino di carta.

Un pensiero mi attraversa la testa, come una stella cadente.

Sara, seduta di fronte a me, che sfoglia la mia copia de «la Repubblica». Quel giornale che ho comprato, ma mai aperto. Il giornale che a quanto pare conteneva la mia foto, il mio nome e il mio lavoro.

«Cercavo un annuncio» mi aveva spiegato. E adesso che ci penso mi viene in mente che è al giovedì che pubblicano le offerte di lavoro su quel giornale, non al sabato.

«Qualcosa che non va?»

La voce di Andrea, un lampo di incomprensione che le attraversa lo sguardo e la fronte.

«No, niente» rispondo. E in realtà è vero. Perché ho in testa una cosa utile come un cappotto a ferragosto. Tento di scacciarla, mentre ci incamminiamo di nuovo verso la spiaggia e l'altoparlante mi mitraglia le orecchie con l'ultima canzone di Vasco.

Ma è impossibile, non ci riesco.

Su quel treno, Sara Parmeggiani potrebbe non avermi scelto per caso.

«Le ho mentito, commissario.»

Anja Ramirez pronuncia la frase e Giovanni pensa che le stesse parole le potrebbe usare lui, riferite al questore. Guarda la donna che gli siede accanto su una delle panchine di piazza Cavour. Per tutto il tragitto fino all'ombra della piazzetta, la vicina di Sara Parmeggiani non ha detto nulla. Si è limitata a lasciarsi andare contro il suo braccio, come una bambina abbandonata che trova finalmente il posto in cui sentirsi al sicuro.

Poi si è seduta pesantemente, quasi che la passeggiata fosse stata troppo lunga, la fatica eccessiva. E ha cominciato con quelle parole che alla fine potrebbero dare un senso a tutto, anche alla bugia che ha appena raccontato a Lodoli.

«Nella vita di Sara c'erano due uomini» continua, dopo un breve silenzio. E immediatamente gli occhi di Marra cercano il pacchetto. È tutto così stupido e banale da non sembrare nemmeno possibile.

«Non so cosa ci sia qui dentro, commissario. Sara me l'ha affidato prima che partissi. "Tienilo tu, è meglio. Se succede qualcosa, dallo a qualcuno di cui ti fidi davvero." È stata l'ultima cosa che mi ha detto, da quando è morta non faccio che pensarci. Avrei dovuto fare qualcosa. Quella frase era un testamento e io non ho capito niente. *Nada de nada*, commissario. Mi stava dicendo che aveva paura. Mi stava chiedendo aiuto. E io ho soltanto preso questo stupido pacchetto con un sorriso. Senza dire niente.»

Giovanni aspetta. Resta fermo, in silenzio. Vorrebbe strapparle l'involucro dalle mani, farlo a pezzi lì, nascosto nell'ombra del giardino, fregandosene delle parole, della paura, di tutto il resto.

Ma non può. Non è così che funziona, non è così che deve funzionare.

«Perché mi ha mentito?»

Anja Ramirez tira su con il naso. Non sta piangendo, ma la sensazione è la stessa. Una donna che qualcuno ha sbriciolato dentro, un contenitore che resiste solo nella speranza che i frammenti che contiene possano miracolosamente saldarsi di nuovo fra loro.

«Non sapevo se fidarmi davvero di lei. Pensavo fosse pericoloso.»

Giovanni si passa la lingua sulle labbra. Sanno di tabacco e di caffè. Vorrebbe fumare e invece parla.

«Perché pericoloso?»

«C'erano due uomini nella vita di Sara» ripete Anja, e sul momento Marra pensa che stia semplicemente ignorando la domanda. «Uno era il suo amante, l'altro suo fratello.»

La voce della donna è diventata improvvisamente forte e decisa.

«Antonio, vero?»

«Sì, commissario. Non l'ho mai visto, nemmeno in foto. Ma ultimamente Sara ne parlava spesso. Si erano incontrati di nuovo per caso, dopo tanti anni, proprio quando lei era andata a Roma per cambiare vita. Si ricorda? Gliel'avevo detto... ma non credo che sia lui, l'uomo che sta cercando.»

«Che cosa sa, signora Ramirez?»

Anja stringe più forte il pacchetto che tiene in grembo. Lo

copre con le mani, un bambino da non far scottare con il sole. Mentre parla tiene sempre gli occhi bassi. Le parole sono troppo pesanti perché lo sguardo sia capace di sostenerle.

«Era un uomo importante, ma non so chi fosse. E nemmeno come lo abbia incontrato. Non mi ha mai voluto dire il suo nome e io non ho mai insistito. Era innamorata. Credo che sia andata a Roma per tutti quei mesi perché sperava che lui la tenesse con sé. Ma dev'essere successo qualcosa, perché quando è tornata era diversa.»

«In che modo?»

«Senza speranza, commissario. Incattivita, delusa. È stato allora che ha cominciato a parlare sempre più spesso del fratello e sempre meno del suo uomo misterioso. Voleva bene ad Antonio, diceva che le ricordava un periodo della vita in cui aveva sperato di poter essere felice. Adesso che c'era di nuovo, forse sperava che quel periodo tornasse. Anche se sembrava in cerca di altro.»

«Di cosa?»

Anja Ramirez pianta per la prima volta lo sguardo in quello di Marra. Lo fa per un breve istante. Il tempo di pronunciare una sola frase.

«Di vendetta, commissario. "Lui mi ha portato via la vita e adesso ho bisogno di riprendermi quello che è mio." Mi ha detto così, qualche tempo dopo essere tornata. E so che si riferiva a quell'uomo, anche se non me l'ha mai spiegato. Se lei è sicuro che Sara fosse appena tornata da Roma quando è stata uccisa, allora era andata là per vedere lui.»

«Cosa crede sia successo?»

«Parla della vendetta, commissario?»

Giovanni annuisce.

«Anche lei se lo sta chiedendo, vero? All'inizio ho pensato che lui l'avesse lasciata. Che tutto quello in cui lei aveva sperato fosse semplicemente svanito. Poi un giorno ho sentito un pezzo di telefonata. Eravamo insieme, in centro. Dovevo fare delle compere e Sara mi aveva accompagnata. Era lui che la chiamava e sembrava tranquilla. Anzi, la voce sembrava tranquilla. Perché i suoi occhi invece erano spenti. Stava... recitando una parte, commissario. È lì che ho capito che in realtà non aveva mai smesso di vederlo. E che nei giorni in cui spariva, probabilmente se ne andava da lui. Allora mi sono fatta la stessa domanda che lei ha fatto a me, ora.»

Fa una pausa. Un autobus passa dietro di loro, percorre un semicerchio intorno al giardino e volta a destra, infilandosi in via Farini.

"Era lui che la chiamava" sta pensando Giovanni. E l'unica cosa che ha in testa sono quei due numeri di telefono maledetti e qualcosa che stride con un rumore sinistro, tutt'intorno al castello di carte che si è costruito.

Poi Anja ricomincia a parlare.

«È strano, commissario, come una finisce per farsi delle domande banali solo in certi momenti. Non ho mai visto Sara come una puttana, gliel'ho spiegato. Forse solo quel giorno. Se lui è un uomo importante, come poteva pensare che si costruisse una vita con lei? È stata quella la domanda che ha fatto scattare tutto.»

«Forse lo ricattava per il male che le aveva fatto, la speranza disillusa. Magari minacciava di dare tutto ai giornali.»

«*Claro* commissario, ma perché? "Lui mi ha portato via la vita e io adesso ho bisogno di riprendermi quello che è mio." Riesce a capire? Non è una vendetta qualsiasi. C'era qualcosa in sospeso che lei voleva. E non riesco a pensare a niente di diverso da un figlio.»

La frase di Anja Ramirez è una foglia che si stacca dal ramo, rapita da un soffio di vento. Resta sospesa, a mezz'aria, a riempire il silenzio.

«Un figlio...» sussurra Giovanni e all'improvviso tutto diventa terribilmente chiaro.

«Un figlio, commissario. Io credo che quando Sara è andata a Roma fosse già incinta. Che sia andata là per partorire e lui le abbia portato via il suo bambino.»

«Sara le ha mai...»

La donna solleva le mani. È l'unica occasione in cui abbandona per un istante la custodia del pacchetto.

«Non mi ha mai detto niente, no. Lei non parlava di queste cose, gliel'ho detto. Non so nemmeno se è andata così o se sono una povera messicana pazza. Però è quello che sente il mio cuore.»

«Sara stava ricattando qualcuno, signora. Si era fatta fotografare con un tizio, in una camera d'albergo.»

«Allora lei sa chi è, commissario?»

«No, nelle foto il viso non si vede mai. Nemmeno una volta.»

«E lei crede che...»

Giovanni guarda il pacchetto che la donna tiene in grembo. Il desiderio di averlo fra le mani è molto meno urgente ora. Ha il sapore di qualcosa di inevitabile e tremendo da affrontare senza via d'uscita.

«Lo ha aperto?»

«No, mai. Sara mi aveva detto di non farlo. I segreti della gente vanno custoditi e rispettati, commissario. E la riservatezza è il minimo che devo a Sara.»

Guarda ancora un attimo il pacchetto.

E alla fine lo consegna a Giovanni.

«Faccia quello che è giusto, per favore.»

Anja Ramirez resta in attesa di una risposta che non arriva. Poi solleva le labbra in un sorriso malinconico, abbassa il capo in segno di saluto, si alza e si allontana.

Marra la guarda andarsene senza voltarsi mai, attraversare la strada, infilarsi nel buio di galleria Cavour, diventare un'ombra priva di forma che si confonde con tutto il resto.

Solo allora controlla quello che la donna gli ha consegnato.

È una busta gialla, imbottita, sigillata da entrambi i lati con dello scotch da pacco marrone. È grande come l'edizione economica di un libro, di quelle da pochi euro che vendono anche in edicola. Toccandola, gli sembra che contenga qualcosa di rettangolare. Più oggetti della stessa forma, impilati uno sull'altro.

Sorride, ma è un gesto di nervosismo.

Poi prende un lungo respiro e la apre. Dentro ci sono una memory card e delle foto. Mentre le prende fra le dita per tirarle fuori, pensa che devono essere più o meno una dozzina. La carta, al tatto, è lievemente appiccicosa.

Si guarda intorno, la mano affondata nel pacchetto fino al polso, il sole che gioca con le ombre degli alberi, della gente, dei palazzi tutt'intorno. Alle sue spalle, una coppia di ragazzi passa lungo la strada tenendosi per mano. Per un attimo lo fissano come se una strana malattia lo rendesse sfigurato. Ma è soltanto un'impressione. L'attesa, la paura, la stanchezza, che rendono la realtà informe e ondulata come il mare battuto dal vento.

Toglie la mano dalla busta. "Non qui" pensa. E si alza in piedi.

Percorre i cento metri scarsi che lo separano da piazza San Domenico in un tempo terribilmente breve, durante il quale i pensieri corrono via senza che possa intercettare le parole. Poi si siede in mezzo alla piazza – uno specchio assolato di sanpietrini e solitudine –, appoggiandosi alla base del monumento che sembra sorvegliare tutto.

Ogni tanto qualcuno entra ed esce dalla porta a vetri della Cassa di Risparmio. Un turista si infila nella basilica, distante una ventina di passi, senza nemmeno accorgersi della sua presenza.

"Ecco, qui" pensa.

Con un gesto secco tira fuori le foto e incrocia gli occhi dell'uomo che sta cercando dall'inizio di questa storia. È in ogni inquadratura e, quando lo vede per la prima volta, una smorfia di sorpresa e incomprensione gli scompone i lineamenti, gli attraversa le labbra.

Non si può sbagliare sulla sua identità.

Ha visto quella faccia troppe volte ed è sempre lui, sempre lo stesso sorriso che conosce a memoria in ognuna di quelle foto.

Le guarda con calma, una volta sola. È uno sguardo più che sufficiente a sperare di essere il solo ad averle viste. Oltre a Sara Parmeggiani.

Quando le infila di nuovo nella busta, tutto è cambiato.

La luce nella piazza sembra più fredda, gli sguardi dei pochi passanti più minacciosi. Lo spazio aperto solo un buio denso e cattivo in cui può nascondersi chiunque.

«Ecco perché» sussurra. E per un attimo è convinto di avere urlato, per un attimo è sicuro che la pietra che lo circonda da tutti i lati, che regge il suo peso, che costruisce secondo geometria e pazienza i muri della chiesa e dei palazzi, finirà per sgretolarsi all'improvviso.

Così come, davanti all'uomo finalmente immortalato nelle foto, ha finito per arrendersi ogni sua certezza, regalando lo spazio al gelo che ora gli attraversa le ossa. E alla paura più profonda che gli sia capitato di provare.

Si alza a fatica, appoggiando una mano alla colonna che termina molti metri sopra di lui con la figura di san Domenico.

Perché proprio lui, Sara?

Affonda una mano nella tasca dei pantaloni. L'altra la avvicina a un fianco, la busta stretta fra le dita come un corrimano che deve reggerlo in piedi.

A tutti i costi.

Al primo passo che fa, un senso di vertigine gli confonde la vista, diventa nebbia al passo successivo, poi un conato che tenta di raggiungergli la gola. Si ferma e lo blocca lì, a metà strada fra le labbra e l'esofago, gli occhi sbarrati e chiusi dietro le lenti da sole. Guardandolo, sembrerebbe solo un tizio qualunque che si attarda a godersi la meraviglia della piazza.

Ma non è così.

E non lo è nemmeno quando si muove, soltanto un paio di minuti dopo. Il passo finalmente deciso, la vista limpida e lontana, come un lago incastrato fra due montagne.

La sua paura è un animale ferito pronto a sbranarti per continuare a respirare.

E malgrado abbia deciso cosa fare, il commissario Giovanni Marra è sicuro che non esista un posto in cui potersi nascondere, quando sbucherà fuori dal suo nascondiglio e comincerà con rabbia a cibarsi dei suoi pensieri.

Angela chiude gli occhi contro il riflesso del sole.

È la prima volta che si permette il lusso di una pausa, da quando è uscita sfidando la grandine per inseguire un fantasma passato per caso.

Datti tregua, dice una voce nella sua testa. Ma non la ascolta, non può. Si passa le mani fra i riccioli neri e poi giù, sul collo.

Allunga i pollici sulle spalle e tenta di sciogliere la stanchezza, la tensione, l'attesa, in un massaggio morbido e lento. Alla fine riapre gli occhi. Di scatto, senza un vero motivo.

La ricreazione è finita, muovi il culo.

I fascicoli sono lì. Rettangoli di carta giallognola nell'ordinato casino della scrivania. Trovarli è stato facile e pensare a quanto era così a portata di mano quella soluzione la fa incazzare come potrebbero fare poche cose.

È stata la neve. La neve fitta, intermittente, spessa e silenziosa di quella notte. Così simile eppure distante dalla ferocia esplosiva della grandine appena passata.

La neve ammorbidisce i rumori, ma non attenua i ricordi.

Ha impiegato tre ore a recuperare le date di tutte le precipitazioni di quest'anno. Poi ha controllato i suoi turni e ha confrontato le due tabelle che si era costruita. Alla fine è bastato cercare i fascicoli.

Sono dieci, non di più. L'ultimo lo ha tirato fuori un istante prima di abbandonare lo sguardo allo splendore dell'estate. Li sfoglia uno per uno. Non ci sono foto, niente che possa aiutarla a ricordare quale di quelle vicende coinvolga la bambina che sta cercando.

Tira su con il naso, irrigidisce i dorsali per nascondere un brivido che le pizzica le scapole. Prende un respiro e comincia a fare l'unica cosa che le rimane. Cercare tutte quelle famiglie. Parlare con la madre, guardarla negli occhi.

Se la ricorda ancora. La sente ogni volta che vede quel frammento di fotografia, che sfiora con uno sguardo incerto e spaventato il sorriso spalancato di quella bambina.

Appunta con precisione gli indirizzi stampati nei fascicoli. Poi si alza e si incammina verso la macchina.

Fuori, abbassa gli occhiali da sole sul viso.

Perché nessuno veda che, schiantati dalla luce e dalla stanchezza, i suoi occhi reagiscono piangendo lentamente.

Il commissario Giovanni Marra ferma la macchina nel parcheggio privato della villetta di Michele Ferrari. Ci sono alcune auto della polizia, un furgone della scientifica, un bel po' di curiosi in attesa oltre la cancellata, due pullman della televisione.

Giovanni non li vede nemmeno.

La sua attenzione è lontana da lì, conficcata come un pallottola nel pacchetto che tiene con noncuranza nella tasca della giacca. Nello sguardo dell'uomo impresso in quelle fotografie, in quello che ha deciso di fare e che ha appena spiegato al colonnello Ulivi, percorrendo in tondo quattro volte la strada che porta a casa sua, per controllare che nessuno lo stesse seguendo.

"Non ce la faremo mai" pensa mentre mette piede nella casa di Ferrari e tutto il casino della perquisizione gli piomba addosso come un temporale.

Poi la moglie dell'ingegnere appare in fondo alla stanza, gli viene incontro piano con un sorriso triste e imbarazzato sul viso, lo saluta, lo accompagna fuori, oltre la porta a vetri del salone. E improvvisamente la realtà diventa troppo importante perché possa permettersi di continuare a ignorarla.

Mirella Ferrari è la segretaria del giudice Terzi.

Scoprirlo, è stato come beccare un amico a letto con la donna che hai lasciato da una vita. Non c'è niente di strano e niente che ti debba interessare, ma ti senti tradito lo stesso.

Giovanni la guarda, appoggiata con tutte e due le mani al parapetto del terrazzo. Fuori, da quel lato della casa, ci sono solo alberi e piante. E anche lei sembra una di quelle piante, improvvisamente strappata al terreno da un temporale troppo forte.

«Si era fissato che avessi un amante, commissario.»

Il volume della voce scende man mano che pronuncia la frase. Per un attimo prende a studiarsi le scarpe, abbassa il capo. Poi lo solleva di colpo, sospinto dalla forza di quello che sta per dire.

«E invece era lui che mi tradiva. Lo avevo anche fatto seguire, sa? Da un investigatore, prima dell'incidente.»

Giovanni annuisce. Stringe gli occhi. I suoi pensieri sono automobili impazzite che attraversano troppo svelte un'autostrada non ancora terminata.

«Con chi aveva una relazione suo marito?» chiede.

Mirella sorride. Un ghigno doloroso che le devasta i lineamenti.

«La sua segretaria. Ha mai sentito dire una cosa più banale?»

«Ieri sera, quando se n'è andato, lei ha pensato che fosse dalla sua segretaria, non è vero?»

«Sì.»

«Allora perché non l'ha detto all'ispettore Carta?»

La risposta le scivola di bocca come un sibilo.

«Perché di quello stronzo di mio marito non ne volevo più sapere.»

Giovanni non sa cosa dire.

Sta pensando al cadavere dell'ingegnere disteso in una vasca piena di sangue. A tutti i minuscoli frammenti che ha lasciato per ricostruire una storia disperata e schifosa. A quella bambina che ancora non sa chi sia, ma che Angela sta cercando con troppa disperazione per non ottenere un risultato. Alle foto che tiene nella giacca e al desiderio di mollare tutto per trovare una soluzione che probabilmente non c'è.

"L'unica possibilità che mi è rimasta" pensa, "è arrendermi o finire schiacciato." Sposta lo sguardo e tutti i pensieri si assestano intorno alla donna che gli sta davanti.

La segretaria di una delle persone di cui si è fidato di meno in tutta questa storia. Una che ha appena saputo che suo marito era tra i gestori di una rete di pedofilia. Una a cui deve fare per forza la domanda che sente affiorare alle labbra, la prima tra le tante che all'improvviso hanno cominciato a riempirgli la testa.

«Si porta mai del lavoro a casa, signora?»

Mirella lo guarda come se non capisse bene la domanda.

«Come fanno tutti, commissario. Ma ho il permesso del dottore, naturalmente. A cosa sta pensando?»

«A niente di preciso» risponde, ma capisce subito che il tono della sua voce non è credibile. Perché quello che gli passa per la testa è l'ingegner Michele Ferrari che fruga in quei fascicoli, che parla con la moglie della sua giornata di lavoro, che raccoglie informazioni. E le usa per fotterlo.

È l'unica conclusione che gli viene naturale, lì, su quel terrazzo. E deve essere la stessa a cui è arrivata Mirella, che lo guarda con un misto di terrore e desolazione dipinto sul viso.

«Io non...»

Giovanni solleva una mano e blocca la frase prima che diventi qualunque cosa. Tenta di sorridere. Distoglie per un attimo lo sguardo e cambia rapidamente discorso.

«Perché ha tenuto quello scatolone, in cantina?»

«A dire la verità non lo so. Ho pensato che fosse... giusto. Ecco la parola esatta. Giusto, per lui e per me. Poi me ne sono dimenticata. Sono passati tanti mesi, sa come succede.»

Giovanni annuisce.

«E non ha mai avuto la curiosità di scoprire cosa fosse quella borsa?»

Risponde subito.

«No. Strano, vero? Adesso, con tutto quello che mi ha raccontato, con quella storia... orribile... è assurdo che non l'abbia mai fatto. Eppure è così.»

«E ha messo quella roba in cantina la sera dell'incidente, giusto?»

«Sì.»

La risposta di Giovanni arriva esattamente alla fine di quel monosillabo.

«Perché mi sta mentendo?»

Mirella Ferrari piega lo sguardo sotto le sopracciglia increspate.

«Io...»

«Lei non è andata al pronto soccorso quella notte. Solo il mattino dopo.»

Giovanni non ha ancora verificato tutto il racconto di Raffaella Petri, ma lo sguardo con cui la padrona di casa allontana gli occhi da lui è più importante di qualsiasi riscontro.

«È vero, non ci sono andata.»

«Perché?»

«Mi vergogno a dirlo. Non volevo vedere Michele morire. Mi sarei sentita in colpa. Sono una donna, commissario. Una di quelle che pensa che il suo uomo la tradisca perché lei non è all'altezza, capisce? Il primo pensiero che ho fatto è che Michele stesse tornando da una visita a quella ragazza. E che se non avesse avuto un'amante, allora non avrebbe avuto l'incidente. Solo oggi so che non era vero. Ma allora, be', era tutto diverso.

Quella sera ero andata al cinema. A lui avevo raccontato che ero uscita con delle amiche, ma non era vero. Avevo bisogno di stare sola. Di non vederlo, nemmeno per un minuto. Di tornare a casa e trovarlo a letto, addormentato. E infilarmi di fianco a lui, senza far rumore, fino al mattino dopo. Poi è arrivata quella telefonata e... be', il resto lo conosce già. Ho recuperato la roba dal bagagliaio. L'ho cacciata nello scatolone e ficcata in cantina.»

«Lei sa che l'investigatore che aveva assunto è scomparso?»

«Il signor Petri? No di certo. Ho fatto il bonifico al conto che mi ha indicato. E per me era tutto.»

Ora è Giovanni che si appoggia al parapetto del terrazzo. Le spiega quello che sa senza guardarla in faccia, lasciandole lo spazio per assorbire le parole del suo racconto.

«Suo marito è stata l'ultima persona che ha visto Petri vivo, il giorno stesso dell'incidente. Forse l'investigatore aveva scoperto qualcosa, pedinandolo si era fatto beccare e gli ha dato un appuntamento per risolvere la questione.»

«Crede che Michele lo abbia ucciso?»

Le parole di Mirella Ferrari tremano come le foglie degli alberi davanti a loro. Un movimento che non ha niente di uniforme. Cresce, cala, si spegne e torna a esplodere, trascinato dal vento.

Giovanni si volta.

«Cosa vuole che le dica, signora? Sembra tutto anche troppo evidente, non le pare?»

La padrona di casa distoglie lo sguardo da Giovanni. Fissa un punto oltre il verde della collina, accanto a una nuvola che sembra un soufflé.

«Come ho fatto, commissario?» chiede, ma in realtà sembra parlare con se stessa.

Marra la ascolta. È la seconda volta che si trova a spiegare a una donna la vera vita dell'uomo con cui ha vissuto.

"Nessuno conosce mai nessuno" pensa. "Nemmeno io conoscevo Marzia e lei non conosceva me. Quando è morta, forse, eravamo solo due estranei che dovevano amarsi per forza."

«Ha mai tradito suo marito, signora?»

Gli occhi della donna polverizzano la domanda come un cubetto di zucchero schiacciato fra le dita.

«No, commissario, non l'ho mai fatto. E chiunque le abbia raccontato questa storia, mente sapendo di farlo.»

Marra si stringe nelle spalle.

«Me l'ha raccontata lei. Almeno credo. Venereprivata le dice niente?»

«E in quale punto, commissario, crede di aver letto che tradivo mio marito? Fra quali parole, me lo dica. Lei, come Michele, vuole leggere solo quello che le fa comodo.»

«Suo marito conosceva il blog?»

«Certo, e se anche lei lo ha letto, significa che lo sapeva già da solo. Sono stata io a farglielo conoscere. Speravo che scoprire come stavano le cose fra noi prima del coma servisse a fare tabula rasa, a ricominciare. Ho fatto in modo che trovasse l'indirizzo dentro una vecchia agenda. C'erano anche due biglietti del treno, ma non mi ha mai chiesto cosa fossero. Magari alla fine si è ricordato tutto e ha preferito non sentire.»

«E che cos'erano, signora?»

«C'è un nostro vecchio amico, Alberto. Abitava nell'appartamento di fianco a me, prima che mi sposassi. È diventato avvocato, esercita a Roma. Avevo pensato di divorziare e sono andata giù due volte, per parlare con lui.»

«E con questo Alberto lei non ha mai...»

Mirella ride.

«Alberto Menti, commissario, è omosessuale. E lo sanno tutti. È deputato, ha anche un incarico nell'Arcigay, si figuri. Michele lo conosceva benissimo. E mi ha fatto la sua stessa domanda senza ricordarsi minimamente di chi stesse parlando e quanto fosse assurda una cosa così. Alberto voleva bene a tutti e due.

«Quando Michele ha avuto l'incidente e Alberto ha saputo che era sopravvissuto, la prima cosa che mi ha detto è stata che era la mia seconda occasione. La *nostra* seconda occasione. Che una cosa così fa piazza pulita di tutto il passato e ti fa ricominciare da capo. Quando mio marito ha letto quella frase, ha creduto che sperassi che morisse. E mi ha accusata di tradirlo. Capisce quanto è ridicolo? Tradirlo con un gay, mentre lui si faceva la sua segretaria... e tutto il resto...»

Giovanni abbozza un sorriso. Assomiglia molto all'espressione con cui la donna ha appena raccontato l'assurdità della situazione.

«Non ha mai sospettato di nulla?»

Mirella allarga le braccia. Spalanca di nuovo lo sguardo in un'espressione attonita.

«Mi sta chiedendo se ho mai avuto l'impressione che mio marito fosse un pedofilo?»

«L'ha mai avuta?»

«Certo che no!»

«E di Aurelio Strazzari che cosa sa?»

La frase che le esce di bocca è tagliente e sottile come la pagina di un libro.

«Aurelio, quel figlio di puttana.»

«Lo conosceva bene?»

«Bene, commissario? Sono io che l'ho presentato a mio marito. Eravamo a scuola insieme. Abbiamo anche avuto una storia, tanto tempo fa. Ma è finita alla svelta. Sa quelle cose che non possono essere nient'altro che amicizia? Ecco, è andata così. Quindi si figuri cosa posso pensare ora.»

«Me lo dica.»

La padrona di casa pianta lo sguardo negli occhi stanchi del commissario.

«Che è stato Aurelio ad aver portato mio marito su quella strada. Girava sempre con quelle ragazze giovani, diciotto, vent'anni. Troiette che correvano solo dietro ai suoi soldi.» Rallenta un attimo il fiume di parole con cui ha riempito la risposta. «Mi scusi, commissario. Non sono una persona volgare, lei lo sa... eppure...»

«Non si preoccupi.»

«Dicevo che penso sia colpa di Aurelio. E quindi, per la proprietà transitiva, che sia colpa mia. E magari lei sta pensando anche di peggio.»

«No, assolutamente.»

«Se lo facesse non potrei certo biasimarla. Dopo quello che ha scoperto di mio marito e con il lavoro che faccio, mi sembrerebbe del tutto normale. Poi le ho già mentito una volta, oggi. Chi mente una volta può farlo sempre, non è così? So come vanno queste cose, commissario.»

Giovanni le sfiora il volto con lo sguardo. Il sole le rischiara ancora di più il viso, già pallido. Senza trucco, con una camicia bianca portata fuori dai jeans e un paio di scarpe da tennis, sembra la rovina di un'antica città dimenticata. Il ricordo dell'esistenza di qualcosa di enorme, una traccia grossa e pesante che il tempo farà fatica a cancellare.

Tira fuori di tasca la foto che gli ha dato Michele.

«La conosce?»

Mirella la prende fra le dita come un oggetto prezioso. La guarda per un lungo istante, poi gliela restituisce.

«No, davvero. Dovrei?»

«Me l'ha data suo marito. Mi ha chiesto di scoprire chi è. Anzi, di scoprire che cosa le è successo.»

«Mio Dio, commissario. Quando lo ha visto?»

Giovanni infila di nuovo la foto in tasca e le racconta tutto. I fatti e le parole precise di quel breve colloquio. Non la sensazione che sente dentro e che lo fa sentire stupido e inutile, ogni volta che ci ripensa.

«Lei crede che quella bambina...»

«Io non credo nulla, signora. Cerco solo di capire. E per concludere la sua frase, be', spero di no.»

«Già. Vorrei sapere chi è, commissario. Poter fare qualcosa. Riuscire a convincerla che non so niente e... aiutarla, se posso.»

«Sa che controlleremo quello che ha detto.»

Mirella annuisce.

«Per il momento le chiedo solo due cose.»

«Tutto quello che vuole, commissario.»

«Se le viene in mente qualcosa, anche una fesseria qualsiasi, me la faccia sapere.» Fa una pausa. «E cerchi di dimenticare in fretta tutta questa storia.»

«Pensa che sia possibile?»

Giovanni resta un istante a guardarla, prima di rispondere.

«C'è chi dice che si possa. Da parte mia, però, non ho mai imparato come si fa.»

«A cosa stai pensando?»

Il rumore della risacca copre l'ultima parte della mia domanda. C'è mare mosso, un azzurro grigio e denso su cui le onde spezzano strani disegni biancastri. Un paio di ragazzi tentano di stare a galla su due materassini arancioni. Una coppia di anziani passa tenendosi per mano. Lui porta un vecchio cappello da pescatore e un costume da bagno nero, molto alto in vita.

Roberta è seduta su un moscone. Controlla Lisa, in riva al mare, lo sguardo perso all'orizzonte, l'ultimo ricordo delle onde che le accarezzano le caviglie. Sembra stia cercando qualcosa, oltre il mare e il cielo, oltre la linea scura che separa l'acqua dall'aria.

«A cosa stai pensando?» ripeto. E Roberta continua a ignorare la mia voce, a darmi le spalle pur restandomi a fianco. Tiene il viso verso sua figlia, lo sguardo lontano dalle mie parole.

«Sei uno stronzo.»

Lo ha detto spezzando a metà un soffio di vento. Il taglio preciso e affilato con cui un chirurgo incide un paziente.

«Lo so.»

Si volta di scatto, come se non si aspettasse quella risposta. Ma è inutile che stiamo a girarci intorno. Ho fatto una cazzata, tanto vale ammetterlo.

Abbassa gli occhiali da sole.

«Lo sai?»

Annuisco e sorrido.

«Lo so.»

«Ah» risponde. E per un attimo si copre il labbro superiore con quello inferiore. Poi scoppia a ridere e io con lei. Dura poco.

Se stessi passando di lì per caso e osservassi la scena, nemmeno ci farei caso. Eppure, mentre smetto di sghignazzare, la prima cosa che penso è che ho voglia di baciarla.

«Chi era?» mi chiede. È di nuovo seria, ma la voce ha perso tutto il filo della lama. Mi passo la lingua sulle labbra e mi accorgo che Lisa ci sta guardando. Sembra studiare la situazione con una smorfia divertita nello sguardo. Ha una fascia rossa in testa, i capelli le scendono liberi sulle spalle.

«Uno che spero di non incontrare più» le spiego. Ma non riesco a smettere di guardare il colore dei capelli della bambina. Sembra che abbiano il sole dentro, che siano loro a proiettare la luce del giorno, a spalancare di azzurro il cielo e riempire di scintille il mare.

Roberta non dice niente. Aspetta che Lisa si volti di nuovo, prima di ricominciare a parlare. Come se sapesse che quel momento era destinato a finire presto.

«Mi hai mentito perché speri di non vederlo più?»

Annuisco, lentamente.

«Allora devi dirmi chi era. Come faccio a fidarmi di te, altrimenti?»

Resto in silenzio, incrocio le mani al petto. Il rumore del mare, all'improvviso, sembra troppo forte. Copre tutto, anche i miei pensieri. Anche la voce di Roberta, che muove appena la testa verso di me e aspetta.

«L'ho conosciuto in Iraq» comincio. E mentre pronuncio quella frase, penso che in fondo non sto per raccontarle del tutto una bugia. «Lui era convinto che avessi un cosa che gli interessava, che avessi visto qualcosa che non dovevo.»

«E l'avevi?»

Scuoto la testa, con decisione.

«No. Ieri l'ho incontrato apposta. Per dargli quello che ho. E dimostrare che non è niente di quello che cerca.»

«Ti ha creduto?»

Per un attimo guardo di nuovo il mare. I capelli di Lisa mossi dal vento. I due ragazzi che crollano in acqua, mentre un'onda li disarciona dai materassini. Poi mi volto e fisso Roberta.

«Me lo auguro, davvero» rispondo. E alla fine della frase resta solo il silenzio dei suoi occhi.

Ho voglia di abbracciarla, adesso. Adesso che ho paura di qualunque cosa possa dire. Si muove sul sedile del moscone. Si sistema dalla mia parte.

«Non farlo mai più, capito?»

Parla piano e molto lentamente. Pesa le parole, ogni singolo vocabolo ha un dolore personale nascosto dentro.

Annuisco ancora. Un gesto, questa volta, quasi impercettibile.

Resto appeso allo sguardo con cui ha abbandonato la frase. Occhi duri e tristi, una fermezza che sembra fatta apposta per nascondere il fondo della sua malinconia. Appoggio le mani alla staffa del remo.

«Posso farmi perdonare?»

Arriccia il naso, un'espressione furba disegnata sul volto.

«Difficile.»

«A Lisa piace il pesce?»

«Sì, ma...»

«Mi segua, madamigella.»

Le allungo una mano. La prende e scende dal moscone. La abbandono, di malavoglia, solo quando mi accorgo che ha entrambi i piedi sulla sabbia. In due passi siamo davanti a Lisa. Roberta tenta di dirmi qualcosa, ma non fa in tempo.

«Andiamo, signorina?»

Lisa distoglie gli occhi dal mare con un gesto breve e lontanissimo che si ferma sul sorriso con cui sto aspettando la sua risposta. In qualunque modo voglia darmela. Sembra ispezionarlo, cercare da qualche parte un motivo per fidarsi della mia voce. Tutto quanto dura solo qualche secondo. La bambina si volta verso di noi ed è lei, adesso, che aspetta. Le faccio un cenno con la mano, indicandole la direzione in cui voglio muovermi.

«Prego, principessa.»

Roberta ride. L'espressione di Lisa non cambia, ma per un attimo sono sicuro che stia per dire qualcosa e uno strano brivido mi accarezza la schiena e le braccia. Poi ci muoviamo verso il porto.

Quand'ero piccolo mi sembrava uno spazio enorme. Dalla fine di viale Ceccarini – zona 78, bagni arancione – dove andavo tutti gli anni, fino al molo, era una passeggiata lunghissima che facevo di malavoglia. Volevo solo stare in spiaggia, sempre con lo stesso gruppo di ragazzetti, a fare tutto il casino che oggi non è più permesso.

Giocavamo a racchettoni sulla rotonda di cemento della spiaggia libera, proprio oltre lo spazio dove adesso hanno montato il palco per gli spettacoli estivi. Il rettangolo di sabbia fra le cabine e il lungomare ospitava le partite di calcio, la gente ferma oltre il muretto a guardarci giocare. Qualcuno dei più bravi fra i piccoli finiva a fare il portiere nelle partite fra adulti.

Oggi, invece, al mare non si può fare niente. Quello spazio in cui la nostra generazione ha imparato lo stop, il controllo di palla e il gusto di azzannarsi sotto il sole in partite che duravano ore, è il regno del beach volley, dei campi di basket, delle piscine idromassaggio, degli spazi relax. La mia spiaggia è solo l'eco di un mondo che esiste soltanto nei ricordi di quelli che hanno almeno la mia età. Da raccontare sorridendo, con la consapevolezza che non tornerà più.

Come adesso, che cerco le parole giuste perché Lisa possa immaginarsi qualcosa che non vedrà mai.

Ogni tanto mi guarda e per un attimo sono tentato di chiederle se riesce a immaginarlo. Se avrebbe voluto vivere in un posto così o preferisce adesso. Se vuole che stia zitto o che continui a raccontarle di com'era avere la sua età qui, alla fine degli anni Settanta e all'inizio degli Ottanta, quando il mare era ancora dei bambini, le discoteche cominciavano a nascere e l'Italia vinceva i mondiali di Spagna.

Ma non lo faccio. Mi limito a sentire Roberta che ogni tanto sorride, a sfiorare i suoi occhi che si alternano fra il mare, un aquilone colorato che spezza il cielo e il mio sguardo che deve sembrare davvero lontano.

Poi arriviamo al molo. E le racconto che in quegli anni, proprio su quel lastrone di cemento, c'era un vecchio con una griglia. Non so se fosse davvero vecchio, ma ai miei occhi lo sembrava. Stava seduto accanto alla sua carbonella piena di spiedini di gamberi e calamari. Ogni tanto si alzava dalla sedia di legno, girava gli spiedini, avvolgeva il bastoncino in un pezzo di semplice carta bianca, prendeva i soldi, consegnava il cibo al cliente.

Non parlava mai. Se ne stava lì e sorrideva con un'espressione buffa a cui mancavano un paio di denti, le mani secche e agili, la pelle cotta dal sole che ritrovi in tutti i vecchi pescatori, lo sguardo disteso e tranquillo che ti fissava e sembrava perdersi dentro, senza parole.

«Non c'è sempre bisogno di parlare, sai» dico a Lisa mentre saliamo la scaletta che dalla spiaggia conduce al molo. «Per dire quello che si prova bastano gli occhi.»

Un dito di Roberta mi accarezza piano il profilo della mano. No, non è vero, non bastano gli occhi. A volte ci vogliono anche i gesti. Cerco il suo dito e lo sfioro con il polpastrello. Uno strano gioco silenzioso, simile alla scintilla negli occhi di Lisa che si guarda intorno.

Cerca quel vecchio, appena saliamo l'ultimo gradino. Ma non c'è. E nemmeno la sua carbonella.

Al suo posto, un ragazzo che non ha nemmeno vent'anni. Lo sguardo tiepido e divertito che sfoggia accanto alla griglia elettrica su cui cuoce quegli stessi spiedini. Prima dei nostri, vende un calamaro e un gambero a una coppia di tedeschi e li saluta nella loro lingua, con una bella frase che pronuncia senza esitazione.

I gamberi che compro per noi non sono più avvolti nella carta bianca che ricordo, ma sono buoni allo stesso modo.

Ci sediamo poco più in là, sugli scogli verso il mare aperto.

Lisa mangia lo spiedino, io sorrido a sua madre, al sole, alla giornata che sembra scoppiare di caldo, all'estate che se ne sta andando. Alla tranquillità di questo momento.

A qualcosa di buono e di nostro su cui appoggiare i pensieri e lasciarsi finalmente andare.

La bambina attraversa la strada pedalando.

Ha le cuffie, Robbie Williams in testa che canta *Angel*, lo zainetto con la roba del nuoto agganciato alle spalle, un paio di jeans tagliati, una maglietta rossa della Guru, la scritta enorme a coprire tutta la schiena.

Più tardi, sarà grazie a quella scritta che cercheranno di trovarla. Adesso, invece, è solo una maglietta qualunque, a coprire la pelle abbronzata e fresca di doccia di una bambina qualunque. Tra qualche anno, vedendola passare in bicicletta, potrebbero voltarsi in tanti, ma ora no.

È ancora troppo presto per tutto.

Tranne per lo Sceriffo.

La sta aspettando da un'ora. All'inizio era nervoso, ma quando la bambina infila la strada di casa e smette di pedalare, la tensione è scivolata via insieme all'attesa, diluita dalla sicurezza di aver fatto tutto quello che doveva fare.

Ha solo due occasioni per completare l'opera. Ora, mentre torna a casa dopo il nuoto del mattino. E a metà pomeriggio, quando esce per il secondo allenamento. Non può aspettare che abbia finito e torni a casa la sera.

Per quell'ora, sarà già successo tutto.

Lo Slavo è stato terribilmente chiaro. E gli fa paura. La sua tranquillità, la lentezza con cui parla, la rapidità con cui si muove, l'insensibilità degli occhi.

Cerca sempre di fissarseli in testa, ogni volta che sta per fare una cosa come quella che si appresta a fare. Serve a evitare le cazzate, a pensare e agire contemporaneamente, a sapere che ogni gesto deve essere deciso, efficace e invisibile.

Si guarda intorno, in piedi davanti allo sportello posteriore della macchina. Lo tiene aperto e, quando la bambina sta per scendere dalla bicicletta, fa finta di cercare qualcosa sul sedile.

La strada è deserta.

«Scusa, posso chiederti un favore?»

L'unica volta che lo ha guardato, lui era piegato dentro la macchina e stava sbuffando. Il suo respiro e qualche parola confusa sono state le prime cose che ha sentito non appena spento il lettore mp3.

La mamma non vuole che lo usi in bicicletta e così deve prenderlo di nascosto, imboscarlo nello zaino della piscina e rimetterlo a posto subito, prima che disfi la borsa con la roba sporca.

Lo sta impugnando, il lettore, quando lo Sceriffo la chiama.

Resta ferma davanti al cancello di casa. La bicicletta in una mano e il lettore nell'altra. E lo fissa.

Ha la faccia simpatica, l'aspetto tranquillo, lo sguardo un po' da coglione che le sembra di leggere in molti uomini della sua età. Più di quarant'anni, a spanne. Praticamente un vecchio.

«Scusa, posso chiederti un favore?»

Ripete la domanda proprio mentre ha deciso che farà finta di non averlo sentito. E la ripete con un tono talmente disperato che la bambina non può fare a meno di appoggiare la bicicletta e rispondere.

«Mi dica.»

Lo Sceriffo sorride. Se lei vedesse la sua vera espressione, quella che sente esplodergli dentro, fuggirebbe lontana. Oltre il cancello di casa, oltre il viale, oltre il paese e il raccordo appena costruito che porta in autostrada.

Ma non succede. Ha davanti solo un vecchio con lo sportello della macchina aperto che le sta chiedendo un favore come fosse la sua unica possibilità di salvezza.

Ed è una cosa che le piace da morire.

«Vedi, oggi è il compleanno di mia moglie. Le ho comprato degli orecchini. Non li ho fatti incartare perché vorrei farle una sorpresa... insomma, ho già preparato tutto... sai, una cosa speciale... e quei bastardi mi sono caduti sotto al sedile di dietro. Li sento, riesco anche a toccarli, ma ho le mani troppo grandi e non riesco a prenderli. Puoi vedere se ce la fai tu, per favore?»

La bambina sorride.

Non è disperato, è solo stupido. A chi cazzo verrebbe in mente di non farsi incartare degli orecchini? Davvero un'idea idiota. Per un attimo è sul punto di chiedergli che cosa ha preparato come sorpresa, ma non lo fa. Sarebbe solo tempo perso. E non ne ha, deve rientrare a casa.

Annuisce.

«Ok, ci provo. Ma solo un momento che poi devo andare.»

Abbandona la bicicletta contro il muretto e percorre veloce i pochi passi che portano allo sportello aperto.

«Sono sotto al sedile dietro al passeggero» le spiega. E la voce dello Slavo, nella sua testa, smette di dirgli che cosa deve fare.

La bambina si piega. Per un attimo lo Sceriffo pensa che, se le sarà concesso il tempo, fra quattro o cinque anni avrà decisamente un bel culo.

Poi succede tutto il resto.

«Non li sento» dice, ma non si volta. Se lo avesse fatto, lo Sceriffo avrebbe dovuto mettere in atto una piccola modifica al piano, una variante simile a quella prevista nel caso in cui lei avesse rifiutato di aiutarlo.

Così, invece, è fin troppo semplice. Basta prendere la mira e farle l'iniezione sul polpaccio scoperto, quello della gamba più vicina a lui.

«Ehi, cosa...» comincia a dire, ma non ha nemmeno il tempo di girare la testa.

Dopo, basta sollevarle i piedi e farla sdraiare sul sedile dietro, partire senza fretta, cambiare macchina a nemmeno un chilometro da lì. Sistemarla nel portabagagli e infilare l'autostrada.

Quando cominceranno a cercarla, saranno già molto lontani.

Il colonnello Ulivi si volta di scatto, strappato ai suoi pensieri dallo scricchiolio di un mobile. È seduto in poltrona nella stessa posizione da quando Marra se n'è andato. E solo ora si rende conto che il tempo è passato senza la sua presenza, che la sua mente si è rifugiata da qualche parte, abbandonandolo con l'eco delle parole di Giovanni.

E con il ricordo di quelle fotografie.

Non potrebbe dimenticarle nemmeno se volesse e non c'è nulla che desideri di più di non aver mai aperto la busta che gli ha portato il commissario. Sarebbe stato meglio che non lo avesse fatto nemmeno lui.

Prende un lungo respiro, chiude gli occhi. Nel preciso istante in cui le palpebre isolano il suo sguardo, il mobile scricchiola di nuovo.

Questa volta si alza. Sente le spalle irrigidirsi, le gambe si immobilizzano. Fermo al centro della sala, cerca di trattenere addirittura il pensiero, aspettando che quel suono si faccia sentire di nuovo.

Non c'è nessuno, colonnello dice una voce nella sua testa, ma cerca di scacciarla subito.

Non vuole interferenze. Non è il momento. Deve solo ascoltare.

Il cuore che batte. La paura che scorre nel sangue e che fa fatica a controllare. La casa. In silenzio e solitudine.

Tranne quel rumore. Di nuovo. Netto, distinto. Forse più vicino. Nella zona notte.

Lentamente, il colonnello Ulivi si toglie le scarpe. Gli occhi corrono tutt'intorno alla stanza, alla ricerca di qualcosa che possa usare come arma. Ma ci sono soltanto libri. E la mattina che taglia il parquet a strisce lunghe e sottili, filtrando dalle tende.

Si muove.

Una goccia di sudore scivola dal cranio rasato, gli sfiora una guancia, si ferma sulla mano sinistra che la raccoglie, come una carezza. I calzini di cotone sfiorano il pavimento senza fare rumore, il passo rapido e invisibile dei gatti che usa per avvicinarsi alle pareti, costeggiarle fino alla porta, infilarsi nel corridoio e da lì nella camera da letto, piena di una penombra grigia e minacciosa.

Ma deserta. Come tutte le altre stanze, che perquisisce a fondo per togliersi ogni dubbio. Poi, uscendo in corridoio, sente di nuovo lo scricchiolio.

È la porta di casa.

La spalanca di colpo, senza preoccuparsi di quello che può trovare dall'altra parte, contando sull'effetto sorpresa, sulla sua presenza che il nemico si ritroverà addosso senza averla nemmeno annusata.

Ma non c'è nessuno. Solo il pianerottolo.

Resta ancora un istante in attesa, poi torna dentro.

Chiudendosi l'uscio alle spalle si sente molto vecchio e stupido. Assolutamente inadeguato a quello che deve fare, al pericolo che sta correndo aiutando il marito di sua figlia. Un altro uomo che la vita ha spezzato all'improvviso e poi rimesso insieme alla meglio, senza che la cicatrice della frattura si possa mai ricomporre veramente.

Due persone a metà che non ne fanno una intera, perché a entrambe manca la stessa parte. Due persone a metà, contro qualcuno che potrebbe schiacciarle senza nessuna fatica, semplicemente con una parola.

Forse è per questo che hanno continuato a mantenere vivo il contatto, malgrado la ragione suggerisse il contrario. Per riconoscere negli occhi dell'altro la loro stessa pena. E sperare che un giorno uno dei due scopra come sconfiggerla.

«Se Sara Parmeggiani ha davvero avuto un figlio» gli ha detto Giovanni, «quell'uomo si sarà preoccupato di farlo sparire.»

Quando ha sentito la frase, la prima cosa che ha pensato è che ci sono due modi per cui una donna può rimanere lontana da suo figlio.

Che non lo voglia o che lo creda morto.

Se è andata dall'uomo delle foto per far nascere il suo bambino e se qualcuno le ha raccontato che è nato morto, allora deve esistere un certificato, una clinica che lo ha redatto, un medico che lo ha firmato. E un bambino che non saprà mai chi era davvero sua madre.

«Ci penso io» è stata la risposta che ha dato a Giovanni, alla fine di quel pensiero. «Se cerchi il bambino attraverso un canale ufficiale, ti tiri addosso occhi che è meglio se non sanno dove guardare.»

Prende il telefono e compone lo stesso numero che ha fatto troppe volte in questi giorni. L'uomo che gli risponde è in mezzo al traffico. Se lo immagina sorridente, come succede sempre quando si incontrano. Mentre gli racconta quello di cui ha bisogno, il rumore di fondo si spegne piano. Poi svanisce del tutto, come se fosse entrato in una stanza.

Riaggancia e si siede di nuovo in poltrona.

Non resta che aspettare. Non sarà un'attesa lunga, ma nel preciso momento in cui si appoggia allo schienale, sa che la passerà da un'altra parte. Fuori. Aria sul viso, rumori per la strada. E un bersaglio meno semplice di un uomo chiuso da solo nella propria casa.

Esce.

Per i primi due passi, strada Maggiore gli sembra una giungla piena di possibili agguati. Poi le ombre si distendono, le strade si allargano, Bologna riprende a vivere nella sua testa esattamente per quello che è.

Quando morirò, lo farò perché mi si spaccherà a metà il cuore sul vialetto che mi riporta alla macchina.

Guardandosi intorno mentre attraversa la strada, il colonnello Ulivi pensa che ormai, in quella frase che ha detto a Giovanni, non è rimasto nemmeno un accenno di verità.

«Allora?»

La voce dello Slavo è lontana, smorzata dall'auricolare e dal rumore dell'auto. Lo Sceriffo butta gli occhi al retrovisore, sicuro per un attimo che lo stia seguendo. Ma non c'è nessuno. Solo una lunga striscia di asfalto che converge in un punto lontano, all'orizzonte.

«È tutto a posto» risponde. E cerca di farlo nel modo più convincente possibile. Lo Slavo non ha mai chiamato prima di una consegna. Pensava a tutto Varo Borja.

Almeno fino a che esisteva ancora.

Pensare alla bambina, subito dopo aver risposto, gli riempie lo stomaco di uno strano sapore metallico. Qualcosa che associa alla sfortuna e che cerca di scacciare alla svelta. Ripetendo le stesse parole.

«È tutto a posto.»

«Sì, ho capito. Ma non è solo per questo che ti ho chiamato.»

Un attimo di silenzio. Sufficiente a gelargli il respiro fra le labbra. Nella macchina è calata all'improvviso una notte d'inverno.

«Dimmi.»

«So quello che hai fatto. Ficcare il naso negli affari che non ti riguardano potrebbe sembrare una minaccia. E io non gradisco le minacce, lo sai.»

Deglutisce.

«Volevo essere sicuro che non capitassero casini, questa volta. Che non ci fosse qualche suo amico a metterci nei guai. Dopo quello che è successo ieri, non importa più.»

«Ti sbagli.» La risposta dello Slavo cade sulla frase come una ghigliottina. «Quello che devi fare non è l'investigatore privato. Quello che devi fare riguarda la consegna, il reperimento della merce e del compratore. Il trasporto. Tutto il resto non sono cazzi tuoi.»

«Sì, ma quello che è successo ieri ha camb...»

«Quello che è successo ieri serve a me, ora, per dirti che non voglio cazzate. E che da oggi mi riferisci tutto. Sono stato chiaro?»

Odia quella voce piatta. L'elettroencefalogramma di uno zombie. Annuisce, mentre risponde.

«Sì, certo.»

«Come potrai immaginare, d'ora in poi devi arrangiarti senza Varo Borja.»

«Sì, certo.»

«Allora ricordati di non fare cazzate. E fai in modo che possa fidarmi ancora di te.»

La voce dello Sceriffo trema.

«Sì, sì... Certo...»

«Ricordati che, se non lo fai, ti vengo a cercare. E non c'è un posto dove potresti nasconderti. Nemmeno in prigione. Siamo intesi?»

Annuisce di nuovo, più deciso. Si passa la lingua sulle labbra.

«Certo, certo.»

Getta un'occhiata dietro, sicuro che sia lì. Silenzioso come un gatto in una notte senza luna. Invece trova solo il sedile deserto, la luce che filtra dal lunotto e il nulla che arriva dal bagagliaio. Quando prova di nuovo a dire qualcosa, lo Slavo ha già chiuso la comunicazione.

Resta soltanto la strada.

E un silenzio in cui cercare tutte le risposte.

«Dove diavolo ti eri cacciato, Nicola?»

Alessandro Neri, il mio amico giornalista, mi urla nelle orecchie tutta la sua rabbia. Dopo avergli chiesto informazioni su Mariani e sul fratello di Sara, non mi sono più fatto sentire.

«Ho qualcosa per te» dico. In lontananza un ambulante inizia la solita litania per vendere il cocco e Roberta chiacchiera con Andrea mentre Lisa legge.

«Questa l'ho già sentita, prova con un'altra.»

«Hai ragione.»

«Allora se ho ragione prova a contraddirmi. Per esempio raccontandomi qualcosa di quei due tizi su cui mi hai fatto indagare.»

Faccio qualche passo verso la riva. Il mare sta perdendo il tono di grigio lasciato dal temporale e si colora di un verde bottiglia che all'orizzonte diventa blu scuro. Improvvisamente, come una linea di confine. Lo stesso impatto che ha la mia frase sulle aspettative di Alessandro.

«Non c'entrano niente.»

«Mi stai prendendo per il culo, Nicola?»

«No, sono serissimo. Mi servivano informazioni e te le ho chieste. E ho davvero qualcosa da darti in cambio, ma non quello che pensi. Qualcosa che ti piacerà di più.»

«Avanti, allora.»

«Ali Musab.»

Il nome del terrorista morto spezza la determinazione con cui ogni volta ha ribattuto alle mie frasi.

«Che cazzo c'entra Ali Musab?»

La domanda arriva dopo qualche secondo. Nell'attesa sento dei passi, una porta che si apre e un'altra che si chiude. E il brusio di sottofondo diventa un silenzio spesso e senza confine. Si è spostato da qualche parte. Se ricordo bene le sue abitudini e la redazione, credo si sia chiuso in bagno.

«Devo raccontarti qualcosa» comincio. E tiro fuori la storia di Abdel. Tutto quanto, fino all'ultimo dettaglio di quello che so. L'unica cosa che tengo per me è la telefonata che ho fatto a sua madre Honorine, per avere l'audio originale dell'intervista. Durante tutto il racconto Alessandro non mi interrompe mai. Solo quando capisce che ho davvero finito, ascolto di nuovo la sua voce.

«Puoi avere quella cassetta?» mi chiede.
«Credo di sì.»
«E chiaramente non vuoi dirmi chi ce l'ha.»
«Si chiamano fonti. Dovresti saperlo meglio di me.»
«Se trovo i riscontri su quello che mi hai detto, questa storia vale un sacco di soldi, lo sai?»
«I riscontri li trovi. Basta che li cerchi. E quanto ai soldi, be'... non lo faccio per quello.»
«E per cosa, allora?»
Questa volta sono io che mi sovrappongo alle sue parole.
«Per Abdel.»
L'eco di quel nome si ripete nella linea telefonica, per una di quelle strane forme di ritorno che ogni tanto riempiono le conversazioni ai cellulari. Poi tutto sparisce, ritorna il silenzio. E i ricordi.
«Dimmi quando, Nicola.»
«Lasciami qualche giorno. Ne avrai bisogno anche tu, immagino.»
«Certo, tranquillo. E quando questa storia sarà finita, magari parliamo di lavoro.»
«Perché questo cos'è?»
«Credevo fosse un favore a un amico» risponde. E non so se sta parlando di se stesso o di Abdel.
«Così sembra» dico. E sento qualcuno che bussa a una porta con decisione.
«Buona vacanza, allora.»
«Vacanza?»
«Perché, non sei al mare? Dal casino che sento si direbbe di sì.»
«Già. Ti conviene uscire dal cesso, però. Prima che qualcuno di quelli che aspettano la faccia in corridoio.»
Ride.
«Vaffanculo, Nicola.»
«Anche a te, Alessandro. Vaffanculo anche a te.»

La storia di Raffella Petri è uno schiaffo preso in faccia mentre ti aspetti un bacio. Sono mesi che ha denunciato la scomparsa del padre e nessuno ha mai indagato sui suoi ultimi giorni.

Giovanni la ascolta seduto dall'altra parte della scrivania, Bologna umida e bollente che lo guarda da dietro la parete a vetri e una fila di pensieri sparsi che cerca di cancellare, per rimanere agganciato alle parole nitide e precise con cui la ragazza racconta del padre.

«È come un caduto in guerra» dice la ragazza.

E Marra pensa che è esattamente così. Per avere una tomba con il nome di suo padre, però, Raffaella dovrà aspettare dieci anni. Perché non ha partecipato a nessuna battaglia, non era un soldato e non c'era nessun fronte da difendere o conquistare. Solo una guerra nascosta e silenziosa, riaffiorata con una marea improvvisamente troppo bassa, per lasciarli tutti sconfitti.

«Cosa pensa di fare?»

Raffaella Petri consente a un lieve sorriso di sfiorarle lo sguardo stanco.

«Non lo so. Stanotte pensavo che sarebbe meglio tornare a New York, al mio lavoro. Ricominciare da capo, da dove sono partita.»

«E adesso?»

«Adesso penso solo alla bambina della fotografia. Lei non ha trovato l'altro pezzo dell'immagine, vero? Quello che mancava?»

«No. E non so chi sia. Ma nemmeno io penso ad altro, signorina. Proprio non ci riesco.»

Raffaella si morde le labbra, come una bambina. Cerca di capire cosa ci sia dietro lo sguardo lontano e triste con cui il commissario la guarda.

«La trovi, per favore» dice, cancellando la mente come una lavagna. «E quando lo avrà fatto, me lo dica. La prego.»

Giovanni annuisce, si alza, esce.

Tutta questa storia assomiglia a una stanza nascosta dietro a un muro, di cui ti accorgi improvvisamente quando la carta da parati si sfalda e uno spiffero d'aria gelida ti attraversa la schiena come un graffio.

Infila una mano nella tasca dei jeans. Componendo sul cellulare il numero di Nicola, per un attimo la vista si sdoppia, la cabina dell'ascensore rallenta e comincia a girare in tondo.

Prima di far partire la chiamata, si appoggia con la schiena alla parete. Chiude gli occhi. La cabina si ferma, la porta si apre in un sibilo sottile, eternamente lungo. Quando riapre gli occhi, tutto è tornato come dovrebbe essere.

Schiaccia il pulsante. Il telefono di Nicola è spento. Compone il numero del suo albergo.

«Non lo vedo da stamattina» dice il tizio dall'altra parte.

«Mi faccia chiamare appena rientra, è urgente.»

La casa di Gioia Martini è circa a un quarto d'ora di macchina.

Prima di parlarle avrebbe voluto ascoltare la voce di un amico, sentirsi dire che la strana sensazione alla base dei pensieri è solo una cazzata tirata fuori dalla stanchezza.

Aspettando che Nicola lo richiami, ingrana la marcia e senza preoccuparsi dell'auricolare e della batteria che si sta scaricando, chiama il colonnello U.

La stanza è piccola e sottoterra.

La bambina è bendata, ma è assolutamente sicura. Davanti al nero che ricopre i suoi occhi ci deve essere un muro. A un metro, due al massimo. E sopra passano le macchine. Se le sente addosso, vicine. Appena oltre quella parete immaginaria.

Ha freddo, più di quello che può sopportare.

E infatti trema.

Tremano i muscoli del collo tesi a sorreggere il peso infinito della testa. Tremano le gambe e le braccia, incollate alla sedia con qualcosa che sembra nastro adesivo. Tremano le labbra, appena socchiuse a respirare attraverso un foro largo come un dito aperto su una striscia di quello stesso nastro adesivo. Trema la schiena, attraversata da brividi di terrore lunghi e gelati come una notte insonne.

Tremano i pensieri, tutti quanti, prigionieri e schiavi di una sola frase.

Mi ammazzano.

Lo ha visto anche in *C.S.I.* che è così che va a finire. Quando rapiscono qualcuno, finisce sempre che lo ammazzano. Anche se la famiglia paga il riscatto, anche se i rapitori potrebbero scappare, alla fine l'ostaggio muore.

E la sua famiglia non può pagare un riscatto. Suo padre ha un videonoleggio, la mamma fa la segretaria, i nonni erano operai. Non hanno tutti quei soldi, non hanno soldi e basta.

Mi ammazzano.

Lo sa e le sembra perfino di averlo detto. Eppure non è possibile, perché il maledetto nastro adesivo le tappa la bocca, le labbra, la voce fin dentro i pensieri.

Mi ammazzano, ripete la sua mente e uno spasmo le muove di scatto la testa all'indietro, come se qualcosa in quell'aria buia e piena di nulla le avesse mollato uno schiaffo.

Poi sente un rumore.

Una porta che si apre. Ma è lontana, non vicina come credeva. E allora capisce che la stanza è grande, molto grande, e che è tutto diverso da come se l'aspettava. I passi che si avvicinano sono leggeri e sicuri.

Non pensa che sia l'uomo degli orecchini, quello che l'ha presa e portata via, che gli venga un tumore, brutto stronzo, che se li pianti nelle palle quegli orecchini, uno in una e uno nell'altra, bastardo.

E infatti, quando la voce parla, è del tutto diversa.

«Stai bene?»

Annuisce.

«Non succederà niente.»

Le fa una carezza. Mani calde e morbide.

La sente armeggiare in un sacchetto di nylon. Sente una lattina che si stappa.

«Hai sete?»

Annuisce di nuovo, più forte. Sete è poco, rispetto a quello che le graffia la gola. Pensa sia la droga che l'ha fatta addormentare. Qualunque cosa fosse, spera di non averne più bisogno, di non sentire la crisi di astinenza.

Tanto ti ammazzano, dice la sua testa. Poi la voce parla e cancella tutto il resto.

«Ora ti faccio bere. Non posso slegarti, lo capisci, vero?»

Annuisce. Sente una cannuccia scivolare nel foro, fra le labbra.

Un istante dopo sta bevendo. È Coca Cola. La voce tiene la lattina e aspetta che abbia finito. Non ci mette molto, ha troppa sete. Poi non succede più nulla.

I passi si allontanano. La porta si richiude.

Sospira.

È in una casa. Adesso è sicura.

Chissà di chi è, chissà dov'è e perché non la tengono in una cantina buia e puzzolente. Nei film stanno sempre lì quelli che rapiscono e delle volte ascoltano il rumore della strada da una grata vicina al soffitto. Qualcuno lo infilano in un pozzo, così nessuno lo sente se urla. Qualcun altro in un buco in terra o in una grotta. Chissà chi ci abita, chissà se c'è qualcun altro.

Tranquilla, tanto ti ammazzano.

Le parole nella sua testa adesso parlano come la voce.

Un brivido le attraversa la nuca. È caldo. Si infila sotto la pelle, scava. Un tepore che la attraversa come una carezza.

Sarà come bere una Coca ghiacciata.

La testa è pesante, gli occhi si abbassano piano. La realtà che svanisce e ritorna è un ricordo che la mente tenta di strappare al passato.

E poi morirai.

Cerca di tenere gli occhi aperti, di stare sveglia. L'ha visto in televisione che non ci si deve addormentare, perché se no poi finisci in coma e non ti svegli più...

Stai morendo.

...ma proprio più, nemmeno se aspetti tanto tempo...

Non resistere.

...troppo tempo per poter essere ancora vivi...

Lasciati andare.

...per poter dire qualcosa, fare qualcosa.

Stai morendo.

Reclina la testa, il mento ciondola sul petto come un lampadario durante il terremoto. E la porta si apre di nuovo. Rumore di passi, lontano, attutito. La realtà ascoltata dal fondo di una piscina.

«Le ho dato il GHB, non si ricorderà niente» dice la voce, ma non è uguale a prima. Sembra la brutta imitazione fatta da un bambino cattivo.

Non ha tono, non ha accento. Ma tutte le altre parole, nella sua testa, tacciono improvvisamente.

Sente ancora dei passi, poi le dita di qualcuno. Forti, spesse. Le slegano i polsi. Ricade sulla sedia come un burattino. Poi le caviglie. Vorrebbe muoversi, ma non ci riesce. Alzarsi in piedi, correre, scappare, ma non ce la fa.

Qualcuno la solleva e la sdraia su un divano. Non parla più nessuno. Altre dita cominciano a spogliarla. Sono calde, morbide, gentili, ma decise. Lei però non vuole che la spoglino, non vuole morire nuda. Non vuole che la buttino da qualche parte, al freddo, insieme ai topi, come un giocattolo vecchio.

"Non voglio morire" pensa. E mentre lo fa, la stanza torna chiara e presente, il suo corpo riemerge dalla piscina.

«Non voglio morire!» urla e pianta le unghie nel braccio che la sta spogliando.

Lo schiaffo arriva subito, insieme all'incoscienza. La testa le ricade sul divano, spinta dalla droga e dalla mano. Qualcuno le solleva le palpebre.

«Adesso è andata. Non c'era bisogno di picchiarla.»

«Guarda cosa ti ha fatto al braccio.»

«Non è niente. Passa in fretta.»

Sfila i pantaloni alla bambina e li sistema accanto agli altri vestiti.

«Non credo che la voglia di fare scenate le tornerà alla svelta» dice. Poi completa quello che sta facendo.

È ancora presto, non c'è fretta. Ma è meglio essere pronti per tempo. Almeno questa volta.

«Anch'io ti ho mentito.»

La casa di Roberta profuma ancora di pasta e pomodoro quando la frase le esce di bocca. Abbassa gli occhi, alla fine dell'ultima sillaba. E qualcosa di indefinito mi contrae lo stomaco in un conato d'ansia.

Si guarda intorno. Il salottino è deserto. Lisa dorme nella stanza di fianco. Andrea è rimasta in spiaggia, come da tradizione. La pausa pranzo fa a pugni con il suo bisogno di sole e tutti i suoi assurdi criteri dietetici.

«Ti ho mentito, Nicola» ripete.

Questa volta mi fissa. I suoi occhi hanno la morbidezza del cielo nei pomeriggi di primavera. La stessa luce delicata che le accarezza i colori dell'iride. Qualcosa di terribilmente vicino al suo punto di rottura.

Niente riesce a essere bello come le cose troppo fragili.

«Non può essere così terribile.»

Spalanca lo sguardo.

«Lo è, eccome. Forse non lo è per te, ma per me sì. Ho pensato un milione di volte di raccontartelo, ma non riesco più a fidarmi di un uomo, capisci? Non ne sono più capace.»

Annuisco. E non è un gesto di circostanza. Nemmeno io riesco più a fidarmi davvero della gente. Perciò quello che sta succedendo con lei mi lascia scoperto come un lenzuolo battuto dal vento.

«Il padre di Lisa mi ha trovato.»

Lo dice spezzando il tono della voce come la linea di un gradino.

«Qualche tempo fa mi hanno intervistata per la strada. Una di quelle stronzate che poi finiscono in televisione. "Cosa ne pensa del nuovo sindaco?" credo sia stata la domanda. Solo che è passata sul telegiornale nazionale. Ero in piazza Maggiore. Avevo appena comprato i tortellini per il pranzo di Natale. E Lisa era con me.

È lì che mi ha vista. Per caso, dice. Come per caso dice di aver scoperto che l'età di mia figlia si sovrappone esattamente al periodo in cui lui e io stavamo insieme. Forse ha scoperto allo stesso modo cosa vuol dire essere padre. Così, dalla mattina alla sera. E adesso rivuole sua figlia. Capisci?»

Non ha mai staccato gli occhi dai miei. Prende una lunga pausa, tira su con il naso per non piangere.

«Come può, dopo tanto tempo...»

Mi interrompe subito.

«Può, Nicola. È un avvocato, uno pieno di soldi. Può. Ora ha scoperto che Lisa ha dei problemi... psicologici li ha chiamati lui. Se scopro chi glielo ha detto lo rullo con la macchina... e dice che non sono una buona madre. E che, se non accetto di fargli vedere sua figlia, di raccontarle chi è suo padre e come è venuta al mondo, allora ci penserà da solo. La legge è dalla sua parte, dice. Fanculo.

Io non ho un soldo, capisci? Non so nemmeno come farò ad andare a lavorare quando sarà ora. Con Lisa in quelle condizioni, come faccio a lasciarla da sola? E dovrò trovare un'altra scuola, se lei non parla. Privata, per forza. Come faccio a pagarla, Nicola? Con che soldi? Non voglio che trattino mia figlia come una malata di mente... la mia bambina non è pazza. Lo sai, vero? Lo sai?»

Mi stringo le mani in grembo.

«Lo so, certo che lo so.»

Sorride, mentre scende la prima lacrima.

«Ogni volta che suona il telefono ho paura che sia lui. Me la porterà via. E io non ho niente, tranne Lisa. Niente e nessuno, Nicola.»

«Cosa sa di suo padre?»

Si asciuga gli occhi con il bordo della maglietta.

«Che eravamo giovani. Che lui non se l'è sentita di essere padre. E che non lo amavo. Una storia così, in parte vera e in parte no. Ero giovane veramente, Nicola. Ventidue anni sono pochi. E lui era un bastardo allora come è adesso. Un bastardo bello, però, per una ragazzina stupida come me. Quando ho scoperto di essere incinta sono andata da mia madre. Mi ricordo esattamente le parole che mi ha detto. "Se lo sposi ti fotti la vita."

Non l'avevo mai sentita usare una parola così. Non sul serio, almeno. L'ho abbracciata. Due giorni dopo l'ho mollato. Non ha mai saputo di Lisa. Sei mesi più tardi mi hanno detto che si era trasferito. E poi più niente. Fino a qualche mese fa. Se ci fosse ancora mia mamma, saprebbe cosa dirmi. Anche adesso, anche oggi.»

Le accarezzo le dita. Senza smettere di guardarla. Una lacrima cade fra la sua mano e la mia. I suoi occhi la seguono, ma solo per un attimo.

«Ce la farai, Roberta.»

«Ma come? Capisci cosa potrebbe succedere a Lisa se suo padre entrasse ora nella sua vita? L'hai vista l'altra sera in pizzeria, ci pensi? Già così è un casino. Figurati se...»

«Ce la fai, Robbie.»

«No, Nicola. Ho paura di no. Io sono...»

Stacco le dita dalle sue e le prendo il viso fra le mani. Quando avvicino le labbra, la pelle è tiepida e profumata.

«Non sei da sola» sussurro.

Appoggio la fronte alla sua e rimango lì, a un passo dalla sua bocca.

«Non sei sola» ripeto mentre sento le lacrime rigare le dita con cui sto accarezzandole il volto. Non dice niente per un lungo momento. Si limita a lasciarsi sfiorare. Poi prende un respiro e si muove.

«Fammi andare in bagno un secondo.»

Si alza, cammina in silenzio, scompare oltre la porta chiusa, controlla per un attimo che Lisa stia dormendo.

Mi volto e guardo la televisione. Il telegiornale, il controesodo, l'estate che è calda, le code interminabili. La banalità della vita urlata e ripetuta cento volte perché la gente non pensi a quello che davvero colpisce la sua realtà.

Quando ritorna, sullo schermo passano le immagini dell'Iraq.

«Com'è starci in mezzo?»

La voce di Roberta è troppo morbida per la domanda che mi ha fatto. Sembra che tutto sia cambiato, allontanato dai suoi pensieri dal getto di acqua fredda con cui si è appena lavata la faccia. Resta solo un alone rossastro, intorno allo sguardo.

«La prima volta è come prendersi una tempesta di sabbia in faccia senza poter chiudere gli occhi. Poi...»

Non riesco a finire la frase. La realtà resta impigliata nelle parole.

Lei però non mi lascia tregua. Lei e i suoi occhi che brillano sempre, anche al buio. E che alla luce del televisore sembrano i riflessi della notte che si specchiano nell'acqua.

«Poi?»

Così glielo dico, che non c'è niente di tecnologico ed è proprio come nei racconti dei nonni. Che non c'è niente da mangiare e tutti, ma proprio tutti, sanno perché sono lì quei ragazzoni coi fucili. Tranne loro.

Che il muezzin che chiama alla preghiera è qualcosa che ti riempie la schiena di brividi che non sai nemmeno cosa sono, figurati a spiegarli. Che guardi con troppa attenzione chiunque sia troppo silenzioso o troppo felice, troppo rapido o troppo lento.

Che la differenza fra vivere e morire è sottile come la traccia di una pallottola. Che la paura è il dolore di un arto tagliato, la senti dopo, quando non c'è più un motivo. Prima, pensi solo a correre o scappare o a fermare quel cuore bastardo che fugge più veloce di te e vuole uscirti dal petto.

Che le guerre sono tutte uguali e non sembrano un effetto speciale, non hanno l'aroma del fumo di scena. E sanno del sapore dolciastro della polvere mescolata al sangue. E urlano talmente forte che ti sembra sia l'aria intorno a te quella che sta gridando.

Poi, alla fine, c'è solo il silenzio.

Ecco cosa le dico. E quando gliel'ho detto, Roberta allunga una mano e mi accarezza una guancia con un dito.

E vorrei strapparle gli occhi da quanto mi fa bene sentirmi il suo sguardo addosso.

Il Grigio attraversa la stanza e recupera il cellulare, nascosto sotto un foglio di carta.

«Tutto risolto» dice Antonio Parmeggiani, non appena il collegamento è stato stabilito.

Il Grigio sorride, occhi da felino che annusa la cena.

«Molto bene. Immagino che la cifra sia sempre la stessa.»

«E io spero che sia già pronta e disponibile.»

«Lo è. A quando la consegna?»

«Domani. Pensavo di partire in tarda serata se per lei va bene.»

«Naturalmente. Le farò trovare tutto al suo arrivo a Roma. A Baghdad ci sarà il solito ufficiale di collegamento. È già stato preallertato da giorni.»

«Tutto è bene quel che finisce bene, a quanto pare.»

«Così sembra» risponde. E riaggancia.

Appoggia il telefono sul tavolo. Pensa al tono della voce dell'uomo vestito di nero quando gli comunicherà la notizia.

«Tutto è bene quel che finisce bene» sussurra alla stanza vuota.

Accarezzando il cucciolo che ha comprato per sua nipote, il Grigio pensa che Antonio Parmeggiani non ha la più pallida idea di cosa significa la frase con cui ha deciso di chiudere la sua telefonata.

Suor Teresa del Bambin Gesù risponde al telefono alla fine dell'ennesimo caffè della sua mattina. L'ufficio è spoglio e silenzioso. Come la collina alle spalle della clinica che dirige. Come i corridoi che separano le stanze e i reparti.

La voce dell'uomo al telefono, invece, è calda e profonda. La sente sulla pelle, oltre che nella testa. Se fosse più giovane dei suoi settant'anni, dovrebbe pregare per scacciare i pensieri che inevitabilmente le farebbero compagnia durante la notte.

«In cosa posso esserle utile?» chiede. E l'altro appende un istante di silenzio in fondo alla frase, prima di qualificarsi e farle la domanda che non avrebbe mai voluto sentire.

Anche suor Teresa tace per un attimo. Ma i motivi sono molto diversi.

Lei ha bisogno di coraggio. Sposta il microfono dalle labbra, perché non senta l'esitazione del suo respiro. Poi gli racconta la bugia che altri hanno inventato per lei. Ubbidisce fedelmente agli ordini ricevuti e lo fa con cortesia, dolcemente, con fermezza.

Dura poco, un'iniezione che hai temuto tanto e che in realtà non hai nemmeno sentito. Quando riaggancia, però, l'aria è diventata pesante, spessa, difficile da respirare.

E gli occhi della ragazza sono tornati a trovarla.

Gli occhi che aveva quando le hanno raccontato per la prima volta quello che in realtà non è mai successo. Gli occhi con cui ha incrociato i suoi, il giorno in cui l'hanno dimessa. Occhi molto diversi da quelli dell'uomo che è venuto a prenderla, che l'ha caricata su una macchina nera e l'ha portata via. Un fattorino serio e coscienzioso che svolge il suo compito con cura e indifferenza.

L'uomo per cui lavorava le ha telefonato per ringraziarla dopo pochi minuti. E la sua voce non aveva lo stesso sapore di quella che ha sentito tante volte, dal vivo e in televisione.

Puzzava di sollievo.

Qualcosa che non riesce a provare, adesso. Perché tutto quello che si sente addosso è rabbia, paura e rimorso.

"Bisogna che mi fermi, perché se continuassi a parlare su questo argomento non la finirei più!"

La frase di Teresa di Lisieux – la santa da cui ha preso il nome – le martella i pensieri. Mentre prende fra le dita il telefono e compone un numero, cerca di scacciarla dalla mente il più in fretta possibile.

Ormai si sente troppo lontana dal mondo dei beati e troppo vicina a quello degli uomini, per poter credere di avere ancora una speranza che le cose cambino davvero.

La realtà è un specchio scuro nascosto sotto una pellicola brillante. Una seconda pelle di un colore acceso che impedisce agli altri di scoprire veramente chi siamo.

Gioia Martini amava il suo uomo e ora che Marra le ha raccontato chi era veramente ha lo stesso sguardo di tutte le altre.

Laura, la donna di Aurelio Strazzari. Mirella, la moglie di Michele Ferrari, e adesso lei. Davanti ai loro occhi sempre le stesse parole, le uniche che Giovanni è capace di pronunciare. Razionalità, a scalfire qualcosa che razionalità non è.

"Crediamo che i nostri sentimenti siano più forti di tutto" pensa Giovanni. E invece basta scoprire che li abbiamo regalati alla persona sbagliata perché ogni piccola certezza finisca per diventare solo polvere che scacciamo con un gesto della mano. Pronti a ritrovarci soli senza capire bene come possa essere successo.

Gioia Martini lo guarda.

Mani strette fra le ginocchia, gambe lunghe fasciate in un paio di jeans. Resta lì, seduta sul divano di casa, ad ascoltare il suo sogno che marcisce in un incubo. E Giovanni vorrebbe solo essere lontano da tutto. L'unica cosa a cui riesce a pensare, mentre con il pilota automatico interroga l'amante dell'ingegnere, è il viso sfuggito fuori dalle foto di Sara Parmeggiani.

Almeno finché lei non gli racconta del cd.

«Mi sta dicendo che, poco prima prima di avere l'incidente, il dottor Ferrari le ha spedito un cd dentro una busta chiusa?»

Gioia annuisce.

«Dentro c'erano due righe in cui mi chiedeva di tenerlo per un po'. Almeno finché lui non me lo avrebbe richiesto.»

«E lei non lo ha guardato?»

«No. Non avevo nessun motivo.»

Giovanni annuisce.

«Quando glielo ha restituito, come le sembrava?»

«Non sapeva di averlo spedito. E nemmeno quello che c'era tra noi. La prima volta che l'ho rivisto, mi ha guardato come uno che ti incontra per strada e pensa di dover sapere chi sei. Però non era cambiato. Per niente.»

Giovanni non la sta ascoltando. Il ronzio dei suoi pensieri segue quel pacchetto, cerca di capire i motivi dello strano invio. Così, quando Gioia smette di parlare, si sente per un attimo come uno studente un po' fesso sorpreso a copiare a un esame.

«Mi racconti esattamente che lavoro faceva l'ingegnere.»

L'espressione della ragazza si distende all'improvviso. Raccontare la parte lavorativa del suo rapporto con Ferrari sembra meno doloroso.

«La GDA Electronics progetta e vende videogiochi. Li facciamo per Playstation, Xbox, PC e Mac. C'è una rete aziendale che collega tutti i punti vendita concessionari con la sede europea, qui a Bologna. Michele aveva fatto la rete. E il progetto informatico di *AI* era opera sua. È stato fatto prima in Italia che nel resto del mondo. Un successo straordinario.»

«*AI*?»

«Un videogioco, commissario. Anzi, una categoria di videogiochi riassunti sotto quella sigla. Il massimo della personalizzazione. Basta andare in negozio con tre fotografie – fronte, profilo e totale – e si riceve il prodotto direttamente a casa propria. Il protagonista diventa il bambino a cui lo regali. O l'adulto.»

«Il protagonista del gioco diventa il bambino a cui lo regali...» La ripetizione della frase di Gioia gli sfugge dalle labbra come un elastico troppo teso.

«Esatto.»

«Mi sta dicendo che per ogni bambino che ha richiesto la personalizzazione esistono nella banca dati di GDA tre fotografie e un indirizzo di casa?»

«Esatto, commissario. Ma...»

«E che l'ingegner Ferrari gestiva la rete informatica attraverso cui le foto venivano trasmesse dai punti vendita alla sede europea di Bologna?»

Gioia annuisce. Sta per dire qualcosa, ma Giovanni la interrompe.

Si alza, le tende la mano.

«Grazie mille per il suo aiuto, signorina.»

Gioia la stringe senza convinzione, uno sguardo confuso dipinto sul volto.

Marra sorride. Tutta la sua attenzione è precipitata su quello che sta facendo, sulla reazione a catena messa in moto dalle parole della ragazza. Le prende la mano fra le sue.

«Mi creda, è stata davvero di grande aiuto» ripete.

Ed esce senza aspettare la risposta.

«Apri gli occhi» dice la voce.

Anja Ramirez obbedisce, ma li richiude subito. Stretti.

Non vuole vedere. Non ha il coraggio di vedere.

«Ho detto apri gli occhi.»

Li spalanca all'improvviso, seguendo l'ordine. La sua volontà non ha più importanza. È solo un manichino incollato ai fili del suo burattinaio.

«Brava» dice l'uomo e le sorride.

Anja Ramirez, invece, non sorride.

Non potrebbe nemmeno se volesse, perché ha la bocca coperta da due lunghe strisce di nastro isolante. Fa fatica a respirare e le fanno male le caviglie, legate. E le spalle, tese all'indietro dalla corda che le stringe i polsi fra loro, passa intorno al collo e termina alle gambe del tavolo. Quello pesante, del salotto. Quando l'ha comprato, hanno dovuto farlo entrare dalla finestra, con la gru, perché per le scale non riusciva a salire.

Non si può muovere, non può parlare.

L'aria la tiene viva solo attraverso una difficile respirazione nasale.

Eppure potrebbe resistere a tutto, se non vedesse quello che ha davanti agli occhi.

Il ragazzo è accasciato in un angolo della stanza. Anche lui sembra un burattino. La testa reclinata, le braccia inerti lungo i fianchi, le gambe spalancate.

Il coltello affondato nel torace, appena sotto lo sterno.

È seduto sulle tende. L'uomo le ha strappate subito dopo aver abbassato la tapparella e acceso la luce. Le ha piegate in tre, senza fretta, formando una specie di tappeto largo un metro. Poi ha preso il corpo del ragazzo, se lo è caricato sulla schiena e lo ha appoggiato lì, dove è adesso.

La posizione era molto diversa. Legato mani, piedi e collo fra di loro, come fa la mafia. Però era soltanto stordito. L'uomo ha infilato una mano in tasca e ha tirato fuori dei sali. Glieli ha fatti annusare e il ragazzo si è svegliato subito.

Ha cercato di muoversi, di distendere le gambe, di muovere il collo, ma l'altro lo ha fermato immediatamente, con un gesto secco, rapido, deciso.

«Se distendi le gambe ti strozzi. Non ve lo insegnano in polizia?»

Il tono era piano e cortese, quello che avrebbe un medico o un farmacista. È stato in quel momento che Anja ha capito che il commissario Marra l'aveva fatta proteggere. E che quell'uomo che si stava chinando sul poliziotto era lì per il pacchetto di Sara.

Dopo non è più riuscita a sentire nulla. Solo un bisbiglio indefinito con cui l'uomo parlava all'orecchio del ragazzo. Gli stava chinato sopra, i piedi appoggiati alle tende, come se volesse baciargli il collo. Ogni tanto allontanava le labbra dall'orecchio e lo guardava. Il ragazzo sbatteva gli occhi. Una volta o due, qualche volta tre.

Anja non avrebbe voluto guardare. Ma sentire quel bisbiglio, lo strano soffio che conteneva chissà quali parole, le faceva più paura che fissare gli occhi terrorizzati del ragazzo incaprettato o i gesti morbidi e senza esitazione dell'uomo che lo interrogava.

Il dialogo silenzioso fra l'uomo e il poliziotto era durato poco. L'altro si era voltato verso di lei, dandogli le spalle.

La lama del coltello luccicava, sotto la luce del lampadario del salotto.

E luccicavano anche gli occhi di Anja, sbarrati a guardare, mentre un grido strozzato le cresceva dalla gola. Una strana cantilena con cui per un attimo aveva sperato di avvertire il giovane poliziotto.

Tutto inutile.

Nel momento in cui era successo, aveva avuto l'impressione che il ragazzo avesse disteso le gambe. Che si fosse dato da solo la morte, spezzandosi il collo prima che il coltello gli spezzasse la vita.

Dettagli senza importanza. Un altro viaggio della sua mente, aggrappata ai particolari per evitare di cogliere il disegno complessivo.

Per questo aveva chiuso gli occhi. Preferiva immaginare i movimenti dell'uomo intorno al cadavere, piuttosto che vederlo. E ora che lo aveva slegato e sistemato contro il muro, nella stanza erano rimasti solo in due.

Lei, legata a una sedia. E l'uomo con la camicia scura, lo sguardo morbido, la voce gentile come i suoi gesti, venuto da chissà dove a reclamare un segreto che lei non conosce.

La costringe a guardarlo, in piedi a un metro da lei, un paio di guanti di plastica calzati fino a coprire il polsino della camicia.

Anja chiude gli occhi.

Lo sente sorridere, lo strano sbuffo divertito che un padre potrebbe riservare all'ennesimo dispetto di un figlio. Poi ascolta i passi avvicinarsi, irrigidirle i muscoli del collo, stringerle lo stomaco in uno spasmo violento che le pizzica il respiro.

La mano dell'uomo è morbida e calda. Le cala sulla fronte. Le piega la testa all'indietro. Con un movimento secco le picchietta la trachea.

Gli occhi si spalancano di colpo. Quando prova a richiuderli, le dita dell'uomo piantate sopra le palpebre impediscono allo sguardo di spegnersi. Poi arriva il nastro isolante, a bloccare la vista, lasciandola spalancata e indifesa contro tutto quello che sta per succedere.

Un istante dopo è di nuovo davanti a lei.

Prende una sedia, la volta e si siede al contrario. Appoggia i gomiti allo schienale e sorride.

«Facciamo due chiacchiere, signora. Chiaramente non posso permettermi di farla parlare. E data la sua scarsa collaborazione non posso neanche chiederle di sbattere gli occhi una, due o tre volte. Però possiamo fare così. Se la sua risposta è sì, guardi a destra. Se è no, guardi in alto. Se è *non so* guardi verso il basso. Ha capito?»

Anja Ramirez guarda a destra, il mobile con la foto di sua madre.

L'uomo accenna un applauso silenzioso.

«Molto bene.»

Si alza, fa un paio di passi nella stanza. Si accuccia davanti a lei, i gomiti appoggiati alle cosce.

«E adesso, signora Ramirez, parliamo di Sara Parmeggiani.»

Muovendo rapido le dita sui tasti, il Grigio compone il numero.

Se si ricorda bene le abitudini dell'uomo che sta cercando e considerando il fuso orario, sa che questo è l'unico momento della giornata in cui lo può trovare libero.

Dopo una decina di squilli sente rispondere.

«Generale White, che piacere.»

L'uomo dall'altra parte del telefono, a migliaia di chilometri di distanza, non ha nemmeno bisogno di chiedere chi parla. Conosce quella voce, la perfezione della pronuncia americana, l'inflessione sicura, ma allo stesso tempo morbida con cui accompagna ogni parola. Non l'ha mai dimenticata in tutti questi anni, da quando lavorava per la NSA e l'ha sentita per la prima volta, a uno stage riservato in cui faceva lezione. C'era ancora Nixon, la guerra del Vietnam e russi da tutte le parti, pronti a prendersi qualunque cosa a loro portata e anche oltre.

«È un vero piacere anche per me. È stato fortunato a trovarmi. Qui non è una passeggiata di salute.»

«Lo immagino. Ma conosco le sue abitudini. Non sta aspettando la telefonata di sua moglie, generale?»

Il respiro dall'altra parte della linea e l'inflessione della risposta gli fanno pensare che l'americano stia sorridendo.

«Ogni volta che la sento mi stupisco. E mi spavento. Comincio a pensare che lei abbia un file dettagliato sulle abitudini di tutti quelli che conosce. E non so se sia professionalità o precauzione.»

«Conosce la risposta da solo, visto che seguo alla lettera i suoi insegnamenti.»

«Forse non la voglio conoscere. Immagino che non sia una telefonata di cortesia, data la situazione che avete qui.»

«Infatti non lo è, ma non riguarda esattamente quello che lei si immagina. Ormai è tutto risolto, solo questione di ore. Ho avuto la conferma poco fa. Però c'è qualcosa che devo chiederle. Una faccenda delicata.»

«Dica.»

«Sono costretto a ricordarle il caso Hewitt, generale.»

«Deve trovarsi in una strana situazione, amico mio. Sono passati molti anni.»

«Ma immagino che la sua memoria sia buona, generale.»

Dall'altra parte della linea si sente solo un vago rumore di assenso.

Si ricorda bene, il generale White. Di questo il Grigio è assolutamente sicuro.

Nel 1978 il dirigente dell'ambasciata americana a Roma Abraham Hewitt era una spia per conto dei russi. Lo faceva da circa tre anni e nessuno se n'era mai accorto. Quando il generale White gli telefonò per chiedergli un favore, il Grigio domandò perché non lo arrestassero per spionaggio, come sarebbe stato naturale.

Lo chiese ingenuamente, senza nemmeno immaginare che il caro signor Hewitt fosse il fratello della moglie di un amico personale del segretario di stato. Uno scandalo che andava evitato, a tutti i costi.

Per questo un commando della colonna romana delle Brigate Rosse uccise Abraham Hewitt mentre usciva di casa per andare al lavoro. Uomini a volto coperto, armati, rapidi e veloci. La rivendicazione dell'assassinio del servo dell'imperialismo delle multinazionali fu precisa, puntuale e filologicamente perfetta. Che nessuno dei membri della colonna abbia mai ammesso quell'azione, rimase un dettaglio senza importanza.

Abraham Hewitt venne sepolto in patria con tutti gli onori del caso.

«È ancora lì, generale?»

«Mi dica quello che vuole. I debiti si saldano.»

Il Grigio sorride.

«Ecco cosa ho in mente, generale.»

Parla lentamente, il Grigio. È la prima volta che confida a qualcuno tutti i dettagli del piano che gli servirà a riprendere il coltello dalla parte del manico.

Ascoltando la sua voce e la frase di approvazione sincera con cui il generale sottolinea la fine del racconto, pensa che ancora una volta le cose si sistemeranno per il verso giusto.

E che nessuno, tranne i diretti interessati, saprà che è stato lui a riportarle sul binario in cui sarebbero sempre dovute restare.

Andrea apre gli occhi e si mette a sedere sulla sdraio.

«Sei innamorato, Nicola?»

La frase mi prende a metà fra un sogno e il dormiveglia. Sono costretto a chiederle di ripetere.

«Ti ho chiesto se sei innamorato.»

Chiudo il libro di Ellroy che tenevo appoggiato sul petto e mi tiro su.

La sua voce è terribilmente dolce. Non conosco nessuno che riesca a cambiare a tal punto aspetto e sensibilità semplicemente modulando il tono di una frase.

«Non credo di riuscire a innamorarmi più.»

Lo dico tutto d'un fiato, mentre lo sguardo mi scivola per un istante su Lisa, seduta accanto a Roberta in riva al mare.

Andrea abbassa gli occhiali da sole, un sorriso malinconico dipinto sul volto. La maggior parte delle persone che la conoscono pensa che non ci sia niente che possa toccarla davvero nel profondo. Forse nessuno di loro ha mai visto l'espressione che ha adesso. Qualcosa che si scioglie nello sguardo e sembra venire da un fondo di tristezza che non avrà mai fine.

«Perché?» chiede. Ed è un sussurro.

«Perché non riesco più a fidarmi di nessuno. Perché non mi sento più all'altezza. Perché ho cancellato tutto quello che pensavo di sapere. E adesso mi sento spento. Un sacco vuoto, una ruota sgonfia.» Tiro sul con il naso. Improvvisamente l'odore del mare è troppo forte. «Capisci quello che voglio dire?»

Andrea annuisce lentamente, stringendo gli occhi.

«So che lo capisci. È per questo che lo dico a te.»

Appoggia i gomiti alle cosce, il mento sulle mani.

«Devi trovare il modo di venirne fuori, sai?»

«Se stai parlando di Giulia, ne sono già venuto fuori. È da me che non riesco più a uscire. Ogni volta che mi muovo faccio danni da qualche parte. Così finisce che sto sempre sulla difensiva, tengo gli altri a distanza, faccio finta di non aver bisogno di niente e di nessuno e invece sto di merda. E peggio sto, più tiro su dei muri per non farmi vedere, per non vedere.»

«Hai chiamato tuo padre?»

Mi legge dentro, la stronza. Socchiudo gli occhi e annuisco. Poi li riapro e cerco di sorridere. Un soffio di vento mi scompiglia i capelli.

«Non sappiamo cosa dirci. Non abbiamo mai saputo cosa

dirci. Fare le domande giuste e non quelle sbagliate. Era mia mamma che teneva insieme tutto, capisci? Noi siamo come due mondi identici separati da un deserto. Riconosciamo nell'altro i propri difetti. Mai i pregi, solo i difetti. Adesso che lei non sa quasi più chi siamo, è un po' come se tutto quanto resta si sbriciolasse insieme alla sua memoria. Sappiamo che ci vogliamo bene, sappiamo anche che in qualche modo siamo stati capaci di dimostrarlo, ma non ci ricordiamo più come.»

«Quando torni a Bologna?»

«Non lo so. Domani sera, forse. Lo sai che mi piace viaggiare di notte. Voi quando partite?»

«Penso che Roberta voglia restare qui il più a lungo possibile. Sta scappando anche lei. Ti ha detto del padre di Lisa, vero?»

Annuisco.

«Gli uomini sono dei gran bastardi» sibila Andrea e non me la sento di darle torto fino in fondo.

«Cosa pensi che succederà alla bambina?»

Prende un lungo respiro e spalanca lo sguardo.

«Non lo so. Non faccio la psichiatra. Però sarà costretta a frequentare una scuola speciale. Non subito, magari. Le ho consigliato di iscriverla normalmente e vedere cosa succede. Chissà, in mezzo agli altri bambini potrebbe sbloccarsi. Però...»

«...non ci credi.»

Accompagna la risposta scuotendo la testa.

«No, non ci credo. Non così. C'è qualcosa che si è fermato e che non ripartirà da solo. Ci vuole... non so nemmeno io cosa. E di certo non è conoscere quello stronzo di suo padre che può salvarle la vita.»

«Sai dei vestiti?»

«Quelli con cui è tornata a casa? Me li ha fatti anche vedere.»

«Non sapevo che li avesse tenuti.»

«Lavati, stirati e piegati in un cassetto. È inquietante.»

Mi fermo a pensare a quegli abiti. Alla normalità di un cassetto aperto nella stanza piena di sole. Agli occhi di Roberta, che li guarda, li sfiora con la mano.

«Cos'è successo quel giorno?»

«Lo sappiamo tutti quello che è successo. Solo che non vogliamo ammetterlo con noi stessi. Nemmeno Roberta.»

«Scusa?»

«Per quale motivo pensi che sia sparita da casa e tornata con i vestiti di qualcun altro, Nicola?»

«Ma non l'hanno violentata, me l'ha detto Roberta.»

«Vuoi che non lo sappia? Sono un medico, l'ha fatta visitare anche a me. Sta benissimo, clinicamente. Nessuno le ha fatto del male. Anzi, nessuno ha fatto del male al suo corpo. Ma ci sono molti modi di violentare una bambina.»

Sollevo lo sguardo, un'occhiata d'intesa che lancio ad Andrea. Lisa torna correndo verso di noi.

«Bentornata, signorina» le dico mentre si sistema di nuovo sul lettino. Poi Roberta abbassa la bandana di Andrea fin sopra gli occhi. L'altoparlante della Publifono parte con Eamon. L'unico soffio di vento che c'era se ne va, lasciando il posto a un caldo che toglie il respiro.

Mi sdraio di nuovo, infilo la testa sotto il parasole e apro il libro di Ellroy.

Cerco di rimettermi a leggere, ma gli occhi scivolano sempre sul silenzio di Lisa, un metro e mezzo a sinistra.

Ci sono molti modi di violentare una bambina ripete Andrea nella mia testa. Un pensiero che schiaccio a fatica sotto le parole di *L.A. Confidential*.

E che per quanto insista, non se ne va mai davvero.

L'uomo parcheggia nel cortile davanti alla casa.

Trovarla non è stato difficile. Le indicazioni che lo hanno portato a Verucchio, nella valle del Marecchia, erano dettagliate nei minimi particolari. Dall'albergo in cui si è svegliato stamattina, fino alla porta della villetta a due piani circondata su tre lati dagli alberi e spalancata sulla valle piena di sole.

Scende dall'auto. Il caldo della giornata gli accarezza la schiena in un velo di sudore. Abbassa gli occhiali da sole e chiude lo sportello.

L'uomo è a un paio di metri dall'ingresso. Una camicia con le maniche arrotolate, un paio di pantaloni bianchi, gli occhiali da sole in testa.

«Lo Sceriffo?» chiede, ma sa già di non avere davanti la persona che si aspettava.

«No.»

Gli allunga la mano.

«Come devo chiamarla?»

La stringe.

«È necessario che lei lo faccia?»

«Mi piace sapere chi ho di fronte.»

Annuisce.

«Peccato» risponde lo Slavo.

Lascia la stretta, ma non smette di guardarlo.

L'uomo pensa che avere gli occhiali da sole sia la sua fortuna. Incontrare lo sguardo dell'altro potrebbe spezzargli direttamente il cervello, come fanno ai tori con lo spadino nelle corride.

Infila una mano in tasca e gli consegna la busta.

Lo Slavo la prende senza controllare il contenuto. L'uomo immagina che lo farà dopo, quando lo lascerà solo. Per un attimo si chiede cosa succeda a chi cerca di fare il furbo, a chi lascia meno soldi di quelli concordati. Un'idea che gli graffia i pensieri come un punteruolo su una lavagna e che cerca di cancellare alla svelta.

Poi lo Slavo si muove verso la casa.

E l'uomo pensa che tutto sta per cominciare.

Per fortuna.

Angela spegne il motore e la voce di Billy Corgan si pianta a metà del ritornello di *Ava Adore*.

Il pomeriggio è quasi alla fine, non ha mangiato niente, viene da una notte passata in bianco e, sbucando dall'aria condizionata nella cottura a bagnomaria di via Valdossola, sente una strana vertigine che le artiglia la testa.

Prima di appoggiarsi con tutte e due le mani al cofano della Punto, guarda i palazzi che circondano come muri di cinta la strada in cui si è fermata. Li vede oscillare, scossi da un terremoto che esiste solo nella sua testa, fra i suoi pensieri stanchi e ossessionati dalla caccia che sta portando a termine senza risultati.

Chiude gli occhi. Avvicina la testa alla lamiera del tettuccio, caldo come la bocca di un vulcano.

Il buio si muove rapido, schiarendo in una strana tinta arancio in cui si mescola ogni cosa che ha fatto finora. Tutti i campanelli a cui ha suonato, tutte le bambine a cui ha sorriso, le madri che ha ascoltato raccontare la stessa storia di litigi sfociati in fughe sempre risolte per il meglio. E poi il caso successivo, il sorriso successivo, il fallimento successivo.

Ne manca solo uno, dei fascicoli di quelle giornate di neve.

«Si sente bene, signorina?»

La voce della donna la scuote dai suoi pensieri. L'arancione si scurisce, diventa verde, poi grigio scuro. I colori si addensano, la testa rallenta, si ferma.

«Si sente bene, signorina?»

La mano che le sfiora la spalla è magra e sottile come un ramo spezzato. Apre gli occhi. È una donna anziana, i capelli bianchi raccolti in una crocchia. Gli occhi grandi e scuri la guardano con una preoccupazione materna.

Angela sorride.

«Sto bene, signora. Grazie. Sono solo un po' stanca.»

«Con questo caldo bisognerebbe stare chiusi in frigorifero. Io ieri notte ho provato a dormire in terrazza, sa? Ma con l'artrosi che mi ritrovo, dopo dieci minuti ero piegata come un ulivo. Rimanga sempre giovane, *sgnuréina*!»

«Mi auguro proprio di no!»

La donna sorride.

«Ah, non glielo auguro nemmeno io, stia sicura. Gran brutta roba la vecchiaia. Peccato che non se ne possa fare a meno. La saluto e si riposi. Altrimenti finisce che mi diventa brutta, che *invézi l'è acsé bléina*!»

Angela la guarda allontanarsi verso la grande sagoma dello stadio Dall'Ara. Poi infila una mano in tasca e controlla il numero civico della sua ultima visita. Il dieci è in fondo alla strada, dal lato opposto a quello in cui ha parcheggiato.

Si avvicina a passi lenti, con una strana sensazione di familiarità che le cresce dentro, calda e continua. Allunga una mano dietro la schiena, controlla la presenza della pistola nei pantaloni, la canna che le accarezza la pelle sudata.

Si volta a verificare il numero sul cancello di un palazzo.

Un cane abbaia da lontano, sbuca fuori dal cancello e le trotta incontro. Il *deja vu* la stordisce di colpo. Nel passo che percorre per fermarsi, le gambe non la tengono. Barcolla, poi guadagna di nuovo stabilità.

«Pedro» sussurra. «Il cane si chiama Pedro.»

Il Jack Russell Terrier frena a qualche centimetro dai suoi piedi. Solleva il muso, un orecchio alzato e uno no. La fissa come se aspettasse qualcosa. Angela si piega con cautela, lo accarezza. Lui cerca in tutti i modi di leccarle la mano.

«Pedro, lascia stare la signorina.»

La padrona è una tizia sui sessant'anni. Si allontana sorridendo e Pedro le scodinzola a fianco.

Solo allora Angela guarda il portone. Poi si muove verso il numero successivo. Quella notte di neve Pedro era scivolato su un fianco, atterrando in una strana derapata laterale, con due zampe sul marciapiede e due direttamente sulla strada. Alla fine l'aveva guardata, come per scusarsi della figura fatta e se n'era andato nella direzione opposta.

Angela era appena uscita dal portone verso il quale sta camminando adesso. Era tardi, era stanca, il turno era finito da un pezzo e non vedeva l'ora di tornare a casa.

"È successo qui" pensa. Mentre controlla i campanelli, il nome che cerca la colpisce in faccia come acqua gelata.

Roberta Urbinati.

E all'improvviso ricorda tutto. Preme il pulsante come un concorrente pronto a dare la risposta al quiz che gli cambierà la vita. Lo fa due volte, tre, senza ottenere risposta.

«Non ci sono» dice una voce alle sue spalle.

Angela si volta. È una ragazza magra ai limiti dell'anoressia. La fissa, senza dire niente.

«Stai cercando Roberta, vero?»

«Sì.»

«È andata via con sua figlia. Sono partite qualche giorno fa. Povera bambina.»

«Povera bambina?»

La ragazza solleva la testa, gli occhi piegati in uno sguardo sospetto.

«Sì, Lisa. Sua figlia. Scusa ma non hai detto che conosci Roberta?»

"Lisa ha i capelli colore del sole" pensa. "Le mani sporche di terra, gli occhi dolci di sua madre."

Svelta, Angela. La risposta giusta. Adesso.

«Sì, abbiamo fatto le scuole insieme. Ma è un paio d'anni che non la vedo. Mi sono trasferita. Cos'è successo?»

Lo sguardo della ragazza si rilassa di colpo. Accenna un sorriso di pietà.

«Cos'è successo non lo so. Ma non parla più. Povera bambina, sempre piena di vita. E adesso, così triste, così... lontana.»

«Oddio, non lo sapevo. E dove sono andate, quando tornano?»

«Non lo so. Ma non penso che stiano via tanto. Perché non provi alla fine della settimana?»

"Perché non posso aspettare nemmeno un'ora" vorrebbe dire.

«Grazie, lo farò» risponde, invece. E si allontana.

I primi passi sono lenti, una ragazza qualunque che passeggia. Poi accelera, senza nemmeno accorgersene. Prende il cellulare, il numero di Francesco parte in automatico, fra le ultime chiamate effettuate.

«L'utente da lei chiamato non è al momento raggiungibile» risponde la rete. Potrebbe chiamarlo a casa, svegliarlo, raccontargli tutto. Ma ha bisogno di operatività immediata, quella che ora lui non può garantirle.

E allora si infila in macchina, mette in moto. Billy Corgan ricomincia da dove si era fermato e Angela appoggia la sirena sul tetto, parte sgommando.

Non sa se sta per fare la cosa migliore, ma non ha nessun dubbio sulla prima persona a cui deve raccontare quello che ha appena scoperto.

L'uomo scivola sul pavimento, accanto al suo gioiello. Guarda la bambina.

È legata al termosifone, a quattro zampe. La testa a poco meno di venti centimetri dagli elementi di metallo. Se fosse inverno rischierebbe di bruciarsi una guancia. Ha le gambe aperte, forzatamente spalancate da una sbarra di alluminio che le hanno legato a tutte e due le caviglie.

Ha le braccia distese sopra al termosifone e il corpo abbandonato a terra, come se, dopo che lui si è allontanato, le fosse mancato il sostegno.

Il sangue le cola dalle gambe. Scende veloce, senza ostacolo, e si ferma sul panno di spugna disteso a terra, per non macchiare la moquette.

Il viso è reclinato verso di lui, gli occhi chiusi. Un grosso livido violaceo comincia a crescere alla base del naso incrostato di sangue, allungandosi verso gli occhi chiusi, fin sopra le palpebre.

È bellissima.

Si rialza e la bacia sulla fronte, accarezzandole il viso.

Poi sente il cellulare suonare e si ricorda di averlo lasciato in bagno.

«Ciao tesoro» risponde a sua figlia Ambra. «Sì, puoi dire alla mamma che mi ricordo... Sì, ti voglio bene. A stasera.»

Riaggancia. Avvolge il preservativo in un pezzo di carta igienica e lo butta nella tazza. Si siede sul bidet e inizia a lavarsi.

L'acqua è calda. Il sangue defluisce nello scarico formando uno strano disegno a spirale. Rosso intenso, poi più tenue, poi rosa, poi bianco. Finché resta solo acqua. Si alza, si riveste davanti allo specchio, si sistema i capelli e torna nella stanza.

La bambina è sempre lì, immobile come l'ha lasciata.

E anche lui è lì. Non lo ha sentito entrare. Vedendolo, il cuore salta un colpo. Non sa nemmeno che soprannome usa. Solo che ogni suo gesto lo terrorizza.

«Tutto bene?» chiede, con lo stesso tono freddo di prima.

Guarda di nuovo verso il termosifone. Il sangue fra le gambe della piccola continua a scendere alla stessa velocità.

«Sì, molto bene» risponde e arriva di nuovo quell'ondata di calore a invadergli le palle. Non fosse tardi, probabilmente chiederebbe di potersela fare di nuovo.

L'altro infila tutte e due le mani nelle tasche dei pantaloni. Lo guarda. È sempre molto elegante e molto lontano da quello che sta succedendo. Poi i suoi occhi scivolano verso il corpo attaccato al termosifone.

«Lei è...» tenta di cominciare, ma il suo ospite lo ferma con un gesto della mano. Guarda distrattamente il corpo della bambina e alza un sopracciglio.

«Non si preoccupi. Non è importante. Cosa vuole che le possa essere successo?»

Giovanni comincia a raccontare prima ancora di sedersi davanti al dottor Terzi.

«Bisogna scandagliare tutta la rete informatica europea della GDA Electronics» dice. «Le bambine sono lì dentro.»

«Temo di non aver capito, commissario.»

Giovanni si sistema sulla poltrona. Un gesto che gli costa fatica. La postura ideale per quello che deve dire sarebbe in piedi, camminando per la stanza. Lo stato di quiete è un equilibrio che la sua mente rende piuttosto instabile.

«Michele Ferrari ha creato la rete europea della società per cui lavorava, la GDA appunto. Progettano videogiochi di ultima generazione. Personalizzati a tal punto che acquistandoli è possibile inviare le proprie foto per fare in modo che il personaggio principale ti assomigli.

Si fa tutto in rete. Ogni punto vendita ha un accesso e invia le foto digitalizzate. La GDA le riceve, elabora il gioco con le caratteristiche richieste e spedisce la personalizzazione direttamente a domicilio.»

«Fotografie e indirizzi.»

«Esatto, dottore. E Michele Ferrari aveva l'accesso da supervisore di rete, Dio dall'alto dei cieli che vede tutto, controlla tutto, cancella tutto.»

«Si rende conto di...»

«...quante fotografie di quei bambini potrebbero esserci in giro? Migliaia. Potenzialmente tutti. La GDA ha venduto oltre un milione di copie dei suoi videogiochi della serie *AI* negli ultimi due anni. L'amministratore delegato mi ha detto che circa il 60% delle vendite è andato a minorenni. Si fa presto a fare il conto.»

«Seicentomila. Bisogna avvertire l'Interpol.»

«E non basterà, dottore. Non basterà mai.»

«Non la seguo di nuovo, commissario.»

«C'è una cosa sola che potremmo sapere per certo. Quanti dei bambini della GDA sono scomparsi da quando esiste il gioco. È l'unico dato che abbiamo, i bambini rapiti grazie a Ferrari. Saranno pochi, dottore. Se fossero stati molti, il rischio che la cosa si notasse sarebbe stato troppo grande. Non penso che ne abbiano presi più di un paio all'anno. E già trovarli, lì in mezzo, sarà come cercare un numero di telefono in un elenco senza ordine alfabetico.»

Giovanni si alza. Il tono della voce si ammorbidisce. Sembra riassumere la vicenda a beneficio di se stesso. Si appoggia al davanzale della finestra. L'estate resta fuori dai vetri chiusi. Il ronzio dell'aria condizionata si spegne fra le parole con cui riprende il racconto.

«Poi ci sono tutti gli altri. E non potremo fare niente per loro. Se non sperare.»

«Non possiamo sorvegliare seicentomila bambini.»

«Esatto, non si può. Quindi la notizia non deve venire fuori. Da parte della GDA possiamo stare tranquilli. Se si scopre una cosa come questa, possono dichiarare fallimento già adesso. Il resto dipende da noi e dai nostri colleghi sparsi in mezza Europa.»

«E nel frattempo dobbiamo trovare i complici di Ferrari.»

«Non c'è altra scelta. È l'unica possibilità di salvezza per quei bambini.»

«Cosa conta di fare?»

Giovanni stringe gli occhi prima di rispondere. La stanza riprende a girare piano, un sapore metallico gli attraversa il palato, si mescola alla saliva. Un crampo, appena al di sotto dell'esofago, gli strappa una smorfia di dolore che cerca di cancellare immediatamente.

«Si sente bene, commissario?»

Apre gli occhi. Per un istante il volto di Terzi gli appare distorto. Poi la luce torna a fuoco, la stanza finisce il peregrinare attorno alla sua testa, la realtà torna viva e presente.

«Non ho dormito molto negli ultimi giorni.»

«Perché non se ne va a casa, dopo? Qualche ora di sonno le farà bene.»

Annuisce. Un gesto breve, da mettere subito da parte. Ci sono cose più urgenti.

«Faremo sequestrare i computer di Ferrari. Quello di casa e quello dell'ufficio. Dobbiamo scandagliare le mail, trovare ogni piccolo dettaglio. Ci servono i log del server della GDA, con tutti gli accessi che ha fatto da quando la rete è nata.»

«Pensa che non li abbia cancellati?»

«Sono sicuro che lo abbia fatto, dottore. Ma dobbiamo controllare. Giorno per giorno, scheda per scheda. Intanto abbiamo bisogno dell'elenco di tutti i bambini a cui la GDA ha venduto almeno una copia dei suoi giochi. Potrebbe essere enorme. Vendevano anche online, con lo stesso meccanismo.»

«I seicentomila.»

«E incrociarli con l'elenco degli scomparsi.»

«Serviranno i conti correnti bancari, dobbiamo capire come si faceva pagare.»

«Se l'ingegnere era furbo solo la metà di quello che pensiamo, direi che pagavano in contanti.»

«Banconote da cinquecento euro. Poco ingombro e molti soldi.»

Giovanni prende un lungo respiro.

«Sa che cosa mi fa incazzare, dottore?»

«Posso immaginarlo.»

«Probabilmente non troveremo mai gli altri. Quei bambini

resteranno in pericolo almeno finché non diventeranno troppo grandi per i gusti della gente che li cerca. Di alcuni di loro, invece, un giorno arriverà la denuncia di scomparsa. E non potremo fare un cazzo, dottore. Tutto per aver comprato uno stupidissimo videogioco.»

«Non sia pessimista, commissario.»

Giovanni incrocia le braccia al petto.

«Mi dia un motivo per non esserlo.»

«Ha scoperto un sacco di cose, finora.»

«No, dottore. Non ho scoperto niente. Ho solo raccolto la confessione di un morto. Uno che ha scoperto di essere un uomo diverso da quello che si ricordava. E che alla fine probabilmente era solo una pedina.»

«Continua a pensare all'uomo di quella casa. Quello che ha fatto sparire Paola Vigliani.»

Giovanni si guarda le scarpe. La voce del colonnello U gli scivola fra i pensieri. *Non so ancora niente, Marra. Ma lo troveremo.* Solleva gli occhi. Tenta di sorridere. Nella tasca della giacca, le foto di Sara Parmeggiani bruciano come il cemento dei marciapiedi, giù in strada.

Terzi incrocia le braccia, appoggia i gomiti al tavolo.

«Ha deciso di fidarsi di me, commissario?»

«Ho soltanto scoperto che lei non c'entra nulla, dottore.»

«E crede invece che Mirella...»

Giovanni lo interrompe.

«Quello che ha fatto lo ha fatto in buona fede. Anche se...»

«Anche se?»

«Mi ha mentito due volte, oggi. Su certi dettagli, niente di importante. Non credo che sapesse. E ormai suo marito è morto.»

«L'altra bambina è l'unico legame che abbiamo.»

La frase di Terzi cade nel silenzio come una pietra.

«Se le cose stanno come dice lei è una grande occasione, commissario.»

«Vero. Ma è l'unica. Non esiste un'altra possibilità. E dobbiamo trovarla, prima che lo facciano loro.»

«Crede che sappiano?»

«Sono sempre stati due passi avanti a noi. Sapranno che nella casa c'erano le tracce di due bambine, ma dubito che sappiano chi è quella che stiamo cercando. Se Ferrari scopriva tutto attraverso sua moglie, a questo punto siamo tranquilli.»

«È convinto davvero che non sapessero che c'era?»

«Se la bambina è viva, dottore, l'uomo che ho in mente non la conosce. Questa non è gente che lascia tracce. Un errore così può averlo fatto solo Aurelio Strazzari. Ed è riuscito a nasconderlo fino alla morte.»

«È Simone Mariani che ha in mente, non è vero?»

"No, l'uomo delle fotografie" vorrebbe rispondere. Ma si limita ad annuire e abbandonare il peso del corpo contro il davanzale. Terzi lo guarda. Sta per dire qualcosa, ma la porta dell'ufficio si spalanca all'improvviso.

«Non sono riuscita a fermarla!» urla una donna sulla sessantina, appena oltre la soglia.

Dentro, l'agente Angela Renzi mostra la fotografia della bambina come la carta vincente di una mano difficile.

«Lisa Urbinati» dice.

E sorride come il cielo di primavera non sarà mai capace di fare.

Il Chirurgo arriva con la solita station wagon scura. Scende dalla macchina e apre il portellone posteriore. Lo Sceriffo lo accoglie nel cortile della casa e gli stringe la mano.

«Spero che il viaggio sia stato tranquillo.»

Il Chirurgo si guarda intorno. Ci sono solo le cicale, ovunque, a spezzare il silenzio di quella casa spalancata sulla val Marecchia.

«Qualunque viaggio uno possa avere fatto, quando si arriva in un posto come questo si sta bene per forza.»

Lo Sceriffo annuisce.

«Lui dov'è?»

«In ogni posto e in ogni luogo.»

Sorridono entrambi.

«Credevo di trovarlo qui.»

«Lo hai mancato per poco. Sai come funziona.»

«Già. Varo Borja?»

Lo sguardo dello Sceriffo si spegne all'improvviso.
«Le cose cambiano.»
Il Chirurgo annuisce. Alla fine del gesto cade un silenzio spettrale. Il sole scompare dentro una nuvola e le cicale smettono di frinire tutte insieme. Resta solo il fruscio del vento, che attraversa l'ombra e le chiome degli alberi.
Lo Sceriffo fa un gesto con la mano, verso la casa.
«Andiamo dentro.»
Si muovono rapidi, frustando la ghiaia del cortile.
La bambina è nel salotto, stesa sul divano. Profuma di bagno schiuma e disinfettante. Un livido violaceo le attraversa metà del viso, dallo zigomo alle labbra.
Il Chirurgo si avvicina e le passa una mano fra i capelli. Lei non si muove nemmeno di un millimetro. Le solleva le palpebre, ha le pupille rovesciate.
Si volta, fissa lo Sceriffo.
«Sta bene?»
L'altro annuisce. «GHB e un po' di sonnifero» sussurra.
«Quanto?»
«Quello che serviva.»
«Altre cose che devo sapere?»
«È stata un po'... difficile.»
Il Chirurgo annuisce e si volta di nuovo. Accarezza il viso della bambina con il dorso della mano, dalla parte intatta. Lo fa lentamente. Poi allunga una busta allo Sceriffo, che conta i soldi appoggiandoli sul tavolo. Un rito che si ripete tre volte, con lo stesso risultato. Quando ha finito, si rende conto che il Chirurgo lo sta fissando, le braccia conserte.
«Tutto a posto?»
«Tutto a posto.»
«Bene, allora.»
Si piega sul divano e solleva la bambina.
Escono senza parlare. Lo Sceriffo dietro e l'altro davanti, con il suo carico fra le braccia. Deposita la bambina nell'enorme spazio ricavato abbassando completamente i sedili posteriori. Le accomoda i piedi dentro due ganci, la fa scivolare su un fianco e

le blocca i polsi sotto un altro gancio. Due modifiche al pianale del portabagagli che servono sempre al loro scopo. Poi si solleva e guarda lo Sceriffo.

«Per quanto tempo resterà così?»

«Ancora un paio d'ore.»

Senza dire niente il Chirurgo chiude il portellone e la bambina svanisce dietro i vetri scuri. Gli allunga la mano. La stretta è secca, forte e sicura.

«Mi dicono che con i computer te la cavi bene.»

Lo Sceriffo sorride.

«Me la cavo bene, sì.»

«Potrei aver bisogno di un lavoretto. Pensi che lo Slavo abbia qualcosa da ridire?»

Il sorriso si trasforma in un ghigno.

«Non sono proprietà di nessuno.»

Il Chirurgo annuisce.

«Già, lo sospettavo. Ti farò sapere. E se hai qualcosa per me, sai dove trovarmi.»

Lo Sceriffo resta fermo in mezzo al cortile a guardare l'auto del Chirurgo che se ne va.

Alla fine, quando è rimasta solo una striscia di polvere attraversata dal sole calante, rientra in casa e sale al piano di sopra.

L'odore del disinfettante è dappertutto. Resterà nella stanza da letto ancora per qualche giorno. Poi diventerà soltanto il ricordo di un inquilino cortese che ha fatto le pulizie prima di andarsene.

In fondo è proprio quello che è successo.

Raccatta il grande sacco dell'immondizia e scende.

Non lo appoggia per terra nemmeno quando chiude a chiave la porta di casa. Lo lascia andare solo nel bagagliaio della macchina. Prima di mettere in moto e partire, lancia un ultimo sguardo alla casa. Come faccia lo Slavo a trovare sempre posti così belli è un mistero che non è mai riuscito a chiarire.

Francesco Carta apre gli occhi alle sette passate.

La sveglia lo strappa a un sogno fatto di elfi, bambine senza volto e un profumo di pericolo diffuso e strisciante. L'orrore che si nasconde nella banalità di una carezza, in un sorriso che non sfiora mai gli occhi.

Si guarda intorno.

Se non si sbriga rischia di arrivare un bel po' in ritardo.

«Angela?» chiama, ma la casa è deserta.

Si infila in cucina e beve un lungo sorso d'acqua direttamente dalla bottiglia. La suda immediatamente. L'estate riempie tutto, anche a quell'ora, di un'umidità pesante e irrespirabile.

Solo la doccia riesce a rimetterlo un po' in sesto. Ma non a cancellare del tutto la strana sensazione che ha provato accorgendosi che Angela non è tornata dal turno.

Ancora nudo, accende il telefonino. Un sms lo avverte delle chiamate perse. Lei ha provato a telefonargli oltre un'ora fa, ma non a casa. Solo sul portatile.

Sta pensando se cercarla, quando squilla il cellulare. E rispondendo, la priorità degli eventi si spezza. Come un pupazzo di zucchero finito fra i denti feroci di un bambino goloso.

Simone Mariani controlla con cura la sua immagine nello specchietto retrovisore. La luce del pomeriggio che cala gli scurisce la pelle, già cotta dal sole.

Sorride. Denti bianchi sul viso regolare acceso da due occhi scuri di taglio quasi orientale. Quando toccherà a lui andare in Iraq, basterà farsi crescere un po' la barba per sembrare un arabo.

Già da domani comincerà a non rasarsi più. Il Grigio glielo ha appena spiegato al telefono.

«È arrivato il suo momento. Non mi faccia pentire» ha detto. E Simone Mariani ha pensato che questo è davvero un giorno fortunato.

Un giorno in cui tutto quello che è andato storto finora sta riprendendo la strada che deve.

Una sterzata improvvisa, una curva che appare nella nebbia e in cui la tua auto si infila senza che tu possa nemmeno rendertene conto.

Manca ancora un unico dettaglio.

Ma è soltanto questione di tempo.
Poco tempo.

Il dottor Terzi controlla la mail e si alza. Le parole dell'agente Angela Renzi e del commissario Marra picchiano sui pensieri come una raffica di sberle.

Apre la porta e chiede un caffè a Rossana, la sostituta di Mirella. Poi si siede di nuovo dietro la scrivania. Sfoglia distrattamente l'edizione online del «Corriere della Sera» finché non arriva il caffè, accompagnato dalla gentilezza della donna.

Marra sa chi stava ricattando Sara Parmeggiani. Glielo ha letto negli occhi, nell'espressione distaccata che ha cercato di dipingersi sul viso alla fine del suo racconto. Nel modo indifferente in cui ha tolto lo sguardo, cercando la strada, oltre la finestra chiusa.

Si chiede quanto tempo impiegherà a dirglielo.

Sospira. La foto della bambina è lì, sulla scrivania.

Lisa Urbinati ha tredici anni. Vive sola con la madre Roberta dalle parti dello stadio, in via Valdossola. Non ha un padre, non ha più i nonni e in questo momento è in vacanza con la mamma, da qualche parte fuori Bologna.

«Nessuno può sparire per sempre» sussurra il magistrato e picchietta con un dito sulla fotografia della bambina. Manda giù l'ultimo sorso di caffè. È ancora bollente e gli brucia la punta della lingua. Un pizzicore che rimuove immediatamente dai pensieri.

Ci sono altre cose da fare. Cose molto più importanti, più urgenti.

Fondamentali.

Si avvicina alla finestra e senza pensarci troppo compone un numero di telefono.

Il cellulare squilla e lo Slavo controlla l'ora.

Sono quasi le sette e mezzo, fa ancora un caldo tropicale e il nome che appare sul display non promette affatto di rinfrescare l'aria.

«Cos'è successo?»

«So chi è la bambina.»

Lo Slavo alza il piede dall'acceleratore e rallenta in corsia d'emergenza.

«Ti ascolto.»

«Si chiama Lisa Urbinati, ha tredici anni. Vive da sola con la madre, a Bologna.»

«Dammi l'indirizzo.»

«Non servirebbe. C'è già stata la polizia. Sono in vacanza, ma non si sa dove.»

«Uhm. Qualche altro dettaglio?»

Prima della risposta, si sente il rombo di un camion che passa.

«Ho una foto.»

«Mandala. Sul cellulare.»

«Devi darmi un attimo.»

«Immagino, ma fai alla svelta. Bisogna trovarla.»

Ancora rumori di auto. Un bambino che piange. Una donna che ride.

«Un'ultima cosa. Non parla.»

«Che cazzo vuol dire che non parla?»

«Quello che ti ho detto. Da quel giorno non parla più.»

Lo Slavo sorride.

«Questo ci dà un po' più di tempo.»

«Ti mando la foto.»

«Lì tutto a posto?»

«Tutto perfetto.»

«Sento dei rumori.»

«Sono alla finestra. Va tutto bene.»

Lo Slavo riaggancia. Controlla di nuovo l'ora. La telefonata è durata meno di tre minuti.

Il suono dell'arrivo del messaggio gli taglia a metà un pensiero. Preme un tasto per visualizzare l'immagine e la foto della bambina appare sotto i suoi occhi, trasportata dalla rete UMTS in nemmeno tre secondi. Resta un attimo a guardarla, indeciso su quale sia la prima cosa da fare. Poi inoltra la foto allo Sceriffo, compone il numero, lo chiama.

«C'è un cambio di programma. Ti servirà una mano» comincia. E scandendo le parole, gli spiega esattamente quello che si aspetta da lui.

Basta poco per cambiare la prospettiva delle cose.

Ha cercato di spiegarlo anche ad Anja Ramirez, ma non crede di esserci riuscito. D'altra parte non sapeva niente. Ucciderla, forse, è stata una precauzione inutile. Lei e i due poliziotti che le facevano da guardia.

Nessuno, fino a quando arriverà il cambio, si accorgerà di quello che è successo.

Il suo è un lavoro silenzioso.

Michele Ferrari ha avuto l'incidente mentre inseguiva Lisa Urbinati.

Su questo, ormai, Giovanni Marra non ha nessun dubbio. E nemmeno prove. Solo coincidenze grandi come calcoli renali. E altrettanto dolorose.

Le date coincidono e il luogo dell'incidente è sulla strada che la bambina avrebbe potuto fare, scappando dalla casa sui colli per tornare a casa. Ora la devono trovare. Metterla al sicuro alla svelta e sperare che abbia visto qualcosa, se lo ricordi e voglia raccontarlo.

Se quello che hanno detto ad Angela è vero, la bambina non parla più da quella notte. Mesi e mesi di silenzio per cancellare qualcosa arrivato all'improvviso a spezzarle la vita e il respiro.

"Ce la dobbiamo fare" pensa Giovanni, mentre scende le scale. Le vertigini arrivano lì. A metà di un gradino, poco oltre la rampa circolare che scende fino al piano inferiore. Inciampa e si aggrappa alla ringhiera per non cadere.

Da quanto tempo non mangi?

La voce di Marzia, morbida e dolce ad accarezzargli i pensieri.

Per quanto tempo puoi andare avanti così, Giovanni? Per quanto?

«Quello che servirà» sussurra. «Tutto quello che servirà.»

Si solleva e si guarda intorno. Sente una porta che sbatte. Qualcuno sta salendo, una voce ride, un'altra chiama un certo Caputi.

Senza fretta, il commissario Marra ricomincia a scendere. Il conato gli spalanca lo stomaco all'inizio del corridoio che porta all'uscita. Fa appena in tempo a inginocchiarsi sul pavimento del bagno e vomitare stanchezza, mista a bile e rabbia.

«Mi trova a casa» ha detto al dottor Terzi prima di uscire. E in quel momento l'idea di andare a riposarsi gli era sembrata una resa vigliacca e inutile. Ora, mentre beve un sorso d'acqua dal rubinetto del bagno degli uomini, la prospettiva è decisamente cambiata. Angela e Carta stanno cercando la bambina. Sono due poliziotti in gamba.

Ha bisogno soltanto di un paio d'ore di riposo.

Poi potrà stare sveglio anche tutta la notte.

Esce in cortile, cerca il telefono. Compone il numero di Ulivi, ma la batteria esala i suoi ultimi respiri. Deve ricordarsi di metterla in carica appena arrivato a casa.

Uscendo dal parcheggio spera che, quando riaccenderà il cellulare, il colonnello U sarà pronto a raccontargli la parte della storia che ancora non conosce.

Quella che porta al finale, ammesso che possa essercene uno.

Il colonnello U si versa un bicchiere di whiskey. Dovrebbe essere sufficiente a non fargli tremare la voce. Poco fa, durante la telefonata che stava aspettando, ha sentito una strana inflessione attraversargli una frase, bloccargli le parole proprio a metà di un concetto.

Gli è capitato una volta sola. Il giorno in cui ha dovuto dire a sua moglie che la loro unica figlia era morta.

Quello che sta per fare non è la stessa cosa, ma riguarda ancora una volta la morte. Si è chiesto per tutto il giorno se ha fatto la scelta giusta o si è semplicemente imbarcato su una nave che non è capace di governare, venendo meno a tutte le regole della sua vita di soldato, per naufragare da qualche parte, all'improvviso e senza nessuna possibilità di scampo.

La risposta è stata sempre la stessa. Quella che ha scoperto dentro mentre Marra gli mostrava le foto. Contraria in tutto e per tutto a ogni certezza che pensava di avere.

Ho troppo bisogno di vivere, aveva detto a Giovanni la prima volta che era tornato per raccontargli la sua strana storia.

Guardando il viso dell'uomo stampato su quelle immagini, si è chiesto invece per cosa abbia vissuto finora, da quando la sua casa è diventata vuota e silenziosa come le sue mani.

«Sopravvivere non basta» sussurra alla stanza deserta. Manda giù in un sorso il resto del whiskey, per schiacciare il terrore sotto l'onda lunga e calda con cui l'alcol gli accarezza la pelle, fino alla nuca.

«Sopravvivere non mi basta più, hai capito?» urla. E per un attimo è convinto che sua moglie sbucherà dalla porta che dà sul corridoio, per controllare se sta parlando al telefono oppure è totalmente impazzito. Lo guarderà dal basso in alto, come faceva sempre.

«Stai bene, colonnello?» sarà la domanda. E quando si volterà per sorriderle, scoprirà che la pelle si sta spaccando, scivolando via in tante piccole squame. E che il sorriso che ricordava così bene è solo il ghigno della morte che torna nella sua casa a prendere quello che è rimasto.

«Fanculo!» grida. E lancia il bicchiere contro il muro.

Il cristallo esplode in migliaia di minuscoli frammenti di luce.

E così la sua paura. "Forse" pensa, "basta reagire per scoprire di essere ancora vivi. Forse la paura è un piccolo cane bastardo che sa solo abbaiarti dietro e che non sarà mai capace di morderti, se non gli allunghi la mano direttamente fra i denti."

Si accarezza il volto e scoppia a ridere. Quando allontana le mani, la luce del tardo pomeriggio sembra troppo bella perché possa succedere qualcosa di male.

Si alza. Prende un lungo respiro e telefona a Giovanni.

Ha il cellulare spento, allora prova a casa. L'unica voce che sente è quella della segreteria telefonica.

L'idea di lasciare un messaggio gli attraversa i pensieri come un'onda. E quando svanisce nella risacca delle cose da non fare, il colonnello U prende le chiavi ed esce.

Ci sono storie che vanno raccontate di persona.

«Sei sicuro che il nome fosse quello?»

Guardo Marco, in piedi dietro al bancone della reception,

mentre mi ripete per la terza volta cosa gli ha detto al telefono Giovanni Marra. E tutto quello che riesco a pensare è che ho spento il cellulare stamattina e non l'ho più acceso. Come un impiegato qualunque che va in vacanza, mandando a fare in culo tutto il mondo in cui ha vissuto fino al giorno prima.

«Hai provato a chiamarlo?»

Rispondo di fretta, quasi scortese.

«Solo quattro volte sul cellulare. E anche a casa. Uno è spento, l'altro suona a vuoto.»

«Magari voleva salutarti. Siete amici, no?»

Annuisco e cerco di pensare. Magari voleva salutarmi, certo. Sa dove sono, avrebbe mandato la polizia se fosse stato urgente. Non è successo niente, non è successo niente.

«Nicola, stai bene? Qualcosa non va?»

La voce di Marco, a cancellare tutti i pensieri. Provo a stamparmi sulla faccia un sorriso di cortesia.

«Certo, tranquillo.»

Poi esco. Chiamo il servizio informazioni e mi faccio dare il numero della questura di Bologna. Ma Giovanni non è nemmeno in ufficio.

«Credo che sia andato a casa» dice una voce in sottofondo e la persona con cui sto parlando ripete l'informazione.

«È una cosa urgente?» mi chiede. Ma non sto più ascoltando.

I miei pensieri vanno in automatico, seguendo una rotta che non riesco a inquadrare fino in fondo. La voce che mi spunta dalle labbra è spaventata e decisa allo stesso tempo.

«Mi passi l'ispettore Francesco Carta, per favore» dico.

E devo essere stato convincente, perché, dopo una pausa di qualche secondo, il telefono riprende di nuovo a squillare.

Roberta Urbinati e sua figlia fanno una vita tranquilla.

Angela e Francesco hanno già parlato con tutti gli inquilini del loro palazzo, ma nessuno sa dove siano andate. Per la verità quasi nessuno aveva notato la loro assenza, la mancanza dell'auto di Roberta nel posto macchina sotto l'edificio, la posta non ritirata che sbuca dalla cassetta.

Tutti, però, si ricordano della bambina.

«Sempre educata, gentile. Ma tanto silenziosa» ha detto una signora del piano terra. Più o meno la stessa frase che hanno pronunciato tutti. Anche il barista con cui Francesco sta parlando adesso, mentre Angela cerca di rintracciare al telefono la mamma di una delle compagne di scuola di Lisa.

«Le vedo tutte le mattine» dice l'uomo, baffi spruzzati di bianco e abbronzatura nuova di zecca. «Lei è terribilmente triste e la bambina... la bambina sembra trasparente.»

Francesco annuisce, ma in realtà vorrebbe rispondere che quelle cose le sa già. Le ha sentite così tante volte che potrebbe prevedere senza sbagliare ogni risposta che gli viene data.

«Le è successo qualcosa di brutto?»

Eccola, la domanda finale. L'hanno fatta tutti. Perfino la tizia del terzo piano che sembrava uscita da un film horror degli anni Settanta.

Si preoccupano tutti, dopo.

«No, niente di grave. Stia tranquillo.» E anche la sua è una frase di circostanza. Quella che serve a interrompere l'inutilità del dialogo.

Sta per ringraziare il barista, quando il cellulare reclama attenzione.

Francesco Carta solleva una mano per scusarsi, interrompe la *Carmen* di Bizet e risponde.

Mi rendo conto che sto urlando solo dopo aver fatto la domanda.

«L'ispettore Francesco Carta?»

«Sì, sono io.»

Ha risposto al quarto squillo, un tempo che mi è sembrato enorme e intollerabile.

«Sono Nicola Zanardi. Ho bisogno urgente di parlare con il commissario Marra. Mi ha detto di rivolgermi a lei, se non lo trovavo. Soltanto a lei.»

Rimane zitto un istante. Immagino si stia spostando, perché il sottofondo cambia. Prima era sicuramente in un locale pubblico.

Ora è fuori, all'aperto. Sta per rispondermi, ma un autobus gli ricaccia in gola la frase.

«Non ha trovato il commissario?»

«Ho provato sul cellulare diverse volte. E anche a casa.»

Ancora silenzio. Qualcuno parla in sottofondo. Una voce di donna. Sta chiedendo qualcosa a proposito della compagna di scuola di qualcuno.

«Non ha trovato il commissario...»

La frase con cui riprende il discorso sembra un appunto che ha deciso di annotarsi fra i pensieri. Il tono non mi tranquillizza, nemmeno un po'.

«A casa non risponde» ripeto. Serve a richiamarlo alla realtà. E a distogliere il discorso dall'assenza di Giovanni.

«È successo qualcosa, signor Zanardi?»

Eccola, la domanda. E questa volta sono io a restare in silenzio. Perché di fatto non ho una risposta. Tranne ripetere esattamente quello che è successo.

«Mi ha cercato. Sul cellulare e al mio albergo. Ha lasciato detto che lo chiamassi appena ero reperibile. Solo che, appunto, non riesco a trovarlo.»

«Capisco» comincia Francesco. Ma tutto quello che sento è la voce in sottofondo, quella della donna. «Sono l'agente Angela Renzi. Sto cercando Roberta Urbinati e sua figlia» ha appena detto.

«Perché?» chiedo. E mi rendo conto che la domanda non c'entra nulla con la frase che Carta ha appena finito di pronunciare.

«Perché, cosa?»

«Perché le state cercando?»

«Non la seguo, signor Zanardi.»

Urlo. A un paio di metri da me una donna mi squadra come una pornostar a una conferenza episcopale.

«Roberta Urbinati e sua figlia! Perché le state cercando?»

«È un'indagine delicata e non...»

Lo interrompo. Abbasso il tono della voce. Il cuore mi batte fra le tempie, troppo forte per non essere sul punto di esplodere.

«Mi dica cosa sta succedendo, ispettore. E io le dirò dove sono.»

«Sei sicura di non voler venire?»

Andrea si sistema sul divano e sgrana gli occhi.

«A vedere tre palazzi che crollano? Nemmeno se mi paghi. Dopo mangiate qualcosa o basta la polvere che vi siete respirati?»

Roberta ride. Nell'altra stanza, Lisa sta finendo di vestirsi dopo la doccia. Se seguisse l'istinto si fermerebbe sulla soglia a controllare ogni gesto della sua bambina. Il modo in cui si muove, il colore dei capelli ancora bagnati, il criterio con cui sceglie cosa mettersi.

Ma non lo fa.

«Non puoi essere tu il suo tramite con il mondo» le ha detto Andrea almeno un milione di volte. «Devi lasciare che ritrovi da sola la distanza giusta dalle cose.»

Roberta ha annuito, mordendosi piano il labbro inferiore.

Sa che è così che dovrebbe funzionare. E che riuscirci è terribilmente difficile. Ovunque si trovi Lisa da quel giorno di febbraio, la sua distanza con il mondo è talmente grande che non esiste un'unità di misura che possa calcolarla.

«Dai, Andrea. È una specie di festa di fine estate. Fanno saltare le colonie con tanto di fuochi d'artificio e tutto il resto.»

«Ecco, appunto. Una festa di fine estate. Io non voglio festeggiare la fine dell'estate. Odio il freddo, non vedo perché devo essere contenta che arrivi.»

Roberta scuote la testa e sorride. Con Andrea spesso non capisce la sottile differenza fra quando parla sul serio e quando sostiene un paradosso.

«Mi pare di capire che non ne hai voglia.»

«No. E poi guarda che bella compagnia che hai!»

Si volta. Lisa è ferma sulla soglia della camera da letto. Ha un paio di jeans strappati sulle ginocchia e una maglietta rosa con un diavoletto rosso. Ha infilato le mani in tasca e si sta godendo il dialogo con rassegnata e divertita pazienza.

Andrea allarga le braccia.

«Vedi come stai bene con la maglietta che ti ho regalato? Spiegalo tu a tua mamma che anziché i palazzi che crollano preferisco vedermi *C.S.I.*»

Roberta fa un cenno a sua figlia.

«Andiamo?»

«Come sei rimasta d'accordo con Nicola?»

«Che ci raggiunge là. Hai detto che vieni a mangiare con noi?»

«Mangiare è una parola grossa. Diciamo che vi accompagno, se mi fai sapere quando avete finito.»

«Uffa, sei insopportabile.»

Infila le chiavi nella porta. Andrea sorride.

«Sì, lo so. Me lo dicono tutti. Dai, andate, che le colonie crollano senza di voi.»

Roberta esce e per un attimo il silenzio riempie ogni cosa, fra le pareti.

«Stai attenta alla tua mamma, piccola» sussurra Andrea alla stanza vuota. Poi accende il televisore, sistema i piedi sotto il sedere e si prepara a godersi di nuovo il fascino misterioso di Gil Grissom.

Giovanni Marra parcheggia la macchina e si infila nel cortile di casa.

È rientrato senza fretta, cercando di tenere a bada la testa e lo stomaco. Respiri profondi a recuperare lunghe sorsate d'aria, l'abitacolo reso vivibile dal condizionatore.

Ora, nella penombra del cortile circondato dai palazzi, gli sembra che le gambe siano più stabili, la testa meno pesante, il sapore che gli fodera la bocca di una tonalità di amaro più sopportabile. Infila la chiave nel portone e sale le scale. Il primo passo ha il grado di difficoltà di un sistema di equazioni. Si aggrappa alla ringhiera.

Non preoccuparti, sei solo stanco.

Ancora la voce di Marzia. Erano mesi che non la sentiva più. Giorni e giorni in cui era rimasto solo il ricordo, un sottofondo incessante e continuo che attraversava la sua vita. Se abiti vicino ai binari, dopo un po' non senti più il treno, si era detto all'inizio. E forse era successo davvero.

Sapeva che la voce c'era, ma non ci faceva più caso.

Prima di oggi, però. Prima di scoprire che se n'era andata, ritornando all'improvviso senza chiedere permesso, quando le sue difese lo avevano lasciato distrutto sulla strada di casa.

«Quand'eri sparita?» chiede, sussurrando all'androne deserto. E per un attimo l'imbarazzo gli stringe la gola, lo obbliga a guardarsi intorno, a controllare se qualcuno sta scendendo o salendo. Ma non c'è nessuno.

"Stai parlando da solo" pensa. E ricomincia a camminare.

Nella sua vita ormai c'è solo silenzio. Da troppo tempo. Lo stesso che spezza percorrendo lentamente le due rampe che mancano al pianerottolo.

In cima, si ferma di colpo sull'ultimo gradino.

«Dovevo parlarti.»

La voce del colonnello U scivola sulle pareti del palazzo, perdendosi nell'eco. Sembra il ricordo di qualcosa che un tempo è stato enorme e terribile. E che ora tenta soltanto di restare a galla con quello che è rimasto.

«Da quanto tempo sei qui?»

«Abbastanza per aver bisogno di qualcosa da bere.»

Giovanni Marra accenna un sorriso imbarazzato. Poi apre la porta e il buio dell'appartamento se li mangia in un boccone.

Non capisci quanto tieni a qualcuno finché non ti rendi conto che potrebbe essere davvero in pericolo di vita.

È esattamente quello che sento mentre faccio il numero di Roberta sul cellulare e il telefono squilla a vuoto. Poi tocca ad Andrea. Mi risponde subito e benedico il fatto che per molte ore della sua giornata vive aggrappata al telefonino.

«Dove sono?»

«Che cos'hai?»

Sempre la sua mania di fare domande e di puntualizzare.

«Rispondimi Andrea, cazzo! Dove sono Roberta e Lisa?»

«Oh, tranquillo! Sono uscite per andare alle colonie. Dovresti saperlo.»

«Quanto tempo fa?» chiedo. E dal tono della voce deve essersi resa conto che non sono incazzato. Soltanto spaventato a morte.

«Non lo so, dieci minuti. Roberta mi ha appena chiamato per chiedermi per la quarantesima volta se voglio venire anch'io. Mi ha detto che stava parcheggiando vicino all'albergo dove dovete incontrarvi. Ma cosa sta succedendo?»

«Te lo spiego dopo. Esci di casa, subito.»

«Nicola, cosa cazzo sta succed...»

«Ti ho detto di uscire di casa subito! Lo puoi fare solo perché te lo chiedo?»

Adesso anche lei è spaventata. Il tono della voce diventa sottile come le sue dita.

«Va bene, va bene. Lo faccio.»

«Hai presente il bar che c'è all'angolo?»

«Quello con la luna nell'insegna?»

«Quello. Aspettami lì. Sto arrivando. Prova a chiamarla, capito? Chiamala. E se ti risponde dille che se ne vada, che si nasconda da qualche parte e ci resti.» Faccio una pausa. Premo due volte il telecomando della macchina per cercare di aprirla. «Andrea?»

«Dimmi.»

«Mi raccomando, non farti vedere da nessuno.»

L'auto di Angela Renzi e Francesco Carta supera l'uscita di Faenza a duecento all'ora.

Nicola Zanardi li ha appena richiamati. Lisa e Roberta non sono a casa e adesso non c'è più tempo. Angela sta contattando la polizia di Riccione. Spera solo che collaborino senza fare troppe domande, perché in realtà un motivo per trovarle con tutta questa fretta non c'è. Solo la convinzione di Francesco che qualunque cosa sappiano non sono i soli a conoscerla.

«Sai com'è andata fino ad adesso» le ha detto. E Angela si è limitata ad annuire. Poi ha cominciato a telefonare.

A Giovanni Marra, per primo. Al suo cellulare sempre spento, alla segreteria telefonica che risponde senza sosta al numero di casa.

«Chiama in centrale. Digli che è urgente. Che mandino qualcuno a vedere cosa succede.»

La voce di Francesco era rapida e scura come la loro auto.

"Sta per succedere qualcosa" ha pensato Angela.

"E mi auguro di cuore che non sia già successo."

Lo Sceriffo si ferma sul muretto che separa la spiaggia dal lungomare.

Guarda la gente che passa, diretta al grande palco montato nello spiazzo accanto alle colonie. Manca un'ora all'esplosione e il flusso di persone è praticamente ininterrotto. Dopo, con il concerto di Giorgia, sarà ancora peggio. Ma non gli interessa.

Prima di sedersi nel suo punto di osservazione, qualche metro dopo le transenne che bloccano il traffico delle macchine, ha controllato che non esistano altre vie d'accesso.

Per arrivare al palco le possibilità sono solo due. Una è quella che sta sorvegliando. L'altra, esattamente simmetrica, è quella in cui è piazzato il Mastino. Grande, grosso, fidato, silenzioso.

E disposto a fare qualsiasi cosa, dietro adeguato compenso.

Si infila alle orecchie le cuffie del lettore mp3 che ha preso alla bambina, fa partire un pezzo dei Blue e comincia ad aspettare.

La voce del colonnello U sembra arrivare da un posto molto lontano.

Appena entrato in casa, si è lasciato andare sulla prima sedia che ha trovato. Una montagna che perde gran parte del suo splendore in una frana improvvisa.

Hanno bevuto insieme un goccio di vino bianco, la pistola appoggiata sul tavolo della cucina, accanto ai bicchieri. Poi Giovanni si è fumato una sigaretta, guardando dalla finestra la penombra che oscurava con metodo il cortile.

Mancavano pochi tiri quando lo ha sentito cominciare.

«Sara Parmeggiani ha partorito un bambino circa sette mesi fa. È stata ricoverata per tre giorni in una clinica di Roma gestita da un'opera religiosa. Santa Maria delle Grazie, un posto esclusivo. Era registrata a suo nome e così anche il bambino. Il travaglio è stato regolare, ma il bambino è nato morto, dopo un parto cesareo in anestesia totale. L'hanno battezzato Enrico e ha preso il cognome della madre. Lei ha voluto seppellirlo lì, nel cimitero del paese. E a quanto ne so non è mai andata a trovarlo. Il ginecologo che ha effettuato il parto e firmato il certificato di morte è uno dei più famosi d'Italia. Ma non è tutto.

Nella stessa clinica, il giorno dopo, è nato un altro bambino. Il figlio di un industriale dell'acciaio. Gravidanza difficile e seguita a tre aborti spontanei. Il bambino sta bene e si chiama Angelo. Se non altro, non avrà problemi economici.»

Giovanni non dice niente. Si accende un'altra sigaretta. Il colonnello si bagna appena le labbra di vino. Quando ricomincia a parlare, il tono si è fatto più basso e preoccupato.

«Stamattina c'era qualcosa che non mi tornava. Non riuscivo a capire cosa fosse. Così ho cercato un vecchio amico. Un francese. È stato generale della Legione. Gli ho chiesto dell'uomo che tu chiami Antonio Parmeggiani. Gli ho raccontato la sua storia come tu l'hai raccontata a me, gli ho mandato la fotografia. Mi ha richiamato dopo qualche ora.

Antonio Parmeggiani si è davvero arruolato in Legione. Ha mantenuto i cinque anni di contratto obbligatorio e poi lo ha rinnovato ancora per un po' di tempo. Non so con esattezza se per altri tre anni o addirittura per cinque. Il generale mi ha parlato di un soldato forte, duro, determinato. Uno che non si fermava davanti a niente, che era capace di ghiacciarti il sangue nelle vene con uno sguardo. Almeno finché non l'hanno ammazzato.»

Giovanni Marra resta appeso all'ultima frase, interrompendo a metà il tiro della sigaretta. Ulivi intinge di nuovo i suoi pensieri nel vino.

«L'hanno trovato pestato a sangue in un vicolo, vicino a un bar. Gli hanno spezzato l'osso frontale con un oggetto contundente. Un martello o una mazza da baseball. Completamente sfigurato. Era in licenza da due giorni e nessuno l'aveva visto. A quei tempi aveva una storia con una ragazza, la figlia del console italiano a Marsiglia. Hanno interrogato anche lei, ma non aveva nemmeno idea che fosse in licenza. Pare che ogni tanto facesse scherzi di quel genere. Spariva per un po' senza dare spiegazioni. O senza che lei lo sapesse, se non più tardi.»

Le labbra di Marra si incollano alla sigaretta come alla mezzeria di una strada nella nebbia.

«Cercava il padre.»

«La stessa cosa che ho pensato io.»

«Come fanno a essere sicuri che fosse Antonio Parmeggiani? Mi risulta che in legione non facciano troppe storie con i documenti.»

«Infatti non ne aveva. Però il tizio con cui ho parlato ha riconosciuto subito la foto. Anche se a quei tempi era quasi rasato a zero.»

Giovanni spegne la sigaretta nel lavabo. Vorrebbe accenderne subito un'altra, ma resiste alla tentazione.

«Se ha riconosciuto la foto, allora il morto chi era?»

«Un altro italiano. Giulio Benetti, a quanto pare. Altro nome che potrebbe essere chiunque. Si era congedato negli stessi giorni in cui Antonio era in licenza.»

«E perché lo ha ucciso?»

«A quanto so, la figlia del console doveva rientrare in Italia. Il servizio del padre era finito e dalla legione non si può uscire semplicemente chiedendo permesso. O muori o trovi il sistema di scappare. Ricordati che Antonio non aveva nemmeno fatto il militare in Italia.»

«Uno che non si fermava davanti a niente, hai detto.»

«Calzante, non è vero? Ma non è tutto. Quando il generale mi ha fatto il nome di Giulio Benetti, ho fatto un'altra telefonata. E in risposta a quella, mi hanno mandato una foto.»

Il colonnello tira fuori dalla tasca dei pantaloni un foglio di carta piegato in quattro. Lo allunga a Giovanni. Sopra c'è l'amante di Sara Parmeggiani. Sorride al fotografo, camminando per strada. Accanto a lui, quattro uomini. Indossano un completo scuro, un auricolare, una pistola sicuramente nascosta in una fondina ascellare e hanno tutti gli occhiali da sole. Tranne uno.

«Sono quattro anni che fa il capo della sua sicurezza» riprende il colonnello, senza che Marra abbia alzato gli occhi dalla foto. «Non l'ha mai assunto come semplice guardia del corpo. Direttamente alla guida della squadra.»

Giovanni lo guarda. Un fischio di ammirazione gli scivola preciso fra le labbra.

«Un incarico niente male, per un morto.»

Ulivi prende un lungo respiro.

«Diciamo che ha avuto una buona raccomandazione» comincia. Per un attimo sembra indeciso se proseguire o no. Poi, senza preavviso, fa un nome e un cognome.

«Lo conosci?»

Giovanni allarga le mani.

«Diciamo che so che ruolo occupa.»

«Già. In certi ambienti lo chiamano il Grigio. È su quella poltrona da quasi una ventina d'anni e bazzica nell'ambiente praticamente da quando è nato. Per lui non fa differenza fra destra o sinistra, non è mai un problema di governo. Con l'uno o con l'altro, è sempre al suo posto. Antonio Parmeggiani lo ha raccomandato lui.»

Adesso Giovanni ride.

«Mi stai dicendo che il fratello di Sara è una spia?»

«No. Ti sto dicendo semplicemente chi gli ha fatto avere il posto...»

Il commissario scuote la testa. Adesso la sigaretta è una tentazione a cui non può rinunciare. La accende mentre Ulivi finisce il suo bicchiere. Per un attimo guarda fuori. Il cortile ormai è tutto in ombra. Tra poco sarà buio.

«Vuoi sapere anche la fine di questa storia?»

«C'è una fine?»

«Diciamo una chiosa. O forse due. La prima riguarda il padre della Parmeggiani. È morto praticamente quando il nostro amico è svanito dalla Legione. Era davvero a Marsiglia. Viveva solo, in una casa enorme. Si dice che facesse delle feste molto interessanti. Lo hanno trovato con la gola squarciata, nel suo letto. Aveva appena avuto un rapporto sessuale. E non c'era traccia dell'assassino.»

«La seconda?»

«Indovina per chi lavora Simone Mariani.»

Marra soffia fuori una lunga boccata di fumo. Poi ripete lo stesso nome fatto qualche istante prima da Ulivi.

«Esatto. Simone Mariani è un uomo del Grigio. Uno dei migliori, a quanto pare. È nato a Koper, anche se è cittadino italiano. I suoi genitori sono sloveni, i nonni paterni serbi. Ai tempi del Kosovo, teneva i contatti con la milizia serba e croata. Poteva tranquillamente farsi passare per l'uno e per l'altro. Lo chiamavano lo Slavo. Faceva anche l'addestratore e indovina un po' chi era uno dei suoi allievi migliori?»

«Antonio Parmeggiani.»

«O Giulio Benetti, chiamalo come vuoi. Però è lui. Quando lo Slavo è stato messo a riposo per la storia di quella ragazzina, pare che il fratello di Sara abbia preso il suo posto come uomo di fiducia del Grigio.»

«E Mariani?»

Ulivi si passa una mano sul cranio rasato.

«Vuoi sapere quello che penso o quello che so?»

«Fai tu.»

«Antonio Parmeggiani è l'uomo di fiducia del Grigio in Iraq. Risulta che ogni tanto venga mandato là come consulente. A giudicare dalle date dei viaggi, con ogni probabilità è lui che si occupa dei nostri ostaggi, anche se i meriti se li prendono altri. Ha imparato che nel suo ambiente quello che fai è tanto più importante quanto più riesci a farlo nell'ombra. Più sei invisibile ed efficace, più diventi indispensabile. E mentre lui faceva carriera, l'altro è sparito. Ufficialmente non si sa più nulla. Questo è quello che so. Quello che penso, invece, è tutt'altro. Che abbia continuato a fare i suoi traffici, per esempio. Si parlava di armi, di clandestini...»

«...e di ragazzine» conclude Marra.

«Forse. Ma di certo uno come il Grigio non se lo è fatto scappare solo perché aveva macchiato il suo stato di servizio. E ci sono lavori che è meglio non svolgere in veste ufficiale.»

«Specie quando l'uomo che dovrebbe essere il tuo capo finisce per mettere incinta una puttana e farsi fotografare di nascosto mentre se la scopa.»

Giovanni resta incollato allo sguardo del colonnello finché non lo vede fissarsi sulla finestra, sui profili delle case, sul blu scuro della sera che scivola nel nero.

«A che cosa stai pensando?»

Ulivi soffia fuori una lunga boccata di disperazione.

«Al tuo uomo, quello della casa. Quello che stavi cercando.»

Marra annuisce.

«Se, come credo, è Simone Mariani, quella bambina resterà solo...»

La sua frase si spezza a metà, interrotta da qualcosa che attraversa l'aria come un gemito. Qualcosa che gli inchioda lo sguardo, gli spalanca le labbra.

Arriva dalla porta spalancata della cucina, oltre il nero.

Marra sputa la sigaretta e impugna la pistola.

Poi si sentono altri due sibili, qualcosa cade per terra, la stanza si riempie di strani pallini colorati e comincia a muoversi senza una direzione precisa.

Pesante come un transatlantico in secco, Giovanni cade a terra, sbatte la tempia sul pavimento.

Una strana schiuma grigia e vischiosa gli cresce nel respiro.

Poi tutto quello che lo circonda si spegne all'improvviso.

Il lungomare è transennato già un chilometro prima delle colonie.

Roberta lascia la macchina dal lato opposto rispetto al mare. Un prato gigantesco e illuminato a giorno, normalmente usato come parcheggio dei tanti disco pub che spuntano di notte negli stabilimenti balneari.

Controlla l'ora. Sono in anticipo. Hanno tutto il tempo di arrivare all'hotel Ambassador e fermarsi ad aspettare Nicola. Scendendo dalla macchina, Lisa si specchia nei vetri. Per un attimo si morde il labbro inferiore. Si sistema i capelli e guarda sua madre.

Roberta sorride.

«Ha ragione Andrea, sei davvero carina.»

Lisa si limita a spostare l'inclinazione del corpo verso l'uscita, un'espressione incerta sul viso. L'abitudine al silenzio ha costretto Roberta a interpretare le espressioni, i gesti, la postura.

«Andiamo. Però stammi vicina, ok?»

Lisa annuisce. Quando arrivano sul lungomare, Roberta allunga una mano verso sua figlia.

«Almeno finché non arriviamo, dai.»

La bambina la stringe. All'inizio senza convinzione. Poi man mano che la folla si infittisce e il marciapiede si riempie di gente di ogni tipo, si aggrappa alle dita della madre come un'ancora infitta nel fondo limaccioso di un mare denso e scuro.

Roberta si abbandona a quella stretta e sorride. Per un attimo i loro occhi si incontrano. Lo sguardo felice e disperato della madre e quello improvvisamente adulto della figlia. Occhi che raccontano un futuro non ancora arrivato, ma già nascosto da qualche parte, pronto ad affiorare.

È in quel momento che Roberta si accorge che il telefono sta suonando. Si ferma accanto a una panchina, per recuperarlo dal fondo della borsetta.

«Se fossi in te non lo farei» dice qualcuno. E Roberta si blocca.

L'uomo che ha parlato è in piedi dietro a sua figlia, porta uno zainetto a tracolla e sta sorridendo come se avesse appena detto una battuta divertente. Accanto a lui c'è un tizio enorme e silenzioso. La fissa, senza niente di buono negli occhi.

«Guardate, non è proprio il momento adatto per provarci.»

«Ti ho detto di non rispondere al telefono.»

Il sorriso svanisce di colpo, insieme alla suoneria che spegne la sua corsa oltre l'ennesimo squillo. Dieci chiamate senza risposta, legge. E qualcosa si attiva, in mezzo ai suoi pensieri.

«Forse non ci siamo capiti...» cerca di dire. Ma l'uomo non la fa finire.

«No, sei TU che non hai capito bene» la interrompe. E di colpo Roberta si rende conto dello sguardo di Lisa.

Quando sogna cos'è successo il giorno in cui è sparita, la sua bambina ha esattamente lo stesso sguardo. Terrore allo stato puro che le sbiadisce i lineamenti, le scolora gli occhi, le stringe le labbra in un filo di lana rosa appena percettibile.

Poi vede la pistola.

Il tizio più grosso la tiene appoggiata al fianco di Lisa come un abbraccio. Non sorride, non ha espressione. Un guardiano di pietra che tiene sotto tiro una piuma.

«Vedo che hai capito» dice l'altro. La stessa espressione divertita e compiaciuta gli accarezza appena il viso.

Fa un cenno con la testa, verso la spiaggia.

«Di là, per favore. E non farti venire idee assurde. O le buchiamo il fegato senza pensarci due volte.»

La luce della cucina è accesa, quando Giovanni Marra riapre gli occhi. La sensazione è quella di aver dormito per un tempo infinitamente lungo. L'orologio appeso al muro, invece, è di tutt'altro parere. La lancetta dei minuti non si è spostata nemmeno di una tacca.

Si guarda intorno.

Una chiazza di sangue si allarga lentamente sul pavimento. Il dolore gli attraversa la schiena e il torace, partendo dalla scapola. Se prova a muovere anche solo un dito della mano destra, lo sente esplodere, attraversandogli la testa e i polmoni.

Non morirà. Non morirà per quella pallottola. Non morirà perché il secondo colpo lo ha mancato, strisciandogli sopra la testa mentre volava sul pavimento. Ma il braccio destro è buono solo per fare carne da brodo.

Volta piano la testa e il pensiero di Ulivi gli riempie la gola e il respiro. Poi lo vede. È appoggiato con la schiena alla parete opposta, la sedia caduta a terra, la testa reclinata su un lato, la bocca socchiusa. Un rivolo di sangue gli cola dalle labbra.

La pallottola è entrata dalla tempia sinistra e uscita posteriormente, piantandosi nel muro alle sue spalle, a segnare inevitabilmente qualcosa che non poteva avere un finale diverso.

Per un attimo Giovanni fissa il corpo del padre di Marzia, abbandonato in un angolo come un vestito sporco.

La rabbia che gli cresce dentro è una valanga che striscia a valle. Si allarga e lo riempie una goccia alla volta, nutrita dal sangue, dalla ferita, dalla disperazione. Dalla consapevolezza, arrivata all'improvviso come uno schiaffo, di aver accompagnato passo per passo il colonnello fino a quel punto, indicandogli la strada che lo ha portato a sprofondare senza nessuna possibilità di salvezza.

"Lo sapeva" pensa. E il primo istinto è quello di vendicare quel proiettile, di gettarsi contro la mano che lo ha esploso come un animale che ormai non ha più niente da perdere. Ma riesce a frenarsi in tempo.

Ci sono meccanismi che funzionano da soli, anche contro la volontà di chi li ospita.

Muovendosi lentamente, Giovanni Marra cerca di voltarsi, stringe i denti, la ferita urla troppo forte.

Si ferma. Respira.

«Fa solo male.»

L'uomo che ha sparato è in piedi accanto all'ingresso. Deve essere sbucato dal salotto. Ha una .38 con il silenziatore, calza un paio di guanti di plastica e lo guarda con una strana complicità negli occhi. Come se le parole di Ulivi li avessero legati in qualcosa di enorme che niente potrà mai più spezzare.

«Lo so, Slavo.»

Sorride.

«Slavo. È da molto tempo che non sentivo più questo nome. Non credevo ci fosse ancora qualcuno che lo usa.»

«Hai sentito anche tu, mi pare.»

«Certo. E molto bene.» Fa un cenno con la pistola. «Alzati e siediti lì.»

Giovanni annuisce. Sollevarsi gli spacca il respiro in un lungo attacco di tosse. Per un attimo, in ginocchio sul pavimento, il viso contro la parete come un cane che aspetta gli avanzi, è sicuro che finirà per morire soffocato. Poi tutto finisce. E resta solo un caldo insopportabile a pulsargli nella testa, premendo sulle tempie.

«E adesso?»

Simone Mariani sorride. Un'espressione che svanisce di colpo, spazzata via dal gesto con cui accompagna la risposta.

«Le foto. Sul tavolo.»

Giovanni allunga la mano sinistra verso la tasca interna della giacca. La voce di Mariani lo ferma immediatamente.

«No, non così. Prima mi fai vedere che cos'hai sotto. Da una parte e dall'altra.»

Marra ubbidisce. Lo fa molto piano, senza smettere di fissare Mariani nemmeno per un momento. Il dolore è una lama di ghiaccio affilata che si pianta di nuovo fra lo sterno e le scapole. Abbandona la mano sinistra in grembo.

«Non hai finito, commissario. Solleva i pantaloni. Mostrami le caviglie.»

Giovanni alza una gamba alla volta e la porta all'altezza della mano sinistra. Alla fine fa un cenno a Mariani, verso un punto a mezzo metro dal tavolo. La pistola che gli è volata di mano quando la pallottola gli ha spezzato la scapola.

«È quella che cercavi?»

«Altre come quella.»

«Sei abituato a frequentare cattive compagnie, Slavo. Una pistola mi basta e mi avanza.»

Mariani indica con la canna il cadavere di Ulivi.

«Forse sei tu che frequenti della gente sbagliata, commissario.»

La rabbia, di nuovo. Un'esplosione improvvisa che gli scivola dalle tempie in lunghi rivoli di sudore. Gli blocca i muscoli delle cosce, gli annebbia la vista, lo costringe a respirare più forte. A scatenare il dolore.

«Ti conviene stare calmo, Marra. Fa più male, così.» Fa una pausa. «Le foto, adesso. Sul tavolo.»

Con la stessa lentezza di prima, il commissario ubbidisce. Mariani non le guarda nemmeno. Si limita a prendere la busta e infilarsela in tasca.

«Potrebbero essercene altre, Slavo.»
Ride di gusto.
«No.»
«Potrei averle fatte vedere ad altri.»
La risata si scioglie nel silenzio, ma non l'espressione divertita.
«Non lo hai fatto.»
«E tu che ne sai?»
«Lo so e basta.»
«Hai tutto quello che ti serve, allora.»
«Quasi.»
Giovanni deglutisce. Anche quel semplice gesto lo obbliga a stringere i denti. La voce con cui si ascolta parlare è diventata debole come l'eco di un temporale.
«Ti manca solo quella bambina.»
Simone Mariani si massaggia lentamente la nuca. Lo guarda, scuote debolmente la testa. Indica ancora Ulivi con la pistola.
«Tu e il tuo tirapiedi siete così sicuri di quello che pensate, non è vero?»
Giovanni trattiene a stento un colpo di tosse. Ha paura di svenire.
«Quanto ti hanno pagato per rapire Paola Vigliani? Quanto per scoparla? Quanto per ucciderla? Quanto ti piace quello che fai, Slavo?»
L'altro inclina la testa, lo fissa per un attimo.
«Slavo. Ti deve piacere molto questo nome, visto che lo ripeti sempre. Talmente tanto che è l'unica cosa che riesci a vedere. L'unica che riesci a dire. I nomi sono soltanto nomi, commissario. E le tue certezze, soltanto illusioni.»
Senza smettere di tenerlo sotto tiro, Simone Mariani prende i due fogli su cui Ulivi ha stampato la sua fotografia e quella di Antonio Parmeggiani e li infila in tasca.
«Ho anch'io qualcosa da raccontarti. Una notizia che non è interessante come quella del tuo amico, ma è comunque edificante. Per le tue certezze. Fin dall'inizio hai avuto l'impressione che ci fosse una talpa. Qualcuno di molto vicino a te e a tutta la tua

indagine. Qualcuno che raccontava per filo e per segno ogni cosa che succedeva, ogni tuo sospetto, ogni supposizione.

Hai perfino tirato su quella messa in scena di rovistare tutto il tuo ufficio da capo a piedi, alla ricerca di una cimice o di chissà cos'altro. Ma non hai pensato alla cosa più semplice.»

Fa un passo indietro. Per un attimo la canna della pistola si sposta dalla traiettoria che porta alla fronte di Giovanni. Sorride, un animale che scopre i denti prima di mordere.

«La talpa sei tu, commissario.»

Il respiro di Marra si ferma. Un graffio bollente si scarica lungo la colonna vertebrale. Lo spasmo gli afferra i muscoli del trapezio, irrigidisce la schiena, gli strappa un gemito.

Simone Mariani fa un passo in avanti. I suoi occhi scintillano, colpiti dalla luce del lampadario.

«Sei solo un ricordo, Marra. Qualcosa che è esistito nella testa di qualcuno. E che così come è esistito, verrà dimenticato.»

Spara. Un colpo solo, da meno di un metro. Il corpo di Giovanni preme per un attimo contro lo schienale della sedia, poi ricade di lato, si accascia. Simone Mariani lo spinge per la spalla e lo lascia cadere a terra.

Controlla l'orologio appeso al muro. Ha ancora qualcosa da fare per trasformare quel posto nella scena di una rapina finita male.

Il tempo che gli rimane, però, è più che sufficiente.

Voltandosi a guardare ogni due passi, Roberta cammina verso lo stabilimento balneare.

Ormai è sera, in spiaggia non c'è nessuno. Incrociano solo una coppia di adolescenti. Troppo preoccupati di baciarsi senza inciampare, per rendersi conto di cosa sta succedendo.

L'enorme edificio delle vecchie colonie è alla sua sinistra, immerso nel buio. Illuminato a giorno dalla luce delle fotoelettriche, il palco che gli sta davanti – quasi duecento metri, sulla strada – sembra un acquario. Una bolla di vetro colorato che esplode nella penombra della sera.

«Lisa, stai bene? Stai bene?»

La bambina non la guarda nemmeno. Cammina un passo dietro di lei. Tiene gli occhi fissi sui piedi. Sulla sabbia che si infila nei sandali, ancora tiepida. Sulla spiaggia, grigia alla luce della luna. Lo stesso colore del suo sguardo, di nuovo sparito dal mondo dietro a un velo di terrore.

Il bestione con la pistola le resta accanto con una naturalezza del tutto inadatta alla situazione. Non parla mai e Roberta non è affatto sicura di voler sentire la sua voce. Gli basta il tono affilato e sicuro dell'altro, evidentemente quello che comanda, meno di un metro alla sua destra.

«Ti ho detto di stare zitta e di camminare. La vedi, sta bene. E se vuoi che continui a stare bene, smettila di rompere i coglioni.»

Roberta non risponde. Stringe nei pugni chiusi la rabbia e l'odio che le attraversano la gola in un respiro acido e bollente. In fondo alla passerella che conduce alla spiaggia, si volta e si ferma.

«Lasciala andare, per favore. Prendi me e falla andare via.»

La risposta del capo è un soffio di vento che ti sbatte negli occhi milioni di granelli di sabbia.

«Senti, stronza, ti ho detto di muovere quel bel culo che ti ritrovi. Altrimenti alla tua bambina salta in aria la testa, hai capito? Così finalmente vediamo se è ancora capace di parlare.»

Lo sguardo di Roberta si allarga.

Il passato che torna è un petardo che scoppia dritto nella scatola cranica. Gli occhi si muovono rapidi dal viso di Lisa all'espressione inerte dell'uomo con la pistola.

«Che cosa hai... detto?»

«Hai capito benissimo. E adesso avanti, muoviti.»

«Dove stiamo andando?»

Il capo la guarda. Sembra trattenere nei gesti la fine anticipata della sua pazienza. Poi fa un cenno con la testa, verso le colonie.

«Là dentro. Nell'unico posto al mondo dove nessuno vi troverà mai.»

Roberta vorrebbe dire qualcosa, ma non riesce. Lo sguardo

con cui Lisa solleva il volto e la fissa all'improvviso è pesante come il rumore della risacca, qualche metro più avanti.

"Non lo permetterò, bambina mia. Non lo permetterò, di qualsiasi cosa si tratti."

«Forza. Non abbiamo tutta la sera.»

Lisa e sua madre restano abbracciate con lo sguardo ancora per qualche istante. È la bambina la prima a muoversi.

Cercando da qualche parte un coraggio che non crede di avere, Roberta inspira una lunga boccata di salsedine e continua a camminare verso le vecchie colonie.

La voce di Marzia è dappertutto.

Come il sapore del sangue, che attraversa i pensieri e spezza il fiato nei polmoni. Rimbomba nelle orecchie in un tuono continuo, ma sempre più flebile. La voce del cuore abbandona il campo, ritira le truppe, se ne va dal fronte.

Sdraiato sul pavimento della cucina, Giovanni Marra non vede più niente.

La realtà evapora in momenti lunghi e appiccicosi. Carta moschicida su cui il respiro inciampa, indugia, rimane incollato.

Non ho più fiato, amore. Non ho più occhi. Non ho più gambe per rincorrerti e acchiapparti. Non ho più respiro per sapere che esisti, per ricordare che sei, che sei stata, che sarai.

Non ho più forza per fare niente. Non ho più forza per vivere e nemmeno per morire. Sono soltanto pensieri. Tutto quello che resta di me, mi naviga in testa senza una meta precisa.

Tenta di socchiudere gli occhi, un gesto semplice che gli costa troppa fatica. Un gesto inutile che non riesce a portare a termine. Un gesto unico che lo restituisce alla realtà, per qualche secondo.

La sua mente precipita dall'ultimo piano dell'incoscienza, diventa di nuovo corpo.

Il rumore è lontano, ma vivo.

Fuori dalla stanza, qualcosa cade e si spezza. Basta quello perché la voce di Marzia svanisca di colpo e il dolore riprenda il suo posto, dentro ogni poro, ogni centimetro di pelle. Nei capelli come fili d'erba insanguinata. Fra le ciglia, come lame di rasoio.

Sotto le dita della mano sinistra, nel metallo della pistola.

Te l'ho detto, Marra. La talpa eri tu. A questo dovevi pensare, non a quelle bambine.

La voce esiste come solo il mondo reale è capace di fare. La sente nelle orecchie, il sonoro di un film riprodotto in cuffia a tutto volume.

E quando il peso dell'aria gli schiaccia il respiro, la mente di Giovanni si spalanca di nuovo. Le luci si spengono, prima dell'ultimo atto.

Con l'ennesimo strattone Simone Mariani ribalta sul pavimento il contenuto di un cassetto.

Hanno sorpreso dei ladri e i ladri li hanno fatti fuori.

È quello che penseranno tutti. Rapinatori di appartamento senza nessun scrupolo, nemmeno quello di sparare a bruciapelo ai due, tornati a casa troppo presto in un pomeriggio d'estate. Sorpresi mentre bevevano qualcosa intorno al tavolo di cucina. Storie così riempiono i giornali tutti i giorni. Nessuno ci farà caso. Solo all'inizio, forse, perché uno dei morti è un poliziotto. Già li vede i titoli sull'eroe ucciso dal Male.

Quante puttanate che scrivono i giornalisti. Se solo imparassero a usare di più i neuroni e meno la penna.

Controlla l'orologio. A ribaltare tutto ha impiegato un paio di minuti. Ha fatto volontariamente rumore solo nella stanza da letto, l'ultima che ha visitato. Così ci sarà qualcuno che potrà dire di aver sentito.

Resta giusto il tempo di fare un'ultima cosa. Recuperare la talpa.

La batteria di un cellulare può nascondere molte cose. Alcune talmente piccole che solo cercandole con cura riusciresti a trovarle. Sostituire quella originale non è così difficile. E nemmeno cancellare le tracce di una cimice dalle gambe di un tavolo. Basta sapere chi pagare perché il lavoro venga fatto.

«Te l'ho detto, Marra. La talpa eri tu. A questo dovevi pensare, non a quelle bambine.»

Sorridendo, Simone Mariani si piega sul corpo del commissario, abbandonato a pancia in giù sul pavimento della cucina.

È lì che succede.

È lì che la realtà esplode in un momento.

Sputando tutta l'energia che la vita non gli ha ancora strappato, Giovanni Marra spara.

Come se tutto il suo corpo fosse finito nel dito della mano sinistra. Spara come se ogni colpo fosse un respiro in più da rubare alla morte. Spara fino alla fine dei proiettili, fino alla fine del caricatore, fino alla fine della vita.

«Dimenticami, adesso. Dimenticami, bastardo» tenta di sussurrare.

Poi chiude gli occhi.

Il sorriso di Paola Vigliani si dissolve negli occhi di Marzia.

Sono qui, aspettami, non correre così forte, amore mio.

Il ragazzo sente i colpi e si muove verso la porta.

Il cuore batte troppo forte. Dovrebbe fermarsi e respirare, prendere coraggio ingoiando una mezza dozzina di boccate d'aria. Ma non ha tempo. Il buio è calato all'improvviso. Quando attraversa il cortile e sale le scale, le ombre sono dappertutto.

Estrae la pistola. Per necessità e per darsi sicurezza.

Devi ricordarti solo del tuo obiettivo, gli ha detto il Grigio. E un gradino alla volta ripete quella frase, come un mantra.

Poi entra nell'appartamento. Le porte non sono quasi mai un problema.

Fermo accanto all'ingresso, ascolta. Una voce, forse, dal piano di sopra. Rumore di passi dall'appartamento accanto. Un fruscio sommesso, un gemito, a metà del corridoio, dove c'è la luce.

Poi solo silenzio.

Attraversa lo spazio che lo separa dalla stanza nel più assoluto vuoto mentale. Una volta in cucina, capisce che non deve più avere paura.

Nella stanza ci sono tre cadaveri.

Il colonnello Ulivi è disteso accanto al muro, ma non gli interessa. Tutta la sua attenzione è per i due uomini sul pavimento, accatastati uno sull'altro. Allunga le dita e controlla la carotide di entrambi.

Sporcandosi di sangue i guanti di plastica bianca, scosta il corpo di Simone Mariani. Non gli interessa sapere cos'è successo. Solo recuperare quello che deve, dalla tasca della giacca.

Non faccio mai nulla se non ho la garanzia assoluta che andrà tutto come ho progettato.

La frase del Grigio è una raffica che gli taglia a metà i pensieri.

«Una busta con delle fotografie. Non si azzardi a guardarle per nessun motivo» gli ha spiegato. Ed è esattamente quello che ha fatto. Insieme alle foto ci sono anche due fogli di carta formato A4, accuratamente piegati. Recupera anche quelli, ritorna sui suoi passi, esce dall'appartamento.

In lontananza sente una sirena. Qualcuno scende correndo le scale, cerca di fermarlo.

«Ehi, dove sta andando?»

Senza accelerare mai il passo, il ragazzo ritorna alla macchina. Il telefono squilla mentre incrocia la polizia che arriva sparata in senso contrario. Sorride. Risponde.

«Sì, tutto a posto» conferma.

La comunicazione si interrompe.

Può respirare. Finalmente.

Il suono di occupato – dopo un'eterna successione di squilli tutti uguali – interrompe la telefonata.

«Razza di stronza, rispondi!»

Andrea ringhia, gli occhi che setacciano lo sguardo di tutti quelli che passano. Prima, sul marciapiede che costeggia il lungomare. E adesso, nel prato gigantesco in cui parcheggio la macchina abbandonandola nel primo buco libero.

«Vedrai che sarà davanti all'hotel Ambassador, era lì che dovevamo vederci» cerco di dire.

Il tono della mia voce assomiglia solo a una speranza.

E la storia che mi ha raccontato Francesco Carta riempie ogni spazio possibile nei pensieri, un fiume di liquame liberato da una discarica che impregna il terreno un centimetro alla volta.

Andrea non risponde. Prima ancora che io spenga il motore è già fuori e sta correndo verso il lungomare, il maledetto telefono in mano, la testa che guizza da una parte all'altra, le mani che spostano gente. La sento chiamare Roberta, urlare il suo nome in mezzo a occhi che la guardano come una pazza.

Una tizia che sembra avere più anni che vestiti addosso, tenta di prenderla in giro, ripetendo in falsetto l'urlo incazzato che ha appena spedito lungo il marciapiede. Andrea la fulmina con un'occhiata rapida e decisa.

«Stai zitta, troia» la sento sibilare quando le passo accanto. E per fortuna non se ne accorge nessuno.

Davanti all'albergo, guardo l'orologio. Lisa e Roberta sarebbero dovute essere qui già da un quarto d'ora. Non verranno, so che non verranno. E lo sa anche Andrea, che prova un'ultima volta al telefono e poi lascia perdere.

«Ci sono molti modi di violentare una bambina» mi ha detto. E mi fissa, terrorizzata e feroce, esattamente come se lo stesse ripetendo.

«Resta qui» le dico. «Se vedi un poliziotto fermalo e raccontagli tutto. Io vado a vedere se le trovo.»

Con il grido silenzioso di Lisa che mi lacera i pensieri, attraverso la strada e mi muovo verso il palco.

«Forse non ci siamo spiegati. Quella bambina e sua madre sono in pericolo. E sono qui, da qualche parte.»

Il capitano Diana, della polizia di Riccione, sposta lo sguardo da Francesco ad Angela come un pendolo indeciso su che ora suonare.

Il buio è calato a ricoprire tutto. La spiaggia, il mare scuro e lontano, la gente che si accalca in attesa dello spettacolo e quella che ancora sta arrivando. Dal lato del lungomare verso viale Ceccarini e da quello in cui si trovano loro, che continua ininterrottamente fino oltre Rimini.

Oltre trecento metri alla loro destra, la sagoma enorme dei tre palazzi delle colonie spunta appena dalla notte che circonda il palco e i riflettori. Fra meno di mezz'ora li faranno esplodere uno alla volta, illuminati a cascata dalle fotoelettriche, in uno strano domino di luci e dinamite. Ora, però, sembrano solo fantasmi. Gli incubi di un bambino appostati nell'ombra, in attesa che si addormenti per poterlo sbranare.

«Ho capito benissimo, ispettore. E infatti ci sono posti di blocco su tutte le direttrici in uscita. Li abbiamo approntati subito dopo la vostra telefonata. E agenti un po' dappertutto.» Fa un cenno con la mano verso il palco. «Là sotto sono almeno una dozzina. Abbiamo chiesto collaborazione anche ai comuni vicini, perché se no non ce la facciamo. Seduto nelle prime file c'è il sindaco, una dozzina di politici e due sottosegretari. Si figuri quanto controllo abbiamo in giro. Stia tranquillo, se quella bambina è qui, non le succederà niente.»

Angela scuote la testa. Il capitano la guarda con un misto di compatimento e disapprovazione.

«Qualcosa che non va, signorina?»

«Agente, capitano. Anche se sono in borghese, non sono fuori servizio. Per rispondere alla sua domanda, niente che non vada. Solo che non riesco a capire come uno come lei...»

«...possa fare di più» conclude Francesco, il più falso dei sorrisi stampato in faccia. «Teniamoci in contatto, capitano. Noi guardiamo in giro. Due paia di occhi in più saranno utili.»

Diana annuisce e gli stringe la mano. Appena si allontanano, Angela tira Francesco per la camicia e lo incenerisce.

«Che cazzo ti è saltato in testa? Così non faranno mai...»

«Non lo faranno e basta, Angela. Ci hanno preso sul serio, forse. Ma la priorità è un'altra. Sia la nostra che la loro. Per noi è trovare la Urbinati e sua figlia. Per loro è tutto questo circo messo in piedi per far saltare in aria quei cosi del cazzo. Non ne ricaviamo niente. I posti di blocco li hanno fatti. Gli agenti sono avvisati. Adesso teniamo gli occhi aperti. Cazzo, non si saranno volatilizzate.»

Angela abbassa la testa per un attimo. La rabbia le serra le mascelle fino alla soglia del dolore. Cerca di farla scivolare via, soffiarla fuori nel lungo respiro che le attraversa le narici, svuotando i polmoni.

«Quindi?»

«Zanardi e la sua amica sanno che la Urbinati era qui poco fa. Stava parcheggiando. La macchina è ancora lì. Ci sono posti di blocco ovunque, non sono usciti da Riccione. Dividiamoci e diamo un'occhiata. E tieni il cellulare a portata di mano. Se sono ancora nella folla, dobbiamo beccarle.»

«E se si sono già allontanati?»

«Il primo controllo lo hanno piazzato a meno di un chilometro da qui. Se sono furbi si nascondono e aspettano, non credi?»

Senza aspettare la risposta, Francesco Carta attraversa la strada.

Infilarsi in mezzo alla gente che aspetta, pressata dietro la platea delle autorità, è impossibile. Riesce solo a osservare quel muro umano dalla parte del palco, mostrando il tesserino a un collega e fermandosi a due passi dalla prima fila. Per un attimo spera che siano lì, imbucate in quello spazio stracolmo come filetti di tonno in un barattolo.

Ma è un'illusione che dura poco.

Il tempo di controllare il volto di una bambina in terza fila che gioca a tirare la borsetta di sua madre e la realtà torna a comandare su tutto.

Grigia, come la sabbia alla luce della luna.

Dentro, c'è puzza di chiuso, di urina, di polvere stantia che la salsedine ha fatto marcire lentamente. Un odore che prende alla gola, che striscia sulla pelle e non ti fa respirare.

Camminano svelti, aiutati dalla luce della luna e dalla torcia che lo Sceriffo ha preso dallo zaino. La muove a destra e sinistra, a scoprire porte divelte dai cardini, macchie sul pavimento, muri grigi e logori su cui qualcuno ha lasciato il segno della sua presenza.

Ari sei una vacca. Dio esiste. Maury ti amo.

Per molti anni questo posto dev'essere stato un luogo di iniziazione, le rovine affacciate sul mare in cui scoprire la propria capacità di resistere ai fantasmi. Agli scricchiolii dei mobili, al fruscio lontano dei topi e dei gabbiani. Agli incubi nascosti in fondo agli occhi.

Lo Sceriffo si volta un solo istante. La bambina non ha mai guardato avanti, non ha mai cercato lo sguardo di nessuno, non ha fatto un solo gesto per ribellarsi. Ha accettato la canna della pistola a pochi centimetri dalla testa con lo stesso spirito con cui si riceve una punizione a cui si sa di essere destinati.

Una rassegnazione terribile, che non gli è mai capitato di vedere in nessuna di quelle che ha strappato via ai loro giorni. E che gli fa paura, esattamente come il posto in cui stanno camminando.

Pensava che entrare fosse più difficile, che ci fosse più sorveglianza intorno alle transenne sistemate lungo tutta la spiaggia, fino alla riva del mare. Invece è bastato scendere fin quasi a riva, scavalcare, costeggiare il bagnasciuga e risalire dal lato più lontano dal palco.

Chi potrebbe essere così cazzone da infilarsi in una bomba qualche minuto prima che esploda?

La polizia è tutta davanti, a controllare la folla e i sorrisi di plastica dei politici seduti in prima fila. A distanza di sicurezza da quei tre mostri di cemento armato che si stanno per trasformare in macerie. Tutto è stato predisposto perché si possa assistere senza essere investiti dalla polvere che si alzerà dopo. E da quella distanza nessuno può notare quattro forme che si muovono rapide nel buio.

«Perché ci hai portate qui?»

La madre non la smette di parlare. Ormai glielo ha detto in tutte le lingue che deve tenere la bocca chiusa. Per un po' sembrava avesse capito, ma da quando sono dentro, ha ricominciato.

E questa volta ha alzato troppo la voce.

Lo Sceriffo si ferma, circa a metà di un grande corridoio che sbuca su uno dei ponti di vetro che collegano fra loro i tre palazzi. Volta la torcia e spara il raggio di luce fra gli occhi di Roberta. Lei si ferma, stringe lo sguardo, lo abbassa fino al pavimento.

Lo schiaffo la prende esattamente sulle labbra.

«Figlio di puttana» sibila, mentre si pulisce dal sangue che le cola sul mento. E allora il secondo è ancora più forte. La colpisce a uno zigomo con il dorso della mano e la fa sobbalzare all'indietro, appoggiare la schiena a quel muro fetido. Tacere, finalmente.

Quando Roberta si tocca il viso con le dita, la torcia scopre di nuovo i suoi lineamenti.

«Non mi far perdere la pazienza» dice lo Sceriffo. «E cammina.»

Sposta la luce verso il corridoio. Le scale che scendono alle cantine sono un ricordo dimenticato che ti sorprende a un angolo di strada.

Roberta tira su con il naso e si muove verso il raggio luminoso. Lo Sceriffo la guarda allontanarsi e aspetta che la bambina lo superi.

Se non la vedesse camminare con i suoi occhi, potrebbe giurare che è già morta da un pezzo.

Se c'è una cosa che non sopporta è stare ferma ad aspettare.

In piedi davanti all'hotel Ambassador, le mani incrociate al petto, gli occhi pronti a cogliere qualsiasi dettaglio di un volto noto, Andrea si sente come quando, da bambina, aspettava la punizione di suo padre. Schiava di una paura troppo forte per poter reagire.

«Fanculo» sussurra. E il tizio al suo fianco si volta.

Poi parte la musica e le sfugge un gemito di sorpresa.

È lì che se ne accorge, sollevando lo sguardo verso le colonie. Dura un attimo. È solo un riflesso. Improvviso come certi sbalzi d'umore che le strappano un sorriso o una lacrima.

Non ha bisogno nemmeno di pensare.

Attraversa la strada di corsa.

E, mentre lo fa, prende il cellulare e chiama Nicola.

La musica è scoppiata all'improvviso a dilaniare il silenzio.

La voce di Francesco, al telefono, è solo una nota diversa di cui non riesce a distinguere la melodia.

Angela muove lo sguardo tutt'intorno. Una lenta panoramica che copre il marciapiede, la gente assiepata sulle terrazze degli alberghi, la polizia, il palco, una decina di metri alla sua destra. Centinaia di mani alzate a sollevare sulla folla la cresta di un'onda fremente ed enorme.

Si sposta veloce, lontana dal rumore. È costretta a urlare.

«Ripeti, non ti sento!»

«Andrea Conti le ha viste alle colonie.»

Gli occhi di Angela si fermano. Fine della carrellata. Fotogramma fisso. La facciata del primo dei tre palazzi. Costruzioni gemelle disposte una a fianco all'altra. Un cordone ombelicale di cemento e vetri spaccati, a collegare ogni scatolone al successivo.

«Andiamo.»

«No, vai da Diana. Deve sospendere tutto. Convincilo. Se non ci riesci, costringilo. Fai qualcosa. Ma quelle colonie del cazzo non possono essere demolite finché non siamo sicuri che siano davvero vuote. Ok?»

«E tu?»

«Io vado a vedere se l'amica di Zanardi ha avuto una visione.»

«Teniamoci in contatto.»

Angela Renzi chiude. Guarda l'orologio.

"Non c'è tempo. Non c'è mai tempo" pensa.

E comincia a correre.

Il corridoio delle cantine è un mosaico di luce e ombre che la luna nasconde e rivela attraverso tante piccole grate.

Nel regno del signore dei topi la puzza è peggiore che al piano di sopra. Sembra traspirare dai muri, dal pavimento, da uno dei tanti loculi rettangolari e neri che si aprono sul lato sinistro del corridoio.

Hanno camminato per un po', mentre l'uomo con la torcia passava il raggio luminoso dentro tutte le cantine e attorno alle porte divelte, come se cercasse qualcosa di particolare. Poi all'improvviso si è fermato.

Le ha fatte entrare in un grande stanzone scuro. In fondo, la luce della torcia ha illuminato un ripiano con degli scaffali. Assomiglia a una dispensa abbandonata di fretta durante un saccheggio.

L'uomo più grosso le ha legate lì, al supporto metallico del ripiano. Una da un lato e una dall'altro. Sedute per terra, le braccia sopra la testa, i polsi incrociati fra loro, stretti dalla corda fino a far male. E nastro adesivo a bloccare il tutto, perché non possano scivolare sul metallo e riuscire a liberarsi tagliando i legacci.

Voltandosi verso Lisa, Roberta cerca di trattenere le lacrime. Lunghe e salate dichiarazioni di resa per continuare a ricordarsi che non ha saputo proteggere sua figlia.

Forse è vero quello che dice il padre della bambina.

Lei non è una madre, non è una donna, non è niente.

Deglutisce. Un dolore lungo che sembra bloccarsi in gola, attraversarle il sangue e la pelle, pulsare sul punto in cui l'hanno colpita come un treno lanciato su una rotaia.

E in mezzo a tutto, gli occhi bassi di Lisa, la testa reclinata, le labbra socchiuse. In attesa di qualcosa che sta venendo a prenderla. Qualcosa che nel suo silenzio, probabilmente, lei ha sempre aspettato e conosciuto.

E che alla fine l'ha trovata.

«Non parli più, adesso?»

Per un attimo Roberta solleva lo sguardo e lo fissa.

È solo, ora. La luce della luna gli dipinge intorno al corpo una strana aureola. Gli occhi sembrano brillare, affondati nell'oscurità.

Sta per dire qualcosa, ma si interrompe.

Sente dei passi.

«Sei arrivato, finalmente» dice.

Senza capire cosa sta succedendo, Roberta guarda un volto spuntare dal buio. Le lacrime si bloccano, il cuore salta un colpo, reprime in gola un attacco di tosse.

Sussurra, gli occhi sgranati.

«Nicola?...»

È così che succederà.

Lisa apre gli occhi. Forse li ha sempre avuti aperti, ma solo adesso la realtà riacquista colore.

Tutto il mondo è diventato grigio. L'aria, la luce, i muri della stanza, il pavimento, gli scaffali a cui l'hanno legata, gli occhi di sua madre che la guarda, la sua pelle e i capelli. La pistola dell'uomo che le sorveglia. La luce della torcia da campeggio che illumina l'ambiente.

Tutto.

Nei suoi sogni non era così. Nei suoi sogni arrivava la Voce e la portava via. Ed era dolce, morbida e tenue. Non avrebbe mai potuto farti male. Non avrebbe mai potuto essere così grigia. Eppure arrivava per completare quello che mancava.

Arrivava per ucciderla.

Tira su con il naso. Polvere, lacrime e sale. Un sapore morto che sta per strapparle un sorriso. L'esatto contrario di quello che prova.

"Sto diventando matta. Morirò matta."

Spalanca la bocca per respirare più forte ed è quasi sicura che in mezzo a quel respiro le uscirà una parola. Ma non succede.

«Nicola?...» sussurra sua madre.

E in lontananza parte la musica.

Poi succede tutto il resto.

La testa mi fa male.

Un dolore che esplode dalle tempie e si allarga alla fronte, agli occhi. Alla luce che cerco di lasciare fuori, abbassando le palpebre. Eppure devo vedere. Non posso non vedere.

È successo tutto per caso.

Andrea correva sulla spiaggia, giù dritta verso il mare. Sapevo che ci sarebbe andata.

«Li ho visti!» aveva urlato al telefono. «Sono dentro! Dentro le colonie, cazzo!»

Anch'io ho cominciato a correre. Contro il tempo, contro ogni possibilità di logica. Contro la paura che mi spaccava di brividi la pelle.

È come se stesse succedendo adesso.

La chiamo, non mi sente. Corro, corro più forte. Urlo il suo nome due volte, tre. Si ferma, si volta, mi aspetta. Mi fissa.

«Che cazzo vuoi?»

La prendo per le spalle. La scuoto.

«Dove stai andando?»

Mi molla uno schiaffo. Poi indica le colonie.

«Là dentro. A portarle fuori.»

«Tu sei pazza, sta per scoppiare tutto. Lo capisci? Lascia che ci pensi la polizia, faranno fermare tutto e...»

Non mi lascia il tempo di finire.

«Pensi che sia impazzita, Nicola? Pensi che non riesca più a essere sicura di quello che vedo? Era solo un maledetto riflesso, lo so. Ma le ho viste. Erano loro e, se non vado a vedere e succede qualcosa, non me lo potrò perdonare per tutta la vita. Capisci?»

Capivo. Eccome se capivo. Capivo la sua disperazione perché me la sentivo dentro. Perché me la sento dentro anche adesso, esattamente allo stesso modo.

«Ci vado io» le ho detto. «Tu adesso chiami Francesco Carta e gli racconti tutto. Intesi?»

Annuisce. Ce l'ho davanti agli occhi, ora. Lo sguardo spaventato che scivola fuori lentamente dalla rabbia. Assorbe tutto, la fa diventare piccola e fragile in un solo istante. L'ho vista tante volte, quell'espressione nei suoi occhi.

E fa male capire, adesso, che non la vedrò più.

Dentro le colonie tutto è morto da molto tempo.

Qualunque cosa abbia riempito di sguardi e risate le stanze deserte, spoglie e tutte uguali che sto superando, se n'è andato da un pezzo.

L'aria pesa come un incubo. La luce lontana, che ti cattura gli occhi quando ti abitui all'oscurità, è una strana compagna di viaggio. Allunga le ombre sui muri, amplifica i suoni, nasconde le cose al di là di un angolo, buttandotele addosso all'improvviso alla fine di un corridoio.

Cammino, più alla svelta che posso. Seguendo la luce, i corridoi. Sperando in un suono, in un rumore.

«Perché ci hai portate qui?»

Le parole di Roberta esplodono nel silenzio.

Mi fermo di scatto.

Il buio mi mastica i pensieri. Sento una frase che non riesco a capire, poi i passi di qualcuno che barcolla. Di nuovo silenzio.

Ancora passi. Si allontanano, scendono.

Se cammino potrebbero sentirmi, ma non ho altra soluzione. Alla fine del corridoio ci sono le scale per le cantine. La voce è sempre la stessa. Sicura, precisa, netta. Dà ordini senza esitare.

Faccio un altro passo. Aspetto e ascolto. Poi scendo lentamente. E la notte assorbe ogni dettaglio. I gradini, i muri, il corridoio, i miei stessi passi. Ma è solo un'impressione. Quando mi abituo all'oscurità, le cantine riemergono in tanti piccoli tasselli disegnati dalla luce che filtra dalle grate alla mia destra.

È lì che li sento di nuovo.

Mi infilo in uno degli stanzini che si aprono sulla parete di sinistra, mi inginocchio e cerco di guardare oltre il corridoio. Appena oltre la soglia di una stanza, circa dieci metri davanti a me, c'è un uomo. Ha in mano una torcia da campeggio e una pistola.

«Non hai più voglia di parlare, adesso?» dice. E il tono è quello di un bullo di quartiere che ti sta schiacciando le palle dopo averti buttato per terra. Esco dallo stanzino e mi muovo all'indietro, lentamente. Devo fare qualcosa. Far venire qualcuno.

Appiattito contro il muro, senza perderle di vista, compongo il numero di cellulare di Francesco Carta. Ma non riesco a far partire la chiamata.

La canna della pistola si incolla alla mia tempia, una mano grossa e forte mi strappa il cellulare. Un paio di scarpe da ginnastica lo schiacciano sul pavimento. Il tizio è grosso come un campione di wrestling. Mi costringe a muovermi in avanti, senza nessuna cura.

«Sei arrivato, finalmente» dice quello con la torcia. Entro nella cantina. Sembra una dispensa abbandonata.

Roberta mi guarda.

«Nicola?...»

La voce le trema. E dal palco parte la musica. So quello che sta pensando. Le leggo negli occhi la certezza che l'abbia tradita, che sia arrivato fin lì solo per vendere sua figlia all'uomo che le ha strappato la parola e la vita.

Poi vede la pistola e l'uomo alle mie spalle, e il dolore diventa rassegnazione. Il sipario che si chiude su una fine prevedibile, al termine dell'ultimo atto.

Quando mi legano accanto a loro, mi fissa senza dire nulla. Al suo fianco, lo sguardo di Lisa si pianta nel mio. Terrore allo stato puro che non riesco a sostenere più di qualche istante. Chiudo gli occhi, cerco di rilassare i muscoli delle spalle.

Poi li riapro. È successo un secondo fa.

La testa mi fa male, ma devo vedere. Non posso non vedere.

Lo scotch da pacco sulle labbra mi riempie la bocca di uno strano sapore metallico. Le gambe legate sono solo un impaccio che non riesco a gestire in nessun modo.

La musica tace. Poi riparte di colpo.

La folla applaude.

«È stato un piacere fare la vostra conoscenza» dice il tipo più magro.

Senza fretta, chiude la porta della cantina. Sento il rumore di due lucchetti.

Il buio arriva svelto, a mangiarci il cuore.

I motori salgono al massimo e l'aereo si muove.

Appoggiato al bracciolo della poltrona, Antonio Parmeggiani guarda le luci della pista sfilare sempre più veloci. Una strana sensazione gli risale lungo i fianchi, fino alla gola. È sempre la stessa cosa, durante il decollo. La paura, prima di andarsene, gli regala sempre un piacere diverso.

Resta un momento a guardare Roma farsi sempre più piccola, una mappa di luci colorate che lentamente svanisce nel buio. Poi apre la cartelletta e controlla i dettagli dell'operazione. Poche righe con i nomi dei contatti. Un promemoria inutile che il Grigio si ostina a fargli avere ogni volta.

Respira. Una lunga boccata di aria condizionata. Associata alla pressione, gli sfiora la testa con un velo di nausea. Prende il foglio e lo strappa. In due, poi in quattro, poi in otto. E via così. Alla fine resta solo una manciata di minuscoli coriandoli. Li scarica nel posacenere e controlla il cellulare.

«Aspetta una chiamata?»

L'ufficiale dell'aeronautica di servizio sul volo ha la voce bassa e morbida di un centralinista erotico. Antonio scuote la testa.

«Niente che non possa essere rimandato.»

«Allora sarebbe meglio lo spegnesse. Conosce le procedure. Se le serve un telefono, posso fornirgliene uno.»

«No, grazie.»

«Passeremo la notte a Kuwait City. Potrà di nuovo telefonare da lì.»

Annuisce. Spegne il portatile e si abbandona sullo schienale.

Controlla l'orologio.

Fissa per un attimo il soffitto e alla fine chiude gli occhi.

Dormire un po' non è una cattiva idea. All'arrivo non ne avrà la possibilità.

E tutto il resto, ormai, può decisamente aspettare.

La musica riparte fra gli applausi.

La scaletta prevede un'introduzione musicale, un breve discorso del sindaco e poi l'esplosione dei tre edifici. Le fotoelettriche li illumineranno uno alla volta, in una specie di domino. E le cariche verranno fatte saltare. Alla fine, fuochi d'artificio per tutti e il concerto di Giorgia.

C'è una postazione che sorveglia tutto il meccanismo.

È appena oltre il lungomare. Quasi un chilometro dal centro dell'azione. Quando il capitano Diana gli ha descritto i dettagli della serata, Francesco non lo ha quasi ascoltato.

Ora che i suoi passi rimbalzano sulle pareti deserte della prima colonia, pensa che ormai non c'è più tempo. Tutto sta per finire sgretolato sotto quelle mura vecchie e sudice. E se la Urbinati e la bambina sono nascoste dentro, allora verranno cancellate come un ricordo troppo lontano per poter ancora appartenere alla realtà.

Sale di corsa una rampa di scale e controlla l'ultimo piano dell'edificio. La pistola spianata in avanti, la torcia parallela alla direzione della canna. Attento al più piccolo rumore, Francesco Carta ispeziona il vuoto, il regno delle scritte oscene e dei topi.

In lontananza la musica continua a picchiare.

Un cuore lontano che spera di sentir battere ancora per un po'.

A metà del corridoio, lo Sceriffo si ferma.

Da lì la musica sembra un riflesso lontano, l'eco di una canzone qualunque portata a spasso da un'autoradio con il volume troppo alto.

Se hai qualcosa per me sai dove trovarmi.

La frase del Chirurgo gli esplode in testa come un petardo.

Prende il telefono, cerca il numero. Dall'altra rispondono al secondo squillo.

«Sei ancora da queste parti? Avrei un affare da proporti.»

Sorride. Guarda il Mastino. Lo sta fissando, un paio di metri più avanti.

«Vai alla macchina. Aspettami al molo con il motore acceso. Ho avuto un'idea.»

Si gira sui suoi passi e torna indietro.

E che lo Slavo si fotta.

«Non me ne frega un cazzo della sicurezza dei suoi politici. Non so se mi sono spiegata.»

Il capitano Diana fissa quella ragazza dagli occhi duri e la voce roca, senza una frase giusta con cui interrompere la sequenza di insulti che gli ha rovesciato addosso. Mantenere la calma, forse, è il modo migliore di uscire da quella situazione.

«Solo un pazzo potrebbe essere là dentro, sign... agente Renzi» dice, mentre le vibrazioni della musica gli salgono fino in gola. «Lo capisce? Solo un pazzo.»

Andrea, in piedi accanto ad Angela, lo fulmina. Non ha mai alzato la voce. Il tono con cui parla è sufficiente.

«Io le ho viste.»

«Lei crede di averle viste. Chiunque negli anni ha visto qualcosa contro quelle finestre. Le chiamano *le case della luce morta*. C'è chi dice che nelle notti di luna i fantasmi camminino lungo quei corridoi per ammirare il mare che diventa bianco.» Solleva un dito, verso il cielo. «E stasera c'è la luna.»

La musica si spegne. Andrea sorride sarcastica.

«Già. E gli stupidi sono tutti lì a fissare il dito.»

Diana abbassa la mano. Si volta verso Angela.

«Senta, agente, lei è una collega. Si metta nei miei panni. Non posso fermare tutto per una semplice supposizione.»

Scrolla le spalle.

«Ecco, allora non lo faccia. Ma non mi dica che siamo colleghi. Se quella bambina e sua madre muoiono sarà colpa sua. Se lo ricordi. E se lo porterà dietro per tutta la vita. Lei è solo un codardo del cazzo.»

«Agente Renzi, io non le permetto più...» comincia a dire. Ma Angela lo interrompe. Il sindaco è appena salito sul palco.

«Faccia quello che vuole, capitano.»

Gli volta le spalle. Comincia a correre e Andrea con lei.

L'urlo di Diana cerca di inseguirle.

«Agente, dove sta andando?»

Lei non si ferma, non risponde, non parla. Non lo ascolta nemmeno.

Pensa solo che devono fare qualcosa.

La cantina è piena di topi.

Sopra di noi ci dev'essere un'intercapedine, un canale umido e buio attraverso il quale si muovono da padroni. Sono arrivati subito, appena è sceso il buio. Li ho sentiti squittire da lontano.

C'è stato silenzio, per un po'. Solo musica distante, come dietro a un vetro. Poi qualcosa è caduto. Davanti a me, un paio di metri. Il rumore ovattato e morbido che fa un gatto scendendo da un mobile.

Ancora silenzio.

E poi di nuovo e di nuovo. L'ultimo, aveva la pesantezza di un grosso cuscino. Quando è sceso, ho sentito Roberta irrigidirsi, il suo respiro accelerare attraverso le narici. Ed è stato di nuovo silenzio.

Un incantesimo che ho spezzato subito. Tirando forte con le mani, sentendo la corda stringermi i polsi, infilarsi sotto la pelle, graffiarmi la carne.

E alla fine i loro passi. Tutt'intorno a noi, piccoli e veloci. Raffiche sottili come ghiaia contro una finestra. I gemiti di Roberta, soffocati dal bavaglio. Il silenzio di Lisa, respiro regolare e continuo dal suo mondo di vuoto.

Poi gli occhi. Una fiammella di luce grigia e azzurra come gas, che si accende e si spegne nel buio più totale. E qualcosa che mi annusa le caviglie e le scarpe, che mi cammina intorno alle dita, che si arrampica sugli scaffali, proprio sopra la mia testa.

Piccole zampe che si appoggiano alla corda, che spingono sulle mie mani, che strisciano sulle spalle. È grande come la testa di un bambino. Mi annusa le orecchie.

Roberta grida, un conato respinto alla svelta dallo scotch.

Le zampe del topo mi toccano i lobi. Sposto la testa di scatto. Lo sento aprire la bocca. Solo un istante. Si assesta di nuovo sulla spalla, ricomincia a verificare la consistenza della carne.

Un altro mi cammina sulle cosce. Qualcosa cerca di mordermi una scarpa.

Penso a Lisa, penso che vorrei sentirla muoversi, gridare, sentirla viva. Penso a Roberta, che geme e tira i lacci, che respira a fatica l'orrore e la paura.

Non voglio morire mangiato dai topi.

Voglio che questo fottuto palazzo crolli, che le macerie schiaccino le loro code di merda e quelle zampe fetenti. Voglio restare sepolto nel silenzio, schiacciato dalle pietre e dai ricordi. Voglio che finisca, che tutto diventi solo una nuvola di polvere sottile, bianca come la luna.

Un altro topo mi sale sulle cosce. Si ferma fra le gambe. È grosso e pesante. L'altro comincia a rosicchiarmi la camicia. Mi accorgo di tremare.

È lì che arriva il rumore.

Metallico. Qualcuno armeggia con i lucchetti, la porta si apre, la luce ritorna. I topi scappano veloci. Riesco a vederne solo uno, forse quello che avevo sulla coscia. È grande come un gatto, la coda enorme e folta. Svanisce in un buco del muro con la rapidità di un incubo.

«Animali di merda» sputa il tizio sull'uscio.

È lo stesso che ci ha chiusi qui dentro. Non ha più lo zaino.

Ci guarda. Sorride, topo fra i topi.

Poi tutta la sua attenzione è per Lisa. La testa reclinata su una spalla, lo sguardo fisso davanti a sé, il petto che si solleva e si abbassa come un mantice. Roberta la guarda, tira forte in avanti, come per scappare. La mensola traballa, ma niente di più. Il tizio ride.

«Buona, troia. Stai buona.»

Si abbassa sulla bambina. Tira fuori una piccola siringa. L'ago le fora la pelle all'altezza del collo. Roberta piange, tenta di gridare. Tira di nuovo la corda. Cerco di strisciare coi piedi, di muovere le mani. Gli scaffali stridono sui cardini, la corda mi spezza la pelle, scivola dentro a cercare le ossa.

Lisa chiude gli occhi, i muscoli si rilassano. Lo sguardo di Roberta è un burrone spalancato sul vuoto. L'uomo le piazza la torcia in faccia, sorride di nuovo.

Poi slega la bambina. Se la carica in spalla, come un fagotto.

Sulla soglia si volta e ci saluta con la mano.

La porta si chiude, i lucchetti schioccano.

Torna il buio, tornano i topi.

L'ingegner Donati – responsabile della demolizione per conto di una società di Milano – controlla su uno dei monitor del pullman di servizio lo stato delle cariche.

È la prima volta che in Italia viene montato uno spettacolo di quel genere per festeggiare il crollo di un palazzo e molti dei loro sistemi hanno dovuto essere riadeguati.

Sono quasi quattro mesi che ci lavorano.

Test in laboratorio, simulazioni al computer, sistemi di controllo delle cariche, delle polveri, successioni dei crolli, distanza a cui posizionare il palco e il pubblico. Tutto è stato verificato. L'unica incognita sono i telecomandi.

Non ci sono fili, questa volta. Ogni carica ha un piccolo trasmettitore che visualizza la presenza di corrente con una luce colorata sullo schermo di controllo. Quello che ha davanti agli occhi adesso. E che non segnala nessun problema.

Guarda l'orologio. Ormai manca poco.

«Tieniti pronto» dice. E il tecnico seduto alla postazione annuisce.

Accanto a lui, i due poliziotti di guardia sorridono.

Su uno degli schermi, il sindaco conclude il suo discorso.

«Fermate tutto!» urla qualcuno fuori dal pullman e i due agenti si alzano. Le pistole spuntano dalle fondine. Qualcosa sbatte contro la porta d'ingresso.

«Buona! Stai buona!»

Un'altra voce. Ancora un rumore contro la porta.

«Figli di puttana. Non potete farlo.»

Un attimo di silenzio. Il presentatore racconta qualcosa a proposito di un domino e della luce.

«Sono Righi, sto per entrare» dice qualcuno. E la porta si apre.

«Cosa cazzo succede?»

Un agente entra nel pullman. Dietro di lui una donna con le mani sollevate. Le pistole svaniscono.

«Niente di grave. Una collega di Bologna e una turista che hanno dato di matto.»

I due agenti sorridono. La porta si chiude di nuovo.

«È ora» dice l'ingegner Donati.

E il circo comincia.

«Comandiamo tutto da quel pullman bianco» aveva detto Diana.

Ed è esattamente lì che Angela sta correndo. Il fiato che sembra rapprendersi in gola. Le ginocchia sollevate, la pistola infilata nei jeans che picchia contro la spina dorsale.

Non c'è un'altra possibilità. Non c'è una strada diversa.

La decisione è stata rapida.

Se dentro a quello scatolone di lamiera bianca qualcuno deve premere un pulsante, allora lei lo fermerà. Dovesse staccargli a morsi un dito alla volta.

È partita di corsa verso la spiaggia, nella direzione opposta a quella del palco. Il pullman è lontano, fermo al centro del grande parcheggio circolare che si apre alla fine degli stabilimenti balneari. Non ha puntato direttamente lì. Non devono capire cosa ha in mente di fare.

Però deve succedere in fretta. Fregarsene di Andrea che non riesce a tenerle dietro e guadagnare tutto il tempo che può. Rallentare il gioco, dare tempo a Francesco di portare fuori la Urbinati e la bambina.

Non ha mai avuto nessun dubbio su quello che ha visto Andrea. È una donna come lei, è bastato guardarla in faccia.

Uscendo dal sentiero che porta in spiaggia, Angela Renzi sbuca nel parcheggio. Il suo obiettivo brilla alla luce dei lampioni.

Si volta indietro. Andrea sta arrivando in lontananza. Gli uomini di Diana non hanno nemmeno perso tempo a inseguirla. Allunga una mano e impugna la pistola.

Si muove svelta nel parcheggio, si nasconde dietro a un camion di regia televisiva, poi sbuca dritta davanti al pullman che sta cercando.

«Fermate tutto!» grida, la canna dell'arma diretta verso la fronte di uno dei due agenti di sorveglianza.

Il collega si muove di scatto. Sbatte contro la porta d'ingresso, in uno strano rumore di ferraglia. Le punta la pistola in faccia.

«Cha cazzo fai, cogliona?»

«Ho detto che dovete fermare tutto. Fermate l'esplosione.»

«Buona. Stai buona.»

«Buona un cazzo. Vai dentro e stacca tutto, hai capito?»

«Metti giù quella pistola.»

La voce arriva da sinistra. È una donna, bionda. I capelli sciolti sull'uniforme estiva. E una pistola pronta con un proiettile per la sua tempia.

«Non serve a niente, Angela.» La voce di Andrea, mescolata all'affanno, alle sue spalle. «Non serve a niente così.»

"Ha ragione, non serve a niente così. Sono solo una stupida."

«Loro sono là dentro» prova a dire. Ma non serve. Abbassa l'arma, mette la sicura. La appoggia per terra.

«Sono un poliziotto» dice. «Agente Renzi, della questura di Bologna.»

La ragazza si avvicina. Raccoglie la pistola. Angela solleva le mani all'altezza delle spalle. La collega le sfila il tesserino dalla tasca posteriore dei jeans. Annuisce, in direzione degli altri due.

«Che cazzo volevi fare?» sussurra.

Angela si volta e la guarda.

«Salvare delle vite» risponde. «C'è il mio ragazzo là dentro. Un poliziotto. È andato a cercare qualcuno.»

«Se è un collega uscirà in tempo. Stai tranquilla.»

Angela annuisce. Francesco non è un matto. Uscirà di lì in tempo. E porterà fuori con lui Roberta Urbinati e la figlia.

Restano appese l'una allo sguardo dell'altra per un istante lunghissimo. Poi la ragazza le consegna di nuovo la pistola. Prima di abbandonarla fra le sue mani, esita un attimo.

«Posso fidarmi, vero?»

Angela muove appena il mento e gli occhi, recupera l'arma. Guarda Andrea, l'espressione sconfitta sul viso e nei gesti.

Dura poco, però.

In lontananza la voce del presentatore si zittisce.

Cala un silenzio spesso e improvviso.

Le fotoelettriche illuminano il primo palazzo delle colonie.

E un animale ringhiante fa vibrare il terreno e se lo mangia, in una nube di polvere.

La terra trema all'improvviso.

Un boato lontano e assordante che percorre le pareti e il pavimento, che mette in fuga i topi, fa vibrare gli scaffali, stacca l'intonaco dai muri e mi scarica uno spasmo di terrore a metà della schiena.

È finita.

Sta per crollare tutto. Sta per finire tutto. La paura, il buio, il dolore. I pensieri che volano lontano da qui, inseguendo quell'animale che si è portato via Lisa. Le lacrime di Roberta, il suo lamento attraverso il bavaglio. Il respiro affannoso della disperazione che invade tutto, che comanda su tutto.

È finita. Lo so. Tutto quello che ho fatto è stato condurre la donna che avrei potuto amare a morire in uno scantinato fetido dopo aver perso sua figlia. Tutto quello che sento è un pozzo di dolore che non può avere fondo. E che è giusto venga sepolto per sempre sotto metri cubi di cemento e calcinacci.

Non c'è altro, non può esserci altro.

Almeno finché la terra non smette di tremare, si sentono due scoppi e qualcuno apre di nuovo la porta della nostra prigione.

«La mia bambina! Ha preso la mia bambina!»

L'urlo di Roberta esplode non appena Francesco Carta le toglie il bavaglio, strappando lo scotch con un colpo secco. Quando le libera le braccia e le gambe, lei lo prende per la maglietta, impugna la polo all'altezza del petto, lo strattona.

«La mia bambina, hai capito? Dobbiamo trovare la mia bambina!»

Francesco resta calmo, non sposta le mani dal cotone. Si limita ad appoggiarle le dita sulle spalle.

«Usciamo di qui e andiamo a cercarla. Ci sono posti di blocco ovunque. La troveremo.»

Roberta annuisce, abbassa le mani, si fa aiutare per alzarsi. Poi Francesco mi libera.

«Sei specializzato nel cacciarti nei casini.»

«Già, così sembra.»

Mi alzo. Ho male dappertutto. Le gambe e le spalle sembrano attraversate da due dita di fil di ferro. La testa mi gira. Non so se è la penombra, il buio o il terrore.

Guardo Roberta. È in piedi sulla soglia della cantina. Il respiro sembra sul punto di farle esplodere i polmoni. Quando le siamo accanto, pianta gli occhi in quelli di Francesco.

«Da che parte si esce?»

«Bisogna salire» risponde Carta. «Andiamo.»

Si volta e risale di corsa il corridoio. Mentre gli teniamo dietro, lo vedo impugnare il cellulare. Lo appoggia all'orecchio nel preciso momento in cui qualcosa illumina a giorno la nostra strada.

«Angela, sono io! Li ho trovati!»

La luce taglia la notte, un sole accecante e improvviso che si infila dai lucernai e dalle griglie sulle pareti.

«Svelti!» urlo. E mi scopro a contare quanti secondi sono passati dal momento in cui si è accesa.

Cinque.

L'angolo delle scale, il primo gradino sotto i piedi. Ancora Francesco, questa volta urla.

«Li ho trovati! Sono qui! Fermate tutto! Fermate l'esplosione!»

Sei.

Roberta che inciampa e si aggrappa al mio braccio.

Sette.

Otto.

Nove.

Un boato. Sale dalla terra e dai muri.

La seconda colonia crolla.

Qualcosa mi sposta il gradino da sotto le scarpe.

Precipito all'indietro.

Il mondo come lo conosco si appanna rapido in una nube di polvere.

L'agente Angela Renzi preme un pulsante sul cellulare e mette la conversazione in vivavoce.

«Ripeti, Francesco.»

Dall'altra parte stanno correndo. La voce sembra arrivare dal fondo di una grotta.

«Li ho trovati! Sono qui! Fermate tutto! Fermate l'esplosione!»

Si volta verso la collega che l'aveva disarmata.

«Non ho bisogno di sentire il resto. E tu?»

L'altra si infila nel pullman. Angela chiude la telefonata.

«Uscite alla svelta. Adesso blocchiamo tutto.»

Dentro ci sono due tecnici e due poliziotti. Sono seduti davanti a un pannello di controllo pieno di luci colorate. Tutti tranne uno, in piedi a braccia conserte a controllare le operazioni. Evidentemente quello che comanda.

«Dobbiamo interrompere, ingegnere.»

Il tono della ragazza non lascia spazio a nessuna replica. L'uomo impallidisce come un muro appena imbiancato.

«Non è possibile.»

La voce gli esce a stento. Le dita stringono gli avambracci, sembrano fermare la circolazione.

«Che cazzo stai dicendo?» La voce di Andrea, alle spalle di Angela. «Dentro quei palazzi ci sono tre delle persone che amo di più al mondo, figlio di puttana!»

«Non posso! Anche se volessi, non posso! Il sistema è... sperimentale. Non è stata prevista un'emergenza dopo la chiusura del circuito. È stato un rischio... calcolato...»

Lo schiaffo parte veloce e duro come un pensiero cattivo. Dopo, Andrea resta un istante a fissarsi le dita della mano. La pelle brucia, ma non abbastanza per cancellare la rabbia.

Angela sta per dire qualcosa, ma il boato la interrompe.

Esce sul piazzale. Il respiro svanisce in un conato.

Ferma accanto ad Andrea, osserva la seconda colonia che crolla, stringendo i denti e i pugni per trattenere le lacrime.

Lo Sceriffo cammina verso la riva del mare.

Non riesce a essere rapido come vorrebbe. La bambina, caricata sulle spalle, è un peso morto senza nessun sostegno. E camminare con le scarpe di gomma, sprofondando a ogni passo, è terribilmente faticoso.

Però è l'unica strada. E in fondo è anche sicura. È lontano dalla gente, nascosto dalla sagoma delle tre colonie, dalle luci, dall'attenzione di tutti fissata sul palcoscenico.

“Sono il trucco nascosto nel cilindro” ha pensato cominciando a muoversi. “Tutti stanno guardando la mano e nessuno si accorgerà del meccanismo che scatta.”

Quando è crollato il primo edificio, stava sperando con tutte le sue forze che una nuvola passasse a oscurare quella luna fottuta. Poi è arrivato il drago, un boato gigantesco pieno di polvere e sabbia.

Allora ha capito che, se riesce a sfruttare i tempi delle esplosioni, quel fumo denso e grigio lo porterà in salvo meglio di un mantello invisibile. Basta non respirarlo, infilare la bocca e il naso nella maglietta, proteggere il viso della bambina con un fazzoletto e tirare avanti come un tuareg nel deserto.

Invisibile agli occhi di tutti. Anche a quelli della notte.

Deve solo stare il più possibile vicino alla riva, abbastanza perché la sabbia sia dura e gli permetta di muoversi svelto. Fino al molo sono solo qualche centinaia di metri. E lì c’è la macchina che lo porterà dal Chirurgo e da un pacco di soldi facili e rapidi da godersi alla faccia dello Slavo e dei suoi ordini.

Raggiunge la riva mentre la fotoelettrica schianta la sua luce sul secondo edificio.

Una decina di secondi dopo, il drago ritorna.

A mangiarsi la terra e gli applausi della gente.

A spalancare la bocca e a coprirlo ancora di fumo.

A portarlo in un attimo dal mondo dei vivi a quello delle ombre.

Il telefono suona a vuoto.

Da quando la seconda colonia è esplosa, accartocciandosi su se stessa come un castello di carte spazzato dal vento, Angela non ha fatto altro che provare a chiamare. Lunghe successioni di squilli tutti uguali in cui si scioglie lentamente la sua speranza.

Ed esplode la rabbia.

Per non essere riuscita a fermare l’esplosione, per non essere stata creduta, per non aver saputo trovare la bambina più rapidamente. Per non aver sparato a quello stronzo di collega ed essere entrata nel pullman.

«Potevo fare qualcosa» sussurra, mentre la sabbia le ricopre le scarpe a ogni passo. Alle sue spalle, il piazzale con il pullman è solo una forma indistinguibile.

«Ma tu hai fatto qualcosa.»

Andrea. Se l'era quasi dimenticata.

Le cammina accanto con lo sguardo perso. Due condannate a morte in attesa della sentenza, le mani incollate al telefono da cui potrebbe arrivare una grazia in cui nessuna delle due crede.

A qualche centinaio di metri di distanza, oltre le cabine dello stabilimento balneare, la terza colonia assorbe i loro sguardi. Spunta lentamente dalla nube di polvere che sta ritirandosi dopo la seconda esplosione. Una forma che si compone un frammento alla volta, solidificando la nebbia grigia e marrone in cui era avvolta.

Il crollo del secondo edificio ha trascinato con sé il ponte e una parte del muro. Quello che resta sembra un gigante senza braccia, inginocchiato a terra in attesa del colpo alla nuca.

Camminando nella sabbia, Andrea e Angela si muovono verso il luogo dell'esecuzione.

Le fotoelettriche si accendono, incollando i loro passi.

Il silenzio che segue dura secondi lunghi più di ore.

Poi la colonia crolla.

Mi sveglio indolenzito come un sacco sgonfio.

Roberta, in cima alle scale, mi squadra come un nemico da polverizzare.

«Tutto bene?»

La voce di Francesco, invece, è decisa e rassicurante. Solo sentendo la sua domanda mi rendo conto di dove sono e di quello che è successo. L'esplosione, la colonia, i topi.

E Lisa portata via come un sacco della spazzatura.

Aggrappato alla mano di Carta, mi tiro in piedi. La testa mi gira, ma dura poco. Il tempo che la paura prenda di nuovo il controllo delle operazioni.

«Sto bene, sì.»

Saliamo le scale di corsa e ci infiliamo nel lungo corridoio che porta all'uscita. Sembra il corpo di un millepiedi. Tutt'intorno si aprono stanze e altri corridoi. In fondo, l'atrio semicircolare con la porta a vetri che dà sul piazzale e poi sulla spiaggia.

È da lì che arriva la luce.

Bianca, accecante, improvvisa. Prepotente come una valanga.

È solo quando si accende che li vedo.

Piccoli fori nei muri. Larghi come il palmo di una mano. Sono disposti lungo tutto il corridoio, equidistanti in larghezza e in altezza.

L'esplosivo.

«Fuori, cazzo, fuori!»

Francesco urla e accelera. Cerco con lo sguardo Roberta, tre metri dietro di me. Rallento, la aspetto.

«Dai, forza!»

Ha la bocca aperta, gli occhi spalancati. Quando mi affianca riprendo a muovermi.

Altre porte, altri corridoi.

Il cuore che risale il respiro, dai polmoni alla trachea. Pulsa nelle tempie.

Roberta che geme al mio fianco.

Troppo tempo. È passato troppo tempo.

La luce fissa negli occhi, come una meta, come una condanna. Un fucile puntato pronto a sparare.

«Continuate a correre anche fuori! Verso il mare! Non respirate la polvere!»

Francesco, qualche metro davanti a me. Il cellulare gli cade, gli do un calcio passandoci accanto.

Poi l'atrio, la luce che riempie tutto.

Il silenzio che esplode all'improvviso.

Qualcosa di enorme che respira alle mie spalle.

L'urlo di Roberta.

Il grido della terra che si solleva e si apre.

Sabbia. Sabbia dappertutto.

Sabbia a ricoprire ogni cosa.

È tutto finito.

La terza colonia esplode in un boato enorme.

La polvere che arriva sembra più fitta, più pesante. Attraversa i capelli della bambina, si posa sui vestiti, sotto le unghie.

Eppure lo Sceriffo ride.

Ride mentre la nube lo rapisce di nuovo al mondo.

Ride e mantiene l'orientamento con il rumore del mare.

Ride e affonda le labbra e il naso nella maglietta lercia.

Ride e immagina davanti a sé la forma del molo.

La macchina che lo sta aspettando, una montagna di soldi. La fine del gioco. Impugna la pistola e si prepara a raggiungere la sua meta. Dietro, non ha lasciato niente.

Sono tutti morti. È tutto finito.

Resta solo l'ultimo passo.

La polvere ricopre ogni cosa e Angela urla.

Urla come se potesse fermarla e disperderla. Come se sapesse far tornare indietro il tempo e ricomporre la realtà in ogni singolo dettaglio.

Invece tutto si sta sgretolando insieme alla terza colonia.

La sua vita, i sogni, quello che ha amato fino a oggi.

Il viso di Francesco, il profumo della sua pelle.

Se lo sente addosso, fra le labbra, mescolato alla polvere e al boato. Al cuore che batte e sembra non tenere il ritmo. Alle gambe che tremano, alla mente che si rifiuta di arrendersi.

"È vivo. È lì dentro, nella polvere. Quando si ritirerà lo vedrai" pensa. "Quando se ne sarà andata, potrai sorridere di nuovo."

«Stronzate» sussurra. A venti metri da lei, lentamente, la nube si appoggia sul mare.

È lì che lo vede. In mezzo alla polvere che si deposita. Estrae la pistola e comincia a correre. Poi si ferma di scatto.

«Fermo!»

Piantata a gambe larghe in mezzo alla spiaggia, l'agente Angela Renzi grida. A meno di dieci metri da lei, l'uomo che sta tenendo sotto tiro volta la testa e la guarda.

Emerge dalla polvere solo fino al torso.

Bianco come un fantasma scappato da un incubo.

Un diavolo evaso dall'inferno con una bambina in braccio.

Andrea guarda Angela partire verso la riva del mare.

Una visione offuscata dalla polvere, mescolata alle lacrime di rabbia che le esplodono dentro all'improvviso. La colonia crolla sotto ai suoi occhi come un vecchio ormai incapace di resistere alla morte. Vorrebbe poterla sorreggere, mettersi al posto dei muri di cemento armato sgretolati dall'esplosione e tenere in piedi tutta la struttura. Resistere come un'antica statua greca fino a veder sfilare Nicola, Lisa, Roberta e il poliziotto fuori da tutto quell'orrore.

Allora potrebbe lasciarsi andare. Sparire dalla faccia della terra avendo fatto qualcosa di buono. Qualcosa che sia meglio di sentirsi in colpa per un dolore che non potrà mai perdonare a se stessa.

Tira su con il naso e stringe gli occhi.

«Fermo!» grida Angela alla sua sinistra. E solo allora si accorge di quello che ha visto.

È in riva al mare, una decina di metri oltre la pistola della ragazza. Spunta per metà dalla polvere che si sta ritirando. Lisa, sulle sue spalle, è solo un manichino trasportato da un commesso maldestro.

Quando l'uomo si volta per guardarla, Andrea è sicura che stia sorridendo.

Poi il cielo esplode, frantumandole i pensieri.

Non gli sparerà.

È il primo e unico pensiero che lo Sceriffo ha in testa quando la ragazza gli ordina di fermarsi. Probabilmente è una poliziotta, ma non ha importanza.

Lui ha la bambina. Sente il calore della pelle appoggiato alla sua, i capelli che ricadono all'indietro, scivolandogli sul torace. Il fazzoletto con cui le copriva il viso, che plana dondolando sul mare, come una ninfea.

No, non gli sparerà. Il rischio di colpirla è troppo grande.

Non lo vede nemmeno del tutto. È solo una forma avvolta nella polvere che scende.

Getta un'ultima occhiata davanti a sé. Manca poco, solo l'ultimo sforzo. Se si muove abbastanza in fretta può farcela tranquillamente.

Senza rendersi conto che sta sorridendo, volta la testa verso la canna della pistola. Il corpo della bambina gli accarezza la guancia.

Dietro la ragazza ce n'è un'altra. Ma non è armata. Una fortuna sfacciata per lui. Una tragica dimenticanza per lei.

Non smette mai di camminare, solleva soltanto la pistola e spara.

Due bersagli, due colpi.

I fuochi d'artificio disegnano in cielo un enorme fiore.

Rosso come il sangue.

Francesco Carta corre senza sapere dove.

La polvere è dappertutto, una nuvola fitta e densa cresciuta rapida dalla terra, a ricoprire ogni cosa. Vorrebbe voltarsi indietro, guardare alle sue spalle e scoprire Zanardi e la Urbinati che corrono con lui. Sapere che sono usciti in tempo, non soltanto sperarlo.

E invece può solo buttare il corpo in avanti, la testa bassa, gli occhi socchiusi, un rombo assordante nelle orecchie, una mano che gli copre il viso, la tosse rinchiusa nei polmoni. Lo spostamento d'aria lasciato alle spalle appena in tempo. E il mare, oltre i suoi passi, come ultima meta.

Lì la polvere sarà meno densa, lì ci saranno di nuovo cielo e aria pulita da respirare. E saprà tutto quello che deve sapere.

Ancora un passo, due, tre. La sabbia sembra più resistente. La polvere più scura.

Quando il frastuono del palazzo che crolla svanisce in un'eco distante, la notte spunta all'improvviso insieme al rumore dell'acqua. La sente sotto le scarpe, sulle caviglie. La vede riempire tutto, oltre l'orizzonte.

Smette di correre. Sorride.

«Fermo!»

L'urlo è un telefono che squilla in piena notte. Gli spacca a metà il battito del cuore, gli volta la testa verso sinistra senza che nemmeno si accorga di farlo.

Il resto è troppo rapido perché possa capirlo subito.

L'esplosione dei primi fuochi d'artificio. Il dolore che si allarga nello stomaco.

Il suo corpo che si muove e fa quello che deve fare.

La voce di Roberta, alle sue spalle.

Gli spari.

Corro.

La testa nella sabbia che mi mulina intorno. La sensazione del corpo di Roberta che mi corre accanto. Lo spostamento d'aria del palazzo che ringhia e insegue il mio respiro.

Corro.

Non vedo nulla. Davanti, a destra, a sinistra. Tengo la testa bassa, gli occhi serrati. Tossisco. Cerco di non respirare.

E corro.

Verso la spiaggia, verso il mare, verso Lisa ovunque sia. Lontano dalla colonia che precipita al suolo con il suo carico di silenzio, marciume, topi. Poi appare la notte.

«Fermo!»

Una voce di donna, da qualche parte. Roberta, che spunta dalla polvere, venendomi addosso. Scivolo, l'acqua salata mi colpisce in faccia.

In ginocchio in riva al mare, sollevo la testa e guardo.

Lisa, una trentina di metri davanti a me. Sulle spalle del bastardo che l'ha portata via.

Francesco che corre, la pistola in mano.

La ragazza che ha urlato che tiene sotto tiro l'uomo davanti a me. Lo vedo voltarsi verso la pistola, la nuca dritta davanti al mio sguardo, il corpo di Lisa a diretto contatto con il suo collo.

Il primo fuoco d'artificio dipinge l'aria di rosso e nasconde gli spari.

Francesco si ferma, allarga le gambe, la risacca si spezza fra i suoi pantaloni. Prende la mira. Un punto imprecisato oltre la canna della pistola.

La testa dell'uomo, il corpo di Lisa.

Vicini, troppo vicini.

Roberta gli corre incontro.

«La mia bambina! No! È la mia bambina.»

Francesco Carta non la sente nemmeno. L'uomo invece volta la testa.

Il cielo diventa azzurro, poi bianco, poi rosa.

Quello che accade dura pochissimo.

Lo spazio di un colore.

L'uomo spara.

Due volte. Se ne accorge solo perché vede il rinculo dell'arma che gli risale lungo il braccio.

Francesco Carta non guarda nemmeno l'esito dei colpi.

Non vuole, non deve. Non può.

Si ferma, allarga le gambe fin dentro l'acqua.

Distende le braccia in avanti.

"Stai fermo, bastardo. Fermo ancora un secondo. Ti ho preso."

«La mia bambina! No! È la mia bambina.»

L'urlo della Urbinati è una coltellata nella schiena.

L'uomo si volta, la testa di Lisa spunta dalla sua spalla.

Finisce dritta in traiettoria.

E Francesco Carta ha appena premuto il grilletto.

Angela cade in ginocchio nella sabbia.

Le gambe hanno perso forza. La gravità, di colpo, è diventata insostenibile.

Le mani si abbassano, la pistola le cade di lato.

Il mondo diventa improvvisamente opaco, un caleidoscopio di colori mescolati fra loro. Qualcuno urla, in lontananza. Sembra una lingua straniera di cui non sa distinguere le parole.

«A terra, Andrea. A terra.»
Non è sicura di averlo detto. Non ha sentito la sua voce. Vorrebbe girarsi e vedere come sta, ma non ci riesce. Non riesce a fare niente.
Solo ascoltare lo sparo, dappertutto nella sua testa.
A spaccare il silenzio.
Ricade in avanti, la sabbia le riempie le labbra. Salata come il sangue, a coprire il mondo e i pensieri.
"Francesco. Francesco, dove sei? Francesco sei vivo? Francesco."
E poi nient'altro.

Sotto un cielo di frammenti colorati, l'ispettore Carta comincia a correre. Pochi metri, poche sgambate. Poi si abbassa sulla riva del mare.
Raccoglie una pistola dalla sabbia.
L'uomo è caduto sulla schiena, ha gli occhi aperti, le labbra socchiuse, il viso bloccato in un ghigno di sorpresa che ormai non può più cancellare.
C'è sangue. Sangue dappertutto. Sul suo viso, sul suo collo, sulle mani, sulla maglietta. Sulla sabbia. Impastato alla polvere sul volto di Lisa, sdraiata sotto di lui, un braccio piegato in un'angolazione impossibile, gli occhi chiusi, serrati.
Le dita di Francesco corrono veloci sulla carotide dell'uomo. Si fermano un istante, lo sollevano di peso, lo allontanano da Lisa, poi cercano la gola della bambina. Si fermano poco anche lì.
Giusto il tempo di sapere quello che c'è da sapere e Francesco si alza in piedi e ricomincia a correre.
Accanto ad Angela c'è l'amica di Zanardi.
Le fa il massaggio cardiaco con rabbia e disperazione, le mani piccole e forti macchiate di sangue e rabbia. L'ultimo ramoscello che impedisce a qualcuno di precipitare in un dirupo.
Francesco scivola sulla spiaggia colorata dai fuochi d'artifi-

cio, si lascia andare in avanti, prende la testa di Angela fra le mani. Le accarezza le guance, le bacia la fronte. La sente sussultare sotto le spinte di Andrea, per un attimo è convinto che sia viva, che quei movimenti siano una reazione, un ritorno dal posto lontano e nero che l'ha portata via dietro le palpebre abbassate.

Poi Andrea smette. Stringe gli occhi, si alza in piedi. Scuote la testa. Si allontana verso la riva, l'eco dello sparo che le ha sfiorato il viso le rimbomba ancora fra i pensieri.

La vita di Angela che svanisce è una lacrima che scende all'improvviso.

Salata some il sangue.

Calda come il dolore.

«Lisa! Lisa!»

Roberta urla sotto una pioggia di luci colorate.

Una statua di polvere che corre impazzita sulla riva del mare.

E io con lei. Il cuore che rimbalza nel petto a un ritmo che non penso di poter sostenere.

Per un attimo vedo Andrea in ginocchio sul corpo di Angela Renzi. I capelli corti illuminati dai fuochi, le mani che spingono sul torace della ragazza.

Poi guardo avanti. Andrea sta bene. Andrea è viva.

Quando ho visto Carta sparare, la prima immagine che mi ha spaccato gli occhi è stata la testa di Lisa colpita dal proiettile. Un proiettile che non era per lei, un proiettile diretto alla nuca del bastardo che stava scappando portandosela via.

Ora che mi butto in mezzo alla risacca, la prima cosa che vedo è il volto dell'uomo. Gli occhi sbarrati e un buco circolare che gli apre il collo poco al di sotto della mandibola.

L'ha preso. Malgrado tutto l'ha preso.

Poi resto incollato al viso di Lisa. All'espressione di dolore che le spezza i lineamenti. Agli occhi chiusi, sigillati.

Al tremore che le attraversa le labbra mentre respira.

Al braccio spezzato in due, abbandonato sul fianco. Alla punta dell'osso bianca come la luna che le spunta dalla carne.

«Lisa, no... Lisa...»

La voce di Roberta trema. Mi guarda, aspetta una risposta che non le do. Guarda la bambina, poi il sangue che le ricopre il viso, il collo, i vestiti. Allunga le mani nell'acqua e le pulisce la faccia e la pelle, gesti rapidi e delicati. In ogni movimento il terrore di scoprire una ferita, il foro di un proiettile, il buco che si sta portando via la sua vita.

«Non l'ha presa» le dico. E la sua prima risposta è lo sguardo carico d'odio di una leonessa che scopre qualcuno nella tana dei piccoli.

«Non l'ha presa» ripeto. «Ha solo un braccio rotto.»

Roberta sorride. Le prendo la mano, la appoggio sul collo di Lisa.

«Lo senti? Lo senti che batte?»

Scoppio a piangere, lacrime che scivolano insieme ai battiti del cuore sotto le dita. Poi arriva Andrea. Di corsa. Ha le mani sporche di sangue, un tremito di dolore che le attraversa lo sguardo e le labbra.

«È...»

Mi interrompe annuendo, mentre si abbassa su Lisa facendoci spostare.

Allunga le mani nell'acqua, le lava alla svelta. Poi le sente il polso, il collo. Le solleva le palpebre. Controlla il braccio. L'osso che spunta dalla carne.

La morbidezza dei gesti mi lascia senza parole.

Si volta verso Roberta. Ha seguito tutto con le spalle serrate, mordendosi il labbro inferiore con ferocia. Avrei dovuto abbracciarla. Esserci, in qualche modo.

«Ha solo un braccio rotto» dice Andrea. La voce leggera come il rumore del mare.

«Un braccio, sì. Ma...»

Le prende il viso fra le mani.

«Sta bene, Robbie. Sta bene.»

Roberta annuisce e si china su sua figlia. Le appoggia le labbra sulla fronte. Le accarezza il viso, i capelli, le guance.

Mi alzo, aiuto Andrea a rimettersi in piedi e restiamo lì.

In lontananza si sente una sirena.

Lisa non apre gli occhi.

Respira.

L'ultimo fuoco d'artificio allaga il cielo di mille colori.

Un fiore, un mosaico, un arcobaleno.

Lisa sta soltanto dormendo.

«Cerca il vento, troverai la polvere, dicevano i suoi occhi.»

JEAN CLAUDE IZZO, *Casino totale*

Le macchine viaggiano spedite sotto un cielo bollente di luce.

Dentro ci sono sei uomini.

Quattro nella seconda macchina e due in quella davanti.

Al volante di quella che segue c'è un ufficiale dei servizi italiani. Lo chiamano Mario, talmente banale da poter quasi essere il vero nome. Sul sedile di fianco c'è il suo capo, l'uomo a cui Antonio Parmeggiani ha consegnato i due ostaggi dopo aver pagato il riscatto.

Gli inviati della RAI e del «Corriere della Sera» sono seduti dietro.

Non l'hanno mai visto in faccia.

«Non posso sbendarvi» ha spiegato quando li ha avuti in consegna. E li ha visti annuire nello stesso momento, come in un balletto.

Adesso che sta seduto nella prima auto, mentre Raed – il suo contatto a Baghdad – lo accompagna all'aeroporto, tutto sembra molto lontano. L'Italia, la sua missione, le strade impolverate e sventrate dalle bombe.

La telefonata che aspettava ieri e che non è mai arrivata.

Il corpo di lei.

Gli manca. In certi momenti è un'assenza così forte da non riuscire a pensare ad altro. Un'ossessione che detesta. Lo rende dipendente da qualcuno e non vuole più esserlo. Lo è stato con suo padre, tanto tempo fa. Ma è passato. Il dolore di una cicatrice che ti resta attaccata alla pelle e che brucia un po', quando la sfiori distrattamente con la mano.

Chiude gli occhi. Li stringe, per scacciare la luce che entra dappertutto a tener vivi i pensieri. "Devo solo saper aspettare" pensa. Erano questi i patti. E lei li ha sempre rispettati.

Respira. Un gesto lungo che lo riporta a contatto con la realtà. All'aria condizionata che lascia fuori dall'abitacolo i cinquanta gradi di Baghdad. Alla strada che ritrova davanti a sé, aprendo gli occhi.

Ancora qualche chilometro in mezzo al nulla e sbucheranno sulla grande arteria per l'aeroporto. Poi ci sarà solo da passare tutti i posti di blocco.

Sta per chiudere di nuovo gli occhi quando sente il rumore.

Una strana esplosione sorda che fa sbandare l'auto, bestemmiare l'autista e che lo proietta lungo e disteso sul sedile di dietro. Poi la macchina esce di strada, va in testacoda nella polvere e alla fine si ferma, a una decina di metri dall'asfalto.

Antonio Parmeggiani scende alla svelta, nell'afa insopportabile del pomeriggio. Le gomme davanti sono squarciate.

E dietro di loro la macchina con gli ostaggi non c'è più.

Solleva gli occhi, guarda Raed. È in piedi accanto all'auto, a meno di un metro da lui. La pistola fra le mani.

«Cosa fai?»

Glielo ha chiesto in arabo, ma Raed risponde in italiano.

«Su le mani, aperte e in vista.»

Antonio si volta. In fondo al serpente d'asfalto che si perde all'orizzonte, sta arrivando una macchina. Forse una jeep militare. Deve prendere tempo, aspettare che siano vicini. Chiedere aiuto o sfruttare il passaggio per sorprendere Raed.

Che non sembra dello stesso avviso.

«Guarda me. E tieni le mani in vista.»

Antonio obbedisce. Solleva le mani, lentamente.

«Che cosa vuoi?»

«Loro vogliono te.»

«Loro?»

«Mi danno dei soldi.»

«Se volevi dei soldi potevi chiedermeli.»

«Non me ne avresti dati così tanti.»

Lo sguardo di Parmeggiani si piega in una smorfia di terrore. Non è Raed il nemico.

Loro vogliono te.

Loro.

«Chi sono?»

Per un istante gli occhi dell'iracheno vanno dal viso di Antonio alla macchina che sta arrivando all'orizzonte. E tutto cambia nell'espressione di sollievo con cui incrocia di nuovo il suo sguardo.

Quella macchina non sarà la salvezza di Antonio. Quella macchina sono *Loro.*

Muove le mani, impercettibilmente verso il corpo. Qualche centimetro, forse due. Poi un altro paio. Deve solo arrivare abbastanza vicino da poter prendere la pistola che tiene nei pantaloni, infilata dietro.

Ancora un centimetro. Un altro.

Il rumore della macchina che sale, come un ronzio lontano.

"Dai Raed, guarda quanto è vicina. Butta un occhio e guarda. Mi basta un secondo" pensa. Come una preghiera lanciata al Dio dei salvataggi in extremis.

Quello che succede dura un attimo.

Gli occhi dell'iracheno cercano di nuovo l'orizzonte. Le sue mani si muovono svelte, ma non abbastanza.

Lo sparo. La polvere in bocca, negli occhi. Il dolore che gli spezza il respiro. Il caldo che diventa insopportabile sulla pelle.

La macchina che arriva.

«È vostro» dice Raed. E la risposta arriva in inglese.

Mentre lo bendano e lo portano via, Antonio Parmeggiani chiude gli occhi.

Ora è tutto chiaro.

Loro hanno un nome, uno scopo.

Un volto.

E una voce.

Dal «Corriere della Sera», 1 settembre 2004

MOSTRATO IL CORPO DI UN ITALIANO

Antonio Parmeggiani è stato riconosciuto dai documenti

Nello stesso giorno in cui si festeggia il ritorno a casa degli ostaggi, una nuova inquietante notizia giunge dall'Iraq. Il video con il cadavere di un uomo, legato mani e piedi e bendato, è stato recapitato ad Al-Jazeera. Nel video, che l'emittente non ha mandato in onda, si vedrebbe il corpo dell'uomo gettato in una fossa. Intorno a essa, due terroristi con il volto coperto e armati di kalashnikov. L'identificazione è stata possibile grazie a un primo piano dei documenti della vittima, appoggiati sul cadavere dell'uomo. Si tratta di Antonio Parmeggiani, nato a Reggio Emilia. Risulta assente dall'Italia da diverso tempo e non fa parte in nessun modo del contingente italiano coinvolto nella missione di pace in Iraq. Non risulta nemmeno fra gli elenchi del personale delle ONG che operano sul territorio iracheno. Sono tuttora ignoti i motivi per cui si trovava a Baghdad. Particolare inquietante, la sorella Sara è stata uccisa dieci giorni fa nella sua casa di Bologna, probabilmente durante un tentativo di furto.

Da «la Repubblica», 3 settembre 2004

PARMEGGIANI: ANCORA UN MISTERO

Sembra prendere corpo l'ipotesi mercenario

Prende sempre più corpo l'ipotesi che Antonio Parmeggiani, l'italiano ucciso due giorni fa a Baghdad, fosse in Iraq come mercenario. Malgrado le smentite ufficiali, fonti accreditate riferiscono che Parmeggiani si trovasse a Baghdad già da diversi mesi. Di sicuro la sua è stata una vita dai risvolti inquietanti. Sparito dall'Italia ancora minorenne, non risulta più rientrato in territorio italiano, tanto che non ha nemmeno assolto il servizio militare. Di lui si erano perciò perse le tracce da oltre trent'anni. I documenti che hanno permesso il riconoscimento sono probabilmente falsi. Altrettanto misteriose restano le circostanze della sua morte. La sigla che ha rivendicato l'uccisione, i Martiri Islamici per la liberazione dell'Iraq, non è mai apparsa prima d'ora nel panorama iracheno. Se a questo si aggiunge la mancanza di un vero e proprio rapimento, si capisce facilmente come tutta la circostanza della morte dell'uomo risulti avvolta da un velo di mistero.

«So che è sveglio, apra pure gli occhi.»

La voce arriva da lontano. Assomiglia a un ricordo che la sua mente ha pescato a caso dalla cesta dei giorni passati. Forse è così che funziona dopo. Non hai più niente, solo i ricordi. E ogni tanto ne spunta fuori uno, come nelle estrazioni della lotteria.

C'è silenzio. Troppo per il mondo reale.

"Sono morto" pensa. E non si rende conto di averlo sussurrato.

«Mi dispiace deluderla, ma non sono san Pietro.»

Questa volta la voce è vicina. Non più come se parlasse nella sua testa. Come se fosse viva.

"Figlio di puttana" cerca di sussurrare. Ma sa di non esserci riuscito. Scoprendo di avere di nuovo un corpo, Antonio Parmeggiani apre gli occhi.

La luce è la punta di un coltello. Gli spacca a metà lo sguardo, gli scivola in gola aggrappata al fiato. Poi pian piano si abitua, socchiudendo le palpebre.

La stanza è bianca come un confetto. I muri, il pavimento, il soffitto, il lenzuolo, le tende, il colore del cielo che riesce appena a intravedere dallo spazio fra i due lembi. La neve, sulle montagne, in lontananza.

Cerca di muovere il braccio sinistro, ma qualcosa di affilato gli pizzica la carne, strappandogli un gemito. Allora prova con il destro, se lo porta al viso, sfiora la plastica del sondino infilato nel naso. Poi uno zigomo, ma solo avvicinare la mano gli allarga sul volto una crepa di dolore assordante che interrompe il gesto tutto d'un colpo. Ha la pelle gonfia, un senso di pesantezza al torace che si mescola al respiro, bruciando l'aria.

Da sinistra arriva un rumore elettronico. "È il mio cuore" pensa. "Batte, come sempre." Vorrebbe voltarsi e guardare le linee spezzate sul monitor. La dimostrazione fisica e tecnologica che quello che sta vivendo non è una forma bizzarra di dannazione, ma la vita reale. Eppure non ci riesce. Spostare la testa è come muovere una casa a mani nude. Provarci lo fa sentire terribilmente stanco e stupido e gli riempie il corpo di un peso difficile da sopportare.

Rinuncia.

Ha voglia di chiudere di nuovo gli occhi, infilarsi in quel nero morbido e lontano e rimanere lì, aspettando che passi. Poi la voce parla ancora. Se n'era già dimenticato. Non aveva creduto possibile che fosse vera. Invece c'è.

«Non dovrebbe sforzarsi nelle sue condizioni» dice. E mentre la rabbia gli stringe la gola, il Grigio appare nel suo campo visivo.

«Figlio di puttana.»

Questa volta l'ha detto davvero. E ha faticato a riconoscere la propria voce. Roca, bassa, un sussurro che si interrompe sulle vocali.

Il Grigio ride. Un suono breve, metallico, di gola.

«La diplomazia non è mai stata la sua arma migliore. Il mio, comunque, era un consiglio. Se vuole rimettersi in fretta.»

Si ferma esattamente davanti al suo sguardo. Apre le tende. La luce che entra sembra meno forte. Latte freddo in una tazza di cioccolata bollente.

«Dove sono?»

Ha le labbra secche. Le bagna passandoci sopra la lingua. Brucia come se fossero tagliate.

«Dove sono?» ripete.

«In una clinica. Diciamo che si potrebbe definirla così. Quelle che vede sono le Alpi. La prima neve dell'anno.»

«Come ci sono arrivato? Da quanto tempo sono qui?»

La seconda domanda si interrompe in un attacco di tosse. Il fiato scivola in gola più spesso, riempie le labbra, non lo fa respirare.

«Le ho detto di non sforzarsi. Nelle sue condizioni non è il caso. Ora le racconto tutto. È passato un po' di tempo da Baghdad. L'hanno operata tre volte. La prima in Iraq, un chirurgo militare americano. Molto bravo, a quanto dicono. Ha quattro costole rotte, un trauma cranico piuttosto serio, diverse contusioni sparse lungo tutto il corpo. Un drenaggio che le spunta dall'addome, ma non mi chieda a cosa serve né da dove viene. Inoltre le somministrano dei sedativi che terrebbero a bada un orso. Tutto qui.» Fa una pausa. «Ah, dimenticavo. Le hanno sparato. Ma questo immagino che se lo ricordi. L'uomo che lo ha fatto, comunque, è stato ucciso. Operazione contro il terrorismo internazionale. Sa come funziona.»

Antonio non dice niente.

Per un attimo vede lo sguardo di Raed riflesso sul vetro. A pochi centimetri dal volto del Grigio, dal suo vestito di sartoria fresco di stiratura, dal sorriso di trionfo che si è stampato negli occhi.

"Te li strappo" pensa. "Giuro che, appena mi alzo da qui, ti strappo gli occhi e ci piscio dentro. Chissà quanti soldi gli hai promesso per farglielo fare. Chissà come lo hai convinto. Raed era solo un poveraccio. Lo sapevi e lo sapeva anche lui."

«Cosa vuole?»

Il Grigio affonda le mani in tasca.

«Come al solito lei è piuttosto concreto. Diciamo che sono venuto a proporle un lavoro.»

Antonio sorride. Malgrado il dolore, cerca di mantenere l'espressione il più a lungo possibile.

«Prima cerca di uccidermi, poi mi fa portare qui e dopo mi offre un lavoro. Interessante.»

L'altro si stringe nelle spalle.

«Non ho mai cercato di ucciderla. Non sarebbe qui. Diciamo che l'ho... indirizzata. Anzi, istruita. Mi sembra più appropriato.»

«Ho già avuto un istruttore. E non mi sono trovato bene.»

«Simone Mariani. Sì, lo so. La consolerà sapere che è morto. Non per mano mia, non lo pensi nemmeno. Per incapacità, a quanto ne so. Magari le dispiacerà non avere partecipato.»

«Mi dica cosa vuole.»

Il Grigio tira fuori una mano di tasca. Tiene fra le dita una memory card e un pacchetto di fotografie. Li mostra come un atleta farebbe con un trofeo.

«Ecco quello che stavamo cercando entrambi. Non le pare che la partita sia finita?»

«Lei ha fatto uccidere mia sorella.»

Scuote la testa. Un gesto di fastidio accompagnato da un lungo respiro. Fa un passo in direzione del letto. Si siede. Incrocia le braccia.

«La smetta, per favore. So tutto. Ho sempre saputo tutto.»

Antonio lo guarda. All'improvviso la realtà sembra fatta di pezzetti di ghiaccio. Una statua nata nel mezzo dell'inverno che il sole appena arrivato si sta portando via.

«Non so cosa...» tenta di dire, ma la sua voce non è abbastanza forte da mantenere la frase fino in fondo.

«Le ho detto di smetterla. È lei quello che ha ucciso sua sorella.»

Antonio chiude gli occhi.

La stanza svanisce di colpo. La lingua con cui si inumidisce le labbra è il ricordo di qualcosa di molto lontano. Un gesto identico, labbra gemelle su due corpi diversi. Le hanno prese entrambi dallo stesso padre.

«Tu sei pazzo, Antonio. Io voglio vivere, capisci?»

La voce di Sara è musica. C'è stato un tempo, prima che tutto finisse, in cui ne era davvero innamorato.

«Non lo puoi fare, capisci? Non puoi. Se molli adesso è tutto finito. Non riavrai mai tuo figlio. Lui non te lo darà mai.»

Incrocia le mani al petto. Un gesto duro, come lo sguardo che gli sbatte in faccia nel salotto imbottito di sole.

«Non me lo darà lo stesso, capisci? Mio figlio non esiste, mio figlio è morto, Antonio! Morto! Mio figlio è morto nel momento stesso in cui lui mi ha scopata e messa incinta. Tutto il resto non serve a un cazzo. Tutto quello che posso fare è prendere quei soldi e andarmene via. Lontano. Lontano da tutto.»

«Sono stato io a darti l'idea delle foto, a sistemare le macchine. Non dimenticarlo.»

«Sì, ma sono io che ci sono andata a letto. Io che ho riallacciato il rapporto sperando che servisse a qualcosa. Io che mi sono fatta sbattere anche se dentro morivo. Io che ho dovuto fare l'amore con quel porco. Io, sempre io. Mentre tu ti sei solo limitato a spiarmi dalla serratura.»

«Dove sono le foto, Sara?»

Per un attimo la ragazza sorride. Continua a fissarlo e spalanca gli occhi in un'espressione incredula. Scuote la testa.

«È la tua guerra privata, non più la mia. Non so perché tu voglia combatterla, ma non sperare che ti aiuti. È finita.»

Gli volta le spalle. Si avvicina al divano, si piega a recuperare il cellulare.

Antonio la guarda. Il passo che muove è incerto come la prima frase di un bambino. Poi tutto il resto viene naturale. Dura un attimo.

Il battito di ciglia con cui riapre gli occhi e fissa il Grigio.

«Come lo ha saputo?»

«Non poteva essere stato Mariani. Anche se ha sempre sostenuto il contrario. Mi disse che la ragazza aveva rifiutato l'accordo. E che aveva dovuto ucciderla. Ho letto il rapporto. Non era da lui quella precisione. Non con tutto quel sangue. Pulire la scena del crimine è un lavoro difficile. Togliere le tracce, nascondere le impronte. No, non poteva essere stato lui. Ognuno uccide secondo la propria natura. Però su una cosa credo che avesse ragione. L'accordo era saltato. Quello tra lei e sua sorella, però. Non il nostro.»

Antonio annuisce.

«Sara non aveva capito niente.»

«O forse aveva capito tutto. Chi lo sa. Era sua sorella, eppure l'ha uccisa.»

«Non lo era.»

«Oh, certo. Mi risparmi la storia pietosa della famiglia distrutta da un padre puttaniere. Lei e la ragazza eravate cresciuti insieme. Ma questo non le ha impedito di tagliarle la gola, quando si è messa fra lei e i suoi piani. E francamente non mi sembra che provi alcun tipo di rimorso. Forse uno come lei non sa nemmeno cosa sia, il rimorso. La canzone dice "lo scopriremo solo vivendo". Magari non ha ancora vissuto abbastanza per scoprirlo. Secondo qualcuno, poi, non lo scoprirà mai.»

Tira fuori dalla tasca della giacca due ritagli di giornale. Li avvicina perché possa leggerli.

La notizia della sua morte gli strappa una smorfia a metà fra il sorriso e la sorpresa. La vita è diventata un sogno bizzarro in cui ogni cosa sembra rovesciata su se stessa, a mostrare esattamente l'opposto del significato che ha sempre avuto.

«Mi dica cosa ha in mente.»

Il Grigio si alza, si ferma davanti alla finestra. Si strofina le mani, come se le stesse insaponando. Un gesto che rallenta piano piano, fino a spegnersi.

«Lei cambierà identità. Antonio Parmeggiani è morto. Giulio Benetti rassegnerà le sue dimissioni domani. Recapiterò la lettera personalmente. Motivi di salute, nella versione ufficiale. Da quel momento il posto che lei occupava a capo della sorveglianza sarà vacante.»

«E chiederanno di nuovo a lei di trovare un sostituto.»

«È molto probabile. E se non me lo chiederanno, il mio candidato avrà credenziali talmente importanti da essere sicuro di ottenere il posto anche senza una raccomandazione.»

Fa una pausa. Studia la reazione del suo interlocutore. Cerca di capire quanto lo sta seguendo, fino a che punto è andato oltre le sue parole, nell'immaginarsi quello che sta per raccontargli.

Antonio invece sposta lo sguardo verso la finestra, aspetta che continui. Non ha voglia di niente. Solo di lasciare andare lo sguardo dove non ci sono più domande né risposte. Solo silenzio.

La sua stanza è al piano terra. Fuori, per quanto riesce a vedere, c'è un enorme prato con l'erba tagliata corta. Alberi che sanno ancora d'estate, sotto un cielo bianco che richiama l'autunno.

Guardarli fa sembrare tutto il resto terribilmente inutile e lontano.

Almeno finché la voce del Grigio non gli scivola di nuovo fra i pensieri.

«Subirà un intervento chirurgico. Una plastica al viso. Niente di estremo, per carità. Dettagli. Quelli che servono a renderla una persona diversa. Naso, labbra. Forse zigomi. Corde vocali. Decideranno i medici. E, alla fine della convalescenza, succederà a se stesso come capo della sicurezza. Come vede, un'occasione unica.»

«Crede?»

Lo ignora.

«L'operazione avverrà in una clinica specializzata. In Connecticut. Cambierà identità. Una cosa che sembra piacerle particolarmente. Se non ricordo male, è la terza volta che le capita. Quel primo episodio, quando è fuggito dalla legione, le deve essere sembrato particolarmente azzeccato. Non mi guardi così. Non crederà che affidi incarichi come il suo a persone di cui non conosco anche il numero di battiti cardiaci a riposo. Ho sempre trovato interessante la sua attitudine al raggiro. È molto conveniente per il compito che ha. Solo, non pensavo che si illudesse di averla fatta franca con me.»

Fa una pausa. Si avvicina di nuovo al letto.

«Riprenderà il suo lavoro e io e lei ricominceremo ad andare d'amore e d'accordo.» Gli mostra di nuovo la memory card. «Considererò questo solo uno spiacevole incidente. Una tappa verso il suo completo... addestramento.»

«E se non volessi starci?»

Il Grigio si liscia il mento con la mano.

«Siamo in un paese libero. Le sarebbero comunque garantite le stesse cure, in questa struttura. Solo, niente nuova identità. Niente plastica, niente appoggio, niente lavoro. Niente accordo tra di noi. Io e lei non ci conosciamo. Non ci siamo mai conosciuti. Non ci conosceremo mai.»

«Ci devo pensare.»

«È naturale. Ha tre giorni di tempo. È sufficiente?»

«Sì.»

«Molto bene.» Si avvia verso la porta. Un paio di metri prima dell'uscio, si ferma e torna indietro. «Dimenticavo. Sono decisamente sbadato, mi perdonerà. L'età non è più quella di un tempo.»

Antonio finge di sorridere.

«I suoi amici, caro Parmeggiani. Sono tutti morti.»

«Amici?»

«Via, è la seconda volta che mi sottovaluta. Comincio a pensare che lo faccia apposta.» Abbassa la voce, quasi un sussurro. «I suoi amici, sì. Quelli con cui coltiva quel suo strano... commercio. Sono morti. Diciamo che la vostra ultima missione non ha avuto l'esito sperato.»

«Non so di cosa stia parlando.»

Il Grigio si muove intorno al letto. Uno squalo che circonda la preda, la pinna dorsale che scivola fuori e dentro l'acqua.

«Non credo che Paola Vigliani sia stata la prima. Di sicuro è stata il caso più eclatante. Sono quasi sicuro che l'abbia rapita proprio lei. Un'azione perfetta, a quanto diceva il povero commissario Marra. Morto, anche lui, sì. Ma questo deve averlo capito non appena le ho mostrato le foto. Immagino che quella messicana che ha torturato le abbia raccontato a chi le aveva date. Paola Vigliani, dicevamo. Prima di lei forse una dozzina. Per saperlo con esattezza mi basterebbe chiedere al Chirurgo, visto che lo conosco da più tempo di lei.

Devo riconoscere che l'idea di utilizzare le foto spedite per ottenere il videogioco è geniale. Mi hanno sempre parlato bene di quell'ingegner Ferrari. Fin dai tempi del Kosovo. Pensammo di... ricondurlo alla causa, se così si può dire. Ma non ci abbiamo mai provato veramente. La storia ha rivelato che facemmo bene. Scarsa attitudine allo stress. E poi la professione della moglie. Troppo pericolosa. Non male anche quell'altro tizio, lo Sceriffo. Arrestato una decina di volte per pirateria informatica, truffa, sequestro di persona, furto. Il manovale che le serviva. Peccato che un certo ispettore Carta gli abbia fatto saltare la testa. Ma faceva parte del rischio calcolato. Ogni lavoro ha i suoi inconvenienti. Come lei sa bene.

Così adesso è rimasto solo. Non so bene che cosa abbiate combinato con quella bambina, quella Lisa Urbinati. Il commissario Marra pensava fosse stato un incidente di percorso. Credo che nemmeno lei sappia con esattezza se la bambina ha visto qualcosa che non doveva oppure no. D'altra parte un volto è soltanto un volto, non crede?»

«E se accetto la sua offerta...»

Il Grigio si stringe nelle spalle.

«Lei è morto. L'ha letto sul giornale, mi pare. La stampa non mente mai.»

Antonio inspira lentamente. Per un attimo nella stanza tutto si ferma. Restano i pensieri e il battito del suo cuore metallico. Appena accelerato.

«Mi dica perché.»

«Perché?»

«Se sapeva tutto, perché ha permesso che...»

«...succedesse? Quelle povere bambine, vero? Giovani come quelle che suo padre si portava in casa. Un po' di soldi e tutto si aggiusta. Un po' di soldi e tutto si insegna. Finché una di quelle piccole vipere non ci sta e ti pianta un paio di forbici in gola mentre dormi. E tu sei costretto a ucciderla. A spararle, a far sparire il cadavere e a far finta che sia stato un furto finito male. Perché non puoi permettere che si dica che a tuo padre piacevano giovani. Non puoi permettere che si scopra che anche a te piacciono giovani. Che è l'unica cosa che vi accomuna. Stiamo parlando di quelle bambine, vero?»

Il sorriso di Antonio è la lama di un coltello accarezzata dal sole.

«Anche di quelle.»

Il Grigio allarga le braccia.

«Erano solo bambine. Come Paola Vigliani, Lisa Urbinati, le altre. Non mi interessa quante siano state. Solo bambine. A chi importerà qualcosa domani, oltre ai loro genitori? Chi se le ricorderà, se non hanno nemmeno vissuto? Per quanto pensa che le cercheranno? Dopo qualche settimana, a nessuno fregherà più niente. Nemmeno alla televisione. La gente ha altro a cui pensare. La fine del mese che arriva troppo presto, i figli che vanno male a scuola, le rate della macchina. Non c'è più tempo per indignarsi nel nostro mondo. Bisogna lavorare per vivere. E riempirsi la vita lavorando. Glielo ripeto, non mi interessano. Conta solo il resto, Antonio. La visione d'insieme.»

«La visione d'insieme» ripete. E quella frase è una porta che si spalanca su una realtà che scopre ora di aver sempre conosciuto.

«Certo. Lei non ha cercato di avere quelle foto per ritrovare il figlio di sua sorella. Lo ha fatto per procurarsi potere. Per avere qualcosa da usare, un giorno. Per guadagnare spazio. Un meccanismo di scambio, una leva per spostare le cose, condizionare la gente. L'esatto motivo per cui non ho distrutto quelle stesse immagini, dopo aver consegnato gli originali. Potere. Si amministra al buio, senza una voce o una faccia. Il volto cambia sempre. Il sorriso che la gente ammira muta a seconda del tempo. Certe cose, invece non cambiano mai. E nessuno è disposto a conoscerle davvero. Lo sa benissimo. Io e lei siamo uguali. Almeno questo immagino lo abbia capito.»

Antonio non risponde. Si limita a fissare gli occhi del Grigio come se fossero quelli di una bella donna.

«Ecco perché mi sono disinteressato del suo traffico. E lo farò sempre. Non è importante.»

Annuisce, lentamente.

«Va bene.»

«Che cosa?»

«La sua proposta. La accetto.»

Lo sguardo del Grigio è di sincera sorpresa.

«Non mi aspettavo che decidesse così presto.»

«Non mi piace perdere tempo, lo sa.»

«Bene. Ora la sua unica preoccupazione è decidere quale sarà il suo prossimo nome. Le sconsiglio Simone Mariani, per ovvi motivi. È già stato sufficientemente subdolo soffiargli il soprannome. Lo Slavo. Se si fosse saputo in giro... Le pare bello?»

«Non ho mai avuto nessun rispetto per lui.»

«Era reciproco, lo sa. Però lei è ancora vivo.»

«Avrei solo una domanda da farle.»

«Prego.»

«Come l'ha saputo?»

Questa volta la risata del Grigio è immediata e sincera.

«Lo vuole sapere per non farsi fregare di nuovo, eh? Inutile. Non chieda al mago di rivelare i suoi trucchi. Io non le chiederò chi sono i suoi contatti in Iraq, nel Medio Oriente o nella ex Iugoslavia. Non l'ho mai fatto e non lo farò mai. Fa parte del gioco, non crede? Nel nostro mondo contano i risultati, non come li ottieni.»

Annuisce.

«Una sola cosa le posso dire. Varo Borja era uno pseudonimo meraviglioso. L'uomo che cerca il diavolo. Peccato che l'ingegner

Ferrari sia morto e non possa spiegarmi come gli è venuto in mente.»

Alla fine della frase solleva appena una mano in un gesto di saluto. Poi se ne va, a passi lenti. Come lenta e mai sopra le righe è stata la sua voce in tutta la loro conversazione.

Antonio Parmeggiani chiude gli occhi.

La realtà sfuma veloce in un dormiveglia confuso.

«Varo Borja» sussurra, poco prima di addormentarsi. «Non saprai mai come è nato quel nome.»

Il cielo è un lenzuolo bianco fresco di bucato.

Non riesco a smettere di guardarlo. Seduto sull'erba, gli occhi che vagano alla ricerca di qualcosa. Una spiegazione, forse.

Al funerale di Giovanni eravamo in molti. Divise tirate a lucido, sorrisi e strette di mano, facce tristi di circostanza. Fantasmi che si aggiravano per il portico del chiostro della Certosa in attesa che tutto finisse. Che si potesse tornare a casa, girare pagina, far finta di niente, ricominciare da capo.

Tutto passa. Scorre senza che ce ne accorgiamo. Come il fiume che taglia a metà la terra, dieci metri davanti a me. Come le lacrime che ho sentito sul viso guardando la bara sparire dietro al muretto di mattoni e calce, mentre l'ispettore Carta al mio fianco teneva gli occhi spalancati e fissi sulle mani del becchino. Grandi, discrete e silenziose a ricoprire tutto, a cancellare tutto.

«Non è colpa tua» mi ha detto, camminando verso il parcheggio. «Non c'è niente che avremmo potuto fare. Niente che avremmo potuto fare.»

Parlava di Giovanni e di Angela. Parlava come si deve parlare per forza, perché la vita va avanti e non aspetta. Perché il tempo cammina, galoppa e corre e non gliene frega niente se devi fermarti e capire cosa è rimasto di te. Non gliene frega niente se ti hanno portato via un pezzo dei tuoi giorni, strappandotelo dalla carne senza preavviso, senza motivo, senza anestesia.

Gli ho risposto una frase di circostanza stupida e banale. La prima che mi è venuta in mente, per sostituire il silenzio. Poi ci siamo salutati.

Mentre si allontanava l'ho visto accendersi una sigaretta con gesti impacciati, tossire come un ragazzino alle prime boccate. E non ho potuto fare a meno di pensare che il proiettile che ha spezzato la vita di Angela sia stato un doloroso passaggio di consegne. Che negli occhi di Francesco ritroverò la stessa tristezza rassegnata e dura dello sguardo di Giovanni. Gli stessi gesti, la stessa paura, la stessa forza. La stessa rincorsa inutile e affannata per non far diventare la tua vita un insieme di rimorsi e di ricordi lontani.

Quelli che ho visto galleggiare negli occhi di mia madre, nell'ultima giornata di sole che ricordo.

Riccione era stato solo il giorno prima.

«Mi hanno fatto un regalo, signor Nicola» è stata la frase con cui mi ha accolto nella stanza.

Le ho accarezzato la testa.

«Lo so, mamma. Te la ricordi Honorine?»

Per un po' mi ha guardato come uno studente che cerca la risposta a una domanda difficile. Un'espressione buffa, con la lingua fra le labbra e la fronte serrata.

«Certo che mi ricordo. Era rimasto un odore in cucina...»

Ho sorriso. E l'ho vista come se fosse ora. Honorine alle prese con la *Harira* – la zuppa di carne e ceci – nella cucina di casa mia, mentre mia madre tagliava a pezzetti la carne e io, Abdel e mio padre parlavamo di politica affacciati alla finestra.

Poi mi sono avvicinato alla *tajine* che le ha spedito. Ho sollevato il piatto e l'ho girato. La cassetta era attaccata alla ceramica con un pezzo di nastro isolante. L'intervista di Abdel ad Ali Musab. Ho tenuto un momento la registrazione fra le mani, prima di metterla via e baciare sulla fronte mia madre.

«Ha preso un sacco di sole» mi ha detto. «Sta bene. Di solito è così pallido.»

L'ho baciata di nuovo, in silenzio. Così come in silenzio le ho tolto la catenina con il ciondolo che le avevo regalato l'ultima volta. Ha continuato a guardarmi come se stessi facendo qualcosa di molto difficile, che valeva la pena di scoprire.

In realtà recuperare la copia della memory card con le foto di

Sara Parmeggiani è stato un gesto semplicissimo. È bastato aprire e chiudere il ciondolo. Riallacciandole la catena ho sentito di nuovo il profumo dei suoi capelli e della sua pelle, quello che sarà per sempre l'odore di casa e delle giornate serene.

«Andavo spesso al mare. Mi piaceva, anche se non so nuotare» ha cominciato. E allora mi sono seduto di fianco a lei e l'ho ascoltata. Storie lontane come quelle che mi leggeva da bambino, quando stavo male. Storie a cui ho permesso di scendere dentro, in profondità. Perché il signor Nicola fosse ancora una volta un bambino da far addormentare lievemente. E i ruoli di nuovo quelli che devono essere.

Sono rimasto fino a sera. Abbiamo mangiato e giocato a carte. Abbiamo aspettato che venisse mio padre e tutti insieme passeggiato nel parco della clinica prima che facesse buio.

Non mi ha mai riconosciuto. È la prima volta che succede.

Prima di salire in macchina ho abbracciato mio padre. Un gesto improvviso, necessario e silenzioso.

Ci siamo salutati con gli occhi lucidi e stretti e ho guidato a radio spenta fino a casa, sperando che tutto si depositasse. Sulla strada mi sono fermato a un bidone dell'immondizia e ho buttato via la memory card. L'avevo nascosta nel caso mi servisse di nuovo. Ma ormai non ha più senso.

Sono poche le cose che ne hanno ancora uno.

Fermo sul marciapiede, ho telefonato al mio amico giornalista.

L'intervista di Abdel è uscita ieri. E, per la prima volta da quel giorno a Baghdad, mi sembra di avergli finalmente reso giustizia.

Penso spesso al suo sorriso e alle sue parole. Due notti dopo l'esplosione delle colonie mi è capitato di sognarlo. Camminava lentamente in un parco, un pomeriggio d'estate. Teneva per mano Lisa e le raccontava delle storie. E lei ascoltava, rapita dalle sue parole e dalla morbidezza della voce. Poi si sono seduti su una panchina, davanti a un laghetto pieno di papere. Senza dire niente. A guardare i riflessi della luce sull'acqua.

Un po' come stiamo facendo adesso, dieci giorni dopo l'esplosione di quei maledetti palazzi. Seduti su un argine del Brenta, mentre il fiume scivola verde e grigio sotto un cielo di latte.

Roberta è nella casa dall'altra parte dell'argine da quasi un'ora.

La famiglia di Paola Vigliani abita lì.

Sono stato io a dire a Carta dei vestiti che Lisa aveva addosso quando è tornata a casa. È bastato poco per scoprire di chi erano.

All'inizio Roberta mi ha odiato. Credo che volesse soltanto cancellare tutto e ricominciare. Fare finta che non sia mai successo niente, tentare di costruire qualcosa con sua figlia. E ogni tanto aprire il cassetto della biancheria e ricordarsi di quella notte, di quanto è stata vicina a perderla per sempre.

Per qualche giorno non ci siamo nemmeno parlati.

Poi ha capito. Ha capito che quello che è successo non riguarda solo lei. Che non puoi pensare di cancellare tutto semplicemente facendo finta che non esista, perché la realtà è ingombrante e rumorosa e ti tira per i capelli se ti volti dall'altra parte e cerchi di ignorarla. Ha capito che insieme al silenzio di Lisa, ai suoi gesti trattenuti e spenti, ci sono le lacrime di un'altra donna come lei che pagherebbe qualsiasi prezzo possibile per poter vedere sua figlia aggirarsi ancora per casa, anche senza dire niente.

Ha capito che ci sono cose che si devono fare. E che possono essere fatte in un modo solo. Così mi ha chiesto di accompagnarla.

A rendere l'ultimo ricordo e chiudere il cerchio.

L'ispettore Carta non ha avuto niente in contrario. E abbiamo fatto questo viaggio.

L'ho lasciata davanti alla casa, sotto un piccolo porticato che ricorda alcuni vicoli di Bologna. Poi ho attraversato il ponte e mi sono seduto sull'argine, «la Repubblica» di oggi fra le mani e il silenzio di Lisa accanto.

Qui, dove siamo adesso. Mentre all'orizzonte alcune nuvole diventano grigie e un vento freddo mi porta sul viso l'odore del mare lontano.

In una pagina interna c'è un pezzo sulla morte di Antonio. Era da qualche giorno che non ne vedevo. La salma non è ancora stata restituita e non c'è nessun familiare che la possa reclamare.

Quando è morto, la testa mi si è riempita di domande. Frasi a cui non ho saputo dare una risposta.

Il volto dell'uomo delle foto ogni tanto mi attraversa i pensieri. Mi chiedo in quanti siano morti perché lui possa restare un fantasma. Mi chiedo chi – oltre a Sara, a Giovanni e a suo suocero – abbia perso la vita come prezzo della sua identità. E se la morte di Antonio sia soltanto un caso arrivato a facilitare il compito.

Non avrò mai una risposta. Nemmeno leggendo uno di questi articoli, sempre più rari ogni giorno che passa. Ma penso a lui con una strana compassione, come se concepissi quello che ha fatto. Come se pensassi che anch'io, al suo posto, avrei potuto fare la stessa cosa.

L'odio, invece, lo lascio per tutto il resto.

Per quell'uomo che ci ha chiusi nelle colonie, che ha portato via Lisa, che ha rapito Paola Vigliani, l'ha venduta e uccisa. Per quel suo galoppino grosso come un mulo che la polizia di frontiera ha arrestato una settimana fa al confine con la Slovenia. Per l'ingegner Michele Ferrari che mi guarda ogni giorno dalle pagine dei giornali, con il suo sguardo banale pieno di normalità.

La danza delle fate è il titolo di oggi.

Ci si sono buttati sopra tutti, come iene su una carcassa.

Quando Carta mi ha fatto vedere il filmato, la rabbia è stata così forte che non sono riuscito a dire niente. Sono rimasto con gli occhi incollati al monitor a vedere il viso di Paola Vigliani dissolversi nella luce, nel candore, nell'inquietante morbidezza delle immagini che mi sfilavano davanti.

La banalità del male nascosto nelle pieghe di un respiro.

Nella conferenza stampa di ieri non è stato fatto nessun accenno al videogioco che Ferrari ha usato per ottenere le foto delle bambine. Hanno mostrato solo il video e il metodo con cui venivano scambiate le immagini. Tutto il resto è rimasto sottopelle, nascosto dall'opportunità di non mettere in mezzo alla strada una multinazionale come la GDA Electronic. E di non scatenare il panico in migliaia di famiglie che hanno spedito le foto dei loro figli per avere il gioco.

«Li troveremo tutti» mi ha detto Carta. E negli occhi di entrambi c'era la speranza che sia vero. Che a quell'elenco di nomi e di volti sorridenti non ne manchi già qualcuno, finito chissà dove solo per aver voluto il videogioco sbagliato.

In quell'elenco Lisa non c'è.

L'unica sua traccia in questa storia è in una fotografia in cui compare anche Aurelio Strazzari. C'è finita per caso, passando per strada al momento sbagliato. Non si sa come l'abbiano ritrovata, né come abbia fatto a salvarsi.

Ma in fondo conta poco.

L'unica cosa importante è essere vivi. Io, Andrea – con la pallottola che le ha sfiorato il viso come il graffio di un gatto –, Lisa, Roberta.

È tutto finito, anche se non sarà mai cancellato e sepolto.

Chiudo il giubbotto di jeans e sollevo il colletto.

All'orizzonte si apre uno squarcio di azzurro.

Lisa si arrotola un ciuffo di capelli intorno a un dito e continua a fissare l'acqua. Il braccio con il gesso stretto al collo. Bianco immacolato come il cielo.

Apro il giornale.

Vengo sempre strumentalizzato dice il titolo in prima pagina. E mi strappa un sorriso mescolato al respiro.

«Cosa vuol dire strumentalizzato?»

Per un attimo sono sicuro che la voce sia quella di Roberta. Non fosse per la domanda e per il fatto che è ancora dentro alla casa, ne sarei sicuro.

Invece è la voce di Lisa.

È voltata verso di me e mi guarda con un'espressione compiaciuta negli occhi. La stessa con cui cerco di risponderle, facendo finta di niente.

«Strumentalizzato?»

«Sì. C'è scritto lì.»

Allunga la mano, il dito puntato sul titolo del giornale.

Mi guardo intorno. "Adesso mi sveglio" penso. "Adesso mi sveglio e non è vero niente. E mi verrà da piangere, perché è..."

«Non lo sai nemmeno tu, eh?»

La frase mi devia il corso dei pensieri. È tutto vero. Sta succedendo, qui e ora.

«Certo che lo so.»

Fa un gesto con la mano, per sfidarmi a continuare.

«Allora spiegamelo.»

Prendo un respiro.

«Strumentalizzare è quando spieghi le parole o le azioni di qualcuno dando loro un significato che invece non hanno.»

Annuisce, terribilmente seria. Per un attimo la vedo come dev'essere a scuola. Roberta mi ha raccontato che è sempre stata brava. Poi sembra sul punto di tacere di nuovo. Una possibilità che mi terrorizza. Comincia a picchiettare sul gesso un ritmo privo di qualsiasi metrica.

«E succede spesso?»

«Cosa?» le chiedo. Sto facendo la classica figura dell'adulto stupido che non ascolta le domande dei bambini.

«Di venire strumentalizzato, è chiaro.»

Deglutisco.

«Capita. Delle volte perché non si parla abbastanza chiaramente. O perché quello che fai può avere diversi significati. Altre volte perché viene fatto apposta. Dipende.»

«Ed è una cosa brutta, vero?»

«Proprio bella no di certo.»

Annuisce di nuovo. Sembra pensare a qualcosa di tremendamente importante, ma non ho il coraggio di chiederle cosa sia. Poi si volta di nuovo a guardare l'acqua, continuando a battere ritmicamente le dita sul gesso. La domanda mi scappa di bocca senza che me ne accorga.

«Che cos'è?»

«Che cosa?»

«La canzone che stai... suonando?»

Si volta a guardarmi per un istante brevissimo.

«Robbie Williams. *Feel*» dice, come se fosse la cosa più naturale del mondo. E in effetti, ora che lo so, riconosco che non ha tutti i torti.

«Ti fa male il braccio?»

«No, non tanto. Ma fa un prurito bestiale. Delle volte mi sveglio di notte e non so come fare. Poi lo muovo tutto e alla fine mi passa.»

«Tra poco te lo tolgono. A scuola, la prossima settimana, te lo firmeranno tutti.»

Accenna a un sorriso. Troppo breve.

«Ti sei mai rotto niente?»

«Un braccio, come te. Tanto tempo fa.»

Spalanca di nuovo gli occhi e annuisce. Poi si perde per un attimo attorno a un pensiero. Quando lo abbandona, si avvicina con la testa e abbassa la voce.

«Non lo dire alla mamma che parlo, ok?»

«Ok.»

«È che voglio farlo io.»

«Certo.»

Non so cosa dire. Ho voglia di sorridere e di urlare. Una domanda mi resta appesa alle labbra. Assomiglia ai gesti che non si ha il coraggio di fare. Alle paure che non si riesce a vincere se non chiudendo gli occhi e provando a buttarsi.

È così che faccio, alla fine.

«Perché hai cominciato a parlare con me?»

La semplicità della risposta mi strappa una risata che cerco subito di trattenere.

«Non sapevo se ne ero ancora capace. Sai, dopo tanto tempo. Dovevo provare. Non potevo mica andare dalla mamma per dirle qualcosa e scoprire che non ci riuscivo più, ti pare?»

Annuisco, tentando di restare serio. Non voglio ferire in nessun modo la fiducia che mi ha dato.

Si volta. Lascia andare lo sguardo verso la luce che rimbalza sul fiume. Un tizio, sull'altro argine, tira su la canna e l'appoggia sull'erba.

Lisa si volta di nuovo dalla mia parte, di colpo.

«Tu sai pescare?»

«No.»

«No?»

«No.»

«Credevo che tutti quelli della tua età sapessero pescare.»
«Della mia età?»
«Sì, quelli vecchi.»
Le do un buffetto sulla testa.
«Veh, signorina, non sono mica vecchio!»
Ride. E sento il cuore che manca un battito. Dura un istante e vorrei che non finisse mai.
«E allora che cosa sai fare?»
«So fare fotografie.»
Scrolla le spalle.
«E che ci vuole? Anch'io so fare fotografie.»
«So giocare a tennis.»
«A tennis?»
«Sì.»
«Bleah, mi fa schifo il tennis!»
«Hai mai provato?»
«No. Ma ho giocato a ping pong.»
Cerco di imitare la sua smorfia.
«Bleah, mi fa schifo il ping pong!»
«Ma sono uguali!»
«Senti, signorina, tu devi avere le idee un po' confuse.»
«No, *tu* devi avere le idee un po' confuse.»
«Ascolta, facciamo un patto, ok?»
Mi guarda sospettosa, inclinando la testa da un lato.
«Io prometto di non dire a tua mamma che parli, però tu prometti che stasera glielo dici e che un giorno vieni a giocare a tennis con me.»
Ci pensa un attimo. Sembra cercare, nelle pieghe della proposta, la parte che finirà per fregarla.
«Ma non so giocare!» dice alla fine. Sta quasi urlando.
Mi batto la mano sul petto.
«Ti insegno io. Affare fatto?»
Piega la bocca in una smorfia di indecisione. Poi mi allunga la sinistra, l'unica che può darmi.
«Affare fatto.»
La stringo. È la prima volta che cerca il contatto. Ha la pelle

morbida e le dita fredde. Quando la lascio, si volta di nuovo a guardare il fiume.

Il Brenta sembra allungarsi. Come se qualcosa avesse all'improvviso aumentato l'inclinazione del corso, spingendo l'acqua a valle con più forza. Ma è solo uno strano gioco di luci, un regalo del pomeriggio che se ne va, oltre gli alberi alle nostre spalle.

«Anche quel signore è stato strumentalizzato. Sono stata io.»

Mi volto. Ha gli occhi spalancati e un'espressione seria e decisa.

«Quale signore?»

«Quello del giornale. Quello che tutti dicono che ha fatto del male a Paola. Secondo me voleva solo aiutarmi. Sono io che l'ho mandato via.»

Parla con un filo di voce. Però non smette di guardarmi con quegli occhi lucidi e pieni. Sto per dire qualcosa, ma le labbra mi restano socchiuse. E allora continua da sola.

«La mamma mi dice sempre di filare a casa dritta, quando esco da scuola. Ma quel giorno avevo male alla caviglia. Avevo preso una storta sulle scale, mentre andavo in bagno. Per questo, quando quel signore m'ha chiesto se volevo un passaggio, ho detto di sì. Stavo zoppicando.»

«Un signore?»

«Ma sì. Aveva una bella macchina grigia. Una Mercedes. Ha detto che si chiamava Aurelio. Lo vedevo spesso davanti alla scuola. Pensavo fosse il papà di una bambina. Quando sono salita in macchina e ho visto che partiva, ci sono rimasta male. Poi mi ha chiesto dove abitavo e ha preso proprio la stessa strada che fa la mamma. Allora ho pensato che non c'era niente di strano. Mi ha offerto un cioccolatino. E mi sono addormentata.»

Deglutisce. Poi prende un lungo respiro. E ricomincia.

Tutto quello che ha tenuto dentro le scende dalle labbra all'improvviso. Esplode dalla tristezza dei suoi occhi e scivola via.

«Mi sono svegliata tanto tempo dopo, credo. Non so dov'ero. Era una stanza strana. Sembrava una cantina, ma non come quella delle colonie. Non c'era neanche una finestra. Però io allora non la vedevo, perché ero bendata e legata. E con qualcosa sulla bocca. C'era qualcuno con me. Sentivo piangere, come i singhiozzi che ti vengono quando non vuoi farti sentire da nessuno, capisci?

Poi è venuta la Voce. Ho sentito una porta che si apriva e dei passi. "Devi stare calma, non ti succederà niente. Non ti farò del male." Parlava piano, come fa la mamma quando non sto bene. Ma non era nella stanza con me. Era da un'altra parte. Vicina, ma la sentivo dietro la parete. Allora ho capito che anche l'altra bambina non era lì. Che ero da sola. "Ti fidi di me?" le ha chiesto. E poi non ho più sentito niente. Solo l'altra bambina che piangeva. Alla fine ha smesso.

Dopo un po' si è aperta la porta, quella della mia stanza stavolta. "Spogliati" ha detto Aurelio e ha buttato per terra qualcosa. Mi ha fatta alzare e mi ha slegato le mani. E mi sono spogliata. Avevo freddo e avevo paura. C'era uno strano odore lì dentro, non so cosa fosse.»

Si ferma, tira su con il naso.

«Non devi parlare se non...»

Mi ignora. Continua come se non ci fossi. La voce bassa, lo sguardo perso. Non è con me che sta parlando. Stringo i denti. E ascolto.

«Mi ha fatto togliere tutto. Anche le mutande. E mi ha lasciato lì, in piedi, per un po'. Mi girava la testa. Volevo sedermi un'altra volta, ma non vedevo niente. Ho provato a mettere le mani sulla benda, per togliermela. "Ferma" mi ha detto. Mi ha toccato le spalle. Mi ha fatto sedere. Mi ha dato un bacio sulla fronte. È andato via.

E allora non ho fatto niente. Sono rimasta lì. Vicino al muro, credo. Poi ho sentito dei passi nell'altra stanza. La Voce ha detto: "Adesso vieni con me". La bambina ha detto: "Sì". Sai quando ti chiedono qualcosa e tu sei mezzo addormentato? Ha risposto così, con quella voce. Ho smesso di respirare. Battevo i denti dal freddo, ma ho cercato di non fare rumore. Non volevo che la Voce mi sentisse. Se non mi sentiva, allora poteva andare tutto bene.

Volevo togliermi la benda, ma non potevo. Aurelio mi aveva

detto di non farlo. E non l'ho fatto. Sono rimasta lì fino a che non ho sentito i rumori. Non so cosa fossero. Qualcuno che urlava, non capivo le parole. Però urlava. E io piangevo. Pensavo che stavo per morire. Dovevo andare via di lì. Tornare a casa. Ho abbassato la benda. Ho visto che ero in una specie di cantina, te l'ho detto. C'era una porta in fondo, tipo uno sgabuzzino. Stavo cercando di slacciare la benda, quando ho sentito dei passi. L'ho tirata su alla svelta, mi sono messa buona. Ma ci vedevo. Poco, ma ci vedevo.

È entrato Aurelio. Avrei voluto non essermi mai tolta la benda. Aveva le mani sporche di sangue. Anche la camicia. Non mi ha nemmeno guardata. È entrato nello sgabuzzino e ha preso un'accetta. Ho abbassato gli occhi, li ho chiusi. Pensavo ce l'avesse con me. Pensavo che, se si fosse accorto che ci vedevo, allora mi avrebbe ammazzata. Si è fermato davanti alla sedia. Poi la Voce lo ha chiamato, da lontano. "Ha detto che sta arrivando e di non fare niente." Aurelio è uscito e ha sbattuto la porta. Ho sentito dei passi, poi basta. Solo dei rumori, sopra la testa. Ho cercato di non piangere e mi sono tolta la benda. Ho visto che la porta non era chiusa. Non era proprio una porta vera. Però ho provato ad aprirla. Per terra c'erano dei vestiti e un costume da damina. Ho preso i vestiti e me li sono messi. Mi stavano piccoli, ma non poi così tanto. Avevo freddo.

Quando ho aperto la porta ero in un garage. Fuori nevicava. Non avevo le scarpe. Quelle che c'erano mi stavano piccole. Mi sono graffiata un piede, camminando. Faceva sangue e bruciava. Sono uscita. Qualcuno urlava al piano di sopra. Ho cercato di non sentirli e mi sono messa a correre. Mi è venuto da piangere ancora, ma non volevo piangere. Volevo solo tornare a casa. La mamma mi aspettava. Non sapevo dov'ero, però ero in alto e allora sono andata giù per la strada, in discesa. Nevicava, nevicava un sacco. Avevo freddo. E alla fine mi sono messa a correre.

Correvo e continuavo a piangere. Non c'era nessuno, poi ho sentito una macchina e qualcuno mi ha detto di fermarmi. Ho continuato a correre, a correre più forte. Ma mi faceva male il piede, avevo freddo. Alla fine mi ha preso. Si è fermato con la macchina e mi sono fatta piccola piccola in un angolo, vicino a una siepe. "Non farmi male" gli ho detto. Ha detto che mi portava a casa. Non volevo, ma sono salita lo stesso. Non so com'è successo. Mi ha chiesto dove abitavo e io gliel'ho detto. Poi è partito.

Mi guardava. Mi guardava sempre, come se gli facessi paura. "Non ti faranno più del male" mi ha detto. "È tutto finito, piccola." Mi ha fatto una carezza. E mi sono spaventata. Non so dove stesse andando. Era tutto buio. Quando s'è fermato al semaforo sono scesa. Mi sono messa a correre un'altra volta. Mi sono persa. Alla fine sono sbucata in una strada. C'ero già passata. Ho sentito la macchina arrivare. Mi sono voltata. Non ho fatto in tempo a fare niente. È finito contro il cancello. Lo ha rotto. Quando sono andata a vedere, era pieno di sangue dappertutto.

"Non farmi male" mi ha detto. E ho pensato che era colpa mia, che lo avevo ucciso io. Che non mi voleva fare del male, non voleva riportarmi in quella cantina, voleva solo portarmi a casa. E io non gli avevo creduto e adesso era morto. Ho sentito dei rumori e un'altra macchina arrivare. Sono scappata. Dentro la villa con il cancello rotto. "Guarda nel bagagliaio" ha detto la Voce e ho pensato che, adesso che lo avevo ammazzato, sarebbero venuti a prendermi e portarmi via. E ci sarebbe stato Aurelio con l'accetta e tutto quel sangue.»

Prende un lungo respiro e mi guarda. "Ascoltami, per favore" dicono i suoi occhi. "Fammi finire." Mi bagno la lingua con le labbra. Ricomincia a parlare.

«Mi sono nascosta nel parco della villa. C'era una fontana, con un angelo in mezzo. Grande, con le ali aperte. Sembrava una statua che ho visto al cimitero, quando è morta la nonna. Era tutto buio e mi guardava. Non potevo stare lì. Ma non potevo nemmeno andare via. Fuori c'era la Voce e poi la polizia e i tipi che abitano nella villa che sono usciti a vedere cosa succedeva. Ho aspettato per terra, insieme all'angelo. Mi guardava e io tenevo gli occhi bassi. Ma mi guardava. Sapeva cosa avevo fatto. E quando non ho più sentito nessuno sono tornata a casa. Credevo di morire congelata, ma non è successo. Ho giurato che non avrei detto niente. Mai niente.»

Sussurra. Abbassa gli occhi. Durante tutto il racconto non ha mai pianto. Si è limitata a torturarsi il pollice che spunta dal gesso, fino a farlo sanguinare. Non piange nemmeno ora che solleva gli occhi e mi guarda.

«Capito?»

Annuisco.

«Non hai fatto niente di male, Lisa. Quell'uomo ha avuto un incidente. Non è stata colpa tua.»

«Davvero?»

«Sì.»

«Ma lui voleva portarmi a casa.»

Scuoto lentamente la testa.

«No» rispondo, fissandola negli occhi.

Quando scosto lo sguardo, vedo Roberta uscire dalla casa. È in piedi sotto al portico, mentre il vento le solleva il vestito. E tutto quello che mi viene in mente è il verso di una canzone di Springsteen. Qualcosa che parla di un vestito come quello, che si muove davanti a una porta che sbatte. E della vita, che può cambiare all'improvviso. Diventare viva, migliore, anche quando non sembra possibile.

Guardo Lisa in mezzo a questo strano vento che si è alzato e mi rendo conto che invece non c'è nessuna certezza. Solo un filo di speranza che cerco di tenere vivo, aggrappato a ogni respiro.

«No, non voleva portarti a casa.»

Ora è lei che scuote la testa. Vede sua madre abbracciare la donna sulla soglia di casa. Resta un attimo a pensare a qualcosa che sembra terribilmente complicato da spiegare. Poi, quando Roberta si incammina verso il ponte per tornare da noi, mi pianta negli occhi uno sguardo difficile da sopportare.

«Quell'uomo che mi ha preso in macchina, quello che i giornali dicono che ha fatto del male a Paola Vigliani e adesso si è ammazzato, non c'era.»

«Dove non c'era?»

«Nella casa, non c'era. C'erano solo Aurelio e la Voce. Ma comandava la Voce.»

«Ti sbagli, l'hai detto anche tu. Era quell'uomo.»

Lisa controlla la posizione della madre. Sta attraversando il ponte, è ancora troppo lontana per rendersi conto di quello che sta succedendo. Ma le restano solo pochi istanti.

«Chi?»

«Quello del giornale, Michele Ferrari. Come lo chiami tu? La Voce. La Voce era lui.»

Sta per dire qualcosa, ma si interrompe e si volta.

Roberta, alle nostre spalle, la saluta. Lisa tenta di sorridere. Sua madre mi guarda.

«Come stai?»

La frase mi esce stridula come gesso sulla lavagna. Roberta si avvicina, mi accarezza una guancia.

«Sono contenta di averlo fatto. Torniamo a casa, adesso.»

Mi alzo, allungo una mano a Lisa e la aiuto a tirarsi su.

Mentre si solleva, mi guarda come una spia che sta per consegnarmi il suo più prezioso segreto.

Si piega verso di me, mi sussurra all'orecchio.

«Io non ho mai detto che la Voce fosse lui, Nicola. La Voce non era un uomo.»

«Vieni qui, piccola troietta.»

Lo zio si avvicina. Sorride. Sa di tabacco e di menta.

Le prende la mano. Dita grandi e morbide. La avvicina ai pantaloni. Sempre di più.

«Ecco, così» sussurra.

E lei si sveglia.

«Un brutto sogno?»

L'uomo che la guarda è seduto accanto a lei, «Il Sole - 24 Ore» aperto in grembo e un sorriso cordiale e sincero spalancato sul volto.

Annuisce.

«Già, ogni tanto succede» risponde. Ma la verità è che succede spesso. Perché quella frase suo zio l'ha detta per anni. E le sue mani nella patta dei calzoni le ha messe finché non è morto. Ammazzato da un tumore come un cane randagio.

Sembra assurdo, ma al suo funerale ha anche pianto. E non di liberazione per la fine di quelle visite, costanti come il dolce comprato in pasticceria nelle domeniche di festa. Ma perché in fondo gli voleva bene.

È una cosa che non ha mai capito di se stessa. La necessità del dolore e della sofferenza nella sua vita. Anche quando non ce ne sarebbe bisogno, anche quando tutto potrebbe essere limpido e sereno.

Forse è per questo che si è innamorata di lui. Perché lo ha riconosciuto subito come un pericolo. Il peggiore che le fosse mai capitato nella vita. Dalla prima volta che l'ha visto, in Kosovo.

L'unico uomo che le ha dato davvero piacere. L'unico uomo che le ha riempito le giornate di un'assenza così crudele e unica da non sapere come combatterla. L'uomo che ha incontrato di nuovo per caso, dopo anni di pensieri e di ricordi tenuti sigillati dentro come una reliquia.

L'unico a cui ha raccontato quello che le succedeva da bambina. L'unico che ha trovato la strada per interrompere quei sogni, per farla sentire finalmente libera dal passato che non smetteva di tornare.

Guardare la sua stessa sofferenza, la sua sottomissione, la sua paura, il suo dolore rispecchiati negli occhi di qualcun altro. La prima volta che glielo ha fatto fare, lui ha dovuto costringerla. E mentre succedeva l'ha presa lì, sul pavimento, davanti agli occhi la scena che si stava svolgendo oltre il falso specchio dietro a cui si erano nascosti. E ha pianto mentre il piacere le frustava la pelle. E ha goduto mentre le lacrime le scuotevano il viso.

Quella notte si sono spezzati i sogni.

Quella notte è cominciata la sua seconda vita.

Adesso sta per cominciare la terza.

Controlla l'ora. Non aveva previsto di addormentarsi. L'aereo per New York è in ritardo, ma forse ha ancora tempo per quello che avrebbe già dovuto fare.

Si guarda intorno. Un'occhiata solo in apparenza assente che ha perfezionato durante gli anni. Il suo vicino di posto si alza e la saluta con un gesto della mano. Sorride.

Un istante dopo si alza anche lei. Il bar al primo piano dell'aeroporto è quasi deserto. Si siede a un tavolino d'angolo, le spalle verso il muro. Osserva la pioggia cadere grigia e pesante oltre la parete a vetri che dà sulle piste.

Poi apre la borsa e tira fuori il portatile. La rete wireless le concede la navigazione solo un paio di minuti dopo.

Il collegamento alla casella di posta elettronica è praticamente immediato. Prima, ha fatto partire il solito programma. Quello che rende anonimi i dati del collegamento, facendo sparire l'indirizzo da cui accede e tutte le tracce del suo passaggio.

Alla fine, i messaggi sono sotto i suoi occhi. Li ha guardati molte volte, anche dal lavoro.

«Mi dispiace che te ne vai» le ha detto il suo capo quando gli ha spiegato che non poteva continuare. Che quello che era successo era troppo per far finta che tutto fosse come prima. E che lo faceva per tutti, anche per lui.

Se ci ripensa, adesso che muove il mouse sulla pagina colorata, è stata una delle poche volte nell'ultimo anno in cui ha raccontato la verità fino in fondo. E all'uomo che ha usato di più, senza che se ne accorgesse nemmeno per un istante.

Si sistema i capelli con un gesto lento della mano, un'abitudine un po' civettuola che non è mai riuscita a togliersi. Poi apre qualche messaggio a caso. Sono quasi tutti uguali, anche l'allegato.

La danza delle fate.

Non le è mai piaciuto quel filmato. Ha sempre odiato la passione dello Sceriffo per il fantasy. Però deve ammettere che ha funzionato.

Ora, invece, è il momento di cambiare. Gliel'ha detto anche lui al telefono.

«Ricominciamo tutto da capo. E questa volta lo facciamo insieme.»

La telefonata al numero protetto le è arrivata a un orario assurdo del mattino. Teneva quel cellulare acceso ormai solo per feticismo.

Gli oggetti che ti ricordano un amore perduto sono lacrime che non vorresti piangere mai.

«Sono io» le ha detto. E per un momento ha pensato di essere finita in mezzo a un altro sogno. Di aver cancellato gli incubi di una vita per cominciarne altri, ugualmente reali e taglienti. Si è morsa forte un labbro. Il sapore del sangue ha timbrato la realtà, come le parole con cui Antonio Parmeggiani ha continuato la telefonata.

«Voglio che vieni da me.»

Ha pianto.

«Tu sei morto. Tu sei morto.»

L'ha interrotta subito. Prima che l'angoscia nascondesse le parole. Che la gioia confondesse le frasi, trasformando il respiro in singhiozzi, il dolore in felicità.

Le ha spiegato cosa doveva fare, come doveva farlo. Le ha spiegato che c'era un biglietto aereo, che poteva ritirarlo all'aeroporto e che doveva partire subito, lì su due piedi. Le ha detto qual era il suo nuovo nome e il nome che aveva scelto per lei. Dove trovare i documenti.

I dettagli della sua terza vita rinchiusi nello spazio di una telefonata.

La possibilità di un futuro che torna a galla, sfuggendo alla morte quando pensava non ci fosse più nessuna speranza.

«Devi cancellare tutto» le ha detto, prima di salutarla.

Ed è quello che sta facendo adesso. Seduta al tavolino di un bar, fissa una parte della sua vita passata che svanisce in un click. Indugia un attimo con la freccia del mouse a metà dello schermo. Poi la muove con un gesto morbido e deciso.

Stacca la connessione e si appoggia allo schienale.

Cancellare quella casella di posta le fa scivolare fra le gambe uno strano brivido di piacere. Si passa la lingua sulle labbra, lentamente.

Respira. Segue la scia di un aereo che decolla in una nube d'acqua.

Pensa a come sarà la sua vita domani. A quando lo potrà riabbracciare. Al sapore della sua bocca e della sua pelle.

Pensa che lui è vivo ed è viva anche lei.

Pensa a quanto tutto sembri terribilmente lontano.

La richiesta di Aurelio e la faccia stranita ed eccitata che ha fatto quando gli ha proposto il loro affare. I soldi prelevati in banca portando la distinta falsificata con la firma di suo marito, tanto nessuno controlla.

La sera della morte di Paola Vigliani. Il sapore del sangue che riempie tutto, nella stanza. La lentezza dei gesti di Antonio, la precisione, la cura. Il suono secco e deciso delle ossa che si spezzano, lo sciabordio dell'acqua rossa di sangue. Il silenzio.

E poi la voce di suo marito. Scoprire che Petri l'aveva seguita, che tutto era appena sotto la superficie dell'acqua e non così a fondo come pensava. Vedere che per un attimo Michele aveva pensato di proteggerla, che non aveva creduto alle parole dell'investigatore ed era andato a cercare le prove, calpestando il sangue nella casa di Aurelio con il corpo di Petri svenuto e legato nel bagagliaio. E poi lo schiaffo con cui l'aveva gettata a terra e se n'era andato. E Antonio e Aurelio che tornano dal bosco con quell'odore di terra e di marcio. E scendere in macchina sapendo che tutto è finito. Vedere l'incidente e non capire.

E le notti di paura in ospedale, la morte di Aurelio.

E costruire una realtà fasulla un pezzo alla volta, per sostituire quella vera. Salvarsi e redimersi e pulirsi la vita e le mani mettendo insieme pezzi di bugie nascoste, mascherate da verità. Fino alla fine.

Ad altro sangue mescolato all'acqua, che riempie fino all'orlo la vasca da bagno di un albergo.

Chissà se, all'ultimo momento, prima di abbandonarsi al sonno, Michele si è davvero ricordato di tutto quanto. Chissà se ha avuto un momento in cui ha capito quello che era successo veramente. O se tutto è rimasto confuso fino alla fine, fino all'ultimo battito.

«Potrebbe non ricordare mai» le aveva detto il dottore. «Tocca a lei aiutarlo, nel modo giusto, a sapere che cos'è davvero la sua vita.»

Era lì che aveva avuto l'idea. Lì che aveva pensato che c'era ancora una via d'uscita. Che il destino le aveva lasciato una seconda possibilità.

Era lì che tutto era definitivamente cambiato.

E mentre cammina verso il banco dove recupererà il biglietto, pensa che quella che è appena svanita, sotto il peso del vento, della pioggia, del cielo grigio e pesante come una montagna in inverno, è stata la sua ultima estate d'innocenza.

Da qui in poi, niente sarà più la stessa cosa.

Nemmeno la sua identità. Se ne rende conto soltanto quando l'hostess al bancone le chiede un documento e il nome a cui è prenotato il biglietto.

È l'ultima volta che lo usa. Quello che è sempre stata sta morendo lì, sulla plastica smaltata di un aeroporto.

«Mirella Ferrari» dice.

E per un attimo, ma solo per un attimo, è convinta di aver risposto Varo Borja.

PIEMME **BESTSELLER**

1. Michael Connelly, *Lame di luce*
2. Jennifer Weiner, *Buonanotte baby*
3. Ian Caldwell - Dustin Thomason, *Il codice del quattro*
4. Suad, *Bruciata viva*
5. Geronimo Stilton, *Barzellette al top*
6. Kate Mosse, *I codici del labirinto*
7. Jack Whyte, *Io Lancillotto. Il cavaliere di Artù*
8. Candace Bushnell, *Lipstick Jungle*
9. Greg Iles, *Il progetto Trinity*
10. Guido Cervo, *La legione invincibile*
11. Anna Guglielmi, *Il linguaggio segreto del corpo*
12. Carol O'Connell, *La giuria deve morire*
13. Lauren Weisberger, *Al diavolo piace Dolce*
14. Michael Connelly, *Il poeta*
15. Lou Marinoff, *Platone è meglio del Prozac*
16. Lolly Winston, *Cioccolata per due*
17. Anthony De Mello, *Messaggio per un'aquila che si crede un pollo*
18. Fernando S. Llobera, *Il circolo di Cambridge*
19. Yann Martel, *Vita di Pi*
20. Sherry Argov, *Falli soffrire*
21. Michael Connelly, *La bionda di cemento*
22. Isabelle Filliozat, *Le emozioni dei bambini*
23. Robert Crais, *Il mercante di corpi*
24. Gordon Russell, *Il grande gladiatore*
25. Joanna Briscoe, *Vieni a letto con me*
26. Hernán Huarache Mamani, *Negli occhi dello sciamano*
27. Michael Connelly, *La memoria del topo*
28. Lauren Weisberger, *Il diavolo veste Prada*
29. Conn Iggulden, *Le porte di Roma*
30. Candace Robb, *La taverna delle ombre*
31. Graham Hancock, *Il mistero del sacro Graal*
32. Guido Cervo, *L'onore di Roma*
33. Alberto Ongaro, *La taverna del Doge Loredan*
34. Robert Eisenman - Michael Wise, *Manoscritti segreti di Qumran*
35. Dennis Lehane, *La casa buia. Gone Baby Gone*
36. Anthony Flacco, *La danzatrice bambina*
37. Valeria Montaldi, *Il mercante di lana*
38. Michael Connelly, *Musica dura*

39. Amanda Eyre Ward, *Non voltarti*
40. Jack Whyte, *Io Lancillotto. Il marchio di Merlino*
41. Emily Giffin, *Piccole confusioni di letto*
42. Trudi Birger, *Ho sognato la cioccolata per anni*
43. Corine Sombrun, *Il canto della sciamana*
44. Marcia Grad, *La principessa che credeva nelle favole*
45. Andreas Beck, *La fine dei Templari*
46. Michael Crane, *La setta di Lazzaro*
47. Zecharia Sitchin, *L'altra Genesi*
48. Michael Connelly, *Ghiaccio nero*
49. Patrick Fogli, *L'ultima estate di innocenza*
50. Jennifer Weiner, *Brava a letto*
51. Anthony Durham, *Annibale*
52. Gilles Paris, *Autobiografia di una zucchina*
53. Leila, *Murata viva*